PETER NICHOLS

Die Sommer mit Lulu

GOLDMANN
Lesen erleben

Buch

Seit drei Generationen zieht das kleine Strandhotel Villa Los Roques im äußersten Osten Mallorcas Bohemiens und Lebenskünstler an. Als Lulu, die Besitzerin, inzwischen über achtzig, an den Klippen von Cala Marsopa zufällig auf ihren ersten Ehemann Gerald trifft, kommt es zu einem Handgemenge, und die einstigen Liebenden ertrinken im Meer. Entsetzt kehren Luc und Aegina, die Kinder aus den zweiten Ehen, auf die Insel zurück, um ein schweres Erbe anzutreten. Was ist im Sommer 1948 passiert, als Lulu und Gerald sich in ihren Flitterwochen überstürzt trennten, um nie wieder ein Wort miteinander zu sprechen?

Autor

Peter Nichols ist zehn Jahre lang zur See gefahren, bevor er sich ganz dem Schreiben widmete. Er hat mehrere Bücher über die Faszination des Segelns verfasst. Inzwischen lebt er in Großbritannien und den USA.

Peter Nichols

Die Sommer mit Lulu

Roman

Aus dem Englischen
übersetzt von Dorothee Merkel

GOLDMANN

Die Originalausgabe erschien unter dem Titel »The Rocks«
im Verlag Heron Books, an imprint of Quercus Publishing Ltd, London.

MIX
Papier aus verantwortungsvollen Quellen
FSC® C014496

Verlagsgruppe Random House FSC® N001967

2. Auflage
Taschenbuchausgabe Mai 2018
Wilhelm Goldmann Verlag, München,
in der Verlagsgruppe Random House GmbH,
Neumarkter Str. 28, 81673 München

Umschlaggestaltung: UNO Werbeagentur, München
Unter der Verwendung der Umschlaggestaltung
von Anzinger Wünscher Rasp, München
Unter Verwendung eines Fotos von © Condé Naste Archive/Corbis
mb · Herstellung: kw
Satz: KompetenzCenter, Mönchengladbach
Druck und Bindung: GGP Media GmbH, Pößneck
Printed in Germany
ISBN: 978-3-442-48585-7
www.goldmann-verlag.de

Besuchen Sie den Goldmann Verlag im Netz

Für meinen Sohn Gus
Und für David, Lizzie, Cynthia und Matt

Brichst du auf gen Ithaka,
wünsch dir eine lange Fahrt,
voller Abenteuer und Erkenntnisse.
Die Lästrygonen und Zyklopen,
den zornigen Poseidon fürchte nicht …

Immer halte Ithaka im Sinn.
Dort anzukommen ist dir vorbestimmt.
Doch beeile nur nicht deine Reise.
Besser ist, sie dauere viele Jahre;
Und alt geworden lege auf der Insel an,
reich an dem, was du auf deiner Fahrt gewannst,
und hoffe nicht, dass Ithaka dir Reichtum gäbe.

Ithaka gab dir eine schöne Reise.
Du wärest ohne es nicht auf die Fahrt gegangen …

Konstantinos Kavafis, *Ithaka*

2005
WIEDER VEREINT

1

IHRE GÄSTE STAUNTEN immer, wie jung sie aussah.

»Lulu, Darling, sei doch nicht albern – du kannst unmöglich schon achtzig sein!«

Obwohl sie bereits in ihr neuntes Lebensjahrzehnt vorgerückt war, hatte Lulu Davenport noch immer den schlanken, biegsamen Körper einer sehr viel jüngeren Frau. Ihre dichten, glatten Haare, die sie auch jetzt noch lang trug, waren für gewöhnlich im Nacken zu einem losen Knoten zusammengeflochten, dem ständig ein paar bezaubernde Löckchen entwischten. Ihre Haarpracht gehörte zu den Gaben, die ihr die Natur im Überfluss geschenkt zu haben schien, und war bereits komplett weiß geworden, als sie kaum dreißig Jahre alt gewesen war. Lulu hatte sich nie Gedanken um ihre Gesundheit oder ihr Aussehen machen müssen. Das war eine dieser Zufälligkeiten der Natur – sie hatte eben einfach Glück gehabt. Sie ging überall zu Fuß hin, arbeitete regelmäßig im Garten und leitete die Villa Los Roques – »Die Klippen«, wie alle ihr kleines Hotel an der Ostküste der Insel Mallorca nannten. Dort gelang es ihr seit über fünfzig Jahren, ihre Gäste mit ihrem Charme zu bezaubern. All dies hatte dafür gesorgt, dass sie stets voller Energie war und sich glücklich fühlte, bis zu jenem Dezembernachmittag, als Vincente, ihr

Faktotum, sie inmitten ihrer gelben Rosenbüsche fand, wie sie ausgestreckt in der Mittelmeersonne lag.

Sie sah nach ihrem Schlaganfall nicht anders aus als vorher und hatte auch ihre erstaunliche Lebenskraft schon bald wiedergewonnen. In fast jeglicher Hinsicht schien sie vollkommen unverändert. Doch der winzige Dammbruch in ihren Blutbahnen hatte genügt, in Lulus Gehirn einen Schalter umzulegen. Sie begann zu fluchen. Ihr neues Vokabular klang wie aus einem Roman von D. H. Lawrence: Ficken, Fotze, Scheiße, Pisse. Der Inhalt dessen, was sie sagte, hatte sich nicht verändert, und auch Logik und Kontext blieben dem jeweiligen Thema angemessen, nur war eben ihre Sprache plötzlich mit lauter faszinierenden neuen Begriffen durchsetzt. Zunächst amüsierten sich ihre Freunde köstlich darüber, mit einer Person zusammenzusitzen und sich zu unterhalten, die sie in- und auswendig kannten, die über dieselben Dinge und Probleme sprach wie immer, nur eben in einer neuen, geradezu filmreifen Vulgarität. Doch nach einer Weile wurde die Sache irgendwie befremdlich. Es handelte sich schließlich um eine neurologische Störung. War das immer noch Lulu?

Die zweite Veränderung betraf ihren Tagesablauf. Er war nicht mehr so straff durchorganisiert wie früher. Es war nichts Dramatisches – sie stand nicht etwa mitten in der Nacht auf, um die Rosen zu schneiden oder spazieren zu gehen –, aber sie wurde sehr viel sprunghafter. Sie ging nach wie vor selbst in das Lädchen im Ort einkaufen, die Strohtasche über die Schulter geschwungen, aber nun zu ganz willkürlich gewählten Tageszeiten. So kam es auch, dass sie eines Nachmittags Ende März ihrem ersten Ehemann, Gerald Rutledge, begegnete. Nach ihrer Scheidung 1949 waren sie beide in dem kleinen Örtchen Cala Marsopa geblieben. Doch weil sie vollkommen entgegengesetzte Gewohnheiten entwickelt hatten, war es ihnen gelungen, einander ein halbes Jahrhundert fast gänzlich aus dem Weg zu gehen.

Obwohl sie beide im gleichen Alter waren, hatte die Natur Gerald längst nicht so großzügig bedacht wie Lulu. Er hatte sein Leben lang geraucht und litt nun unter einem Lungenemphysem. Seit Jahren schon machte ihm eine schwere Arthritis zu schaffen. Er brauchte eigentlich dringend eine Hüftprothese, hatte jedoch einen viel zu großen Horror vor Krankenhäusern, um sich einem solch schwerwiegenden Eingriff zu unterziehen. Deshalb konnte er nur sehr langsam gehen und musste sich dabei auf einen Stock stützen.

Er stand gebückt da, paffte eine Ducados und hielt mit zittriger Hand eine kleine Viererpackung Joghurt umklammert, als sie sich vor der *tienda de comestibles* begegneten. Seine braun gebrannten, runzligen, ausgemergelten Arme und Beine steckten in ausgebeulten Khaki-Shorts und einem kurzärmeligen blauen Hemd – billige Kleidungsstücke aus Polyester, die er im HiperSol in Manacor gekauft hatte. Unter seinen dünnen, grauen Haarsträhnen konnte man die von der Sonne verursachten, schorfigen Hautkrebsflecken sehen.

»Meine Güte, Gerald, du siehst ja total beschissen aus«, sagte Lulu. »Was machst du überhaupt hier, du verdammter Wichser?«

Geralds Mund öffnete sich zu einer Antwort, aber seine Gedanken entglitten ihm und gerieten völlig durcheinander. Sein Verstand war in letzter Zeit ohnehin recht unzuverlässig geworden, doch Lulus derbe Begrüßung brachte ihn nun vollends aus dem Gleichgewicht. Die Erinnerungen, die er an sie hatte – und die fast alle aus den wenigen glücklichen Wochen ihrer Ehe vor fast sechzig Jahren stammten –, ließen sich unmöglich mit solch krasser Unflätigkeit und Gehässigkeit in Einklang bringen. Während sein Kiefer sich öffnete und er versuchte Wörter hervorzubringen, fanden seine Augen die kleine weiße Narbe, die immer noch auf ihrem Kinn zu sehen war.

Lulus Blick wurde indessen magisch von einem Stapel herrlicher blauschwarzer Auberginen angezogen. Sie wollte schon hinübergehen, als Geralds Hand hervorschoss und sie am Oberarm packte.

Sie drehte sich um. »Verpiss dich, du elender Scheißkerl.« Lulu riss sich los. Während sie zu den Auberginen ging, freute sie sich über die Gelegenheit, Gerald wie Luft zu behandeln – und auch darüber, wie altersschwach und klapprig er aussah. Sie hatte ihren Schlaganfall als schrecklich demütigend empfunden; so etwas passierte jemandem wie ihr einfach nicht. Und während sie sich mit dem beunruhigenden Beweis ihrer eigenen Sterblichkeit auseinandergesetzt hatte, war ihr der Gedanke gekommen, Gerald könne sie womöglich überdauern. Ganz plötzlich war es ihr dringendster Wunsch, er möge als Erster sterben.

Sie nahm eine Aubergine in die Hand und rieb den Daumen mit einem quietschenden Geräusch über die Schale. Danach erledigte sie zügig, aber konzentriert ihre restlichen Einkäufe und war bald schon wieder auf der Straße.

Gerald starrte ihr nach. Einen Moment später spürte er etwas in seiner Hand. Er schaute hinunter und musste feststellen, dass er die Joghurtbecher zu fest zusammengedrückt hatte. Von seinen Fingern tropften die cremigen Stückchen der *frutas del bosque*.

Ein Regenschauer nach dem anderen war über die Insel gezogen, doch nun verschwanden die Wolken, als hätten auch sie nur darauf gewartet, dass sich das Wetter besserte. Sie segelten gen Osten übers Meer, wie eine Flotte aus rosafarbenen und violetten Galeonen. Lulu lief über den sandigen, unbefestigten, noch von zahlreichen Pfützen durchsetzten Weg nach Hause, der hinter dem Hafen begann. Er führte an der Küste aus Kalkstein entlang, zwischen weißen Villen und Gärten voller Obstbäume und Bougainvilleen hindurch und wurde hauptsächlich von Fußgängern und Mopeds benutzt. Im Sommer war er ein beliebter, etwas abseits gelegener Spazierweg, doch den Rest des Jahres über war er menschenleer. Hier und da boten die rauen, beigefarbenen, porösen Klippen, die das Meer von der Straße trennten, ein paar flache Stellen am Rand der Felskante. Lulu war jahrelang mit den Hotelgästen hierhergekommen, die keine Lust hatten, den weiten Weg zum Strand zu laufen. Sie hatten ihre Handtücher in der Sonne ausgebreitet, waren ab und zu ins kühle Wasser gesprungen und von dort wieder die Klippen hinaufgeklettert.

Lulu schlenderte langsam und vergnügt den Weg entlang. Sie genoss die warmen Sonnenstrahlen – es war für mallorquinische Verhältnisse ein ungewöhnlich kalter und regnerischer Winter gewesen. Die vertrauten Konturen der Felsen und das sanfte, saugende Geräusch des Meeres, das an ihnen emporstieg, gaben ihr ein Gefühl von Sicherheit.

Sie bemerkte nicht, dass Gerald ihr folgte. Er hatte ein für ihn ungewöhnlich hohes Tempo angeschlagen, auch wenn es sich dabei eigentlich um eine ganz normale Gehgeschwindigkeit handelte. Seine Beine funktionierten nicht mehr richtig. Die einzelnen Teile, aus denen sie sich zusammensetzten, waren sämtlich zerschlissen, und ihr Bewegungsmechanismus war so unzuverlässig geworden, dass sie drohten, jeden Moment in die falsche Richtung wegzuklappen und unter ihm zusammenzubrechen. Seine Hüften schmerzten fürchterlich. Der Schweiß perlte auf seiner Stirn, seinem Hals und seiner Oberlippe. Sein Gesicht wurde immer blasser, weil der verbrauchte Sauerstoff sich aus seinen Blutbahnen in Herz und Lunge drängte. Er kam nur keuchend und heftig schnaufend voran und wäre schrecklich gern stehen geblieben, um sich eine Zigarette anzuzünden, aber dann hätte er sie aus den Augen verloren. Also schleppte er sich grimmig weiter voran, wie jemand, der unter Wasser geht.

Er holte Lulu ein, als sie ihr Hotel schon fast erreicht hatte. Erneut packte er sie am Arm, diesmal mit wutentbrannter Kraft, und wirbelte sie zu sich herum.

»Du hast nie –«, begann er mit dem brodelnden Knurren eines Kettenrauchers, aber in seiner krampfhaft bebenden Brust war nicht mehr genug Luft, um den Satz zu beenden.

Wieder schüttelte Lulu seine Hand ab. Sie war überrascht und äußerst erfreut darüber, welche Anstrengungen Gerald auf sich genommen hatte, und auch darüber, in welch erschöpftem, atemlosem und elendem Zustand er sich befand. Ihr schoss der Gedanke durch den Kopf, dass sie ihn womöglich nur leicht anzustupsen brauchte, und schon würde er direkt vor ihren Augen an einem Herzanfall sterben. »Du bist jämmerlich, Gerald. Nur noch eine leere, hinkende Hülle von einem Mann.« Die alte Wut flackerte in ihr auf. »Du bist einfach abgehauen, du feiger Arsch! Du bist ein armseliger, elender, verfickter Scheiß –«

»Du hast den Film nie entwickeln lassen! Oder?« Die wütenden, abgewürgten Wörter barsten feucht rasselnd aus Geralds Brust. Sein Körper kippte nach vorn. »Ich habe sie weggelockt! Verstehst du? Ich habe dafür gesorgt, dass sie verschwunden sind! Ich habe –« Sein blaugraues, schweißglänzendes Gesicht drängte sich nah an das ihre, aber ihm war der Atem ausgegangen.

Lulu lehnte vor Ekel unwillkürlich den Oberkörper zurück. Doch sie richtete sich wieder auf – oder war zumindest im Begriff dazu –, als ihre mit Auberginen, Zitronen, Käse und Wein schwer beladene Schultertasche rückwärts schwang und mit bleiernem Gewicht an ihr zerrte. Sie verlor das Gleichgewicht.

Gerald griff nach ihrem Arm, jedoch dieses Mal – mit sicherem Instinkt –, um sie aufzufangen. Lulu krallte ihre Hand in sein Hemd, aber sie waren beide schon zu weit über dem Abgrund, um sich noch fangen zu können. Unaufhaltsam begannen sie, in die Tiefe zu fallen. Während sie fielen, war Lulu der Anblick von Geralds Gesicht, das dem ihren so nah war, mit seinen dünnen, gummiartigen Lippen und der Spucke, die sich in den Mundwinkeln gesammelt hatte, derart widerwärtig, dass sie ihren Kopf ruckartig zur Seite warf. Bei der Landung schlug sie mit der Schläfe auf einen scharfkantigen Felsvorsprung.

Geralds Knie wurden bei dem Aufprall auf dem zerklüfteten Kalkstein zertrümmert. Er schrie – ein kurzes, hohles Keuchen –, krümmte sich und zuckte mit dem Oberkörper und den qualvoll schmerzenden Hüften nach vorn.

Sie rollten weiter, jedoch nicht in Richtung der flachen Stellen, an denen die Gäste sonst immer ihre Badetücher ausbreiteten. Zusammen stürzten sie über den Felsvorsprung hinunter ins Meer.

2

»**DEM BERICHT DES** Gerichtsmediziners zufolge war es Tod durch Ertrinken«, sagte der Polizeikommissar und blätterte in den Unterlagen auf seinem Schreibtisch. Er war jung und schlank, hatte ein sicheres Auftreten und kurz geschorene, mit Gel stachelförmig nach oben frisierte schwarze Haare. Er sah aus wie ein Detektiv in einer Telenovela. »Die Lungen beider Personen waren mit Wasser gefüllt. Aber es waren auch äußerliche Verletzungen vorhanden, bei Señora Davenport hauptsächlich am Kopf, bei Señor Rutledge an den Knien … Und es gibt noch weitere Hautabschürfungen …« Er schaute hoch, auf die beiden Personen mittleren Alters, die ihm gegenüber am Schreibtisch saßen. »Es scheint jedoch nichts entwendet worden zu sein. Wir haben Señora Davenports Portemonnaie in ihrer Tasche gefunden und Geld in der Hosentasche von Señor Rutledge. Es wurde ihnen nichts gestohlen, also gehen wir nicht davon aus, dass es ein tätlicher Angriff beziehungsweise ein Diebstahl war. Die erwähnten Verletzungen stammen höchstwahrscheinlich von ihrem Sturz ins Wasser.«

Er sprach Spanisch. Luc Franklin, der Sohn der Davenport-Frau, und Aegina Rutledge, die Tochter des Rutledge-Mannes – beide *ingleses*, wie ja die Verstorbenen auch –, hatten ihm, als sie ihm vorgestellt wurden, in fließendem Spanisch geantwortet. Die Rutledge-Frau machte auf den Kommissar den Eindruck, als sei sie auch tatsächlich durch und durch spanisch. Dunkle Haare, dunkle Augen, olivenfarbener Teint, alt genug, um seine Mutter sein, aber immer noch eine sehr attraktive Frau – mit einem gewissen Schliff, den sie vermutlich der englischen Hälfte ihrer Abstammung verdankte. Der Mann, Franklin, sprach ebenfalls ziemlich gut Spanisch, auch wenn seine Aussprache nicht ganz so perfekt war wie die der Frau. Er sah wie ein ganz normaler, ergrauender *inglés* mittleren Alters aus. Keiner von ihnen ließ eine Gefühlsregung erkennen, während er vom Tod ihrer Eltern sprach und die Verletzungen in allen Einzelheiten schilderte, die man an den Leichen gefunden hatte. Aber der Kommissar ließ sich dadurch nicht täuschen. Es war ihm aufgefallen, dass sie sich kaum angeschaut hatten. Sie vermieden jeden Anflug von Wärme und Trost, alles, was vielleicht zu Tränenausbrüchen hätte führen können. Nicht einmal eine Umarmung oder ein Händedruck zwischen alten Freunden, keinerlei Anzeichen von Trauer, die der Situation angemessen gewesen wären und für die der Kommissar bewährte Worte des Trostes parat gehabt hätte.

Diese beiden Personen konnten sich nicht ausstehen.

Der Kommissar fuhr fort. »Es bleibt nur die eine Frage, nämlich, warum sie überhaupt gestürzt sind.«

»Meine Mutter hatte im Dezember einen Schlaganfall«, sagte Luc Franklin. »Vielleicht ist das ja wieder passiert, und Gerald – Señor Rutledge – hat versucht, ihr zu helfen.«

»Sie waren sehr alte Freunde«, sagte die Rutledge-Frau zur Bekräftigung dieser Theorie. »Wenn sie irgendwelche Schwierigkeiten hatte, dann hätte mein Vater sicher versucht ihr zu helfen, auch wenn es ihm selbst nicht besonders gut ging.«

»*Claro*«, sagte der Kommissar. »Das scheint mir die wahrscheinlichste Erklärung zu sein. Señora Davenport hatte hier eine Kopfverletzung«, er berührte seine Schläfe, »die höchstwahrscheinlich von ihrem Sturz auf die Felsen herrührte, der wiederum vielleicht, wie Sie sagen, von einem zweiten Schlaganfall verursacht wurde, oder«, er sah den Franklin-Mann an und sagte behutsam, »vielleicht ist sie auch einfach nur gestürzt. Sie war ja schon recht alt und trug eine schwere Tasche. So etwas passiert.«

»Schon möglich«, sagte Luc Franklin. Er machte einen seltsam desinteressierten Eindruck. Der Kommissar hatte so etwas schon öfter gesehen: Trauer, die sich in Distanziertheit ausdrückte. Die Toten waren nun tot. Wie es dazu gekommen war, schien nicht weiter wichtig.

Der Kommissar redete weiter, beschrieb eine Szene, die sich mehr oder weniger von selbst erklärte. »Ja. Und Señor Rutledge war da«, er sah zu der Tochter hinüber, während er versuchte, mit seinem Gesicht die selbstlose Güte zum Ausdruck zu bringen, die er ihrem Vater zuschrieb, »und wollte ihr helfen. Sie fielen, vielleicht zusammen, erst auf die Klippen, die die Straße säumen, und dann – sie sind nicht besonders breit, die Felsen dort, ich bin hingegangen und habe es mir angeschaut – sind sie hinunter ins Wasser gestürzt. Die Verletzungen stimmen mit einem derartigen Ablauf überein. Es sei denn, Sie hätten Grund zur Annahme, dass sie von jemandem angegriffen wurden –«

»Nein, nein, keineswegs«, sagte der Franklin-Mann, auf einmal ungeduldig.

»Ich bin mir sicher, dass es ein Unfall war«, sagte die Rutledge-Frau.

Der Kommissar nickte ernst. »Ein tragischer Unfall, bei

solch alten Freunden.« Er stand auf. »Mein tief empfundenes Beileid.«

Sie fuhren zusammen im Aufzug hinunter zur Tiefgarage der Polizeidienststelle. Sie schwiegen. Schließlich sagte Aegina: »Luc, das mit deiner Mutter tut mir leid.«

»Und mir das mit deinem Vater«, sagte Luc und betrachtete ihr Spiegelbild auf der Oberfläche der Fahrstuhltüren, genau in dem Augenblick, als sich die Türen öffneten und ihr Bild auslöschten. Sie gingen in Richtung ihrer geparkten Autos.

»Luc.« Aegina blieb stehen. »Du glaubst doch nicht – ganz ehrlich –, dass sie sich in Wahrheit gestritten haben?«

»Aegina …« Er zuckte mit den Schultern. »Ich habe keine Ahnung.«

»Aber warum waren sie überhaupt zusammen? Sie haben sich seit … seit Algeciras nicht mehr gesehen.«

Als das Wort »Algeciras« fiel, wandte Luc den Blick ab und starrte in eine besonders trostlose Ecke der Tiefgarage. »Keine Ahnung.«

»Ich kann mir einfach nicht vorstellen, was er dort wollte, draußen, vor dem Hotel«, sagte Aegina. Aber während sie sprach, fielen ihr einige Vorkommnisse aus der Vergangenheit ein. Sie sah Luc an. »Wie fühlst du dich?«

»Wie betäubt«, sagte er. »So wie ich mich ihr gegenüber schon immer gefühlt habe.«

»Ich bin sicher, dass das nicht stimmt.«

»Ach, egal, was soll's.« Er drehte sich wieder zu ihr. »Es tut mir wirklich leid mit deinem Vater. Ich mochte ihn.« Er machte kehrt und ging zu einem weißen Landrover. Lulus Auto. Als er auf den Funkschlüssel drückte, um die Türen zu öffnen, blinkten die Scheinwerfer des Autos kurz auf und es hupte einmal.

»Bleibst du länger hier?«, rief sie.

»Weiß nicht«, antwortete Luc und öffnete die Autotür. Er kletterte in den Wagen, schloss die Tür und ließ den Motor an. Aegina ging zur Seite, als der Landrover rückwärts aus der Parklücke fuhr. Dann sah sie zu, wie er in Richtung der Ausfahrt davonraste.

Aegina blickte sich in der farblosen Betonhöhle um und versuchte sich daran zu erinnern, was für ein Auto sie sich an diesem Morgen gemietet hatte. Sie war direkt vom Flughafen in Palma zu Pompas Fúnebres González gefahren, um die Leiche zu identifizieren, und von dort aus weiter zur Polizeistation.

Während sie den langen, nach wie vor ungeteerten Weg nach C'an Cabrer, dem Bauernhaus ihres Vaters, hinauffuhr, konnte Aegina nicht fassen, dass er nicht mehr dort sein würde. Jedes Mal war die Fahrt von Palma zum Haus mit der Erwartung, mit der Gewissheit verbunden gewesen, ihn am Ende zu sehen. Durch die Dörfer, oder mittlerweile meist auf irgendwelchen Umgehungstraßen um die Dörfer herum, an unzähligen neu gebauten kastenförmigen, kleinen Villen vorbei, bis sich endlich vor ihr das glitzernde Meer ausbreitete, dann nur noch den Hügel hinauf und zwischen den Olivenbäumen hindurch – jede Reise von London oder irgendeinem anderen Ort der Welt hierher war von dieser Erwartung erfüllt gewesen. Er war während ihres gesamten Lebens nur zweimal nach London gekommen. Ansonsten hatte sie ihn immer nur hier gesehen, an diesem einen Ort. Es hatte noch nie einen Moment gegeben, an dem sie im Haus war und ihr Vater nicht. Oder wenn, dann war er nur kurz unterwegs und würde jeden Augenblick zurückkommen. Diese Gewissheit war so beständig gewesen wie die Steine, aus denen das Haus gebaut war, oder wie das Land, das es umgab.

Hoch oben auf dem Hügel beschrieb die Auffahrt eine scharfe Kurve und führte an einer Reihe von Zitronenbäumen entlang zum alten Schweinestall – die Werkstatt ihres Vaters, die direkt neben dem Haus lag. Aegina hielt und stieg aus. Es war heiß, und die Luft war vom Summen der Zikaden erfüllt.

Sie stieg die Treppen an der Seite des Hauses hinauf, betrat die riesige Küche und blieb reglos stehen. In dem hölzernen Abtropfgestell über der großen, eckigen Keramikspüle lagen eine Teekanne mit Sieb und Deckel, eine alte Tasse mit Sprung, ein Porzellanteller und ein großes Tafelmesser mit Knochengriff säuberlich aufgereiht. Er hatte sie gespült und war dann fortgegangen und gestorben. Jetzt wusste sie, dass sie ihn nicht finden würde, weder hier, wie er Tee kochte, noch in seinem Büro noch lesend im Wohnzimmer noch wie er durch den Garten, die Oliven- oder Zitronenhaine spazierte, die oben auf dem Hügel über dem Haus wuchsen – zumindest das, was noch von ihnen übrig war.

Sie ging durch die mit Büchern vollgestellten Räume, bis sie zum Schlafzimmer ihres Vaters kam. Auch das Bett hatte er ordentlich gemacht – tadellos wie immer –, bevor er an jenem letzten Morgen zum Lebensmittelladen gegangen war.

Hier war sie gezeugt worden.

Neben dem Bett stand das kleine, grob gezimmerte alte Bücherregal aus einheimischem Kiefernholz, das den Kern der Bibliothek ihres Vaters enthielt, die Bücher, die er 1948 von seinem Boot mit an Land gebracht beziehungsweise daraus gerettet hatte, als es sank. Sie war sich nie ganz sicher, welche der beiden Versionen stimmte. John Bagnell Burys *Geschichte des antiken Griechenland*, Thomas Day Seymours *Leben zu*

Zeiten Homers, verschiedenste Ausgaben der *Odyssee* und ein Buch mit Fotos der Ägäis, dem Meer, nach dem ihr Vater sie benannt hatte.

Sie setzte sich aufs Bett und zog einen verblichenen, blau eingebundenen Band der Oxford University Press aus dem Regal. Die Seiten hatten sich schon vor langer Zeit vor Feuchtigkeit gewellt. Auf dem Buchrücken stand der Titel: *Homers Odyssee*. In der Mitte des blauen Stoffs vorne auf dem Einband befand sich in verblichenem Gold die kreisrund eingeprägte Darstellung einer kleinen Galeere mit vierzehn Rudern. Die Gestalt eines bärtigen Mannes, Odysseus, war mit Stricken an den Mast gebunden. Aus dem Wasser schauten singend die Sirenen zu ihm auf. Sie verzauberten jeden, der so unglückselig war, ihnen zu nahe zu kommen und ihrem meeresdurchtränkten Lied zu lauschen – geflügelte Harpyien, die mit ihren Krallen menschliche Gebeine umklammert hielten und jeden Seefahrer gefangen nahmen und nicht mehr losließen, bis sich ihm das Fleisch von den Knochen löste und nur noch ein Skelett von ihm übrig blieb.

Aegina öffnete das Buch. Auf der ersten Seite, die ansonsten leer war, vergilbt und mit Feuchtigkeitsflecken gesprenkelt, stand in verblichener schwarzer Tinte:

Für Lulu. Eine Odyssee.
In ewiger Liebe, Gerald
20. Juli 1948

1995
GOLDEN OLDIES

1

»**WARUM SOLLTE ICH** denn nicht gehen? Es ist ihr siebzigster Geburtstag«, sagte Charlie. Er fläzte sich in einem Stuhl vor dem großen Eichentisch in der Mitte der Küche und naschte ab und zu von einem kleinen Haufen roher Mandeln, der vor ihm lag. Er aß jede Nuss einzeln, eine nach der anderen. »Nur weil du und Opa sie hasst wie die Pest –«

»Das stimmt nicht, Charlie«, sagte Aegina. Sie stand am anderen Ende des Tisches und bereitete das Abendessen vor, indem sie Zwiebeln, Knoblauch und Pinienkerne in kleine Stücke schnitt. »Ich hasse sie nicht. Ich denke überhaupt niemals an sie.«

»Tust du doch«, sagte der Junge.

»Ich habe gar nicht die Energie, um irgendjemanden zu hassen. Und ich gebe dir recht. Natürlich solltest du hingehen, wenn du möchtest. Aber bist du denn auch eingeladen?«

»Mama«, sagte er mit mitleidiger, entnervter Stimme. »Um zu den *Klippen* zu gehen, braucht man keine Einladung. Die Leute gehen einfach hin. Ich bin schon mein ganzes Leben lang hingegangen.«

»Ich weiß, aber wird das heute denn nicht so eine ganz große, wichtige Feier?«

»Das ist ja gerade der Sinn der Sache: Alle Welt wird hingehen. Aber wenn du's genau wissen willst, Lulu hat mich eingeladen.«

»Sie hat was?«, schallte es aus dem Wohnzimmer.

Im nächsten Moment trat Gerald in den Türrahmen. »Warum hat sie dich eingeladen? Woher kennt sie dich überhaupt?« Er schaute seinen Enkelsohn über die Ränder seiner Lesebrille hinweg an. Der Junge war groß und gelenkig und hatte den gleichen dunklen spanischen Teint wie seine Mutter. Seit dem letzten Sommer, als Gerald ihn das letzte Mal gesehen hatte, schien er plötzlich die Grenze zwischen Kindheit und Jugend überschritten zu haben. Er war seitdem sicherlich mindestens dreißig Zentimeter gewachsen und musste sich bereits rasieren. Er sah wie ein draufgängerischer junger Matador aus, dachte Gerald. Gott steh ihm bei.

»Opa, ich geh da schon seit Jahren hin«, sagte Charlie. »Natürlich kennt sie mich. Sie hat mich sogar gebeten, bei ihrer Party der DJ zu sein. Das ist ein richtiger Job. Sie zahlt mir fünftausend Peseten.«

»Das ist ja nett«, sagte Aegina vorsichtig. »Und warum du, Schatz?«

»Sie mag die Musik, die ich mag. Und ich mag, was sie mag.«

»Und was wäre das so?«, fragte Aegina.

»Na ja, altes Zeug, aber auch neuere Sachen. Sie hat einen Plattenspieler und die ganzen alten Klassiker auf Vinyl. Du solltest echt mal mit runterkommen und es dir ansehen – falls du sie nicht hasst.«

»Jetzt hör schon auf damit, Charlie. Ich hab eben einfach nur viel zu tun, und ich verbringe meine Abende gerne hier.«

»Ich wette, sie mag deine KZ-Musik«, sagte Gerald.

Charlie begeisterte sich seit Neuestem für zwei Kompositionen, die er sehr viel öfter auf dem Grammofon im Wohnzimmer abspielte, als Gerald lieb war. Eine davon war Henryk Góreckis 3. Sinfonie, die *Sinfonie der Klagelieder*, zu der Dawn Upshaws wehklagender Sopran das Haus mit einer Flut trauervoller Musik erfüllte. Der Text, so teilte Charlie seinem Großvater mit, war ein Gebet, das jemand an die Wand einer Gestapo-Gefängniszelle geschrieben hatte. Das zweite Stück war Olivier Messiaens *Quartett für das Ende der Zeit*, das in einem deutschen Kriegsgefangenenlager entstanden war. Charlies Musiklehrer war gerade von jeglicher Musik fasziniert, die irgendwie mit dem Holocaust zu tun hatte.

»So was hat sie nicht.«

»Die Glückliche«, sagte Gerald. Er stand einen Moment lang unentschlossen auf der Türschwelle und sagte dann: »Weiß sie, wer du bist? Ich meine, weiß sie, dass du … zu unserer Familie gehörst?«

»Natürlich weiß sie das, Opa. Lulu kennt jeden.«

Gerald schaute zu seiner Tochter hinüber. Aegina begegnete seinem Blick und schaute dann wieder auf das Schneidebrett hinunter.

»Klingt ja ganz so, als wärt ihr zwei die allerbesten Kumpels.«

»Na ja, Bianca und ich gehen halt oft da hin. Sie hat uns beide zu ihrer Geburtstagsparty eingeladen.«

»Aha«, sagte Gerald. Bianca, die Tochter von Aeginas bester Freundin in Cala Marsopa, war genauso alt wie Charlie, nämlich fünfzehn. Sie war im letzten Jahr auffällig erwachsen geworden. Mittlerweile sah sie eher so aus, als wäre sie fünfundzwanzig, dachte er.

»Und Leute in deinem Alter gehen also wirklich zu den *Klippen*?«

»Manchmal«, sagte Charlie und kaute lässig eine Mandel. »Nach dem Abendessen.«

»Aber ihr kriegt dort keinen Alkohol, oder?«

»Nein. Cola. Oder TriNa.«

Wenn ein leger im Stuhl hängender, heißblütiger Jugendlicher wie Charlie das sagte, klang es wie ein Witz. Gerald war sich nicht ganz sicher, ob er nicht gerade auf den Arm genommen wurde. Vielleicht tranken sie ja wie die Weltmeister, jetzt, da sie fünfzehn waren. Aber er wäre ohnehin der Letzte, der davon erfuhr. »Tatsächlich?« Er sah zu Aegina hinüber.

»Sie trinken tatsächlich Cola, Papa.«

»Hmm«, machte Gerald. Kaum hatte er das gesagt, verachtete er sich schon selbst. Es ließ ihn wie einen hoffnungslos reaktionären Tattergreis klingen.

»Werden Tom und Milly dort sein?«, fragte er.

Aegina sah zu ihm hoch. »Papa, die sind doch schon seit Jahren tot.«

»Ah. Ach ja.«

Er ging wieder ins Wohnzimmer zurück, setzte sich auf das alte, durchgesessene Ledersofa und nahm das Buch wieder auf, das er weggelegt hatte, bevor er in die Küche gegangen war: *Der Weg nach Ithaka*. Es war mehr als vierzig Jahre lang vergriffen gewesen, doch nun gab der Londoner Verlag Doughty Books Ltd. eine neue Ausgabe heraus. Doughty hatte eine ganze Reihe kurzer Werke über die Geschichte der Antike veröffentlicht, schmale, gebundene Bände mit ansprechendem Design, lebendige, gut lesbare Prosa aus der Feder von Experten, denen es gelungen war, sich jeglicher wissenschaftlicher Pedanterie zu enthalten. Die Bücher waren beliebt und verkauften sich gut. Doughty war erst sieben Jahre zuvor gegründet worden und hatte in der Zwischenzeit schon zwei Mal den von der *Sunday Times* vergebenen Preis für den Kleinverlag des Jahres gewonnen.

Vor zehn Monaten hatte Gerald aus heiterem Himmel einen Brief in seinem staubbedeckten Briefkasten gefunden, der unten an der Einmündung der Auffahrt unter dem Johannisbrotbaum stand. Der Brief stammte von einer gewissen Kate Smythe, der Cheflektorin von Doughty. Einer ihrer Autoren hatte den *Weg nach Ithaka* bei einem Bibliotheksräumungsverkauf entdeckt – die ursprüngliche John-Murray-Ausgabe – und hatte ihr das Buch geschenkt. Sie fand, es sei ein »absolut brillantes Werk, das nicht nur äußerst charmant, sondern auch für den zeitgenössischen, in der Seefahrt nicht besonders bewanderten Leser sehr zugänglich und für die heutige Zeit noch genauso aktuell ist wie an dem Tag, als die erste Ausgabe erschien«. Jeder bei Doughty sei davon überzeugt, dass es mit einigen wenigen »klitzekleinen Bearbeitungen« wunderbar in ihr Programm passen und sich nahtlos in die erst kürzlich veröffentlichten Bücher über den Parthenon, die griechisch-persischen Kriege und die Elgin Marbles einfügen würde. Man sei sich einig, dass Geralds Schwarz-Weiß-Fotografien einen »wesentlichen Bestandteil« des Buches ausmachten, dass sie »in ihrer Komposition geradezu klassisch« seien und »einen zeitlosen Eindruck des Mittelmeers vermittelten, der dem heutigen Leser das Gefühl gibt, als sähe er historische Momentaufnahmen aus der Welt Homers«. (»Mit anderen Worten«, sagte Gerald zu Aegina, »sie glauben, dass ich dreitausend Jahre alt bin.«) Ob Gerald einen Literaturagenten habe, dem sie ein Angebot unterbreiten könne? Falls nicht, sei Kate Smythe sehr gern dazu bereit, ihn an eine Agentin zu verweisen, mit der Doughty des Öfteren zu tun habe und deren Unparteilichkeit und Einsatz in Geralds bestem Interesse sie ihm garantieren könne. Und dann noch die Frage, ob er denn eine Telefonnummer angeben könne?

Gerald hatte ihr sehr skeptisch geantwortet, halb davon überzeugt, dass sich dieses Angebot in Luft auflösen würde, bevor irgendetwas Handfestes daraus werden konnte. Er schrieb, er habe im Augenblick keinen Literaturagenten (so etwas hatte er noch nie gehabt), würde ihr Angebot jedoch sehr gern in Betracht ziehen. Nur wenige Tage nachdem er seinen Antwortbrief in den gelben Correos-Kasten in Cala Marsopa geworfen hatte, bekam er einen geradezu euphorischen Anruf von Kate Smythe aus London. Immer und immer wieder erzählte sie ihm mit ehrlicher Begeisterung, wie großartig sie sein Buch finde, wie aufgeregt alle bei Doughty seien, eine neue Ausgabe davon herauszubringen, und wie sehr sie davon überzeugt seien, dass es ein rauschender Erfolg werden würde.

»Das ist sehr nett von Ihnen«, antwortete ihr Gerald. Doch er war noch immer nicht überzeugt von der Sache und starrte abwesend ein paar Flaschen mit dem von ihm selbst hergestellten honigfarbenen Olivenöl an, die auf dem Regal neben dem Telefon standen. (Als er sich 1987 endlich zur Installation eines Telefons hatte überreden lassen, verbannte er das Gerät in die Vorratskammer, dort, wo es ihm am wenigsten im Wege zu sein schien.)

Kaum eine Stunde später stand er schon wieder in der Vorratskammer und beantwortete den nächsten Anruf. Die Frau am anderen Ende der Leitung stellte sich als Deborah Greene vor. Sie sei Literaturagentin und von Doughty Books dazu ermächtigt worden, ihm einen Vorschuss auf die Tantiemen anzubieten, und zwar in Höhe von fünfzehntausend Pfund.

Gerald hatte England viele Jahrzehnte vor der Umstellung

des Pfundes auf das Dezimalsystem verlassen – bevor das Pfund zu einhundert schwächlichen Pence zusammengeschrumpft war und die rühmlichen Zeiten der zwanzig Schillinge und zweihundertundvierzig nützlichen Pennys, die noch zu seiner Kindheit die Vorstellung von Reichtum definiert hatten, der Vergangenheit angehörten. Einst konnte man mit einem Thrupenny – einem Dreipennystück – sechzehn Zitronenbonbons kaufen, die jeweils einen Farthing – einen Viertelpenny – kosteten. Geralds Vorstellung von Reichtum passte eher zum Leben auf See: ausreichend Nahrungsmittel, die sorgfältig vor Wind und Unglücksfällen geschützt verstaut waren und über einen bestimmten Zeitraum hinweg das Überleben in einer ungewissen Zukunft sichern sollten. Fünfzehntausend Pfund – das war eine Summe, die er allenfalls mit Zugüberfällen oder Filmstargehältern assoziierte.

Während die Agentin redete, stand Gerald in seiner Vorratskammer und starrte wieder auf seine Olivenölflaschen. Noch lange Zeit später stieg, wann immer er an seinen neuen Verlag und seinen Fünfzehntausend-Pfund-Vorschuss dachte – und auch jedes Mal, wenn er aus irgendeinem Grund in die Vorratskammer ging –, vor seinem inneren Auge die Vorstellung auf, er werde von dickflüssigem, öligem Harz übergossen und darin wie in einem goldenen Stück Bernstein eingeschlossen.

Deborah Greene erzählte irgendetwas über Auslandsrechte, dass ein amerikanischer Verlag schon großes Interesse bei Doughty angemeldet habe, dass das Buch schon sehr bald Gewinne erzielen werde und Gerald möglicherweise schon in den nächsten, auf den Erscheinungstermin folgenden Jahren mit zusätzlichen Tantiemen rechnen könne. Das meiste von dem, was sie sagte, verstand er nicht.

Gerald sagte laut – oder vielleicht dachte er es auch nur: »Was immer Sie für richtig halten.«

Sie fragte, ob er vielleicht noch eine Idee zu einem weiteren Buch habe, das als eine Art Fortsetzung dienen könne, wofür sie ihm, wie sie glaube, einen weiteren, sehr komfortablen Vorschuss aushandeln könne. Er habe keine Idee, zumindest nicht so ohne Weiteres, antwortete er ihr, aber er werde darüber nachdenken.

Er war aus der Vorratskammer gewankt und hatte sich endlich eine Kanne Tee gekocht.

Wenige Wochen später lag ein Scheck über 6375 Pfund (die Hälfte seines Vorschusses, der Rest würde nach Veröffentlichung des Buches folgen) in seinem Briefkasten unter dem Johannisbrotbaum. Er zahlte das Geld auf sein Konto bei der Banco Santander in Cala Marsopa ein und fragte sich, was er damit anfangen sollte. Einige Monate später beschloss er, ein paar Dachziegel zu erneuern. Außerdem schickte er Aegina anlässlich ihres Geburtstags einen Scheck über tausend Pfund – »Natürlich wird ohnehin alles einmal dir gehören«, schrieb er salbungsvoll dazu – und zu Charlies Geburtstag schickte er hundert Pfund.

Jetzt, fast ein Jahr nach dem ersten Brief von Kate Smythe, lag sein neues Buch, jenes Wunder, das ihm im vorgerückten Alter von siebzig Jahren in den Schoß gefallen war, aufgeschlagen, mit den Seiten nach unten, vor Gerald auf dem Lederpolster. Der Verlag hatte einen Untertitel hinzugefügt: *Eine Entdeckungsreise auf den Spuren des Odysseus*. Auf dem Schutzumschlag war die Abbildung eines Details aus einem alten Wandmosaik zu sehen: Odysseus, umzingelt von den sechs Köpfen der Skylla. Es war eine sehr lebendige und dynamische Szene und ähnelte nicht im Geringsten jenen gekünstelten, zweidimensionalen Darstellungen von griechischen Vasen, die man sonst so oft sah. Hier versprach das Cover schon, was sich im Innern des Buches finden würde – so hatte es Kate Smythe Gerald gegenüber am Telefon erklärt –, nämlich eine großartige, rasante Geschichte. Gerald fand den Einband wunderschön: das Mosaik, umrandet von einem Mittelmeerblau, das eine irgendwie altertümlich anmutende Patina hatte, als handelte es sich um ein altes Pergament mit Wasserzeichen. Ziemlich geschickt gemacht.

Aber die Euphorie und das angenehme, wenn auch seltsam schwindelerregende Gefühl, so viel Geld auf der Bank zu haben, waren sehr schnell der Panik gewichen. Der Verlag hatte ihn eingeladen, für die Buchpremiere nach London zu kommen. Sie hatten ihn zu überzeugen versucht, ihm geschmeichelt, durch Telefonanrufe von Kate, ihren Lektoren und ihrem Produktionsteam, und sogar Aegina hatte sich dem Drängen angeschlossen. Die Premiere sollte in drei Tagen stattfinden, in der Duveen Gallery im Britischen Museum, die die von Lord Elgin geraubten Friese des Parthenon beherbergte. Kate hatte mit geschickten, wohldosierten und sich in ihrer Intensität steigernden Telefonanrufen dafür gesorgt, dass Gerald sich irgendwann bereit erklärte, bei der Feier einen Auszug aus seinem Buch vorzulesen. Die letzten Wochen hatte er damit verbracht, sich in ein ziemlich übles und stetig wachsendes Lampenfieber hineinzusteigern. Mittlerweile wachte er noch vor der Dämmerung auf, schweißgebadet vor Panik, und stellte sich vor, wie er von einem Skylla-ähnlichen Pulk von grinsenden, zähneknirschenden Köpfen umringt wurde – Köpfe schlauer, literarisch gebildeter Akademiker, die alle bei Weitem mehr über sein Thema wussten als er selbst. Zu den Autoren, die Doughty in letzter Zeit veröffentlicht hatte, gehörte zum Beispiel auch ein Cambridge-Professor, dessen Spezialgebiet der Parthenon war. Gerald war sich sicher, dass er anfangen würde, hilflos zu stottern und sich zu verhaspeln, dass er plötzlich die Sprache verlieren, ihm womöglich sogar ein Malheur in der Unterhose passieren würde oder er zumindest eine derart starke Neigung dazu verspüren würde, dass es ihm unmöglich sein würde, die Toilette des Museums auch nur für eine Sekunde zu verlassen. In der Zwischenzeit musste er sich auf diese »spontane« Rede vorbereiten. Er musste eine Passage in seinem Buch finden, die sich zum Vorlesen eignete. »Irgendetwas Amüsantes«, wie Kate vorgeschlagen hatte.

Während er das Buch wieder aufnahm, kehrten Geralds Gedanken unwillkürlich zu dem Moment zurück, der ihn vor wenigen Minuten überhaupt erst dazu veranlasst hatte, das Buch wegzulegen und in die Küche zu gehen: Als er gehört hatte, wie sein Enkelsohn diese Frau erwähnt hatte. Er sah hinab auf den wunderschönen Einband und ihm wurde klar, dass diesem Buch, egal in welcher Ausgabe, immer ein unauslöschlicher Makel anhaften würde.

Charlie durchquerte das Zimmer. »Bis später, Opa.«

»Bleibst du nicht zum Essen?«

»Nein, danke, ich esse mit ein paar Freunden in der Stadt.«

Im nächsten Moment konnte Gerald die gewaltige Flut von Charlies Urinstrahl hören, wie sie achtlos in die Toilettenschüssel des angrenzenden Badezimmers prasselte. Was für ein beneidenswerter, kraftstrotzender Gegensatz zu seinem eigenen, jämmerlich verkümmerten, sporadischen Geriesel.

»Und es macht dir also nichts aus, dass er zu der Party geht?«, fragte Gerald, während er mit Aegina später zum Abendessen im Esszimmer saß.

»Nein. Sie gehen doch alle hin. Ich möchte es ihm nicht verderben.«

»Und du hast kein Problem damit, ihn hier allein zu lassen? Wie gesagt, ich bin durchaus in der Lage, allein nach London zu reisen und auch wieder zurück nach Hause zu finden.«

»Da bin ich mir nicht so sicher. Er wird schon klarkommen, Papa. Penny und François freuen sich, dass er bei ihnen übernachtet –«

»Und Bianca bestimmt auch.«

»Ja, das wird sie. Sie sind sehr gute Freunde.«

»Aber haben sie …?«

»Ob sie Sex haben? Ich glaube nicht. Ich nehme an, sie küssen sich. Vielleicht machen sie auch noch ein bisschen mehr. Aber sie sind sehr enge Freunde. Ich glaube, es ist schon okay. Und außerdem musst du verrückt sein, wenn du glaubst, ich würde mir deine tolle Buchparty entgehen lassen. Also im Ernst – das Britische Museum! Und die Wiederveröffentlichung deines Buches! Das war doch mehr oder weniger schon von der Bildfläche verschwunden, bevor ich überhaupt alt genug war, um es zu lesen. Ich will unbedingt dabei sein und dich in der Stunde deines Triumphs sehen.«

»Eher in der Stunde meiner Demütigung, fürchte ich.«

»Du wirst das bestimmt ganz großartig machen. Dein Buch hat diese Leute schließlich mächtig beeindruckt. Du musst ja auch gar keine Rede halten. Du musst nur Danke sagen, ein paar Sätze lesen, und den Rest machen die schon. Das wird garantiert toll.«

»Hmm«, murmelte Gerald. Sie aßen eine Minute lang schweigend vor sich hin. Aegina hatte ein Tumbet zubereitet, so wie sie es von ihrer Mutter gelernt hatte: ein mallorquinisches Gericht mit Auberginen, Tomaten, Zwiebeln, Knoblauch,

Ziegenkäse und Oliven von Geralds Bäumen. Er ließ seinen Blick über ihre Gemälde streifen, die an den Wänden hingen: Landschaftsbilder von seinem Grundstück und anderen Teilen im Osten der Insel. Sie hatte hauptsächlich gebrannte und rohe Umbrafarben verwendet, deren Konturen und Schattierungen ihm mittlerweile so vertraut waren wie die Venen und Flecken auf seinen eigenen, gebräunten und wettergegerbten Handrücken. Die Bilder hingen schon seit vielen Jahren dort.

»Malst du eigentlich noch viel?«, fragte er sie.

»Nein. Gar nicht mehr, um ehrlich zu sein. Ich würde gern irgendwann wieder damit anfangen. Und das werde ich auch. Ich scheine nur im Augenblick nicht genug Zeit dafür zu haben – na ja, das heißt wohl wahrscheinlich in Wirklichkeit, dass ich nicht genug Interesse daran habe.«

»Ich hoffe, du fängst wieder an. Ich liebe deine Bilder, das weißt du doch. Du bist eine sehr begabte Künstlerin.«

»Das ist lieb von dir, Papa.«

»Malt Charlie? Oder zeichnet er?«

»Nein, er macht nur seine Musik. Du hast ihn ja in seinem Zimmer auf seinem Keyboard spielen hören.«

»Ich weiß, es klingt toll, was er macht. Aber du warst auch musikalisch. Du hast immer diese Lieder auf deinem kleinen Plattenspieler gespielt, den du überallhin mitgenommen hast. Ich erinnere mich noch an dieses eine Lied, das du so mochtest, das, wo es darum geht, wie jemand zum Mond fliegt.«

»*Everyone's Gone to the Moon.*«

»Ja, genau das. Ein ziemlich einsames Lied, hab ich immer gedacht.«

Zwei Tage später standen sie in einer Reihe mit lauter sonnenverbrannten britischen Touristen und ihren riesigen Gepäckbergen – die meisten von ihnen gekleidet, als kämen sie gerade vom Strand – und krochen in Schlangenlinien dem Iberia-Abfertigungsschalter am Flughafen von Palma entgegen.

»Diese Leute können doch unmöglich alle im selben Flugzeug sein wie wir?«, fragte Gerald irritiert. Er war ordentlich gekleidet und trug eine ausgeblichene blaue Leinenhose, Tennisschuhe, ein weißes Hemd, das so oft gewaschen worden war, dass es fast durchsichtig schien, und ein abgewetztes, aber sauberes cremefarbenes Leinensakko, das in den 1930er-Jahren besonders bei britischen Schulmeistern sehr beliebt gewesen war.

»Doch, doch, das sind sie«, sagte Aegina. »Und es kommen noch mehr.«

»Wie um Himmels willen sollen die denn alle in ein einziges Flugzeug passen?«, fragte Gerald, in dessen Vorstellung solche Maschinen bis in alle Ewigkeit dieselbe Größe und Gestalt haben würden, wie sie ihm während des Krieges begegnet waren. 1942 hatte er ein falsches Alter vorgetäuscht, sich zum Dienst in der Royal Navy verpflichtet und war an Bord des zum Flugzeugträger umgebauten Schlachtkreuzers HMS *Furious*, der Supermarine Spitfires und Hawker Hurricanes der Royal Air Force transportierte, zwischen Portsmouth und Malta hin- und hergefahren. Es waren zierliche Flugzeuge gewesen, nicht größer als kleine Segelboote und auch gar nicht so verschieden in ihrer Funktionsweise. Sie waren mit federleichten Tragflächen ausgestattet, die wiederum mit Drähten kontrolliert wurden, die kaum dicker waren als Angelschnüre. Dabei waren sie ungefähr so stabil wie große Kastendrachen, und wenn man sie auf dem Flugdeck in Stellung brachte, schwankten und zitterten sie wie Gebüsche im Wind. Gerald fand sie ganz wunderbar, bis er immer öfter zusehen musste, wie sie abstürzten. Hübsche kleine Flugzeuge, die als glühende Feuerbälle vom Himmel brausten und beim Aufprall auf dem Meer oder der felsigen Küste jedes Mal spektakulär explodierten. Selbst wenn man von dem Bombardement der Flugabwehrgeschütze absah, machten sie plötzlich einen ganz und gar hilflosen Eindruck, als wären sie der verblendeten Einbildungskraft eines wahnsinnigen Erfinders entsprungen. Während des Krieges und auch nach seinem Ende segelte Gerald über das gesamte Mittelmeer, zwischen Alexandria und Gibraltar, in Schiffen aller nur denkbaren Bauarten und Größen. Manche schlugen leck, einige wenige sanken, doch immer so gemächlich, dass er noch die Möglichkeit hatte, das Wrack rechtzeitig zu verlassen. Es war ihm daher wie die natürlichste Entscheidung der Welt vorgekommen, niemals den Fuß an Bord eines Flugzeugs zu setzen. Als er schließlich sein eigenes Boot in den Gewässern vor Mallorca verlor, saß Gerald im Endeffekt auf der Insel fest. Da es damals keinerlei günstige Alternativen gab, unternahm er 1979 eine einmalige Flugreise von Mallorca nach London und zurück, um an Aeginas Hochzeit teilzunehmen. Es musste wohl an der seltsamen, einschmeichelnden Unwirklichkeit liegen, in die alles eingehüllt war, was mit der Wiederveröffentlichung seines Buches zu tun hatte, dass er sich von seinem Ankerplatz losgerissen und darauf eingelassen hatte, ein weiteres Mal nach London zu fliegen. Und das letztendlich nur wegen einer Art Cocktailparty im Britischen Museum. Hätte man ihm von vorneherein gesagt, dass er in ein Flugzeug würde steigen müssen, um sein druckfertiges Buch in Empfang zu nehmen, hätte er das Angebot wohl abgelehnt. Er hätte erkannt, dass es sich um nichts anderes handelte als den chimärischen Lockruf einer Sirene.

»Vielleicht passen wir gar nicht mehr rein«, sagte er hoffnungsvoll.

Aegina lächelte ihn an. »Wir haben unsere Tickets, wir werden auf jeden Fall an Bord kommen.« Sie hakte sich bei ihm ein. »Mach dir keine Sorgen. Du wirst das schon überleben. Nachdem wir eingecheckt haben, gehen wir erst mal einen Kaffee trinken und ein *bocadillo* essen.«

2

LULU HATTE ZAHLREICHE Geburtstagsgeschenke für sich selbst eingeplant. Schließlich wusste sie selbst besser als jeder andere, was ihr gefiel. Das erste Geschenk war eine heiße, flockige, dick mit Puderzucker überzogene *ensaïmada* zum Frühstück – ein spiralförmiges mallorquinisches Gebäck. Sie aß sie nur sehr selten, aber sie sahen so wunderbar aus, und gerade weil sie sich kaum jemals eine gönnte, übten sie eine große Anziehungskraft aus (die sich für gewöhnlich verflüchtigte, sobald sie mehr als eine aß). Eine einzige, von Zeit zu Zeit, genügte ihr vollkommen.

Ein weiteres Geburtstagsgeschenk kam in Gestalt von Floriana, auch wenn es sich hierbei nur um einen kleinen zusätzlichen Besuch im Rahmen des ganz normalen Wochenablaufs handelte. Die schweigsame brasilianische Frau mit den indianischen Gesichtszügen erschien um vier Uhr, um Lulu eine Massage zu geben. Sie waren nicht befreundet. Floriana sagte: »*Buen día, señora*«, und machte sich ans Werk. Sie rieb Lulus langen, geschmeidigen und nach wie vor mit erstaunlich straffer Haut gesegneten Körper, der auf ihrem Massagetisch lag, mit Öl ein, knetete ihn und ließ ihre kräftigen Hände darübergleiten. Dabei war sie so vertieft in ihre Arbeit wie eine Wünschelrutengängerin, als könne sie den unter Lulus Haut versteckten Nerven und Muskeln ihre Geheimnisse entlocken. Lulu spürte, wie sie vollkommen versank, wie jegliche Anspannung von ihr abfiel und alle unliebsamen Gedanken verschwanden.

Das größte Geschenk hatte sie jedoch für sehr viel später geplant.

Luc wurde durch Stimmengeschnatter und Tellerklirren draußen vor den geschlossenen Fensterläden aus seiner Siesta geweckt. Er war gestern Abend erst spät angekommen und hatte zum Mittagessen zu viel Wein getrunken. Das Zimmer war merklich kühler und das Licht um einiges weicher als die stechenden, scharfkantigen Sonnenstrahlen, die unter den Läden ins Zimmer gedrungen waren, als er sich hingelegt hatte. Eine sanfte, mit Blumenduft durchtränkte Brise umspielte sein Gesicht und seinen Oberkörper, und er konnte hören, wie draußen der Wind durch die Kiefern strich.

Er stand nackt vom Bett auf, ging zum Fenster und öffnete die Läden einen Spaltbreit. Unter ihm, in dem breiten, vom Blätterdach der knorrigen Kieferkronen überschatteten Hof, deckte die Catering-Crew, die für die Geburtstagsfeier seiner Mutter engagiert worden war, die Tische. Lauter junge, dunkelhaarige mallorquinische Männer und Frauen, die enge schwarze Hosen, schwarze Turnschuhe und weiße Hemden trugen. In ihrer Mitte stand die wuchtige, mysteriöse Bronwyn und gab ihnen Anweisungen. Sie war in eine schlabbrige kurze Hose und ein riesiges T-Shirt gekleidet, unter dem sich die verschiedenen Wülste ihrer Brüste und ihres Bauches deutlich erkennbar abzeichneten.

Lucs Blick blieb auf einer der Frauen haften, die zur Crew gehörten. Sie war groß, er konnte nur ihren Rücken sehen, ihren schmalen, aber wohlgerundeten Hintern in der engen schwarzen Hose und die dunklen, dicht gelockten Haare, die sie zusammengebunden hatte. Das weit geschnittene weiße Hemd verriet nichts darüber, was sich darunter verbarg. Sie drehte sich um, und er sah, dass sie eine sehr ausgeprägte Hakennase hatte. Er beobachtete, wie sie Bronwyn mit leicht geöffnetem Mund aufmerksam zuhörte, bis sie schließlich schnell in Richtung Küche ging und aus seinem Blickfeld verschwand.

Luc schloss die Fensterläden. Er wohnte im hintersten Zimmer, in dem zweistöckigen Anbau neben dem Haupthaus, der die meisten Gästezimmer enthielt. Seine Mutter nannte es immer »die Baracken« – ein lang gestrecktes, rechteckiges Gebäude, weiß und ziegelgedeckt, dessen Fenster von Läden eingerahmt wurden, die im gleichen Salbeigrün gestrichen waren wie die Läden des Haupthauses. Das sich fast drohend auftürmende riesige Gebäude hatte mit den Jahren durch die an ihm emporwachsenden Pflanzen weichere Konturen gewonnen: Fundamente und Mauern waren mit Kap-Geißblatt, Bougainvilleen, Palmen und Geranien bedeckt. Luc hatte im Haus nie ein eigenes Zimmer gehabt – von dem kurzen Zeitraum einmal abgesehen, in dem sein Vater mit seiner Mutter verheiratet gewesen war. Wenn gerade keine Saison war oder nur wenige Gäste im Hotel wohnten, brachte man ihn in einem kleinen Zimmer im Haupthaus unter. Ein paar Jahre lang, während seiner Teenagerzeit, bevor Mitte der sechziger Jahre die Baracken gebaut wurden, fand er Unterschlupf in einer Hütte aus grob verputztem Beton in der Nähe der rückwärtigen Mauer des Grundstücks. Die Hütte war eines von mehreren ungeschlachten Nebengebäuden, die ursprünglich zum Grundstück gehört hatten und in denen man Gartengeräte und möglicherweise irgendwann auch einmal Tiere untergebracht hatte. Er richtete das Haus selbst her, legte eine Matratze auf ein paar Bretter und Ziegelsteine, spannte eine Leine, um seine Kleider daran aufzuhängen, brachte ein paar Regale für seine Bücher an und drehte eine vom Haus herüberführende Elektroleitung mit den beiden offenen Enden um die Schrauben einer Lampenfassung, damit er auch nachts lesen konnte. Das Ganze war nicht größer als eine Gefängniszelle, aber Luc fühlte sich dort zu Hause. Es war so weit weg vom Haus wie nur irgend möglich, weg von der Bar und den anderen Gästen und was am wichtigsten war – weg von seiner Mutter. Wenn er den Pfad an der Garage vorbei benutzte, konnte er kommen und gehen, wann er wollte, ohne dass ihn irgendjemand gesehen hätte. Er konnte ein vollkommen geheimes Leben führen. Die Leute vergaßen manchmal stunden-, wenn nicht gar tagelang, dass er überhaupt existierte. Wenn er nicht gerade während der langen Sommermonate auf Mallorca war, sondern in Paris, wo er zur Schule ging – und in dem Apartment seines Vaters im 6. Arrondissement wohnte, mit den hohen Decken und riesigen Fenstern –, wurden die Wände in seinem kleinen Geräteschuppen schwarz vor Schimmel und mussten jedes Jahr aufs Neue weiß gestrichen werden. Wenn er dann im Juli in seinen frisch gestrichenen Verschlag zurückkehrte, igelte er sich mit seinen Büchern ein und schmiedete große Pläne, die alle mit Sex zu tun hatten. Er durchlebte die Saison in den *Klippen* in einer Ecke versteckt im Hintergrund, wie eine lauernde Spinne. Aber irgendwann wurde seine kleine Hütte zusammen mit den anderen Nebengebäuden abgerissen, um Platz für die Baracken zu machen, und seit dieser Zeit wohnte Luc immer in einem der Gästezimmer – welches eben gerade frei war – in dem neuen Gebäude.

Er bemerkte sein Spiegelbild an der Wand und zog den Bauch ein. Nicht schlecht für einen Mann Mitte vierzig. Er zog eine Badehose und ein T-Shirt an, schnappte sich ein Handtuch und lief barfuß die gefliesten Treppen hinunter. Draußen bahnte er sich einen Weg durch die Tische und die Cateringcrew und ging quer über den Hof zu dem Tor, das zur Straße führte.

»Hallo, Lukey, Schätzchen!«, rief ein Gast von der Bar auf der anderen Seite der Terrasse.

»Hi!«, rief er zurück und winkte.

Er fand April auf der anderen Straßenseite, auf einem schmalen Felsvorsprung über dem Meer. Sie lag mit dem Gesicht nach oben auf einem Badetuch und hatte ihr Bikinioberteil ausgezogen. Sie war gerade erst aus dem Wasser gekommen und salzige Tropfen perlten von ihrer blassen, eingeölten Haut.

»Hey«, sagte er. »Wie geht's dir?«

»Oh, hey.« Sie schirmte mit einer Hand ihre Augen ab und blinzelte zu ihm hoch. »Mir geht's ganz großartig. Gehst du ins Wasser? Es ist echt toll!«

»Vielleicht«, antwortete Luc. Er breitete sein Handtuch neben ihr aus und setzte sich darauf. Er hatte keine Lust, schwimmen zu gehen. Er würde nass werden und seinen noch schlafwarmen Körper gewaltsam wach rütteln. April hatte die Hand wieder aus dem Gesicht genommen und lag nun mit geschlossenen Augen da.

»Wirst du dir hier draußen denn keinen Sonnenbrand holen?«, fragte er.

»Ach nee. Ich hab Sonnencreme drauf, die ist so stark, da könnte ich genauso gut eine kugelsichere Weste tragen.«

April war Mitte zwanzig. Sie hatte in einem seiner Filme mitgespielt, der gerade erst fertig geworden war. Luc hatte ihn extra für sie geschrieben, für ihre elfenhafte, nahezu durchsichtige milchweiße Haut und ihre rotblonden Haare. Ausstattung und Drehorte waren in monochromen Tönen gehalten: das urbane, mit Wohnblocks zugebaute Ödland der Pariser Banlieues. Gefilmt hatte man ausschließlich im frühmorgendlichen und abendlichen Dämmerlicht. Zusätzlich wurden dem Film nahezu alle Farben entzogen. Auf diese Weise konnte das Mädchen (April), deren ehemaliger Liebhaber sie wie ein Besessener verfolgte, mit der Betonlandschaft verschmelzen oder ganz darin verschwinden und ihn dadurch in den Wahnsinn treiben. Die irreale, transzendente Ausstrahlung, die von ihrer Filmfigur ausging, wurde zusätzlich dadurch verstärkt, dass Luc vor Beginn der Dreharbeiten zusammen mit dem Regisseur beschlossen hatte, einen Großteil ihres Dialogs zu streichen und den übrig gebliebenen Rest mit dahingehauchtem Geflüster zu unterlegen. So vermied man die alles zerstörende Wirkung ihres San-Fernando-Valley-Akzentes, der sich auch noch in den einsilbigsten französischen Phrasen brutal Bahn brach.

Sie sah jetzt wesentlich gesünder aus. Ihre Haut, die aus der Nähe betrachtet ein wenig sommersprossig war, hatte an Leben gewonnen – eine leichte Gänsehaut breitete sich über ihre Arme aus, und der pfirsichrosafarbene Hof ihrer Brustwarzen hatte sich von dem Meerwasser zusammengezogen, das in der leichten Meeresbrise auf ihrem Körper trocknete. Luc lehnte sich vor und umfasste ihre kühle, nasse Brustwarze mit seinem Mund, leckte die salzigen Tropfen …

April zuckte zusammen und zog ihren Oberkörper zurück. »Lass das!«, sagte sie.

»Warum denn?«

»Es könnte dich jemand sehen.«

»Aber hier ist doch niemand.«

»Egal. Es ist mir eben einfach unangenehm, wenn du so was in aller Öffentlichkeit tust.«

»Dein Wort ist mir Befehl. Ich tue nur, was dir angenehm ist.«

Luc zog die Knie an die Brust. Er schaute über das flache blaue Meer hinüber zu einer riesigen, insektenförmigen Motoryacht, die an der Küste entlangtuckerte, um den östlichsten Punkt der Insel zu umrunden. Sie war vielleicht auf dem Weg von Palma nach Pollença, oder im Begriff, in der Nähe des noblen Hotel Formentor vor Anker zu gehen.

»Also«, sagte April, immer noch mit geschlossenen Augen. »Ich möchte über deine Mutter reden.«

»Okay.«

»Sie ist echt wunderschön.«

»Das ist nett von dir.«

»Ich meine, ich kann gar nicht fassen, dass sie schon siebzig ist!«, sagte sie mit einer derart starken Betonung, als hätte Luc sie monatelang über das wahre Alter seiner Mutter angelogen.

»Du findest, dass sie jünger aussieht?«

April atmete scharf aus. »Das kann man wohl sagen! Eher wie vierzig! Wenn überhaupt! Und wie sie redet – ich weiß nicht –, ist das so 'n aristokratischer englischer Akzent?«

»Das ist zumindest das, was die Leute heutzutage denken, wenn sie es hören. Früher nannte man das ›britische Standardaussprache‹ – so eine Art offiziell gültige, allgemein akzeptierte Sprechweise. Es ist ungefähr neunzig Jahre her, dass man in England so gesprochen hat. Du kannst das noch in alten Wochenschauen hören, da reden die so.«

»Und warum hast du dann so was wie 'n amerikanischen Akzent, wenn du Englisch sprichst?«

»Weil ich Amerikaner bin. Hab ich dir doch erzählt. Mein Vater war Amerikaner. Wenn ich Englisch gesprochen habe, dann immer mit ihm.«

April blieb eine Weile stumm in der Sonne liegen, dachte jedoch offensichtlich weiter darüber nach. »Und was ist mit deiner Mutter und deinem Vater passiert? Warum haben die sich getrennt?«

»Aus demselben Grund, warum sich alle Leute trennen. Sie kamen nicht mehr miteinander klar.«

»Und hat sie jetzt so 'ne Art Freund oder so?«

»Nicht so, wie du dir das vorstellst.«

»Wie meinst du das?«

»Sie hat mehrere Freunde. Und Besucher. Freunde, die für ein paar Tage herfliegen und sie besuchen.«

»Du meinst, die kommen hierher, um mit ihr Sex zu haben?«

»Ja.«

»Oh, wow! Das ist mal was anderes. Ist sie denn auch so vernünftig, immer ein Kondom zu benutzen?«

»Weißt du was, April, Schätzchen? Darüber denke ich lieber nicht nach.«

»Na ja, ich dachte halt, sie stammt nun mal aus einer älteren Generation, und sie, hmm, sie treibt sich ja anscheinend ganz schön rum.«

»Solche Sachen überlasse ich ganz allein ihr. Aber es ist süß von dir, dass du dir Gedanken um sie machst. Kommst du bald ins Haus?«

»Ich bleib noch 'ne Weile hier. Ich bin hier einfach … na ja, es ist so unglaublich friedlich hier.«

»Lass dir ruhig Zeit.«

Luc stand auf und ging zurück über die Straße.

»Da bist du ja«, sagte Lulu. Sie schwebte mit elegant gleitenden Schritten von der Bar hinüber zum Haupthaus. Ihre Wege kreuzten sich.

»Hallo, Mutter. Und, genießt du deinen Geburtstag?«

»Ja, das tue ich in der Tat, Darling. Komm rein und trink eine Tasse Tee mit mir.«

Luc folgte seiner Mutter ins Haus.

»Ich würde jetzt gern meinen Tee trinken, Bronwyn«, rief Lulu, als sie an der Küchentür vorbeikamen. »Und bringst du bitte auch eine Tasse für Luc?«

»Alles klar!«, erschallte aus der Küche die phlegmatische Antwort. Der Akzent verriet, dass Bronwyn aus dem Mündungsgebiet der Themse stammte.

Sie gingen ins Wohnzimmer, das auf die schattige Terrasse der Vorderseite des Hauses hinausging. Die sich am Haus hinaufrankende Bougainvillea verdeckte die Schotterstraße, gab jedoch den Blick auf die ockerfarbenen Klippen und das Meer frei. Luc ließ sich seiner Mutter gegenüber in einen verschlissenen Klubsessel aus Leder fallen.

»Sie ist sehr hübsch, deine April.«

Ah, jetzt kommt's, dachte Luc. »Ja, das ist sie.«

»Und ist sie denn auch gut?«

»Wie bitte?«

»Ist sie eine gute Schauspielerin?«

»Ach so. Ja, sie ist nicht schlecht. Du weißt schon. Sie fängt ja gerade erst an. Bis jetzt hat sie sich ganz gut geschlagen. Ihr Aussehen tat das Übrige –«

»Und bist du zufrieden mit dem Film? Bist du optimistisch?«

»Na ja, es wird nicht gerade *Lawrence von Arabien* werden.« Das war Lucs Lieblingsfilm, der Inbegriff dessen, was Filme früher einmal waren, und der Maßstab, mit dem er den darauf folgenden künstlerischen Niedergang des Kinos verglich.

»Und warum nicht, Darling?«

Luc lächelte nachsichtig. »Es ist nur eine kleine Produktion, Mutter. Ein Indie-Film. Eine Art Thriller im Noir-Stil. Aber er hat durchaus Biss. Ich denke, ich habe meine Sache ganz gut gemacht, mit den Vorgaben, die ich hatte. Es hängt ganz davon ab, wie gut der Film am Ende wird und ob er ein paar positive Besprechungen bekommt. Wenn er sich eine Weile hält, dann steigen meine Aktien im Filmgeschäft. Wenn nicht, oder wenn er womöglich sogar vollkommen untergeht, dann bin ich auch nicht schlechter dran als vorher. Das Ganze war nicht schlecht bezahlt, und ich arbeite schon am nächsten Projekt.«

»Und was ist entscheidend dafür, dass ein Film gut wird?«

»Es hängt davon ab, wie alles zusammengeschnitten wird. Wie die Leistungen der Schauspieler waren. Wie sie –«

»Und wer sind ›sie‹, Darling?«

»Der Regisseur, der Cutter, der Produzent –«

»Ich dachte, du würdest deinen nächsten Film selbst produzieren.«

Er lachte gut gelaunt. »Nun, ich versuche, was ich kann. Es ist nicht gerade leicht. *Lawrence von Arabien* mag ja der beste Film sein, der jemals gedreht wurde, aber man könnte ihn heute nicht mehr –«

»Du hast mir selbst erzählt – genauer gesagt hast du dich seit Jahren beschwert –, dass der Autor eines Films keine Macht hat. Du bist doch nur eine Art Bediensteter. Aber wenn du selbst Produzent bist, dann bist du der Boss. Du kannst dir die richtigen Leute an Bord holen und ihnen sagen, wie du's haben willst, und du hast selbst in der Hand, wie das Endresultat wird.«

»Ja, aber –«

»Aber du musst dir ein eigenes Projekt ausdenken, oder?«

»Ja, Mutter, erstens das. Und dann ist da noch das Geld. Aber genau das versuche ich ja gerade. Habe ich dir doch erzählt. Ich schreibe, ich lese ohne Unterlass, ich schau mir Häuser an, ich rede mit Leuten –«

»Jetzt klingst du wie ein Schuljunge, der nach Ausreden dafür sucht, dass er seine Hausaufgaben nicht gemacht hat. Luc, du bist fünfundvierzig. Du kannst doch nicht ewig und für alle Tage ein Anfänger bleiben. Du trittst auf der Stelle. Sollte dieser Film tatsächlich in einem schwarzen Loch verschwinden, dann bist du einfach nur deshalb nicht schlechter dran, weil überhaupt niemand jemals von dir gehört hat. Was ist denn mit diesem Roman passiert, den du schreiben wolltest? Das klang doch ganz großartig. Warum schreibst du den nicht zu Ende?«

»Ich habe ihn zu Ende geschrieben, Mutter. Du hast ihn gelesen. Du warst der Meinung, dass er vollkommener Mist sei. Und ganz offensichtlich hattest du recht, weil ihn nämlich niemand veröffentlichen wollte.«

»Du wolltest doch einen besseren schreiben. Ich spreche von diesem wunderbaren anderen Roman. Warum schreibst du den nicht? Schau dir doch den Müll an, der heutzutage auf den Bestsellerlisten steht. Du bist ein besserer Schriftsteller als die. Schreib ein gutes Buch!«

»Das ist eine tolle Idee. Darauf bin ich noch gar nicht gekommen –«

»Ich ertrage es nicht, dabei zuzusehen, wie du dich in deinem Versagersumpf suhlst.«

»Mutter –« Luc atmete tief durch. Er lächelte. »Ich habe die Drehbücher von vier Filmen geschrieben und durchaus ein wenig Geld damit verdient. Ich besitze ein schickes Apartment in Paris –«

»Das deinem Vater gehört hat.«

»Ist doch egal, jetzt gehört es mir, es befindet sich in meinem Besitz. Und es ist ein Vermögen wert. Ich arbeite, ich habe Freunde. Was genau soll denn daran Versagen sein?«

»Du verschwendest deine Zeit und dein Talent mit dummem Zeug. Und dann die da – dieses Mädel, das du da mitgebracht hast. Sie ist hübsch, sie ist süß – wahnsinnig einfach gestrickt –, aber ist sie auch die Richtige für dich? Ich will damit sagen: Was um Himmels willen tust du da, Darling?«

»Du solltest dich mal hören: ›Die da‹, wie du das sagst.« Luc klang gereizter, als er beabsichtigt hatte. »Schau dich doch selbst an. Wie lange ist es her, dass du versucht hast, eine Beziehung mit jemandem zu führen?«

»Darling, ich habe viele sehr liebe Freunde, wie du sehr wohl weißt. Beziehungen sind nichts für mich. Da könnte ich ja gleich zur Kur nach Baden-Baden fahren.«

»Ich weiß. Du genügst dir vollkommen selbst. Mal abgesehen von der gelegentlichen Befriedigung gewisser Bedürfnisse. Ich dagegen versuche, hier und da mit der menschlichen Rasse in Verbindung zu treten. Ich versuche, Beziehungen einzugehen. Sie sind schwierig, aber ich versuche es zumindest. Ich hege sogar immer noch den Wunsch, irgendwann einmal Kinder zu haben. Ich hätte gedacht, du würdest dich freuen, dass ich jemanden mitbringe, aber das tust du nicht. Stattdessen bist du … ich meine, wovon redest du überhaupt, Mutter?«

Lulu sah ihn unverwandt an. »Ich rede von dem Witz, den du mir einmal erzählt hast, den über die Rolle des Drehbuchautors in der Filmindustrie.«

»Welcher von den vielen Tausend Witzen soll das gewesen sein?«

»Der über das Starlet, das so dumm ist, dass es mit dem Autor schläft.«

»Aha.« Luc sah auf seine Armbanduhr – die alte Edelstahl-Rolex von seinem Vater –, als wäre ihm gerade eine lang geplante Verabredung wieder eingefallen. Er stand auf. »Ich werde dann jetzt mal duschen gehen, bevor ich mich umziehe.«

Bronwyn betrat den Raum mit einem Tablett.

»Ich habe eine Tasse Tee für dich mitgebracht«, sagte sie zu Luc. »Möchtest du sie mitnehmen?«

»Nein, danke, Bronwyn.« Er verließ das Zimmer.

Draußen ging Luc erst zu den Baracken, entschied sich dann jedoch anders und bog nach links in Richtung Terrasse ab.

»Hallo!«, sagte die fröhliche Blondine hinter der Bar. Lulus Personal bestand ausnahmslos aus Mädchen, die aus Großbritannien stammten. Für gewöhnlich waren sie blutjung und fanden es ganz fantastisch, gegen sehr schlechte Bezahlung eine Feriensaison auf Mallorca zu verbringen. Diese hier hatte Luc noch gar nicht kennengelernt. Sie trug einen lose gebundenen Sarong.

»Hi. Ein San Miguel, bitte. Ohne Glas, ich trinke aus der Flasche.«

»Alles klar. Sie sind Luc, oder? Der Sohn von Lulu?«

»Ja. Und Sie sind?«

»Sally! Hi!« Sie streckte ihm über die Bar hinweg ihre Hand entgegen, und Luc schüttelte sie.

»Sally. Na klar.«

»Sie sind doch der Filmproduzent!«

»Nur ein Drehbuchautor.«

»Oh, toll!«

Noch eine Vollidiotin.

»Aber nein, Luc, sie heißt wirklich Sally!«, sagte ein schon etwas älterer Mann, der auf einem Barhocker in der Nähe saß. Er schien vollkommen nackt zu sein, abgesehen von der salamigroßen Zigarre in seiner Hand, trug jedoch eine winzige Badehose, deren Bund unter einem riesigen Fettwanst verschwand. »Diese Sally hier ist tatsächlich eine Sally!«

In den Sechzigern hatte über viele Jahre eine allseits beliebte, stürmische, mollige und hübsche englische Blondine namens Sally hinter der Bar der *Klippen* gestanden. Die alljährlichen Stammgäste hatten daraufhin kurzerhand auch alle folgenden Barkeeperinnen »Sally« getauft.

Sally holte ein San Miguel aus dem Kühlschrank, der eher wie eine Gefriertruhe aussah. Er hatte außergewöhnlich dickwandige Türen, deren Griffe jedes Mal mit einem lauten Klicken zuschnappten. Sie stellte die Flasche, die sich sofort mit Kondenswasser überzog, oben auf den Tresen.

»Ich werde versuchen, mir das zu merken«, sagte Luc. »Wie geht's dir, Richard?«

»Kann nicht klagen, altes Haus«, sagte der Mann mit der Zigarre. »Und dir? Arabella freut sich mächtig darauf, dich zu sehen. Und deine Freundin kennenzulernen.«

»Ich freu mich auch darauf, sie zu sehen«, sagte Luc. »Schreiben Sie das bitte auf meine Rechnung«, sagte er dann zu Sally.

»Klar, mach ich gern!«, sagte sie.

Aus den Augenwinkeln bemerkte Luc ein junges Paar, das an der Bar saß und ihn breit anlächelte. Ein Kribbeln unter seiner Haut verriet ihm, dass sie mit ziemlicher Sicherheit im Begriff waren, ihn anzusprechen und in einem Tonfall, der sich aufgeregt in die Höhe schraubte, zu sagen: »Oh, und Sie arbeiten also tatsächlich beim Film?« Er wandte sich rasch ab.

Er griff nach der Bierflasche, überquerte den Hof und setzte sich an einen der Tische, die noch nicht für das Abendessen gedeckt worden waren. Er hob die eiskalte Flasche an die Lippen. Sein erstes San Miguel in diesem Jahr. Das war sein erstes alkoholisches Getränk gewesen, 1965, in dem Sommer, in dem er fünfzehn wurde. Das erste Bier hatte er noch zu bitter gefunden, aber wenige Tage später hatte er noch eins getrunken und bald schon hatte es genau richtig geschmeckt. Diese wunderbaren Luftblasen an seinem Gaumen, und dann der reine, hopfige Geschmack. Seitdem war das erste San Miguel des Jahres zu einer Art Madeleine für ihn geworden. Während er das Bier trank, stiegen die Erinnerungen an all jene Sommertage in ihm auf, die er in den *Klippen* und in Cala Marsopa verbracht hatte, in dreidimensionaler, vollkommen unversehrter Eindringlichkeit, mit all den Hoffnungen, Plänen und Sehnsüchten, die aus irgendeinem Grund nie gestillt worden waren.

Er trank die Hälfte der Flasche sofort, während das Bier noch eiskalt war. Selbst wenn er *Lawrence von Arabien* auf die Beine stellte, wäre das natürlich für seine Mutter nicht gut genug (sie hatte den Film nur ein einziges Mal gesehen und hatte »diese ganzen Wüstenszenen ganz fürchterlich langweilig« gefunden). Ihr Job als Mutter, den sie überaus ernst nahm, hatte schon immer darin bestanden, ihn mit dem Vorwurf anzustacheln, dass er sich selbstzufrieden im Mittelmaß suhlte. Dass er sich hartnäckig weigerte, jemals an der Spitze anzukommen. Die kleinen Triumphe – wie etwa eine César-Nominierung für eines seiner Drehbücher – wurden zwar wahrgenommen, wenn er davon erzählte, wurden durchaus auch kommentiert – »Wie schön für dich, Darling.« –, jedoch danach nie wieder erwähnt. Wenn ihm Erfolg und Glück beschieden waren, wenn es ihm gelang, sich Arbeit zu verschaffen und Geld zu verdienen, wurde das einfach ignoriert. Die zwei Jahre, die er in Los Angeles verbracht hatte, um ein Drehbuch auszuarbeiten, das nie verwirklicht wurde, ihm jedoch ziemlich viel Geld einbrachte, dienten ihr einzig und allein als weitere Gelegenheit, ihn als Versager zu bemitleiden. »Ich weiß, du hättest das so gern gewollt, Darling, aber ich glaube, es ist zu deinem Besten, dass nichts daraus geworden ist. Es war doch wirklich nur Schund.« Das Problem war, dass er ihr recht geben musste: Wann würde er es endlich schaffen – wirklich schaffen? Wann würde er endlich mehr sein als nur eine Randfigur? Konnte er mit fünfundvierzig Jahren noch erwarten, dass die Zukunft etwas Großes für ihn bereithielt, oder war es das jetzt gewesen? Kleine Filme, die keinen Franc mehr kosteten als die deutschen, französischen und übrigen mitteleuropäischen Kinovorführungen einbringen würden. Filme, die durch die Bezeichnung »Film noir« ein wenig geadelt wurden, jedoch von vorneherein dazu bestimmt waren, in absolute Vergessenheit zu geraten. Nicht einmal genug Geld, um ein weiteres Jahr davon über die Runden zu kommen. Und dann noch ein paar Vergünstigungen wie Spesen, schicke Hotelzimmer und jemand wie April Gressens. War das wirklich alles?

Es ergriff ihn das altbekannte, kalte Grausen: War er vom Schicksal dazu bestimmt, sich mühsam durchs Mittelmaß zu pflügen?

»Perdó.«

Er schaute auf. Vor ihm stand das Catering-Mädchen mit der Hakennase.

Sie hatte unwillkürlich Mallorquinisch gesprochen, aber

jetzt sagte sie auf Spanisch: »*Perdona.*« Sie hatte die Hände voller Teller und Besteck. »*Tengo que –*«

»Ja, natürlich«, antwortete Luc in fließendem Spanisch. »Ich bin im Weg.« Er machte Anstalten aufzustehen.

»Nein, Sie können sitzen blieben«, sagte sie. »Es sei denn, ich störe Sie. Ich muss nur den Tisch decken.«

Sie arbeitete geschickt um ihn herum. Jetzt konnte er erkennen, dass sie wirklich atemberaubend hässlich war. Ein Fratzengesicht an der Wand einer ägyptischen Grabkammer. Riesige schwarze Augen, niedrige Brauen, ein breiter Mund mit vollen Lippen, alles asymmetrisch, und dann diese Nase, wie ein Bösewicht aus *Tim und Struppi.* Alles Übrige konnte sich jedoch sehen lassen: die dichten schwarzen spanischen Haare und der Körper einer Tänzerin.

»Sie sind eine *mallorquina*?«, fragte er.

»Meine Vorfahren sind von hier. Ich lebe in Barcelona, aber ich bin mein Leben lang jeden Sommer nach Mallorca gekommen.«

»Ah, genau wie ich, außer das mit den Vorfahren«, sagte Luc. »Wie heißen Sie?«

»Montserrat«, antwortete sie.

»Ich heiße Luc – oder Lluc auf Katalanisch.«

»Ja, ich weiß«, sagte sie. Sie lächelte ihn plötzlich an, als wüsste sie etwas, was er nicht wusste und das sie äußerst amüsant fand. »Freut mich, Sie kennenzulernen.«

»Ganz meinerseits«, sagte er. »Machen Sie das hier beruflich?«

»Nein. Das ist nur ein Sommerjob. Ich studiere Kunstgeschichte, genauer gesagt religiöse Ikonografie, an der Universität von Barcelona.«

Die beste Universität Spaniens. Also hatte sie wesentlich

mehr zu bieten als nur ein asymmetrisches Gesicht. »Sind Sie denn religiös?«

»Wenn's grad sein muss.« Sie grinste. Scharfe weiße Zähne in weinrotem Zahnfleisch. »Es ist wirklich nett, Sie endlich kennenzulernen.« Dann ging sie davon, um einen anderen Tisch einzudecken.

Endlich? Was sollte das denn heißen?

Plötzlich konnte er seine Augen nicht mehr von ihr losreißen. Montserrat. Ihre Vorfahren, das war leicht zu erraten, waren Römer, Mauren und Katalanen gewesen. Sie war das hochentwickelte Ergebnis der mediterranen Evolution, ein Konglomerat der gesamten Geschichte und aller Kulturen des Mittelmeers. Luc verstand sie sofort, auf eine Weise, wie er das milchig trübe, flache, homogenisierte Geplätscher von April aus Kalifornien niemals verstehen würde. Montserrat schien Intelligenz geradezu auszudünsten. Sie war witzig, gebildet und kenntnisreich (sie wusste offensichtlich etwas über eine bestimmte Sache, was er nicht wusste). Sie würde auch ihn verstehen, das wusste er mit absoluter Gewissheit. Er nippte an seinem Bier und sah ihr dabei zu, wie sie mit ihren schlanken Oberschenkeln und schmalen Hüften um einen Tisch herumwirbelte. Sie deckte ihn geschickt ein, mit flinken Fingern und scharfem Auge. Sie hatte kräftige Hände. Ihre genetische Veranlagung umfasste ganze Äonen häuslicher Fertigkeiten. Sie wäre wahrscheinlich genauso gut in der Lage, Ziegen zu hüten und dabei eine ganze Kinderschar auf den Hüften zu balancieren. Er stellte sie sich in Paris vor. Im Jardin du Luxembourg, wie sie ein Buch über religiöse Ikonografie las. In seinem Apartment. Er stellte sich den Anblick vor, den sie von ihren Knien aufwärts zwischen den Schenkeln bot. Vielleicht konnte sie an die Sorbonne wechseln.

Er hatte sie in einem vollkommen falschen Licht gesehen, das wurde ihm jetzt klar. Sie war überhaupt nicht hässlich. Ihr Gesicht war ein Picasso.

Seine Mutter hatte – natürlich – schon wieder recht: Was wollte er bloß mit April? Sie war allenfalls, wie es sich für eine gute Kalifornierin gehörte, im Bett begabt, doch ihre Begierde wirkte mechanisch und hatte immer den Beigeschmack einer bewussten Darbietung. Sie fühlte sich nicht wie echte Lust an. Es war daher kaum erstaunlich, dass sie bereits begann, ihn zu langweilen. Er würde sie zweifellos über kurz oder lang ebenfalls langweilen. Der geistige Rahmen, in dem er sich bewegte, hätte wohl genauso gut aus Anspielungen auf die Upanishaden bestehen können – wenn man bedachte, wie wenig April von dem begriff, was er die meiste Zeit von sich gab. Er sollte sich so jemanden wie Montserrat suchen, warm, bodenständig, jemand, der sich keine Sorgen darum machte, ob seine Mutter Kondome benutzte oder nicht. So wie es der alte Gerald gemacht hatte: Eine Frau von der Insel heiraten, die ihm ein Kind schenkt und zu ihm hält, die ihm treu ist, bis sie schließlich das Zeitliche segnet. Er stellte sich die Kinder vor, die er mit Montserrat haben würde: dunkelhaarig, wunderschön, künstlerisch begabt, zutiefst außergewöhnlich, asymmetrisch. Sie würden alle Picassos sein …

»Hey!«, sagte April.

Luc verkrampfte sich unwillkürlich, als sie sich mit besitzergreifender Achtlosigkeit in seinen Schoß fallen ließ.

»Sieh. Mal. Was. Deine. Mutter. Mir. Gegeben. Hat«, sagte sie mit einer vor Ehrfurcht erstarrten Stimme. »Sind die nicht absolut total unglaublich schön?«

»Das sind sie«, stimmte er ihr zu.

Es waren Riemen aus geflochtenem Goldgarn, das von glitzernden metallischen Fäden durchzogen wurde. Sie wirkten exotisch, wie levantinische Fabelwesen, und hatten den sattgoldenen Farbton antiker Münzen.

»Man trägt sie oben auf dem Spann«, sagte sie und hob einen ihrer nackten Füße hoch.

»Ich weiß, ich habe sie früher schon einmal gesehen.«

April schien ihn nicht gehört zu haben. »Man macht diese Schlinge hier um den zweiten Zeh und zieht sie dann über den Spann, und hinten an der Ferse muss man sie dann hier auf diese Weise befestigen.« Sie brachte die Riemen an ihren Füßen an, die ebenso gut die Füße eines kleines Kindes hätten sein können: blass, von keinerlei hervorstehenden Adern gezeichnet und noch von keinem schlecht passenden Schuhwerk deformiert. Mit den Riemen sah April aus, als wollte sie auf eine Toga-Party gehen.

»Deine Mutter ist einfach so zu mir rübergeschwebt, als ich ins Haus kam, und hat sie mir geschenkt. Ich darf sie echt behalten!«

»Sie hat dich ins Herz geschlossen.«

»Echt jetzt? Cool. Sie ist echt wahnsinnig schön. Sieh mal, wie findest du das?«

Sie streckte ihre Beine in die Luft und drehte und wendete sie in die verschiedensten Richtungen, damit er ihre reich geschmückten Füße bewundern konnte. Dabei schien sie nicht zu bemerken (oder merkte es vielleicht sehr wohl), dass ihr Gesäß sich in Lucs Schoß bohrte.

Er schaute über ihre sich wild kreuzenden Beine hinweg zu Montserrat, die mittlerweile zu einem weiter entfernt stehenden Tisch gegangen war.

»Sind sie nicht absolut toll?«, fragte April. »Man trägt sie an den nackten Füßen, ganz ohne Schuhe.«

»Ja, sie sind toll. Eine Freundin von mir, die hier früher mal gewohnt hat, hat sie gemacht, in den Sechzigern.«

»Ich werde sie heute Abend tragen.«

April rieb ihren goldgeschmückten Fuß an Lucs Bein entlang. Sie bewegte erneut ihr Gesäß, diesmal mit voller Absicht. »Mmm. Was ist denn das?«

Nur die hirnlose Reaktion seines Körpers. Luc hatte kein Interesse, das Spiel mitzuspielen. »Nichts Besonderes.«

April stand auf und stellte sich neben Luc. Sie hob ihr Bein, streckte ihren Fuß wie eine Balletttänzerin in die Höhe, senkte ihn dann auf Lucs Schoß herab und bohrte ihn hinein.

»He!«, sagte er.

April schaute auf ihre Füße. »Diese Dinger geben mir das Gefühl, als wäre ich … ich weiß auch nicht …« Sie hob ihre Arme und begann sich hin- und herzuwiegen. Sie hatte ihm schon mehrere Male ihre Bauchtanzfertigkeiten vorgeführt, und ihm wurde klar, dass ihm genau das jetzt bevorstand. Als das Handtuch, das sich April um die Hüften geschlungen hatte, wild zu zucken begann und ihre goldverzierten Füße ihm entgegenschnellten, sprang er auf. Wieder blickte er zu Montserrat.

»Okay«, sagte er. Er nahm ihre Hand und versuchte, sie in Richtung der Baracken zu bugsieren, aber April bog und drehte sich weiter und zog ihren Arm aus seinem Griff. Er machte kehrt, ging rasch davon und sprang die Treppen zu seinem Zimmer hinauf.

3

CHARLIE FUHR SPÄTNACHMITTAGS mit seinem Fahrrad den zerfurchten Feldweg entlang, der von dem Bauernhaus seines Großvaters, C'an Cabrer, hinunter zu der asphaltierten Straße führte. Von dort aus war es nur noch ein Kilometer bis nach Cala Marsopa. Er traf Bianca an dem englisch-deutschen Buchladen, der gleichzeitig ein Café war und abseits der Plaza lag. Sie küssten einander auf beide Wangen und gingen durch die Stadt in Richtung Hafen, während Charlie sein Fahrrad schob.

»*Ho-laaa!*« Rafaela, eine blasshäutige, dunkelhaarige Frau mit einem leichten Schnurrbart, der das Bar-Restaurant Marítimo gehörte, begrüßte sie herzlich.

»*Hola*«, entgegnete Charlie mit einem Lächeln. »*¿Cómo estás?*« Man hatte ihn bereits als kleines Baby in einem Korb zu diesem Restaurant am Hafen gebracht, und er war seitdem jeden Sommer seines Lebens hierher zurückgekehrt. Rafaela erkannte ihn jedes Mal wieder. Das war in Cala Marsopa nicht überall so. Erst vor einer Woche hatte er bei dem knorrigen alten Marktverkäufer, den er seit seinen Kleinkindertagen kannte, eine Tüte voll heißer *churros* gekauft. Er hatte in dem Verkäufer, der ihm immer eine Süßigkeit schenkte, sein Leben lang so etwas wie einen Onkel gesehen. Dieses Mal jedoch hatte der alte Mann ihn angeschaut – diesen ein Meter achtzig großen Jugendlichen –, ohne ihn wiederzuerkennen, und hatte in perfektem Deutsch fünfundzwanzig Pesetas von ihm verlangt. Charlie war zutiefst verletzt gewesen.

Rafaela führte sie zu einem Tisch auf der Terrasse, von dem aus man einen Blick über die im Hafen festgetauten Yachten und Fischerboote hatte. Sie bestellten *hamburguesas, papas fritas* und Cola. Bevor das Essen kam, gesellten sich Sylvestre, Natalie und Marie zu ihnen. Rafaela kannte auch die Neuankömmlinge seit Jahren: Sie waren die Kindeskinder ausländischer Einwohner, die schon seit Rafaela selbst noch ein Kind gewesen war auf der Insel gelebt hatten oder zu ihr zurückgekehrt waren. Sie bestellten Calamari.

»*On va tout le monde à l'anniversaire de Lulu aux Roques?*«, fragte Sylvester.

»Ja, klar. Ich bin der DJ«, antwortete Charlie.

»*Ahhh, non!*«, sagte Marie. »*Putain, j'en ai marre de cette mus-i-i-que.*« Das erste Wort spuckte sie geradezu empört aus.

»Nein, nein, das ist in Wahrheit total cool«, sagte Charlie unbeirrt freundlich. »Und außerdem ist es das, was Lulu möchte.«

Nachdem sie gegessen hatten, machte sich Sylvestre mit den beiden französischen Mädchen auf den Heimweg, zurück durch die Stadt.

Die Meeresbrise hatte sich gelegt. Von den gipsverputzten Apartmenthäusern und Betonmauern strahlte die Hitze. Die Gebäude waren an die Stelle der knorrigen, schattigen Kiefern und der zerbröckelnden Felsen aus Kalkstein getreten, die früher den alten Fischereihafen umschlossen hatten und die auf alten Postkarten von Cala Marsopa noch zu sehen waren. Charlie und Bianca stiegen die Treppen zur Mole hoch und liefen zu dem blinkenden Licht an ihrem äußersten Ende. Sie setzten sich in den Schatten des Leuchtturms, wo sie der blendende Leuchtstrahl nicht mehr traf. Hier, direkt am Wasser, war es ein wenig kühler.

Sie küssten sich, nass, hungrig, wie Menschen, die unter Zeitdruck das Essen in sich hineinschlingen. Charlie schob die Hände unter Biancas T-Shirt und nestelte ihre frühreifen Brüste aus dem Büstenhalter. Sie warf ihre Beine über seinen Schoß und legte die Hand auf seinen Oberschenkel. Er hielt seine eigenen Beine gekreuzt und hoffte, dadurch zu verhindern, dass sie seine krampfhaft pulsierende Erektion spürte. Als Kind war Bianca spindeldürr gewesen. Aber in dem Sommer, in dem sie beide zwölf wurden, konnte Charlie sehen, dass ihre Konturen bereits wesentlich weicher geworden waren, und mit dreizehn hatte sie auch an Rundungen gewonnen. Dieses Jahr, mit fünfzehn, demselben Alter, in dem auch Charlie sich befand, konzentrierten sich diese Rundungen auf ihre ziemlich großen Brüste und breiten Hüften. Jetzt dachte er unablässig an Bianca, wenn er masturbierte, aber sie waren Spielkameraden, seit sie kleine Kinder waren, und er wollte ihre Freundschaft nicht zerstören. Der Sex war über sie hereingebrochen, und sie spielten damit, wie wohlerzogene Kinder mit Puppen spielen. Weiter gingen sie nicht. In stillschweigender Übereinkunft beschränkten sie sich auf diesen einigermaßen vertretbaren Grad an Intimität. Charlie mochte Bianca viel zu sehr, um sie in irgendeine Situation zu bringen, die ihr vielleicht unangenehm war.

Nach einer Weile sah er auf seine Armbanduhr und sagte: »Ich sollte wohl besser los.«

Am Fuße der Treppe stieg Charlie auf sein Fahrrad und Bianca setzte sich auf die Stange. Er fuhr sie den Kai entlang bis in die Nähe der Plaza und ließ sie dort absteigen. »*À tout à l'heure*«, rief sie, während er davonradelte.

Fünf Minuten später bog er in die kleine Gasse neben dem Hotel ein und lehnte sein Fahrrad an die Außenwand der Küche.

Es war sieben Uhr. Die Tische waren gedeckt, das Essen wurde vorbereitet, die meisten Gäste der *Klippen* waren auf ihren Zimmern, nahmen ein Bad, zogen sich um oder hielten noch immer eine Siesta. Einige wenige saßen in ihren Badeanzügen an der Bar. Charlie überquerte die Terrasse. Unterwegs kam er an zwei Männern mittleren Alters vorbei, die sich über ein Backgammonbrett beugten. Dominick Cleland wirkte auch im zusammengekrümmten Zustand noch groß und dünn und hatte eine graublonde Haarmähne, die ihm große Ähnlichkeit mit einem namhaften Mitglied des britischen Kabinetts verlieh. Er hätte dessen verruchter Zwilling sein können. Er trug eine Badehose und darüber ein königsblaues Hemd von Turnbull & Asser. Seine langen, unbehaarten Beine, die so knorrig und unförmig wie die einer Giraffe waren, hatte er ineinander verschränkt, seine schmalen nackten Füße steckten in Gucci-Halbschuhen. Früher hatte er Groschenromane über die Eskapaden der britischen Upperclass geschrieben, aber in den letzten zwanzig Jahren hatte er kein einziges Buch mehr veröffentlicht, weil das Publikum augenscheinlich das Interesse an diesem Thema verloren hatte. Er zehrte von einer kleinen Lebensrente, die ihm ein Onkel hinterlassen hatte, und wohnte während des Großteils des Jahres in einer winzigen Wohnung in South Kensington. Die Sommer hingegen verbrachte er hier in den *Klippen*. Hier fühlte er sich zu Hause. Immer wenn das Telefon an der Bar klingelte und er sich zufällig in der Nähe befand, machte er sich ein

Vergnügen daraus, den Hörer abzunehmen und »*¡Los Roques! ¿Dígame?*« hineinzurufen. Dabei scherte er sich nicht im Geringsten darum, dass ausschließlich englischsprachige Menschen im Hotel anriefen.

Ihm gegenüber saß sein Gegner und genaues körperliches Gegenteil, Cassian Ollorenshaw, der mit seinen grimmigen, krötenhaften Gesichtszügen sogar schon in jungen Jahren dem Schauspieler Edward G. Robinson zum Verwechseln ähnlich gesehen hatte. Sein Gesicht war wegen einer entzündeten Rosazea von tiefroten Flecken übersät, und er trug eine kleine runde Brille mit gelb getönten Gläsern, durch die er unverwandt auf das Spielbrett starrte. Der Körper, auf dem sein riesiger Kopf saß, schien dagegen eher belanglos und wurde von einem voluminösen weißen T-Shirt und einer Badehose verschluckt, die so groß war, dass sie an einen Reifrock erinnerte. Die beiden Männer führten ihre Spielzüge schnell und schweigend aus. Sie hatten schon immer dort gesessen, an einem Tisch auf der Terrasse, und Backgammon gespielt, jeden einzelnen Sommer, seit Charlies Vater ihn als Baby zum ersten Mal zu den *Klippen* gebracht hatte, abgesehen von ein paar Jahren, während derer Cassian im Gefängnis gesessen hatte. Sie saßen dort, während er als kleines Kind mit den Kindern der Hotelgäste im Pool gespielt hatte, und auch, als dieselben Kinder als Teenager zurückkehrten. Die beiden Männer waren ihm vertrauter als die meisten seiner eigenen Verwandten. Cassian schaute auf und sagte mit einem kleinen Lächeln: »Hallo, Charlie.«

»Hi, Cassian.«

»Hallo, Charlie«, sagte Sally, als er zur Bar kam. »Ich soll dir heute Abend zu trinken geben, was auch immer du willst.«

»Eine Cola, bitte. Ich brauch kein Glas, vielen Dank.«

Er nahm die Flasche mit in den kleinen Raum hinter der Bar, in dem früher einmal die Gasflaschen gestanden hatten und der nicht breiter war als die beiden Glastüren, durch die man ihn betrat. Im Innern standen ein Stuhl und ein Tisch mit einem Plattenspieler. Charlie stellte seine Cola auf den Tisch und begann, die Platten durchzugehen, die in der Regalwand standen.

Lulu kam aus dem Haus und glitt über die Terrasse. Sie trug eine hauchdünne Leinendjellaba, die elegant hinter ihr herflatterte, und lächelte mit heiterer Gelassenheit.

»Lulu, Darling«, begrüßte Dominick Cleland sie lautstark, während er den Würfelbecher schüttelte. »Und, ist heute der wunderbarste Geburtstag, den du jemals erleben durftest, meine Liebste?«

»Das ist er in der Tat, vielen Dank, Dominick. Und ich kann mich glücklich schätzen, dass du hier bist, um diesen Tag mit mir zu feiern.«

Lulu verlangsamte ihren Schritt nicht im Geringsten. Dominick würfelte.

Auch die Gäste an der Bar gratulierten ihr zum Geburtstag. »Vielen Dank«, sagte sie. Ihr Lächeln glitt über sie hinweg, während sie an ihnen vorbeirauschte und das kleine Musikzimmer betrat.

»Charlie«, sagte sie.

»Oh, hallo, Lulu. Herzlichen Glückwunsch zum Geburtstag.«

Sie umarmte ihn. »Ich habe ein Geschenk für dich.«

»Für mich?«

»Ja, Darling.«

Sie reichte ihm ein kleines Stoffbündel. Er faltete es auseinander und hielt es vor sich. Es war ein langes schwarzes Hemd ohne Kragen, mit einem Ausschnitt, der ungefähr auf der Hälfte der Brust in zahlreiche winzige, eng aneinandergereihte Knöpfe überging.

»Es ist aus Marokko. Es ist sehr alt, aber niemals getragen worden. Ich möchte, dass du es trägst. Ich glaube, es wird dir ganz wunderbar stehen.«

»Danke, Lulu.«

»Zieh es an.«

»Was, jetzt?«

»Ja, Schatz, jetzt. Es ist sozusagen deine Uniform für den heutigen Abend. Ich würde zu gerne sehen, wie es an dir aussieht. Zieh dein Hemd aus und zieh das hier an.«

Sie klang wie eine Mutter, liebevoll, sachlich, bestimmt. Charlie zog ohne zu zögern sein weißes T-Shirt aus und stülpte sich das marokkanische Hemd über den Kopf.

»Großartig«, sagte sie. Sie strich mit der Hand über das Hemd und glättete es über seiner Brust. »Gefällt es dir?«

»Oh ja«, antwortete Charlie. »Es ist echt –«

»Es ist ein Männerhemd. Keine Angst.«

»Nein, es gefällt mir, ich find's toll.«

»Du siehst sehr gut darin aus, Charlie. Und, weißt du noch, was wir wegen der Musik besprochen haben?«

»Ja. Nichts Lautes und nichts zu Heftiges. Noël Coward, Al Bowlly, Charles Trenet, Sinatra während des Essens –«

»Aber nicht ausschließlich.«

»Nein, nein, ich weiß schon, es soll immer eine Mischung sein. Und später dann die Beatles und andere Sachen aus den Sechzigern, Tijuana Brass und Motown.«

»Genau«, sagte Lulu und sah glücklich aus. »Weißt du, ich freue mich so sehr, dass du das heute Abend für mich machst,

Charlie. Du und niemand anderes. Das ist unendlich lieb von dir. Danke.« Sie lächelte ihn an.

»Aber das tu ich doch gern, Lulu. Es macht mir Spaß.«

Sie lehnte sich vor und küsste ihn auf die Wange. »Bis später dann.«

4

»**BIST DU FERTIG**, Papa?«, rief Aegina. »Wir müssen in fünf Minuten los.«

Es war sehr seltsam, ihren Vater hier zu Besuch zu haben, während Charlie weit weg in C'an Cabrer auf Mallorca war. Selbst wenn Charlie manchmal bei seinem Vater Fergus in dessen Apartment in Chelsea übernachtete, war er nie weit entfernt. Und die Sommerferien verbrachte er immer mit ihr zusammen auf Mallorca. Jetzt war er allein dort – doch sie wusste, dass er bei Penny und François in guten Händen war. Außerdem war es auf eine seltsame Weise tröstlich, ihren Vater hier bei sich in ihrem Haus in London zu haben. Er kam ihr fast wie ein Sohn vor, wie er dort unten in Charlies Zimmer saß und sich für seinen großen, wichtigen Abend fertig machte. Er war sehr viel hilfloser als Charlie. Sobald er sich nicht mehr in seiner eigenen Welt befand, nicht mehr auf Mallorca oder am Mittelmeer, wurde er unsicher.

Nach dieser Reise würde er nie wieder nach London kommen. Sie musste dafür sorgen, dass es für sie beide ein wunderbarer, unvergesslicher Besuch wurde. Einer, an den sie sich immer würde zurückerinnern können.

»Ich bin jetzt fertig«, rief Gerald nach oben.

Er saß auf dem Bett in Charlies Zimmer und durchblätterte

die Seiten von *Der Weg nach Ithaka*. Er wollte nicht laut daraus vorlesen – das war ihm viel zu wichtigtuerisch. Er wollte einfach nur reden, kurz und bündig, darüber, wie es dazu gekommen war, dass er das Buch geschrieben hatte. Aber er hatte Angst, dass er ins Stocken geraten würde, wenn er versuchte, einfach so ohne jede Vorbereitung loszureden. Deshalb hatte er beschlossen, den ersten Teil der Einleitung, den er für diese Ausgabe neu geschrieben hatte, in gekürzter Form und mit anderen Worten wiederzugeben. Zu diesem Zweck hatte er sich mit Bleistift am Rand diejenigen Abschnitte markiert, die seiner Ansicht nach logisch klangen, wenn man sie herauslöste, und dennoch einen gewissen Redefluss garantierten, wenn man sie aneinanderreihte. So konnte er zwischendurch immer mal wieder zu ihnen hinabsehen und mit ihrer Hilfe eine kurze Geschichte erzählen.

Er schlug das Buch zu, stand auf, verließ das Zimmer und ging durch die Küche in das große Wohnatelier.

»Ich bin fertig«, rief er noch einmal, für den Fall, dass sie ihn das erste Mal nicht gehört hatte.

»Ich komme gleich runter«, rief Aegina aus ihrem Bad im oberen Stockwerk.

In dem riesigen Raum hingen überall Bilder. Manche von ihnen stammten von einem Künstler, der seine menschlichen Modelle in den lebhaften Farben darstellte, die sich unter ihrer Haut verbargen: das Violett innerer Organe, blutiges Rot, ädriges Blau, knochiges Weiß, eitriges Gelb. Die Farben zogen scharfe Linien quer über die Körper, trennten Licht von Schatten und sollten vielleicht auch, wie Gerald plötzlich dachte, ihre Charaktereigenschaften widerspiegeln. Wollte der Künstler damit sagen, dass diese Menschen cholerisch und blutrünstig waren? Oder wenn nicht, was sollte das Ganze dann? Die Gemälde waren ziemlich wertvoll, hatte Aegina ihm einmal erzählt. Ein Großteil der übrigen Wände wurde von Landschaftsbildern ausgefüllt, die von einem anderen Künstler stammten – oder zumindest glaubte Gerald, dass sie Landschaften darstellen sollten: topografische Schichten vielleicht, in nur wenigen morastigen Farben gehalten. Kaum etwas von Aeginas eigenen Werken, abgesehen von den Porträts, die sie von ihm und Charlie gemalt hatte und für die sie ihr im Wohnzimmer und auf der Terrasse in C'an Cabrer ungeduldig Modell gesessen hatten. Und dann gab es da noch das Bild, das sie nach einer alten Fotografie von ihrer Mutter gemalt hatte, von seiner Frau Paloma.

Das Sonnenlicht strömte durch die hohen Fenster, die in die Nordwand des Raumes eingelassen waren. »Ich warte draußen«, rief Gerald nach oben.

Er trat hinaus auf den Hof, wo Aeginas kleiner Renault geparkt war, und rauchte eine Ducados. Ihm fiel auf, dass seine Hand beim Anzünden zitterte. Es war sechs Uhr abends, aber noch genauso sonnig und warm, als wäre es mitten am Nachmittag. Nach so vielen Jahren am Mittelmeer hatte er ganz vergessen, wie sich die langen, hellen Sommerabende in den nördlichen Breiten von London anfühlten. Nun erinnerte er sich an die fortwährende Dämmerung, die zu Beginn des Krieges an so vielen Abenden am Ufer der Themse geherrscht hatte.

Er schaute auf die anderen Atelierwohnungen, die den Hof säumten, auf die vielen Wintergärten und Wendeltreppen. Sie hatte das sehr klug angestellt, seine Aegina. Sie hatte zusammen mit einigen anderen Künstlern ein ehemaliges Frauengefängnis gekauft. Der viereckige Komplex war zwischen zwei Straßen in Fulham gelegen, nicht weit vom Bishop's Park am

Ufer der Themse, setzte sich aus mehreren Backsteinbauten zusammen und hatte in der Mitte einen Innenhof und einen Garten. Die ursprünglichen Käufer hatten Teile des Gefängnisses, das sich jetzt Burlington Lodge nannte, als Künstlerateliers weiterverkauft und dabei einen beträchtlichen Gewinn erzielt. Odyssey – Aeginas Unternehmen, das mit importierten Kleidern und Stoffen handelte, – betrieb mittlerweile Filialen in Manchester, York, Birmingham, Bath, Norwich, Falmouth, Plymouth und Southampton. Darüber hinaus gab es noch das ursprüngliche Geschäft in Covent Garden und noch ein weiteres in einem anderen Londoner Stadtteil. Aegina war dadurch reich geworden (oder zumindest hatte Gerald diesen Eindruck), aber sie hatte auch nicht schlecht an den Immobilien verdient, die sie kaufte und wieder verkaufte. Doch sie malte nicht mehr, und das machte Gerald traurig. Nachdem sie in London angekommen waren, hatte sie ihn zum Mittagessen mit zum Chelsea Arts Club genommen, dessen winzige Räume bis obenhin mit Gemälden vollgestopft waren und dessen künstlerisch angehauchte Mitglieder sie alle zu kennen schien. »Nein, er ist Schriftsteller«, sagte sie strahlend, als sie den anderen ihren Vater vorstellte und man sie fragte, ob er ebenfalls ein Maler sei. »Morgen erscheint ein Buch von ihm. Und die Buchpremiere findet im British Museum statt.« Gerald hatte nur verlegen gelächelt.

»Papa, du siehst fantastisch aus!«, sagte Aegina, als sie auf den Hof hinaustrat. Sie war mit ihrem Vater zu Harrods gegangen, um ihn so einzukleiden, wie es eines Autors bei seiner Buchpremiere würdig war. Sie entschieden sich für einen marineblauen Blazer, eine khakifarbene Hose, dunkelblaue Socken und braune Halbschuhe. Gerald kaufte sich darüber hinaus auch noch ein paar Baumwollunterhosen, die besser aussahen als das, was auf Mallorca so erhältlich war. Aegina versuchte, alles zu bezahlen, aber Gerald wollte nichts davon hören, mit seinen vielen Tausend Pfund, die auf der Bank vor sich hin schimmelten. Die Rechnung belief sich auf 435 Pfund. Das war mehr – da war er sich sicher –, als er zusammengerechnet während seines gesamten Lebens für Kleidung ausgegeben hatte. Dazu hatte er die Krawatte seiner alten Schule, der Tonbridge School, angezogen, die Aegina für ihn zuvor mit einem Schwamm gereinigt hatte. Das alles gab ihm ein absurdes, geradezu aristokratisches Gefühl, doch sie konnte erkennen, dass er es genoss.

»Ich meine, sieh dich mal an«, sagte sie. »Du bist schlank und gebräunt. Sehr gut angezogen. Du siehst richtig sexy aus!«

»An deiner Seite würde auch der hässlichste Mann gut aussehen«, antwortete er. »Auf jeden Fall hätten die Leute keine Augen mehr für irgendetwas sonst.«

Sie trug ein ärmelloses, langes und schmal geschnittenes Baumwollkleid in Ziegelrot, das ihre dunklen Haare und Augen, ihren mediterranen Teint und ihre geschmeidigen braunen Arme und Waden zur Geltung brachte.

Geralds Gesichtsausdruck wurde weich. »Du erinnerst mich immer an deine Mutter.«

Aegina lächelte. »Das nehme ich als Kompliment, vielen Dank.« Sie holte eine kleine Einwegkamera aus ihrer Tasche. »Und jetzt stell dich mal da neben die Eingangstür.«

»Ach herrje, muss das sein«, sagte Gerald flehentlich.

»Aber ich genieße es doch so, dich hier zu Besuch zu haben. Tu mir den Gefallen. Schau nicht so grimmig!«

Gerald ging zur Tür, kniff die Augen zusammen und probierte mit schief gezogenem Mund mehrere Versionen eines

Lächelns aus. Aegina drückte auf den Auslöser. »1995«, sagte sie und schaute durch das Objektiv. »Papa ist nach London gekommen, für seine Buchpremiere.«

Sie stiegen ins Auto ein, Aegina lenkte es vom Hof auf die Straße, und sie brausten davon.

Es hatte einmal eine Zeit gegeben, da hatte Gerald London sehr gut gekannt. Er war in den Schulferien immer in die Stadt gekommen und später dann mit seinen Freunden von der Universität und auch während seines Fronturlaubs. In dieser großartigsten aller Städte erwartete einen immer jenes aufregende Gefühl unbegrenzter Möglichkeiten, sogar (oder vielleicht gerade), während sie bombardiert wurde ... Dann war er fortgegangen und hatte sein Leben auf einer kleinen Insel verbracht. Er war nie zurückgekehrt. Jetzt im Auto erkannte er zunächst den größten Teil der Wegstrecke wieder, die Fulham Road, einige Ecken von Knightsbridge und Belgravia. Doch dann verwirrten ihn die neuen Gebäude und das Einbahnstraßensystem und obwohl er ungefähr wusste, wo sie sich auf der Karte von London, die er im Kopf hatte, befinden mussten, verlor er vollkommen die Orientierung. Aber Aegina schlängelte sich so gekonnt und sicher durch den Verkehr, als wäre sie eine Rallyefahrerin. Sie hatte so unendlich viele Fähigkeiten und Begabungen, dachte er. Das hatte sie natürlich alles von ihrer Mutter geerbt.

»Siehst du Fergus öfter?«, fragte er sie.

»Manchmal. Wenn er Charlie abholt, oder wenn ich ihn dort hinbringe. Oder bei Schulveranstaltungen.«

»Und versteht ihr euch gut?«

»Oh, na klar. Ich meine, so gut, wie's eben nötig ist. Wir sind uns mehr oder minder bei allem einig, was Charlie angeht.«

»Und wie steht Charlie so zu euch beiden? Versteht er sich gut mit Fergus?«

»Absolut«, sagte Aegina, warf kurze Blicke nach rechts und nach links, in den Rückspiegel, schaltete einen Gang hinunter, wechselte die Spur. »Er hat sich wie mit so einer Art Fisch-Instinkt zwischen uns durchnavigiert und auch durch die Scheidung. Er ist immer ganz geschmeidig um alles herumgeschwommen, das ihm irgendwie zu Leibe hätte rücken können. Er redet nicht viel darüber und spricht auch nicht mit einem von uns über den anderen. Ich glaube, er kommt klar. Er ist glücklich.«

»Gut«, sagte Gerald. Er schwieg eine Weile. »Und bist du glücklich?«

»Ja, das bin ich.«

»Gut«, sagte Gerald. »Hast du … du weißt schon … gibt es da jemanden in deinem Leben?«

»Im Augenblick nicht.«

»Niemals?«

»Doch, Papa, natürlich.« Sie schaute ihn kurz an, zwischen den prüfenden Blicken, die sie auf die drei verschiedenen Spiegel warf, um dann in hohem Tempo ein Auto zu umfahren, das in zweiter Reihe geparkt war. »Was willst du von mir hören?«

Nun ja. Nicht allzu viel. Aber er wollte, dass sie glücklich war. Sie war auf jeden Fall erfolgreich. Es war äußerst schade, dass seine Schwester Billie gestorben war, dachte er. Sie hätte ihm mehr erzählen können. Aegina war nach dem Tod ihrer Mutter in England zur Schule gegangen und hatte während der Schulferien bei Billie gewohnt. Sie hatten sich sehr nahegestanden – Billie war zwar keine Ersatzmutter gewesen, aber jedenfalls wesentlich mehr als nur eine Tante. Auf diese Weise hatte sie Dinge über Aeginas Leben gewusst, die Gerald entgangen waren.

Er konnte nach wie vor das Gefühl nicht abschütteln, Aegina im Stich gelassen zu haben. Sie war auf Mallorca mehr oder minder verwildert, weshalb er sie in die Obhut von Billie verfrachtet hatte. Und was für eine Frau war nun aus ihr geworden. Sie hatte sich ganz wunderbar entwickelt. Die Scheidung von Fergus war sicher keine schlechte Sache gewesen. Aber er fragte sich trotz allem, ob er sie nicht bei sich zu Hause hätte behalten sollen, oder – Gott behüte! – selbst mit ihr zusammen nach England hätte ziehen sollen …

»Ich will nur, dass du glücklich bist«, sagte Gerald.

»Ich bin glücklich«, sagte sie entschieden. Sie sah ihn noch einmal kurz an und lächelte ihr wunderbares Lächeln. »Auf jeden Fall bin ich deinetwegen sehr glücklich und wegen deines brillanten Buches.«

»Gerald!« Eine dünne, in ein schwarzes Schlauchkleid gekleidete Frau mit Wuschelkopf und runder Metallbrille kam ihm mit einem breiten Grinsen entgegen. Sie hatte sich aus einer Gruppe von Leuten gelöst, die vor einer riesigen antiken Marmorstatue eines griechischen Mannes standen. Der Mann hatte ungefähr die Größe von King Kong und schien in einem Liegestuhl zu ruhen. »Ich bin Kate! Du liebe Güte, Sie sehen aber gut aus! Verdammt, wir hätten ein ordentliches Foto von Ihnen machen lassen sollen! Darf ich Ihnen einen Kuss geben?«

Als Gerald »Sicher« sagte, hatte sie ihren Worten schon längst Taten folgen lassen. Über ihre Schulter hinweg konnte er einen Kreis lächelnder Menschen sehen, der sich zu ihnen geöffnet hatte.

»Und Sie müssen Aegina sein!«, sagte Kate Smythe. »Wie

wundervoll, Sie beide endlich kennenzulernen! Wir freuen uns so darüber, wie sich das Buch macht – es erntet wahre Begeisterungsstürme! Essen Sie nicht zu viele Horsd'œuvres, wir führen Sie nachher noch zum Essen aus. Kommen Sie, ich stelle Ihnen alle vor.«

Nicky, Ruth, Claire, William – Gerald hatte mit ihnen allen telefoniert, während er in seiner Vorratskammer das Olivenöl angestarrt hatte. Er hatte in der Zwischenzeit vergessen, wer für was verantwortlich war, aber Kate gab ihm glücklicherweise die nötigen Informationen noch einmal: »Öffentlichkeitsarbeit … Lizenzabteilung … Marketing … Lektorat.« Die überschwängliche Zuneigung, mit der all diese Menschen ihn, einen vollkommen Fremden, überschütteten, fand er irgendwie unheimlich.

Dann nahm ihn Kate am Arm und führte ihn zu einer anderen Gruppe: andere Autoren des Doughty-Verlags, Redakteure der *Guardian Review*, der *Sunday Times*, der *London Review of Books* sowie Vertreter der Buchhandlungen Waterstones und Foyles.

»Ich liebe Ihr Buch!«, beglückwünschten ihn alle. »Es ist absolut hinreißend!«

Man redete, lief umher, gruppierte sich neu. Über den Menschentrauben prangten die riesigen, vom Parthenon geraubten Friese, deren wohlgegliederte, muskulöse, zumeist in zurückgelehnter Haltung verharrenden Marmorfiguren aus stumpfen Augen starrten und den lang gestreckten, in seiner Nüchternheit geradezu zenartigen Raum der Duveen Gallery säumten. Während die Leute mit ihm sprachen, hielt Gerald ein Glas Sekt umklammert, von dem er jedoch kaum etwas trank.

In Wirklichkeit wollte niemand über sein Buch reden. Von

den »Doughties« – wie sich die anderen Verlagsautoren nannten – einmal abgesehen, schien niemand das Buch tatsächlich gelesen zu haben. Sie wollten Gerald einfach nur erzählen, was sie selbst gerade taten, und dass sein Buch in irgendeiner Form damit zu tun habe und was für ein großartiges Timing und wie toll das sei. Gerald lächelte, als verstünde er oder könne sie zumindest hören, und betrachtete währenddessen ihre Haare und Brillen und ihre Haut und fragte sich, wie alt sie wohl sein mochten und was für eine Art Leben sie führten. Was er selbst sagte, schien vollkommen unwichtig zu sein.

»... planen, einen Artikel darüber zu schreiben, wie viel sich auf den griechischen Inseln verändert hat, seit Sie mit Ihrem kleinen Boot dort entlanggesegelt sind – oder genauer gesagt, seit Homers Zeit ...«

»... eine Marktnische, die sich wirklich rasant ausweitet ...«

»... auf der Titelseite der nächsten Sonntagsausgabe ...«

»... wir machen gerade eine kleine Sonderreihe darüber, welche Bücher die Leute so auf ihren Nachttischen liegen haben. Würden Sie ...«

»... vielleicht eine Besprechung für uns schreiben?«

»... sind Sie jemals im Solent gewesen? Wir haben eine Nicholson-32-Yacht, für die wir in Lymington einen Liegeplatz haben ...«

»... hier meine Visitenkarte ...«

»... absolut großartig ...«

»... gibt es da nicht wahnsinnig viele Deutsche?«

Während Aegina unter dem berühmten Pferd der Selene stand und ihrem Vater im Augenblick seines Triumphs zusah, trat ein Mann auf sie zu. Sie bemerkte ihn erst, als er direkt neben ihr stand. Tony Watkins hatte mehrere, als eine Art Serie konzipierte Memoiren geschrieben, die alle Bestseller geworden waren. Darin stellte er sich selbst als unmoralischen Playboy bloß, der lauter schockierende Dinge getan hatte, während er einen mittleren Posten in der Regierungsmannschaft sowohl von Edward Heath als auch von Margaret Thatcher innegehabt hatte. Er grinste sie an, als teilten sie ein intimes Geheimnis.

»Aegina. Und ich dachte immer, Ihr Vater sei so eine Art Ziegenhirte in Spanien. Sie haben sein Licht unter einem Scheffel versteckt. Wie clever von Ihnen. Ich würde ihn wahnsinnig gern näher kennenlernen.«

»Nun, da steht er, gehen Sie hin und sagen Sie Hallo«, sagte Aegina.

»Nein, ich dachte eher … warum kommen Sie beide nicht morgen Abend zum Essen zu mir. Ich lade auch jemanden für Ihren Vater ein. Wie wäre es mit Edwina Porboys? Sie wäre sicher ganz begeistert von ihm. Nur wir vier. Edwina bringt bestimmt ein bisschen Ecstasy mit. Hat Ihr Vater das mal probiert?«

»Sie sind widerlich. Hauen Sie ab.«

Über seine Schulter hinweg konnte sie ihren Vater sehen. Er sah glücklich aus.

»Das liebe ich so an Ihnen«, sagte Watkins. »Es gibt da etwas in Ihnen, das mich nur zu gut kennt.«

»Verpiss dich«, sagte Aegina.

Während sie auf ihren Vater zuging, klopfte Kate gegen ein Glas, und es wurde still im Saal. Kate sprach von der glücklichen Fügung, die zur Wiederentdeckung »dieses kleinen, unterschätzten Meisterwerks« geführt habe, das eine Kombination aus »volkstümlicher Geschichte und Reiseerzählung« sei, wie dieses mit großer Autorität aus den übrigen zeitgenössischen Memoiren herausstechen, aus jener Nabelschau, bei der sich alles nur um Hausbau oder Restauranterfahrungen im Ausland drehe, und wie begeistert sie, zusammen mit allen anderen Mitarbeitern des Doughty-Verlags sei, die Neuausgabe dieses Buches vorzustellen, das zweifellos seinen Platz unter den ewigen Klassikern einnehmen werde.

»... und hiermit präsentiere ich Ihnen Dougthys wunderbare neue Publikation: *Der Weg nach Ithaka* und den Autor des Buches, Gerald Rutledge.«

Gerald sah die Menschen an, wie sie alle um ihn herumstanden, lächelten und klatschten, und erinnerte sich lebhaft an seinen Albtraum von der intellektuellen Skylla. Er öffnete den Mund und wartete auf den Augenblick, in dem ihm die Stimme versagen würde.

Aegina merkte, wie ihr Herz raste und das Blut in den Ohren rauschte.

»Vielen herzlichen Dank, Kate«, begann Gerald. »Ihnen allen bei Dougthy Books, vielen Dank. Und natürlich auch Ihnen, die Sie ganz offensichtlich nichts Besseres mit Ihrer Zeit anzufangen wissen.« Dies verursachte ein allgemeines Gelächter, das Gerald heimlich dazu benutzte, sich ausgiebig zu räuspern.

»Auch ich bin, wie Sie sich denken können, äußerst erfreut zu sehen, dass mein literarisches Findelkind aus der Vergessenheit errettet wurde und man ihm in einer so großartigen Neuausgabe wieder Leben eingehaucht hat. Vielleicht ist das ja so wie bei einem richtig gut gelungenen Facelifting: Man fühlt sich wieder ganz der Alte.«

Wieder lachten alle – auch Aegina, vollkommen baff. Wie war ihm denn bloß so etwas eingefallen? Sie begann fast, sich erleichtert zu fühlen.

Der Klang des Gelächters hatte auf Gerald dieselbe Wirkung wie ein plötzlicher Drogenrausch. Er schaute hinab auf das Buch in seinen Händen. Er sah die mit Bleistift angestrichenen Absätze vor seinem inneren Auge und stellte fest, dass er sie alle auswendig konnte. Diese Geschichte war ihm über den Großteil seines Lebens hinweg vertraut gewesen. Er würde das Buch gar nicht erst zu öffnen brauchen.

»Ich werde Ihre Geduld nicht allzu lange beanspruchen. Aber ich dachte, ich könnte Ihnen vielleicht erzählen, wie es überhaupt dazu kam, dass ich dieses Buch geschrieben habe. Ich habe den Großteil des Zweiten Weltkrieges an Bord von Schiffen der britischen Marine verbracht, die das Mittelmeer befuhren. Eines Tages waren wir an der Skerki-Bank westlich von Sizilien vor Anker gegangen. Dabei handelt es sich um ein entlegenes Riff zwischen Sizilien und Tunesien, das vom Meeresboden aufragt und bis weniger als einen halben Meter unter die Wasseroberfläche reicht. Viertausend Jahre lang ist es der Seefahrt mehr oder minder erfolgreich gelungen, dieses in keiner Weise kenntlich gemachte Riff zu umschiffen. Es war ein heißer Tag, und ich bin mit ein paar anderen Mitgliedern der Besatzung schwimmen gegangen. Es war kein Land in Sicht, aber wir stellten fest, dass wir einfach durch das Wasser waten konnten, das gerade einmal bis zu unseren Waden reichte. Wir hatten keine Schwimmbrillen, wie sie heutzutage jeder hat, aber auch ohne deren Hilfe konnten wir erkennen, dass das Riff mit antiken Amphoren übersät war, jenen zweihenkeligen Gefäßen, in denen die alten Griechen, wie etwa König Agamemnon und die Armee, mit der er im Trojanischen Krieg kämpfte, auf See ihre Fracht transportierten: Wein, Olivenöl, Mandeln, Datteln, Honig und natürlich Gold und andere Kostbarkeiten. Wir hatten auch keinerlei Atemgerät, doch wir mussten gar nicht tief tauchen, um acht oder zehn dieser mit

Seepocken verkrusteten Amphoren an die Oberfläche zu holen. Heute würde man das wahrscheinlich als Plünderung archäologischer Schätze bezeichnen. Einige der Amphoren waren fast unversehrt, nach den wer weiß wie vielen Hunderten oder vielleicht Tausenden von Jahren, die sie unter Wasser verbracht hatten. Was, so fragten wir uns, würden wir in ihrem Innern finden?«

Geralds Publikum war so still geworden wie die antiken griechischen Statuen, von denen es umgeben war. Kate wirkte vollkommen gefesselt, als hätte sie nicht schon längst gelesen, was er nun sagen würde, als könne sie es kaum erwarten, die Antwort zu hören.

Gerald lächelte. »Zähflüssigen alters- und zeitlosen Schlamm. Kein Gold. Auch keinen Honig und keine Mandeln, die die Marinerationen seiner Majestät des Königs hätten bereichern können.«

Amüsiertes Kichern. Strahlende Gesichter.

»Aber zuzusehen, wie diese alten Gefäße aus dem Meer geborgen wurden, wie sie durch die Wasseroberfläche hindurch ans Licht der Gegenwart traten – wie sie gewissermaßen die Membran der Geschichte durchbrachen –, hat bei mir einen gewaltigen Eindruck hinterlassen. Während dieses einen Nachmittags auf der Skerki-Bank wurden all die Geschichten über das antike Griechenland plötzlich real für mich. Ich hielt den Beweis in Händen.«

Aegina starrte ihren Vater an. Er hatte sich direkt vor ihren Augen zu einem geborenen Geschichtenerzähler verwandelt – oder er durchlebte vielmehr alles noch einmal. Er war wieder zurück, dort, auf jenem Riff.

Gerald fuhr fort. »Während des Krieges und auch später, während der Jahre, die ich damit verbrachte, in einem betagten, siebeneinhalb Meter langen Gaffelkutter das Mittelmeer zu durchkreuzen, las ich immer und immer wieder Passagen in meiner alten, zerfledderten, salzwasserverkrusteten Ausgabe von A. T. Murrays Prosa-Übersetzung der *Odyssee*. Die Ausgabe bestand aus zwei Bänden und war bei Loeb Classical Library erschienen. Aber ich las auch zahlreiche Bände der Seehandbücher, die die britische Admiralität zum Mittelmeer herausgegeben hatte. Dabei handelte es sich zwar nicht um Literatur – sie waren für gewöhnlich in sehr trockener Prosa geschrieben. Aber manchmal war es den Männern, die all diese Beschreibungen von Häfen und Küstenabschnitten verfasst hatten – keine Gelehrten, aber man konnte bei ihnen immerhin daran, wie sie sich ausdrückten und worauf sie Bezug nahmen, eine gewisse Bildung erkennen –, manchmal also war es ihnen gelungen, etwas an ihren Lektoren vorbeizuschmuggeln« – mehr verständnisinniges Gelächter –, »nämlich die Unterstellung, dass viele dieser Inseln, Häfen und Landzungen, an denen ich vorüberkam, sehr wohl die Originalschauplätze verschiedener Episoden der Odyssee sein könnten. Manches davon lag auf der Hand. Falls es tatsächlich eine geographische Entsprechung zur Odyssee gab, konnte der Sog der Charybdis nirgendwo anders sein als in der Straße von Messina. Wenn man sich den falschen Augenblick innerhalb der Gezeiten aussuchte, vermochten sie es, eine Korvette im Kreis herumzuwirbeln. Die Klippen, bei denen Odysseus in den Hinterhalt der felsenschleudernden Lästrygonen gerät, könnten sich durchaus – ich kann mir keinen anderen Ort vorstellen – am Eingang des korsischen Hafens Bonifacio befunden haben. Und es gibt eine Höhle …«, Geralds Konzentration, und mit ihr seine Stimme, brach einen Moment lang ab, »… wo, wie ich glaube, Odysseus den Zyklopen Polyphem überlistete ...« Er hielt plötzlich inne und starrte das marmorne Fries an der gegenüberliegenden Wand an.

Aegina hatte ihren Vater noch nie in einem solchen Zustand erlebt. Er war entrückt.

In dem Augenblick, als sein Schweigen begann, auffällig zu werden, sammelte er sich wieder und fuhr fort. »Und warum sollte die Odyssee auch keine wahre Geschichte sein? So dachte ich. Wir wissen, dass Troja tatsächlich existiert hat, dass dort eine große Schlacht geschlagen wurde. Schliemann und andere sind vor kaum hundert Jahren, nur mit einem Exemplar der *Ilias* bewaffnet, zu einem Hügel aus Fels und Gras in Kleinasien gegangen und haben die Stadt gefunden, zusammen mit dem Beweis, dass dort tatsächlich ein Krieg stattgefunden hat. In der *Odyssee* wimmelt es von Beschreibungen der verschiedensten Örtlichkeiten, die oft so detailliert und präzise sind wie die Objektdaten einer Immobilienfirma. Im Laufe der Zeit, während ich über dieselben Meere segelte, dieselben Küsten entlangfuhr und von denselben Winden vorangetrieben wurde wie Odysseus, bekam die *Odyssee* für mich das Gewicht der Wahrheit. Ich begann zu glauben, dass Homer, mochte er nun blind gewesen sein oder nicht, umfangreiche Beschreibungen dieser Orte gehört oder diese womöglich selbst gesehen hatte. Schließlich fasste ich den Entschluss, mit meinem eigenen kleinen Boot von Troja nach Ithaka zu segeln und dabei die *Odyssee* als Seehandbuch zu benutzen, so wie Schliemann die *Ilias* dazu benutzt hatte, um Troja zu finden. Auf diese Weise wollte ich die tatsächliche geographische Route entdecken, die Odysseus auf seinem langen gefährlichen Heimweg vom Trojanischen Krieg genommen hatte. Mit der Zeit gelang es mir, mithilfe der verschiedensten seetauglichen Fahrzeuge die gesamte Route zu segeln. *Der Weg nach Ithaka* beschreibt die Reise des Odysseus und meine eigene dazu.«

Gerald schwieg, auf einmal vollkommen erschöpft. Er sah in die erwartungsvollen Gesichter und merkte, dass er zu abrupt aufgehört hatte; er musste noch etwas hinzufügen. »Der Titel meines Buches ist natürlich Kavafis' Gedicht *Ithaka* entliehen. Mir gefiel sein Gedanke, dass nicht das Erreichen des Ziels – Ithaka – von Bedeutung war, sondern vielmehr das, was einem unterwegs zustößt. Ich danke Ihnen allen.«

Die Galerie füllte sich mit dem Klang des Applauses und Geplauders, der von den herrlichen Marmorfriesen widerhallte. Aegina klatschte und sah ihren Vater an. Er war während seiner Rede an einen anderen Ort gegangen, von dem nur ein Teil von ihm zurückgekehrt war.

Im nächsten Moment fragte der Mann mit der Yacht in Lymington: »Und wie lange haben Sie denn nun tatsächlich für diese Reise gebraucht, Gerald, um von Troja nach Ithaka zu segeln? Nicht so lange wie Odysseus, hoffe ich doch wohl?« Er lachte glucksend und mit einem wissenden Gesichtsausdruck. »Könnte man das in einer Segelsaison schaffen?«

Gerald musste kurz nachdenken. Er sprach leise, als würde er sich erst während des Sprechens erinnern. »Ich habe nicht alles auf einmal geschafft. Ich habe jeden einzelnen Abschnitt der Reise vollendet, über viele Jahre hinweg, entweder in meinem eigenen Boot oder während des Krieges an Bord von Schiffen der britischen Marine. Aber ich bin nicht der Route gefolgt, die ich in meinem Buch darlege, von Troja nach Ithaka. Ich hatte vor, es zu tun …« Er brach ab.

Aegina machte einen Schritt nach vorn. Etwas geschah mit ihm. In seinem Herzen oder seinem Gehirn.

Geralds Hand hob sich stockend zu seiner Kehle. Sein Gesicht verzerrte sich. Seine Augen erhoben sich zu den marmornen Gestalten an der gegenüberliegenden Wand.

»Oje«, sagte Kate. »Soll ich Ihnen ein Glas Wasser bringen?«

Aegina drängte sich hastig an ihr vorbei. Nachdem sie Gerald erreicht hatte, hielt sie ihn an beiden Armen fest und schirmte ihn, so gut es ging, von den anderen ab. Er begann zu weinen.

5

ALS SICH ALLE zum Essen hingesetzt hatten, erhob Lulu sich von ihrem Stuhl.

»Ich danke euch allen, dass ihr zu meinem Geburtstagsfest gekommen seid. Ich kann mich unendlich glücklich schätzen, solch liebe und treue Freunde zu haben. Die meisten von euch kommen Jahr für Jahr hierher zu den *Klippen*, und das seit Jahrzehnten – manche von euch von dem Moment an, seit ich hier bin. Was habt ihr euch nur dabei gedacht?«

Andächtiges Gelächter.

»Ihr habt mir ganz wunderbare Geburtstagsgeschenke gemacht. Obwohl ich euch darum bat, das nicht zu tun – denn ihr seid, jeder Einzelne von euch, Geschenk genug für mich. Und deshalb wollte ich auch euch etwas schenken. Nur eine Kleinigkeit.«

Auf den fünf Tischen stand, mit einem Namenskärtchen versehen, für jeden Gast ein liebevoll eingepacktes Geschenk. Typisch Lulu. Sie sagte durchaus die Wahrheit: Ihr größtes Glück waren ihre Freunde, und sie selbst war die beste Freundin, die jeder der Anwesenden jemals gehabt hatte. Manche von ihnen waren in schwierigen Zeiten ihres Lebens für ein paar Wochen im Sommer zu den *Klippen* gekommen, hatten Zimmer belegt, das Hotelessen gegessen, hatten sogar ihre

Kinder mitgebracht, nur um dann festzustellen, dass Lulu sich weigerte, auch nur einen Penny als Bezahlung anzunehmen. Cassian Ollorenshaw zum Beispiel war im Jahr nach seinem Aufenthalt im Pentonville-Gefängnis für mindestens sechs Monate ein Dauergast gewesen. (Er war kein schlechter Mensch, das verstand sich von selbst. Er war Lulu und den anderen vielmehr ein verlässlicher Freund gewesen und hatte die Taschen ziemlich vieler Leute, zu denen auch Lulu zählte, mit ziemlich viel Geld gefüllt.) Jeder der Anwesenden war mindestens ein Mal Zeuge gewesen, wie Lulu ohne zu zögern jeden, der es wünschte, mit dem Auto quer über die ganze Insel kutschierte, wie sie Bücher, Kleider, Gemälde verschenkte, wie sie das, was sie besaß, einfach hergab, sei es das, was an ihren Wänden hing, oder sei es der Inhalt ihrer Schränke und Kühltruhen, wie sie ihren Freunden genau das schenkte, was sie gerade brauchten, ohne dass sie sich dessen selbst bereits bewusst gewesen wären.

»Beweise meiner Dankbarkeit und Liebe für jeden von euch. Und ich möchte, dass diejenigen unter euch – und das betrifft wohl die meisten –, die sich an Tom und Milly erinnern, jetzt auch ihrer gedenken.« Sie drehte sich kurz zu Cassian und schaute dann wieder zu den anderen Tischen hinüber. »Unsere wunderbaren Freunde, die wir alle so sehr geliebt haben. Alles Gute zum Geburtstag uns allen!«

Lulu hob ein Glas Sekt in die Höhe. Alle klatschten und tranken. Ein Mann erhob sich, um einen Trinkspruch auszubringen, aber Lulu unterbrach ihn forsch. »Roddy, Darling, das ist süß von dir, aber lasst uns jetzt das wunderbare Mahl genießen, das Bronwyn für uns zubereitet hat. Wir können dann später noch etwas reden.«

Ein aufgeregtes Stimmengewirr erhob sich an den Tischen.

Überall erklang das weihnachtliche Geräusch von zerrissenem Geschenkpapier. Lulu hatte Swatch-Uhren, Halsketten und Armbänder aus Marokko und New Mexico, bestickte Pantoffeln, Schals, Füllfederhalter von Montblanc und Filofax-Terminkalender für ihre Gäste gekauft – nützliche Geschenke, von denen sie lange etwas haben würden.

»Ist das zu fassen?«, sagte April, hob einen Hermès-Schal an ihre Wange, sah sich um und entdeckte Tränen der Rührung und Begeisterung auf den Gesichtern der anderen Gäste. »Sieh mal, Luc! Jetzt schau dir mal diese Sachen an! Sieh mal, wie sehr alle diese Leute sie lieben! Mein Gott, weißt du überhaupt, was für ein krasses Glück du hast, so eine Mutter zu haben?«

»Die beste Mami der ganzen Welt«, sagte Luc und sah zu, wie sich Montserrat zwischen den Tischen hindurchschlängelte, während sie ein mit Tellern und Essen beladenes Tablett trug.

April war Dominick Cleland schon am Vortag aufgefallen, kaum dass sie in Lucs Gesellschaft eingetroffen war. Das lag natürlich zum Teil daran, dass sie mit Luc zusammen war, was sie sofort zu einem Objekt der Neugierde werden ließ, aber auch, weil sie einfach fantastisch aussah. Sie hatte diesen atemberaubenden Teint. Vor seinem inneren Auge stieg das Bild ihres mit zartem Apricot bestäubten Schamhügels auf, so deutlich, als stünde er nur wenige Zentimeter vor einem Gemälde im Impasto-Stil. Dominick bewunderte Lucs Beständigkeit. Er schaffte es immer wieder, mit irgendeinem Weibsstück anzutanzen, das wahrhaftig zum Anbeißen aussah. Zwar hatte er es noch nie geschafft, zwei Jahre hintereinander mit derselben Frau aufzutauchen, aber immerhin kam er kaum jemals mit leeren Händen. Einmal war er sogar mit einer ganzen Yacht voll Leuten gekommen; ein kleines Abenteuer, das sich für Dominick als sehr erfreulich erwiesen hatte. Die Mädels waren im Allgemeinen noch sehr jung und hatten keine großen Ansprüche, sie waren dankbar, neugierig und strebten eine künstlerische Laufbahn an. Das machte sie zu idealen Opfern für Dominicks wohlgeölte Redemasche – eine Mischung aus gehobener Konversation und sexuellen Anspielungen. Es musste wohl am Filmgeschäft liegen. Dort gab es einen endlosen Nachschub an hoffnungsfrohen Bittstellerinnen, die sich auf ihrem Weg nach oben an jeden Strohhalm klammerten. Es konnte unmöglich das Verdienst von Luc selbst sein. Er würde niemals das haben, was ein Mann brauchte – Macht, oder zumindest deren Anschein, Selbstvertrauen und eine instinktive Gleichgültigkeit gegenüber den zarteren Gefühlen einer Frau –, um sich die Art von Gefährtin an Land zu ziehen, nach der er in seinem verblendeten Wahn immer noch suchte. Dominick hatte sich schon vor langer Zeit von dem Verlangen nach solchen Vollblutweibern befreit. Solche Frauen waren in der Lage, einen Mann schneller zu verschlingen als jedes Krebsgeschwür. Alles, was er jetzt wollte, war eine kleine Verfolgungsjagd, eine köstliche Eroberung (war das nicht überhaupt das Beste daran?), die dann in einem richtig guten Fick gipfelte – nun ja, es musste nicht einmal ein richtig guter sein, es reichte schon, wenn es überhaupt zu einem Fick kam. Damit verhielt es sich so ähnlich wie mit chinesischem Essen – er hatte eigentlich noch nie schlecht chinesisch gegessen. Das Techtelmechtel brauchte auch nicht länger zu dauern als eine Woche oder so, und dann würde hoffentlich einer von beiden, er oder das Mädchen, aber keinesfalls beide gemeinsam, in irgendein Flugzeug steigen.

Als man nach dem Essen auf der Terrasse Platz für eine Tanzfläche geschaffen hatte, ging Dominick schnurstracks auf

Aprils Tisch zu und forderte sie zum Tanz auf. Sie wirkte geschmeichelt.

»Geh nur«, sagte Luc zu ihr und lächelte das gleiche sanftmütige Lächeln wie seine Mutter.

Dominick, der nun ein rosafarbenes Hemd, eine weiße Hose und weiße Guccis trug, hatte keineswegs vergessen, wie man eine heiße Sohle aufs Parkett legt: Er tanzte den Hully Gully, den Pony, den Watusi und den Mashed Potato. Diese Tänze hatten schon vor gefühlt hundert Jahren im Londoner Nachtclub Annabel's funktioniert. Und die Mädels schienen auch heute noch darauf abzufahren. Jedenfalls brachte es sie zum Lachen, besonders dann, wenn er richtig aufdrehte. Es war schon erstaunlich, wie gut es ihm gelang, sie mit seiner Schlangenbeschwörer-Nummer in seinen Bann zu schlagen: Er fixierte sie mit einem Lächeln, lachte über sich selbst und füllte sie mit teurem Champagner ab, bis ihnen das Getränk von den Lippen tropfte. Er konnte regelrecht beobachten, wie sie begannen, ihn langsam in einem völlig neuen Licht zu sehen, je später der Abend wurde. Er war überhaupt noch nicht so alt, dachten sie plötzlich – er war auf jeden Fall sehr fit. Und er war eine äußerst unterhaltsame und sehr amüsante Gesellschaft. Er mochte Frauen, das merkten sie, und sie merkten auch, dass er genau wusste, was sie wollten. An den meisten Abenden gab es einen gewissen Punkt, an dem er – gesetzt den Fall, sie hatten sich noch nicht aus dem Staub gemacht – das Ding sozusagen geschaukelt hatte.

Er versuchte durchaus nicht, Lucs kleine Gespielin zu verführen. Jedenfalls jetzt noch nicht. Aber man wusste nie, wann man so jemanden womöglich wiedersehen würde – wie es ihm schon einige Male passiert war, später, in London. Wenn man sich dann schon mal kannte und der Aufenthalt auf Mallorca hinter einem lag, konnte sich die Situation als sehr vorteilhaft für ihn erweisen.

Luc war erleichtert. Er wusste, dass April tanzen wollte – sie wollte unbedingt mit ihren Shimmy-Künsten glänzen und mit ihren goldenen Füßen zwischen den Beinen irgendeines Mannes wedeln. Sie hätte keinen besseren finden können als Dominick. Die beiden waren wie füreinander geschaffen. Es war ihm vollkommen egal, ob es Dominick gelang, ihre Telefonnummer zu ergattern.

Luc stand auf, schlenderte ins Haus und betrat die Küche. Ein paar Mitglieder der Cateringcrew waren hinten in der Spülküche damit beschäftigt, das Geschirr zu spülen und die Gläser abzutrocknen. Montserrat war nicht in Sicht.

»Hat dir das Essen geschmeckt?«, fragte Bronwyn. Sie saß am Küchentisch und rauchte eine kleine Zigarre. Vor ihr standen eine Flasche Laphroaig und ein großes Kristallglas mit drei Fingerbreit Whisky. Sie hatte sich eine Leinenserviette um den Kopf gebunden und trug eine Kochjacke, die einem Generalissimus alle Ehre gemacht hätte, obwohl sie mit Essens- und Weinflecken übersät war.

»Es war super«, sagte Luc. »Besonders das Blutorangen-Sorbet.«

»Das war gut, nicht wahr? Willst du einen Schluck?«

»Klar.« Luc holte sich ein Glas, setzte sich und goss sich einen Schuss Whisky aus Bronwyns Flasche ein.

»Bleibst du länger?«, fragte sie.

»Eine Woche vielleicht. Wenn ich's so lange aushalte.«

»Du bist ein lieber Junge, dass du zum Geburtstag deiner Mama gekommen bist. Sie hat sich sehr gefreut.«

»Wohl kaum. Ich bin der Wermutstropfen in ihrer Yves-Saint-Laurent-Körperlotion.«

»Red doch keinen Unsinn. Sie liebt dich. Sie meint es gut. Sie spricht die ganze Zeit von dir.«

»Ja, sie redet darüber, welch ewige Enttäuschung ich bin. Wie ein schlechtes Los, das sie dummerweise gezogen hat.«

»So ein Quatsch. Man kann sehen, dass sie dich lieb hat. Man kann es hören, jedes Mal, wenn sie deinen Namen sagt. Du magst ja ein paar Jahre über vierzig sein, aber für sie bist du immer noch ihr kleiner Junge, verstehst du? Sie erzählt, dass du zu Besuch kommst, und man merkt sofort, wie viel ihr das bedeutet.«

Luc trank die Hälfte seines Glases aus. »Wo hast du die Caterer her?«

»Um wen geht's?«

Er sah sich noch einmal um. »Ist grad nicht hier. Die mit der Nase.«

»Montserrat.«

»Genau. Montserrat.«

»Sie hat im Fonda in der Küche gearbeitet, als Javier dort noch Koch war. Sie ist eine Llobet.«

»Was, du meinst doch nicht etwa die Familie von Juan Llobet?«

Der Name ragte wie ein düsterer Schatten über Cala Marsopa auf, genau wie die Villa der Llobets an der Straße zum Leuchtturm, die mit ihren stets verschlossenen Fensterläden über dem Ort thronte. Es war ein strenges, unwirtliches, stalinistisch anmutendes Gebäude, das hervorragend zu den berüchtigten Hauspartys von Lawrenti Beria gepasst hätte, bei denen gemordet wurde, was das Zeug hielt. Juan Llobet war ein Milliardär, der die Öffentlichkeit scheute. Als seine kriminelle Karriere noch in den Kinderschuhen steckte, vor Beginn des Ersten Weltkrieges, hatte er sich an der Berberküste als

Schmuggler herumgetrieben, war später zum Vertrauten Francos geworden, hatte sich im Spanischen Bürgerkrieg als Banker der Nacionalistas betätigt und dann als Oligarch im Stile eines Boo Radley auf Mallorca niedergelassen, wo er schließlich vor einigen Jahrzehnten gestorben war. Jeder, der in die Stadt wollte, musste auf der Carretera Juan Llobet entlangfahren, und die meisten machten Geschäfte mit der Banco Llobet, und sei es auch nur, indem sie etwas Bargeld am Geldautomaten abhoben. Lucs Mutter hatte einmal die Bekanntschaft mit einem der Llobets gemacht, einem der Söhne des Alten, der jeden Sommer mit seiner Familie nach Cala Marsopa gekommen war. Aber diese Verbindung schien schon vor Jahren eingeschlafen zu sein. Montserrat Llobet. Er war nicht im Geringsten überrascht. Sie entstammte der Aristokratie des Mittelmeers, wenn auch einem recht düsteren, korrupten Geschlecht. Ein bisschen so, als wäre man ein Enkelkind Barbarossas.

»Ja, Schätzchen. Ein Sprössling der Familie. Sie ist hinreißend, nicht wahr? Viel Glück!«

»Nein, ich war einfach nur neugierig. Ich habe mich vor ein paar Stunden mit ihr unterhalten. Sie schien eine interessante Person zu sein. Studiert an der Universität von Barcelona.«

»Ja, interessant ist sie auf jeden Fall. Und intelligent. Und ehrgeizig. Sie hat Javier fast zum Wahnsinn getrieben.«

»Warum um alles in der Welt kellnert sie dann hier?«

»Ihr Vater zwingt sie, während der Sommermonate zu arbeiten, obwohl er vor Geld nur so stinkt. Sie kennt sich gut mit Essen aus. Hat eine hervorragende Arbeitseinstellung. Interessiert sich sehr für Kunstgeschichte. Sie wird bestimmt später mal die Christie's-Filiale in Madrid leiten.«

Luc sah, wie sich Montserrat Llobets Lebenslauf vor seinem inneren Auge entfaltete wie eine Doppelseite in *Paris Match*. Die Yachten, die Villen am Cap Ferrat, die entzückenden Kinder – Picassos von einem anderen Mann. Warum zum Teufel habe ich nicht so eine Frau und führe so ein Leben? Aber er wusste warum. Man wurde hineingeboren, war ein Llobet oder ein Grimaldi, hatte sich durch die ungeheuerlichen Verbrechen vergangener Generationen in die richtige Position gebracht – Verbrechen, die durch die Mühlen der Zeit reingewaschen worden waren. Oder man kam ganz groß im Kino raus – man wurde ein Sam Spiegel oder ein Alexander Korda – und begegnete so jemandem wie Montserrat Llobet in Cannes, auf einer Party oder einer Yacht. Und dann gehörte einem die Welt.

Oder man war eben jemand, der die Drehbücher zu französischen B-Movies schrieb, die überhaupt nicht erst auf die Leinwand kamen, sondern nur als Video veröffentlicht wurden, und landete bei so jemandem wie April Gressens aus Tarzana.

Luc leerte sein Glas. »Das Essen war wunderbar, Bronwyn.«

»Danke, Schätzchen.«

Er stand auf und ging nach draußen. *Je t'aime … moi non plus* schallte aus den Lautsprechern auf der Terrasse. Er hatte das Lied schon gehört, als er noch in der Küche stand, aber die Zeitreise riss ihn erst in dem Augenblick mit sich fort, als er die Terrasse betrat. Doch dann erinnerte er sich an alles, oder zumindest daran, wie er alles empfunden hatte, im Sommer 1969. Die Art, wie sich damals die Welt angefühlt hatte und was er geglaubt hatte, was mit seinem Leben passieren würde.

Er ging zum Musikzimmer. Dort war Charlie gerade damit beschäftigt, einen Stapel von Platten durchzugehen. Neben ihm saß seine *petite amie* auf einem Barhocker, ein ziemlich frühreifes Mädchen, das Luc schon öfter mal im Ort gesehen hatte, und hielt ein Glas Cola in der Hand. Die beiden sahen aus wie ein Paar aus den Klatschseiten von *Vanity Fair.*

»Oh, hallo!«, sagte Charlie und grinste breit, als er Luc sah. »Ich hab dich draußen beim Essen gesehen. Ich wär gern rausgekommen, um dich zu begrüßen, aber Lulu hat mir diesen Job als DJ gegeben, und ich kann hier nicht weg.«

Luc starrte ihn mit einem seltsamen Gesichtsausdruck an. Seine Augen wanderten zwischen Charlies Hals und Hüfte auf und ab. »Schönes Hemd«, sagte er schließlich.

»Oh ja. Deine Mutter hat es mir geschenkt. Es ist aus Marokko, sagt sie. Ich glaube, es ist ziemlich alt.«

Luc starrte weiter das Hemd an und lächelte. »Das war ja nett von ihr. Ja, es ist aus Marrakesch. Es ist ungefähr fünfundzwanzig Jahre alt – ich weiß noch genau, wann sie es bekommen hat.«

Er betrachtete Charlie, wie er da in dem Hemd stand. Was für ein lieber Junge er doch war, dachte Luc. Er scheint sich ehrlich zu freuen, mich zu sehen. Er hat ganz offensichtlich keine Ahnung, was das Hemd für eine Geschichte hat und was sonst noch alles damit zusammenhängt. Und er sieht genauso aus wie seine Mutter.

»Cool! Äh, Luc, das ist Bianca. Bianca, Luc.«

»Hi«, sagte Bianca.

»Hi.«

Sie schüttelten sich die Hand.

»Wie läuft's beim Film?«, fragte Charlie.

»Gut. Hab grad einen abgeschlossen.«

»Toll. Wie ist der Titel? Wer spielt mit?«

»Wahrscheinlich niemand, von dem du jemals gehört hast

oder jemals hören wirst. Der Film heißt *Perdu*. Verloren. Er wird so in acht oder zehn Monaten rauskommen, glaube ich.«

»Oh, der wird bestimmt toll. Ich fand *L'Autre* ganz super. Das hab ich dir schon gesagt, oder? Der war echt großartig.«

»Danke, Charlie. Ich hatte ganz vergessen, dass du den Film gesehen hast.«

»Bist du lange hier?«

»Ungefähr eine Woche. Und du?«

»Den ganzen Sommer, wie immer. Einen Moment –« *Je t'aime… moi non plus* ging gerade zu Ende, und Charlie schaute die Platten durch, die er in der Hand hielt.

»Ich lass dich mal in Ruhe deine Arbeit machen, Charlie. Es ist schön, dich zu sehen.«

»Danke. Ich hab mich auch echt gefreut, dich zu sehen, Luc. Mach's gut!«

»Du auch.« Und zu Bianca sagte Luc: »Schön, dich mal kennengelernt zu haben.«

Luc ging zur Bar hinüber, während Charlie *A Taste of Honey* von Tijuana Brass auflegte. Die klagende, geradezu intravenös wirkende Melancholie des Serge-Gainsbourg-Liedes wurde abrupt beiseitegefegt. Dominick drehte seine lauernden Runden um April, die lachte und ihrerseits geschmeidige, sinnlich glühende Hüftstöße in seine Richtung vollführte.

Seine Mutter, in eine fließende weiße Kombination aus Bluse und Hose gekleidet, tanzte mit Cassian, voller Zuneigung. Sie hatte ihre Arme ausgestreckt und auf seine Schultern gelegt, während er über irgendetwas mit ihr sprach, das ihnen ganz offensichtlich beiden am Herzen lag – vielleicht ja Aktienkurse.

Luc wandte sich ab, ging durch das Tor und überquerte die Straße. Hier, an den Klippen, war die Musik nicht ganz so aufdringlich und auch nicht so voller stechender Erinnerungen. Er konnte das Geräusch der Wellen hören, wie sie irgendwo unter ihm an die Felsen schlugen und gurgelnd an ihnen saugten, und er erinnerte sich daran, wie er einmal, vor langer Zeit, genau hier ins Wasser gesprungen war, ohne es zu wollen, am Abend, genau zur gleichen Zeit …

Ein winziger glühend roter Punkt deutete darauf hin, dass jemand ganz in der Nähe an der Felskante über dem Meer saß und eine Zigarette rauchte. Eine dunkle, schlanke Gestalt, in deren Haaren sich das Licht des Hafens zerstreute.

»*Hola*«, sagte sie.

Luc durchfuhr ein heftiger elektrischer Schlag. »Montserrat«, sagte er.

»Ja.«

»Ich bin's, Luc. Wir haben uns vorhin unterhalten …«

»Natürlich. Ich wusste, dass Sie es sind.«

Er ging zu ihr hinüber. Jetzt konnte er auch ihr Gesicht sehen, nachdem sich seine Augen an die Dunkelheit gewöhnt hatten. Sie hatte den Kopf zur Seite geneigt, sodass ihre kräftigen Gesichtszüge das Licht von der Straße einfingen. Er konnte nicht begreifen, warum ihm das nicht gleich aufgefallen war: Es war das schönste Gesicht, das er jemals gesehen hatte.

Er sagte: »Ich habe unser Gespräch sehr genossen.«

»Ja, ich auch. Es war nett, endlich, nach all den Jahren.«

»Wie meinen Sie das?«

»Nun ja.« Sie lachte. »Ich war jahrelang in Sie verliebt.«

Luc konnte fließend Spanisch, deshalb wusste er, dass er sie nicht missverstanden hatte. Also musste er sich das gerade nur eingebildet haben. Und dann auch noch so klar und deutlich. »Was?«, sagte er.

Sie lachte. Ihre Zähne schimmerten bläulich in dem schwachen Licht, wie die Wellenberge, die aus der Dunkelheit auftauchten und den unter ihnen gelegenen Felsen entgegenströmten. »Ja, es waren sogar ziemlich viele Jahre, die ich in Sie verliebt war.«

Luc stolperte über einen Stein, fing sich jedoch direkt wieder und setzte sich neben sie.

»Aber wann haben wir uns denn überhaupt kennengelernt?«, fragte er.

Sie amüsierte sich darüber, wie vollkommen verwirrt er war. »Wir haben uns nie getroffen. Aber ich kenne Sie schon seit Jahren.«

»Woher denn? Haben wir gemeinsame Freunde?«

»Nein. Es ist viele Jahre her – vielleicht an die fünfzehn –, da hatten Sie ein Motorrad. Viele Sommer lang. Das stimmt doch, oder? Ich habe Sie damals überall auf diesem Motorrad gesehen. Sie sahen unglaublich gut aus. Wie Easy Rider, wissen Sie? So amerikanisch – sind Sie Amerikaner oder Engländer?«

»Amerikaner.«

»Das dachte ich mir. Oder jedenfalls stellte ich mir das gern so vor. Sie waren mein Traummann. Manchmal hatten Sie ein Mädchen hinten auf dem Motorrad, und, oh mein Gott, hätte ich gern da mit Ihnen auf dem Motorrad gesessen. Sie können sich gar nicht vorstellen, wie sehr.«

»Ich kann mich nicht erinnern, Sie jemals gesehen zu haben –«

»Nein, natürlich nicht. Ich war zehn Jahre alt, oder zwölf, dreizehn. Und hässlich – *aie!* Ich war eben einfach nur ein potthässliches kleines Mädchen, und Sie waren dieser coole amerikanische Typ auf einem Motorrad.« Sie hob die Hand, berührte sein Haar und zog es sanft in die Länge. Unglaublich. »Ihre Haare waren damals ganz lang. Oh, ich war wahnsinnig verliebt in Sie!« Sie lachte wieder und sah ihm mit einer verblüffenden Fröhlichkeit ins Gesicht.

Er konnte sich gerade noch davon abhalten, sie zu küssen – obwohl er sich nichts sehnlicher wünschte, als ihre Zähne mit seinen Lippen und seiner Zunge zu ertasten. Aber er würde warten, er würde diesen unglaublichen Moment noch eine Weile auskosten. Er grinste zurück. »Nun, falls Sie tatsächlich jemals hässlich gewesen sein sollten, dann trifft das heute ganz sicher nicht mehr zu.«

»Na ja, jetzt ist es nicht mehr so schlimm wie damals. Und Sie sind älter geworden. Aber immer noch ganz der coole Typ. Sie haben jetzt mehr von einem Europäer. Es ist wirklich sehr interessant, sich nach all dieser Zeit mal mit Ihnen zu unterhalten.«

»Ich wünschte, meine Unterhaltung mit Ihnen würde …« Er sah auf ihren breiten, wunderschönen Mund, das dunkle Zahnfleisch, die weißen Zähne, ihre amüsiert blitzenden Augen. So wunderschön und jetzt so bereit für –

Von der Straße fiel Scheinwerferlicht zu ihnen herüber. Es erfasste sie nur indirekt, aber Luc sah, wie ihr Blick zu dem Auto hinüberging. Sie stand auf.

Ein schwarzer BMW 318i hielt vor ihnen. Montserrat lächelte das Auto an, drehte sich dann zu Luc um, beugte sich vor und küsste ihn mit liebevoller Heiterkeit auf beide Wangen. »Bis später, Easy Rider«, sagte sie. Dann stieg sie in das Auto. Luc erhaschte einen kurzen Blick auf einen jungen Mann. Spanisch. Massenweise schwarze Haare. Weiße Zähne. Schmale, elegante Gesichtszüge. Er und Montserrat legten einen Moment die Köpfe zusammen. Der Moment dauerte länger, als für einen flüchtigen Kuss nötig gewesen wäre. Dann schlug sie die Tür zu, und das Auto rauschte davon. Hinter ihm erhob sich eine wirbelnde Staubwolke und verwischte die Lichter des Hafens.

Er hatte keine Ahnung, wie lange er dort sitzen geblieben war. Nach einer Weile nahm er das Meer wahr, wie es sich unten an den Felsen brach, wie es sich mit einem langen, inbrünstigen Seufzen zurückzog, nur um sich erneut zu brechen.

Er stand auf und ging zurück über die Straße. Die Musik war leiser geworden. Auf der Tanzfläche befanden sich noch mehrere Paare. Gerade wurde das gesamte Album *Revolver* gespielt. Irgendeine Frau gab John Lennon das Gefühl, als wäre er nie geboren worden. Luc wusste genau, wie er sich fühlte.

Er ging in die Garage und trat auf den Kickstarter seines alten Rieju-Motorrads. »Danke, Vincente, alter Freund«, sagte er, als das Motorrad beim zweiten Tritt ansprang. Der Gärtner seiner Mutter sorgte immer dafür, dass der Tank gefüllt war, und reinigte den Vergaser und die Zündkerzen, sobald Lucs Besuch anstand.

Er raste aus der Stadt hinaus. Die warme Nachtluft riss sein Hemd auseinander und strich ihm kühl über die Brust. Er erinnerte sich an dieses Gefühl, während so vieler Nächte auf Mallorca, wenn er sich auf dem Weg zu irgendeinem Ort befand, von dem er sich eine Antwort versprach. So wie jetzt.

Sie würden das lauter werdende Jaulen des Motors hören, wenn er den Berg weiter hinauffuhr, also blieb er auf der Hälfte der Auffahrt stehen. Er stieg ab und lehnte das Motorrad gegen einen Johannisbrotbaum. Aber beim Näherkommen konnte er sehen, dass das Haus dunkel war. Es stand kein Auto davor. Die Türen zur Terrasse waren verschlossen. Er ging die Stufen hinauf. Immer noch war nichts zu hören, kein Licht zu sehen. Er versuchte, die Küchentür zu öffnen, doch sie war verschlossen. Aber Charlie war hier. Also musste sie es auch sein.

Er klopfte.

Dann rief er. »Aegina?«

Er bahnte sich einen Weg durch das Gestrüpp, das das Haus umgab, und schaute zu den geschlossenen Fenstern empor.

»Aegina!«, brüllte er zu dem leeren Haus hinauf. »Aeginaahhhh! Es tut mir leid!«

Nachdem er das Motorrad wieder zurück in die Garage gestellt hatte, lief Luc um das Haus herum, überquerte die Terrasse und ging zur Bar. Es war niemand mehr da, nicht einmal mehr Sally. Während er sich eine Flasche Perrier aus dem Kühlschrank holte, bemerkte er ein Geräusch. Es war das angestrengte Stöhnen einer Frau, als müsse sie einen Felsen den Berg hinaufschieben oder als kämpfte sie gerade mit einer hartnäckigen Verstopfung … dann ein Mann, der so klang, als spornte er ein störrisches Pferd an … jemand vögelte. Es war nicht sonderlich laut, aber doch deutlich genug zu hören. Luc konnte nicht erkennen, wo das Geräusch herkam. Jedenfalls nicht von den Baracken, die waren zu weit weg. Vom Haus auch nicht. Dann fiel ihm ein, dass Bronwyn einmal erzählt hatte, es gäbe diesen seltsamen Effekt, wie in der Kathedrale von St. Paul, der dazu führte, dass sie von ihrem Zimmer aus alles hören konnte, was an der Bar in ganz normalem Ton gesagt wurde. Die Sex-Laute wurden an der Wand entlanggeleitet und kamen aus Bronwyns Zimmer am Pool. »Komm schon! Jetzt! Jetzt!«, rief der Mann fordernd. Luc erkannte Dominicks

Stimme. Das war durchaus einleuchtend. Man muss seinen Trost eben finden, wo man kann. Oder wie Somerset Maugham einmal über spontanen Sex geschrieben hatte: Du kannst dir jeden Abend den Bauch vollschlagen, wenn du bereit bist, dich mit Steckrüben zu begnügen.

Er nahm die Perrier-Flasche und ging auf sein Zimmer. April lag mit dem Rücken auf dem Boden, hatte die Beine nach oben gestreckt und zielte mit den Zehen an die Decke.

»Wo bist du gewesen?«, beschwerte sie sich im direkten Kontrapunkt zu ihrer elegant ausbalancierten Pose. »Ich habe dich überall gesucht.«

»Ich bin ein bisschen mit meinem Motorrad rumgefahren. Alles in Ordnung bei dir?«

Sie gab ihm keine Antwort.

»Was?«, fragte Luc.

»Ich habe gerade mit Aaron telefoniert.«

»Aha.«

»Er will mich unbedingt zurückhaben.«

»Aber das wollte er doch schon immer, oder? Ich dachte, du wärst es gewesen, die mit ihm Schluss gemacht hat.«

»War ich auch.«

»Aber jetzt gehst du wieder zu ihm zurück.«

Mit vorzüglicher, yogaperfektionierter Kontrolle ihrer Bauchmuskeln ließ April langsam die Beine sinken, drehte sich auf ihren Pobacken herum und erhob sich dann, nachdem sie ihre Füße auf die Schenkel gezogen hatte, in eine pfeilgerade Lotusposition.

»Das ist genau das, was ich meine. Wie du das jetzt gerade gesagt hast«, sagte sie. »Ich glaube, ich bin dir vollkommen egal. Ich meine, echt jetzt, ich habe das Gefühl, wenn ich jetzt sagen würde – ich gehe wieder zurück zu Aaron –, dann würdest du einfach nur ›Okay‹ sagen. Ich glaube, du würdest nicht mal drüber reden wollen. Ich glaube, du würdest lieber einfach nur ins Bett gehen und lesen.«

Luc setzte sich auf die Matratze, streckte seine Beine aus und sah April an. »Aber genau das hast du doch gerade gesagt, oder?«

Auch Charlie und Bianca hatten getanzt. Sie hatten sich langsam auf der Tanzfläche im Kreis gedreht, mit eng aneinandergeschmiegten Körpern. Als er in das Musikzimmer ging, um eine neue Platte aufzulegen, kam sie mit, und sie küssten sich.

Als es Mitternacht wurde, sagte sie: »Ich muss jetzt gehen.« Sie küssten sich wieder, als hätten sie das nicht schon den ganzen Abend getan.

»Ich sollte wahrscheinlich hierbleiben, bis Lulu mir Bescheid gibt, dass ich gehen kann«, sagte Charlie. Er übernachtete bei Biancas Familie, während seine Mutter und sein Großvater in London waren. »Bis später. Na ja«, er grinste, »bis morgen früh.« Und Bianca machte sich auf den kurzen Heimweg.

Zwanzig Minuten später kam Lulu ins Musikzimmer und sagte: »Lass die Platte einfach laufen und komm mit. Ich habe noch etwas für dich.«

Sie nahm Charlie bei der Hand und führte ihn über die Terrasse ins Haus, quer durch das Wohnzimmer, um eine Ecke herum, den Flur entlang und in ihr Schlafzimmer. Charlie war schon oft im Haus gewesen, aber hier noch nie. Das Erste, was ihm auffiel, war ein riesiges Porträt von Lulu, das über dem Bett hing. Sie lag ausgestreckt da, in einem roten Kleid. Charlie wusste sofort, dass es ein schlechtes Gemälde war. Die Porträts, die seine Mutter malte, sahen immer richtig aus. Sie waren zwar nicht hundertprozentig korrekt, wie es eine Fotografie sein würde. Aber die lose auf die Leinwand geworfenen Pinselstriche sahen zusammengenommen immer genau so aus wie die Person, die man kannte. Und sie gaben die Person viel besser wieder, als es irgendein Foto jemals vermocht hätte. Das lag wahrscheinlich an der Zeit, die es dauerte, um ein Porträt zu malen. Wenn man jemanden fotografierte, dann fing das immer nur weniger als eine Sekunde von ihm ein. Die Leute jedoch, die er im Atelier seiner Mutter gesehen hatte, saßen ihr tagelang, manchmal monatelang Modell, und sie lernte sie während dieser Zeit ziemlich gut kennen. Während sie an dem Bild arbeitete, machte sie sich damit vertraut, wie sie lachten, was sie dachten und worüber sie redeten. All das, die ganze Person, drängte sich in den Bildern seiner Mutter irgendwie an die Oberfläche. Er war immer davon ausgegangen, dass alle Porträts so waren. Deshalb war er auch so überrascht, als er einmal in die Räume der Royal Society of Portrait Painters ging, wo einige ihrer Bilder ausgestellt wurden, und feststellen musste, wie schlecht die anderen Gemälde waren. Die Künstler hatten sie zwar mit hervorragender Technik und minutiösen Details gemalt, aber die dargestellten Personen sahen steif und unnatürlich aus, und bei mindestens der Hälfte von ihnen wirkten die Hände so, als gehörten sie zu Schaufensterpuppen. Er kannte die Leute in den Porträts nicht, aber er wusste, dass die Bilder schlecht gemacht waren und dass die Leute in Wirklichkeit ganz anders aussahen. Das war auch genau das, was er in diesem Moment über Lulus Porträt dachte. Das Gesicht konnte man zwar als ihres erkennen, aber es stimmte nicht. Sie starrte irgendwie vor sich hin, ohne den Blick auf etwas gerichtet zu haben, den Kopf leicht nach links gewandt. Ihr Hals war zu lang und in einem falschen Winkel geneigt. Die Farben waren zu grell. Unter dem Kleid zeichnete sich ihr Körper ab, als wäre der Stoff dünner, als er das in Wirklichkeit gewesen sein konnte. Aber es war auch überhaupt nicht ihr Körper.

»Ich möchte dir nur dein Geld geben, Schätzchen. Fünftausend Pesetas hatten wir doch gesagt, oder?«

»Ja, Lulu. Tausend Dank. Ich hoffe, du hattest eine schöne Geburtstagsparty.«

»Das hatte ich, lieber Charlie. Es war wundervoll.«

Sie ging hinüber zu ihrem Schminktisch, öffnete eine Schublade und holte ihr Portemonnaie heraus. Sie entnahm ihm fünf große, wunderschöne Scheine und gab sie Charlie. Er stopfte sie in die Hosentasche seiner Jeans.

»Sieh mal«, sagte Lulu. Sie legte ihre Hände auf seine Hüften und drehte ihn, bis er dem großen Spiegel gegenüberstand, der leicht schräg geneigt an der Wand lehnte. Von dem vergoldeten Rahmen blätterte die Farbe, und die versilberte Oberfläche war brüchig und fleckig geworden, aber Charlie wusste, dass es ein wunderschöner Spiegel war. Er sah das durchbrochene Spiegelbild, das sie beide abgaben, als wären sie ein Paar in einer alten Schwarz-Weiß-Fotografie. Bei ihm war alles schwarz, seine Haare, seine Jeans, das marokkanische Hemd, der dunkle Teint, und bei Lulu alles weiß, Haare, Kleider, alles.

Sie zog ihn zu sich heran und hob ihm das Gesicht entgegen. Sie war ihm so nah, wie das Bianca während eines Großteils des Abends gewesen war. Er sah, was ihm vorher noch nie aufgefallen war: die kleine weiße Linie einer Narbe, die sich unten an Lulus Kinn entlangzog. »Und würdest du mir jetzt noch, bevor du gehst, einen kleinen Gefallen tun?«

»Klar«, sagte Charlie. Er war wahnsinnig dankbar, für den

Job, für das Hemd, dafür, wie großzügig und liebenswürdig Lulu ihm gegenüber war. Er würde alles für sie tun. Er dachte, sie wollte vielleicht, dass er irgendeine schwere Kiste in die Küche brachte.

Sie setzte sich auf einen ledergepolsterten Messinghocker. Dann griff sie nach einer Flasche mit Körperlotion, reichte sie Charlie und drehte sich auf dem Stuhl herum, bis sie ihm den Rücken zukehrte. »Sei ein Schatz und massier mir ein bisschen davon in meine Schultern und meinen Nacken. Sie schmerzen so.« Sie griff mit einer Hand nach hinten und zog ihren geflochtenen Zopf auf die Brust. Dann hob sie abwechselnd beide Schultern, eine nach der anderen, in einer Art wiegenden Bewegung, bis ihr das hauchdünne Hemd auf die Taille hinunterglitt.

Charlie schaute in den Spiegel und sah sofort wieder weg. Er hatte die Brüste vieler Frauen gesehen, denn an den Stränden und Swimmingpools von Mallorca gingen alle oben ohne. Er hatte wahrscheinlich auch Lulus Brüste irgendwann schon einmal gesehen, aber er erinnerte sich nicht mehr daran. Er hatte sie nicht in der Weise wahrgenommen, wie er zum Beispiel ein paar der Freundinnen seiner Mutter wahrgenommen hatte, wenn er sie am Strand gesehen hatte.

Er drückte etwas von der Lotion auf seine Handfläche und begann zu massieren. Ihre Haut war glatt und geschmeidig und warm, sodass die Lotion sofort dickflüssig und glitschig wurde.

»Das ist herrlich, Darling«, sagte Lulu. »Mach nur weiter.«

Charlie freute sich, dass es ihr gefiel. Lulu mochte ihn wirklich, so viel war klar.

Ihr Kopf fiel nach vorn. Jetzt sah Charlie doch in den Spiegel. Sie hatte die Unterarme leicht gekreuzt. Er sah ihre Brüste zu beiden Seiten des weißen Haarzopfs, den sie sich in der Mitte gegen ihren Brustkorb drückte. Sie waren sehr klein, wie die Brüste eines jungen Mädchens, aber sie hatten ausgeprägte dunkle Brustwarzen, die so dick waren wie seine Fingerkuppen. Seine Erektion, die sich fast über den gesamten Abend hinweg gehalten hatte, während er seinen Körper an den von Bianca gepresst hatte, erwachte schmerzhaft zu neuem Leben.

»Mmm …«, summte Lulu.

Charlie spürte, wie die Hitze aus ihrer Haut stieg. Er spürte es an seiner Brust, an seinem Bauch, durch das schwarze Hemd hindurch. Lulu atmete jetzt tief und regelmäßig durch die Nase ein, so wie er Frauen hatte atmen sehen, die auf der Terrasse der *Klippen* ihre Yogaübungen machten. Er fragte sich, ob Lulu wohl gerade einschlief, und räusperte sich leise. Ihre Hand hob sich und tätschelte seine, die auf ihrer Schulter lag. Er dachte, sie wollte ihm damit bedeuten, dass es nun genug sei, wunderbar, vielen Dank, Charlie, Zeit, dass du gehst. Aber sie hielt seine Hand fest, stand auf, drehte sich um, schob das marokkanische Hemd etwas hoch und umarmte ihn. Er spürte ihre Brustwarzen an seinem Bauch.

»Das macht dir doch nichts aus, Darling, oder?«

»Nein.«

»Möchtest du mich umarmen?«

»Klar«, sagte er freundlich. Es war schließlich ihr Geburtstag. Er legte seine Arme um sie und ließ seine Handflächen auf ihrem warmen Rücken zwischen den Schulterblättern ruhen. Sie war viel schmaler als Bianca, sehnig, und doch warm und weich.

Lulu begann, sich an ihm zu reiben. Ihr Kopf wühlte sich in seine Brust. Ihr Unterleib presste sich an seinen, und es war ihm nicht möglich, seinen Zustand zu verbergen. Sie strich mit ihren Händen an seinem Rücken herab, ließ sie dann ins Innere seiner Jeans gleiten und umfasste seine Pobacken.

»Charlie«, säuselte sie leise. »Du hast so herrliche glatte Haut. Komm.«

Sie löste sich von ihm, hielt jedoch seine Hände fest, führte ihn zum Bett und drückte ihn auf den Rücken hinunter. Dann kniete sie sich über ihn und fuhr mit den Händen über seinen Bauch.

»So wunderbare glatte Haut.« Sie senkte den Kopf und glitt mit ihren Lippen über seinem Bauch hin und her. Er spürte ihre Hände auf seiner Jeans, spürte, wie sie erst den Knopf und dann den Reißverschluss öffnete.

»Das macht dir doch nichts aus, Darling, oder?«

Seine Bauchmuskeln zuckten wie die Flanken eines Pferdes. »Nein«, sagte er.

Dann spürte er ihre Hände auf sich, wie sie seinen Penis hervorzogen und ihn sanft drückten.

Lulu hob den Kopf und sah ihm ins Gesicht. »Bist du noch Jungfrau, Charlie?«

»Ja.« Er fragte sich, ob er vielleicht besser hätte lügen sollen. Vielleicht würde sie jetzt aufhören.

»Dann wird das ein wunderbares Geburtstagsgeschenk für uns beide. Und du bist sicher, dass es dir nichts ausmacht?«

Er wollte ihre Gefühle nicht verletzen. Und genauso wenig wollte er, dass sie aufhörte. »Nein. Das ist schon okay. Herzlichen Glückwunsch zum Geburtstag, Lulu.«

Sie lachte. Dann küsste sie ihn auf den Mund. Ihre Lippen waren dünner als die von Bianca und ihre Zunge wesentlich selbstsicherer. Dann ließ sie ihren Kopf wieder nach unten über seinen Bauch gleiten.

Charlie glaubte zu wissen, was sie als Nächstes tun würde. Er blickte zu den dunklen Balken an der Decke.

Er hatte recht.

6

GERALDS STIMMUNG HATTE sich aufgehellt. Er war ganz unruhig geworden, während sie die letzten Kilometer in Richtung Cala Marsopa fuhren.

»Wir brauchen dringend etwas Regen«, sagte er.

Aus dem Autofenster konnte er kurze Blicke auf die aufblinkende Landschaft erhaschen: die schlaff herabhängenden, ausgetrockneten, hochsommerlichen Schoten der Johannisbrotbäume, die auflodernden Rot-, Orange- und Gelbtöne der indischen Feigenkakteen. Zitronenbäume, Mandelbäume, Olivenbäume, unter die sich wahllos zerstreut der Dopplereffekt ihres Autos mischte, wie es blitzartig an den beigefarbenen Steinmauern und Häusern entlanghuschte. Er konnte es kaum erwarten, seine eigenen Oliven- und Zitronenbäume zu sehen – das, was noch von ihnen übrig war. Er stellte sich vor, wie er im Licht des Spätnachmittags unter seinen Bäumen auf dem Hang über dem Haus stand. Vor seinem inneren Auge erkannte er die Bergrücken und Umrisse der umliegenden Hügel, die sich genauso in sein Gehirn eingebrannt hatten wie die Pinselstriche auf Aeginas Gemälden, die an den Wänden seines Hauses hingen. Durch die Äste seiner Olivenbäume erblickte er das blaue Meer, über das er gesegelt war, und dann erhob er sich in die Lüfte und flog hoch über den Wellen und sah das gesamte Mittelmeer, wie eine Miniatur, sah Alexandria und den Staub Ägyptens während des Krieges, sah die Bücher, die er damals und auch später gelesen hatte, und die Menschheitsgeschichte, die er durch sie kennengelernt hatte, sah den Faden, der sich durch all diese Bilder bis zum heutigen Tag und Ort zog.

Dann, als sich die Straße zum Meer hinabneigte, blieb Geralds Blick an Los Olivos hängen, jenem eng zusammengedrängten Neubaugebiet aus Reihenhäusern, das auf dem Hügel über seinem Grundstück kauerte.

Aegina konnte spüren, wie sich ihr Vater verspannte.

»Was für ein Schandfleck«, schimpfte Gerald. »Verdammt noch mal, warum konnte ich dieses Geld für das Buch nicht schon vor Jahren bekommen? Dann hätte ich meinen Olivenhain nicht an diesen –« Er brach jäh ab.

»Weil die Dinge eben so nicht passieren, Papa, jedenfalls nicht dann, wenn man es gerne hätte. Du hast Glück, dass alles so gelaufen ist. Sogar, dass –« Sie deutete mit ihrem Finger in Richtung des protzigen, stuckverzierten Eingangstor und der asphaltierten Straße, die zu Los Olivos hinaufführte. »Es ist nicht das, was wir uns gewünscht hätten, aber es hat uns geholfen, oder etwa nicht?« Sie warf ihm einen kurzen Blick zu. »Es hätte alles viel, viel schlimmer kommen können. Wenn du in England wohnen würdest, wer weiß, was für ein Leben du dort geführt hättest. Du könntest jetzt einer von diesen alten Rentnern sein, die in einer Sozialwohnung vor sich hin vegetieren, ab und zu mit einem Einkaufsnetz zum Supermarkt an der Hauptstraße schlurfen und jedes Mal, wenn sie versuchen, die Straße zu überqueren, fast von einem Doppeldeckerbus überfahren werden. Ich meine, schau dir doch mal an, wo du lebst, Papa. Und wie du lebst. Was du alles geschafft hast. Und was gerade passiert ist. Das ist doch alles gar nicht so übel, oder?«

»Nun ja …«

Aegina schaute erneut kurz zu ihrem Vater hinüber und sah, dass er die Augen nach oben gerichtet hatte und auf der Suche nach dem ersten Anzeichen von C'an Cabrer aus dem Fenster starrte.

»Ich bin sehr stolz auf dich, Papa. Charlie wird das auch sein. Er wird irgendwann dein Buch lesen und er wird neugierig sein und mehr über dich erfahren wollen. Er wird mir Fragen stellen, so wie ich dir Fragen gestellt habe, und ich werde ihm sagen können, was für ein außergewöhnliches Leben sein Großvater geführt hat.«

Gerald schnaubte.

»Das Einzige, was ich nicht ganz verstehe, ist, warum du nicht nach Griechenland gegangen bist, als du die Gelegenheit dazu hattest. Warum bist du auf Mallorca geblieben?«

»Nun, ich habe deine Mutter kennengelernt.«

»Aber das stimmt so nicht ganz, oder? Der Zeitpunkt passt nicht. Als du sie kennengelernt hast, warst du schon drei Jahre hier. Komm schon, warum bist du nicht vorher weggegangen? Du kannst es mir ruhig erzählen.«

»Ich habe die *Nereide* verloren. Das weißt du doch.«

»Das war auch drei Jahre, bevor du Mama kennengelernt hast. Du hättest trotzdem nach Griechenland ziehen können. Das Leben dort wäre wahrscheinlich billiger gewesen als in Spanien. Du hättest dir ein neues Boot kaufen können, nachdem du dein Buch das erste Mal veröffentlich hattest. Stattdessen hast du dich entschlossen hierzubleiben.«

»Ach, das ist alles Schnee von gestern«, sagte Gerald und bemühte sich, so vage wie möglich zu klingen. »Ich kann mich nicht mehr daran erinnern, was damals passiert ist. Dass ich deine Mutter getroffen habe, das war der Grund. Und das war dein Glück.«

Sie gab auf. »Ja.« Aegina ergriff die Hand ihres Vaters und drückte sie. »Ich bin froh, dass du das getan hast.«

Zwei Tage später stieg Aegina die Treppe zum »Turm« hinauf – Charlies Zimmer im zweiten Stock von C'an Cabrer. Der Raum war früher einmal ein Futterspeicher gewesen. Vor einigen Jahren hatte Aegina Geld in einen Ausbau investiert und hatte dabei auch ein kleines Bad einbauen lassen. Sie kam nicht besonders oft hier hoch. Hinter der Tür konnte sie Musik hören. Sie klopfte.

»Ja?«, erklang Charlies Stimme.

»Kann ich reinkommen?«

»Klar.«

Er lag auf dem Boden, neben einem kleinen roten Lederköfferchen, das ein bisschen so aussah wie der Schminkkoffer einer Frau. Die beiden Hälften des offen stehenden Koffers wurden von kleinen Scharnieren zusammengehalten. In der einen Hälfte war ein Plattenspieler, in der anderen ein Lautsprecher. Alte Langspielplatten und 45er Singles lagen über den Teppich verstreut.

»Du liebe Güte, wo hast du denn das alles aufgetrieben?«, fragte Aegina. »Das habe ich ja nicht mehr gesehen, seit ich so alt war wie du.«

»Unten.«

Sie setzte sich neben ihn und ging die Hüllen durch. Ihr fiel auf, dass Charlie auf die 45er Single starrte, die sich gerade auf dem Plattenspieler drehte. Als das Lied zu Ende war, hob er die Nadel und schaltete den Plattenspieler aus.

»Ich habe dieses Lied immer geliebt – liebe es immer noch«, sagte Aegina.

»Ja, ich auch«, sagte Charlie.

Aegina sah ihn an. »Gehst du heute nicht in die Stadt?«

»Nein, ich glaube, ich bleib hier.«

»Charlie, geht es dir nicht gut?«

Er gab ihr keine Antwort.

»Du hast kaum dein Zimmer verlassen, seit wir zurückgekommen sind. Ist zwischen dir und Bianca irgendetwas vorgefallen?«

Sehr lange Pause. »Nein, nicht direkt.«

»Möchtest du es mir erzählen?«

Charlie schwieg.

»Ist auf Lulus Party etwas passiert?«

»Irgendwie schon.«

»Kannst du es mir erzählen?«

Sie wartete. Sie wusste, wann es besser war zu warten.

»Die Party war gut. Ich hab für die Musik gesorgt. Bianca ist so gegen Mitternacht gegangen, aber die Party ging noch ein bisschen weiter.« Charlie hielt inne, nahm eine Platte in die Hand und legte sie wieder hin. »Ich hatte dort … Sex … mit einer Frau.«

»Oh«, sagte Aegina so gelassen, wie sie konnte. »Oh«, sagte sie noch einmal, während sie darüber nachdachte, was sie darauf antworten sollte, und das meiste sofort wieder verwarf. »Und … war es … war es okay? Hat sie dich gut behandelt?«

»Ja.«

»Hast du ein Kondom benutzt?«

»Nein.«

»Oh, Charlie. Das musst du unbedingt tun, wenn du Sex

mit jemandem hast. Es kann gefährlich sein, verstehst du. Das weißt du doch, du hast doch von AIDS gehört –«

»Ich weiß.«

»Hast du mit Bianca auch –«

»Nein.«

»Also war das dein erstes Mal?«

»Ja.«

Aegina nahm Charlies Hand und drückte sie. Sie betrachtete sie, seine wunderschöne Hand, die nun schon fast die eines erwachsenen Mannes war, und plötzlich wurde sie traurig. Natürlich sagte das jeder: Die Zeit verfliegt – die Tage sind lang, aber die Jahre huschen vorüber wie ein Wimpernschlag … es ging zu schnell. »Weiß Bianca von dieser Frau?«

»Nein.«

»Wirst du es ihr erzählen?«

»Ich weiß nicht. Was denkst du?«

Jetzt schaute er sie an. Und erwartete von ihr, dass sie irgendetwas Weises von sich gab.

Aegina nahm sich einen Moment lang Zeit. »Tja, das ist schwierig. Du willst sie ja schließlich nicht anlügen – oder? Das wäre nicht gut«, sagte sie mit Nachdruck. »Aber es würde sie verletzen. Wenn du denkst, dass du das tun solltest, dann kannst du es ihr erzählen … Ich denke, du musst erst mal darüber nachdenken, was das mit Bianca eigentlich überhaupt ist, was daraus werden soll – und ob du mit dieser anderen Frau noch einmal Sex haben wirst. Hast du das vor?«

»Nein. Sie möchte nicht.«

»Sie hat dich wahrscheinlich benutzt. Ich meine, ich bin mir sicher, dass sie dich mochte – du bist wunderschön –, aber es war nicht besonders rücksichtsvoll oder nett von ihr. Hast du denn Gefühle für sie?«

»Ich glaube, ich liebe sie. Aber ich weiß, dass sie mich nicht liebt. Sie ist ein bisschen älter als ich.«

»Oh, Charlie.« Aegina strich zärtlich eine Haarsträhne aus Charlies Gesicht und ließ ihre Handfläche dann auf seiner Stirn ruhen. »Ich weiß, wie du dich gerade fühlst. Ich kann mich noch daran erinnern … ich habe einmal genauso gefühlt wie du jetzt. Ich weiß, was du durchmachst.«

Er schaute ihr mit plötzlichem Interesse ins Gesicht. »Echt? Und wollte er dann nicht noch mal mit dir zusammen sein? Was für ein Vollidiot.«

»Na ja, es war irgendwie anders als bei dir. Aber ich hatte die gleichen Gefühle. Allesamt. Das kannst du mir glauben.«

Charlie schob gedankenverloren die Platten auf dem Teppich hin und her. Er sah zu seiner Mutter hoch. »Bist du böse auf mich?«

»Nein, mein Schatz!« Aegina umarmte ihn. »Oh, mein lieber, wunderbarer Charlie, du hast nichts Böses getan.« Sie umarmten sich eine Weile. »Aber Charlie. Bitte. Das nächste Mal musst du ein Kondom benutzen.« Sie hielt ihn ein wenig von sich weg und sah ihm ins Gesicht. »Hast du welche?«

Er lächelte gequält. »Nein.«

»Alles klar. Dann kaufen wir dir welche. Und wenn du dann … wenn du mit Bianca schläfst, dann musst du sie auch benutzen. Und auch mit allen anderen. Versprichst du mir das?«

Charlie nickte.

Sie löste die Umarmung. »Danke, dass du es mir erzählt hast. Du kannst mir immer alles erzählen, egal, was. Das weißt du doch, oder?«

»Ja, Mama. Danke.«

»Kommst du zum Essen runter?«

»Ja.«

Aegina stand auf. »In zehn Minuten, okay?«

Charlie nickte.

Aegina wollte gerade gehen, hielt dann jedoch inne. Sie ging durch das Zimmer und hob das Hemd auf, das auf einem Stuhl lag. Sie hielt es hoch, sah sich die Stickerei genau an, die Nähte … rieb mit den Fingern über den Stoff.

»Wo hast du das her?«

Charlie sah erst das Hemd und dann seine Mutter an. »Sie hat es mir gegeben.«

Aegina starrte Charlie an. »Wer hat es dir gegeben?«

»Die Frau«, sagte Charlie. »Es ist aus Marokko. Es ist sehr alt.«

Aegina schaute einen Moment lang auf das Hemd in ihren Händen und legte es dann – so vorsichtig, als wäre es ein Ausstellungsstück – über die Stuhllehne.

Sie verließ das Zimmer.

Charlie schaltete den Plattenspieler ein, und die 45er begann sich wieder zu drehen. Er hob die Nadel an und legte sie auf die Platte. *Everyone's Gone to the Moon.*

1983
KARUSSELL

1

DAS STETIGE, HORNISSENARTIGE Geräusch wurde immer lauter und wütender.

»*Voilà!*«, sagte François Duhamel. Er sah sich mit einem Lächeln in der Küche von C'an Cabrer um und machte eine schwungvolle, hochtrabende Geste mit seinem Arm, zu dem Geräusch hinüber, das durch die offene Terrassentür hereindrang. »*Je vous présente* Señor Gómez und seine wahrhaft Furcht einflößende Lambretta. Seid ihr bereit für unseren Streifzug durch das *campo*, Gentlemen?«

»Absolut«, sagte Fergus Maitland. Er war groß, aber schon etwas schwabbelig. Seine lockigen Haare waren nass, trockneten aber bereits. Im Augenblick klebten sie ihm jedoch noch in langen schwarzen Wellen am Kopf. Sein kleines, fleischiges Gesicht war von ausgeprägter Heiterkeit. Für einen Spaziergang durch die mediterrane Landschaft war er nicht gerade passend gekleidet. Er trug seine Allzweck-Sommerferien-Kleidung: Eine Lacoste-Badehose, ein kurzärmeliges rosarotes Hemd, schwarze Halbschuhe, schwarze Socken und einen Panamahut, der von Herbert Johnson auf der Bond Street stammte. »Aegina, mein Liebling, Charlie, mein Schatz«, sagte er. »Amüsiert euch gut am Strand!« Er ging zum Küchentisch, an dem Aegina saß und gerade mit dem dreijährigen

Charlie frühstückte, und küsste erst seine Frau, dann seinen Sohn.

Gerald schaute verdrossen aus dem Küchenfenster, das der Terrassentür gegenüberlag, und betrachtete den mit Zitronenbäumen bepflanzten Hang.

»Seid vorsichtig an der *playa*«, sagte François. Er war ein dürrer Mann Anfang dreißig, mit weichen, wallenden Haaren. Seine Frau Penny saß mit seiner Tochter Bianca ebenfalls am Küchentisch. »Der Wind ist zwar nicht besonders stark, aber das Meer ist heute ziemlich aufgewühlt. Draußen bei Cala Espasa wird es recht hohe Wellen geben, *alors faites-en garde avec les enfants*, okay?«

»Natürlich werden wir das«, sagte Penny.

François ging nach draußen auf die Terrasse, von der aus man auf die lange, sich den Hügel hinaufwindende Auffahrt schaute. Fergus und Gerald folgten ihm – Gerald als Letzter, langsam und widerstrebend. Sie beobachteten Señor Gómez, der den Hügel hinaufkam und eine riesige, ölige blaue Rauchwolke hinter sich herzog.

»Du liebe Güte«, sagte Fergus. »Er sitzt tatsächlich auf einem verdammten Motorroller. Warum denn kein Auto? Man sollte meinen, ein Bauunternehmer würde Wert darauf legen, einen verlässlichen, soliden Eindruck zu machen.«

François lächelte. »Oh, das tut er. Ihr werdet schon sehen.«

Der Endschalldämpfer am Auspuff der Lambretta nützte nicht das Geringste. Als das Gefährt die letzten Meter der Auffahrt erklomm, erreicht das Heulen des 150-Kubikzentimeter-Motors geradezu nostalgische Authentizität. Danach gab er plötzlich nur noch ein relativ leises Surren von sich. Señor Gómez stellte den Motor ab und schaute zu den drei Männern hinauf, die zu ihm herabblickten.

»*Buenos días*«, sagte er mit gemessener Höflichkeit. Er stieg von seiner Maschine ab und bockte sie auf den Ständer auf.

»*Salud, amigo*«, sagte François. »*Ahora bajamos.*«

Sie gingen die Treppen zur Auffahrt hinunter. Señor Gómez war wie ein ärmlicher Bauer gekleidet: ein blaues Baumwollhemd, das vom vielen Waschen ganz ausgeblichen war, eine fadenscheinige Hose in etwas dunklerem Blau und alte Tennisschuhe. Er zog sich einen kleinen, abgewetzten, grob gewebten Strohhut mit schmaler Krempe vom Kopf und gab so den Blick auf seine Stirn frei, die im Gegensatz zu seinem sonnenverbrannten Gesicht so blass und grau war wie die Haut einer Leiche. In die tiefen Furchen, die sich sowohl zu beiden Seiten seines Mundes herabzogen als auch seine Augen umgaben, und in das Gitter aus Falten in seinem Nacken hatte sich der schwarze Staub so tief und unauslöschlich eingebrannt wie bei einem Grubenarbeiter in einem Kohlenbergwerk. Señor Gómez war ziemlich klein, nur etwa einen Meter sechzig, und hatte die Gelassenheit eines Buddhas.

François stellte die Männer einander mit überschwänglichen Gesten vor. »Señor Rutledge, *el propietario*. Señor Maitland, *nuestro banquero*. Señor Gómez, *constructor.*« Gómez schüttelte den drei Männern die Hand. Gerald spürte die dicken Hornhautschwielen an dessen Fingern.

»Sehr alt!«, sagte Fergus, lächelte freundlich und zeigte auf die Lambretta. Das Gefährt verfügte über zwei separate Sattelsitze und eine zerkratzte Windschutzscheibe aus gelbem Plastik. »*Antiguo!*«

»*Ah, sí*«, sagte Gómez teilnahmslos, konnte sich jedoch einen leisen Ansatz von Stolz nicht verkneifen. »*Modelo cincuenta y ocho. Tiene veinticinco años.*«

»*Bueno*«, sagte François. »*Pues, vámonos?*«

»*Sí*«, sagte Gómez.

François führte sie ums Haus herum zu dem Hang, den Gerald so mürrisch durch sein Küchenfenster betrachtet hatte. Sie kletterten eine kurze Strecke den mit Zitronen- und Mandelbäumen bepflanzten Hügel hinauf. Blätter, trocken wie Zunder, Mandelschalen und kleine Zweige knisterten unter ihren Füßen. François stürmte mit langen Schritten voraus, mit auf- und abknickendem Oberkörper. Fergus stakste mühsam und unbeholfen den Hang hinauf und war schon bald außer Atem. Gómez machte kleine, sichere und wohlüberlegte Schritte wie ein Esel. Gerald schien nur zu schlendern, obwohl es steil bergauf ging. Er war mit dem Boden hier nur zu vertraut. Trotzdem blieb er als Letzter zurück, weil er immer wieder herabgefallene Äste oder Früchte aufhob und sie sorgsam zur Seite legte, als müsse er eine Fahrrinne freiräumen. Sie kamen zu einem Pfad und folgten ihm waagerecht um den Hügel herum. Bald schon konnten sie das hinter ihnen liegende Haus nicht mehr sehen. Das Land, das jetzt vor ihnen lag, fiel relativ steil ab, und statt der bisherigen Zitronen- und Mandelbäume wuchs hier ein Olivenhain, säuberlich in Reihen gepflanzt. Durch die Zweige der Bäume hindurch konnten sie unten den Ort, den Leuchtturm und das Meer sehen.

François blieb stehen. »*Bueno.* Da sind wir«, sagte er. Er wandte sich an Gómez und Fergus. »*Aquí está la parcela.* Hier ist die Parzelle. Von hier aus, *desde aquí* –« Er hob die Arme, gestikulierte den Hügel hinab, dann im rechten Winkel den Hang entlang und zurück in Richtung des Ortes. Dann sprach er, untermalt von bildhaften Gesten seiner Hände und Arme, auf Spanisch von Hektaren, der Zahl der Gebäudeeinheiten, der Zufahrtsstraße, der Energieversorgung, von Telefonkabeln und von Wasser- und Abwasserrohren.

»*Fantástico!*«, rief Fergus an verschiedensten Stellen dazwischen, wenn er glaubte, die fertige Vision des geplanten Projektes einigermaßen vor Augen zu haben. Während der vier Jahre, die er als Aeginas Ehemann nun nach Mallorca gekommen war, hatte er den praktischen Trick entdeckt, dass man nur ein *o* an viele englische Wörter zu hängen brauchte und schon hatte man ihr spanisches Gegenstück. Bei manch anderen funktionierte das zwar nicht, aber der erwünschte Effekt wurde zumeist trotzdem erzielt.

Señor Gómez' Gesicht, das sich unter dem Strohhut verbarg, blieb unergründlich. Während François redete, huschten seine zusammengekniffenen Augen über das Grundstück.

Gerald blickte in dieselbe Richtung, auf den friedlichen Olivenhain, der sich den Hügel hinabzog. Olivenbäume konnten zweitausend Jahre alt werden. Und ihr Alter war ihnen anzusehen: Auf den krummen, missgebildeten Stämmen hatten sich mit den Jahrhunderten lauter Knoten und Warzen gebildet, wie auf der Nase einer alten Hexe in einem Zeichentrickfilm. Die Äste waren schief und verformt und gebrochen, als litten sie unter einer Knochenkrankheit – und dennoch waren dies die gesunden Bäume, die Überlebenden. Sie waren älter als die meisten europäischen Staaten und trugen immer noch Früchte. Gerald hatte sich selbst nie als Besitzer dieser Bäume gesehen. Er hatte sie gehegt und gepflegt und beschnitten und sich dreißig Jahre lang um sie gekümmert, immer in dem Bewusstsein, dass er nur für eine kurze Zeitspanne zu ihrem Hüter bestimmt war. Und sie hatten ihm ihrerseits ihren Ertrag geschenkt.

Er hätte sich nie träumen lassen, dass er sie eines Tages fällen würde.

»Nun, er hat keine andere Wahl«, sagte Aegina. Sie sah Charlie zu, wie er kreischte, sich drehte und schreiend durch den Sand auf seine Mutter zurannte. Hinter ihm stieg brüllend eine Welle in die Höhe, kräuselte sich und brach. Er würde es nicht schaffen, das konnte Aegina schon jetzt erkennen, aber Charlie spielte dieses Spiel mit großer Begeisterung. Er sah zu ihr hinüber, und sie lachte und verzog ihr Gesicht zu einer übertrieben entsetzten Grimasse. Der sich heranwälzende Wasserfall überholte ihn und hüllte ihn bis zu seinen Oberschenkeln ein. Das Wasser spritzte auf Charlies Brust, und er rannte kreischend weiter, mit weit aufgerissenen Augen, während die Wellen nach seinen Beinen schnappten wie kleine, wild gewordene Hundewelpen.

Es war ein sonniger und nahezu windstiller Tag, aber irgendwo dort draußen auf dem Mittelmeer herrschten raue Wetterverhältnisse – vielleicht ein Mistral im Golfe du Lion –, die zu diesen Wellen geführt hatten. Sie umspülten das östliche Ende der Insel und bescherten Charlie und allen anderen Badegästen in Cala Espasa – dieser normalerweise sehr geschützten, im Norden der Stadt gelegenen kleinen Bucht – einer jener seltenen Tage, an denen es eine richtige Brandung gab. Charlie rannte unablässig hin und her, ins Wasser hinein und wieder heraus und flüchtete vor den Wellen, die ihn jedes Mal unweigerlich einholten. Die ersten paar Male fiel er hin, wurde vom Wasser komplett untergetaucht und stand dann atemringend wieder auf. Aegina war zunächst immer zu ihm hinübergelaufen, hatte ihre Hände über sein Gesicht und seinen Kopf gleiten lassen und ihm das Salzwasser aus den Augen gestrichen. Aber Charlie hatte sich nur ganz aufgeregt vor Freude wieder zum Meer umgedreht und war dem sich zurückziehenden Wasser hinterhergestolpert. Immer und immer wieder, unermüdlich, wie ein Hund, der einem Knochen hinterherjagt.

Bianca war nicht ganz so begeistert. »Oh nein«, sagte Penny, die sehen konnte, was passieren würde, noch bevor Bianca in der Brandung stolperte und unter dem Wasser begraben wurde. Sie sprang auf, rannte los und erreichte ihre Tochter gerade in dem Moment, als diese sich hustend und spuckend aus der zurückgleitenden Gischt aufrappelte. Bianca hatte versucht, mit Charlie Schritt zu halten, aber sie war zu oft hingefallen und fing jetzt an zu weinen. »Oh, mein Schatz«, sagte Penny und nahm sie auf den Arm. Sie trug Bianca zurück zu ihrem Liegeplatz auf dem trockenen Sand unter dem Sonnenschirm, wickelte sie in ein Handtuch und schloss sie in die Arme. Dann sagte sie: »Und er ist tatsächlich pleite?«

»Mehr oder minder. Er hatte früher mal ein Einkommen von einer Tante – weißt du, wie die Leute in diesen alten Romanen: dreihundert Pfund im Jahr. Früher konnte man davon in Dorset oder wo auch immer recht komfortabel über die Runden kommen. Aber er hat alles ausgegeben, als er C'an Cabrer gekauft hat. Seitdem lebt er von dem, was er dort oben anbaut und dann verkauft. Aber heutzutage verdient man mit dem Verkauf von Oliven, Zitronen und Mandeln nicht mehr genug. Jedenfalls nicht auf die Art und Weise, wie er es macht. Jetzt sind nur noch die großen Supermarktketten im Spiel, HiperSol und SuperSol, und die kaufen nur von Großanbietern. Die kleinen *comestibles*, wie Calix, und die Restaurants, die dreißig Liter Olivenöl und ein paar Kisten Zitronen gekauft haben – nun, du weißt, wie das ist, du hast es selbst gesehen –, die sind alle verschwunden oder im Begriff zu verschwinden oder kaufen auch nur noch von den Großanbietern. Dort bezahlen sie viel weniger für das Kilo, und eigentlich wollen sie sowieso nur tonnenweise kaufen. Und jetzt hat die Stadt auch noch die Grundsteuer angehoben.«

»Das ist furchtbar traurig«, sagte Penny. Bianca hörte, was sie sagte, schaute zu ihr hoch und machte ein trauriges Gesicht. »Es hat sich alles verändert, nicht wahr?«

»Ja, es ist traurig«, sagte Aegina. Mit den Augen folgte sie Charlie, der im Wasser spielte. »Es bricht ihm das Herz – und mir auch –, aber irgendetwas muss er verkaufen. Vor vielen Jahren hat er einmal zwei Landparzellen unten in der Nähe der Einfahrt verkauft, aber das hat ihm nicht besonders viel Geld eingebracht. Heute würde er sehr viel mehr dafür kriegen. Ich habe ihm vorgeschlagen, das Haus und das ganze Grundstück zu verkaufen und in ein kleineres Haus im Ort zu ziehen, aber er sagt, das würde er ganz schrecklich finden, und mir würde es wahrscheinlich genauso gehen. Er hat Glück, dass er François hat, der die Sache mit ihm durchzieht.«

»François glaubt, dass sie eine ziemlich stattliche Summe herausschlagen können. Und es sollte doch eigentlich ganz hübsch werden. Ich meine, die bauen echt schicke Häuser und auch nicht zu viele auf einmal. François sagt, dass man sie dann von Geralds Haus gar nicht sehen kann.«

»Na ja, es sind halt die Bäume, Penny, das ist es, was ihn so furchtbar belastet. Er hat sich die ganze Zeit um sie gekümmert, seit er hier wohnt. Sie sind so was wie Freunde für ihn geworden. Aber es hilft ja nichts. Er kann das jetzt entweder machen, mit François zusammen, und wenigstens in gewisser Weise Einfluss auf die Sache nehmen, oder alles an jemand anderen verkaufen. Dann würde es am Ende viel schlimmer aussehen. Ich meine, schau dir doch mal an, was mit Mallorca passiert ist, allein in den Jahren, die du jetzt hier bist.«

»Ich weiß. Obwohl es für François natürlich keine schlechte

Sache war. Er hat richtig gut verdient mit seinen ganzen Neuerschließungen. Es ist toll, dass er und Fergus das jetzt für Gerald zusammen in die Wege leiten können.«

»Ja, das ist toll«, sagte Aegina.

Charlie rannte ihnen schreiend vor Lachen entgegen und schleuderte Salzwassertropfen um sich. Er wollte Bianca holen, aber sie hatte Angst und verkroch sich hinter ihrer Mutter. Also rannte er allein wieder zurück in die Wellen.

»Fergus geht ziemlich oft zu den *Klippen*, oder?«

»Ja.«

»Macht dir das nichts aus?«

»Nein, natürlich nicht«, sagte Aegina. »Die Gäste sind alle Engländer. Er fühlt sich dort wohl. Ehrlich, ich bin einfach nur froh, dass er hier einen Ort gefunden hat, wo er sich gern aufhält, wo er hingehen und einfach nur mal einen trinken kann. Ich muss da nicht unbedingt hin, und das ist auch kein Problem für ihn. Ich glaube, er genießt es, mal ein paar Stunden Pause von uns zu haben. Und jetzt, wo er an diesem Projekt beteiligt ist, hat er auch etwas, womit er sich beschäftigen kann. Das passt alles ganz gut.«

»Gerald geht da nie hin?«

»Nein. Früher ist er manchmal dort vorbeigelaufen oder -gefahren, wenn er glaubte, es würde niemand merken. Ich kann mich daran erinnern, wie wir, als ich klein war, immer mal wieder mit dem Auto an den *Klippen* vorbeigefahren sind – als es eigentlich ein Umweg war, dort vorbeizufahren –, und wie er dann jedes Mal langsamer wurde.«

»Was denkst du, wie steht er zu Lulu?«

Aegina schüttelte langsam den Kopf. »Ich bin mir nicht sicher. Früher war er geradezu besessen – meine Mutter musste ihm deshalb richtig den Kopf waschen.«

»Und du weißt nach wie vor nicht, was zwischen den beiden passiert ist? Luc hat es dir nie erzählt?«

»Nein.«

Charlie kam erneut angerannt. »Ich habe Hunger!«, rief er.

»*Bueno*«, sagte Aegina. »*Bocadillos.*«

Die beiden Frauen öffneten ihre Picknickkörbe und breiteten auf den Handtüchern das Mittagessen aus. Die Kinder knabberten an riesigen belegten Baguettes.

Nachdem sie den Olivenhain verlassen und wieder zum Haus zurückgekehrt waren, breitete François für Señor Gómez auf dem Esszimmertisch die Baupläne aus. Darauf wurden die Aufrisszeichnungen und bautechnischen Details für vier verschiedene Entwürfe von zweistöckigen Villen gezeigt, die alle ungefähr die gleiche Größe und Grundfläche hatten. Jedes Haus hatte vier Schlafzimmer (oder drei Schlafzimmer und ein Arbeitszimmer), drei Bäder, ein offen angelegtes Erdgeschoss mit Küche und Wohnzimmer, das in eine Terrasse überging. Auch ein eigener Pool war für jedes Haus eingeplant. Alle vier Vorschläge enthielten sowohl bei der äußeren als auch der inneren Gestaltung kleine Unterschiede, um die Häuser jeweils voneinander abzusetzen. Die Villen würden alle so stehen, dass sie einen Ausblick aufs Meer hatten, sollten jedoch keine gleichförmige Ausrichtung zueinander oder zur Zufahrtsstraße haben. Sie waren ein bisschen größer, aber letztendlich so ähnlich wie die Häuser in Los Pinos, der Wohnsiedlung, die François entlang der Straße nach Cala Espasa gebaut hatte. Dieses Projekt war ein großer Erfolg gewesen, bei dem alle Häuser verkauft worden waren. Aber François war mit seinem damaligen Bauunternehmer, der eine halbe Stunde entfernt in Artà wohnte, nur bedingt zufrieden gewesen und hatte sich mit ihm nicht auf ein größeres Projekt einlassen wollen. Jetzt wollte er sich mit jemandem zusammentun, der dem Ganzen ein etwas eleganteres Finish verleihen konnte, der mehr Erfahrung, auch mit schwierigerem Terrain, hatte und der nah genug wohnte, um eine ständige Anwesenheit zu garantieren. Die einzigen Kandidaten waren Gómez und ein anderer Bauunternehmer aus Cala Marsopa namens Roig. François wollte Gómez.

»*Bueno*«, sagte Señor Gómez. Er lehnte François' Einladung zum Mittagessen ab. Er müsse noch auf einer Baustelle vorbeischauen, sagte er, auch wenn François davon überzeugt war, dass ihm einfach nur nicht viel an einer allzu vertrauten, geselligen Runde lag. Der Bauunternehmer rollte die Pläne zusammen und klemmte sie sich unter den Arm. Er würde sich in einigen Tagen melden. Sie schüttelten ihm noch einmal die schwielige Hand und sahen zu, wie er auf seiner Lambretta die Auffahrt hinuntertuckerte.

»Es ist ein Wunder, dass er noch lebt«, sagte Fergus, während sie die Treppen zum Haus hinaufstiegen. »Wie er da auf diesem Ding durch die Gegend rollt und gleichzeitig Baupläne unter den Arm geklemmt hat. Ein richtig wunderlicher Kauz. Glaubt ihr, dass er Interesse hat? Und wollen wir ihn überhaupt?«

»Ja, wir wollen ihn«, sagte François. »Und im Augenblick will er auch, glaube ich zumindest. Er leistet richtig gute Arbeit unten in Portocolom, aber das hier, das ist etwas ganz anderes. Ein ziemlich großer Auftrag, aber eben auch ein sehr schöner. Mit ein bisschen mehr Prestige. Ein Wohngebiet mit hübschen Häusern in herrlicher Lage, auf einem wunderschönen Hügel, mit viel Sorgfalt ausgeführt. Ein Vorzeigeprojekt. Ja, er hat Interesse. Und ja, wir wollen Señor Gómez.«

»Sollten wir uns nicht noch mal mit diesem anderen Typen treffen, mit diesem Roig?«

Gerald ging auf die Terrasse hinaus. Er stellte sich in den Schatten und zündete sich eine Ducados an. Er ließ eine Siedlung voller Touristen vor seinem geistigen Auge entstehen, auf dem Hügel über seinem Haus, wie sie bis spät in die Nacht laute Musik spielten, mit quietschenden Reifen die Straße hinaufrasten, stellte sich ihr schreiendes, betrunkenes Gelächter vor, die bellenden Hunde, den Müll, den sie den Hügel hinunter auf sein Grundstück schmeißen würden, und wie die friedliche Stille seines Olivenhains unwiderruflich verloren sein würde.

Fergus kam auf die Terrasse hinaus. »Gerald, ich lad euch zum Mittagessen ein. Sollen wir zum Fonda gehen?«

»Warum nicht das Marítimo?«, fragte Gerald.

Fergus hasste das Marítimo, mit seinen fettigen Calamari und seinem ungehobelten Klientel, das fast ausschließlich aus Fischern und furchtbar ordinären Touristen aus dem Apartmentblock über dem Hafen bestand. »Ja, na klar. Ist das okay für dich, François? Das Marítimo?«

Gerald ging in die Vorratskammer und zog zwei Plastiktüten von HiperSol aus einem Körbchen, das an einem Nagel an der Wand hing. Er füllte die Tüten voller Zitronen, die er in einer Plastikwanne lagerte.

Sie fuhren mit Fergus' kastenförmigem Range Rover in die Stadt, der Geralds steile Auffahrt hinunterschaukelte wie eine Hochgebirgsseilbahn. Die Lederausstattung im Innern verwöhnte die Insassen mit einem derart gut gepolsterten Komfort, wie ihn Gerald seit seiner Internatszeit auf einer teuren Privatschule nicht mehr erlebt hatte. Allerdings glaubte er, dass der Schwerpunkt des Autos viel zu hoch lag und es sich womöglich überschlagen könnte, sodass er bei jeder Kurve nervös wurde. Dasselbe Gefühl beschlich ihn bei Fergus, dessen enormes, fröhliches Selbstvertrauen ihm nicht ganz geheuer war. Aber es ließ sich nicht leugnen, dass sich sein Schwiegersohn sehr gut um Aegina kümmerte – unabhängig von dem, was sie mittlerweile selbst mit ihrem Laden in Covent Garden verdiente. Gerald machte sich keine Sorgen mehr, ob für sie gesorgt sein würde. »Er ist witzig und ich fühle mich bei ihm sicher und geborgen«, hatte Aegina vor der Hochzeit gesagt. Gerald hatte seiner Tochter nie das Gefühl von Sicherheit gegeben, das wurde ihm nun bitter bewusst. Im Gegenteil, er merkte, dass sie sich zunehmend für ihn verantwortlich fühlte, wie er da in seiner ärmlichen Festung oben auf einem Hügel von Mallorca saß und sein Lebensunterhalt immer mehr in sich zusammenschrumpfte. Er hatte keinerlei Vorsorgemaßnahmen für seine Tochter getroffen, außer dass sie irgendwann ein morsches Haus von zweifelhaftem Wert erben würde. Und dann war da noch die Ungewissheit, wie es ihm im Alter ergehen würde, wie er mit der unvermeidlichen, immer weiter voranschreitenden Gebrechlichkeit klarkommen würde. Wenn er sich in seiner Rolle als Vater sah, wurde Fergus' Plan plötzlich unwiderstehlich. Aber das hieß noch lange nicht, dass er ihm gefallen musste.

Das Marítimo war ein zweistöckiges Gebäude aus Beton an der Stirnseite des Hafens. Das Restaurant befand sich im oberen Stockwerk, wodurch die Gäste von der Terrasse aus über die Mole hinweg aufs Meer schauen konnten. Der Eigentümer umarmte Gerald. Er war ein quadratisch gebauter Mann, hatte blasse Haut und weiße Stoppeln am Kinn, die er beim Rasieren übersehen hatte. Gerald reichte ihm die zwei Tüten, die dieser mit feierlicher Dankbarkeit entgegennahm.

»*¡Gerald, viejo amigo!*«, sagte er herzlich. »*¿Cómo estás? Demasiado tiempo, hombre.*« Er war ungefähr so alt wie Gerald, sah jedoch älter und nicht besonders gesund aus. Seine Bewegungen hatten etwas Mühsames.

»*Bien, Rafael. ¿Y tú?*«

Rafael Soler zuckte mit den Schultern und gab ein fatalistisches Grunzen von sich.

»*El hígado. El reumatismo. ¿Qué puedo hacer?*« Er schüttelte Fergus und François die Hand, die er schon früher in Geralds Gesellschaft gesehen hatte und die er daher mit überschwänglicher Liebenswürdigkeit behandelte.

Rafaela, Rafaels hübsche, dunkeläugige und fast schon erwachsene Enkelin, folgte ihnen auf die Terrasse hinaus. Rafael gab ihnen seinen besten Tisch, unter der Markise, mit Blick auf den Hafen, und fragte sie, ob ihnen der Platz genehm sei.

»*Estupendo*«, sagte François.

»Habenziado Sangria, *por favor*«, sagte Fergus grinsend zu dem Mädchen.

»*Sí*«, sagte sie, drehte sich unverzüglich um und ging zurück zur Bar.

Rafael blieb neben Geralds Stuhl stehen und legte eine Hand auf Geralds Schulter, als müsse er sich abstützen, während die beiden Männer die jüngsten Neuigkeiten austauschten. Fergus' Spanischkenntnisse beschränkten sich auf rudimentäre Standardformulierungen aus dem Urlauberjargon, die er sich während der letzten vier Jahre angeeignet hatte. Aber er konnte zumindest ein paar Wörter über Boote und Fische verstehen, in deren Tonfall enttäuschte Schicksalsergebenheit mitschwang. Rafael blickte auf den Hafen hinaus, schnaufte und schüttelte den Kopf. Jetzt kommt's, dachte Fergus, die beständige Verdrossenheit der Arbeiterklasse, die es nicht ertragen kann, wie sehr sich ihr Los verbessert hat. Dieser Typ hier, zum Beispiel, war vollkommen aufgedunsen, weil er sich nicht genug bewegte und zu viel aß, während sein Vater zweifellos noch achtzehn Stunden am Tag gearbeitet hat, nur um dann von irgendeiner Krankheit hinweggerafft zu werden. François nickte mitfühlend, während Gerald höflich für Fergus übersetzte, was Rafael ihnen über die Fische im Mittelmeer erzählte, wie klein und selten sie geworden seien, wie schrecklich die Fischfangflotte des Ortes geschrumpft sei und wie oft ihre Liegeplätze mittlerweile von Yachten übernommen würden, die niemals den Hafen verließen.

»Schrecklich traurig«, sagte Fergus teilnahmsvoll.

»Homer hat es noch das ›fischverseuchte Meer‹ genannt«, sagte Gerald. »Das ist schon lange vorbei.«

Rafael empfahl ihnen die Gazpacho, wünschte ihnen »*Buen provecho*« und schlurfte davon.

»Ah, endlich kommt ein kleines Lüftchen auf«, sagte François.

In der mit Salz und Feuchtigkeit durchsetzten, schimmernden Luft brach sich das Sonnenlicht. Gerald sah hinaus aufs offene Meer, als schaute er durch einen hauchdünnen Vorhang hindurch. Er sah sich selbst, wie er mit einem kleinen weißen Boot zum ersten Mal in den Hafen von Cala Marsopa segelte, wie er die alte Mole umrundete und unterhalb der alten Marítimo-Bar an der Kaimauer entlangfuhr, damals, als er noch nichts über diesen Ort wusste und nicht vorhatte, länger zu bleiben, als der Wind brauchte, um umzuschlagen.

»Das Meer ist auch heute noch verseucht«, sagte Fergus.

François sah ihn an. »Wie meinst du das?«

»Nun ja«, sagte Fergus und gestikulierte mit der Hand zum

Hafen hinüber. »Schaut euch doch all diese verdammten Boote an. Wie unser werter Freund schon gesagt hat, die waren früher doch alle noch nicht hier, oder?«

Im Mai 1948 war die *Nereide* die einzige Yacht vor Ort gewesen. Damals hatten in dem winzige Hafenbecken noch lauter kleine, dicke, grellbunte Fischerboote vor Anker gelegen, an die fünfzehn oder sechzehn Boote, von denen manche am Bug mit dem starr blickenden Auge des Horus verziert waren. Schwarze Netze lagen auf der steinernen Kaimauer in der Sonne ausgebreitet, auf denen die Fischer mit ihren zerknitterten Walnussgesichtern saßen und mit riesigen hölzernen Nadeln die Maschen flickten.

»Auf allen diesen Yachten sitzen Leute, die Geld ausgeben«, sagte Fergus. »Sie kommen doch und essen in seinem Restaurant, oder?«

»Ja«, sagte Gerald. »Aber das Spanien, das sie eigentlich entdecken wollten, weswegen sie hergekommen sind, das verschwindet zusehends.«

»Da bin ich mir nicht sicher, Gerald«, sagte Fergus. »Alles verschwindet irgendwann und wird von etwas Neuem ersetzt – oft genug von etwas Besserem. Ich würde mal sagen, dass die meisten Leute das alte Spanien gar nicht vermissen – die Hocktoiletten oder die Zeiten ohne Telefon. Die Touristen kommen wegen der Sonne hierher und wegen des Sandes und der Paella und der Tapas. Nackte Titten und Ärsche am Strand. Die kommen aus Sheffield und Düsseldorf und haben noch nie etwas so Fantastisches gesehen, und dann ist es auch noch billiger, als zu Hause zu bleiben. Und den Einheimischen, denen geht's doch super, oder etwa nicht? Schaut euch nur mal an, wie sehr sich ihr Lebensstil verbessert hat.«

François lachte. »Die Spanier haben früher geglaubt, alle

Nichtkatholiken würden unter ihren Kleidern einen verkümmerten Schwanzansatz verstecken.«

»Was für ein Unsinn«, sagte Gerald.

»Wer weiß«, sagte François. »Aber Gerald, da muss ich deinem Schwiegersohn, *nuestro banquero*, recht geben. Vor acht Jahren, vor Francos Tod, waren in Spanien noch alle Frauen schwarz gekleidet und ritten auf Eseln durch die Gegend. Und jetzt, oh herrliches Wunder, laufen sie alle oben ohne am Strand herum, tragen nichts als einen Tanga und fahren Seats und Renaults. Es war zwar früher malerischer, aber das war Europa vor der industriellen Revolution auch, als noch alle die Beulenpest hatten. Die Spanier wollen die alte Postkartenidylle gar nicht zurückhaben, weder die zerbröckelnden Mauern noch die Esel. Frag Señor Gómez. Er würde die alten Zeiten nicht wiederhaben wollen. Er wird grad stinkreich.«

Rafaela brachte ein Tablett mit einem Korb voller Brot, Gläsern und einer großen, mit Wein, Orangen und Zitronen gefüllten Karaffe.

Gerald sagte: »*Rafaela, prefiero un vaso de agua con gas, por favor.*«

»*Sí*, Gerald«, sagte sie und verschwand wieder.

»Dieses Haus hier«, sagte Fergus. »Das Marítimo, wie alt ist dieses Gebäude? Es sieht brandneu aus. Und wo ist das Geld dafür hergekommen?«

»Sie haben diesen Teil des Hafens vor ungefähr zehn Jahren umgebaut und damals auch die Mole verlängert, nachdem ein Wintersturm die ursprünglichen alten Fischerhütten und die Mole beschädigt hatte«, sagte Gerald. »Ich glaube, sie haben Geld von der Versicherung bekommen.«

»Alles klar. Und schau dir doch mal deinen Kumpel da an, der dort hinten an der Bar vor der Glotze hängt. Dem geht's doch jetzt viel besser als vorher, mit einem Restaurant, das doppelt so groß ist wie das alte. Er sagt, er mag die Yachten nicht, die seinen hübschen alten Hafen verpesten, aber er ist der erste Anlaufpunkt für alle Boote, die von Europa herkommen und hier direkt unter uns anlegen.«

Rafaela kam mit großen Schüsseln voll Gazpacho auf die Terrasse.

»*Estupendo*«, sagte François.

Sie fragte, was sie sonst noch essen wollten.

»*Hamburguesa, por favor*«, sagte Fergus in abscheulichem Spanisch. François und Gerald bestellten gegrillte Sardinen.

»Und, sollen wir jetzt einmal darüber reden, wie viel Geld Gerald für seinen wunderschönen Hügel bekommt?«, fragte François mit unverwüstlich guter Laune. »Ich bin es schon mit ihm durchgegangen, aber du kennst dich besser mit den Zahlen aus, Fergus.«

»Ja, machen wir das«, sagte Fergus und goss jedem ein Glas Sangria ein. Gerald schob seines von sich weg. »Alles klar! Gerald! Statt dein Land jetzt gegen sofortige Bezahlung zu kaufen, für die Summe, die wir gerade eben so zusammenkratzen können und die dem wahren Marktwert oder dem Potenzial deines Grundstücks nicht entsprechen würde, möchte meine Investorengruppe dich vielmehr zum Geschäftspartner machen und dich an unserem Gewinn teilhaben lassen, sobald wir welchen machen. Dadurch wirst du sehr viel mehr Geld verdienen.«

»Das ist sehr entgegenkommend von dir, Fergus«, sagte Gerald. »Aber warum solltest du das tun?«

»Nun, ich werde dir gegenüber ganz ehrlich sein, Gerald. Ich tue das aus Liebe. Du bist Aeginas Vater und Charlies Großvater. Ich will das, was gut für sie ist, und in diesem Fall

entspricht das eben auch dem, was gut für dich ist. Mit diesem Geschäft verdienst du genug, um bis in dein – wie wir alle hoffen – gesundes, hohes Alter in deinem eigenen Haus wohnen bleiben zu können. Ich weiß, dass Sanitas für deine normalen Arztrechnungen aufkommt, aber jetzt wirst du auch genug Geld für Zusatzkosten haben, weißt du, was auch immer du brauchen wirst. Und dann, zu gegebener Zeit, wirst du deine Erbschaft an Aegina und Charlie weiterreichen können. Ich meine, ich werde nicht so tun, als sei das Geld nicht wichtig. Das ist es natürlich auch. Wir würden das Ganze sonst nie auf die Beine stellen können. Aber das, was hier schon aus rein finanzieller Sicht Sinn ergibt, ist auch für Aegina und Charlie gut und im Endeffekt auch für dich. Verstehst du?«
Fergus stürzte ein halbes Glas Sangria hinunter. »*Fantástico!*«

Geralds Blick ging über den Tisch hinweg zu François hinüber, der ihn zuversichtlich anlächelte. »*Alors*, dabei können doch alle nur gewinnen, *non*?«, sagte François.

Fergus goss sich nochmals Sangria ein und fuhr fort. »Wir haben einen Partnerschaftsvertrag aufgesetzt. Eine sofortige Anzahlung auf das Land an dich, Gerald: fünfundzwanzigtausend Pfund. Solides Geld. In vier Raten, über das erste Jahr verteilt. Dann bauen und verkaufen wir nahezu gleichzeitig. Wir bauen ein paar Häuser, verkaufen sie, bauen noch ein paar, bis wir Phase eins komplett verkauft haben. Fünf Objekte. Dann kommt Phase zwei. Weitere fünf Objekte, die wir teurer verkaufen als die ersten fünf. Du wirst bei jedem Haus fünfzehn Prozent des Profits aus der Investitionspartnerschaft erhalten. Und auf diese Weise wirst du dann einen richtigen Batzen Geld verdienen. Nach zehn Häusern – und so wie du lebst, eigentlich schon nach Phase eins – hast du für den Rest deines Lebens ausgesorgt.«

»Rekapitulieren wir das mal«, sagte Gerald. »Ihr bekommt mein Land, macht meinen Olivenhain dem Erdboden gleich, und all das für etwas mehr als sechstausend Pfund, richtig?«

»Am Anfang, ja. Aber sieh mal, meine Investoren stellen eine Million zur Verfügung. Ich investiere selbst – ich werde eines der Phase-zwei-Häuser für Aegina und Charlie kaufen. Wir müssen von Anfang an blechen, während du direkt Geld in die Hand gedrückt bekommst, Gerald, und danach noch fünfzehn Prozent von allem, was wir verdienen.«

»Vom Profit. Du hast gesagt, von dem Profit, den jedes Haus macht. Ab welchem Punkt schreibt ihr denn Profit? Immer dann, wenn ein Haus verkauft wird, oder erst nachdem deine Investoren ihre Million wieder eingefahren haben, oder wenn die Gesamtkosten gedeckt sind?«

»Nun ja, das Ganze ist aufgegliedert, verstehst du, also kannst du das so nicht sagen. Wir können die Zahlen jederzeit durchgehen, dann kannst du's selber sehen. Aber das Prinzip an der Sache ist klar. Zehn Objekte, die gemäß einer ansteigenden Preisstaffelung verkauft werden. Das fängt bei vierhunderttausend Pfund an, wobei die anfänglichen Verkäufe mit dem geringeren Preis dazu dienen, die Sache in Fahrt zu bringen. Die späteren Objekte werden dann wesentlich mehr einbringen. Der gesamte Bruttoverdienst wird sich auf mindestens sechs bis acht Millionen Pfund belaufen. Und ungefähr die Hälfte davon lässt sich als Gewinn verbuchen. Dann geht noch ein bisschen Steuer ab, wobei wir bei dir den Großteil davor schützen können, und dann beläuft sich dein Anteil auf nahezu eine Dreiviertelmillion Pfund, Gerald. In der Schweiz, wenn du möchtest. Und, wie klingt das jetzt?«

»Wer sind deine Investoren?«, fragte Gerald.

»Eine Gruppe in London, mit der ich zusammenarbeite.

Ihnen gefällt der Urlaubsmarkt hier unten aus genau den Gründen, die ich dir gerade auseinandergesetzt habe. Sie interessieren sich nicht für die Costa del Sol, wo diese ganzen Apartmentblocks hochgezogen werden. Mallorca hat mehr einen Dorfcharakter. Wir glauben, dass Mallorca deswegen eher das Potenzial für diese Art Mini-Wohnsiedlung hat, wie wir sie hier gerade planen. So geringe Auswirkungen auf die Landschaft wie möglich – du wirst sie von der Straße aus kaum sehen können und von deinem Haus schon gar nicht, Gerald. Höchstens zwanzig Autos, bei voller Auslastung, und dann noch ein paar Besucher, die rein- und rausfahren. Jedes Haus hat einen Pool. Elegant. Gute Nachbarn für dich. Sie werden dich auf ihre Partys einladen.«

»Und diese Investorengruppe ist solide?«

»So sicher wie das Amen in der Kirche. Um nicht zu sagen, noch sicherer. Die meisten von ihnen sind große Nummern bei Lloyd's. Sozusagen doppelt und dreifach versichert. Die sind so solide, solider geht's nicht mehr. Besser kannst du's gar nicht treffen. Und wir sind sofort startbereit. Heute noch.«

Gerald wusste, dass Fergus auf dem Papier jede Behauptung würde nachweisen können, dass er ihm Zahlen zeigen könnte, die jeden Zweifel im Keim ersticken würden. Aber solche Zusicherungen waren für ihn bedeutungslos. Ginge es nur um ihn allein, würde er Oliven, Mandeln und Caroben essen und Brunnenwasser mit Zitronensaft trinken. Aber Aegina fühlte sich bei Fergus sicher und geborgen, sagte sie. Und endlich würde auch Gerald ihr dieses Gefühl geben können.

Rafaela brachte drei Teller.

»Sauso tomato, *por favor*«, sagte Fergus. »Und, was sagst du, Gerald. Ich würde meine Leute gerne so bald wie möglich benachrichtigen. Dieses Projekt kann sofort losgehen, entweder mit Mr. Motorroller oder mit dem anderen Typen. Du brauchst nur zu unterschreiben.«

Fergus und François schauten Gerald erwartungsvoll an. Der aber starrte über die Mole hinweg aufs Meer.

Was hat er nur für ein Problem?, dachte Fergus. Er macht immer den Eindruck, als wäre er enttäuscht, als quälte ihn irgendetwas. Da tat er Gerald nun den größten Gefallen, den man ihm in seinem armseligen Leben jemals getan hatte, bot ihm Sicherheit für sich selbst und seine Familie, und dann wirkt dieser Kerl verstimmt. Griesgrämiger alter Sack. Und was noch schlimmer war, er hatte das an Aegina weitervererbt, für die auch niemals irgendetwas gut genug sein konnte. Sie waren beide gleich, ruhelos, enttäuscht, niemals zufrieden.

»Möchtest du noch eine Weile darüber nachdenken, alter Junge?«, fragte Fergus. Er sah François an und verdrehte die Augen. »Erde an Gerald, hallo?!«

Gerald riss seinen Blick vom Meer los und schaute die beiden Männer an. Die herablassende Art, wie Fergus, dieser Emporkömmling, der halb so alt war wie er selbst, da gerade »alter Junge« zu ihm gesagt hatte, fand er sowohl beleidigend als auch amüsant. Fergus war eine Witzfigur. »Nein, ich muss nicht weiter darüber nachdenken. Ich unterschreibe, wann du willst.«

»Hervorragend!«, sagte Fergus. »Dann machen wir das direkt nach dem Mittagessen. Ich werde dir dann auch direkt einen Scheck ausstellen. Sechstausend, bar auf die Hand, heute noch, Gerald. Wie klingt das?«

Gerald schien ihn nicht mehr zu hören. Er schaute wieder aufs Meer hinaus, wo sein Blick an etwas ganz Bestimmtem hängen geblieben zu sein schien.

Die anderen beiden wandten ihre Köpfe in die Richtung, in die er schaute.

Eine riesige Yacht, die wie eine schnittige Piratengaleone gebaut war – mit einem erhöhten Achterdeck und einem viereckigen Segel, das sich von einer Rahe am Fockmast aufblähte –, wiegte sich in der leichten Brise und näherte sich dem Hafen.

Die beiden Männer standen barfuß auf dem Teakholzdeck, an der vordersten Kante der Yacht *Dolphin*.

»Das ist das Haus meiner Mutter, da oben«, sagte Luc und wies auf das Haus über den Klippen. »Das mit den salbeigrünen Fensterläden.«

»*Mais c'est fabuleux*«, rief Gábor Szabó. »Und was für eine außergewöhnlich schöne Insel! Aber warum ist sie denn immer noch so unbekannt?«

»Nun, eigentlich ist sie das nicht, jedenfalls nicht wirklich. Robert Graves wohnt am nördlichen Ende der Insel. Sie kennen doch vielleicht *Ich, Claudius, Kaiser und Gott*?« Luc war sich bei diesen Filmleuten nie sicher, von welchem Kenntnisstand man bei ihnen ausgehen konnte, und für Szabó galt das ganz besonders.

»Aber natürlich. Ganz ausgezeichnet. Er schreibt für's Fernsehen?«

»Er hat das Buch geschrieben, das für die BBC-Serie als Vorlage gedient hat.« Luc wechselte schnell das Thema. »Joan Miró – der Maler – wohnt auch auf der Insel, nicht weit von Palma. Und dann war da natürlich noch George Sand, die französische Schriftstellerin – das war nur ihr Pseudonym, wissen Sie –, die hat einen Winter hier auf der Insel verbracht, mit ihrem schwindsüchtigen Geliebten, Frédéric Chopin. Er hat es hier gehasst. Sie hat ein Buch darüber geschrieben. *Ein Winter auf Mallorca.*«

»Ja, davon habe ich gehört. Ich dachte, es wäre ein Roman. Wie *Die geheimnisvolle Insel* von Jules Verne. Oder wie Liliput.«

»Nein, nein. Das war durchaus real.«

»Aber niemand redet über Mallorca. Niemand fährt nach Mallorca. Und sehen Sie nur – es ist unglaublich schön. *Formidable!*«

Szabó war wie verzaubert. Er war in einem quer getakelten Schiff von einem fernen Ort (Monte Carlo) losgesegelt, hatte eine Seereise gemacht und hatte an deren Ende diese *terra incognita* gefunden. Er war zum Entdecker unbekannter Länder geworden, ein de Bougainville, ein Cook, ein da Gama. Er trug einen blauen tahitianischen Sarong unter einem langen, bauschigen weißen Leinenhemd aus Indien. Auf seinem Rücken waren pointillistische Blutsprenkel und größere, fleischbrühenfarbige Flecken aus Plasma und Eiter durch das feine Gewebe gesickert und hatten sich auf dem Hemd ausgebreitet.

Er legte Luc seinen kraftvollen Arm um die Schulter. »*Mais c'est fabuleux!* Wir haben Thule erreicht! Von hier aus werden wir zu ganz neuen Ufern aufbrechen, Luc!«

2

DIE GRUPPE LAG auf Matten unter den Kiefern über dem Pool, am hinteren Ende des ummauerten Gartens der *Klippen*. Über ihren Köpfen fuhr eine leichte Brise mit vielstimmigem Atem durch die dichten Nadeln der Bäume. Sie waren zu fünft, Lulu eingeschlossen: Sarah Bavister, die zu den Stammgästen der *Klippen* zählte und mit ihren Kindern, aber ohne ihren Ehemann für zwei Wochen auf die Insel gekommen war, (ihre Kinder waren gerade mit der Nanny am Strand von Son Moll, der etwas geschützter lag und von dem ungewöhnlich starken Wellengang verschont blieb), Dominick Cleland, der Lulus neuerliche Yogabegeisterung und die Verrenkungen der Anwesenden ganz bezaubernd fand, und dann noch zwei Passagiere der Yacht, die am Nachmittag in den Hafen gesegelt war: Gábor Szabós französische Frau Véronique und ihre Schwester Mireille.

Fergus saß an einem Tisch in einer Ecke der Terrasse, in der Nähe der Bar, und sah zu, wie Cassian Ollorenshaw mit dem ungarischen Filmproduzenten von der Yacht Backgammon spielte. Nach dem Essen war Fergus mit François und Gerald den Hügel hinauf nach C'an Cabrer gefahren und hatte dort Gerald einen Scheck über 6250 Pfund ausgestellt: ein Viertel der vereinbarten Anzahlung für den Verkauf von fünfeinhalb

Hektar Land in ausgewiesenen Parzellen der Gemeinde Cala Marsopa an die Kapitalgesellschaft Mallorca Ventures Company. Gerald hatte das von Fergus vorbereitete Dokument unterzeichnet. Das war also geschafft.

Jetzt beobachtete Fergus fasziniert die angespannte Stimmung, die an dem anderen Tisch herrschte. Sie erinnerte irgendwie an die unterdrückte Aufregung in einem Auktionshaus.

Cassian, in eine Badehose und ein langärmeliges Hemd gekleidet, saß zusammengekrümmt, reglos und gnomenhaft da und starrte durch seine gelben Brillengläser auf das Spielbrett. Seine schulterlangen roten Haare waren auf altmodische Weise mit einer Art Pomade zurückgekämmt, wobei sich im Nacken ein paar Strähnen dem strengen Reglement entzogen hatten. Die Stirn war dick mit Zinksalbe eingeschmiert, die sich an den Schläfen mit den Haaren verklebt hatte. Beileibe kein eitler Mann. Auf dem Tisch, neben seinem linken Ellbogen, lagen eine rote Packung Dunhills im King-Size-Format und ein goldenes Dunhill-Taschenfeuerzeug. Er war erst im April aus dem Pentonville-Gefängnis im Norden Londons entlassen worden und hatte seitdem die meiste Zeit damit verbracht, an genau diesem Tisch in genau dieser Ecke der Terrasse zu sitzen. Der Platz war zu seinem Büro geworden. Das Bartelefon, dessen Verlängerungskabel sich zwischen den Fußbodenkacheln entlangschlängelte und hinter dem Bartresen verschwand, stand ebenfalls auf dem Tisch, direkt neben den Zigaretten.

»Ich bezahle einfach die gesamte Telefonrechnung«, hatte Cassian zu Lulu gesagt. »Das ist viel einfacher, als wenn wir erst mühsam ausrechnen müssen, wie viel ich verbraucht habe und wie viel du oder sonst wer. Das meiste davon werden ohnehin meine Kosten sein.« Für gewöhnlich verbrachte er den ganzen Tag am Telefon. Kaum dass es klingelte, riss er schon den Hörer hoch, was dazu führte, dass er auch die meisten Telefonanrufe für die *Klippen* entgegennahm. Bald schon hatte er das Reservierungsbuch für den Großteil der kommenden Saison gefüllt. Dabei war er im Umgang mit Terminüberschneidungen bei den Zimmerbuchungen wesentlich geschickter als Lulu, die immer äußerst zuvorkommend mit den Leuten umging und denjenigen, die nicht genau wussten, wie lange sie bleiben wollten, mehr Zeit einräumte. Das lag unter anderem auch daran, dass sie es hasste, wenn Zimmer leer standen. »Das ist ein viel ruhigeres Zimmer«, konnte man Cassian oft zu einem Anrufer sagen hören. »Sonst können Sie die ganze Nacht nicht schlafen, wegen der lauten Musik bei Ses Rotges am Ende der Straße. Und dann werden Sie morgens um sieben auch noch vom Gärtner und seinem Jungen geweckt. Allerdings ist das Zimmer nur bis zum 14. frei, dann müssen Sie spätestens wieder abreisen.«

Szabó saß auf der anderen Seite des Tisches und lehnte sich gemütlich in seinem Stuhl zurück. Er trug immer noch einen Sarong, hatte sich jedoch in der Zwischenzeit ein sauberes, blassblaues Baumwollhemd angezogen. Er war im Begriff, das Spiel zu verlieren. Doch das machte ihm nichts aus. Er genoss vielmehr den Kampf mit einem so versierten Gegner. Es war ganz so, als würde man in einem Souk gegen einen Araber spielen. Er hatte an Bord der Yacht auch gegen Luc gespielt, aber Luc war allenfalls ein mittelmäßiger Backgammonspieler, und der Ausgang ihrer Partien stand für gewöhnlich schon von vorneherein fest. Szabó hatte sich gelangweilt. Auch hatte er mit Luc nicht um Geld gespielt. Cassian hingegen erleichterte ihn um eine nicht zu verachtende Summe.

»Ich habe gehört, dass Sie planen, oben auf dem Hügel zu bauen«, sagte Cassian zu Fergus.

»Oh ja. Das stimmt.« Fergus war überrascht, aber auch erfreut, dass sich die Neuigkeit seines Geschäftsabschlusses schon herumgesprochen hatte. Er nahm an, dass einer der Bekannten von Aegina oder François jemand anderem davon erzählt hatte. »Um genau zu sein, haben wir gerade eben unterschrieben.«

»Ich kenne Johnny Barton«, sagte Cassian.

»Ach, tatsächlich? Ja, er ist einer unserer Investoren. Woher kennen Sie Johnny denn?«

»Wir waren zusammen in Eton.«

»Ah, verstehe.«

»Was bauen Sie denn, wenn ich mal fragen darf?«, mischte sich Szabó ein.

»Klar dürfen Sie das«, sagte Fergus. Er beschrieb den Plan mit den zwei Bauphasen und den geschmackvollen Villenanlagen, die an einem beispiellos schönen Standort entstehen würden, von dem aus man einen herrlichen Blick über die Stadt und aufs Meer hinaus haben würde, weit in den Süden und Osten, und an besonders klaren Tagen sogar bis Menorca.

»Wo ist dieser Standort denn?«, fragte Szabó.

»Direkt am Stadtrand, nur einen Kilometer entfernt von hier.«

»Ist die Investition schon zu hundert Prozent gezeichnet?«

»Meinen Sie –«

»Haben Sie schon alle Einheiten verkauft?«

»Oh nein. Noch nicht ganz. Wir haben durchaus Interessenten, Bekannte von mir in London haben bereits eine Anzahlung geleistet, aber nein, es ist durchaus noch was zu haben.«

»Und müssen alle Häuser nach Plan gebaut werden?«, fragte Szabó. »Oder könnte man Ihnen mehrere Parzellen abkaufen und dann etwas Größeres darauf bauen?«

»Ah. Nun, ich bin sicher, dass das machbar wäre. Immer gesetzt den Fall, das Haus und das Grundstück stimmen mit dem Baustil der umgebenden Siedlung überein. Denn die ist in einem sehr geschmackvollen und attraktiven Stil konzipiert. Erinnert eher an Siedlungen, wie man sie zum Beispiel an der Côte d'Azur findet.«

»Das klingt fantastisch. Wären Sie eventuell bereit, mir das Baugelände zu zeigen?«

»Aber natürlich«, sagte Fergus. »Wann immer es Ihnen passt.«

»Morgen früh? Um zehn?«

»Sehr gerne. Ich hole Sie an Ihrer Yacht ab.«

»*Fabuleux*«, sagte Szabó. Er warf einen kurzen Blick auf das Spielbrett, würfelte, machte seinen Zug und schaute dann zu der Yogagruppe unter den Kiefern hinüber. Lulu bot einen sehr verlockenden Anblick, fand er. Sie waren einander noch vor Beginn der Übungsstunde vorgestellt worden, und er hatte die letzten sechzig Minuten damit verbracht, ihr dabei zuzusehen, wie sie sich durch eine Abfolge von Bewegungen turnte, die sich wiederholten, aber gleichzeitig immer weiter entwickelten. Wie beim Wechselläuten von Kirchenglocken. Er war von Lulus erstaunlicher Biegsamkeit gebannt, die es fast so aussehen ließ, als hätte sie Gummigelenke, war gebannt von ihrer schlanken, straffen, muskulösen Gestalt mit der glatten gebräunten Haut, die im Verlauf der Übungsstunde zu glänzen begann, von dem dichten Strang ihrer weißen Haare, die sie in einem langen, lose um den Hals geflochtenen Zopf trug, den kräftig gezeichneten dunklen Augenbrauen, die so reizvoll mit ihren weißen Haaren kontrastierten, dem eleganten Fluss ihrer Bewegungen, ihrer vollkommen mühelosen, geradezu schwebenden Gelassenheit. Eine ganz außergewöhnliche Frau. Wie seltsam, wie überraschend, dass dieses strahlende, anmutige Geschöpf, diese durch und durch englische, der Alten Welt entstammende Frau, sowohl was ihre Aussprache anging als auch die Art, wie sie sich gab, die eine derart ausgeprägte körperliche Präsenz besaß – wie seltsam, dass sie die Mutter des unsicheren, zappeligen Luc sein sollte, der mit flüssigem Argot Französisch sprach.

Lulu schloss ihre Yogastunden gern mit der Lesung eines kurzen philosophischen Textes ab. Ein Buch, in dem sie in letzter Zeit öfters geblättert hatte, schien ihr durchaus passend dafür. Es hieß *Das Erwachen der Intelligenz* von Jiddu Krishnamurti und war von einem der Gäste in seinem Zimmer liegen gelassen worden. Das meiste von dem, was darin stand, fand sie unglaublich dämlich, aber der Name des Autors gefiel ihr und auch der Titel klang vielversprechend. Das Foto des Autors, das hinten auf dem Umschlag abgebildet war, gab ihr jedoch zu denken. Krishnamurti sah zweifellos sehr heilig aus und auch unbestreitbar attraktiv, wenn auch auf diese indische Art und Weise, die sie selbst ehrlich gesagt überhaupt nicht ausstehen konnte, die jedoch anderen sehr imponierte – so eine Art Beatle-Gandhi. Aber wenn er wirklich so erleuchtet war, was sollte dann diese kunstvoll verwirbelte, sorgfältig über den Kopf gelegte Haarsträhne (fraglos mit Haarspray geformt und fixiert), die seine nicht zu übersehende Kahlheit kaschieren sollte? Was für ein armseliges Eingeständnis von Unsicherheit und Komplexbeladenheit. Das Foto prangte wie ein Fanal der Widersprüchlichkeit auf dem Umschlag eines Buches, das mit überschwänglichem Enthusiasmus die innere

Wahrheit anpries – oder was auch immer sonst das sein sollte. Die kleinen Ausschnitte, die sie las, trafen dennoch den richtigen Ton, fand sie, und schlugen eine durchaus passende Brücke zwischen der anregenden Freisetzung körperlicher und spiritueller Energie und dem anschließenden Gin Tonic.

Während ihre Eleven flach auf ihren Matten lagen und im Rhythmus der sich über sie neigenden, zart seufzenden Bäume atmeten, öffnete Lulu das Buch an einer markierten Seite und begann vorzulesen. Ihre klare Stimme, die in Tonfall und Akzent an alte Radiosendungen erinnerte, schallte über den Pool und die Bar hinweg bis zur Terrasse:

»›Die alte Kultur ist beinahe tot, und doch klammern wir uns daran fest … Falls es nicht zu einer durchgreifenden psychologischen Revolution kommt, wird eine bloße Reformation an der Peripherie der Gesellschaft nur wenig bewirken. Diese psychologische Revolution … wird erst durch Meditation möglich …‹«

Bald darauf kamen die Yogateilnehmer mit ihren Matten und Taschen zur Terrasse hinunter. Sie atmeten und bewegten sich wie eine Schar von Tänzern und strahlten vor Schweiß und innerer Erleuchtung. Auf der Terrasse verteilten sie sich auf mehrere Tische. Dominick schlüpfte in die Rolle des Barkeepers und brachte ihnen Getränke.

Szabó stand auf und dankte Cassian huldvoll für den würdigen Wettkampf. »Ich hoffe, Sie akzeptieren morgen einen Scheck?« Er hatte zwölfhundert Pfund an den Engländer verloren.

»Natürlich«, sagte Cassian. »Es sei denn, Sie segeln vorher davon.«

Szabó lachte beifällig. Er überquerte die Terrasse und setzte sich zu seiner Frau, die mit ihrer Schwester, Lulu und Sarah

Bavister an einem Tisch saß. Während er sich setzte, legte er den Sarong in ordentlichen Falten um seine Beine. »Und wie waren die Yogaübungen denn so? Erfreulich?«

»Sehr wohltuend«, sagte Véronique Szabó eisig.

»So sah es auch aus«, sagte Szabó. »Ein ganz besonderer Ort, den Sie sich hier geschaffen haben, Lulu. Ihre eigene kleine Alhambra.«

»Das nun nicht gerade«, sagte Lulu. »Aber er ist durchaus zu einer Art Enklave geworden. Man hat das Gefühl, die Welt außen vor lassen zu können, bis zu einem gewissen Grad jedenfalls.«

»Gott sei Dank!«, sagte Sarah Bavister. Sie stand neben dem Tisch und band sich gerade die Haare zusammen. Ihre Gestalt erinnerte stark an eine Kropftaube: Sie war klein und zart, hatte jedoch unverhältnismäßig große Brüste, die aus ihrem weit hervorstehenden Brustkorb ragten. »Ich komme schon seit Jahren hierher. Der Rest der Welt wird jeden Tag schrecklicher, aber hier bleibt immer alles gleich. Genau wie Lulu.«

»Darling Sarah«, sagte Lulu.

»Dürfen hier auch Personen dinieren, die nicht im Hotel wohnen?«, fragte Szabó. »Wir würden nämlich äußerst gern heute mit Ihnen zu Abend essen. Wir sind zu viert, Ihr brillanter Sohn mit eingerechnet.«

»Natürlich, wir würden uns über Ihr Kommen freuen«, sagte Lulu. »Ich gebe in der Küche Bescheid.«

»Und dürfen wir Sie im Gegenzug morgen zum Mittagessen auf die *Dolphin* einladen?« Szabó sah sich fragend am Tisch um.

»Oooh ja, bitte!«, sagte Sarah. »Das Boot sieht so fantastisch aus. Ich kann es kaum erwarten, mich an Bord ein wenig umzusehen.«

»Ja, vielen Dank«, sagte Dominick.

»Sie kommen doch alle, ja?« Szabós Blick blieb auf Lulu haften.

»Das ist sehr freundlich von Ihnen«, sagte sie, lächelte liebenswürdig und stand auf. »Aber jetzt muss ich gehen und Claire wegen des Abendessens Bescheid geben. Wir nehmen um neun Uhr unsere Plätze ein.«

Szabó schaute ihr einen Moment lang hinterher, während sie barfuß davonging. Dann drehte er sich auf seinem Stuhl um und schaute zu den beiden Männern hinüber, die immer noch an dem Ecktisch in der Nähe der Bar saßen. »Gentlemen, Sie kommen doch morgen auch mit auf die Yacht, um mit uns zu Mittag zu essen, hoffe ich?«

»Danke! Liebend gern«, sagte Fergus.

Cassian lächelte nur dünn, um zu zeigen, dass er die Einladung zur Kenntnis genommen hatte.

Szabó und seine Gruppe leerten ihre Gläser und machten sich auf den Weg am Meer entlang zurück zum Hafen.

Fergus blieb an Cassians Tisch sitzen.

»Können Sie spielen?«, fragte Cassian und ordnete die Steine auf dem Spielbrett.

Fergus lachte. »Nicht in Ihrer Liga.«

»Ach, machen Sie sich mal darüber keine Gedanken«, sagte Cassian. »Wir können ja ein Spiel nur so zum Spaß spielen.«

Spaß klingt anders, fand Fergus. »Um ehrlich zu sein, sollte ich wohl bald gehen.« Aber er blieb sitzen und nippte an seinem Glas. Es war ihm natürlich zu Ohren gekommen, dass Ollorenshaw wegen finanzieller Verstöße in einem bis dahin kaum jemals da gewesenen Ausmaß im Gefängnis gesessen hatte. Man konnte das geradezu als Empfehlungsschreiben bezeichnen. Fergus war von dem Mann fasziniert.

»Ihr Bauplan klingt gut«, sagte Cassian, während er die Backgammonsteine an ihren Platz schob.

»Ja, das finde ich auch«, sagte Fergus fröhlich. »Die Sache wird bestimmt prima laufen.«

»Glauben Sie, Sie hätten vielleicht auch eine dichtere Bebauung veranlassen können?«

Cassian starrte ihn mit seinen schweren Lidern und gelben Brillengläsern an wie eine Eidechse.

»Ja, natürlich, wir haben darüber gesprochen. Aber das hätte sehr viel mehr Arbeit und sehr viel mehr finanzielle Mittel erfordert. Und dann hätte es auch eine sehr viel größere Belastung für die umliegenden Grundstücke bedeutet. Um ehrlich zu sein, ich glaube nicht, dass wir vom alten Gerald grünes Licht bekommen hätten, wenn wir ein etwas ambitionierteres Projekt vorgeschlagen hätten.«

»Ich verstehe«, sagte Cassian. Er schüttelte den Würfelbecher und ließ die Würfel aufs Brett fallen. Eine Drei und eine Eins.

»Und ich kann Sie nicht überreden?«

»Ach, okay«, sagte Fergus. »Aber nur ein Spiel. Ich muss wirklich bald in die Stadt zurück.«

Luc war nicht länger geblieben, nachdem er Szabó, seine Frau und deren Schwester die Küstenstraße entlang zu den *Klippen* begleitet, sie den anderen vorgestellt und seiner Mutter einen flüchtigen Kuss auf die Wange gegeben hatte. Er ging in die Garage, schob die alte, blecherne Rieju Jaca auf die staubige Straße hinaus und sprang auf den Kickstarter. Das Motorrad sprang sofort an. *Gracias*, Vincente. Tausend Pesetas für dich, wenn ich dich das nächste Mal sehe, alter Freund.

Luc fuhr zum Hafen zurück, um Gaspard abzuholen, den

kreolischen Schiffskoch aus Guadeloupe, der die Vorräte der Yacht aufstocken wollte. Er fuhr mit Gaspard auf dem Rücksitz durch Cala Marsopa und zeigte ihm die Obst- und Gemüseläden. Dann setzte er ihn vor dem neuen Supermarkt hinter der Plaza ab.

»Die liefern direkt aufs Boot«, sagte Luc zu ihm. »Die meisten anderen Geschäfte auch. Oder sie rufen dir ein Taxi, das dich zurück zum Hafen bringt. Die Taxis fahren dann an der Kaimauer entlang zum Boot.«

»*Formidable*«, sagte Gaspard. Inmitten der käsig weißen europäischen Touristen in ihren Kaufhaus-Sommerkleidern gab er eine sehr exotische Figur ab. Einen Meter fünfundneunzig groß, dünn, ein *Café-au-lait*-Teint, Schmolllippen, riesige, unverhohlen neugierige, fröhliche blaue Augen und ein aufreizender schwarzer Pferdeschwanz. Er trug ein bauschiges weißes Leinenhemd, eine rote Caprihose und hatte sich eine mit Troddeln besetzte marokkanische Berbertasche über die Schulter gehängt. »*Merci, mon cher*«, sagte er, warf Luc eine Kusshand zu und scheuchte ihn davon.

Luc schob das Motorrad durch den Ort. Zwar waren die Straßen mittlerweile zumeist chaussiert, von Häusern gesäumt und mit einem Bürgersteig versehen, aber dennoch führten sie ihn, egal auf welcher Strecke, in welchen unerbittlichen Azimutkreisen, immer noch zurück in die Vergangenheit. Und wie immer hielt er nach einem ganz bestimmten Kopf Ausschau, nach ganz bestimmten Haaren, einem Körper, einer Gestalt, gewissen allgemeinen Erscheinungsformen, von denen er wünschte oder fürchtete, sie würden sich plötzlich verschieben und sich zu einem lebendigen, einzigartigen Wesen zusammenfügen. Was er sich jedoch am meisten wünschte, war, ihr Gesicht zu sehen.

Er blieb an dem Tabakladen in der Nähe des Hafens stehen. Das Geschäft war früher lediglich ein Loch in der Mauer gewesen, in dem man Zigaretten und *lotería*-Scheine kaufen konnte und vor dem zahnlose Fischer auf ihren Stühlen hockten. Jetzt war es ein schicker Laden mit Glasfenstern, in dem man auch Schachbretter aus Olivenholz, Trinkschläuche, Kastagnetten, kleine, filzbezogene Stierfiguren und Stierkampfposter kaufen konnte. Die Fischer waren verschwunden und ihre Stühle mit ihnen. Er kaufte eine Packung Gitanes und wünschte der alten Schabracke, die ihn nicht mehr wiedererkannte, einen schönen Abend.

Als er das Geschäft verließ, stand sie draußen vor der Tür, betrachtete die Rieju und hielt einen kleinen Jungen an der Hand.

»Es ist also wirklich deine«, sagte Aegina. »Dachte ich es mir doch.«

Sie sah ihn seelenruhig und mit einem leichten Lächeln an – mehr konnte er in ihrem Gesicht nicht lesen. Das Kind war dunkelhaarig, mit derselben olivenfarbigen Haut wie Aegina, und schaute mit großen braunen Augen zu ihm hoch.

»Und das ist deiner?«, fragte Luc.

Das Kind versteckte sich hinter Aegina, als es bemerkte, dass Luc es ansah.

»Ja. Das ist Charlie. Charlie, sagst du Luc guten Tag? Er ist ein alter Freund von mir.«

Der kleine Junge blieb hinter seiner Mutter stehen und klammerte sich an ihren Oberschenkel.

»Er ist wunderschön, jedenfalls das, was ich von ihm sehen kann. Was heißen soll, dass er nach dir kommt.«

»Luc, es tut mir so leid, das mit deinem Vater«, sagte sie. Anfang des Jahres hatte er ihr einen Brief geschickt, den er nach C'an Cabrer auf Mallorca adressiert hatte, weil er ihre Londoner Adresse nicht kannte. Darin schrieb er, dass sein Vater an metastasiertem Prostatakrebs gestorben war, einen Tag vor seinem einundsechzigsten Geburtstag. »Ich mochte ihn sehr, als wir uns damals in Paris kennengelernt haben. Es tut mir so leid.«

»Er mochte dich auch«, sagte Luc. »Und hast du das mit Teddy gehört?« Teddy Trelawney, ein Freund aus Kindertagen, hatte zu der Truppe gehört, deren Eltern entweder auf Mallorca wohnten oder jeden Sommer dorthin zurückkehrten. Sie hatten ihn gekannt und mit ihm gespielt, solange sie zurückdenken konnten. Letzten Winter war er in New York an einer Überdosis Heroin gestorben.

»Ja, das habe ich gehört«, sagte Aegina und sah kurz zu Charlie hinab, der angefangen hatte, an ihrem Arm zu zerren, während er ihre Hand mit beiden Händen festhielt. »Ich kann es gar nicht fassen, wie er so enden konnte. Teddy hatte immer so ein liebevolles, gütiges Wesen.«

»Ich bin mir sicher, dass er sich das bis zum Ende bewahrt hat«, sagte Luc. Ihre Haare waren kürzer, nur noch schulterlang, aber ihre tiefdunkle Farbe war dieselbe geblieben, schwarz, außer in der Sonne. Auch sonst sah sie noch mehr oder minder genauso aus wie das letzte Mal, als er ihr begegnet war, genau wie jetzt, zufällig auf der Straße, vor vier Jahren – oder noch besser als damals, stellte er fest. Sie war mehr in ihr Gesicht hineingewachsen. »Du siehst gut aus«, sagte er.

»Du auch. Du siehst dünner aus.«

»Ich gehe laufen. Ich habe an einem Marathon teilgenommen, im April.«

»Das kann ich mir gar nicht vorstellen.«

Charlie zerrte mittlerweile so heftig er konnte. »Warte

noch eine Sekunde, Charlie«, sagte sie. »Und bist du noch in Paris?«

»Ja.«

Ihr Arm war ausgestreckt, während sich der daran hängende Charlie gefährlich weit nach hinten neigte. »Ich will gehen«, sagte er.

»Ja, wir gehen jetzt, Charlie«, sagte Aegina. Sie sah Luc an. Es war die Art von Blick, in dem sich in weniger als einer Sekunde die gesamte Chronik ihrer gemeinsamen Geschichte widerspiegelte.

»Es war schön, dich zu sehen. Mach's gut.«

»Mach's gut«, sagte er und hatte das Gefühl, als würde ihm jemand eine Bowlingkugel gegen die Brust drücken. Er sah zu, wie sie auf dem schachbrettgemusterten Bürgersteig davongingen. Charlie hatte sie losgelassen, aber jetzt konnte Luc sehen, wie sich Aeginas Hand und die Hand des Jungen unwillkürlich wieder aufeinander zubewegten, bis ihre Finger sich schließlich ineinander verschränkten.

Luc stopfte die Zigaretten in seine Hemdtasche, kletterte auf seine Rieju und fuhr davon. Es war schon nach fünf Uhr und die Menschen verließen nach und nach den Strand. Auf den Straßen drängten sich lauter Fremde, britische, skandinavische, deutsche Touristen, die mit der Stadt vertraut waren, die sie in Besitz nahmen, als sei sie nun ihr Eigentum, so wie sie früher einmal das seine gewesen war.

3

Ein Mann namens Block unternimmt mit seiner Frau eine Zugfahrt. Während der Zug an einem Bahnhof irgendwo in Europa hält, steigt er aus. Er betritt das Bahnhofscafé, um sich eine Zeitung zu kaufen. Eine ältere Frau stolpert. Block fängt sie auf. Sie klammert sich an ihn und sagt etwas, das er nicht genau hören kann. Die Leute im Café drängen sich heran, um zu helfen. Block versucht, das Café zu verlassen – sein Zug fährt gleich ab –, aber die ältere Frau hat sich mit aller Kraft an seinem Mantelkragen festgekrallt und stammelt ihm mit fieberhafter Beharrlichkeit etwas ins Ohr. Andere stützen die Frau, legen sie auf die Erde, und Block reißt sich los. Er rennt nach draußen in den Platzregen, aber sein Zug fährt ohne ihn ab.

Vollkommen durchnässt geht er in den Bahnhof und fragt die Frau hinter dem Fahrkartenschalter, ob er seiner Ehefrau, die im Zug sitzt, auf irgendeine Weise Bescheid geben kann. Sie zuckt mit den Schultern. Eher nicht, sagt sie. Block fragt, wann der nächste Zug abfährt. Erst in zwei Stunden. Er geht zurück in das Café. Die alte Frau ist gestorben – sie liegt auf der Erde, still und reglos. Die Leute haben sich von ihr entfernt, unterhalten sich lautstark darüber, was passiert ist, und warten auf die Polizei, den Krankenwagen. Block bestellt sich einen Kaffee. Während er dort schlotternd in seinen nassen Kleidern sitzt und einen Schluck aus seiner Tasse nimmt, taucht plötzlich neben ihm ein Mann auf und dankt ihm dafür, dass er versucht hat, der alten Frau zu helfen. Er habe nichts getan, sagt Block, er sei einfach nur da gewesen, als sie gestolpert sei. Der Mann sieht, dass Block durchnässt ist und friert, und spendiert ihm einen Kognak. Block nippt dankbar daran. Es sah so aus, als hätte sie Ihnen irgendetwas mitgeteilt, sagt der Mann, der ihm den Kognak spendiert hat. Ich habe nicht zugehört, sagt Block, ich habe versucht, das Café wieder zu verlassen, um meinen Zug noch zu bekommen. Aber Sie müssen doch irgendetwas gehört haben, sagt der Mann. Block sieht ihn an und spürt zum ersten Mal etwas ganz anderes als Freundlichkeit.

»Aber im Ernst jetzt, Luc, das müssen wir doch wissen«, sagte Szabó. »Der ganze Film steht und fällt damit, was sie zu ihm gesagt hat. Und was das ist, brauchen wir nicht zu erfahren?«

»Gábor, wir werden es erfahren – später. Und ja, natürlich müssen wir es wissen«, sagte Luc behutsam und respektvoll. »Aber das ist auch der Sinn des Ganzen: Letztendlich ist es unwichtig, was die alte Frau sagt. Er weiß es nicht, wir wissen es nicht – und das ist gut so. Dadurch entsteht Dramatik, Spannung. Alles, was wir wissen – und was er weiß –, ist, dass diese anderen Typen glauben, er wisse Bescheid, und dass sie ihn deshalb verfolgen. Das ist der MacGuffin. Ich dachte, das würde Ihnen gefallen, die Tatsache, dass wir es eben nicht wissen.«

»Ja, ja, natürlich gefällt es mir. Ich finde es toll. Es ist großartig. Aber wird es auch dem Publikum gefallen? Wird es meinen Verleihfirmen gefallen? Werden sie begreifen, dass das so ein raffinierter Filmtrick ist, den sie einfach schlucken müssen? Da bin ich mir nicht so sicher.«

»Aber genau das ist doch an dieser Geschichte so existenziell, Gábor. Dadurch wird Block in dieses Labyrinth gestürzt, in dieses Chaos von verwirrenden, sinnlosen Details – ich meine, für Jatsewitsch und seine Schlägertypen hat das alles eine Logik, und das machen wir dem Zuschauer auch deutlich, aber für Block ist es so wild und verwirrend, dass er die Struktur und Bedeutung seines gesamten Lebens hinterfragt. Darum verändert er sich auch.«

»Und darum kriegt er das Mädchen«, sagte Szabó.

»Ja, aber das ist nicht die Veränderung, auf die es ankommt«, sagte Luc vorsichtig. »Doch es stimmt – je mehr sich Block verändert, desto mehr glaubt sie an ihn. Und in ihrem Vertrauen in ihn spiegelt sich auch die neue Sichtweise wider, die er von sich selbst hat.«

Szabó lachte. »So kompliziert ist es gar nicht. Es liegt nicht an der neuen Sichtweise, die er von sich selbst hat. Es liegt an seinem Schwanz.«

Sie hatten in Paris angefangen, hatten sich in Szabós Haus getroffen, in Cafés, bei zahlreichen Verabredungen in der Brasserie Balzar, wo Szabó und Véronique mehrmals die Woche essen gingen. Szabós Frau war während ihrer Unterhaltungen fast immer dabei, eine stille, unbeteiligte Gegenwart, die sich auf ihr Essen oder ihr Buch konzentrierte und scheinbar so wenig an der Diskussion interessiert war wie ein Hund – bis sie urplötzlich etwas sagte.

Das Drehbuch war wasserdicht, noch bevor es Szabó überhaupt je zu Gesicht bekam. Luc hatte sich die größte Mühe gegeben, damit es wie ein Uhrwerk funktionierte. Es gab darin kein einziges Element mehr, das überflüssig gewesen wäre. Die Handlung bewegte sich rasch vorwärts, vom Bahnhofscafé zum zweiten Zug, in dem Block dem Mädchen begegnet.

Von dort aus geht es in einem Bus weiter, in den sie umsteigen, um dem Mann zu entwischen, der Block den Kognak spendiert hatte, zu einem Haus an einem See und dann zu einer langen Ruderbootfahrt durch den Nebel, bis sie schließlich in dem schäbigen Büro mit den Fotografien der alten Frau landen, auf denen sie als junges Mädchen zu sehen ist. Und auf ebendiesen Fotos hält sie den Mann an der Hand, den Industriellen, der sich als ihr Vater herausstellt. Luc hatte die einzelnen Schauplätze absichtlich so vage und nichtssagend gehalten, dass sie nicht als konkrete Orte identifizierbar waren – ähnlich wie das winterstarre Clermont-Ferrand aus Éric Rohmers *Ma nuit chez Maud*, ein Film, den Luc sehr liebte. Das suggerierte nicht nur, dass diese Geschichte überall und jedem passieren könnte, sondern bedeutete auch, dass man den Film an jedem beliebigen Ort drehen konnte, den sich ein Produzent aussuchte, wo auch immer er die besten Angebote bekam und sein Geld investieren wollte. Dieser pragmatische Ansatz hatte jede einzelne Entscheidung beeinflusst, die Luc bei der Entwicklung der Geschichte getroffen hatte. Nichts durfte der Verfilmung dieses Drehbuches im Wege stehen.

Szabó liebte es. Er bekam sich gar nicht mehr ein vor Begeisterung. Er verstand, worum es ging: eine existenzielle Odyssee, die Block mit sich fortreißt und ihn dazu zwingt, sich der dumpfen Leere seines Daseins bewusst zu werden, wodurch er sich einem authentischeren Leben zuwendet. Szabó hatte eine achtzehnmonatige Option auf das Drehbuch gekauft, mit einer weiteren Option, die ihm eine Verlängerung von noch einmal achtzehn Monaten garantierte. Sie sprachen über die Besetzung.

»Ich sehe Roy Scheider in der Rolle«, sagte Szabó schon ziemlich bald. Dabei starrte er Luc eindringlich an, um ihm die Schärfe seiner Vision zu vermitteln. Während sie das Drehbuch diskutierten, begann Szabó, statt »Block« einfach »Roy« zu sagen, beschrieb, wie Roy nachts ein Auto vom Bahnhofsparkplatz stiehlt –

»Aber Block stiehlt doch gar kein Auto«, sagte Luc. »Block würde so etwas niemals tun. Er wüsste gar nicht, wie das geht. Das passt nicht zu seinem Charakter. Sie nehmen den Bus –«

»Luc, Luc.« Szabó wedelte mit seiner Gabel, auf die er ein Stück Kalbfleisch aufgespießt hatte, in der Luft herum und lächelte nachsichtig, geradezu väterlich. Sie saßen beim Abendessen im Balzar. »Roy Scheider steigt in keinen Bus ein. Wer fährt denn im Kino überhaupt jemals mit dem Bus? Man muss sich zusammen mit irgendwelchen Hausfrauen anstellen, die mit ihren Einkaufstüten voller Brathähnchen heimfahren, um das Abendessen zu kochen. Mit Schulkindern. Das würgt doch jede Action ab. Nein. Das ist unmöglich. Roy Scheider kann nicht rumsitzen und auf einen Bus warten.«

»Und wenn wir jemand anderen nehmen als Roy Scheider?« Das harte, eckige Gesicht des Schauspielers war nicht das, was Luc sich für seinen eher weichen, verletzlichen Protagonisten vorgestellt hatte. Das Gesicht des Darstellers sollte Zweifel und Angst widerspiegeln können.

»Wen denn?«

»Nun …« Jetzt musste er ganz behutsam vorgehen. »Ich weiß auch nicht … wie wär's mit Albert Finney?«

»Albert Finney? Albert Finney trägt keinen Film. Ich krieg keinen einzigen Verleih mit an Bord, wenn ich mit Albert Finney ankomme. Wer kennt schon Albert Finney?«

»Er ist ein großartiger Schauspieler. Er hat ein sehr menschliches Gesicht.«

»Luc. Albert Finney – wer ist das? Ein englischer Charakterdarsteller, der allenfalls für fünf Minuten eines Films taugt, und dann auch immer nur achtzig Sekunden am Stück, in denen er irgendeinen Bürokraten oder Schurken spielt, um dem Ganzen ein gewisses Niveau zu verleihen. Die ganze Welt kennt Roy Scheider. *French Connection. Der weiße Hai.* Dafür kennen ihn die Leute in Finnland, in Afrika, in den Dschungeldörfern auf Borneo, wo sie jede Woche mehr schlecht als recht die Filmplakate von Hand neben die Eingangstür des Kinos malen und wo man dann diesen riesigen Roy Scheider sehen kann, wie er einen mit weit aufgerissenen Augen anstarrt, als wäre er ein Tintenfisch, der vor einem Hai Reißaus nimmt. Und Sie werden's nicht glauben« – hier schob sich Szabó die Gabel mit dem Kalbfleisch in den Mund und lächelte Luc vielsagend und mit offenem Mund an, während er emsig kaute und das Fleisch mit seinen Backenzähnen hörbar zu Brei zermalmte – »Roy ist billig. Ich bin mit seinem Agenten im Gespräch. Er will seinen eigenen Film haben. Er will nicht mehr Gene Hackmans Kumpel oder die zweite Geige hinter einem Hai spielen müssen. Er will ein Star sein. Er will das Mädchen kriegen und nicht den Fisch! Und ich garantiere Ihnen, dass er Ihr Drehbuch lesen und sofort erkennen wird, dass es ihm geradezu auf den Leib geschrieben ist – abgesehen von ein paar kleinen Veränderungen. So wie die, dass er eben nicht einfach nur dasitzt und auf einen Bus wartet. Kein Schwein fährt mit dem Bus.«

»Cary Grant ist Bus gefahren, in *Der unsichtbare Dritte*.«

»Cary Grant kann man auch in einen Schubkarren setzen, und es wird im Film trotzdem alles fantastisch aussehen. Aber nicht Roy Scheider. Der braucht ein schnelles Auto und Raquel Welch neben sich auf dem Beifahrersitz. Dann wird ein Film draus.«

»Raquel Welch?«

Szabó lachte. »Mein lieber Luc. Wen hatten Sie sich denn für das Mädchen vorgestellt?«

»Ich weiß auch nicht. Isabelle Huppert –«

»Roy Scheider würde mit so einer nie im Bett landen. Viel zu neurotisch. Eine, die die ganze Zeit redet und redet –«

»Sie hat schreckliche Sommersprossen«, sagte Véronique, ohne von ihrer umfangreichen Zeitschrift auch nur eine Sekunde aufzublicken. Es war ein deutschsprachiges Segelmagazin von der Größe eines Atlanten und hieß *Die Yacht*. Auf der Titelseite prangten Boote, die in Umfang und Bauart eher Häusern ähnelten.

»Das stimmt«, sagte Szabó. »Keiner rennt durch den asiatischen Dschungel oder fährt kilometerweit über amerikanische Landstraßen, um die sommersprossige Isabelle Huppert zu sehen, wie sie redet und redet und in Depressionen verfällt. Kein Verleih der Welt kauft mir diesen Film ab, mit so einer Frau.«

Szabó erzählte, er würde demnächst in Monaco für sechs Wochen eine Yacht chartern. Komplett mit Mannschaft, Schiffskoch und einer Menge Kabinen. Eine nette, geruhsame Kreuzfahrt entlang der Riviera, zusammen mit seiner Frau und deren Schwester – einem sehr schönen Mädchen. Luc müsse unbedingt mitkommen, drängte Szabó. Sie würden jeden Tag arbeiten und ein paar Änderungen machen und am Ende der Kreuzfahrt hätten sie dann einen fertigen Entwurf.

»Ähm …« Es klang wie die Erfüllung aller Wünsche: mit einem Filmproduzenten und lauter Frauen an der Riviera entlangsegeln und dabei ein Drehbuch schreiben. Aber Luc konnte es schon nach nur einem Abendessen mit Szabó und

Véronique kaum erwarten, wieder allein zu sein und einen klaren Kopf zu bekommen. »Nun, ich –«

»Graham Greene hat *Der dritte Mann* auf Alexander Kordas Yacht geschrieben, bei einer Kreuzfahrt durchs Mittelmeer«, sagte Szabó, sah Luc ins Gesicht und hob seine buschigen Augenbrauen.

Luc hatte das nicht gewusst, fand aber, dass *Der dritte Mann* ein Paradebeispiel für die großartige Wirkung war, die man erzielt, wenn man dem Publikum Informationen vorenthält. »Ich liebe den *dritten Mann* –«

»Also, was sagt sie zu ihm?«, fragte Szabó. »Wenn wir nicht hören, was die alte Frau zu Block sagt, dann fragt sich das Publikum die ganze Zeit, was hier überhaupt vor sich geht.«

»Aber Gábor, wollen wir denn nicht genau das erreichen: Dass sich das Publikum fragt, was vor sich geht? Dass es eben nicht Bescheid weiß? Wie im *dritten Mann*.«

»Nein. Wenn sie es nicht wissen, ist ihnen alles egal. *Der dritte Mann* hat anfangs an der Kinokasse wahnsinnig schlecht abgeschnitten. Jetzt ist der Film ein Klassiker, aber damals war er für Sandy eine Riesenenttäuschung. In *Casablanca* sind es die Transit-Visa. Das weiß man von vorneherein. Das ist der MacGuffin, aber wir wissen, was es ist. Alle rennen rum und suchen nach diesen Transit-Visa. Wer auch immer sie ergattert, kommt aus Casablanca raus. Sehr simpel. Hier weiß Block nicht mal, wonach er sucht. Er sieht aus wie ein Idiot. Es interessiert uns nicht. Es interessiert niemanden. Wir müssen hören können, was die alte Frau ihm am Bahnhof ins Ohr flüstert.«

»Aber der ganze Film dreht sich doch darum, dass er herausfinden will, was sie gesagt hat. Wer sie ist, wonach Jatsewitsch sucht. Und in Wirklichkeit geht es in dem Film doch darum, dass Block in seinem Leben einen Sinn entdeckt, indem er das Richtige tut. Das ist doch das Geheimnis, und die Leute werden das viel interessanter finden als –«

»Das funktioniert nicht. Meine Verleiher werden sagen: ›Worum geht's denn hier überhaupt?‹ Da kann ich ihnen unmöglich antworten, dass es hier darum geht, dass Roy Scheider auf der Suche nach sich selbst durch die Gegend rennt, um herauszufinden, wer er ist. Die werden glauben, dass es ein Hippie-Film ist, und sie werden Nein sagen. Roy Scheider weiß, wer er ist. Er ist ein knallharter Kerl. Ein echter Mann. Also muss ich ihnen sagen, dass es hier um einen Mann geht, der Bilder findet, die von den Nazis gestohlen wurden, dass nur die alte Frau, deren Vater sie mitgenommen hat, weiß, wo sie sind, und sie es dann Roy Scheider sagt, und dass der dann loszieht, um sie zu finden, und auch noch die Bösen abmurkst, die hinter ihm her sind, und dass er dann zum Schluss das Mädchen kriegt. Das ist ein Film.«

Luc hatte immer geglaubt, er würde erfolgreich werden und als Schriftsteller Geld verdienen. Sein Vater, Bernard Franklin aus Walpole, Massachusetts, war Journalist und lange Zeit als Pariser Korrespondent der *Herald Tribune* tätig gewesen. Darüber hinaus hatte er Bücher über den französischen Exzeptionalismus und die gesamteuropäischen Interessen verfasst. Luc hatte dabei zugesehen, wie sein Vater sie geschrieben hatte, eins nach dem anderen, und wie sie, sobald sie erschienen waren, sofort im schwarzen Loch der Buchhandlungen verschwanden und nie wieder auftauchten. Luc fand die Bücher seines Vaters furchtbar langweilig – keiner las so etwas im Flugzeug oder im Café – und er verdiente auch fast kein Geld damit. Er selbst wollte Romane schreiben. Wie Hemingway und Steinbeck und Fitzgerald, und später wie Kerouac.

Bücher, die sich besser verkaufen würden als die todernsten Bemühungen seines Vaters. Bücher, die man verfilmen würde.

Als der Roman, den er mit siebenundzwanzig geschrieben hatte, von jedem einzelnen Verlag abgelehnt wurde, an den er ihn geschickt hatte, verfiel er in eine Art Schockstarre. Er begann, einen weiteren Roman zu schreiben, verwarf ihn jedoch sofort wieder, weil ihn seine eigenen Zweifel zu Fall brachten. Eines Tages begegnete er im Le Select in Paris einem Freund, der sich gerade auf einen Drink mit einem Filmproduzenten namens Claude traf. Lucs Freund stellte ihn dem Produzenten vor und erwähnte, dass er Schriftsteller sei. Claude sprach über eine Geschichte, die er in der Zeitung gelesen hatte, von einem Flüchtling, der versucht hatte, von einer der abgelegenen albanischen Inseln zum Stiefelabsatz von Italien zu schwimmen, eine Entfernung von etwa achtzig Kilometern. Man hatte ihn auf dem Meer in der Nähe der italienischen Küste aufgegriffen – kein Boot oder Floß in Sicht – und zurück nach Albanien gebracht. »Können Sie sich das vorstellen?«, sagte Claude und schaute die beiden anderen an. »Dieser Traum, dieser Mut, diese Enttäuschung!« Luc erwähnte eine Kurzgeschichte von John Cheever, *Der Schwimmer*. Claude erinnerte sich an den Film, den er großartig gefunden hatte. »*Ah, Burt Longcahstaire.*« Er hatte nicht gewusst, dass es sich um die Verfilmung einer Kurzgeschichte von Cheever gehandelt hatte. Er rief Luc am nächsten Tag an. Sie trafen sich und unterhielten sich wieder über die Geschichte des Albaners, der versucht hatte, nach Italien zu schwimmen. War es überhaupt möglich, fragte Claude, dass es jemand schaffte, sich so lange über Wasser zu halten? Luc erzählte ihm von dem hohen Salzgehalt des Mittelmeers, der jedem Schwimmer half, und wie er selbst einen Großteil seiner Kindheit damit verbracht hatte, durch die Küstengewässer von Mallorca zu schwimmen. Claude bot Luc zwanzigtausend Franc – etwa fünftausend Dollar –, falls er sich bereit erklärte, das Drehbuch für die Geschichte zu schreiben, deren groben Aufbau sie zusammen erstellen würden. Luc sagte zu. Claude gab ihm einen Sammelband mit mehreren Drehbüchern von Jean-Claude Carrière, damit er sehen konnte, wie man ein Drehbuch schrieb. Nach nur einem Monat war Luc mit dem Drehbuch fertig. Zu diesem Zeitpunkt steckte Claude zwar bereits mitten in einem anderen Filmprojekt, aber Luc war immerhin dafür bezahlt worden, ein Drehbuch zu schreiben. Er war Drehbuchautor. Schon bald bekam er weitere Aufträge. Aufgrund seiner Zweisprachigkeit war er in der Lage, Drehbücher sowohl auf Englisch als auch Französisch zu schreiben. Es kam mehrmals vor, dass er sie in zwei Sprachen gleichzeitig verfasste, damit die Produzenten sie neben ihren französischen auch den amerikanischen Verleihfirmen vorlegen konnten. Er schrieb Drehbücher auf Verdacht, um sie zum Verkauf anzubieten – es gab Leute in Hollywood, die sich mit solchen auf eigene Faust konzipierten Skripts eine goldene Nase verdienten. Luc zog es sogar in Erwägung, nach Los Angeles zu ziehen, zur Spitze des Eisbergs sozusagen. Mehrmals reiste er mit einem Produzenten zum Filmfestival nach Cannes. Die Zeit verstrich, und langsam, aber sicher – passierte nichts. Er war dreißig. Mit Entsetzen wurde er sich immer mehr der Kluft bewusst, die sich zwischen dem auftat, was er in seinem Leben eigentlich erreichen wollte, und dem, was tatsächlich eintrat. Er sah sich im Nichts, in vollkommener Vergessenheit verschwinden.

Da erschien Szabó wie eine rettende Insel.

Die Szabós schifften sich zusammen mit Véroniques Schwester in Monaco an Bord der Yacht ein. Luc sollte zwei Wochen später zu ihnen stoßen. Weil er einen Flug nach Nizza gebucht hatte, wies Szabó ihn an, sie in dem kleinen Hafen von Saint-Jean-Cap-Ferrat zu treffen, ungefähr auf halbem Weg zwischen Nizza und Monaco. Luc kannte den Ort: Somerset Maugham hatte hier eine bezaubernde Villa besessen und einen Großteil seines Lebens verbracht.

Als er am Nachmittag mit einem Taxi dort eintraf, war die Yacht nicht da. Szabó hatte ihm am Telefon gesagt, dass sie den Tag über segeln gehen und bei Sonnenuntergang wieder in den Hafen zurückkehren würden. Luc ließ seine Tasche in der Hafenmeisterei stehen und spazierte den Hügel hinauf, die engen Gässchen des Kaps entlang, inmitten hoher Hecken aus Kiefern und Zypressen und dichter Schutzwälle aus blühenden Sträuchern, durch die man die gewaltigen, pastellfarbenen und zinnenbewehrten Villen, die allesamt so aussahen, als hätte man sie mit Zuckerguss überzogen, nur bruchstückhaft erkennen konnte. Hier standen die Häuser der Reichen und nicht so Berühmten: Adelsfamilien, die man ihrer Privilegien enthoben hatte, Nazi-Kriegsgewinnler, moderne Industrie-Mogule und ein paar wenige, echte, über jeden Zweifel erhabene Vertreter des alten Geldadels. Keine Schriftsteller.

Er suchte nach Maughams Villa Mauresque. Seinen Roman *Auf Messers Schneide* – die Geschichte eines jungen Mannes, der inmitten der Fallstricke des europäischen Luxuslebens nach der Wahrheit sucht – hatte er unzählige Male gelesen. Und genauso oft hatte er die schillernde, oscarnominierte Schwarz-Weiß-Verfilmung von 1946 gesehen, mit Tyrone Power und Gene Tierney in den Hauptrollen. Gene Tierney hatte sich vor allem deshalb in sein Gedächtnis eingebrannt, weil man in der letzten, den Höhepunkt des Films bildenden Szene, die in einer Villa an der französischen Riviera spielt und in der sie sich von ihrer auf immer verlorenen Liebe – Tyrone Power – verabschiedet, deutlich erkennen kann, wie sich unter der hauchdünnen, durchscheinenden Seidenbluse ihre Brustwarzen verhärten.

Mit den Millionen, die er sich mit seiner Schriftstellerei verdient hatte, kaufte Somerset Maugham die Villa Mauresque und lebte dort bis ans Ende seiner Tage im Luxus. Er schrieb morgens, spielte nachmittags Bridge und verbrachte die Abende mit den Gästen, denen die hohe Ehre zuteilgeworden war, eine Einladung von ihm erhalten zu haben. Einer von ihnen, so hatte es Luc in einer Biografie des Autors gelesen, war quer durch das Haus und den Garten gelaufen und hatte dann verwundert ausgerufen: »Und das alles nur vom Schreiben?«

Endlich hatte er den Eingang zur Villa Mauresque gefunden. Maugham war schon seit fast zwanzig Jahren tot, aber das maurische Symbol, das ihn vor dem bösen Blick hatte schützen sollen und das sich auf dem Umschlag aller gebundenen Ausgaben seiner Bücher eingraviert fand, war auch jetzt noch neben der Toreinfahrt zur Villa in den Stein gemeißelt.

Morgens zogen sie sich an einen ruhigen Platz am Vorderdeck der Yacht zurück, um zu arbeiten. Sie setzten sich mit ihren Kaffeetassen in zwei Regieklappstühle aus Teakholz, während die Besatzung das Frühstück zubereitete und Mireille, Véroniques Schwester, sich in der Achterkabine ausschlief. Während ihres Gesprächs stand Véronique mit einem Tablett bewaffnet hinter Szabó und befasste sich mit dem dichten Neubewuchs aus Aknepusteln, die während der Nacht durch die Haut auf

Szabós Rücken und Schultern geeitert hatten. Sie drückte jede Pustel einzeln aus oder stach sie auf und wischte sie dann mit einem in Alkohol getränkten Wattebausch ab. Für diese Arbeit brauchte sie jeden Morgen mindestens eine halbe Stunde. Szabó ignorierte seine Frau, wie man eine Maniküre ignoriert, und konzentrierte sich auf die Geschichte. Luc versuchte währenddessen, nicht auf den wachsenden Stapel aus blut- und eitergetränkten Wattebäuschen zu schauen, der sich auf dem Tablett anhäufte.

Szabó war in seinem Heimatland Ungarn ursprünglich Dokumentarfilmer gewesen, bis er wegen des Volksaufstands 1956 fliehen musste. Er hatte seinen anfänglich recht mäßigen Geschäftssinn mit der Produktion von Softpornos für den deutschen und skandinavischen Markt geschärft, bis er schließlich erfolgreich in das Mainstream-Geschäft gewechselt und mehr und mehr von der Produktion reißerischer Filme abgerückt war. Während sie Lucs Geschichte auseinandernahmen und wieder zusammensetzten, um den Ansprüchen der Verleihfirmen zu genügen, durchliefen Szabós Ton und auch seine Haltung zu dem Projekt einen merklichen Wandel. Anfangs war er noch zuversichtlich gewesen, hatte Lucs Naivität amüsant gefunden, war jedoch seinen Ideen und seiner Geschichte mit Respekt entgegengetreten. Mittlerweile wurde er jedoch sichtlich unzufriedener. »Ich weiß nicht recht«, fing er oft an und schnalzte mit der Zunge, während er mit ihr in einer Zahnlücke herumstocherte. »Wir verzetteln uns.« Ihre morgendlichen Arbeitssitzungen fanden immer unregelmäßiger statt. Szabó, der an chronischer Schlaflosigkeit litt und früh aufstand, um mithilfe der Arbeit die nächtlichen Dämonen zu verscheuchen, kam immer öfter zu spät. Oder er setzte sich stattdessen in den mit Teakholz verkleideten Salon, schlürfte seinen Kaffee und starrte zerstreut auf die Seekarte der nahe gelegenen Küste. Er fing an, sich zu langweilen.

Das breite, quadratische Rahsegel, auf dem das Wappen eines springenden Delfins prangte, wurde nur sehr selten benutzt. Tatsächlich wurde die Yacht von einem Motor vorangetrieben, und der dazu benötigte Generator lief während des ganzen Tages und auch während eines Großteils der Nacht. Sie fuhren nach Antibes und dinierten im Chez Felix in der Altstadt. Szabó hatte irgendwo gehört, dass Graham Greene dort jeden Abend aß, und hoffte, ihm auf diese Weise zu begegnen. Er hatte Greenes kurzen Auftritt als Versicherungsvertreter in Truffauts Film *Die amerikanische Nacht* immer sehr bewundert. Aber es gelang ihnen auch an zwei aufeinanderfolgenden Abenden nicht, den scheuen, unnahbaren Autor aufzuspüren.

»Ich möchte übers offene Meer segeln«, sagte Szabó zu Tony Clement, dem Kapitän der Yacht. Der Kapitän war ein wettergegerbter, lakonischer Engländer mit distinguierter Aussprache, der ausschließlich weiße Hemden und weiße kurze Hosen trug. »Nicht immer nur dieses Hin und Her zwischen Bootsparkplätzen. Ich möchte quer über das Meer zu einem vollkommen anderen Land segeln. Ich will eine Seereise machen.«

»Eine wirklich gute Idee«, sagte Tony liebenswürdig.

»Wo können wir hinfahren?«

Tony breitete eine Seekarte des westlichen Mittelmeers auf dem Tisch des Salons aus. »Nun, Korsika –«

»Wie lang?«, unterbrach ihn Szabó.

»Calvi in einem Tag –«

»Weiter weg«, sagte Szabó. »Eine Seereise. Außer Sichtweite des Landes. Die ganze Nacht segeln. Über das Meer.«

»Wie wäre es mit den Balearen?«, warf Luc vage in die Runde.

»Wo?«, fragte Szabó.

Luc legte einen Finger auf die Seekarte, auf eine Stelle, die auf dem Papier mehr als dreißig Zentimeter unter der französischen Küste lag.

»Was gibt es da?«

»Inseln, die zu Spanien gehören«, sagte Tony. »Ein Tag und eine Nacht und einen Tag vielleicht, um dorthin zu kommen.«

»Haben die Charme? Haben die was zu bieten?«

»Na ja, es ist nicht die Côte d'Azur.«

»Ich bin dort mehr oder weniger aufgewachsen«, sagte Luc.

Szabó schaute ihn überrascht an. »Wo?«

Luc legte seinen Finger erneut auf die Karte. »Genau hier. Am östlichen Ende von Mallorca. Meiner Mutter gehört dort ein kleines Hotel.«

»Tatsächlich? Und, ist es da nett?«, fragte Szabó.

Plötzlich war Luc wieder eine Quelle der Inspiration. »Es ist wunderschön«, sagte er.

4

LUC ÜBERNACHTETE AN Bord der Yacht, fuhr jedoch sehr früh mit seinem Motorrad zu den *Klippen*, um seine Mutter noch beim Frühstück anzutreffen.

»Darling, ich betrete grundsätzlich kein Boot«, sagte Lulu. »Außer Fähren. Das weißt du doch.«

Ja, ja, das wusste er. Das sagte sie immer, und er konnte sich auch tatsächlich nicht daran erinnern, dass sie jemals an Bord irgendeines Bootes gegangen wäre. Kein einziges Mal, in all den Jahren, die er mit ihr am Meer und in der Nähe eines Hafens voller Yachten gelebt hatte, trotz all der Freunde, die auf diesen Booten kamen und gingen. Aber Szabó war von Lulu fasziniert. Sie hatte ihn beeindruckt, und er wollte sie nun seinerseits beeindrucken, auf seiner eigenen Bühne, an Bord seiner schicken gecharterten Yacht. Luc hatte schon sein ganzes Leben lang zugesehen, wie seine Mutter die Leute beeindruckte, und er wusste nur zu gut, wie vorteilhaft es sein konnte, sich in ihrem Glanze zu sonnen.

»Mutter, die Yacht verlässt den Hafen nicht. Sie ist so groß wie ein Haus. Du wirst nicht die geringste Schwankung spüren –«

»Ich werde nicht seekrank. Ich gehe nur eben nicht an Bord einer Yacht«, sagte Lulu mit Nachdruck. »Das weißt du.«

»Ich weiß«, sagte Luc. »Aber Gábor redet immerzu von dir. Ich glaube, er hat das ganze Mittagessen nur deshalb organisiert, damit er dich wiedersehen kann.«

»Das kann ich nicht ändern. Er kann ja hierherkommen, wenn er mich sehen möchte.«

»Es ist doch nur ein Mittagessen.«

»Es ist ein Boot.«

»Scheiße noch mal!«, rief Luc. »Nur weil dir mit deinem ersten Ehemann vor hundert Jahren auf einem winzigen Boot irgend so eine üble Geschichte passiert ist – was hat das denn heute noch für eine Bedeutung?«

»Das hilft auch nicht, Darling.«

»Ich weiß. Du tust nichts, was du nicht tun willst. Das weiß ich. Wie bescheuert von mir zu glauben, dass du für mich vielleicht mal eine Ausnahme machst.«

Er stürmte hinaus und brauste auf seinem Motorrad davon.

Auch gegen die Überredungsversuche von Sarah Bavister war sie immun. »Ach, Lulu, du musst einfach mitkommen! Schau doch nur, was für ein unglaubliches Boot das ist! Komm schon, wir müssen unbedingt hin und uns das näher ansehen. Im Ernst jetzt, möchtest du das denn wirklich nicht?«

»Nein, möchte ich nicht.«

Nach dem Frühstück zog Lulu sich Handschuhe an, nahm eine Gartenschere und stieg die Stufen vom Pool zum Garten hoch. Die leichte Brise, die gestern noch geherrscht hatte, war verschwunden. Das, was von ihr übrig geblieben war, konnte man kaum mehr auf der Haut spüren. Es war wie ein sanftes Ausatmen im Kronendach der Kiefern, die einen Großteil des Gartens überschatteten. Sie schnippelte an den Rosenbüschen herum, die entlang der hinteren Mauer wuchsen. Sie blühten und gediehen wirklich prächtig. Im Mai hatte sie Toms und Millys Asche in den Rosenbeeten verstreut. Sie waren bei dem Absturz eines Kleinflugzeugs ums Leben gekommen, als sie sich auf dem Weg nach Schottland zu einem Anglerurlaub befunden hatten. Und das ausgerechnet in dem Moment, als sie so herrlich reich geworden waren, mit dem Verkauf all dieser Erdbeerschälchen. Cassian hatte die beiden in zwei großen, alten Milchflaschen aus London mitgebracht. Nach dem Kriegsende hatten Tom und Milly die Villa Los Roques jeden Sommer gemietet. Und dann hatten sie Lulu dorthin eingeladen und ihr schließlich auch das Geld für den Kauf des Hauses und Grundstücks geliehen. »So bleibt alles in der Familie!«, hatten sie gesagt.

Die liebe Milly. Bildete sie sich das nur ein, oder hatten die Rosen tatsächlich noch nie so gut ausgesehen? Schnipp … schnipp …

Luc war intelligent, keine Frage, aber sie war sich gar nicht mehr so sicher, ob er auch Talent hatte. Sie hatte seine Prosa gelesen – die Anfänge von Romanprojekten, die er wieder aufgegeben hatte, und auch den Roman, den er tatsächlich abgeschlossen hatte. Letzterer war ihrer Ansicht nach doch sehr dürftig geraten und auch von den Verlagen rundweg abgelehnt worden. Später dann hatte er über einen weiteren Roman geredet, die Geschichte eines Journalisten in Paris während der Besatzungszeit. Das klang zumindest wie etwas, das man verkaufen könnte, weil nämlich Nazis darin vorkamen. Aber dann hatte er stattdessen angefangen, Drehbücher zu schreiben. Schnipp … schnipp. Das Schreiben von Filmen ging ihm, wie sie zugeben musste, schon recht leicht von der Hand. Die Szenen, die er schrieb, traten ihr immer recht klar vor Augen, aber sie fragte sich, warum sich überhaupt irgendjemand solche Filme würde anschauen wollen. Sie waren mit lauter ziellos umherirrenden Leuten bevölkert, die samt und sonders einen Hang zur Selbstzerstörung hatten. Sie konnte es gar nicht leiden, dass sie Luc in diesen Figuren wiedererkannte – sie kamen ihr alle sehr erbärmlich vor, aber deswegen leider eben auch ziemlich glaubwürdig. Schnipp … Wenigstens verdiente er jetzt ein bisschen Geld. Sie hatte ihm schon einige Male unter die Arme gegriffen, aber es war immer eine gewisse Enttäuschung mit im Spiel, wenn man einem erwachsenen Mann Geld geben musste.

Schnipp … schnipp …

Dieser aberwitzige Filmproduzent hatte ganz offensichtlich einen Narren an ihm gefressen. Er hatte Luc eingeladen, mit auf seine Urlaubsreise zu kommen. Er hatte Geld. Und er war voll des Lobes, was Lucs Arbeit anging. Es war durchaus möglich, dass er diesen Film tatsächlich drehen würde.

Schnipp. Ich vermisse dich so schrecklich, Milly, Darling. Was denkst du, was soll ich tun?

Später, als sie die Stufen vom Garten hinunterkam, traf sie Sarah neben dem Pool.

»Ich komme mit euch zum Lunch«, verkündete Lulu.

»Oh, Darling Lulu, wie wunderbar!«, sagte Sarah.

»Um wie viel Uhr müssen wir dort sein?«

»Um eins, glaube ich.«

»Wir fahren mit meinem Auto.«

Sie ging ins Haus, um sich umzuziehen.

»Ich bin so froh, dass Lulu mitkommt!«, sagte Sarah.

»Wie überaus erstaunlich«, sagte Dominick, der in der Nähe lag. Er hatte die Augen geschlossen, sein eingeölter Körper glänzte in der Mittagssonne. »Lulu hat's doch eigentlich nicht so mit Booten.«

»Du kommst doch auch mit, oder?«, fragte Sarah.

»Na klar«, sagte Dominick. »Ich möchte mit eigenen Augen sehen, wie es auf dem Boot aussieht. Ich wette, da gibt es ein Fick-Nest so groß wie ein Fußballfeld.«

Kurz vor zehn kam Fergus' Range Rover den Kai entlang. Er parkte direkt neben der *Dolphin*. Ihr Deck erhob sich etwa anderthalb Meter über ihm. An Bord war niemand zu sehen. Er hielt sich an dem Handlaufseil fest und kletterte vorsichtig das schmale, wackelige Stegdingsbums aus Aluminium hoch.

»Hallo«, sagte er, als ein Crewmitglied erschien, das an irgendeinem Messingteil herumpolierte. Dann entdeckte er den Filmproduzenten, der ein paar Meter entfernt auf dem Vorderdeck saß. Er saß mit freiem Oberkörper da und seine Frau machte irgendetwas mit seinem Rücken. Es war nicht zu übersehen, dass der Typ ihre Verabredung total vergessen hatte.

»Hallo!«, sagte Fergus noch einmal. »Haben Sie noch Interesse daran, unser Grundstück zu besichtigen?«

»Aber natürlich! Ich komme sofort.«

Fünf Minuten später fuhr Fergus mit ihm durch den Ort. »Sind Sie denn tatsächlich auf der Suche nach einer Immobilie?«

»Immer«, sagte Szabó. »An der Côte d'Azur oder der Cinque Terre, da ist es doch mittlerweile viel zu voll. Man hat keine Ruhe mehr. Also schaue ich mich überall um. Ich träume von einer Villa an einem ruhigen Ort, nah am Meer und mit viel Sonne. Und der Flug von Paris darf auch nicht zu lang sein. Hier gibt es doch einen Flughafen, oder?«

»Oh ja, natürlich«, sagte Fergus. »Palma ist nur anderthalb Stunden entfernt. Flüge nach ganz Europa. Wahrscheinlich nur zwei Stunden nach Paris. Vier Stunden von Tür zu Tür. Das wär doch nicht schlecht, was?«

Gerald beschnitt die Olivenbäume. Bäume, die eigentlich, wenn man es genau nahm, gar nicht mehr ihm gehörten, auch wenn er sich nicht ganz sicher war, wo sich die Grenze zwischen seinem eigenen Grundstück und dem Land befand, das er an Fergus und sein scheußliches Investorenpack verkauft hatte. Er konnte nur hoffen, dass sie nicht alle Bäume abholzen würden und ihre Villen so bauten, dass sie mit der Landschaft verschmolzen. Damit so viel davon erhalten wurde wie nur möglich. Zumindest hatte Fergus ihm versichert, dass das ihre Absicht sei. Gerald war sogar der Gedanke gekommen, dass sie es vielleicht gar nicht schaffen würden, ihre Parzellen zu verkaufen, und dass sich ihre Wohnsiedlung am Ende gar in Rauch auflösen würde. Also würde Gerald damit fortfahren, alle noch überlebenden Bäume zu beschneiden und sich um sie zu kümmern, bis zu dem Moment, in dem irgendein urlaubswütiger Villenbesitzer ihn aus seinem Vorgarten verscheuchte.

Im nächsten Moment konnte er in der fast windstillen Morgenluft Fergus' Stimme hören. Dieses locker-leichte, kumpelhafte, selbstsichere Geschwafel. Auch wenn er die einzelnen Worte nicht ausmachen konnte. Gerald griff sich sofort seine kleine Astsäge und den großen, zerfledderten Strohkorb, den er mitgebracht hatte, und huschte davon. Seine Espadrilles verursachten im Unterholz nicht das geringste Geräusch. Er stieg den Hang hinauf, um aus der Sichtlinie zu kommen, die Fergus und der Typ, den er da bei sich hatte, über das Grundstück hinweg zur Stadt und zum Meer haben würden. Als er sie schließlich unter sich sehen konnte, war er schon versteckt inmitten der Feigenkakteen und Korkeichen. Fergus, der einen Panamahut trug, und ein stämmiger Mann in einem blauen Hemd von der Größe eines Bettlakens. Gerald hockte sich hin und beobachtete sie. Sie gingen noch ein kleines Stück weiter und blieben dann stehen. Fergus zeigte und gestikulierte mit ausladendem Enthusiasmus durch die Gegend. Aus der phlegmatischen Haltung und den flüchtigen Blicken, die der Mann in dem Hemd um sich warf, konnte Gerald schließen, dass er keineswegs beeindruckt war. Gut so. Der Mann machte nur ein paar Bemerkungen, wandte sich ab und ging davon. Fergus folgte ihm den Weg zurück, den sie gekommen waren, immer noch vor sich hin plappernd.

Gerald schlich über ihnen am Hang entlang und behielt sie immer im Auge, bis sie unten in Richtung des Hauses verschwanden. Er wartete, bis er hören konnte, wie der Range Rover die Auffahrt hinunterfuhr.

Er fand Aegina in ihrem Atelier hinter der Küche. Sie saß vor einer Staffelei und malte.

»Wer war das, den Fergus da bei sich hatte?«, fragte Gerald. Der Staub an seinem Hals und seinen Schläfen war von kleinen Schweißrinnsalen durchzogen.

»Irgend so ein Filmproduzent von einer der Yachten im Hafen. Fergus hat ihm das Land gezeigt. Hast du mit ihnen geredet?«

»Nein, ich bin in Deckung gegangen.«

Aegina lachte. »Das war ja klar.«

Gerald betrachtete die Leinwand auf ihrer Staffelei. Es war eine Ansicht des Ortes, an dem er gerade eben erst gewesen war: die Olivenbäume, das Land, wie es zum Meer hin abfällt, die weit entfernten Hügelkämme im Norden. Aegina hatte eine Farbfotografie der Landschaft mit einem Klebestreifen oben an die Staffelei geheftet. »Es ist wunderschön«, sagte er.

Aegina drehte sich zu ihm um. »Jetzt kannst du es dir immer anschauen.«

Gerald lehnte sich vor und küsste seine Tochter. Dann sagte er: »Wo ist Charlie?«

»Penny ist vorbeigekommen und hat ihn und Bianca mit zum Strand genommen. Ich habe heute Morgen frei.«

Gerald ging wieder nach draußen. Er hob den Korb und die Astsäge auf und ging um den Hügel herum zurück zum Olivenhain. Er machte da weiter, wo er aufgehört hatte, und beschnitt die Bäume, formte sie so, wie er sie gern in fünfzig Jahren sehen würde, wenn er dann noch ihre Früchte pflücken könnte. Er kniete sich hin, legte die kleinen abgetrennten Äste über seinen Oberschenkel und schnitt sie in noch kleinere Stücke, damit sie in den Korb passten. Sie würden ihm während des Winters als Brennholz für den Kamin dienen.

Während Aegina das Bild vom Olivenhain ihres Vaters malte, hörte sie seine Schallplatten. Er liebte die Pastoralmusik englischer Komponisten aus dem späten neunzehnten und frühen zwanzigsten Jahrhundert: Vaughan Williams, Elgar, Butterworth, Holst, Finzi, Alwyn, Bantock, Parry, Bridge, Delius, Moeran. Und während er sich auf seinem alten HMV-Plattenspieler durch einen Stapel seiner Langspielplatten hörte, las er die Romane von Thomas Hardy, Arnold Bennett und Anthony Powell. Aegina wusste, dass er dabei die Landschaften von Dorset, dem Lake District, der ostenglischen Moore, die Straßen Londons und die fünf Töpferstädte im Norden Englands vor Augen hatte, wie sie im Licht der viktorianischen Gaslaternen schimmerten. Für Aegina hingegen war diese Musik unwiderruflich mit Mallorca verknüpft – es war die Musik, die sie während ihrer Kindheit gehört hatte. Wann immer sie diese Platten hörte, sah sie die Landschaft vor sich, die C'an Cabrer umgab, und all jene anderen Bilder, die mit ihrem Leben auf der Insel zusammenhingen.

Die Begegnung mit Luc unten im Ort hatte sie völlig aus der Bahn geworfen. Luc und sie waren aufeinander fixiert, hatten sich auf den jeweils anderen geprägt, wie es Säuglinge und Tiere mit den frühesten emotionalen und olfaktorischen Eindrücken tun. Es würde immer so bleiben, erst kam Luc, und dann kamen alle anderen. Würden Charlie und Bianca auch mit dem Gefühl einer solch schicksalhaften Unvermeidlichkeit aufwachsen? Nackt am Strand, mit dicken, patschigen kleinen Händchen, die zusammen Sandkuchen aufhäufen, und nackt auch später, mit Händen, die den Körper des anderen erkundeten? Und würde auch ihre gesamte, hermetisch geschlossene Welt, die auf der Vorstellung vom jeweils anderen gegründet war, zerplatzen und unwiderruflich verloren gehen?

Fergus war ihr – in einer für sie nun nicht mehr nachvollziehbaren Weise – als folgerichtiges Gegengift zu Luc erschienen. Zuverlässig, fröhlich, amüsant, enorm selbstbewusst, unneurotisch, vorzeigbar, groß, sauber, Anzugträger. Ein Bauunternehmer, kein Künstler oder Träumer. Überhaupt nicht ihr Typ. Eine seltsame, vollkommen aus dem Rahmen fallende Erscheinung auf der Party einer ihrer Professoren an der Chelsea School of Art, Jonquil Thorn, die vor sieben Jahren im Sydney-Close-Atelier stattgefunden hatte. Einen halben Kopf größer als alle anderen Partygäste, ein Nadelstreifenanzug, der sich durch ein Meer aus Bluejeans und Leder schlängelte.

Fergus hatte sich an sie herangemacht, kaum dass sie auf der Party eingetroffen war.

»Sind Sie eine von Jonquils Studentinnen?«

»War ich früher«, sagte Aegina. »Jetzt arbeite ich.«

»Ah. Aber Sie sind schon eine Künstlerin?«

»Ja.«

»Ich habe ja nicht die geringste Ahnung von Kunst«, sagte er freudestrahlend.

»Warum sind Sie dann hier?«

»Jonquil sagt mir, was ich kaufen soll. Ich habe ein paar von diesen großen abstrakten Schinken gekauft, die sie malt. Was malen Sie denn so?«

»Nichts Abstraktes.«

»Was dann?«

»Oh, Landschaftsbilder, Zeichnungen, Porträts. Alles sehr langweilig.«

»Ich bräuchte da tatsächlich so ein paar Landschaften.«

Am nächsten Abend stand er vor der Eingangstür zu Aeginas kleiner Souterrainwohnung in der Nähe der Gloucester Road.

»Woher wussten Sie, wo ich wohne?«, fragte sie.

»Ich habe Ihre Adresse in Jonquils Filofax gefunden. Kann ich reinkommen und mir Ihre Sachen anschauen?«

Sie war geschmeichelt und verärgert zugleich. »Weiß sie davon?«

»Wohl eher nicht.«

»Na, wo Sie jetzt schon mal hier sind.«

Er musste sich bücken, um durch die Tür zu kommen.

»Ich mag das hier«, sagte Fergus und hob eine dunkle, verwischte Flusslandschaft hoch – einer von Aeginas Versuchen, Whistlers Themse-Nocturne zu imitieren. »Es ist wahnsinnig gut – oder etwa nicht?«

Gegen ihren Willen fand sie es charmant, dass er zugab, die

Antwort nicht zu wissen (oder so tat, als wisse er sie nicht), und sie, die Künstlerin, dazu befragte. »Nun, es ist nie so gut, wie man es sich wünschen würde –«

»Möchten Sie es verkaufen? Wie viel wollen Sie dafür?«

Das war die andere Sache an Fergus: Geld.

»Ich habe keine Ahnung«, sagte sie. Er interessierte sich aus den vollkommen falschen Gründen für das Bild. Es war ihr peinlich und unangenehm.

»Zweihundert Pfund?«

»Das ist es auf keinen Fall wert. Dafür können Sie bei Christie's schon ein ziemlich gutes Landschaftsbild aus dem neunzehnten Jahrhundert bekommen.«

»Ich mag es aber.«

»Sie verstehen nichts von Kunst. Haben Sie mir selbst gesagt.« Sie nickte zu ihrem Gemälde hinüber, das er in der Hand hielt. »Quod erat demonstrandum.«

»Aber was soll denn daran nicht gut sein?«, beharrte Fergus. »Was würde denn Jonquil darüber sagen?«

»Das sollten Sie sie besser selbst fragen –«

»Habe ich schon. Natürlich nicht über dieses bestimmte Bild hier, aber über Sie – als Künstlerin. Sie glaubt, Sie seien gut. Zweihundert klingt da doch ganz angemessen. Sie haben doch gesehen, welcher Müll da draußen für das Zehnfache verkauft wird.«

Er machte sie nervös, und sie wollte, dass er wegging. Aber sie war auch pleite – chronisch pleite – und dieser Zustand verseuchte alles. Er beeinflusste die Art und Weise, wie man zu den Dingen stand, und unterminierte die eigenen Vorsätze. »Also gut, wenn Sie darauf bestehen.«

»Tue ich. Haben Sie schon was gegessen?«

Es erschien ihr unhöflich ihn abzuweisen. Dadurch fühlte

sie sich noch unwohler als vorher. Aber gleichzeitig hatte sie tatsächlich Hunger.

Auf der Fulham Road wurden sie von einem Taubenschwarm umringt, der sich gerade in die Lüfte erhob, und Fergus legte rasch seinen Arm um sie. Schützend stellte er sich zwischen sie und die Tauben.

Er ging mit ihr ins San Frediano. Das Essen war gut, der Wein ebenso. Fergus erzählte ihr von einer Taube, die er als Kind gefunden und ein paar Tage lang in dem Schlafsaal seines Internats versteckt hatte. »Als die Hausmutter das Vieh entdeckte, hat es ihre ganze blütenweiße, sorgfältig gestärkte Uniform vollgekackt. Ich habe fürchterlichen Ärger bekommen.«

Aegina lachte. »Was ist passiert?«

»Sechs vom Allerfeinsten!«

»Was heißt das?«

»Eine richtig ordentliche Tracht Prügel! Sechs Stockschläge, kräftig und äußerst platziert.«

»Sie sind deswegen tatsächlich geschlagen worden?« Sie stellte ihn sich als kleinen Jungen vor, dem man mit einem Bambusstock den Hintern versohlt.

Er fragte, ob sie noch einmal mit ihm ausgehen würde. Sie war geschmeichelt, hatte jedoch kein Interesse. Er war zehn Jahre älter als sie. Und er war die Art von Geschäftsmann, mit dem sie absolut nichts gemeinsam hatte, wie sie fand. Außerdem war er fast schon zu groß für sie. Sie ließ ihn mehrere Male abblitzen.

Im Spätfrühling klopfte er an die Tür ihrer Wohnung.

»Sie waren weg«, sagte er.

»Ich war in Marokko.« Sie erklärte ihm, dass sie dorthin geflogen sei und ein paar Hemden und andere Kleidungsstücke gekauft habe, um sie in verschiedenen Geschäften weiterzuverkaufen. Ein kleiner, aber recht profitabler Nebenverdienst, der ihr bei der Finanzierung ihres Kunststudiums geholfen hatte und den sie nun schon seit ein paar Jahren regelmäßig wiederholte.

»Gehen Sie mit mir essen? Ist das San Fred okay?«

Sie war darauf nicht vorbereitet, und es fiel ihr auf die Schnelle keine gute Ausrede ein. Sie war erschöpft, aber auch diesmal hatte sie wieder Hunger und konnte sich noch gut an das hervorragende Essen dort erinnern. Und plötzlich kam er ihr irgendwie … sympathisch vor. »Also gut. Aber es darf nicht zu spät werden, wenn das für Sie okay ist.«

Während des Abendessens erzählte er ihr von der umgebauten Scheune, die er gerade in Dorset gekauft hatte. Was dringend fehlte, waren ein paar Gemälde. Es gab demnächst eine Auktion bei Christie's, mit britischen und europäischen Gemälden aus dem neunzehnten Jahrhundert, und er fragte sie, ob sie wohl eventuell bereit wäre, ihn irgendwann in den nächsten Tagen zu begleiten und ihm dabei zu helfen, sich ein paar Sachen auszusuchen.

»Ich dachte, Sie mögen zeitgenössische Kunst«, sagte sie.

»Ich bin mir gar nicht so sicher, ob ich das Zeug überhaupt mag, aber man sollte doch auf jeden Fall was davon besitzen. Für die Scheune möchte ich aber was Altes. Sie wissen schon, Kühe und Heuwagen und so was. Ach, jetzt kommen Sie schon!«

Sie gingen zu einer Vorbesichtigung, an dem Donnerstag bevor die Auktion stattfinden sollte. Aegina empfahl ihm zwei Ölgemälde von Arthur Meadows, die beide die Bucht von Neapel darstellten. Die Bilder waren gut, und sie war davon überzeugt, dass sie sich als lohnenswerte Investition herausstellen würden.

Er fuhr sie über einen Umweg nach Hause. »Kann ich Ihr fantastisches Auge noch für etwas anderes in Anspruch nehmen?«

Er brachte sie zu einem Wohnblock von älteren Apartmenthäusern in Fulham. »Ich habe das Gebäude gerade erst gekauft.« Sie stiegen die Treppe zu einer Wohnung im zweiten Stock hoch. »Schauen Sie, man kann aus diesem Fenster so gerade eben noch den Fluss sehen und einen Teil von Wandsworth. Was halten Sie von dem Stuck hier? Ich könnte die Wände einreißen und ein paar von diesen Apartments zu größeren Wohnungen zusammenschließen, dazu noch jeweils ein extra Bad. Und eine große, offene Küche. Man müsste natürlich auch einen Aufzug einbauen. Was halten Sie davon?«

»Das würden ganz fantastische Wohnungen werden«, sagte Aegina und sah das, was ihm vorschwebte, mit ganz eigenen Augen.

»Ich fahre dieses Wochenende raus zu meiner Scheune. Warum kommen Sie nicht mit?«

Sie lehnte automatisch, wenn auch liebenswürdig ab.

»Ach, kommen Sie schon«, sagte er. »Was haben Sie denn sonst vor?«

»Ich werde malen. Im Park spazieren gehen.«

»Na, Sie können doch auch in der Scheune malen. Bringen Sie alles mit, was Sie brauchen. Sie können an den Klippen von Dorset entlang spazieren gehen. Es ist echt ziemlich hübsch dort – haben Sie *Die Geliebte des französischen Leutnants* gelesen? Das spielt genau in dieser Gegend. Und ich muss sowieso wie ein Wahnsinniger arbeiten. Wir würden uns nur zum Essen sehen. Sie haben selbstverständlich Ihr eigenes Schlafzimmer und Ihr eigenes Bad. Im Schlafzimmer gibt's einen Kamin. Einen netten Pub gibt's auch. Ich werde eben einfach nur zu beschäftigt sein, um viel Zeit mit Ihnen zu verbringen.«

»Wenn Sie so beschäftigt sind, warum sollte ich dann überhaupt mitkommen?« Aber sie hatte schon begonnen darüber nachzudenken.

»Na ja, ich könnte schon ein bisschen Zeit für Sie freischaufeln, wenn Sie darauf bestehen. Aber ich will eigentlich nur, dass Sie die Scheune sehen und mir sagen, was für Sachen ich dafür kaufen soll.«

Auf dem Land trug Fergus Jeans. Er arbeitete an jenem Wochenende nicht, und sie malte nicht. Er stellte sich als absolut unermüdlicher Liebhaber heraus. Freitagabend, Samstagmorgen, Samstagabend, Sonntagmorgen. Auf der Fahrt zurück nach London schlug er vor, sie könnten doch im San Frediano zu Abend essen. Es sei ein wunderbares Wochenende gewesen, sagte sie, aber sie müsse in ihre Wohnung zurück.

Am nächsten Tag war ihre Scheide rot und geschwollen. Kein Wunder, dachte sie. Aber einen Tag später wurde es schlimmer. Sie ging zu ihrem Frauenarzt. Eine Pilzinfektion, sagte er. Das sei oft die Folge bei sexueller Aktivität nach einer Auszeit, könnte das vielleicht der Grund sein? Ja, sagte Aegina. Sie fragte, ob der Mann das jetzt womöglich auch haben könnte. Das sei sehr gut möglich, sagte ihr Arzt. Er legte ihr nahe, ihrem Freund zu sagen, dass es nichts Ernstes sei, falls er ebenfalls Beschwerden habe.

Zutiefst beschämt rief sie Fergus an.

»Ich habe eine Pilzinfektion. Nichts Schlimmes, keine Geschlechtskrankheit oder so, aber du könntest es auch bekommen oder schon haben. Es tut mir leid.«

»Nein, das muss dir nicht leidtun – mir tut es ganz schrecklich leid –, habe ich dich damit angesteckt?«

»Nein, wahrscheinlich nicht. Mach dir keine Gedanken deswegen. So was passiert halt. Dir geht's also gut?«

»Alles tipptopp, zumindest das letzte Mal, als ich nachgeschaut habe. Aber Aegina, es tut mir so schrecklich leid, dass es dir nicht gut geht. Was kann ich dir Gutes tun? Kann ich dich zum Essen einladen?«

»Ich bin schon okay. Es geht mir eigentlich gar nicht schlecht. Aber ich glaube, ich bleibe lieber zu Hause, trotzdem vielen Dank.«

Aber Fergus hatte sich in einen wahren Begeisterungstaumel aus ritterlicher Fürsorge hineingesteigert. Er brachte Blumen und Essen zu ihrer Wohnung – gekochtes Hühnerfleisch, Suppe, Spargel und ein Trifle-Dessert von Foxtrot Oscar, zusammen mit einer gut gekühlten Flasche Pouilly-Fuissé. »Ich will mich auf keinen Fall aufdrängen«, sagte er. »Das ist alles nur für dich ganz allein. Ich gehe dann jetzt. Bitte ruf mich doch an, wenn du irgendwas brauchst.« Er kehrte ihr den Rücken zu, um zu gehen, aber natürlich bat sie ihn, zu bleiben und ihr mit all dem Essen zu helfen (wie sich herausstellte, war es mehr als genug für zwei Personen). Ein paar Tage später kochte sie in seiner Wohnung Essen für sie beide, mit Zutaten, die sie selbst mitgebracht hatte. Seine Küche war riesig und verfügte über eine äußerst professionelle Ausstattung.

Er war nicht Mr. Right. Das wusste sie ohne jeden Zweifel. Sie waren beide so unglaublich verschieden. Aber nach und nach hörte sie auf, sich seinem Drängen zu widersetzen. Es machte Spaß, Dinge mit Fergus zu unternehmen. Er war lustig, überraschend amüsant. Locker. Großzügig. Verlässlich. Eben genau so, wie ein Mann sein sollte, dachte sie, selbst wenn er nicht ihre Sorte Mann war. Aber was war schon ihre Sorte? Was fehlte denn eigentlich? Sie fühlte sich umsorgt. Sie mochte ihn – mochte ihn sehr, entschied sie. Er war zwar nicht gerade gut aussehend, aber durchaus attraktiv – und ein großer Teil dieser Attraktivität wurde ihm durch dieses unglaubliche Selbstvertrauen verliehen, das er besaß. Es gab keine Dramen. Sie fragte sich besorgt, ob das vielleicht daran lag, dass sie ihn nicht genug mochte.

Dann wurde er von einem Taxi angefahren, direkt vor dem Michelin-Gebäude auf der Sloane Avenue, und als sie ihn im Krankenhaus besuchte, war sein Gesicht ganz zerschrammt und voller blauer Flecken, und er schien so unendlich froh, sie zu sehen, dass sie plötzlich von einem Gefühlsschwall übermannt wurde, der sich sehr real anfühlte. Sie kümmerte sich um ihn, nachdem man ihn aus dem Krankenhaus entlassen hatte. Sie lernte seine Mutter kennen, als sie nach dem Unfall aus Basingstoke in die Stadt kam, eine nette, angenehme Frau …

Die Musik hatte aufgehört. Aegina wurde sich plötzlich des einsamen Geräuschs bewusst, das ihr Pinsel auf der Leinwand verursachte.

Irgendwie hatte sie es immer gewusst, wenn Luc in der Stadt war, aber sie hatte es jahrelang geschafft, ihm aus dem Weg zu gehen. Scheinbar hatten sie sich gegenseitig aus ihren Leben herausgeschnitten, als hätten sie eine Amputation vorgenommen. Aber jetzt konnte sie den Phantomschmerz spüren, wie in einem nicht mehr vorhandenen Körperteil. Die fehlende Gliedmaße juckte immer noch und brannte auch ein bisschen, aber sie fühlte sich wie ein ganz natürlicher Teil von ihr an. Dort, wo sie früher gewesen war, war nun Fergus. Eine gut funktionierende Prothese.

5

LUC SAH ZU, wie der Seat 600 seiner Mutter – der im Grunde genommen den *Klippen* gehörte, weil sie allen Gästen erlaubte, ihn zu benutzen – den Kai entlanggefahren kam. Das grelle Sonnenlicht prallte von der Windschutzscheibe ab. Man konnte unmöglich erkennen, wer im Innern saß.

Nachdem er sie voller Wut am Frühstückstisch hatte sitzen lassen, war er von der Küste weg und ins Landesinnere gefahren, über zahllose Seitenstraßen bis hin zu dem kleinen Nirgendwo-Örtchen Ruberts, das sich fast genau im Zentrum der Insel befand. Die komplizierte, gewundene Strecke dorthin kannte er noch von der Zeit, als er öfters einen Freund besucht hatte, der dort ein Haus besessen hatte. Weit genug entfernt, um sicherzugehen, dass er vor dem Mittagessen nicht zur Yacht zurückkehren würde. Er hatte keine Lust gehabt, Szabó mitteilen zu müssen, dass seine Mutter nicht kommen würde.

Als er kurz vor ein Uhr an Bord der *Dolphin* kam, war Fergus der bis dahin einzige Gast. Er saß an dem breiten Cockpittisch und unterhielt sich mit Szabó, Véronique und Mireille.

»Ah, Luc!« Szabó erweckte den Eindruck, als sei er überglücklich, ihn zu sehen.

Kein Zweifel, dachte Luc, Fergus' unerbittliche Jovialität

hat angefangen, ihn zu ermüden. Die beiden Frauen hingegen lachten und schienen die Gesellschaft von Aeginas Ehemann zu genießen – besonders Mireille, Szabós Schwägerin, eine kleinwüchsige Kreatur mit einem muskulösen, affenartigen Körperbau und einem chronischen Pokerface, die auf Luc bisher einen geradezu katatonischen Eindruck gemacht hatte. Die minimale Energie, die sie aufbrachte, reichte eben noch zum Sonnenbaden, Lesen und Essen. »Véroniques Schwester kommt auch mit«, hatte Szabó in Paris gesagt, als er ihm die Einzelheiten der Kreuzfahrt auseinandersetzte und dabei in der Andeutung einer kleinen Intrige seine Augenbrauen hochzog. »Sie ist sehr attraktiv. Véronique hat ihr schon alles über Sie erzählt.« Die Vorschusslorbeeren hatten anscheinend eher zu seinem Nachteil gereicht. Luc musste feststellen, dass Mireille nicht das geringste Interesse an ihm zeigte, ja, schon fast eine ausgeprägte Abneigung gegen ihn zu hegen schien. Sie ignorierte ihn konsequent oder reagierte auf seine Bemühungen, sie in ein Gespräch zu verwickeln, mit kalter Höflichkeit, etwa in der Art, wie man den Redefluss eines geschwätzigen Handwerkers duldet. Doch nun offenbarte sie plötzlich vollkommen ungeahnte Reserven, bewies, dass sie eine Persönlichkeit hatte und sogar Humor. Sie lächelte, kicherte, wiegte sich vor Vergnügen in ihrem Stuhl vor und zurück, lauschte jedem Wort, das Fergus von sich gab. Es wirkte ganz so, als hätte eine medizinische Wunderheilung stattgefunden.

Da war es wieder – Fergus, das ewige Rätsel. Luc hatte ihn während der letzten Jahre im Sommer öfters in den *Klippen* gesehen. Er war einer dieser typischen englischen Upperclass-Deppen, laut und oberflächlich, aber ganz offensichtlich ein guter Geschäftsmann. Geld hatte, wie Luc nur zu gut wusste, auf die meisten Frauen eine ganz außerordentliche, alchemistische Wirkung, aber dennoch wollte es ihm nicht gelingen, sich Fergus und Aegina als Paar vorzustellen. Er konnte einfach nicht begreifen, wie sie das hinbekam. Die Aegina, die es schaffte, ihr Leben mit Fergus zu teilen, war ein genauso erstaunliches Phänomen wie die plötzlich so übersprudelnde Mireille.

»*Salut*«, sagte Luc ins Französische verfallend. Das war die einzige Methode, die ihm einfiel, um Fergus zu schneiden.

»Wo ist deine Mutter? Und die anderen Leute von den *Klippen*?«, fragte Szabó in wehleidigem Englisch.

»Ich nehme an, sie kommen gleich.« Er vermied es, ihm in die Augen zu sehen, und schaute stattdessen an der Kaimauer entlang. In diesem Moment sah er den kleinen Seat. »Ah, da sind sie auch schon.«

Das Auto hielt neben der Yacht. Heraus kamen Sarah, Dominicks lange Beine und dann, unglaublicherweise, seine Mutter. Sie schaute hoch, und ihr Blick fand den seinen. Sie lächelte ihn an. Luc spürte, wie eine ganz ungewohnte Liebe für sie in ihm aufstieg.

»Danke, Mama«, flüsterte er und umarmte sie, als sie von dem Landungssteg aus Aluminium auf das Deck der Yacht trat.

»Nur für dich«, sagte sie leise.

Luc spürte Szabó hinter sich und trat zur Seite, als der Produzent wie ein spanischer Grande über das Deck gefegt kam.

»Meine Verehrteste«, sagte Szabó und strahlte Lulu an. Er neigte zweimal kurz den Oberkörper nach vorn und ließ mit sittsamer Präzision seine riesigen Lippen über ihre beiden Wangen streifen. Dann wandte er sich liebenswürdig an Sarah. »Hallo«, sagte er und küsste sie ebenfalls, wenn auch – fast unmerklich – ein kleines bisschen flüchtiger. »Und …?«

»Dominick«, sagte Dominick.

Szabó schüttelte ihm die Hand. »Danke für Ihr Kommen. Sind noch weitere Gäste zu erwarten?«

»Nur wir drei«, sagte Sarah.

»*Fabuleux*«, sagte Szabó. Er gestikulierte über das Deck zu Fergus, Véronique und Mireille hinüber, die aufgestanden waren. »Ihr Freund Fergus hat sich bereits zu uns gesellt. Kann ich Ihnen ein Glas Champagner anbieten?«

Roger, ein tiefgebräunter junger Mann mit Pferdeschwanz, der zur Besatzung gehörte und ein weißes T-Shirt, eine weiße kurze Hose und weiße Segelschuhe trug, erschien mit einem Tablett voll sprudelnder goldener Sektflöten. Szabó verteilte sie unter seinen Gästen.

»Was für eine fantastische Yacht!«, rief Sarah.

Szabó zuckte wortlos mit den Schultern. »Das ist sie«, sagte er nur.

»Können wir uns auch mal innen umsehen?«, fragte Dominick.

Selbst Mireille, die bisher von jedem Kubikzentimeter des Bootes zu Tode gelangweilt gewesen war, ging bereitwillig vor Fergus her, während Szabó seinen Gästen eine Besichtigungstour durch das Innere der Yacht gewährte.

»Ohh, wie wuuunderbar! Darf ich nach dem Essen ein Bad nehmen, Gábor? Bitte, bitte!«, sagte Sarah, als sie in das große Badezimmer neben der Hauptkajüte kamen. Die Badewanne war groß genug für zwei und aus vertikalen, nach innen gewölbten Fassdauben aus Teakholz gezimmert, die von Stahlbändern zusammengehalten wurden. Dadurch ähnelte das Ganze einem riesigen, flachen, ellipsenförmigen Fass, das man in zwei Hälften geschnitten hat. In genau so einem Ding mochten die Piraten mit ihren Kurtisanen herumgetollt haben, damals, im guten alten Port Royal.

»Aber gewiss«, sagte Szabó. »Sie dürfen alle ein Bad nehmen.«

Draußen vor dem Bad, in der Hauptkajüte, stand Dominick und starrte das Bett an. Es war mit zahllosen weißen Kissen übersät und erstreckte sich über fast die gesamte Breite des Schiffes. Hinter dem Bett verjüngte sich der Raum zu den großen, asymmetrischen zweibogigen Fenstern, die das Heck des Schiffes zierten – wie bei einer Galeone aus dem achtzehnten Jahrhundert.

»Was für ein bescheuertes Möchtegern-Piraten-Liebesnest«, sagte Dominick mit unterdrückter Stimme zu Lulu.

»Absolut lächerlich«, antwortete Lulu leise. »Ich weiß zwar nicht viel über die Seefahrt, aber das eine weiß ich ganz gewiss: In diesem Bett kullert man umher wie eine Billardkugel und wird zu guter Letzt noch durch eines dieser Hüttenfensterchen geschleudert.«

»Ja, aber die meisten Boote dieser Art fahren nie auf das offene Meer hinaus. Sie liegen jahrein, jahraus in irgendwelchen Yachthäfen vor Anker.«

Lulu begann, eine leichte Klaustrophobie zu verspüren. »Ich gehe zurück an Deck«, sagte sie und ging zur Treppe.

Szabó sagte: »Sind alle für's Mittagessen bereit? Ich habe eine kleine Überraschung für Sie vorbereitet.«

Als sie an Deck zurückkehrten, hatte man auf dem großen Cockpittisch eine Tischdecke aus Leinen ausgebreitet und Körbe mit Brot, Eiskübel mit Weiß- und Roséweinen und Pellegrino-Flaschen darauf verteilt. Die Gäste setzten sich auf die mit königsblauen Kissen gepolsterten Teakholzbänke und -liegestühle. Unmittelbar über ihnen spannte sich ein trapezförmiges Sonnensegel aus königsblauem Segeltuch, das an einem so dünnen Draht befestigt war, dass es über ihnen in der Luft zu schweben schien. Das Tuch warf einen tiefen, angenehmen Schatten über das Cockpit der Yacht.

Zwei junge Besatzungsmitglieder erschienen mit Salatschüsseln und schenkten den Wein aus. Dann verschwanden sie wieder unter Deck und kehrten mit schwer beladenen Tabletts voller Essen zurück. Gaspard, der Schiffskoch, war ihnen nach oben gefolgt, und Véronique stellte ihn den Gästen vor. Er erklärte die einzelnen Gerichte, während die Teller ausgeteilt wurden: kalte, gegrillte Wachteln an einer reduzierten Feigensauce, winzige neue Kartoffeln, Avocadohälften, die mit Granatapfelkernen gefüllt waren, und hauchdünne, mit Foie gras bestrichene Toastscheiben.

Während man ihnen die Teller vorsetzte, spürte Lulu, wie das Deck unter ihren Füßen und das Schiff um sie herum zu beben begann.

Sie wandte sich an Szabó. »Sie haben den Motor angeworfen. Sie fahren doch wohl nicht mit uns aufs Meer hinaus?«

»Es ist nur der Generator, meine werte Dame«, sagte Szabó. »Er schaltet sich den ganzen Tag lang ein und wieder aus. Aber jetzt, meine liebe Lulu, müssen Sie mir erzählen, wie lange Ihnen schon dieses fantastische Klippen-Hotel gehört und wann Sie nach Mallorca gekommen sind!«

»Nun, ich bin 1947 von London hierhergekommen, um für Freunde zu kochen, die damals das Haus mieteten, das jetzt das Hauptgebäude ist. Ich habe es schließlich gekauft –«

Szabó hatte sein breites, strahlendes Gesicht direkt vor Lulu geschoben, in dem Versuch, ihr die Sicht zu versperren, aber in diesem Augenblick zuckte ihr Blick zu der lang gezogenen Mole hinüber, an deren Ende der blinkende weiße Leuchtturm stand. Die Position der Mole hatte sich im Verhältnis zur Yacht verschoben. Lulu schaute zum Bug des Schiffes und sah, dass sich der lange, hoch aufragende weiße Bugspriet und das Drahtvorstag langsam vor den Ausblick auf die felsige Küstenlinie auf der anderen Seite des Hafens schoben.

»Warum bewegen wir uns?«, fragte sie scharf.

Szabós Gesicht funkelte angesichts der Verkündung eines wunderbaren Geheimnisses. Er drehte sich um und nickte dem Mann mit dem Pferdeschwanz zu, der etwa sechs Meter von ihnen entfernt am Fuße des Hauptmastes stand. Roger band rasch eine Leine los, die um eine Klampe gewickelt war. Im selben Augenblick begannen zwei weitere Besatzungsmitglieder, die zu beiden Seiten des Decks standen, mit aller Kraft an den Leinen zu ziehen.

Oh nein, dachte Luc. Er drehte hastig den Kopf nach achtern, zu dem riesigen hölzernen Speichenrad, wo, wie er festgestellt hatte, Tony, der Kapitän, immer dann zu finden war, wenn auf der Yacht ein wichtiges Manöver anstand. Und tatsächlich: Tony stand dort und drehte das Rad.

Die Gäste wurden von einem brausenden, gleitenden Geräusch aufgeschreckt, das Geräusch von sich aneinanderreibendem Stoff, das sehr bald schon zu einem dumpfen Grollen wurde. Im nächsten Augenblick fiel ein schwerer Vorhang aus weißem, durchsichtigem Segeltuch von der breiten, auf halber Masthöhe befestigten horizontalen Spiere herab. Ein Beben durchfuhr das Schiff. Langsam blähte sich das Segel auf. Das Wappen mit dem springenden Delfin kräuselte sich und wurde still. Die Leinen an den beiden unteren Enden zogen sich straff, während sich das riesige Rahsegel mit der leichten Brise füllte und an seinen Verankerungen zerrte. Und nun glitt die Yacht zielsicher vom Kai weg dem Hafenausgang entgegen.

Lulu stand abrupt auf. »Setzen Sie mich an Land. Ich fahre mit diesem Boot nirgendwo hin.«

»Meine liebe Lulu«, sagte Szabó und verschränkte die Hände vor dem Leib. »Ich entführe Sie nur für eine einzige Stunde, um über das Meer zu gleiten, während Sie Ihr Mittagessen verzehren. Das ist so eine Laune von mir, ein Wunsch. Seien Sie doch so gut und gewähren Sie mir diese Bitte.«

Er lächelte sie an, im festen Vertrauen auf die unwiderstehliche Kraft seines kleinen Zaubertricks.

»Fantastisch!«, rief Sarah.

Dominick hatte den Blick auf Lulu geheftet.

»Gábor«, sagte Luc, der ebenfalls aufgestanden war. »Wir müssen sie an Land setzen. Sie wird nicht –«

»Luc, das ist mein Geschenk an deine Mutter und deine Freunde«, sagte Szabó und breitete die Arme weit aus, als wollte er die ganze Gruppe umarmen, die um den Tisch versammelt war. »Es gefällt mir so!« (Selbst inmitten seiner Bestürzung erkannte Luc flüchtig das Echo der Worte, wie sie mit demselben Klang von belehrender Grandezza ausgesprochen wurden. Anthony Quinn sagt sie, in *Lawrence von Arabien*, in der Rolle des Auda abu Tayi, des Anführers der Howeitat, und zwar zu Lawrence selbst, als dieser mit seiner Truppe von Arabern wie durch ein Wunder aus der Wüste Nefud auftaucht, um die Unterstützung der Howeitat für ihren Ansturm auf Akaba zu gewinnen. »Es gefällt mir so!«, sagt Auda, als er seine Gäste zu einem Festmahl im Wadi Rum einlädt.)

Lulu wandte sich von ihnen ab und ging rasch über das Deck nach achtern, dem Teil des sich langsam drehenden Schiffes, der dem zurückweichenden Ufer am nächsten lag. Mit einer plötzlichen Bewegung schleuderte sie ihre Handtasche in die Luft. Die Tasche flog in hohem Bogen über eine fast sechs Meter breite Wasserfläche und landete auf der Kaimauer aus Beton. Lulu zog ihre Espadrilles aus und warf sie der

Tasche hinterher. Dann trat sie so behände wie eine Balletttänzerin auf das erhöhte Schanzkleid und sprang über Bord.

Luc war ihr das Deck hinunter gefolgt. Er sah zu, wie sie mit den Füßen zuerst in das am Schiffsrumpf vorbeirauschende Wasser eintauchte. Einen Moment später durchbrach ihr Kopf in der Heckwelle der Yacht die Wasseroberfläche, und sie begann, zu den Betonstufen zu schwimmen, die in die Kaimauer eingelassen waren.

Alle waren vom Tisch aufgesprungen, standen an der Reling und beobachteten, wie Lulu die Stufen erreichte und anmutig aus dem Wasser stieg, so selbstverständlich, als ginge sie jeden Tag vollständig bekleidet im Hafenbecken schwimmen. Sie schaute sich keinen Moment lang um, schritt stattdessen zu ihrer Handtasche, hob sie und die Schuhe auf und ging dann, elegant vor sich hin tropfend, weiter zu ihrem Auto.

»Donnerwetter«, sagte Fergus.

»Ah«, sagte Dominick und grinste bewundernd. »Lulu.«

Szabó wandte sich vollkommen perplex an Luc. »Aber warum, Luc? Was ist passiert?«

»Sie geht nie an Bord eines Schiffes, Gábor. Sie ist nur deshalb gekommen, weil sie dachte, wir würden im Hafen bleiben.«

»Lulu!«, rief Sarah. »Alles okay?«

Lulu stand neben dem Auto. Sie drehte sich um und lächelte. »Ja, vielen Dank«, rief sie liebenswürdig und mit klarer Stimme zurück. Dann neigte sie den Kopf und drückte das Wasser aus ihrem dichten Pferdeschwanz.

»Bis später, Darling!«, rief Sarah zurück und winkte. »Wir bleiben nicht lang!«

Sie sahen zu, wie Lulu in ihren Seat stieg und den Kai entlang davonfuhr.

Szabó verbarg seine Enttäuschung hinter einem herausgebellten Lachen. »*Mais elle est superbe!*«, sagte er. »Eine ganz außergewöhnliche Frau, Ihre Mutter, Luc.«

»Ja«, sagte Luc. Und du bist ganz sicher kein Auda abu Tayi von den Howeitat. Plötzlich vermisste er seine Mutter. Er wünschte, er könnte über Bord springen, könnte weit weg von Szabó und seinem Schiff voller Narren schwimmen und den Nachmittag mit ihr verbringen. Und er hätte es auch getan, wenn seine Filmhoffnungen nicht von Szabós Launen abhängig gewesen wären.

»*Mais elle est dingue, cette femme*«, zischte Véronique zu Mireille hinüber und zuckte in einer typisch französischen Geste der Verachtung mit den Schultern.

Szabó wandte sich mit einem entschlossenen Lächeln an seine verbliebenen Gäste. »Nun, lassen Sie uns zu unserem wunderbaren Mittagessen zurückkehren.«

Die *Dolphin* segelte in die kleinen, schwappenden Wellen jenseits des Hafens hinaus, scheinbar von ihrem dickbauchigen Rahsegel und den zwischenzeitlich gesetzten Stag- und Besansegeln gezogen. Aber in Wahrheit wurde der wuchtige, schwerfällige Bottich, der sich unter dem kitschigen Galeonenglamour durch das Wasser pflügte, von einem pochenden GM-671-Dieselmotor vorangetrieben.

6

GERALD KNIETE AUF dem Boden seiner Vorratskammer und benutzte eine kleine Pumpe, um sein Olivenöl von den großen Korbflaschen, in die es von der Presse abgefüllt worden war, in Literflaschen umzufüllen.

Er hielt inne. Durch die kleine Lücke hoch oben in der Backsteinmauer, die der Belüftung diente, drang das wütende Insektengebrumm einer Kettensäge. Gerald setzte die Flasche und Pumpe auf einem Stück Zeitung ab, das er auf den Bodenfliesen ausgebreitet hatte.

Draußen vor der Küchentür hörte er sie deutlich, das Geräusch kam von unterhalb der Johannisbrotbäume, es musste in der Nähe der Straße sein – und ganz ohne Zweifel auf seinem eigenen Land. Das Jaulen flaute einen Moment lang ab und wurde zu einem leisen Surren, hinter dem Gerald nun das Schnauben eines Dieselmotors hören konnte, der mit mühsam ruckartigen Bewegungen irgendetwas zermalmte. Er ging rasch den Hügel hinunter, dem Geräusch entgegen.

Das Ächzen wurde lauter. Gerald spürte, wie sich die Maschine in ihn hineinfraß. Er begann, durch die Bäume zu rennen. Vor ihm bewegte sich etwas Großes, Gelbes, das wie ein wild gewordenes Rhinozeros ruckartige Sätze den Berg hinauf machte – Holz und Bäume unter sich zersplitternd.

Der Hain öffnete sich. Auf dem Hang, der zur Straße hinunterführte, herrschte ein wildes Durcheinander aus gefällten Bäumen und zerfetzten Ästen, durch das sich eine breite, zerklüftete Schneise aus rotbrauner Erde etwa fünfzig Meter den Hügel hinaufzog. Unten war eine sechs Meter breite Bresche durch die friedlich vor sich hin träumende, beigefarbene Steinmauer am Straßenrand geschlagen worden, indem man die Steine nach innen gedrückt und zur Seite geschoben hatte. Am oberen Ende der im Hügel klaffenden Wunde schlingerte eine schnaubende gelbe Planierraupe hin und her. Gerald erkannte die gedrungene Gestalt von Señor Gómez, dem Bauunternehmer. Er saß auf dem Fahrersitz und trug einen zerschrammten weißen Schutzhelm. Seine muskulösen braunen Arme zogen an zwei langen Schalthebeln, durch die die Raupenketten mit explosionsartigen Bewegungen vorwärts getrieben wurden und sich ins Erdreich fraßen.

Ein zweiter Mann, der ebenfalls einen Schutzhelm trug – jünger, genauso klein wie Gómez, aber kräftiger gebaut, sein Sohn vielleicht –, ging voraus und pflügte sich mit der Kettensäge den Hang hinauf. Die Bäume fielen zu beiden Seiten zu Boden und warfen ihre Äste im Sturz verzweifelt himmelwärts, als wären sie geschlachtet worden. Hinter ihm folgte die Planierraupe und entwurzelte mit ihrer Schaufel die wunden Stümpfe, schob alles in wirren Haufen an den Rand der zermalmten, ausgespuckten Erdschleppe, die sich zur Straße hinunterzog. Die beiden Männer arbeiteten sich im Schritttempo den Hügel hinauf. In der Luft lag ein Schleier aus giftigem Feinstaub, in den sich die Abgase des Dieselmotors und der ölige blaue Rauch der Kettensäge mengten.

Gómez, der seinen Blick während der Arbeit durch die gesamte Gegend streifen ließ, bemerkte Gerald, wie er sie anstarrte. Er ruckte als Begrüßung kurz mit dem Kopf nach oben. Gerald sah ihm in die Augen. Der Engländer wirkte wie betäubt. Er schien nicht zu begreifen, was die beiden Männer da taten. Gómez hielt die Planierraupe einen Moment lang an.

»*¡La carretera!*«, rief er. Er machte eine hackende Bewegung mit der Hand, den Hügel hinauf, dann nach rechts, um ihm so den Verlauf der Zufahrtsstraße anzuzeigen, die zu dem Wohngebiet im Olivenhain führen würde. Dann kehrten seine Hände zu den Schalthebeln zurück, und die Planierraupe schnaubte und ruckte weiter voran.

Jetzt fiel es Gerald wieder ein. Die Straße. Sie sollte unten an der Hauptstraße beginnen und sich um den Hügel über seinem Haus schlängeln. Fergus hatte gesagt, er würde sie weder sehen noch hören. Natürlich musste es eine Straße geben, nicht nur, damit die Besitzer ihre elenden Villen erreichen konnten, sondern auch die Betonmischmaschinen und Lastwagen, die monate-, vielleicht jahrelang den Hügel hinaufrumpeln würden.

Es geschah also wirklich – geschah jetzt schon. Gerald hatte sich immer nur das kleine Villenörtchen ausgemalt, wie es der Künstler in dem Prospekt dargestellt hatte, den Fergus ihm gezeigt hatte. Es war eine flächige Tuschezeichnung in Pastelltönen gewesen, mit einem verwischt angedeuteten, natürlich gewachsenen Landschaftsbild, in das die orangefarbigen Häuser im spanischen Stil eingebettet waren, mit ihren Ziegeldächern und Terrassen und unterschiedlichen Fensterplatzierungen, anhand derer sich die verschiedenen Modelle voneinander abheben sollten. Eine hübsche, ordentliche Kulisse, die sich überall und nirgends hätte befinden können. Gerald hatte – törichterweise, wie ihm nun klar wurde – nicht darüber nachgedacht, welch breite Schneise der Zerstörung ein solch bescheidenes kleines Eden durch die Ausläufer seines ihm noch verbliebenen Grundstücks ziehen würde. Er hatte nicht geahnt, welchen Krach er würde ertragen müssen. Er war zutiefst schockiert, wie plötzlich das alles über ihn hereinbrach – aus irgendeinem Grund hatte er gedacht, die Arbeiten würden erst nach Ende des Sommers beginnen – und wie grell die Realität dessen aussah, worauf er sich eingelassen hatte. Und das alles für lächerliche sechstausend Pfund.

Er sah ein paar Minuten lang zu, wie Gómez und der andere Mann sich den Hügel hinaufarbeiteten. Ihre Geschwindigkeit und brutale Effizienz machten ihn fassungslos – sie würden es zweifellos in nur ein oder zwei Tagen schaffen, eine tiefe und breite Wunde in den Berg zu reißen, den Hügel hinauf und um ihn herum, die gesamte Strecke bis zum Olivenhain.

Gerald sah auf die zersägten Stämme, die Äste, die zerfetzten, entwurzelten Bäume, die wie eine niedergemetzelte Armee über den Hügel verstreut lagen. Wie betäubt drehte er sich um und stapfte durch die Johannisbrotbäume zum Haus zurück.

Ich habe einen entsetzlichen Fehler gemacht.

7

LUC HATTE DAS Segeln satt. Es war der qualvollste Zeitvertreib, der ihm jemals untergekommen war. Es war fürchterlich unbequem und man kam im Endeffekt nirgendwohin und das auch noch auf Umwegen und in einem quälend langsamen Tempo. Und dann war er auch noch ein Gefangener, war gezwungen, Szabós Ideen zur Handlung und Geschichte seines Films über sich ergehen zu lassen, mit ihm zu verhandeln, sich den Kopf darüber zu zerbrechen, was den Verleihfirmen gefallen könnte, und musste die grauenhafte, alles zermalmende Eintönigkeit seiner Pudelfrau und deren – zumindest bis heute – gehirnamputierter Schwester ertragen. Während des gesamten Mittagessens, und auch später noch, als das Schiff sich schlingernd hin- und herdrehte, langsam vorwärts trieb und sich dabei immer weiter vom Land entfernte, das dennoch – eine wahre Tantalusqual – immer in Sichtweite blieb, hatte Luc seine Mutter vor Augen, wie sie über Bord sprang. Während sich die Stunden immer weiter in die Länge zogen, bewunderte und beneidete er diesen erhabenen Akt des Trotzes und der Unabhängigkeit immer mehr. Er sah sich selbst im Meer, wie er von der Yacht wegschwamm, weg von ihrem Lärm und ihrer Torheit, die hinter ihm zurückblieben und sich mit zunehmender Entfernung in den Wellen verloren.

Während des Essens wurde er unsichtbar. Zunächst sagte er wenig, dann gar nichts mehr. Niemand schenkte ihm Beachtung. Für die Gruppe auf dem Boot war er nichts Neues, und auch den Gästen der *Klippen* war er wohlbekannt, aber die beiden Gruppen stellten ein ganz neues Aroma füreinander dar und waren davon ganz offenkundig fasziniert. Nach dem Essen ging er unter Deck in seine kühle Kabine, legte sich in seine Koje und las.

Luc wachte vollkommen desorientiert auf. Es war hell; einen Moment lang dachte er, es sei früh am Morgen. Dann hörte er Stimmen an Deck, verschwommen und unverständlich, und es fiel ihm wieder ein, wer sich an Bord befand.

Es war seltsam still. Nach einem Moment wurde ihm klar, dass der Motor aus war. Die Yacht hob und senkte sich sanft und wiegte sich leicht von einer Seite auf die andere. Durch das kleine Bullauge neben seiner Koje konnte er sehen, dass draußen das Licht weicher geworden war und die Sonne das Wasser in einem wesentlich schrägeren Winkel traf. Der Himmel war blauer als zuvor. Die niederschmetternde Mittagshitze war vorüber.

Er blieb eine Weile auf seiner Koje liegen, eingelullt von den friedlichen Bewegungen des Bootes. Er hatte keine Lust, aufzustehen, an Deck zu gehen und mit irgendjemandem zu reden. Er wollte von diesem Schiff runter und mit seiner Mutter zu Abend essen. Er sah auf die Uhr: fast fünf. Sie segelten wahrscheinlich gerade mit einem günstigen Wind zurück zum Hafen und würden jeden Moment dort ankommen. Er setzte sich auf.

Als er an Deck kam und nach vorn über den Bug schaute, sah er nichts als Meer. Endlich entdeckte er Mallorca, tief am Horizont und weit weg – zwölf oder dreizehn Kilometer, schätzte er, nach den Erfahrungen, die er damit auf der bisherigen Schiffsreise gesammelt hatte. Er war verwirrt: Das große Rahsegel war zusammengerollt worden wie ein Springrollo, während man mittschiffs das Hauptsegel gesetzt hatte, das flach im Wind flatterte – in einer Weise, die, wie Luc gelernt hatte, nicht dem Antrieb dienen, sondern lediglich das Schwanken der Yacht mindern sollte.

Sarahs Stimme, die nicht ganz frei von einer gewissen Schrillheit war, schallte vom Cockpit herüber: »Irgendwelche Neuigkeiten, Luc?«

Er drehte sich um. Sarah, Dominick, Fergus und Mireille saßen im Cockpit und boten ein sehr seltsames Bild. Abgesehen von Mireille sahen sie alle so aus, als warteten sie im Bahnhof auf einen Zug. Mireille saß barbusig neben Fergus, ein Bein auf der Teakholzbank, das andere Bein ausgestreckt mit dem Fuß auf dem Tisch. Wenigstens wurde ihr Schoß – auch wenn er noch im Bikinihöschen steckte – auf diese Weise endlich mal gut durchgelüftet. Luc hatte sie noch nie betrunken gesehen, aber jetzt erweckte sie ganz den Anschein, es zu sein.

»Wann fahren wir denn wieder zurück?«, fragte Luc.

Sarah verzog das Gesicht zu einer theatralischen Maske der Verzweiflung und griff sich eines der Weingläser, die auf dem Tisch standen.

Mireille kicherte.

»Tja, das ist im Augenblick die Vierundsechzigtausend-Pesetas-Frage«, sagte Dominick.

»Wie meinst du das?«, fragte Luc.

»Der Motor hat den Geist aufgegeben!«, schrie Sarah. »Wo bist du gewesen?« Ihr Gesicht war vom Sonnenbrand feuerrot geworden, und auch ihre Schultern und ihre Kropftaubenbrust über dem winzigen Bikinioberteil glühten.

Jetzt lachte Mireille laut auf.

»Das ist nicht lustig!«, blaffte Sarah. »Ich habe Kinder, die auf mich warten. Sie werden sich fragen, wo ich bin.«

»Ja, ich auch, aber wenigstens wissen sie, dass es uns gut geht«, sagte Fergus tröstend. »Wir sind die ganze Zeit in Sichtweite der *Klippen* geblieben –«

»Aber dann müssen sie doch verdammt noch mal durchdrehen, weil sie sich fragen, warum wir einfach nur hier rumsitzen!«, rief Sarah. »Mein Gott, ich wünschte, ich wäre mit Lulu über Bord gesprungen! Sie hat es gewusst! Sie hat es verdammt noch mal gewusst!«

»Sie hat es nicht gewusst«, sagte Luc. »Sie fährt eben einfach nicht aufs Meer hinaus.«

»Jetzt weiß ich auch, warum nicht. Mein Gott –«

Luc ging unter Deck und sah, dass die Tür zum Maschinenraum offen stand. Im Innern der engen Kammer, die mit Rohren, Schläuchen, Drähten, Skalen und Ventilen vollgestopft war, saß Tony auf einem kleinen Milchkasten neben dem Motor. Einige Teile waren aufgeschraubt, ein paar Gummischläuche aus ihren Klemmen gelöst und in einer Plastikwanne zu seinen Füßen lagen mehrere ölverschmierte Kleinteile. Er schraubte gerade etwas auf oder zu, mithilfe eines Steckschlüssels, den er mit einer klickenden Ratsche drehte. Roger, das Mannschaftsmitglied mit dem Pferdeschwanz, hockte neben ihm und hielt die Werkzeuge bereit, wie eine OP-Schwester, die einem Chirurgen assistiert.

»Hi«, sagte Luc.

»Hallo«, sagte Tony liebenswürdig. Er sah Luc nicht direkt in die Augen, sondern neigte nur seinen Kopf in Richtung Tür, wobei seine Augen kurz ein Rohr in der Nähe von Lucs Kopf streiften.

»Ich hab die ganze Aufregung verpasst, nehme ich an. Ich hab geschlafen. Was ist denn passiert?«

»Nichts besonders Aufregendes«, antwortete Tony. »Der Motor hat sich überhitzt. Musste ihn abschalten. Wir haben eine Plastiktüte oder irgend so was in den Meerwasser-Wärmetauscher hochgesaugt. Ist glatt durch die Filterplatte im Rumpf geschlüpft. Deshalb kam kein Wasser mehr ins Antriebsrad, das hat sich dann heiß gelaufen und ist auseinandergeflogen. Wir haben natürlich ein Ersatzantriebsrad, aber ich muss erst mal dieses Ding finden, das das System blockiert, und es rausholen, und auch die verbrannten Reste vom Antriebsrad und was weiß ich nicht noch alles.«

»Wie lang, glauben Sie, wird es dauern, um das zu reparieren?«

»Keine Ahnung«, sagte Tony, als handelte es sich um eine faszinierende philosophische Frage, die man ihm plötzlich unterbreitet hatte und über die nachzusinnen ihm als äußerst lohnend erschien. Sein Gesicht hatte einen Moment lang einen ungewöhnlich nachdenklichen Ausdruck. »Ist wohl fertig, wenn's fertig ist, vermute ich mal«, schlussfolgerte er fröhlich und schaute auf den Motor hinunter, als sei dieser ein ungezogenes Kind. Dann wandte er sich mit einem vielsagenden Blick an Roger und sagte: »Wenigstens ist es kein Volvo Penta.« Roger lachte über den Insiderwitz, aber Tony lächelte nur süffisant.

Luc war Tonys gelassene, buddhistische Abgeklärtheit während ihrer Schiffsreise schon öfter aufgefallen. Es lag vielleicht an der langjährigen Erfahrung mit den willkürlichen Launen verschiedenster Fahrgäste und den Tücken, die mechanische oder nautische Probleme mit sich bringen konnten, dass der Kapitän sich durch nichts aus seiner heiteren Ruhe bringen ließ – weder durch eine plötzliche Planänderung noch durch widersprüchliche Befehle oder Enttäuschungen, wie etwa die Tatsache, dass in Portofino kein Liegeplatz mehr frei war. Auch Spannungen, Stimmungsumschwünge oder Widrigkeiten jeglicher Art konnten ihm nichts anhaben. Er blieb, wenn sie unterwegs waren, entweder in der Nähe des Ruders auf dem Achterdeck oder kümmerte sich unauffällig um die sonstigen Aufgaben, die anfielen, lauschte über Funk dem Wetterbericht, navigierte, justierte das eine oder andere Teil der Schiffsvorrichtungen, wenn es nötig wurde, und erteilte der Besatzung mit wenigen klaren Worten seine Befehle. Er war kein Glamour-Kapitän oder Geschichtenerzähler, der seine Gäste mit Seemannsgarn oder salzigem Charme mitriss. Er blieb am Rand und war gleichzeitig allgegenwärtig, hatte die Augen zumeist entweder auf den Horizont oder einen Teil des Schiffes gerichtet und ließ jeden Versuch, mit ihm zu plaudern oder eine Vertrautheit mit ihm aufzubauen, unweigerlich an seinem vagen Niedrigwatt-Kifferlächeln abprallen.

»Alles klar«, sagte Luc.

Er wollte sich gerade abwenden, als Fergus hinter ihm auftauchte und sich bückte, um seinen Kopf in den Maschinenraum zu stecken.

»Wie läuft's?«, fragte Fergus mit gezwungener Heiterkeit.

»Es wird, es wird«, sagte Tony, hob kurz den Kopf und lächelte freundlich.

»Oh, gut!«, sagte Fergus erleichtert. »Also fahren wir dann bald wieder los, ja?«

»Ah. Nun ja, das kann ich so genau nicht sagen«, antwortete Tony leutselig.

»Oh. Aha. Äh … Tja, also, können wir vielleicht mit irgendjemandem an Land reden? Wir würden unseren Familien gern Bescheid sagen, dass es uns gut geht und wann wir wieder zurückkommen. Haben Sie vielleicht irgend so'n Funkdingsbums, mit dem wir die *Klippen* anrufen könnten?«

»Ja, na klar«, sagte Tony. »Roger kann das für Sie erledigen, oben in der Navigationsstation. Rodge, versuch's mal mit dem Real Club Náutico auf Zwei-Eins-Acht-Zwei. Die können dich dann wahrscheinlich zu einem Telefon an Land durchstellen. Wäre Ihnen das eine Hilfe?«

»Das wäre super«, sagte Fergus.

Roger legte die Werkzeuge auf die Erde, wischte seine Hände ab und verließ den Maschinenraum. Fergus folgte ihm.

Luc ging in die Kombüse, um sich ein Bier zu holen. Véronique und Gaspard gingen gerade den Inhalt des Kühlschranks und des Gefrierschranks durch, zogen vor Kälte rauchende Pakete heraus und legten sie wieder zurück, unterhielten sich in scharfem, streitlustigem Ton, gestikulierten mit Nachdruck, schnaubten vor Empörung, waren sich jedoch absolut einig, was für eine Bedrohung die dänische Butter für die Europäische Union darstellte. Sie beachteten Luc nicht im Geringsten, während er sich zwischen ihnen hindurchzwängte und einen Arm in den Kühlschrank steckte.

»Wo ist Gábor?«, fragte er.

»Stören Sie ihn um Himmels willen nicht«, sagte Véronique. »Er hat sich hingelegt. Er ist total gestresst, wegen all dieser Leute mit all ihren Problemen.«

»Was für Probleme denn?«

»Sie wollen nach Hause. Was kann er da schon tun?«

»Ich bin mir sicher, dass ihn niemand dafür verantwortlich macht.«

»Natürlich ist er nicht dafür verantwortlich!«, herrschte Véronique ihn an.

Luc nahm sein Bier mit nach draußen. Als er an dem Kämmerchen mit den Navigationsgeräten vorbeikam, sagte Roger gerade »Real Club Náutico, Yacht *Dolphin*, over … Real Club Náutico …« ins Funkgerät, während Fergus danebenstand und zusah.

Als Luc an Deck kam, schauten ihm die unglücklichen Gefangenen erwartungsvoll entgegen. Mireille war verschwunden.

»Und, was ist nun mit dem Motor?«, fragte Dominick. Ein paar Strähnen seiner normalerweise mit Pomade glatt zurückgekämmten Haare hingen ihm an beiden Schläfen herab. Er hatte irgendetwas über sein Hemd verschüttet. Ein Großteil der Überbleibsel vom Mittagessen war weggeräumt worden, aber die halb gefüllten Weingläser standen immer noch auf dem Tisch. In einem Eimer voll geschmolzenem Eis steckte eine Flasche, die bei jeder Bewegung der Yacht hin und her dümpelte.

»Keine Ahnung«, sagte Luc. »Sie arbeiten dran.«

»Aber das ist doch absolut lächerlich, Luc!«, rief Sarah. »Ich meine, wie lange sitzen wir noch hier rum und treiben aufs Meer raus? Ich meine, sieh doch mal! Wir sind meilenweit vom Ufer entfernt, verdammt noch mal! Jessica und die anderen werden außer sich sein vor Sorge!«

»Fergus versucht gerade, in den *Klippen* anzurufen.«

»Luc, was ist denn mit dem Beiboot?«, fragte Dominick und zeigte auf das große Zodiac-Schlauchboot mit Außenbordmotor, das in den Davits über dem Heck hing. »Können die uns nicht mit diesem Ding an Land bringen?«

»Keine Ahnung«, sagte Luc. Das Beiboot der Yacht wurde in jedem Hafen oder Ankerplatz dazu benutzt, die Gäste an Land zu bringen und sie wieder abzuholen. Es war schnell und stabil und raste über das Wasser wie ein Militärkommando, das sich anschickt, den feindlichen Strand zu erstürmen. Er schaute nach vorn und entdeckte Tim und Ian, die anderen beiden Besatzungsmitglieder der *Dolphin.* Sie saßen im Bug und rauchten.

»Könntest du das bitte mal herausfinden, Luc?«, flehte Sarah ihn an.

»Ja, klar.«

»Danke!«

Luc wollte diesen Vorschlag nur ungern dem selig entrückten Tony im Maschinenraum unterbreiten und ging stattdessen auf die beiden Besatzungsmitglieder zu. Beide waren junge Männer aus England, die mit diesem Job vielleicht gerade die Zeit zwischen Schule und Universität überbrückten.

»Hi«, sagte Luc, als er nah genug herangekommen war.

»Oh, hallo, Luc«, sagten Tim und Ian gleichzeitig.

Luc lächelte sie freundlich an. »Könntet ihr vielleicht ein paar von uns in dem Zodiac zurück an Land bringen?« Er neigte den Kopf nach achtern. »Die Leute wollen zu ihren Kindern zurück.«

»Oh ...« Tim runzelte die Stirn, um eine maximale Wirkung zu erzielen. Er war ganz offensichtlich bemüht, die goldene Mitte zwischen eifriger Hilfsbereitschaft und fachmännischem Zweifel zu treffen. »Ich weiß nicht recht. Ist ziemlich weit weg mittlerweile. Ich meine, wir sind mindestens zehn Kilometer vom Ufer entfernt. Du solltest wohl besser Tony fragen, glaube ich.«

»Könntest du ihn fragen, während ich dafür sorge, dass unsere Gruppe abfahrbereit ist? Wir müssen echt los.«

»Klar«, sagte Tim, warf seine Zigarette über Bord und trabte bereitwillig unter Deck.

»Toll. Vielen Dank«, sagte Luc und folgte ihm.

Im Cockpit setzten sich Sarah und Dominick auf und sahen Luc erwartungsvoll an.

»Tim kümmert sich drum«, sagte er fröhlich.

»Großartig! Tausend Dank, Luc!«, sagte Sarah. Die beiden standen auf, als führe gerade ihr Zug im Bahnhof ein.

Fergus kam zurück an Deck. »Es scheint so, als könnten sie grad aus irgendeinem Grund keine Verbindung kriegen –«

»Kein Problem«, sagte Sarah. »Wir fahren in dem Schlauchboot zurück. Luc hat das organsiert.«

»Oh, fantastisch«, sagte Fergus und nickte Luc über den Abgrund hinweg zu, der aufgrund ihrer gemeinsamen Bekanntschaft zwischen ihnen klaffte. »Bravo!«

Tim erschien. »Es tut mir leid, Tony sagt, dass es zu weit ist, um mit dem Zodiac zu fahren.«

»Was?«, rief Sarah empört. Sie drehte sich zu Luc. »Ich dachte, du hättest gesagt, dass wir fahren können?«

»Na ja, dachte ich auch. Ich habe Tim gebeten, den Kapitän zu fragen.«

»Es ist wirklich zu weit, um im Beiboot zu fahren«, sagte Tim. Er runzelte erneut die Stirn, um seiner tiefsten Anteilnahme Ausdruck zu verleihen. »Könnte echt gefährlich werden, bei einer so großen Entfernung.«

Nun war es Fergus, der sich an Tim wandte. »Und warum segeln wir nicht einfach zurück? Sie haben da doch immerhin diese ganzen Segel. Warum treiben wir hier nur so vor uns hin? Können Sie nicht an dem Motor arbeiten, während wir zurücksegeln? Oder segeln Sie uns zurück und kümmern Sie sich morgen um den Motor. Ich meine, wir haben Verpflichtungen, an Land, verstehen Sie? Der Motor geht uns doch schließlich nichts an. Würden Sie bitte gehen und das Ihrem Kapitän sagen?«

»Ja, klar, mach ich, natürlich«, sagte Tim. Doch er blieb stehen und wiegte sich zögerlich auf den Zehenspitzen auf und ab. »Die Sache ist nur die. Wir würden natürlich zurücksegeln, wenn wir das könnten, aber es gibt im Augenblick nicht so besonders viel Wind, und das bisschen, das wir haben, kommt vom Land her und bläst uns noch weiter von Mallorca weg. Und die Yacht ist ziemlich schwer, sodass wir es mit Segelkraft allein nicht schaffen, jedenfalls nicht in diese Richtung. Im Augenblick haben wir sozusagen beigedreht, damit wir nicht noch weiter abtreiben. Also, wenn's nicht grad einen Wetterumschwung gibt, können wir eigentlich nicht zur Küste zurück, bevor wir nicht den Motor repariert haben.«

»Aber das ist doch lächerlich!«, rief Sarah und wandte sich flehend an die Runde. »Wir können doch nicht einfach hiersitzen und uns quer über das ganze verdammte Mittelmeer treiben lassen! Wir haben Verpflichtungen – ich habe Kinder, die an Land auf mich warten! Ich meine, für Gábor ist das ja kein Problem, der hat sich ganz offensichtlich einfach ins Bett gelegt oder so was, aber wir haben uns schließlich nicht auf so eine scheiß Kreuzfahrt eingestellt! Wir sind zum Mittagessen gekommen! Ich meine, das geht doch einfach nicht!«

»Da haben Sie absolut recht«, sagte Tim, der jetzt mit teilnahmsvollem Einverständnis auf und ab wippte. »Hören Sie, ich geh einfach mal Tony holen, okay? Dann können Sie mit ihm darüber reden.«

Ohne zu zögern verschwand er im Salon.

Dominick hob die triefende Weinflasche aus dem Kübel. »Und, wie wär's, soll ich jemandem noch ein Tröpfchen nachschenken?«

Sarah schnappte sich ein Glas vom Tisch und schob es ihm entgegen. »Ja, mir!«

8

NACHDEM SIE SICH die salzigen, leicht öligen Rückstände von ihrem Bad im Hafen vom Körper geduscht hatte, zog Lulu eine kurze weiße Leinenhose und ein weites weißes Leinenhemd an und sagte Claire, sie wolle einen Salat zu sich nehmen, und zwar unter dem von Laub überzogenen Spalier auf der vorderen Terrasse, die auf die Klippen und das Meer hinausging und für Gäste nicht zugänglich war.

Während sie ihren Salat aß, konnte sie die *Dolphin* sehen, die sich ungefähr eine Meile vor der Küste mit geblähten Segeln in der leichten Brise wiegte. Wie malerisch. Und was für ein fürchterlich alberner Mann! Aber sie war glücklich, die Yacht dort draußen in so weiter Ferne zu sehen, denn das machte ihre Erleichterung, nicht an Bord zu sein, nur noch größer.

Sie schüttelte sich in einem unwillkürlichen Schauder.

Sie hatte es versucht, Luc zuliebe – er hatte ja keine Ahnung, was für Zugeständnisse sie da an sich selbst gemacht hatte –, aber es war ein Fehler gewesen. Sie hatte eine eiserne Regel gebrochen, und man brauchte sich nur anzuschauen, was dann passiert war. Sie würde niemals wieder ein Boot betreten, aus welchem Grund auch immer.

Nach dem Mittagessen hielt Lulu ihre Siesta. Um vier Uhr

wachte sie wieder auf und schwamm fünfzig langsame Bahnen im Swimmingpool. Danach duschte sie noch einmal. Endlich war es im Haus kühl geworden. Sie zog eine Djellaba aus Baumwolle an und ging in die Küche. Claire bereitete gerade das Abendessen vor, *merluza con samfaina*, ein kabeljauähnlicher Fisch, gedünstet, mit Tomaten, Paprika und Auberginen, ein Cobbler – ein Dessert aus überbackenem Obst – mit Stachelbeeren, die Judy Plumley aus England mitgebracht hatte, und dann noch Claires selbst gemachte Pfirsich-Eiscreme.

»Perfekt, Claire«, sagte Lulu.

»Lulu?«

Cassian stand in der Küchentür. In einer Hand hielt er einen silbernen Cocktailshaker, von dem das Kondenswasser herabtropfte, in der anderen Hand zwei Kristallgläser, die bis zur Hälfte mit Oliven gefüllt waren. »Martini?«

»Du kannst dir gar nicht vorstellen, wie gern.«

Sie gingen auf die vordere Terrasse hinaus. Lulu drapierte sich auf dem breiten weißen Sofa, Cassian setzte sich in einen großen Korbsessel. Er goss die Drinks ein, reichte Lulu ein Glas und legte seine Füße auf den Ottoman, der mit einem abgewetzten Kelim bezogen war. »Du bist nicht mit den anderen hinausgefahren, wie ich sehe«, sagte er.

»Nein, ich bin geflüchtet.«

»Das dachte ich mir schon.«

»Und Gott sei Dank habe ich das getan.« Sie spähte aufs Meer hinaus. »Sie sind verschwunden. Entweder sind sie untergegangen oder sie sind um irgendeine Landzunge gesegelt. Gott allein weiß, wie das jemand aushält, stundenlang so nah an dem Ziel entlangzutreiben, das man eigentlich erreichen will, ohne jemals dort anzukommen – und das meistens auch noch mit voller Absicht. Das muss schon eine ganz besondere Begeisterung sein, wohl so ähnlich wie das Morris-Tanzen. Eine wahre Tortur, wenn du mich fragst.«

»Das liegt daran, dass du eben einfach der Kapitän deines eigenen Schiffes sein musst, Lulu.«

»Du bist ein Schatz. Wenigstens einer, der mich versteht.« Lulu nippte an ihrem Martini. »Perfekt. Dein Vater, Gott hab ihn selig, war dir ein guter Lehrer. Das Problem mit den meisten Engländern ist, dass sie das Trinken in Pubs lernen, wo ein richtig zubereiteter Cocktail ein ebenso großes Geheimnis darstellt wie der Versuch, Quecksilber in Gold zu verwandeln.«

Cassian lächelte. »Wann warst du das letzte Mal in einem Pub, Lulu?«

»Ich gehe nicht in Pubs, Darling.«

»Das habe ich mir gedacht.«

»Ich war während des Krieges in einem. Es war fürchterlich«, sagte sie in dem gleichen Ton, den Menschen benutzen, wenn sie auf ein quälendes Kriegserlebnis anspielen, das sie am liebsten vergessen würden. »*Salud.*«

Sie nippten an ihren Drinks.

»Wusstest du, dass Gerald Rutledge in seinem Haus kein Telefon hat?«, fragte Cassian.

»Das überrascht mich nicht. Warum fragst du?«

»Weil Fergus Maitland deine Nummer an Leute weitergegeben hat, falls sie ihn erreichen möchten.«

»Ja, Darling, das halten hier doch alle so. Das macht mir nichts aus.«

»Nein, natürlich nicht.«

Sie tranken ein paar weitere Schlucke.

Cassian sagte: »Hast du mal von El Niño gehört?«

»Nein. Wer ist das, ein Stierkämpfer?«

»Durchaus möglich, Aber der, von dem ich spreche, ist ein periodisch auftretendes Wetterphänomen im Pazifischen Ozean, das für ungewöhnlich warme Wasserströmungen an der Westküste von Südamerika sorgt. Und diese Strömungen verursachen wiederum an Land sehr starke Regenfälle. Genau das ist auch im vergangenen Winter geschehen. In Paraguay gab es deshalb eine fürchterliche Flutkatastrophe.«

»Armes Paraguay.«

»Genauer gesagt verändert es das Wetter auf der ganzen Welt. In Australien gab es weniger Regen als gewöhnlich und stattdessen zahlreiche Brände. Und in Afrika hat es eine Dürre verursacht.«

»Armes altes Australien. Und Afrika war ja ohnehin schon immer komplett ruiniert.«

»Die Sache ist die: Im letzten Winter hat El Niño in Paraguay, Brasilien, Australien und zahllosen anderen Ländern Schäden in Milliardenhöhe angerichtet.«

»Was für ein übles Pech«, sagte Lulu und nippte an ihrem Martini.

»Ja. Aber nicht nur für diese Länder und Millionen ihrer gottverlassenen Einwohner, sondern auch für ihre Versicherungen. Wenn du gerade ein hohes Tier bei Lloyd's bist – das heißt, wenn du persönlich für all diese Versicherungen bürgen musst –, dann würdest du dir jetzt in diesem Augenblick wünschen, du wärest es nicht.«

»Ich verstehe. Du bist sicherlich im Begriff, dies alles zu einem geradezu atemberaubenden Fazit zusammenzufassen.«

»Ja.« Cassian lächelte. »Wenn du also ein hohes Tier bei Lloyd's bist, dann war das gerade eine richtig üble Woche für dich. Soeben wurde der Umfang der weltweiten Schäden, die El Niño im vergangenen Winter verursacht hat, bekannt gegeben, zusammen mit den daraus resultierenden Verbindlichkeiten.«

»Nun, Darling. Es tut mir ganz fürchterlich leid für alle, für Lloyd's, für die ganze Welt. Gibt es etwas, was ich tun kann?«

»Das gibt es in der Tat. Du kennst doch meinen Freund Johnny Barton.«

»Ich habe das ein oder andere Mal gehört, wie du von ihm gesprochen hast.«

»Johnny hat schon den ganzen Tag versucht, Fergus Maitland zu erreichen. Er ist zusammen mit Fergus in diesen Wohnsiedlungsbau verwickelt, auf dem Land, das sie Gerald Rutledge gerade abgekauft haben.«

»Ah«, sagte Lulu. Sie setzte ihr Glas auf dem Couchtisch ab. Dann zupfte sie an der Djellaba und strich sie auf ihren übereinandergeschlagenen Beinen glatt.

»Du weißt davon?«, fragte Cassian.

»Nur das wenige, das ich hier und da aufgeschnappt habe«, sagte Lulu. »Ferienvillas. Das war es doch?«

»Genau. Johnny vertritt den Großteil von Geralds Geschäftspartnern. Und die meisten von ihnen sind eben solche hohen Tiere bei Lloyd's. Sie wollen aus dem Geschäft aussteigen.«

»Er braucht neue Partner?«

»Nein. Das ist es nicht. Sie wollen das Land verkaufen. Sie haben es zu extrem günstigen Bedingungen gekauft – erst gestern, wie ich erfahren habe. Heute wollen sie es ganz schnell wieder loswerden. Sie werden es wahrscheinlich an Gerald zurückverkaufen, wenn sie es anderswo nicht an den Mann bringen können.«

»Wie außergewöhnlich. Die Katastrophen der Welt nisten sich in unserem eigenen Vorgarten ein. Was schwebt dir vor?«

»Ich denke darüber nach, es Johnny abzukaufen, aber dann etwas anderes damit zu machen. Mit dem, was Fergus geplant hat – separate Villen mit Gärten –, wird das Land nicht genügend ausgelastet. Man könnte dort viel mehr Einheiten bauen und einen sehr viel größeren Gewinn erwirtschaften. Wie diese Eigentumswohnungen unten in Porto Cristo. Möchtest du's dir mal mit mir anschauen?«

»Du meinst, man baut ein ganzes Dorf von diesen Reihenhaus-Bruchbuden? Wie scheußlich.«

»Die Bauunternehmer haben eine Menge Geld damit verdient.«

Cassian zündete sich eine King-Size-Dunhill an.

Lulu kannte diesen Ausdruck der kleinen Äuglein hinter den dicken gelben Brillengläsern. »Du hast dir das alles also schon genau überlegt.«

»Ja«, sagte Cassian.

»Wie viel?«

»Ungefähr hunderttausend Pfund. Ich bringe dieselbe Summe auf. Wir benutzen deinen Notar, Beltran, um ein Partnerschaftsabkommen aufzusetzen. Wir ziehen ein paar Musterhäuser hoch und verkaufen den Rest dann einzeln, jeweils nach Erteilung eines Bauauftrags.«

»Darling, ich glaube nicht, dass ich hunderttausend Pfund zur Verfügung habe.«

»Ich hingegen glaube, dass du bei genauerem Hinsehen feststellen wirst, dass du das sehr wohl hast. Mehr als das, um genau zu sein, mit deinem Anteil an Mamis Nachlass.«

»Oh. Würden wir eine Menge Geld verdienen?«

»Ich schätze das Drei- oder Vierfache unseres ursprünglichen Kapitalaufwands, innerhalb von zwei Jahren. Und in den darauf folgenden Jahren noch sehr viel mehr. Wir könnten den gesamten Verkauf durch ein Offshore-Unternehmen regeln. Wir benutzen meine Bank, die Butterfield, auf den Bermudas.«

»Wen hast du sonst noch gefragt?«

»Niemanden. Das wäre eine Sache nur zwischen dir und mir. Wenn du nicht interessiert bist, lasse ich es bleiben. Dann kann Gerald sich das Land zurückkaufen.«

Lulu nahm ihr Glas wieder vom Tisch auf.

»Was ist mit Fergus? Wäre er auch dabei?«

»Nein. Er ist nur als Teil von Johnnys Gruppe Kapitaleigner. Er kann den Verkauf nicht verhindern. Er ist erledigt, raus aus der Sache.«

»Könnte Gerald uns daran hindern zu bauen, was wir möchten?«

»Keine Chance. Aber wir müssen schnell handeln. Ich möchte Johnny noch heute oder morgen Bescheid geben – möglichst bevor Fergus mit diesem Boot zurückkehrt, Johnny anruft, nach Hause fährt und alles mit Gerald bespricht.«

Lulu wendete den Blick ab und schaute hinaus über die Klippen zum Meer.

9

CHARLIE WACHTE UM sieben Uhr abends auf. Sein Nachmittagsschlaf, der in London um eins oder halb zwei begann, fand auf Mallorca erst gegen drei oder vier Uhr statt, denn hier schlief er morgens länger, wegen all dieser Strandausflüge und den Spielen mit Bianca und weil er seinem Großvater mit den Zitronen und Oliven half.

Er wusste sofort, dass es Abend war. In seinem Zimmer war es dämmrig, die Farben waren alle daraus verschwunden. Durch das offene Fenster konnte er den verblassenden blauen Himmel sehen, über den grünen Blättern der Zitronenbäume.

Er wusste, wo er alle anderen finden würde, wenn er erst einmal die Tür seines eigenen Zimmers öffnete. Opa würde im Wohnzimmer sein, seine stinkigen Zigaretten rauchen, den Radiosender hören, der sich selbst immer »BBC World Service« nannte und der dem Opa erzählte, was so in der Welt passiert war. Es gab immer irgendwo eine Katastrophe, und wenn ihm der BBC World Service davon erzählte, blies Opa jedes Mal eine Rauchwolke an die Decke und sagte: »*Plus ça change.*« Mami und Papi würden mit ihrem Trinkzeugs auf der Terrasse sitzen. Charlie mochte es, im Bett zu liegen, zu wissen, wo alle anderen waren und dass er hingehen und bei ihnen sein könnte, sobald er sich entschloss aufzustehen.

Ich werde ganz bald aus dem Bett aufstehen, dachte er.

Er wartete so lange, wie er konnte, was ungefähr sieben Sekunden waren, stand dann auf und ging zur Tür.

Er hörte das Radio, gleich nachdem er sein Zimmer verlassen hatte.

»Ah, Charlie, da bist du ja«, sagte sein Großvater und stand auf, als Charlie ins Zimmer kam. »Wie geht's dir?«

»Gut«, sagte Charlie. Er stapfte auf seinen kräftigen Beinchen durch den Raum und ging auf die Terrasse. Niemand da. Sein Großvater war ihm gefolgt.

»Wo sind Mama und Papa?«

»Ja, die sind grad nicht hier«, sagte Opa fröhlich. »Papa ist auf eine Bootsfahrt gegangen und Mami ist in die Stadt gefahren, um zu schauen, wann er zurückkommt. Sie wird jeden Moment wieder hier sein.«

Charlie ging an seinem Großvater vorbei in die Küche. Hier war auch niemand.

»Möchtest du ein bisschen TriNa, Charlie? Orangenzeugs?« Opa lächelte ihn ganz groß an.

»Wo ist meine Mama und mein Papa?« Charlies Stimme wurde zu einem lauten Quietschen, und er fing an zu weinen.

»Na, jetzt mach dir mal keine Sorgen«, sagte Opa. Er nahm Charlie auf den Arm. »Die werden schon alle ganz bald zurückkommen. Es ist okay, Charlie, mein Junge.« Opa küsste ihn auf die Stirn.

Charlie plärrte und drückte sich von dem stinkigen Zigarettengeruch weg.

Opa trug ihn ins Wohnzimmer und setzte ihn aufs Sofa. »Sollen wir ein Spiel spielen, Charlie? Wie wär's mit Vier gewinnt?« Sie hatten das in letzter Zeit öfter gespielt, und Charlie hatte immer gewonnen. »Oder soll ich dir eine Geschichte vorlesen?«

Charlie sprang vom Sofa und rannte auf die Terrasse. Er lief zum Geländer und brüllte über die unter ihm liegende Auffahrt hinweg: »Mam-miiiii!«

Opa fing ihn ein, hob ihn hoch in die Luft, und sie gingen vom Geländer weg und zurück ins Wohnzimmer. »Sie kommen gleich zurück, Charlie, hab keine Angst«, sagte Opa und ließ ihn auf seinem Schoß auf und ab hopsen und tat so, als würde er lachen. Charlie wollte das nicht hören. Er legte die Hände auf den Brustkorb seines Großvaters und drückte so fest er konnte dagegen. Er heulte.

»Ich sag dir mal was.« Opa hielt ihn von sich weg und schaute ihm ins Gesicht. »Sollen wir los und nach ihnen suchen?«

»Ja«, rief Charlie. Er hörte sofort auf zu weinen und wurde still.

»Alles klar. Wir fahren in die Stadt. Ich weiß, wo sie sein werden. Es gibt nur zwei Möglichkeiten. Wir gehen und schauen bei beiden nach, okay?«

Charlie nickte. Das leuchtete ihm ein.

»Also gut. Dann ziehen wir dir besser mal ein Paar Schuhe an.«

Opa trug Charlie zurück in sein Zimmer, wo sie seine kleinen blauen Espadrilles fanden. Er zog sie Charlie an und sagte: »Mami hat mein Auto und dein Papi hat sein Auto, also fahren wir mit Opas Moped. Okay?«

»Ja, Opa«, sagte Charlie.

Draußen war es nun schon fast dunkel. Unten auf der Auffahrt startete Opa das Moped und setzte sich drauf. Charlie hatte plötzlich Angst, Opa könnte ohne ihn losfahren, und verzog schon das Gesicht, aber Opa hob ihn hoch und setzte ihn auf den Sitz direkt vor sich, fast auf seinen Schoß. Charlies

Beine ragten zu beiden Seiten herunter, zwischen Opas Beinen. Unter ihnen pochte die Maschine.

»Und jetzt halt dich gut fest, mit deinen Händen auf meinen Armen. So. Halt dich ganz fest, an meinen Armen oder meinem Hemd. Schaffst du das? Ja, genau so. Halt dich fest, Charlie. Dann kannst du nicht an der Seite herunterfallen oder nach vorn, und ich bin immer hinter dir. Alles klar? Dann mal los.«

Das Moped heulte auf, wackelte und stürzte sich dann die steile Auffahrt hinunter. Es schien ganz so, als würden sie fallen. Charlie kreischte. Aber irgendwie fielen sie dann doch nicht, sondern rauschten immer weiter die Auffahrt hinunter. Wie ein Vogel.

Als sie unten am Fuße des Hügels angekommen waren, da, wo die Auffahrt auf die Straße traf, hielten sie an. Opa schaute sich um und sagte dann: »Und los geht's. Halt dich ganz fest!« Das Moped brummte laut und zitterte unter Charlies Beinen, dann sprang es vorwärts. Charlie lachte laut und gab ein begeistertes Kreischen von sich. Die Steinmauern am Straßenrand verschwammen. Ein kleiner gelber Lichtfleck hüpfte vor ihnen her, während sie unter dem indigoblauen Himmel durch die Dunkelheit rasten. Die warme Luft schlug Charlie ins Gesicht und blies ihm seine dichten schwarzen Haare um den Kopf.

»Das macht Spaß!«, schrie er.

»Ja, das tut es!«, stimmte Opa ihm zu.

Als sie in die Stadt kamen, zog sich die Dunkelheit zurück. Überall Geschäfte voll flüssigem Licht, das zu ihnen herausschwappte, und Autoscheinwerfer, die an ihnen vorüberstreiften. Charlie wurde zurückgeworfen, gegen Opas Brust, und dann wieder vorwärts, sodass er sich an Opas Armen festkrallen musste, weil das Moped immer wieder ganz plötzlich langsamer oder schneller wurde. Sie flogen durch die Stadt, schlängelten sich auf wundersame Weise durch den Verkehr, fuhren staubige Seitenstraßen entlang, drehten, wurden langsamer und sausten dann wieder durch die Dunkelheit. Es fühlte sich gefährlich an, aber Charlie wusste, dass ihm nichts passieren konnte, und deshalb machte es ihm Spaß. Das Moped heulte lauter, wurde schneller und dann rasten sie durch den Hafen, während die Lichter der Stadt im Wasser neben ihnen herliefen. Charlie hörte plötzlich noch ein anderes Moped neben ihnen, aber es war nur das Echo, das von der Mole, die ganz in ihrer Nähe lag, zurückgeworfen wurde, während sie auf dem langen Kai entlangrasten und dem blinkenden Licht an seinem Ende immer näher kamen. Sie wurden langsamer, dann hielten sie an. Das Moped tuckerte sanft unter ihnen.

»Da ist Papas Auto, siehst du?«, sagte Opa. Und so war es auch: Der vertraute kastenförmige Umriss des Range Rover stand ganz allein auf der langen Kaimauer. »Na, dann ist er also noch nicht wieder zurück. Er ist auf eine Bootsfahrt gegangen, und sie sind spät dran.«

Charlie begann, sich wegen dieser Bemerkung Sorgen zu machen, aber dann sagte Opa: »Ich nehme mal an, dass sie bald zurückkommen. Sollen wir dann jetzt Mami suchen gehen?«

Charlie nickte. »Ja.«

Unter Charlie brummte der Motor. Opa drehte das Moped um, und sie rasten zurück am Kai entlang. Sie flitzten um den Hafen herum, bis Charlie plötzlich wusste, wo Opa jetzt hinfuhr.

»Die *Klippen*, Opa!«, rief er. Sein Vater hatte ihn ein paar Mal dorthin mitgenommen. Er hatte immer TriNa bekommen, während sein Papa mit seinen Freunden irgendein Erwachsenenzeugs trank. Charlie mochte die *Klippen*.

»Ganz recht«, sagte Opa.

Sie wurden langsamer und blieben vor einem großen Haus am Meer stehen. Opa schaltete das Moped aus und trug Charlie durch das Tor zu dem offenen Platz im Innern, wo die Erwachsenen alle immer ihr Trinkzeugs tranken. Die Leute dort drehten sich um und starrten sie an.

»Gibt's was Neues von der Yacht?«, fragte Opa.

»Nein«, sagten mehrere Leute gleichzeitig.

Ein Mann mit roten Haaren und gelben Brillengläsern kam auf sie zu. Er sprach mit Opa, mit einer sehr leisen Erwachsenenstimme: »Gerald, ich glaube, es wäre besser, wenn du nach Hause fährst. Wir haben noch nichts gehört. Sobald wir irgendwas hören, schicken wir jemanden zu euch hoch.«

Charlie konnte sehen, dass Opa sich überall nach Mami und Papi umschaute, aber der rothaarige Mann legte die Hand auf Opas Schulter und schob sie wieder nach draußen. »Wir sagen dir Bescheid«, sagte er noch einmal.

»Aber wo ist Mami?«, fragte Charlie, als Opa das Moped wieder startete. Er fing an zu weinen. »Wo ist Mami?«, heulte er.

»Sie ist wahrscheinlich schon längst wieder zu Hause, wenn wir zurückkommen, Charlie«, antwortete Opa.

Das Moped sprang vorwärts und knatterte über den holprigen Weg. Bald schon schleppten sie sich langsam die lange Auffahrt hinauf. Als sie schließlich oben ankamen, sah Charlie das Beste auf der ganzen Welt – Mamis Auto. Sie hatte sie kommen hören und erwartete sie auf den Stufen.

»Mami!«, schrie Charlie.

Sie schloss ihn ganz fest in die Arme. Über Charlies Kopf hinweg sah sie ihren Vater an.

»Wo seid ihr gewesen?«, fragte sie.

10

ALS AUCH DIE letzten Reste der Dämmerung verschwunden waren, hüllten sich Meer und Himmel in eine vollkommen unergründliche Finsternis. Es gab keinen Mond, die Sterne leuchteten nur sehr schwach, und die Luft war von einer dichten, trüben Feuchtigkeit erfüllt. Mallorca lag im Norden, unter dem Horizont. An einigen Stellen breitete sich ein schwefeliger Lichtschimmer über der Insel aus. Etwas näher, in einer nicht klar auszumachenden Entfernung, schwebten die Lichter der Fischerboote mit ihren grell leuchtenden Lampen, die dazu dienten, die Fische anzulocken. Jedes von ihnen war von einem diffusen Leuchten umgeben, das das schwarze Vinyl des Meeres durchbrach. Die Boote lagen tief im Wasser. Sie verschwanden und tauchten wieder auf, als wären es Glühwürmchen.

Die Gäste an Bord der *Dolphin* waren vor lauter Fassungslosigkeit ganz still geworden. Fergus und Sarah saßen in dem intimen Licht der elektrischen Messinglaternen, die die jungen Besatzungsmitglieder Tim und Ian über ihnen ins Cockpit gehängt hatten. Sarah murmelte schon seit einiger Zeit vor sich hin. Fergus hatte zunächst einige höfliche und unbeantwortete Versuche wie »Pardon?« und »Was haben Sie gesagt?« gestartet, ignorierte sie jedoch nun. Dominick lag im Salon auf einer Couch ausgestreckt, blätterte ein paar Ausgaben von *Paris Match*, *Vogue* und *L'Express* durch und folgte jedem mit den Augen, der sich in seiner Sichtweite auf der Yacht bewegte. Ab und zu stapfte Véronique barfuß und mit schnellen Schritten über den Teppich quer durch den Raum, auf dem Weg von der achtern gelegenen Hauptkajüte zur Kombüse und wieder zurück zur Kajüte. Dorthin hatte sich Szabó zurückgezogen, in klösterlicher Abgeschiedenheit, und war nicht wieder aufgetaucht, und zwar schon bald nachdem der Motor den Geist aufgegeben hatte und sich die ersten gemurmelten Beschwerden und Ausdrücke der Bestürzung erhoben.

Véronique brachte der Lage, in der sich ihre Lunch-Gäste befanden, ein konsequentes Desinteresse entgegen. Sie waren hier an Bord schon längst nicht mehr willkommen – und dabei war es ihr vollkommen egal, wer für ihre Anwesenheit verantwortlich war. Sie bedachte Dominick im Vorübergehen mit giftigen Blicken, während er sie unbeirrbar anlächelte. Als die Stimmung an Deck immer ungemütlicher und langweiliger geworden war, hatte sich auch Mireille irgendwo ins Innere der Yacht geflüchtet.

In Szabós Abwesenheit und wegen Véroniques Weigerung, sich mit den lästigen Gästen zu beschäftigen, hatte Luc sich eine Weile verpflichtet gefühlt, für die Gruppe aus den *Klippen* den Gastgeber zu spielen. Es waren immerhin die Freunde seiner Mutter, und er war das Verbindungsglied, der Grund, warum Szabó sie überhaupt erst eingeladen hatte. Er hatte ihnen mehr Drinks und Oliven gebracht und versucht, sie mit amüsanten Geschichten zu unterhalten, die im Verlauf der Jahre den Gästen der *Klippen* bei Bootsfahrten passiert waren: Leute, die mit ihren Schiffen hinausgefahren und viel zu spät zurückgekehrt waren, von denen man geglaubt hatte, sie hätten sich auf dem Meer verirrt oder wären womöglich gesunken, die aber alle wieder aufgetaucht waren, ohne dass ihnen etwas Schlimmeres passiert wäre als ein Sonnenbrand oder die ein oder andere Schwangerschaft.

»Und diese Geschichten, die du hier erzählst, die sollen uns jetzt irgendwie trösten?«, blaffte Sarah ihn an.

»Keine Ahnung«, sagte Luc. »Das hatte ich gehofft, ja. Ich meine, es könnte doch alles noch viel schlimmer sein. Es gibt mit Sicherheit wesentlich unkomfortablere Boote –«

»Willst du damit sagen, dass so etwas ständig passiert?«

»Na ja, nein, nicht gerade ständig, aber es passiert halt. Es gibt immer wieder Leute, die auf einer Schiffsfahrt in irgendwelche Schwierigkeiten geraten –«

»Wie Lulu nur zu gut wusste! Das hätte sie uns wirklich sagen können!«

»Du kannst nicht grad behaupten, dass sie uns keinen Hinweis gegeben hätte«, sagte Dominick mit einem boshaften Grinsen.

»Ach, halt den Mund!« Sarah warf über den Cockpittisch eine Olive nach Dominick. Das war der Moment, in dem er in den Salon gegangen war und angefangen hatte, Zeitschriften zu lesen.

Um neun Uhr erschien Szabó an der Tür des Maschinenraums. Er hatte gebadet und sah ausgeruht und frisch aus, in einem weiten weißen Leinenhemd und einer ebensolchen Hose. Er bot einen ziemlichen Kontrast zu den öligen Fragmenten des zerlegten Motors und den verschmierten Händen und Gesichtern von Tony und Roger, die gerade über irgendetwas lachten.

»Und Sie haben also Ihren Spaß, ja, Tony?«, fragte Szabó.

»Oh ja. Bin immer glücklich, meiner Arbeit nachzugehen.«

»Gut. Wir essen gleich zu Abend, also bitten Sie die anderen Jungs, dass sie Ihnen was bringen sollen, wenn Sie was essen wollen.«

»Danke, Sir, das werde ich machen«, sagte Tony.

»Und wie läuft's so mit dem Motor?«

»Prächtig, prächtig. Ich habe den Wärmetauscher ausgebaut und die Leitungen –«

»Nein, nein, nein.« Szabó wedelte mit seiner fetten Hand. »Das sagt mir gar nichts. Motoren. Sagen Sie mir einfach nur, wie lange Sie glauben, dass es dauern wird.«

»Zum Frühstück sind Sie alle wieder an Land, Mr. Szabó.«

»Sehr gut.«

Szabó stieg die wenigen Stufen zum Salon hoch, wo ihn Dominick fröhlich von der Couch aus anlächelte.

»Wie geht es Ihnen?«, fragte Szabó.

»Ganz wunderbar, vielen lieben Dank. Ich würde nirgendwo sonst auf der Welt sein wollen«, sagte Dominick.

»Gut. Wir essen gleich zu Abend. Sie leisten uns doch Gesellschaft?«

»Oh, selbstverständlich. Sehr freundlich von Ihnen, dass Sie sich so rührend um uns kümmern.«

»Natürlich. Sie sind meine Gäste.«

Szabó ging aufs Deck hinaus.

Mireille war wieder aufgetaucht. Sie trug ein viel zu großes, verblichenes T-Shirt, auf dessen Rücken in Weiß die Worte »Go hike the canyon« gedruckt standen. Sie und Fergus halfen Tim und Ian, den Cockpittisch zu decken. Luc sagte gerade etwas zu Sarah, die trübsinnig auf den Tisch starrte.

»Guten Abend«, sagte Szabó. »Und, wie geht es uns allen denn so?«

»Ganz gut, vielen Dank«, sagte Fergus. »Wissen Sie was Neues über den Motor?«

»Es wird, es wird«, sagte Szabó. »Luc, wir müssen uns mal kurz unterhalten.«

Szabó ging das Deck entlang nach vorn, mit weit gespreizten Beinen, um die leichten Bewegungen des Bootes aufzufangen. Luc folgte. Er hatte in den Worten »Wir müssen uns mal kurz unterhalten« schon alles gehört, was er wissen musste.

Szabó blieb auf dem Vorderdeck stehen, wo sie sonst immer gearbeitet hatten. Die Liegestühle waren verschwunden. Er hielt sich an dem straff gespannten Tau des Vorstags fest und schaute über das dunkle Meer zu den wenigen auf- und abtauchenden Lichtern hinüber. Dann drehte er sich zu Luc um.

»Luc, wir haben wunderbare Arbeit zusammen geleistet.«

So schlimm war es also.

»Sie sind ein Mann von Integrität, Luc«, fuhr Szabó fort. Er legte Luc eine Hand auf die Schulter. »Zu diesem Thema konnte ich etwas von Ihnen lernen. Die ganze Zeit habe ich diesen Roy-Scheider-Film vor mir gesehen. Roy macht dies, Roy macht das. Bis mir klar geworden ist« – sein Gesicht strahlte im Zuge einer aufrichtig gemeinten Offenbarung – »dass Sie gar keinen Roy-Scheider-Film geschrieben haben!«

»Na ja, ich meine, der Film könnte –«

»Nein, nein, es stimmt. Vielleicht einen Albert-Finney-Film, ich weiß es nicht – aber auf jeden Fall ein Kunstwerk. Ein psychologisches Werk, ein Werk von großer Sinnhaftigkeit. Was ich so wunderbar fand, sofort, als ich es das erste Mal las, war Ihre Geschichte … Ihre Geschichte … von diesem Mann, diesem Nichts von einem Mann … ein Typ, der mit einem Bus fährt! Mein Gott, wann hat man so was schon mal gesehen? Und dann betritt er diese verrückte Welt, und er entdeckt in sich, dieser nichtssagende kleine Mann, er entdeckt plötzlich, dass er einen Charakter hat! Es ist fantastisch. Er ist nicht Roy Scheider. Ich sehe ihn jetzt –«

»Nun, er könnte es durchaus sein, wenn –«

»Nein, nein, nein. Sie haben recht. Albert Finney, Alan Bates, Tom Courtenay. Ein echter Schauspieler. Jemand, bei dem wir vergessen, dass er ein Filmstar ist, und in dem wir diesen Mann sehen, den Sie geschaffen haben. Und die Welt, die er da für sich entdeckt, das ist ein Charakterstück, kein Thriller.«

»Nun ja, es könnte so ein Film-noir-Thriller –«

»Diesen Film kann ich nicht drehen, Luc. Ich will ihn sehen, ins Kino gehen und ihn sehen, unbedingt, diesen Film, mit so einem Schauspieler, aber ich würde von meinen Verleihfirmen nie das nötige Geld bekommen, um ihn zu drehen. Und in der Zwischenzeit haben wir diese wunderschöne Geschichte ruiniert, die Sie geschrieben haben.«

»Also … heißt das, dass Sie die Option aufgeben?«

»Nein, nein, nein. Ich behalte die Option, bis sie ausläuft. Das ist für uns beide eine gute Sache. Ich gebe das Projekt in den Turnaround, das ist so eine Art Verkaufskarussell, bei dem es anderen Produzenten angeboten wird. Sobald ich zurück in Paris bin, werde ich jemanden finden, der diesen Film produzieren wird – Ihre Geschichte. Ich kenne ein paar englische Produzenten, ich denke da insbesondere an einen aus Schottland. Die richtige Sorte von Produktionsfirma, eine unabhängige. Sie machen diese kleinen englischen Filme. Ich werde ihnen das Projekt verkaufen und werde dann ausführender Produzent. Sie machen den Film. Das wird Qualitätsarbeit. Alle sind glücklich. Dafür bekommen Sie einen BAFTA-Preis.

Und dann wollen alle, dass Sie ein Drehbuch für sie schreiben. Das ist sehr gut für Sie.«

»Sie meinen, Sie werden die Option an jemand anderen verkaufen?«

»Genau. Das ist viel besser für Sie.«

»Und was, wenn die dann etwas ganz anderes daraus machen wollen? Zum Beispiel eine romantische Komödie? Oder wenn sie einen anderen Drehbuchautor an Bord holen wollen?«

»Nein, nein, nein. Ich verkaufe nur an die richtigen Leute. Gute Leute. Leute, die diese Art von Film machen möchten. Die Sie respektieren werden. Die werden Sie vielleicht sogar fragen, ob Sie Regie führen möchten. Wie Bill Forsyth. Das hier, das ist genauso ein Autorenfilm. Das wird perfekt für Sie sein.«

»Das ist nett von Ihnen, dass Sie sich Gedanken um mich machen, Gábor«, sagte Luc.

Szabó legte den Arm um Lucs Schultern. »Sie sind mein Freund, Luc. Kommen Sie, lassen Sie uns zu Abend essen. Wir trinken ein paar Gläser guten Wein und reden darüber, wie viel Spaß wir zusammen hatten«, sagte er und erinnerte Luc dabei an Paul Scofield als der heuchlerische KGB-Offizier in *Scorpio, der Killer*, wie er zu dem übergelaufenen CIA-Agenten Burt Lancaster sagt, kurz bevor er versucht, ihn zu ermorden: »Komm, lass uns Wodka zusammen trinken und über die alten Zeiten reden und weinen.«

Die anderen saßen bereits um den Cockpittisch herum. Gaspard hielt eine große Schüssel mit schwarzvioletter Pasta in der Hand. »*Alors. Tagliatelle à l'encre de seiche*«, sagte er. »*Avec*«, und hier nickte er zu den Schüsseln hinüber, die Tim und Ian gerade auf den Tisch stellten, »*une ratatouille, une omelette aux fines herbes, une salade.*« Er zuckte mit den Schultern. »Das ist alles, was wir haben. Mehr kann ich nicht tun.«

»*Parfait*«, sagte Véronique und klatschte laut. »*Parfait, parfait.*«

»*Merci*«, sagte Gaspard schwermütig und zog sich zurück.

In einem unverhohlen vorwurfsvollen Ton sagte Véronique: »Gaspard hat versucht, aus dem wenigen, was wir an Bord haben, noch etwas zu zaubern. Wir sind auf so etwas nicht vorbereitet.«

»Das ist sehr nett von Ihnen, dass Sie sich so gut um uns kümmern«, sagte Dominick. Er saß neben Sarah, die an seine Schulter gesunken war.

»Nun, wir können Sie ja schlecht von der Yacht werfen«, sagte Véronique todernst und zuckte mit den Schultern. Allem Anschein nach hatte sie diese Maßnahme tatsächlich in Betracht gezogen.

»Sieht super aus!«, sagte Fergus. »Diese schwarzen, äh, Dingerchen, äh, was ist das?«

»Pasta«, sagte Véronique.

»Tintenfisch?«, fragte Dominick.

»Ja.«

»Wunderbar.«

Véronique bediente erst ihren Mann, dann sich selbst und reichte die Schüssel an ihre Schwester weiter. Mireille, die neben Fergus saß, schaufelte die schwarze Pasta auf seinen Teller.

»Oh, vielen Dank«, sagte er. Als sie die Arme vorstreckte, starrte Fergus in den tief herabhängenden Ausschnitt ihres Canyon-T-Shirts.

Während des Essens unterhielt Szabó seine Gäste mit Geschichten aus dem Krieg und Erinnerungen an seinen guten

Freund, den mittlerweile verstorbenen Schauspieler Stephen Boyd, mit dem er bei Filmarbeiten in Jugoslawien zahlreiche Abenteuer erlebt hatte. »Stephen! Ein unglaublich lustiger Mann! Er liebte es, anderen Leuten einen Streich zu spielen. Ein wunderbarer Mann.«

Während sie aßen und Szabó redete, erhob sich – unbemerkt von den um den Tisch versammelten Menschen – über dem Wasser eine leichte Brise. Sie war zunächst nur sehr unbeständig, sodass das schlaff herabhängende Hauptsegel über ihren Köpfen ein wenig knatterte, doch dann wurde sie stetiger und entwickelte sich zu einem durchaus brauchbaren Wind, der das flatternde Segel glatt zog. Roger erschien an Deck und gab Tim und Ian wortlos Anweisungen. Sie justierten das Großsegel, sodass es sich aufblähen konnte, und setzten das Stagsegel. Die Gäste hörten das flüsternde Rascheln der Leinen, wie sie durch die Blöcke glitten, und das rasche Klicken der Seilwinden. Die Yacht hörte auf zu schlingern und lehnte sich zur Seite. Es wurde stiller, als es das seit Stunden gewesen war. Das einzige Geräusch war das rhythmische Rauschen der kleinen Wellen, die am Rumpf des Schiffes entlangglitten wie sanfte und doch mächtige Atemzüge.

»Wir bewegen uns«, sagte Dominick.

Roger ging nach achtern zum Steuerrad und stellte auf dem Autopiloten einen neuen Kurs ein. Die Yacht drehte sich und wies nun mit dem Bug auf die sich am Horizont abzeichnende Insel.

Nach dem Essen entschuldigte sich Szabó mit den Worten, er habe noch sehr viel Arbeit zu erledigen.

Luc half Véronique, Tim und Ian dabei, den Tisch abzuräumen und Teller und Schüssel nach unten zur Kombüse zu tragen.

Sarah, die am Tisch zurückgeblieben war, wimmerte Dominick etwas von ihrem fürchterlichen Sonnenbrand vor. Er trug eine schmerzlindernde Lotion auf und flatterte dabei mit seinen Händen sanft über ihre rot glühenden Brüste, während Sarah mit kleinen Schreien des Schmerzens, der Linderung und der Verzweiflung ausatmete.

Fergus zündete sich die Zigarre an, die Szabó ihm gegeben hatte, und stellte sich an die Reling. Mireille gesellte sich zu ihm und wurde bei jeder seiner Bemerkungen von einem Lachen geschüttelt, das eher wie ein Bellen klang.

Luc ging zurück in seine Kabine. Er versuchte zu lesen, doch seine Gedanken drehten sich einzig und allein darum, wer wohl die Option für sein Drehbuch kaufen würde. Er konnte sich nicht entscheiden, ob das eine gute oder eine schlechte Entwicklung war. Vielleicht gingen die Rechte ja an jemanden, der einen guten Geschmack hatte. Oder vielleicht weigerte sich Szabó ja auch, sie zu verkaufen, falls nicht irgendwelche Forderungen seinerseits erfüllt wurden, die niemand auch nur im Traum akzeptieren würde.

Oder es passierte womöglich einfach gar nichts.

All die viele Zeit, die er darauf verschwendet hatte, sich über Roy Scheider den Kopf zu zerbrechen. Sich in Roy Scheider hineinzuversetzen, ihn mit Feingefühl und Einfühlungsvermögen auszustatten, gerade so viel, dass es noch mit dem Überlebenskampf und seiner unterschwelligen Brutalität vereinbar blieb und er gleichzeitig nicht zu viel reden musste.

Luc konnte nicht lesen. Und er konnte unmöglich schlafen. Er kroch aus seiner Koje und verließ barfuß die Kajüte.

Oben an Deck stellte er fest, dass sich die Yacht langsam, aber stetig vorwärts bewegte. Die Meeresoberfläche war immer noch glatt, doch jetzt strich ein sanfter Wind darüber hinweg. Er war warm und kam von Süden – von Marokko vielleicht. Luc lief auf der dem Wind zugewandten Seite des straff gespannten Stagsegels nach vorne. Das Deck unter seinen Füßen schwankte kaum, und er musste sich nirgends festhalten.

Am äußersten Ende des Bugs blieb er stehen, neben dem langen Bugspriet, der vom Schiffsrumpf dreieinhalb Meter ins Meer hinausragte. Es war eine ziemlich ungeschützte Position. Die Drahtreling, die sich am Deck entlangzog, endete etwa zwei Meter hinter ihm, damit an diesem Knotenpunkt die Handhabung der Segel nicht behindert wurde. Sicherheitshalber hielt er sich an dem Drahtvorstag des Stagsegels fest, das sich vom Deck bis hinauf zu den Bäumen des Mastes zog. Hier war sein Lieblingsplatz auf dem Boot. Während er auf diesem kleinen Dreieck aus Teakplanken stand und unter ihm zu beiden Seiten das Wasser vorüberrauschte, schien er über das Meer zu fliegen, so hoch und schnell wie ein Vogel. Er war schon fast nicht mehr auf dem Boot. Szabó, seine beschissenen Ideen, seine unverschämte Frau und Schwägerin waren hinter ihm zurückgeblieben, in einer anderen Welt, eingekapselt in ihrem solipsistischen Gezanke und kleinlichen Urlaubsgehabe. Er rauschte ihnen in der klaren Brise voraus, so losgelöst und majestätisch wie eine Galionsfigur.

Hinter den vielen kleinen Geräuschen einer Yacht auf See – dem Zischen, Gurgeln und Plätschern des Wassers; dem tiefen Stöhnen oder hohen Pfeifen des Windes, wie er durch die zahllosen Seile und Drähte fuhr, aus denen sich der komplizierte Aufbau der Takelage zusammensetzte; dem Knarren, Sich-Dehnen und Summen der Myriaden von mechanischen Einzelteilen; Vibrationswellen, die so hoch oder tief waren, dass sie sich am jeweils äußersten Ende der menschlichen

Wahrnehmungsfähigkeit bewegten und die sich zusammen mit allem Übrigen zu dem alltäglichen Hintergrundrauschen einer über die Wellen gleitenden Welt zusammenfügten, Geräusche, die von denen, die daran gewöhnt sind, schon sehr bald überhaupt nicht mehr wahrgenommen werden – hinter all dem hörte Luc nun plötzlich etwas ganz anderes.

Es war rhythmisch, unregelmäßig zwar, aber rhythmisch, und steigerte sich, es war nicht das Boot oder das Meer – es war menschlich – ein Ächzen. Luc lehnte sich vor, reckte seinen Kopf um das Vorstag herum und erkannte in dem schwarzen Schatten unter dem Stagsegel die Nachricht »Go hike the canyon«, die über einem Paar langer, blasser, zuckender Beine hin- und herschwankte.

Luc fuhr zurück. Bei den unbeholfenen Verrenkungen, die er bei dem Versuch unternahm, sich unbemerkt zurückzuziehen, verfing sich sein großer Zeh im Bugspriet. Er stieß heftig die Luft aus, wobei er den Mund weit öffnete, um jedes Geräusch zu vermeiden. Sein Knie knickte unter ihm ein, und er ging in die Hocke. Eine Sekunde lang hatte er jede räumliche Orientierung verloren. Er fiel rückwärts und war sich sicher, dass sie ihn hören würden, wenn er auf dem Deck aufschlug oder gegen die Reling stieß, aber da war nichts, wogegen er hätte stoßen können. Stattdessen fiel er, zu seinem größten Erstaunen, unaufhaltsam durch die Luft, direkt hinunter in die sich sanft kräuselnde Bugwelle.

Sein immer noch weit offen stehender Mund füllte sich mit Wasser – warm, salzig. Er atmete scharf aus, hustete und presste die Lippen fest aufeinander, um nicht noch mehr Wasser zu schlucken. Er tauchte unter, immer noch desorientiert, trat mit den Beinen und streckte die Hände aus. Er konnte nicht erkennen, wo oben und unten war. Als er die Augen aufriss, sah er ein schwaches, dämmriges Leuchten. Im nächsten Moment stieß er gegen etwas Hartes. Der Schiffsrumpf. Seine Hände berührten ihn. Glatt und schlüpfrig rauschte er in hohem Tempo an ihm vorüber. Er stieß sich ab, aus Angst vor der Schiffsschraube, aber dann fiel ihm der defekte Motor ein. Er kam hoch, rang nach Luft und wurde wieder nach unten gezogen. Jetzt wusste er, wo die Wasseroberfläche war und wo das Boot. Er ruderte mit den Händen verzweifelt nach oben und weg vom Boot, damit er nicht doch mit der Schiffsschraube kollidierte, die ihn, selbst wenn sie sich nicht bewegte, am Kopf treffen oder mit sich ziehen könnte. Aber er musste nach ihnen rufen, musste sie wissen lassen, wo er war. Wieder an der Wasseroberfläche erkannte er, dass er sich noch immer vor dem Heck der *Dolphin* befand.

»Hilfe!«, prustete er. Es war nicht laut genug. Er saugte Luft ein, zusammen mit einem Schwall Wasser, würgte, spuckte und hustete. »Hilfe!«, versuchte er es noch einmal.

Das Boot fuhr weiter, zwar nicht besonders schnell, wie es schien, aber das Heck trieb bereits an ihm vorüber. Es war eine perfekte Filmszene. Eine Subjektive, aus der Sicht des im Wasser schwimmenden Protagonisten, wie er auf ein Segelboot starrt, das an ihm vorbeigleitet und ihn hinter sich zurücklässt.

»Hilfe! Stopp! Ich bin über Bord gefallen! Hillllffeee!«

Die *Dolphin* ließ ihn hinter sich, bewegte sich immer weiter weg. Sie war wunderschön, leicht zur Seite geneigt, mit aufgeblähten, kegelschnittförmigen Segeln – endlich sah sie so aus wie auf den Werbebroschüren. Doch niemand trat an die Heckreling. In der Achterkabine, dort, wo Szabó sich gerade befand, brannte Licht. Luc konnte nicht sehen, ob die Fenster geöffnet waren.

»Hilfe! Gáborr! Hi-i-i-lllffeee!«

Es klang laut genug.

»Hil –«

Eine kleine Kielwasserwelle schwappte ihm ins Gesicht und füllte seinen Mund.

Er rief weiter. Niemand kam an die Reling. Er trat wild mit den Füßen, versuchte, seinen Kopf so weit wie möglich aus dem Wasser zu heben, legte die Hände schalenförmig um den Mund und schrie.

»Hil –«

Er ging unter. Verzweifelt um sich schlagend kam er wieder an die Oberfläche. Mit klopfendem Herzen rang er nach Luft und konzentrierte sich einzig und allein darauf, über Wasser zu blieben und wieder zu Atem zu kommen. Einen Moment lang konnte er die Yacht nicht mehr sehen. Dann fand er sie. Ein perspektivischer Trick – Lucs Augen waren auf Meereshöhe, der Horizont nur fünf oder sechs Meter entfernt – ließ es so aussehen, als würde die *Dolphin* mit rasender Geschwindigkeit ausgelöscht. Aus seiner Fischaugenposition konnte er den Rumpf schon nicht mehr sehen, und auch die Takelage ging bereits in den Wellen unter. In weniger als einer Sekunde war das Schiff unfassbar weit weg. Es schrumpfte immer mehr in sich zusammen. Seine Lichter verblassten.

»Hi-i-i-lllffeee!«

Weg.

Luc paddelte wie ein Hund mit den Händen und drehte sich langsam im Kreis, um zu sehen, was ihn sonst noch umgab. Nichts außer lauter kleinen Wellen in einem verkürzten Gesichtskreis. Lichter nur in einer einzigen Richtung, im Norden, wie er glaubte. Der Lichtschimmer von Mallorca, unendlich weit entfernt, oben am Himmel. Ein Teil von ihm war wie betäubt, war unfähig zu denken oder sich etwas vorzustellen, weigerte sich zu begreifen, was gerade passiert war.

Aber eine innere Stimme sagte klar und deutlich: »Du bist tot, Mann.«

Luc hatte die Hälfte seines Lebens im Wasser verbracht, entweder in der Nähe irgendwelcher Boote oder bei Schwimmausflügen vor den Klippen entlang der Küste. Er war oft schnorcheln gegangen – konnte an die zwei Minuten die Luft anhalten – und fühlte sich im Wasser absolut heimisch und entspannt. Aber er war nie ein besonders guter Schwimmer gewesen. Schwimmen – das war dazu da, von einem Boot zum Strand oder von den Wasserskiern zu den Klippen zu kommen. Nie weiter als ein paar Hundert Meter. Das war kein Problem. Mehr hatte es nie gebraucht.

Er befand sich etwa dreizehn oder vierzehn Kilometer südlich des östlichsten Ausläufers von Mallorca. Es gab keinerlei Felsen oder Inseln, die er hätte ansteuern können.

Wenn ihn nicht bald jemand an Bord der *Dolphin* vermisste und sie umkehrten und ihn fanden … Aber selbst das konnte, wie Luc sehr wohl wusste, nur auf eine einzige Art und Weise funktionieren. Nämlich so wie es bei den Clutterbucks passiert war. Malcolm und Pansy Clutterbuck, Freunde seiner Mutter, waren vor vielen Jahren zusammen mit ihrer fünfzehnjährigen Tochter Cobina auf ihrer Yacht *Vagabond* an der Südküste Spaniens mit Kurs auf Gibraltar gesegelt, als sie mitten in der Nacht in einen jener plötzlich auftretenden Levante-Stürme gerieten. Pansy war gerade eben mit zwei Bechern Kakao, die sie mit geradezu epischer Mühe auf dem kleinen Petroleumkocher für sich und Malcolm zubereitet hatte, nach oben ins Cockpit gekommen. Als sie nach achtern zu Malcolm hinüberlaufen wollte, der am Steuer saß, wurde das Boot von einer Welle erfasst und schlingerte heftig. Pansy, die, wie sie später erzählte, mehr um die heiße Schokolade besorgt war als um sich selbst, wurde über Bord geschleudert, wobei sie die beiden Kakaobecher immer noch sorgfältig umklammert hielt. Die Yacht, die unter vollen Segeln mit rasender Geschwindigkeit durchs Meer pflügte, war im Bruchteil einer Sekunde an ihr vorübergeflogen. Im schäumenden Kielwasser war von Pansy nicht mehr das Geringste zu sehen.

»Tja, Darling, wenn du Malcolm gewesen wärest, gemütlich da an deinem Steuerrad gesessen und auf deinen heißen Kakao gewartet hättest, und plötzlich ist der Kakao fort, und ich mit ihm, schwupps, raus in die Dunkelheit, wie einer dieser Leute, die im Zirkus aus einer Kanone geschossen werden, und dann werde ich auch noch sofort unter einer gigantischen Welle begraben – was hättest du getan?«, fragte Pansy ihre Zuhörer mit Vorliebe. »Nun, Gott sei Dank tat er das einzig Vernünftige. Er blieb dort einige Minuten lang bewegungslos sitzen und dachte ordentlich über die Sache nach. Drehte auch nicht eine einzige Speiche am Rad, reffte kein Segel und hinderte die Yacht in keiner Weise am Fortkommen. So zog er davon und verschwand hinterm Horizont. Aber er dachte die ganze Zeit verdammt scharf nach. Ich befand mich derweil schon eine Viertelmeile achteraus. Irgendwann läutete er dann die Glocke, die wir oben im Cockpit angebracht hatten, und versuchte dadurch Cobina zu wecken. Wie du weißt, kann es recht schwierig sein, einen Teenager zu wecken, egal, wo er oder sie sich gerade befindet. Malcolm läutete und läutete und läutete, bis Cobinas Kopf endlich in der Luke auftauchte. ›Mama ist ein Stück weit hinter uns über Bord gegangen‹, sagte er zu ihr. ›Geh nach unten, zieh dein Ölzeug an und dann komm wieder hoch und übernimm das Ruder.‹ Und weg war sie. Ein paar Minuten später kam sie wieder hoch ins Cockpit. Das Boot raste immer noch auf demselben Kurs weiter. ›Nimm das Ruder und halte das Schiff auf genau diesem Kurs. Du darfst nicht den geringsten Grad abweichen‹, sagte Malcolm zu ihr. Cobina nahm das Ruder und Malcolm ging unter Deck. Unten am Kartentisch rechnete er alles aus: den Kurs der Yacht, unter Berücksichtigung von Versetzung und Abdrift, die vom Wind und der Strömung und von was nicht sonst noch allem verursacht worden waren. Dann meinen Kurs, unter Berücksichtigung derselben Elemente, von dem Punkt an, wo ich ins Wasser gefallen war. Und schließlich rechnete er die Koordinaten für beide Positionen aus, vier Minuten in die Zukunft versetzt. Zu diesem Zeitpunkt war es eine Viertelstunde her, dass ich über Bord gegangen war. Er rechnete aus, wo dann die Yacht und wo ich dann sein würde. Verdammt clever. Und dann berechnete er einen Kurs von der Yacht in diesem bestimmten Moment bis zu mir in diesem bestimmten Moment, wieder unter Berücksichtigung des Windes und der Strömung, die auf dem rückwärtigen Kurs im Leeweg anfallen würden, und trug das Ganze dann in der Kompassrose ein. Er kam ins Cockpit zurück, übernahm das Steuer von Cobina – die total perplex war, der arme Schatz, immer noch vollkommen schlaftrunken – und zählte weiter die Sekunden ab, bis die vier Minuten verstrichen waren. Dann machte er eine Wende – bei diesem Wind eher eine Halse – und begann zurückzukreuzen, direkt in den Wind hinein, immer dem neuen Kurs folgend, den er gerade berechnet hatte.

Nun, ich für meinen Teil war vollkommen ruhig und gelassen. Ich wusste, was Sache war. Es war nichts mehr zu machen. Es gab keine Chance – nicht die geringste, Darling –, dass man mich finden und retten würde, in einem Sturm, auf See, mitten in der Nacht. Ich hatte das ganz und gar akzeptiert. Ich fand es zwar durchaus bedauerlich, aber so war es nun mal. Ich dachte an alle möglichen Dinge: an meine Kindheit, an die Sommertage in Cornwall, sogar an mein altes Internat Benenden – ich kann mir gar nicht erklären, warum –, das ich sehr geliebt habe. Ich dachte daran, was für ein absolut wunderbares Leben Malcolm und ich zusammen gehabt hatten, wie herrlich Cobina sich entwickelt hatte und was für eine großartige Frau sie einmal werden würde. Solche Sachen eben. Dabei hatte ich es aber durchaus nicht eilig, dem Ganzen ein Ende zu setzen. Und ich versuchte auch nicht, irgendwohin zu schwimmen. Ich stieg einfach nur zusammen mit den Wellen auf und ab und genoss es, über all diese Dinge nachzudenken. Und ich beschloss, dass ich genau das weiter tun würde: Ich würde einfach nur auf- und absteigen und daran denken, wie wunderbar alles gewesen war, bis ich sozusagen irgendwie einschlief, oder was auch immer dann so mit einem geschieht. Ich hätte genauso gut ohne einen Fallschirm aus einem Flugzeug stürzen und der Erde entgegenrasen können – so sicher war ich mir, dass ich aus dieser Sache nicht lebend herauskommen würde. Ich verspürte einen unglaublichen Frieden.

Tja, es war so etwa zwanzig Minuten später, da sah ich ein Licht. Ich dachte, hallo, was ist denn das? Es kam mir auch nicht eine Sekunde in den Sinn, dass das möglicherweise die *Vagabond* sein könnte. Ich hatte keine Ahnung, was es war, wie weit es entfernt war, nichts. Ein Fischerboot oder eine Fähre, meilenweit entfernt, das war mein erster Gedanke. Dann sah ich, dass das Schiff oder was auch immer es war, im Meer auf- und abtrieb und in den Wellen krängte, und dann wurde mir klar, dass es die *Vagabond* war und dass sie näher kam. In diesem Moment, das kann ich dir sagen, bekam ich plötzlich Todesangst – was, wenn sie mich nicht fanden?, dachte ich jetzt. Ich wünschte mir fast, sie würden wieder verschwinden! Und dann, nur wenige Sekunden später, kam die Yacht längsseits und Malcolm stand an Deck, leuchtete mir mit einer verdammt großen Taschenlampe mitten ins Gesicht und sagte: ›Ah, da bist du ja‹, als wäre ich ein Strumpf, der ihm unters Sofa gerutscht war. Er hievte mich an Bord, und ich bin unter Deck gegangen und habe frischen Kakao gekocht.«

Aber das würde hier nicht passieren. Die *Dolphin* hatte keinen Malcolm Clutterbuck an Bord, niemand hatte gesehen, wie Luc über Bord gegangen war, und so konnte auch niemand irgendeine Position kennzeichnen und diese ganze clevere Navigationskunst vollführen, um zurückzusegeln und ihn zu finden. Niemand hatte seinen Sturz gehört – weil er sich solche Mühe gegeben hatte, Mireille und ihren Liebhaber nicht auf sich aufmerksam zu machen.

Luc versuchte, sich zu erinnern, was genau er gesehen hatte. Nur ihr Canyon-T-Shirt über den weißen Beinen, die unter ihr begraben lagen. Es könnte Dominick gewesen sein, dieser allzeit bereite geile Sack. Aber er war viel zu vertieft in Sarahs knusprig gegrillte *poitrine* gewesen und auch bei seinen diesbezüglichen Bemühungen bereits viel zu weit vorangekommen, um seine Energie anderweitig zu verschwenden. Dominick verfügte über einen wahrhaft todsicheren Instinkt, wenn es darum ging, auch die ausgefallenste, unwahrscheinlichste Jagdbeute aufzuspüren und zu erlegen. Luc war die fürsorgliche Aufmerksamkeit, mit der er Sarah nach dem Motorausfall bedacht hatte, durchaus nicht entgangen. Fraglos würde er bald eine Kajüte finden – wenn er das nicht schon längst getan hatte –, wo er sich bis zum Abschluss der Reparaturarbeiten gebührend um sie kümmern konnte.

Auch nicht Tim oder Ian oder Roger. Mireille hatte deren Existenz genauso konsequent ignoriert wie die von Luc.

Fergus also.

Luc hätte das schon in dem Moment merken müssen, als er zur Mittagszeit an Bord gekommen war und gesehen hatte, wie Fergus – wissentlich oder unwissentlich – in Mireilles neurasthenischer Persönlichkeit ganz ungeahnte Kapazitäten freigelegt hatte. Wie etwa die Fähigkeit, über Witze zu lachen oder überhaupt Männer wahrzunehmen.

Er betrog Aegina, der verdammte Wichser. Luc hatte schon immer gewusst, dass Fergus ihrer nicht würdig war. Er fühlte sich bestätigt. Und wütend. Und jetzt konnte er ihr es nicht einmal mehr erzählen. Nun, er hätte es ihr sowieso nicht erzählt; sie hätte es ganz von allein herausgefunden – wenn sie das nicht schon längst getan hatte. Sie würde Fergus eines Tages in die Wüste schicken. Das hatte er immer schon geglaubt.

Aber dann – nun, jedenfalls spätestens morgen früh – würde er, Luc, tot sein. Sie würden niemals wieder zusammenkommen. Er hatte sich immer gefragt, ob sie genauso oft darüber nachdachte wie er selbst. Nicht, dass er es unbedingt gewollt hätte, aber es war immer zuallererst Aegina gewesen und dann erst kamen alle anderen. Er verglich alle Frauen mit Aegina, und es war ihm nie gelungen, sie zu überwinden oder hinter sich zu lassen. Sie hatte sich ihm eingeprägt wie ein Tattoo.

Hatte sie ihn denn wirklich hinter sich gelassen? Sah sie in Fergus tatsächlich ihre Zukunft?

Was für eine seltsame Vorstellung, dass sie jetzt so lange Zeit ohne ihn leben würde. In zehn, zwanzig, dreißig Jahren würde sie sich (hoffentlich) an den Moment erinnern, in dem sie ihn zum letzten Mal gesehen hatte: auf seinem Motorrad, draußen vor dem *tabacos*. Dreiunddreißig Jahre alt. Woran würde sie sich erinnern? Die guten Sachen oder die schlechten? Er hatte immer geglaubt, dass zwischen ihnen noch etwas passieren würde, irgendwann.

Das Wasser war nicht mehr ganz so warm wie zuvor. Luc strich mit den Händen flach über die Meeresoberfläche, in einer angedeuteten Brustschwimmbewegung, und strampelte unter sich langsam mit den Füßen. Er schwamm nirgendwohin – das wäre vollkommen sinnlos gewesen. Er trat lediglich Wasser, um nicht unterzugehen.

Letztendlich war das alles, was er jemals getan hatte. Er hatte das Gefühl, dass sein Leben noch gar nicht angefangen hatte. Weder war er erfolgreich gewesen noch hatte er Geld verdient noch hatte er sich verliebt – in jemand anderen. Es würde alles im nächsten Moment passieren, so hatte er immer geglaubt: sobald er mit dem fertig war, was er gerade tat, und das anfing, was er als Nächstes tun würde. Das Nächste, das war immer das, was funktionieren würde.

Er paddelte im Kreis und schaute sich beiläufig um, so wie man es überall tun würde, wo man für eine Weile feststeckte.

Wie ertrinkt man? Wird man so müde, dass man sich nicht mehr an der Oberfläche halten kann? Weil er nicht wirklich schwamm, war er auch noch nicht erschöpft. Er war sich sicher, dass er noch weitere zehn oder zwanzig Minuten so vor sich hin treiben konnte, vielleicht auch länger … er hatte keine Ahnung. Vielleicht konnte er sich ja bis zur Morgendämmerung treiben lassen, und dann würde ihn vielleicht irgendeine Yacht entdecken. Das war doch durchaus möglich. Er musste Wärme und Energie sparen – oder sollte er vielleicht seine Energie verausgaben, ein bisschen schwimmen, damit es ihm nicht kalt wurde? Dadurch würde er Kalorien verbrennen und dann würde ihm schon bald das bisschen Energie, das ihm noch geblieben war, ausgehen.

Was er auch tat, es war egal. Niemand würde ihn finden. Das war das Ende.

Du bist tot, Mann.

Er hatte keine Uhr. Wie lange war es jetzt her? Zehn Minuten vielleicht? Eine halbe Stunde? Er sah zu den Sternen hinauf. Sie waren klarer als eben, als der Himmel noch dunstiger gewesen war. Kalt und fern.

Er wünschte, er könnte etwas lesen. Etwas von Somerset Maugham vielleicht – oder Nevil Shute. Er hatte sich fest vorgenommen, mehr von Nevil Shute zu lesen, nachdem er *Schach dem Schicksal, El Amin, der Prophet* und *Eine Stadt wie Alice* verschlungen hatte. Er liebte Nevil Shute. Lesen, bis er einschlief. In Welten hineintreiben, die klarere Konturen hatten, mehr Sinn ergaben, als es seine eigene je getan hatte.

Sein Mund war voller Wasser. Er spuckte es aus und schreckte hoch. Plötzlich hatte er Angst, stampfte mit den Beinen und spritzte mit Wasser um sich, als hätte irgendein Tier nach ihm geschnappt. War es eine kleine Welle gewesen oder war er einen Moment lang untergegangen?

Du lieber Gott, würde es denn einen Kampf geben, ein erbärmliches Ringen, voll Schmerzen und Angst? Ein winziges, sinnloses Sich-Abmühen, hier, unter den Sternen, wie ein überfahrenes Kaninchen, das am Straßenrand krampfhaft um sich tritt, lange nachdem das Auto, das es niedergemäht hat, verschwunden ist?

Sollte er es einfach hinter sich bringen? Untergehen und Wasser einatmen? Wie machte man das?

Er hatte keine Hoffnung – die Hoffnung stirbt eben nicht zuletzt, wie auch Pansy Clutterbuck sehr wohl begriffen hatte –, aber er war noch nicht gewillt, mit dem Denken aufzuhören. Es gab immer noch so viel, über das er nachdenken musste.

Fergus, dieser Wichser. Es war klar, dass sie ihn irgendwann verlassen würde – aber was dann? Würde es ihr tatsächlich gelingen, jemand anderen zu finden – jemanden, den sie liebte?

Das war Lucs Problem: Er liebte nur Aegina. Er wusste, dass er nie jemand anderen lieben würde, nicht so, wie er sie liebte – aber, na ja, darüber brauchte er sich ja jetzt nicht mehr den Kopf zu zerbrechen.

Luc dachte an seine Mutter. Er hatte wieder vor Augen, wie sie über Bord gesprungen war, und sein Herz schwoll vor Bewunderung.

Wie würde sie es aufnehmen? Was würde sie tun?

Und dann wurde ihm plötzlich klar, was sie tun würde.

11

DIE FAHRT VOM Hafen zu den *Klippen* in Fergus' Range Rover dauerte nur drei Minuten. Nachdem sie vor der Küste so viele Stunden vor sich hin getrieben waren, ohne jemals irgendwo anzukommen, erschien ihnen diese Ankunft viel zu plötzlich.

Szabó, der vorne auf dem Beifahrersitz saß, stieg als Erster aus. Er wartete, bis Tony, der Kapitän der *Dolphin*, und seine abgehärmten und sonnenverbrannten Gäste, Fergus, Dominick und Sarah, alle hinaus in die spätmorgendliche Hitze geklettert waren. Niemand sagte etwas. Szabó drehte sich um und schritt ihnen ernst wie ein besiegter General durch das Tor voraus.

Von seinem Ecktisch neben der Bar konnte Cassian sehen, wie sie sich hereinschleppten. Er ließ das Buch sinken, das er gerade las, *Aufstieg und Fall des Dritten Reiches* von William Shirer. Hallo, dachte er, hier weht ein übler Wind herein. Szabós suchender Blick hatte ihn schon bald entdeckt.

»Guten Morgen«, sagte Szabó, Gesicht und Stimme so starr wie Holz. »Ist Lulu da?«

»Ich schaue mal nach«, sagte Cassian. Er stand auf, überquerte die Terrasse und ging ins Haus.

Einen Moment später kam sie ihnen entgegen. Cassian

stellte sich dicht hinter sie, ein wenig seitlich, als wollte er sie am Ellbogen fassen. Sie warf einen raschen Blick auf die Gruppe. »Wo ist Luc?«, fragte sie.

»Ich fürchte, das wissen wir nicht so genau«, sagte Szabó. »Er war heute Morgen nicht an Bord der Yacht. Wir wissen nicht, wann und wie er uns verlassen hat. Das ist Kapitän Clement. Er kann Ihnen sagen, was jetzt unternommen wird.«

Tony sprach kurz und bündig. »Ich habe die Salvamento Marítimo benachrichtigt, sie haben eine Suche in die Wege geleitet. Ich habe ihnen präzise Koordinaten unserer Position gegeben, aber das Problem ist, dass wir nicht wissen, wann und somit auch nicht, wo Luc über Bord gegangen ist. Alles, was wir wissen, ist, dass er beim Frühstück nicht mehr an Bord war. Wir haben die unmittelbare Umgebung abgesucht –«

»Ich verstehe nicht«, sagte Lulu. »Sie haben erst heute Morgen gemerkt, dass er weg war? Was haben Sie denn dort draußen seit gestern Mittag getan?«

»Unser Motor war defekt«, erklärte ihr Tony. »Wir haben die ganze Nacht damit verbracht, ihn zu reparieren. Gegen Mitternacht kam eine leichte Brise auf und seitdem sind wir in Richtung Insel gesegelt. Ungefähr um vier Uhr morgens haben wir es dann geschafft, den Motor zu starten. Erst gegen acht Uhr haben wir festgestellt, dass Luc fehlte. Ich habe eine Suche auf dem von uns gefahrenen Kurs vorgenommen, aber er könnte überall sein –«

»Wollen Sie damit sagen, dass Sie ihn einfach dort draußen zurückgelassen haben?«

Sarah begann zu schluchzen.

»Wir haben heute Morgen gesucht, Lulu«, sagte Dominick. »Aber wir hatten keine Ahnung, wann er verschwunden ist, verstehst du? Wir waren schon fast hier im Hafen, als wir gemerkt haben, dass Luc nicht an Bord war.«

Tony sagte: »Die Salvamento Marítimo wird sicherlich jeden Moment hinausfahren.«

»Meine verehrte Dame –« Szabós Stimme floss geradezu über vor gewichtiger Anteilnahme.

»Oh, halten Sie den Mund, Sie alberner Wicht!«, sagte Lulu. Sie scheuchte Szabó und Tony mit einer wegwerfenden Geste zur Seite. »Machen Sie, dass Sie fortkommen.« Dann griff sie Cassians Arm und sah ihm und Dominick ins Gesicht. »Ihr müsst jetzt beide mit mir kommen, bitte.« Lulu drehte sich um und ging rasch auf die andere Seite des Hauses zur Garage. Cassian und Dominick folgten ihr.

»Ich schätze, wir sollten die Sache der Polizei melden«, sagte Tony zum Rest der Gruppe.

»Ja, natürlich«, sagte Szabó. »Aber Sie sind der Kapitän, Sie müssen die Meldung machen. Ich gehe jetzt zurück zur Yacht.«

»Nun, die Polizei wird wahrscheinlich die Namen aller Beteiligten wissen wollen«, sagte Tony. »Ich sollte mir von Ihnen allen den vollständigen Namen notieren.«

»Alles klar«, sagte Fergus nachdenklich. »Aber, ich meine, wir haben mit der Sache doch eigentlich gar nichts zu tun, oder? Wenn wir auf einer Fähre gewesen wären oder so, dann wären wir doch einfach nur Passagiere, nicht wahr?«

»Wir sind aber keine Fähre«, sagte Tony. »Ich brauche Ihre Namen.«

Lulu fuhr schnell. Auf der Straße über den Klippen wirbelte hinter ihnen der Staub auf. Bald schon waren sie am Hafen. Sie fuhr den Seat bis unmittelbar ans Wasser hinunter und hielt abrupt am Rand der Pontons, an denen die Fischerboote,

Motorboote und kleineren Segelyachten vertäut waren. Sie sprang aus dem Wagen. Cassian und Dominick folgten ihr, als sie die Pontonbrücke entlangeilte.

Auf den Booten wimmelte es von Menschen. Sie lagen in der Sonne auf ihren Decks oder hievten Kühlboxen, Kinder und Schwiegereltern an Bord. Motorboote brummten in Richtung der Benzinpumpe an der Hafenanlage davon.

»Was hast du vor, Lulu?«, fragte Cassian.

»Wir brauchen ein Boot. Eins, das sehr schnell fahren kann, natürlich. Dominick, das ist dein Spezialgebiet.«

»Lulu, die Küstenwache, die Salvamentos –«, begann er.

»Die sind genauso nutzlos wie die Guardia Civil«, blaffte Lulu. »Auf die können wir uns unmöglich verlassen. Wir müssen losfahren und ihn selbst suchen. Niemand sonst wird das tun.«

Dominick schaute kurz zu Cassian hinüber, der diese Aussage mit einem wortlosen Blick bestätigte.

»Alles klar«, sagte Dominick. Er gehörte zwar nicht zu der Sorte Mensch, die das Segeln liebten, und interessierte sich auch eigentlich nicht im Geringsten für Boote, aber er mietete hier und da gerne ein Schnellboot, um irgendein Mädel auf Wasserskiern hinter sich herzuschleppen. Er war durchaus in der Lage, schnelle von langsamen Booten zu unterscheiden, und wusste auch, wie man das Äußerste an Geschwindigkeit aus ihnen herausholte. »Das ist jetzt natürlich ein wenig kurzfristig –«

»Besorg uns einfach nur ein Boot, Dominick«, sagte Lulu gebieterisch. »Natürlich eins, auf dem sich auch gerade jemand aufhält. Wie wär's mit dem da?« Sie zeigte mit dem Finger auf ein gedrungenes, klotziges Konstrukt aus gekämmten weißen Glasfasern, mit breitem Heck und scharfkantigem Bug. Es hatte die Form einer Pfeilspitze, sein schmuckloses Äußeres wurde durch ein paar Aufkleber in Gestalt oranger Flammen belebt, die sich um die rußigen Auspuffrohre im Heck rankten. Eine Frau und ein Mann, beide blond, tief gebräunt, schlank und mit straffen Muskeln ausgestattet, saßen im Cockpit in der Sonne, ganz in der Nähe der Pontonbrücke.

»Sieht schnell aus«, sagte Dominick.

Lulu ging an den Rand der Brücke und blieb einen Meter vor dem Boot stehen. »Sprechen Sie Englisch?«, fragte sie.

»Ja, natürlich«, sagte der Mann mit deutschem Akzent. Er lächelte.

»Mein Sohn ist draußen auf dem Meer von einem Boot gefallen. Ich möchte Ihr Boot mieten, um nach ihm zu suchen.«

»Oh«, sagte der Deutsche. Er wechselte einen Blick mit seiner Frau und schaute dann wieder Lulu an. »Es tut mir leid. Das ist nicht möglich. Wir warten auf unsere Freunde. Sie sollten der Polizei Bescheid geben. Die können Ihnen helfen –«

»Ich zahle Ihnen fünftausend Pesetas pro Stunde. Oder was immer Sie verlangen«, sagte Lulu.

»Wir brauchen Ihre Pesetas nicht«, sagte der Deutsche, dessen Lächeln nun verschwunden war.

Dominick rief vom hinteren Teil der Brücke zu ihnen hinüber. »Kommt schnell!« Er winkte ihnen zu. Lulu und Cassian rannten zu ihm. Als sie näher kamen, übertönte ein tiefes, kaum gedämpftes Dröhnen alle anderen Geräusche im Hafen. Eine dichte blauschwarze Rauchwolke stieg vom Wasser auf und hüllte Dominick ein. Ein kleiner drahtiger Mann in Badehose war bereits damit beschäftigt, die Leinen eines langen, schmalen, grauen Schnellbootes zu lösen, das im Profil aussah wie die nach oben gerichtete Klinge eines Krummschwerts. Das Dröhnen war in ein dumpfes Grollen übergegangen, das so klang, als käme es aus dem Innern einer riesigen Höhle.

»Das ist Jorge«, sagte Dominick. »Er kennt mich. Ich habe öfters von Manuel Boote geliehen. Das hier gehört ihm auch. Jorge wird uns da rausfahren.«

»*Venga, venga*«, rief Jorge, dem die Dringlichkeit ihres Vorhabens nur allzu bewusst zu sein schien. Er nahm Lulus Hand und führte sie über eine flache Stelle auf der Glasfaserhülle in das kleine, tiefe Cockpit. Cassian folgte ihr. Dominick machte die Leinen los und kroch danach zu den anderen. Jorge legte seine Hand auf den Gashebel. Wieder erschallte ein Brüllen aus der tiefen Höhle unter ihren Füßen.

Als sie am äußersten Ende der Mole vorbeifuhren, schob Jorge die Gashebel gleichmäßig bis ganz nach vorn. Das Boot schoss vorwärts wie ein Pferd aus einer Startbox. Es schien über das Meer zu fliegen, während es sich mit gut fünfzig Knoten von der Küste entfernte.

Lulu brüllte etwas zu Dominick hinüber.

»Was?«, versuchte Dominick zu sagen, aber sein Mund füllte sich mit Wind, als er ihn öffnete.

Lulu griff nach seinem Arm, um sich abzustützen, und schob ihr Gesicht nah an seines heran. »Gut gemacht!«, schrie sie ihm ins Ohr.

12

NACHDEM ER SZABÓ und Tony zurück zum Hafen gebracht hatte, verließ Fergus die Stadt und fuhr nach C'an Cabrer. Weil Gerald sich weigerte, ein Telefon zu installieren – vollkommen idiotisch –, hatte er Aegina natürlich noch nicht anrufen können, um ihr zu sagen, dass es ihm gut ging. Doch sie oder Gerald hatten vielleicht von der Terrasse des Hauses aus bereits sehen können, wie die Yacht am Morgen im Hafen eingelaufen war. Sie musste sich fürchterliche Sorgen um ihn gemacht haben. Dem kleinen Charlie hatten sie wahrscheinlich irgendeine Geschichte erzählt, um ihn zu beruhigen. Armer kleiner Kerl.

Abgesehen von dem Fick auf dem Vorderdeck, den einzig und allein diese sexgeile kleine Schlampe Mireille in die Wege geleitet hatte, war die ganze Reise entsetzlich öde gewesen. Das Allerschlimmste daran war gewesen, dass man ums Verrecken nicht von diesem Schiff runterkam, wenn man es wollte. Fergus fiel keine einzige andere Situation ein, in der man nicht irgendwann hätte sagen können: »Vielen Dank, ich mach mich jetzt auf die Socken.« Eine Flugzeugreise, das war die einzige vergleichbare Erfahrung, die ihm in den Sinn kam. Da kam man auch nicht raus, konnte kein Taxi rufen oder in einen Zug steigen oder was man sonst auch immer tun musste, egal zu welchem Preis, um nach Hause zu kommen. Jetzt verstand er Lulus Abneigung, ein Boot zu betreten, nur zu gut. Sie hätten verfickt noch mal tagelang dort draußen feststecken können.

Er bog in die Auffahrt ab, schaltete den Allradantrieb ein und schoss den Hügel hinauf – sie würden ihn kommen hören.

Erst als das Haus durch die Zitronenbäume hindurch in Sichtweite kam, fiel ihm plötzlich ein, dass Aegina sich möglicherweise wegen Luc aufregen würde. Die beiden hatten irgendwann etwas miteinander gehabt. Aber soweit er wusste, gingen sie sich jetzt vollkommen aus dem Weg. Sie standen einander zumindest nicht besonders nahe. Ein kleiner Schock vielleicht, der durch die große Erleichterung wettgemacht wurde, dass ihm, Fergus, nichts passiert war.

Ja, da standen sie alle auf der Terrasse, auch der kleine Charlie, der ihm zuwinkte, während er das Auto mit Vollgas die letzten Meter den Berg hinaufpeitschte. Er drückte auf die Hupe, lenkte den Wagen auf die flache Abstellfläche unter dem Haus und hielt an.

»Hal-lo!«, sagte Fergus beschwingt, während er ausstieg.

»Papiiiiiii!«, rief Charlie.

»Hallo, kleiner Mann! Wie geht's dir?«

»Gut!«

Als er oben im Haus ankam, rannte ihm Charlie in die Arme. Er schwang das Kind durch die Luft.

»Wir haben die ganze Nacht nach dir gesucht, Papi!« Charlie war noch immer von dem Gefühl erfüllt, ein ganz seltsames, irres Abenteuer erlebt zu haben.

»Das tut mir schrecklich leid, mein Schatz. Dieses blöde alte Boot ist einfach so kaputtgegangen. Wir mussten stundenlang da draußen rumwarten. Schrecklich langweilig!«

»Gott sei Dank geht es dir gut«, sagte Aegina mit leiser, nachdrücklicher Stimme. »Wir haben uns Sorgen gemacht.«

»Das glaube ich.«

»Ich bin gestern Abend zu den *Klippen* runtergefahren, aber niemand wusste irgendetwas. Was ist denn passiert?«

»Der Motor hat den Geist aufgegeben. Die haben die ganze Nacht gebraucht, um ihn zu reparieren. Dieses dämliche Boot kann ohne Motor anscheinend keinen einzigen Zentimeter vorwärts segeln – jedenfalls nicht in die richtige Richtung.«

»Und allen geht es gut?«, fragte Aegina.

»Luc ist irgendwie verloren gegangen.«

»Wie meinst du das? Ist er okay?«

»Das wissen wir nicht. Könnte sein, dass er das nicht ist, ehrlich gesagt. Er war nicht an Bord, als wir hier ankamen.«

Fergus hatte Charlie noch auf dem Arm. Aegina nahm ihm das Kind ab und stellte es auf den Boden. Sie sah ihren Vater an und sagte: »Charlie, nimm Opa mal mit in dein Zimmer und zeig ihm ein paar von deinen Legosteinen.«

»Aber ich –«

»Charlie, ich muss ein paar Bäume beschneiden, draußen im Garten«, sagte Gerald. »Könntest du mitkommen und mir helfen?«

»Ja, Opa.«

Gerald nahm Charlie an der Hand, und sie verließen das Haus.

Aegina sagte: »Und wo ist er jetzt?«

»Na ja, wir glauben, dass er irgendwann über Bord gegangen ist. Wir wissen nicht, wann. Wir wissen nur, dass er heute Morgen nicht mehr da war.«

Ja, da war er also, der Schock, ziemlich heftig sogar. Ihr Gesicht war plötzlich leichenblass geworden.

»Ihr habt ihn nicht gefunden?«

»Wir haben ein oder zwei Stunden nach ihm gesucht, aber die Sache war halt die, wir hatten ja keine Ahnung, wann und wo er ins Wasser gefallen ist. Er hätte überall sein können. Der Kapitän hat die Küstenwache alarmiert oder so was in der Art und –«

»Willst du damit sagen, dass ihr Luc einfach da draußen zurückgelassen habt?«

»Hey, ich kann nichts dafür. Das war schließlich nicht meine Entscheidung, Schatz. Der Kapitän dachte, dass –«

Aegina wandte sich abrupt von ihm ab, sprang die Stufen hinunter und rannte zu ihrem Auto. Im nächsten Moment sauste sie in halsbrecherischem Tempo die Auffahrt hinunter.

Ganz offensichtlich, ein ziemlich heftiger Schock. Fergus drehte sich um und ging in die Küche, um nachzusehen, ob es irgendetwas zu essen gab. Er kam fast um vor Hunger.

Später, nachdem sie aus der Stadt zurückgekehrt war, fand Aegina ihren Vater in seinem Geräteschuppen. Er sprühte gerade ein uraltes Paar stählerner Baumscheren mit WD-40 ein.

Aegina blieb im Türrahmen stehen. Ihre Augen glänzten.

Gerald sah sie an. »Hast du irgendetwas herausgefunden?«

Sie schüttelte den Kopf. »An der Yacht stand ein Auto von der Guardia Civil. Die Salvamentos suchen nach ihm. Keiner weiß irgendwas. Was denkst du, Papa? Wie lange kann jemand da draußen über Wasser bleiben?«

»Nun …« Er würde ihr nicht sagen, was er wusste. »Das hängt von vielen Faktoren ab … in welchem Zustand sich das Meer befindet – es ist ziemlich ruhig, jetzt gerade, und letzte Nacht war es das auch. Und es kommt darauf an, wie stark die

Person ist. Während des Krieges gab es ziemlich viele Jungs, die sich recht lange über Wasser halten konnten, nachdem ihr Schiff torpediert worden war« – aber nur, wenn sie etwas hatten, an dem sie sich festklammern konnten – »alles ist möglich.«

Tatsächlich hatte Gerald nur wenige Männer gekannt, die so viel Glück gehabt hatten. Der weitaus größere Teil der ihm bekannten Fälle war ertrunken. Eine Seite aus dem *Oxford Book of English Verse* kam ihm in den Sinn, eine uralte Erinnerung, die ihm immer einfiel, wenn er von jemandem hörte, der ertrunken, oder eben nicht ertrunken, war:

Die dunkle Nacht umhüllt das All,
Die Meereswelle brüllt,
Als ich, vom Schicksal bracht' zu Fall,
Von Bord des Schiffs gespült,
Freund, Hoffnung, alles war dahin,
Das schwimmend' Heim, des Lebens Sinn.

William Cowpers Gedicht *Von Bord gespült.* Er konnte sich nicht mehr an sehr viel davon erinnern, nur an die wenigen Zeilen, von denen er wusste, dass sie für die Lage eines im Wasser treibenden Menschen am zutreffendsten waren:

Fürwahr, schon eine Stund' ist lang
Im Ozeane auszuharren …

Gerald legte das Werkzeug auf den Tisch, wischte sich die Hände ab und schloss Aegina in die Arme. Er strich mit seiner schwieligen Hand über ihren Kopf und an ihren dichten Haaren hinunter. »Es bleibt uns nichts übrig als abzuwarten.«

Sie blieb steif und verkrampft in seiner Umarmung stehen. Sie wussten beide, dass es kein Wort des Trostes gab, wenn jemand einen viel zu frühen Tod starb.

13

»**ICH KANN UNMÖGLICH** sagen wo genau«, sagte Dominick besorgt. Er schaute auf die entfernt am Horizont liegende Insel und dann auf das Meer, das sie umgab. Es war zu viel Wasser, es war viel zu viel von allem, dieses verdammte Scheißmeer. Ein Fleck blauen Wassers war identisch mit dem nächsten – und dann kam noch hinzu, dass im Tageslicht natürlich alles vollkommen anders aussah. Die grünen Hügel hinter der Küste, die sie in der Nacht unmöglich hatten sehen können, waren jetzt klar und deutlich zu erkennen. Weil die Insel selbst in der Dunkelheit nicht zu sehen gewesen war, sondern nur der Lichtschimmer der Küstenregionen, war es ihm so vorgekommen, als wäre sie viel weiter entfernt gewesen. »Wir waren irgendwo hier … glaube ich.«

Sie waren schon seit Stunden mit dem Schnellboot unterwegs. Ihre Haut war von der Sonne verbrannt, ihre Augen schmerzten. Die Meeresoberfläche war immer noch ziemlich ruhig. Die Sonne stand hoch und blendend am Himmel und prallte in winzigen, gebrochenen Facetten vom Wasser ab. Sie fuhren langsam, fast im Leerlauf, und das laute Grollen des Bootes verursachte schon längst keinen aufregenden Adrenalinkick mehr, sondern war nur noch unendlich qualvoll. So qualvoll, dass einem der Schädel zersprang und man am liebsten über Bord springen oder schreien oder hinunter in die winzige Kabine gehen würde, um den Kopf in einem Kissen zu vergraben. Aber das konnte natürlich keiner von ihnen tun.

»Ihr wart hier«, sagte Lulu mit absoluter Gewissheit. »Ich habe gesehen, wie ihr in diese Richtung getrieben seid, den ganzen Nachmittag habe ich beobachtet, wie ihr immer kleiner und kleiner wurdet. Ich konnte einfach nicht verstehen, warum ihr nirgendwohin gefahren oder wieder zurückgekommen seid.«

Das Boot mäanderte vor sich hin. Lulu drehte sich um und schaute nach hinten, wo Jorge am Steuer saß. Er war wie benommen. Langsam aber sicher verlor er den Überblick über dieses Hin-und-Her-Raster, das Lulu ihm erklärt und auf dem sie bestanden hatte. »*Oye!*«, rief sie ihm zu. »*Vamos a continuar lentamente adelante y atrás por aquí.*«

»*Sí, señora*«, antwortete er. Er drehte am Lenkrad und der Bug des langen Bootes schwang im rechten Winkel seitwärts.

»Wie geht es dir, Lulu?«, fragte Cassian. Er legte eine Hand auf ihren Arm.

»Ich bin äußerst wütend auf diese Leute. Auf diesen Ungarn und seine dämliche Besatzung, weil sie nicht besser aufgepasst haben. Weil sie ihn hier zurückgelassen haben. Was wäre gewesen, wenn sie schon auf halber Strecke nach Italien gewesen wären? Wer wäre dann rausgefahren, um zu suchen? Und von den Salvamentos ist natürlich nicht das Geringste zu sehen. Keine Hubschrauber, keine Flugzeuge. Wir sind ganz auf uns gestellt.«

Cassian sagte behutsam: »Wir werden unser Bestes versuchen, Lulu. Mehr können wir nicht tun.«

Dominick sagte: »Es ist schon eine ganze Weile her, seit er ins Wasser gefallen ist –«

»Das weiß ich!«, rief Lulu. »Glaubst du wirklich, ich wüsste das nicht? Du brauchst mir nichts zu erklären, was sich von selbst versteht.«

Sie schaute über das weite, blaue, erbarmungslose, gleichförmige Meer. Keine Kurven, keine Bodensenken, keine Löcher, Hügel oder unterschiedliche Farben – nicht die geringste Spur irgendwelcher identifizierbarer Merkmale. Nichts, wo man anhalten und sich hätte ausruhen können. Nur die endlose, grellblaue Aussicht, unterzugehen und einen unnatürlichen Tod zu sterben. Einen Tod, gegen den man vergeblich ankämpfte. Sie konnte die behutsame Aufforderung in den Stimmen der anderen hören, hinter dem, was sie tatsächlich sagten, die Beschwörung, sich der Realität zu stellen und endlich die Hoffnung aufzugeben. Doch sie weigerte sich. Niemand sonst würde ihn finden. Niemand sonst scherte sich darum. Sie allein musste es regeln. Wie immer musste sie alles allein regeln. Nur so funktionierte überhaupt irgendetwas. Man konnte sich auf niemanden verlassen. Aber sie kannte sich selbst. Und deshalb wusste sie auch, was zu tun war. Die meisten Leute hatten keine Ahnung. Sie warteten so lange ab, bis ihnen etwas zustieß, und dann beschwerten sie sich darüber, dass es ihnen tatsächlich zugestoßen ist.

»Luc weiß, dass ich kommen werde, um nach ihm zu suchen. Deshalb wird er nicht aufgeben. Und deshalb werden wir auch weiter nach ihm suchen.«

Dominick konnte sich gerade noch davon abhalten, Lulu zu fragen, warum Luc auch nur einen Moment lang glauben sollte, dass Lulu – ausgerechnet du, Darling, nachdem du von diesem gottverdammten scheiß Boot gesprungen bist – in ein anderes Boot steigen und hier rausfahren und nach ihm suchen würde?

Sie sagte: »Natürlich wird er das glauben!« Ihre Stimme klang so scharf, dass Dominick glaubte, er hätte seinen Gedanken laut ausgesprochen.

Jorge und Dominick wechselten einen Blick. Jorges Blick sagte: Pues, wie lange noch? Ich sag's ja nur ungern, hombre, aber es ist … und Dominicks Blick sagte: Schon gut. Mach einfach nur weiter das, was sie verlangt.

Einige Zeit später rief Lulu: »Da, seht ihr, da ist er.« Sie wies auf eine Stelle im Wasser.

Etwa zweihundert Meter entfernt sahen sie eine Hand, die ihnen zuwinkte. Sie konnten sogar sofort erkennen, dass es tatsächlich Luc war.

»*Dios mío*«, sagte Jorge. Er drehte hastig am Lenkrad und das Boot glitt knurrend in Lucs Richtung, wie ein Jagdhund, der plötzlich neue Kraft geschöpft hat. Als sie in seine Nähe kamen, drehte Jorge das Boot und fuhr rückwärts an Luc heran, als würde er ein Auto einparken. Dann drückte er für eine Sekunde die Gashebel nach vorn, um das Boot am Abtreiben zu hindern, und schaltete es dann in den Leerlauf. Er sprang zum Bug und ließ die Chromleiter herab, die neben dem Sprungbrett angebracht war. Das Heck trieb langsam zu Luc hinüber. Sie versammelten sich alle auf der Plattform. Jorge kletterte die Leiter hinunter ins Wasser. Er streckte den Arm aus und ergriff Lucs Hand. Dann zog er ihn zur Leiter.

»Hallo, Mama«, sagte Luc. Es war nicht mehr als ein Krächzen. »Welch netter Zufall, dir hier zu begegnen.«

»*Tirad, tirad!*«, rief Jorge den Insassen des Bootes zu.

Cassian und Dominick zogen ihn mit vereinten Kräften, Jorge umfasste seine Taille. Lucs Arme und Beine schienen immer noch ein bisschen zu funktionieren. Sie hievten ihn über die Leiter nach oben.

Lulu umarmte ihn. »Jetzt bist du in Sicherheit«, sagte sie.

Sie brachten ihn über den hinteren Teil des Bootes ins Cockpit, wo er sich auf eine der gepolsterten Sitzschalen fallen ließ. Seine Lippen waren aufgesprungen, seine Augen rot. »Habt ihr vielleicht etwas Wasser?«, fragte er mit heiserer Stimme.

»*Sí, sí, sí*«, zischte Jorge. Er eilte unter Deck in die Kabine.

»Ich fasse es nicht«, sagte Dominick und blickte völlig perplex in die Runde.

»Wie lange warst du im Wasser?«, fragte Cassian.

»Ich bin so gegen Mitternacht reingefallen. Wie spät ist es jetzt?«

»Fast zwei Uhr nachmittags. Vierzehn Stunden.«

Jorge kam mit mehreren kleinen Evian-Wasserflaschen zurück. Er öffnete den Verschluss einer Flasche und reichte sie Luc. Er trank langsam daraus, tröpfelte etwas auf seine Lippen und leckte es ab. Dann goss er sich das Wasser übers Gesicht.

»Fantastisch«, sagte er.

»Das ist wirklich unglaublich. Luc, wie hast du es geschafft, über Wasser zu bleiben?«, fragte Dominick.

»Keine Ahnung«, sagte Luc zwischen zwei Wasserduschen. »Hab halt einfach gewartet. Eine Weile hab ich auf dem Rücken gelegen.« Mehr Wasser. Er schien kaum etwas davon hinunterzuschlucken, sondern ließ es einfach nur in seinen Mund hinein- und wieder herausfließen. »Erst war ich mir sicher, dass es aus ist. Ich wusste, dass sie nicht zurückkommen würden, weil ja niemand gesehen hatte, wie ich ins Wasser gefallen war. Aber nach einer Weile war ich mir sicher, dass du kommen und nach mir suchen würdest, Mama.«

»Selbstverständlich habe ich das getan«, sagte Lulu fast empört. »Was hast du denn sonst erwartet?«

»Nichts.« Er lächelte, bemerkte dann, dass es schmerzte, und legte eine Hand an seine aufgesprungenen Lippen. »Genau das ist mir klar geworden. Und dann habe ich eben einfach nur gewartet. Irgendwie.«

Sie führten ihn unter Deck und wickelten ihn in Handtücher.

Jorge setzte sich ans Steuer, wendete das Boot in einer weiten, bedächtigen Kehre, drückte die Gashebel nach vorn und fuhr in behutsamem Tempo dem Land entgegen. Ab und an schüttelte er den Kopf, starrte auf das leere, endlose Meer und murmelte: »*Increíble. Increíble.*«

14

ENDE AUGUST STIEGEN Aegina, Charlie und Fergus in den Range Rover und fuhren zurück nach London. Touristen und Sommerfrischler verließen die Insel. In den Villen wurden die Fensterläden geschlossen. Boote segelten davon. Straßen wurden still. Nur das gelegentliche Insektenbrummen eines Mopeds unterbrach den Wind, der durch die Kronendächer der Kiefern fuhr, die überall in Cala Marsopa um die Häuser herum wuchsen.

Die Septembertage, die folgten, waren genauso heiß und sonnig, wie es das Wetter im August gewesen war, das Meer ebenso blau und verführerisch wie im Hochsommer und die Luft in der Mittagshitze vom gleichen elektrischen Tinnitus der Zikaden erfüllt. Aber hier und da hatten die Tage auch eine ganz neue Gestalt, wenn die kühlen Winde, die von der Serra de Tramuntana her über die Nordküste der Insel wehten, den Hauch von Holzfeuern und die kühlfeuchte Luft der Bergnebel mit sich brachten. Das spürbare Heranschleichen des Herbstes, die andersartige Luft und der Anblick, den das Meer von C'an Cabrer aus bot – an einem Tag königsblau und vom durchbrochenen Glitzern der Sonne überzogen, am nächsten schlachtschiffgrau, mit hin und her rollenden Wellen, wie geschmolzenes Zinn – all diese Anzeichen nahm

Gerald aufgeregt zur Kenntnis. Gegen Ende September fielen kalte, schwere Regentropfen herab, Vorboten der Äquinoktialstürme, die schon sehr bald den Wechsel der Jahreszeiten vervollständigen würden.

Dies war die Zeit, in der Gerald die Insel am meisten liebte. Dann ähnelte sie noch am ehesten dem üppig bewachsenen, friedlichen Provinznest, in dem er sich ursprünglich niedergelassen hatte. Er hatte fünfunddreißig Jahre an demselben Ort gelebt, aber um ihn herum hatte sich sehr viel verändert. Aegina war erwachsen geworden, fortgegangen und hatte Charlie mit zurück auf die Insel gebracht. Auch C'an Cabrer hatte sich verwandelt (am auffälligsten während der letzten Jahre, hauptsächlich aufgrund von Ideen, die Aegina gehabt und die sie dann auch finanziert hatte). Aus den kargen Gebäuden, in denen früher Ziegen und Schafe gehaust hatten, war ein ziemlich hübsches mediterranes Anwesen geworden. Und auch auf die Jahreszeiten konnte man sich verlassen, dass sie alles wieder erneuerten, so wie jetzt. In solchen Momenten kam ihm immer ein Zitat von Goethe in den Sinn, das er sehr liebte: »Alles in der Welt lässt sich ertragen, nur nicht eine Reihe von schönen Tagen.«

Nachdem Aegina mit ihrer Familie weggefahren und es im Haus still geworden war, kümmerte sich Gerald um seine Werkzeuge. Er breitete seine Messer, Sicheln, Sägen und Baumscheren auf dem Arbeitstisch in seinem Geräteschuppen aus und machte sich daran, ihre Klingen zu reinigen und zu schärfen. Er holte sich das Grundig-Kurzwellenradio aus dem Haus und hörte während seiner Arbeit den BBC World Service. Er empfand es immer wieder als tröstlich zu hören, wie die Musikkapelle der britischen Marineinfanterie den Lilliburlero-Marsch spielte – eine Aufnahme, die er während des gesamten Krieges und auch danach fast täglich gehört hatte. Er kam immer zur vollen Stunde, zusammen mit der Greenwich-Mean-Time-Ansage und den Glockenschlägen von Big Ben. Sonntagsmorgens hörte er immer Alistair Cookes Sendung *Letter from America*. Am dritten Sonntag im September erzählte Cooke, wie die Blätter der Eichen und Ahornbäume entlang des Merritt Parkway in Connecticut bereits ihre charakteristischen Herbstfarben annahmen und wie ebenjene Landstraße von dem Ehrfurcht gebietenden Robert Moses ins Leben gerufen worden war, einem Stadtplaner, der New York City in ähnlicher Weise verändert und geprägt hatte wie es Georges-Eugène Haussmann mit Paris getan hatte. Dann sprach Cooke über die gegenwärtigen Schwierigkeiten bei Verhandlungen zwischen der Reagan-Regierung und dem Kongress über neue öffentliche Bauvorhaben – Vorhaben, die sehr viel weniger ehrgeizig und beeindruckend waren als alles, was Moses jemals zustande gebracht hatte – und wie diese Diskussionen durch das Gerangel der Demokraten vergiftet wurden, die bereits versuchten, einen Gegner für den Präsidentschaftswahlkampf aufzustellen, der im nächsten Jahr stattfinden würde, just dann, wenn sich die Blätter wieder herbstlich färben würden. Gerald hörte diesen »Brief aus Amerika« immer sehr gern. Es hätte genauso gut auch ein »Brief vom Mars« sein können, heraufbeschworen und abgeschickt von einem der weltmännischsten Engländer, die man sich nur vorstellen konnte, und das alles in nur fünfzehn Minuten. Danach kamen wieder der Lilliburlero und Big Ben.

An manchen Tagen konnte es immer noch passieren, dass Gerald voller Überraschung feststellte, dass er den größten Teil seines Lebens auf dieser Insel verbracht hat. Kein Ort, den man zur klassischen Antike zählen konnte – bevor er Mallorca auf seiner Seekarte entdeckt hatte, hatte er noch nie davon gehört, auch wenn es hier dieselben Pflanzen gab, wie sie Homer im Garten des Alkinoos beschrieb: Oliven, Granatäpfel, Weinreben, Pfirsiche, Feigen und Äpfel. Und doch – alles, was ihm hier passiert war, einschließlich zweier Ehefrauen und seiner Tochter, hatte sich aus dem zufälligen Anlaufen eines gerade günstig gelegenen Hafens ergeben. Ein vom Wind verursachter Zufall – genau wie auch in der *Odyssee* alles von launischen Winden oder Göttern bestimmt worden war. Und jetzt lebte er bereits seit Jahrzehnten hier, die meiste Zeit mutterseelenallein, kaum einen Kilometer von der Frau entfernt, die ihn an diese Insel gefesselt hatte. Und in all dieser Zeit hatte er sie fast nie zu Gesicht bekommen. Zweimal vielleicht, innerhalb von fünfunddreißig Jahren. Einmal auf der Straße, plötzlich, wie ein elektrischer Schlag, und dann noch einmal während einer äußerst verrückten Begebenheit (aber galt das nicht für alle Geschehnisse im Leben?), eines Morgens in einem fernen Teil Spaniens. Gerald war von dem, was zwischen ihnen geschehen war, wie ausgehöhlt, aber um diese hohle Stelle war Narbengewebe gewachsen und aus diesem schrägen Zufall war neues Leben entstanden. Wenn auch nicht die Art von Leben, die er sich vorgestellt hatte, als er hierherkam. Und jetzt … C'an Cabrer war zu seinem Zuhause geworden. Und zur Schöpfungsgeschichte seines Kindes. Das, was er aus seinem Leben gemacht hatte.

Am letzten Montag im September, kurz bevor Big Ben acht Uhr schlug, hörte Gerald das Geräusch von schwerem Gerät zwischen den Zitronenbäumen. Das konnte doch nicht schon wieder Gómez sein? Nach jenem ersten Tag waren die Arbeiten abgebrochen worden, und der Mann war nie wieder aufgetaucht. Fergus' visionäre Wohnsiedlung hatte sich in Luft aufgelöst, genau wie Gerald es sich erhofft hatte, auch wenn er den finanziellen Erfolg des Projekts gut hätte gebrauchen können. »Mach dir keine Gedanken, die sechstausend musst du auf keinen Fall wieder zurückzahlen«, hatte ihm Fergus versichert. »Der Deal lässt sich nicht rückgängig machen, das Geld gehört dir, alter Junge.« »Aber wem gehört jetzt das Land?«, fragte Gerald. »Nun ja, im Moment noch meiner Investorengruppe. Sie werden es dir wahrscheinlich zum halben Preis zum Rückkauf anbieten, dann kannst du's an jemand anderen verkaufen.« Gerald wusste, dass er das Land nicht noch einmal verkaufen würde. Er würde sich mit diesen unverhofft in seinen Schoß gefallenen sechstausend Pfund begnügen und ansonsten schon irgendwie über die Runden kommen.

Er nahm sich nicht die Zeit, das Radio auszuschalten, und rannte durch die Bäume den Hügel hinunter. Er konnte mehr als einen schweren Dieselmotor hören. Sie heulten immer wieder auf, im Rhythmus mit dem trockenen Knacken zerbrechenden Holzes und dem tiefen, dumpfen Ächzen von ausgehobener Erde. Während er immer näher kam, konnte er hinter diesen Geräuschen das asynchrone Jaulen zahlreicher Kettensägen hören.

Die Arbeit, die Gómez geleistet hatte – eine fünfzig Meter lange, fragmentarische Spur, die der Mann mit der Kettensäge und die ihm folgende Planierraupe durch die Bäume gezogen hatten –, war bereits von einem orangen Komatsu-Löffelbagger und einem Caterpillar-Radlader ausgelöscht worden. Beide Maschinen waren doppelt so groß wie die von Gómez. Auf dem Hügel über ihnen wimmelte es von Männern, mehr als Gerald auf die Schnelle zählen konnte. Sie legten mit ihren Kettensägen, Schaufeln und Spitzhacken einen Streifen frei, der groß genug für eine Autobahn schien. Gómez befand sich weder auf dem Fahrersitz des Löffelbaggers noch dem des Radladers.

»*¡Oiga!*«, schrie Gerald zu dem Fahrer in der geschlossenen Kabine des Radladers hoch. Der Mann konnte ihn nicht hören. Er bemerkte ihn erst, als Gerald nach vorne rannte und sich direkt neben die Schaufel stellte, die sich gerade erneut in die Erde wühlte. Sofort sprang der Mann hektisch aus der Fahrerkabine, brüllte Gerald wütend an und versuchte, ihn aus dem Weg zu drängen.

»Was machen Sie hier?«, fragte er den Fahrer.

»Meine Arbeit! Was machen *Sie* hier? Sind Sie verrückt?«

»Arbeiten Sie für Gómez?«

»Wer? Nein. Jaime Serra. Und jetzt gehen Sie aus dem Weg!« Der Fahrer des Radladers stieg wieder zurück in seine Kabine. Bevor er die Tür schließen konnte, brüllte Gerald: »Und wer ist das? Dieser Serra?«

Der Fahrer brüllte zurück: »Bauunternehmer.« Dann schloss er die Tür und griff nach den Hebeln, die sich vor seinem Sitz aufreihten. Die Schaufel des Radladers hob sich hoch und sauste wieder herab. Ihre Zähne bohrten sich neben dem kläglichen Stumpen einer gefällten Zeder tief in die Erde. Die Schaufel grub sich nach unten und zerrte an den Wurzeln wie ein tollwütiger Hund. Gerald sah, wie der Stumpf erzitterte und sich dann in die Luft erhob, nachdem die Schaufel ihn aus seiner Verankerung gerissen hatte. Mit schnellen, ruckartigen Bewegungen entwurzelte sie den Baumstumpf und schob ihn zur Seite. Sofort stürzten sich zwei Männer mit Kettensägen darauf und amputierten mit raschen Schnitten die Wurzelranken. Die Raupenketten des Radladers zuckten und die Maschine stürzte sich auf das nächste Opfer.

Gerald schaute einen Moment lang zu, wie sich die beiden

riesigen Fahrzeuge in die Erde wühlten und die Männer sie wie Ameisen umschwärmten, um die Trümmer zu entsorgen. Der gesamte Tross bewegte sich schnell und effizient den Hügel hinauf.

Er drehte sich um und eilte zum Haus zurück. In seinem Kopf formulierte er schon einen wütenden Brief an Fergus. Sie hatten das Land ganz offensichtlich verkauft. Aber es war abgemacht gewesen, dass sie es erst ihm anbieten würden.

Verkauft. Aber an wen? Und würden diese Leute, wer auch immer sie waren, dieselben Häuser bauen?

Wenn er doch nur ein Telefon hätte, nur dieses eine Mal.

1970
DIE PHÖNIZIER

1

ES WAR KALT in der Mondlandschaftsebene südlich von Mohammedia, wo sie die Atlantikküste und die Berge des Rif hinter sich gelassen hatten und auf der zweispurigen N9 ins Landesinnere gefahren waren. Die Heizung des Renault Quatrelle funktionierte nicht. Luc glaubte, dass das wahrscheinlich an ein paar Blättern lag, die sich in der Luftansaugung verfangen hatten. Diesen Verdacht hatte er schon seit einem Jahr, aber das Problem fiel ihm immer nur dann ein, wenn er in kaltem Wetter unterwegs und deshalb auch nicht gewillt war, das Auto anzuhalten. Er wünschte, er hätte daran gedacht, bevor sie Paris verließen, aber zu diesem Zeitpunkt hätte er sich auch nicht träumen lassen, dass es im Juli in Marokko so kalt sein könnte, dass man eine Heizung brauchte. In den drei vorherigen Nächten in Frankreich und Spanien war es viel wärmer gewesen. Und auch jetzt hatte er nicht die geringste Lust anzuhalten, mitten in der Nacht, mitten im Nirgendwo. Die schlecht sitzenden Schiebefenster und zahlreichen anderen, miserabel verfugten Lücken und Öffnungen bewirkten, dass der Renault ungefähr so luftdicht war wie ein Zelt. Luc fror fürchterlich, aber Aegina, die auf dem Rücksitz unter einer Decke lag und schlief, schien es nichts auszumachen. Sie konnte überall schlafen, von einer Sekunde auf die andere, tief und fest.

Ein Schild schob sich in den schwachen gelben Lichtschein der Scheinwerfer: arabische Hieroglyphen, darunter die Worte *Tensift-El Haouz*. Luc hoffte, dass es sich dabei um eine Stadt handelte. Sie hatten westlich von Rabat zu Abend gegessen, eine ziemlich gute Tajine zusammen mit einer Flasche Rosé aus den Rif-Bergen. Aber das war viele Stunden her, und er hatte schon wieder Hunger. Und müde war er auch. Aber vom Essen würde er schon wieder wach werden. Eine halbe Stunde verstrich. Keine Stadt in Sicht. Die Landschaft – zumindest das, was er hinter den Scheinwerfern erkennen konnte, die lose in ihrem Gehäuse schepperten und unter dem kalten Pulsieren des Sternenlichts wie kleine Talglichter flackerten – erstreckte sich wie ein karger Meeresboden um sie herum, hier und da durchsetzt von blassen Korallenstummeln, die sich im Dunkeln verloren. Die Straße war flach und gerade, zumindest fast gerade, doch die leichten Anstiege und Senken, die Konturen, die er gerade so ausmachen konnte, gaben Luc das Gefühl, als führe er durch eine endlose Reihe von dunklen Zimmern, die keine Wände hatten und sich ständig in Größe und Form veränderten.

»Aegina.«

Er hatte es schon mehrere Male versucht, wie ihr jetzt klar wurde. Ganz langsam kam sie wieder an die Oberfläche und öffnete die Augen. Das Auto wurde langsamer. Sie bemerkte, dass die Nacht schon ziemlich weit fortgeschritten war. Noch aber blieb sie still liegen und sah zu, wie ein schwaches Licht über das Innendach des Autos huschte und Lucs Gesicht allmählich heller wurde, während er nach vorne starrte.

»Aegina ...« Er schaute zurück und sein Blick traf kurz den ihren. Dann schaute er wieder nach vorn, während das Auto langsam zum Halten kam. Er drehte sich wieder auf seinem Sitz um und sah sie an. »Hast du Hunger?«

Sie setzte sich auf. Vor ihnen stand ein Bus mit laufendem Motor – eines jener uralten, qualmenden marokkanischen Fahrzeuge, die ganze Familien und deren Hühner auf ihren Dächern transportierten. Die Scheinwerfer bohrten einen Tunnel durch die rauchige Dunkelheit.

Zwei Männer und ein Junge hockten neben dem Bus am Straßenrand, um ein Becken herum, das mit glühender Kohle gefüllt war. Sie hielten einige Stöcke darüber, als wären es kurze Angelruten. Es war kein Haus zu sehen, keine Hütte, kein Lastwagen und kein Reittier. Nur eine Gaslampe, das Kohlebecken, die Männer und der Junge am Straßenrand und mehrere Passagiere des Busses, die die Stöcke entgegennahmen, die dafür aus den Kohlen gezogen wurden. Aegina roch gebratenes Fleisch.

»Ich bin total ausgehungert«, sagte sie. »Gibt's da was zu essen?«

»Riecht ganz so.«

»Wo sind wir?«

»Keine Ahnung«, sagte Luc. »Etwa auf halbem Weg zwischen der Küste und Marrakesch, glaube ich. Wir werden wahrscheinlich so gegen Mittag dort ankommen. Aber ich werde zwischendurch vielleicht mal irgendwann ein paar Stunden Schlaf brauchen.«

»Sobald wir was gegessen haben, fahre ich.«

Sie stiegen aus und gingen zu der kleinen Oase aus Nahrung und Licht hinüber. Die Stöcke stellten sich als Lammfleischspieße heraus. Aegina roch Rosmarin und Koriander. Als sie an dem Kohlebecken ankamen, zauberte einer der hockenden Männer ein kleines, rundes, flaches Stück Brot aus der Dunkelheit hervor, das bereits aufgeschnitten und auseinandergeklappt war. Er hielt eine wechselnde Anzahl von Fingern hoch: *Un? Deux? Trois?*

»*Deux, s'il vous plaît*«, sagte Aegina.

Der Mann hob zwei Spieße aus dem Becken und legte sie auf das Brot. Dann streute er Salz und Gewürze auf das brutzelnde Fleisch, umschloss es mit dem Brot und zog die leeren Spieße wieder heraus. Luc bekam ein Brot mit drei Spießen.

»*Vingt-cinq dirham*«, sagte der Mann in gutturalem Französisch.

Luc zog ein paar zerknüllte, schmutzige Geldscheine aus der Hosentasche und bezahlte.

Der Bus fuhr davon und ließ die über dem Kohlebecken schwebenden Gesichter der drei Marokkaner zurück. Ein einzelner glühender Punkt inmitten der dunklen Ebene unter dem nadelstichartigen Neonleuchten der Sterne.

Luc und Aegina gingen zu ihrem Renault zurück, lehnten sich gegen die noch warme Motorhaube und aßen die marokkanischen Sandwiches. Aegina hatte das Gefühl, als würde sich eine Sektflasche direkt in ihrem Mund entkorken und unter ihrer Zunge sprudeln, so intensiv war der Geschmack: das heiße Fleisch, das Salz, die Gewürze, das vom warmen Fett getränkte Brot.

»Ich habe in meinem ganzen Leben noch nie etwas so Köstliches gegessen«, sagte sie. Sie schaute auf die drei Gestalten, die sich um das Kohlebecken drängten, und in den undurchdringlichen Kreis der Dunkelheit, von dem sie umgeben waren. Schließlich sah sie zurück zu Luc und sagte: »Luc, kannst du's fassen, dass wir tatsächlich hier sind?«

»Was noch viel schöner ist«, antwortete er, kaute und sah sie an, »ist, dass ich mit dir hier bin.«

»Ja. Es ist nett.« Sie lächelte, mit vollem Mund und derart gespannten Wangen, dass es ihren Lippen nicht gelingen wollte, sich über den Zähnen und dem Sandwich zu schließen. In ihrem Lächeln lag mehr als nur Nettigkeit. »Ich fahre jetzt. Ich habe Lust dazu.«

Er hätte gerne ihre vom Fett glänzenden Lippen geküsst, aber während er noch darüber nachdachte, ob er es tun sollte oder nicht, war Aegina schon ins Auto gestiegen und hatte sich hinters Steuer gesetzt. Luc stieg hinten ein, legte sich hin und zog die Decke über die Beine. Bald darauf wackelte und schlingerte das Auto die Straße entlang.

»Alles gut?«, fragte Luc.

»Fantastisch«, antwortete Aegina.

Er blickte auf ihren Kopf, der leicht nach vorn geneigt war, wach und aufmerksam, er blickte auf ihre dunklen Haare, auf ihre Arme, die sie zum Steuer ausgestreckt hatte, sah die eine Hälfte ihres Gesichts und ihren Kiefer, der noch immer mit dem Essen beschäftigt war im Leuchten der schwachen Scheinwerfer.

Er war glücklich.

2

ALS IHRE MUTTER 1966 starb, Aegina war gerade vierzehn Jahre alt, wurde sie auf ein Internat in England geschickt. An langen Wochenenden und zu Beginn und Ende der Schulzeit wohnte sie bei ihrer Tante Billie, Geralds unverheirateter älterer Schwester. Billie lebte in einem umgebauten ehemaligen Hühnerstall – dem *Chicken Coop* – am Rand von Knole Park in Sevenoaks, eine Stunde Zugfahrt von London entfernt. Diese Regelung wurde für sie alle drei zum Lebensretter, auch wenn Aegina und ihr Vater einander während des ersten Jahres, das sie in England verbrachte, schmerzlich vermissten. Was Billie anbelangte – eine Frau mit sehr ausgeprägten Vorlieben und Gewohnheiten, die nie den Wunsch gehegt hatte, sich auf die Einschränkungen einzulassen, die das Leben mit einem Partner mit sich brachte –, so zwang ihr diese Regelung eine Verantwortung auf, die auch ihr gesamtes übriges, in alle Winde zerstreutes Leben zu einem Ganzen zusammenfügte. Billie hielt sich mit einem winzigen Einkommen über Wasser, das sie sich durch das Übersetzen wissenschaftlicher Artikel aus dem Französischen verdiente. Ab und zu ergänzte sie dieses Einkommen mit dem Verkauf selbst gemachter Töpferware, die immer ein bisschen so aussah, als stammte sie aus Mittelerde. Sie baute Obst und Gemüse in ihrem Garten an und suchte sich das, was sie nicht selbst anbauen konnte, auf die ein oder andere Weise zusammen. Statt sich mit dem Besitz eines Autos zu belasten, fuhr sie mit einem ausgedienten BSA-Motorrad des Britischen Automobilclubs durch die Gegend, an dem sogar noch der Beiwagen hing. Als Aegina in ihr Leben trat, stellte das Motorrad immer nur zu Beginn und am Ende der Schulzeit ein Problem dar, dann nämlich, wenn sie auf der Fahrt zu oder von dem St.-Hilary's-Mädcheninternat, das siebzehn Kilometer entfernt lag, Aeginas Schulkoffer und ihre Provianttruhe mitnehmen mussten. Doch sie meisterten diese transporttechnische Herausforderung auf drei Rädern jedes Mal bravourös, mithilfe von Stricken und einer sehr vorsichtigen Fahrweise in den Kurven.

Nach dem Ende ihres letzten Sommertrimesters auf St. Hilary's hatte Aegina die ersten paar Ferientage bei ihrer besten Schulfreundin Penny in London verbracht. Sie gingen zusammen auf Partys, und Aegina kaufte ein paar Kleider ein, die sie mit nach Mallorca nehmen wollte. Dann stieg sie in den Zug nach Sevenoaks. Als sie aus dem Bahnhof kam, wartete Billie vor dem Railway-and-Bicycle-Pub.

»Und, war's schön in London, Herzchen? Wie geht es Penny?«

»Es war toll, danke, Billie. Penny lässt ganz herzlich grüßen.« Aegina zog ihren Helm und ihre Schutzbrille über. Trotz des Knatterns des Motorrads und der zusätzlichen Hürde ihrer Schutzkleidung nutzten sie das unmittelbare Nebeneinander von Motorrad und Beiwagen, um sich ganz normal zu unterhalten, während sie auf der Straße entlangfuhren. Zwar mussten sie etwas lauter sprechen als gewöhnlich, aber sie ließen sich von keiner Wetterlage davon abhalten. Während Billie die Mount Harry Road hinaufraste und der Auspuff dabei immer lauter zu schnauben begann, rief Aegina: »Stell dir vor, ich fahre vielleicht nach Marokko, Billie.«

»Tatsächlich?«, kreischte Billie.

»Ich habe in diesem Laden auf der King's Road ein Hemd gefunden, das war aus Marrakesch. Ich bin sicher, dass ich solche Hemden auf Mallorca mit Leichtigkeit verkaufen könnte – und in London bestimmt auch. Ich habe keine Lust, noch mehr von diesen Sandalen zu machen. Ich will lieber nach Marrakesch fahren und ein paar Hemden kaufen. Ich brauche das Geld schließlich für mein Kunststudium. Was denkst du?«

»Eine interessante Idee, Herzchen«, rief Billie verhalten.

Als sie zu Hause angekommen waren, band Billie ihre hüftlangen, zu einem Zopf geflochtenen Haare oben auf ihrem Kopf mit ein paar Klammern zusammen und trug dann das Mittagessen auf: Brennnesselsuppe, selbst gebackenes Körnerbrot, verschiedenste Käsesorten und dazu den absolut unverzichtbaren Branston Pickle – wobei es sich um Gemüse handelte, das in klebriger brauner Soße eingelegt war. Dazu gab es ein dunkles Mackeson-Bier für Billie und einen mit sehr viel Wasser verdünnten Limettensirup für Aegina. Während des Essens zeigte Aegina ihrer Tante das schwarze marokkanische Hemd, das sie in einem Laden namens Granny Takes a Trip auf der King's Road gefunden hatte, und erzählte von ihrem Plan.

Ihr Vater war während der letzten Jahre gezwungen gewesen, zwei kleine Landparzellen unten an der Straße zu verkaufen, um für Aeginas Schulgeld und ihre sonstigen Kosten aufzukommen, aber er hatte längst nicht genug Geld, um ihr Studium an der Kunsthochschule zu bezahlen. Sie hatte sich um ein Stipendium beworben, aber selbst wenn sie das bekommen sollte, musste sie irgendeinen Job finden, um etwas

Geld dazuzuverdienen. Während der vergangenen Jahre hatte sie im Sommer ein bisschen Geld verdient, indem sie kleine, selbst gemachte Fußriemchen aus goldgefärbtem Hanf an ein paar Läden in Cala Marsopa und an die Gäste der *Klippen* verkauft hatte, aber der Reiz des Neuen war verflogen, und auch sie selbst war dieser Dinger überdrüssig geworden. Sie hatte fast hundert Pfund gespart. Für den Hin- und Rückflug nach Marokko konnte man Tickets für weniger als dreißig Pfund bekommen. Wenn sie dorthin reiste, sechzig oder siebzig Hemden kaufte – das Mädchen in dem Laden, deren Freund die Hemden in Marrakesch gekauft hatte, glaubte, dass sie nicht mehr als ein Pfund das Stück kosteten – und sie dann für fünf Pfund weiterverkaufte, konnte sie locker über zweihundert Pfund verdienen. Zusammen mit einem Stipendium könnte das vielleicht für ein Jahr an der Kunsthochschule reichen. Und wenn die Sache gut funktionierte, könnte sie es nächstes Jahr während der Ferien vielleicht wiederholen.

»Aber du planst doch nicht etwa, allein da runterzureisen, Herzchen?«, fragte Billie.

»Ich wusste, dass du das sagen würdest. Ich habe nachgedacht, wen ich wohl fragen könnte, aber das Problem ist, dass alle schon andere Pläne haben. Was denkst du, sollte ich vielleicht Dennis fragen?«

Dennis war Aeginas Freund, zumindest dem Namen nach, und auch immer nur dann, wenn sie gerade hier war. Er war in Sevenoaks zur Schule gegangen, hatte jedoch ebenfalls gerade sein Abitur gemacht und würde demnächst zur Universität gehen. Sie hatten sich kurz vor Weihnachten kennengelernt, bei einem Trimester-Abschlussball, den St. Hilary's und die Sevenoaks-Schule zusammen organisiert hatten. Da weder die eine noch die andere Schule gemischte Klassen hatten, sollte dieser Ball dazu dienen, die gesellschaftlichen Umgangsformen der Schüler zu verfeinern. Seitdem war Dennis mit ihr jeweils vor Beginn und nach Ende der Schulzeit ausgegangen. Er war süß. Und musikalisch war er auch, auf gewisse Weise. Er spielte das Five-String-Banjo in einer Bluegrass-Band, die er zusammen mit ein paar Schulfreunden gegründet hatte und die sich Ide Hill Boys nannte. Aegina war einmal mit zu einem ihrer Auftritte gekommen, im Feathers-Pub in Tonbridge. Dennis hatte ganz hinten gestanden, hinter den Fiddle- und Mandolinen-Spielern. Er hatte die Zähne in sichtbarer Anstrengung gebleckt, als würde er den anderen in einem Wettlauf hinterherrennen und verzweifelt versuchen, sie einzuholen. In letzter Zeit hatten ihre Verabredungen immer damit geendet, dass sie sich küssten. Aegina fand das ganz nett – schließlich war Dennis recht attraktiv; groß, dünn, mit lockigen schwarzen Haaren und unglaublich langen Wimpern –, aber weiter hatte sie nicht gehen wollten. Ihr wurde klar, dass sie ihn ein wenig langweilig fand.

»Möchtest du denn mit Dennis fahren?«, fragte Billie.

»Nein, eigentlich nicht. Es wäre schon okay, aber ich glaube, ich müsste mich eher um ihn kümmern als umgekehrt.«

»Da könntest du recht haben. Aber es wäre trotzdem gut, wenn die Leute sehen, dass du nicht allein bist. Ich bin sicher, dein Vater würde genauso denken. Ich meine, ich habe keine Ahnung, wie es in Marokko so ist. Weißt du das? Ist es denn da sicher?«

»Aber ich bin doch jetzt achtzehn. Ich kann hinfahren, wo ich will, stimmt's?«

»Tja, du bist aber eben gerade erst achtzehn geworden und außerdem geht es auch gar nicht darum, wenn wir das Ganze mal vernünftig betrachten. Dein Vater und ich, wir werden uns beide große Sorgen um dich machen, Aegina, und ich glaube auch, aus gutem Grund. Einfach so nach Afrika zu fahren? Ich glaube wirklich, dass du jemanden mitnehmen solltest. Es muss ja gar nicht mal ein Junge sein. Wie wär's denn mit Penny?«

»Sie wäre ja gern mitgekommen, aber sie fahren alle zusammen nach Schottland, und sie hat sich für die Hälfte des Sommers für so einen Segelkurs angemeldet, der ein bisschen so klingt wie dieses Buch *Kampf um die Insel.*« Aegina konnte spüren, wie ihre wunderbare Idee ganz langsam in dem klammen Würgegriff der Vernunft unterging. Sie war fest entschlossen zu fahren, aber sie wollte sich auch nicht mit Billie darüber streiten. Billie unterstützte sie zwar immer sehr liebevoll, aber gleichzeitig konnte sie auch vollkommen unerbittlich sein. Billie würde diesen Kampf gewinnen.

Aber auch Billie zögerte ein wenig, Aegina zu widersprechen. Sie verfügte zwar über die nötige Autorität, aber Aegina war sehr selbstständig – ein recht wilder Charakterzug, den sie wohl von ihrer Mutter geerbt hatte – und sie konnte unglaublich stur sein, wenn sie davon überzeugt war, für eine gerechte Sache zu kämpfen.

Billie brachte die Getränke an den Tisch, setzte sich und nahm einen langen Schluck aus ihrem Mackeson. »Tja, es ist eine klasse Idee, Herzchen – sehr originell. Gib sie nicht auf. Wir müssen eben nur jemanden finden, der mit dir fährt. Was ist mit deinen Freunden in Paris?«

»Die fahren bestimmt alle nach Mallorca.«

»Das tust du doch auch. Aber vielleicht steht einem von ihnen ja der Sinn nach einer kleinen Reise vorab. Warum rufst du nach dem Essen nicht ein paar von ihnen an?«

3

AN IHREM ZWEITEN Morgen in Paris zog Aegina sich rasch an, schrieb einen Zettel für Florence und verließ das Haus. Passy gefiel ihr nicht besonders. Es war zu still hier und zu spießig, und alle hatten viel zu viel Geld – eben typisch *Rive droite*. Sie bekam hier immer das Gefühl, als gehörte sie zu den Armen und Entrechteten. Sie war viel lieber auf der linken Seite der Seine, wo sie bei ihren früheren Besuchen in Paris bei Sylvie gewohnt hatte. Aber Sylvie war zusammen mit ihrer Familie schon nach Mallorca gefahren.

»*Maroc! Bien sûr je viens avec toi!*«, hatte Florence vor zwei Tagen in den Hörer gekreischt. »*Viens immédiatement!*« Aber als Aegina dann in Paris eingetroffen war, sah plötzlich wieder alles ganz anders aus. Florences Eltern blieben steinhart. Zwei Mädchen allein in Marokko? *Mais vous êtes folles?* Auf gar keinen Fall – es sei denn, einer ihrer männlichen Freunde würde sich bereit erklären mitzufahren.

Pas de problème, sagte Florence. Sie rief Natalie und Aymar und François an – alles Freunde aus ihren gemeinsamen Sommertagen auf Mallorca – und sie trafen sich im Café Flore. Aymar würde am nächsten Tag für zwei Wochen in die Bretagne fahren, zu Éric Tabarlys *école maritime*. Der dünne François, mit seinen weichen, wallenden Haaren, war im Begriff, in den Vaucluse zu fahren, um mit dem Rennrad den Mont-Ventoux-Abschnitt der Tour-de-France-Strecke zu fahren. Er hoffte nämlich, im nächsten Jahr einen Platz als Domestik im La-Vache-Qui-Rit-Team zu erobern. Serge und Alain befanden sich bereits auf Mallorca.

»Und was ist mit Luc?«, fragte Aegina mit vollendeter Beiläufigkeit. Im Zug nach Dover, auf der Fähre über den Kanal und auf dem Zug hierher, während der gesamten Strecke bis hin zur Gare du Nord, hatte sie sich selbst immer wieder dabei erwischt, wie sie an Luc dachte. Sie hatte ihn seit vier Jahren nicht gesehen. Nicht seit jenem fürchterlichen Sommer.

»Luc?«, sagte Florence. Sie zuckte mit den Schultern und sah sich am Tisch um. Sie trafen sich kaum noch, selbst wenn sie alle in Paris waren, sagte sie. Sylvie glaubte, dass er nach New York gefahren war.

»Nein«, sagte Aymar. Er habe ihn noch vor ein paar Wochen in Paris gesehen, aber er glaube, dass Luc den Sommer über nach Rom fahren würde, um an einem Film zu arbeiten.

»Mach dir keine Sorgen«, sagte Florence. »Wir finden schon jemanden.« Sie selbst konnte sowieso erst nach dem Doors-Konzert fahren, sie hatte schon Tickets für nächste Woche ergattert.

Aegina stieg in die Métro, in der sich die frühmorgendlichen Pendler drängten. Sie fuhr nach Cluny-La Sorbonne und lief den Boul'Mich' hinauf. An der Place Edmond-Rostand kaufte sie sich in einem Café ein Croissant und lief dann weiter in den Jardin du Luxembourg. Billie würde vor Wut schäumen, wenn sie alleine fuhr. Ihr Vater würde sich ängstigen, und seine stillen Vorwürfe würden sie noch bis in die Mitte der

Sahara verfolgen. Außerdem hatten sie ja wahrscheinlich recht: Es wäre auf jeden Fall besser, jemanden mitzunehmen.

Sie spürte das drohende Scheitern. Immer diese fürchterliche, lähmende Lücke zwischen Traum, Wunsch und Durchführbarkeit. Was sollte sie denn sonst tun, wenn sie nicht nach Marokko fuhr? Auf Mallorca versuchen, noch ein paar von ihren Fußriemchen zu verkaufen, darauf warten, dass sie Bescheid von den Kunsthochschulen bekam – warten, warten, warten? Auf das Leben warten?

Sie aß ihr flockiges, buttriges Croissant auf, direkt neben dem kleinen, ummauerten Obstgarten, der an die Rue Auguste-Comte grenzte. Draußen auf der Straße konnte sie durch den Gitterzaun die Leute in ihren dunklen Mänteln sehen, wie sie mit wütender Entschlossenheit zur Arbeit gingen. Aber hier, auf den sandigen Wegen zwischen den Rasenflächen und den grübelnden Büsten von Baudelaire und Sainte-Beuve, war es ganz still. Sie sah den uniformierten Gärtnern dabei zu, wie sie die hochgewachsenen Spaliere voller Pfirsiche und Äpfel beschnitten. Die Bäume streckten ihre Äste so elegant aus, als wären sie das Bühnenbild für eine Ballettvorstellung.

Sie suchte in ihrer verschlissenen Segeltuchtasche nach der Serviette, auf die Aymar Lucs Telefonnummer gekritzelt hatte. Eigentlich war es die von dem Apartment seines Vaters, aber Luc wohnte immer noch dort, hatte Aymar gesagt.

Er war bestimmt irgendwohin verreist, wie es die anderen vermutet hatten. Rom oder New York.

Sie fragte sich, ob er überhaupt mit ihr sprechen würde.

Draußen auf der Rue d'Assas fand sie eine Telefonzelle. »*Allô, oui?*« Sie erkannte seine Stimme sofort.

Sie trafen sich im Café Saint-Médard, im 5. Arrondissement,

dort, wo das Quartier Latin begann und sich die schmale Rue Mouffetard zusammen mit mehreren anderen Straßen wie ein Flussdelta auf den kleinen Platz Saint-Médard ergoss.

Luc war tatsächlich in Rom gewesen. Fabio, ein Freund und Studienkamerad von der Amerikanischen Universität von Paris, hatte ihm, so glaubte er zumindest, einen absolut unglaublichen Sommerjob bei einem Fellini-Film in der Cinecittà verschafft. Doch aus dem Job war nichts geworden. Er hatte mit Fabio und dessen Eltern zusammen in deren Wohnung in Prati gewohnt und war jeden Tag zum Studio rausgefahren in der Hoffnung, es würde sich vielleicht doch noch etwas ergeben. Das war aber nicht geschehen, und er hatte sich in der Wohnung nur im Weg gefühlt, weshalb er schließlich zurück nach Paris gefahren war. Irgendwann diesen Sommer plante er, nach Mallorca zu gehen, aber jetzt noch nicht. Lulu war gerade damit beschäftigt, einen neuen Gebäudetrakt bauen zu lassen, den sie »die Baracken« nannte, hinter dem Pool, im rückwärtigen Bereich des Grundstücks. Im Zuge dieser Baumaßnahmen hatte sie auch den Geräteschuppen abgerissen, in dem Luc während der letzten zehn Jahre gehaust hatte, wann immer er sich in den *Klippen* aufhielt. Es war sicherlich alles noch ein riesiges Chaos. Luc konnte sich lebhaft vorstellen, wie seine Mutter die Bauarbeiter anschnauzte und ihn selbst gleich mit. Sie würde es sicherlich auch schaffen, ihn irgendwie einzuspannen. Er hatte vor, frühestens Mitte August auf die Insel zu reisen, und hing im Augenblick eigentlich irgendwie in der Luft. Und dann war Aegina aufgetaucht, mit ihrem ausgeflippten marokkanischen Hemden-Plan.

Er hatte immer schon diese seltsame, nicht unbedingt unangenehme, aber auf jeden Fall enge persönliche Verbindung zu ihr gespürt, weil ihre Eltern einmal für kurze Zeit miteinander verheiratet und auch noch die jeweils ersten Ehegatten des anderen gewesen waren. Als wären er und Aegina irgendwie Stiefgeschwister oder zumindest etwas in der Art. Luc hatte Gerald immer schon gemocht, von dem wenigen zu urteilen, was er von ihm mitbekommen hatte. Er war immer nett zu Luc gewesen. Seine Mutter sprach nie über Gerald, ihren ersten Ehemann. Es war eine sehr kurze Ehe gewesen. Ihre darauf folgende zweite Ehe mit Lucs Vater hatte jedoch nur unwesentlich länger gedauert. Als Luc versucht hatte, sie über Gerald auszufragen, hatte sie lediglich gesagt, das Ganze sei ein kolossaler Fehler gewesen. Mehr hatte sie nicht preisgegeben. Er fragte sich, ob Aegina mehr wusste.

Sie sah unglaublich aus. Ihre Haare waren so dunkel wie Haare das nur sein konnten, ohne schwarz zu sein. Und dann dieser olivenfarbige spanische Teint. Enge Jeans, eine lose, rot bestickte Bluse aus Cochabamba. Er hatte sie seit Jahren nicht mehr gesehen (er war weg gewesen, sie war ihm aus dem Weg gegangen), seit Cala Marsopa, in dem Sommer, als sie vierzehn gewesen war. An wie viel davon erinnerte sie sich noch? Er jedenfalls konnte sich an jeden einzelnen Moment erinnern.

»Ich habe nicht so besonders viel Geld«, sagte er ausweichend.

»Ich auch nicht«, sagte Aegina. »Ich habe genug, um die Hemden zu kaufen und in den allerbilligsten Pensionen zu übernachten. Wir könnten Studententickets für die Zugfahrt bekommen. Das sollte nicht zu teuer werden.«

Sie klang sehr englisch in diesem Augenblick.

»Na ja«, sagte Luc. »Eigentlich könnten wir auch mit meinem Auto fahren. Es ist ziemlich alt, aber es verbraucht nicht besonders viel Benzin.«

»Was, von hier nach Marokko fahren? Und wieder zurück?«

»Ja. Ich bin sicher, dass das Auto das schaffen würde. Und wir könnten im Auto schlafen.«

Dieses Bild brannte sich in ihrer beider Vorstellung ein.

»Ich meine, wir könnten uns beim Fahren abwechseln«, sagte Luc. »Es könnte immer einer von uns fahren, während der andere schläft. Das wäre billig, und wir müssten nirgends anhalten.«

»Nein, klar. Ja. Das wäre gut.«

»Ja. Verstehst du, ich will nicht …« Wie sollte er das jetzt bloß formulieren? »Ich will damit gar nichts Komisches vorschlagen oder so. Ich habe ’ne Freundin, sozusagen.«

»Oh, gut!«, sagte Aegina. »Und ich habe einen Freund. Also haben wir da schon mal kein Problem.«

»Klasse«, sagte Luc.

Sie schlürften ihren Kaffee.

»Und warum konnte der nicht mit dir fahren?«, fragte Luc.

»Oh, er hat keine Zeit. Er ist Musiker. Er muss … Er tritt irgendwo auf.«

»Ah.«

»Und was macht deine Freundin so?«

»Oh, sie ist Schauspielerin. Na ja, sie hat ein paar kleine Sachen gemacht.«

»Fantastisch. Wie heißt sie?«

»Sophie. Und wie heißt dein Freund?«

Aegina hob ihre Kaffeetasse an den Mund und nahm einen Schluck. »Dennis«, sagte sie hinter ihrer Tasse.

»Was spielt er denn für ein Instrument?«

»Banjo.«

Lucs Vater lud sie beide zum Abendessen in sein Lieblingsrestaurant ein, Chez René. Er fragte sie über ihre Reise aus, welche Route sie fahren wollten, was für einen Plan sie hatten. Das klinge wie ein wunderbares Abenteuer, sagte er dann. Und er kenne einen Journalisten in Tanger, falls sie vor Ort Hilfe brauchten. Er fragte Aegina, wie ihr die Schule in England gefiel. Zu ihrem Vater stellte er ihr keine einzige Frage. Dann gab er Luc fünftausend Francs. Für den Notfall.

4

BEI TAGESANBRUCH, als der erste, dunkelblaue Lichtschein in den Rückspiegel gekrochen kam und die Schwärze ein wenig aufhellte, die sich jenseits der Windschutzscheibe ausbreitete, übernahm Luc wieder das Steuer. Das Licht wölbte sich über den Horizont, und schließlich konnte er die Silhouette des Atlasgebirges erkennen, das sich links vor ihnen ausbreitete.

Die Straße, eine graue Linie, die sich über die sanft konturierte Ebene zog, als wäre sie einem Bilderbuch entsprungen, begann anzusteigen, als sie sich Marrakesch näherten. Sie kamen nun in die Region des Hohen Atlas und sofort wurde die Landschaft grüner, hügeliger, mit kleinen Bauernhöfen und Weinbergen. Es erinnerte an das Hinterland von Andalusien in Südspanien, durch das sie auf dem Weg nach Algeciras gefahren waren. Zum Navigieren benutzten sie eine Michelin-Karte von Marokko. Und in einer Buchhandlung auf der Rue de l'Odéon hatte Luc einen acht Jahre alten Guides-Pol-Reiseführer gefunden, *Marrakech et Sa Région*, 31 Seiten, mit eingefügtem Stadtplan. Der Mittelpunkt der Stadt und gleichzeitig auch ihre berühmteste Attraktion, so versicherte der Reiseführer, sei der große Hauptplatz, der Djemaa el-Fna, einer der geschäftigsten Marktplätze Afrikas, um den sich die unentwirrbaren Straßen und Gassen des riesigen Souk ausbreiteten, dem größten Markt Marokkos. Im Innern der Medina, der Altstadt, fänden sich, mit bequemem Zugang zum Djemaa el-Fna und dem Souk, mehrere *Riads*, große alte Wohnhäuser, die man zu Gästehäusern umgebaut habe und deren Zimmer sich um einen zentralen Innenhof gruppierten.

Sie fuhren durch ein Tor in der Stadtmauer in die Medina. Die Straßen wurden sofort furchtbar eng und waren voller Menschen. Luc folgte den wenigen Schildern, die in Richtung des Djemaa el-Fna wiesen, bis die Schilder plötzlich ganz aufhörten. Die gewundenen Gassen waren mit braunen Mauern gesäumt, die sich schräg nach außen neigten und mit einem wellenförmigen Putz versehen waren. In unregelmäßigen Abständen taten sich Türen und kleine Fenster auf. Im Hintergrund verlor sich das Straßengewirr zu einem undurchdringlichen Labyrinth. Luc machte kehrt und versuchte, seinem schwindenden Orientierungssinn zu folgen, hatte sich aber schon bald völlig verirrt.

»Sieh mal«, sagte Aegina, die den Reiseführer auf ihren Knien aufgeschlagen hatte. »Ein *Riad.* Al Hamoun. Steht sogar im Buch. Sollen wir mal nachfragen?«

»*Ah, oui, bien sûr*«, sagte der bärtige Concierge mit einem schüchternen Lächeln.

Er führte sie in den zweiten Stock, wo sich ein Balkon um den gesamten Innenhof zog. Unten befand sich ein Garten, in dem ein plätschernder Springbrunnen stand. Das Zimmer war sehr geräumig. Weiß getünchte Wände, lange, schmale Terrassentüren, deren Einfassungen mit einem breiten königsblauen Farbstreifen verziert waren. Ein großes Doppelbett mit einer dünnen Matratze, die in der Mitte durchhing, aber mit einem einladend wirkenden, sauberen weißen Laken bezogen war. Aegina ging zum Fenster, öffnete es und schob die mit beweglichen Lamellen versehenen Fensterläden zur Seite. Sie gaben den Blick auf eine Gasse, Hausdächer und ein paar grüne Palmen hinter einer Mauer frei.

Aegina drehte sich zu Luc um und grinste vor Aufregung. »Ich glaube, ich will jetzt gar nicht schlafen. Ich will los und die Stadt erkunden.«

Nach dem dichten Gedränge der engen Straßen, eingepfercht zwischen den zimtfarbenen Gebäuden mit ihren zerklüfteten Wänden, die schier endlos ineinander übergingen wie ein nach innen kippendes Pueblo-Kontinuum aus Lehmziegeln, öffnete sich der Djemaa el-Fna wie ein riesiger Flohmarkt von der Größe eines Fußballstadions. Zahllose Reihen von Verkaufsständen, die mit schattenspendenden Tüchern überspannt waren, träge herumstehende Esel, Karren, Tische, auf denen Glasperlen, Halsketten, Edelsteine, Fossilien, Datteln oder Pistazien lagen, Orangensaftverkäufer, Schlangenbeschwörer, angekettete Berberaffen, Derwisch-Tänzer mit Glöckchen am Handgelenk, Trommler, beriberikranke Bettler, gebeugte, wie eine Bretzel verknotete, vor Rotz zerfließende, ausgemergelte blinde Krüppel, die ihre Handflächen den über ihnen schwebenden Wolken entgegenhoben, Wasserverkäufer, die wie Londoner Beefeaters gekleidet waren und Zinnbecher und prall gefüllte, dunkles Wasser ausschwitzende Ziegenhäute mit sich herumtrugen.

Wie ein Schwarm Stechmücken fiel ein Rudel verwilderter Jungen in ausgefransten kurzen Hosen und T-Shirts über sie her und zog an ihren Armen.

»Hippie! Hippie! Was du wollen?«

»Komm, Hippie! Nur gucken!«

»Du wollen Kif?«

Fröhlich grinsende Jungen mit glaukomgetrübten Augen, zahnlückigen Skorbut-Mündern, Pellagra-Läsionen.

»Berbertasche!«

»Bernsteinkette! Silber!«

»Ich führen, ich dich führen, Hippie!«

Sie schüttelten die Jungen ab und fanden den Eingang zum Souk – eine Straße, die fast unmittelbar in einen zerfurchten Schotterweg überging. Der Weg schlängelte sich zwischen den Gebäuden und unter den durchhängenden, über die Gasse gespannten Leinentüchern hindurch, wo sich Sonnen- und Schattenstreifen miteinander abwechselten. Kleine Geschäfte von der Größe eines Verkaufsstands drängten sich zu beiden Seiten des Wegs, in enge Gassen mit gipsverputzten Mauern hineingebaut und nur von einzelnen, nackten Glühbirnen beleuchtet. Gassen mit Teppichen und Kelims, Gassen mit Djellabas, Ledertaschen, Sätteln, Gürteln, Gassen mit frucht-eisfarbigen ledernen Berberpantoffeln mit spitz zulaufenden, nach oben gebogenen Zehen. In fast jedem Geschäft stand ein Transistorradio auf einem Regal oder auf der Erde, dessen primitive Drahtantenne sich der niedrigen Decke entgegenschlängelte und aus dem sentimentale marokkanische Liebeslieder in die Gassen dröhnten, melancholische Wellen weiblichen Wehklagens.

»Hemden!«, sagte Aegina und packte Luc am Arm.

Sie betraten die Hemden-Gasse. Ein Geschäft nach dem anderen, angefüllt mit zahllosen Regalen voller weicher Baumwollhemden oder solchen, die auf Kleiderbügeln an jedem noch freien Platz der Verkaufsfläche hingen. Es waren die verschiedensten Stile und Farben zu sehen, aber der weitaus größte Teil war weiß, mit einem runden, kragenlosen Ausschnitt bis zur Mitte der Brust und zahlreichen kleinen Stoffknöpfen.

Aegina rieb den Stoff eines der weißen, in der Gasse hängenden Hemden zwischen den Fingern. Der Ladenbesitzer, ein kleiner, rundlicher, glatt rasierter Mann, der eine weiße Djellaba und gelbe Pantoffeln trug, hob den Bügel rasch aus seiner Halterung und breitete das Hemd auf seinem Arm aus, damit sie es besser begutachten konnte.

»Beste Qualität«, sagte er und schaute mit scharf stechendem Blick von dem Hemd zu Luc und Aegina hoch, als wollte er seinen Erstgeborenen für ein Stipendium am Musikkonservatorium anpreisen.

»Das ist doch das, wonach du suchst, oder?«, fragte Luc. »Ist das so wie deins?«

»Ja, irgendwie schon«, sagte sie. »Aber das Material von dem Kragen hier ist nur am Rand aufgenäht –«

»Sehr fein«, unterbrach sie der Ladenbesitzer. »Näharbeit beste Qualität.«

»Ja«, sagte Aegina und lächelte den Mann an. Dann zog sie ihr schwarzes Hemd aus der Tasche. »Aber ich möchte so was wie das hier, sehen Sie? Die Handarbeit, wie auch immer man das nennt, hier um den Kragen, die ist in das Material des Hemdes hineingestickt und nicht einfach nur später aufgenäht worden.«

»Ja, ja, ja, verstehe«, sagte der Verkäufer und hängte das Hemd zurück an seinen Platz. »Sie kommen.« Er winkte ihnen, dass sie ihm folgen sollten, mit einer raschen, wiederholten Abwärtsbewegung seiner Hand. »Kommen, ich Ihnen zeigen.«

»Haben Sie auch schwarze Hemden?«, fragte Aegina ihn.

Ein kurzes, nachsichtiges Ausatmen. »Natürlich. Viel schwarz.«

Sie folgten ihm in den hinteren Bereich des Ladens. Der winzige Raum war bis zur Decke mit Stapeln von Hemden vollgestopft. Der Verkäufer schob sich mit geübter Hand durch die Hemdenberge und durchwühlte ein paar Pappkartons. Als er sich wieder umdrehte, hielt er Aegina ein schwarzes Hemd entgegen. »Besonderes Hemd«, sagte er. Mit dicken Fingern wies er sie auf die Stickereien hin, die sich am Kragen, den Ärmelaufschlägen und dem unteren Saum entlangzogen. »Alles mit Hand gemacht. Keine Maschine. Allerbeste Qualität. Viel Arbeit. Viel Zeit.«

»Ja, das ist es, was ich meine«, sagte Aegina. »Siehst du, Luc?«

»Ja.«

»Ich möchte einhundert Stück kaufen«, sagte Aegina zu dem Ladenbesitzer. »Wie viel kostet ein Hemd, wenn ich hundert kaufe?«

»Einhundert Hemd?«, fragte der Mann. »Sie wollen einhundert?«

»Ja.«

»Das ist Hemd für fünfzig Dirham.«

»Fünfzig Dirham?«, fragte Aegina überrascht.

»Natürlich. Arbeit von einer Person, mit Hand, sehr sorgfältig, ganzen Tag. Manchmal zwei Tag.«

Sie sah Luc an. »Das sind sechs Pfund. Das schaffe ich nicht.«

»Für einhundert Hemd ich Ihnen mache besten Preis, dreißig Dirham ein Hemd. Dreitausend Dirham, einhundert Hemd«, sagte der Mann.

»Es tut mir leid, aber das ist viel mehr, als ich bezahlen kann.«

»Wie viel Sie bezahlen?«

»Ich suche nach Hemden, die nicht mehr als zehn Dirham das Stück kosten«, sagte Aegina.

Der Mann nahm das wertvolle schwarze Hemd, faltete es, strich es glatt, sah darauf herab und lächelte. »Ich habe Hemd für Sie für zehn Dirham.« Er legte das schwarze Hemd zurück in den Karton und ging zum Eingang seines Geschäfts. Dort zog er ein anderes schwarzes Hemd aus einem Stapel und hielt es hoch. »Sehr fein Qualität. Ein Hemd, zehn Dirham. Einhundert Hemd, ich Ihnen mache beste Preis, sechshundert Dirham.«

Aegina sah das Hemd an und dann Luc. »Siehst du, es ist wie das weiße Hemd. Die Verzierungen sind alle aufgenäht.«

»Aber schwarze Garn«, sagte der Verkäufer weise.

»Schwarzes Garn?«, fragte Luc.

»Natürlich.« Er vollführte eine Pantomime, als wollte er die Zierleiste abreißen, um ihnen zu beweisen, dass sie praktisch untrennbar mit dem Hemd verbunden war und niemals abgehen würde. »Stark.«

»Schwarzes Garn ist stark?«

»Stärker.«

Bei Sonnenuntergang tauchten sie wieder aus dem Souk auf, erschöpft und desorientiert, als wären sie gerade einem Zirkuszelt entflohen. Sie betraten den Djemaa el-Fna. Sie hatten ihn schon in den Gassen gehört, während sie ihm immer näher kamen, als wäre er ein Ozean, dem sie durch eine Ansammlung von schalldämpfenden Dünen entgegengingen. Seit sie am Nachmittag über den Platz gelaufen waren, hatte sich die Zahl der Menschen vervielfacht. Zahllose Männer schlugen in einem einzigen, alle vereinenden Rhythmus auf Trommeln und Becken. Über der Menge hing in blauen Kränzen der

Rauch, der aus den Kohlebecken und Ölfässern aufstieg und in den sich der Geruch von Gewürzen und gebratenem Fleisch mischte. Verkrüppelte Hunde humpelten in verzerrten Diagonalen durch das Chaos.

»Ich muss mich dringend irgendwo hinsetzen«, sagte Aegina.

»Hast du Hunger?«

»Ja.«

»Ich auch.«

Sie stiegen die Stufen zu der Terrasse im zweiten Stock des Café des Palmiers hoch, von dem aus man den Platz überblicken konnte. Die in das Licht der untergehenden Sonne getauchten Tische auf der Terrasse waren schon alle vergeben.

Eine tiefe Stimme, noch vage vertraut, durchbrach in einem stark akzentuierten Englisch den sie umgebenden Lärm: »Die Leute aus dem kleinen Renault.«

Ein Mann, der zusammen mit einer Frau an einem der Tische saß, stand auf und zog zwei leere Stühle heran. »Kommt, esst mit uns.«

Er war etwa Mitte dreißig, mittelgroß, trug spanische Stiefel, die ihn auf fast einen Meter achtzig hochschraubten, und hatte sich mit viel Sorgfalt wie ein berberischer Seeräuber gekleidet. Über einer cremefarbenen Leinendjellaba, die im dämmrigen Licht rosa schimmerte, trug er eine bestickte blaue Berberweste und hatte sich quer über seine Schulter einen Riemen geschlungen, der an ein Bandelier erinnerte. Daran hing ein mit Quasten versehener Lederbeutel, der so aussah, als wäre er uralt und könne gut und gern von einem echten Berber stammen. Unter einem schwarzen Tuch, das er sich wie einen Turban um den Kopf gewunden hatte, schauten lange blonde Haarsträhnen hervor und sein Mund wurde von einem roten Walross-Schnurrbart verdeckt.

Die Frau lächelte strahlend und stand auf, um sie zu begrüßen. Sie war ungefähr zehn Jahre jünger als der Pirat und auch größer, obwohl sie nur weiße Espadrilles trug. Auch sie hatte sich einen Turban um die Haare gewunden, wenn auch nicht ganz so fest wie er, aus einem rostfarbenen Seidentuch, das die gleiche Farbe hatte wie ihre Haare. Sie trug eine schlichte lange weiße Bluse über einer weißen, an den schmalen Knöcheln zusammengebundenen Pluderhose.

»Hallo!«, sagte sie herzlich, als sie zum Tisch kamen. Sie umarmte Aegina und küsste sie auf beide Wangen und begrüßte Luc dann auf die gleiche Weise. Dabei schlugen ihm ihre Haare ins Gesicht und in den Mund. Sie rochen ziemlich stark nach irgendeinem Öl, das sie sich hineingeschmiert hatte.

Sie hatten auf der Fähre von Algeciras nach Tanger ein Bier zusammen getrunken. Rolf, ein Deutscher, war nach Marrakesch gereist, um für seine Boutique in München marokkanische Waren einzukaufen. Er hatte ihnen Minka als seine jugoslawische Freundin vorgestellt. »Ich bin Montenegrinerin«, hatte sie in fast akzentfreiem Englisch gesagt. Sie sah eher wie eine präraphaelitische Muse aus – mit ihren mahagonifarbenen Haaren, ihren riesigen grünen Augen und ihrem lang gestreckten, milchweißen, blau geäderten Hals. Sie sprachen Englisch miteinander, was auch die Lingua franca zwischen Rolf und Minka war, da Minka anscheinend kaum Deutsch konnte.

Als sie auf der Fähre zu ihren Autos zurückgegangen waren – Luc und Aegina zu ihrem verbeulten Renault und Rolf und Minka zu seiner lehmbesprenkelten schwarzen Jaguar-Limousine –, hatte Rolf sie für ihren Mut bewundert, dass sie sich in ihrem kleinen Spielzeugauto ins Hinterland von Afrika wagten. »Ihr habt mehr Mut als ich, dass ihr mit diesem kleinen Renault losfahrt«, sagte er mit einer Andeutung von Heiterkeit, die irgendwo unter seinem undurchdringlichen Schnurrbart stecken blieb. Jede Äußerung, die Rolf von sich gab, klang so, als spräche er sie einer Berlitz-Sprachkurs-Platte nach.

Jetzt sagte er: »Und, ihr habt es also geschafft in eurem kleinen Renault?«

»Ja, war super«, sagte Luc.

»Habt ihr schon die Hemden gefunden?«, fragte Minka.

»Nein«, sagte Aegina. »Wir haben gerade Stunden damit verbracht, im Souk nach welchen zu suchen. Wir gehen morgen wieder hin. War nicht grad vielversprechend.«

»Das ist doch klar«, sagte Rolf. »Die zeigen euch die Touristenhemden mit den Touristenpreisen. Ihr müsst direkt zum Hersteller.«

»Klar, das wollten wir morgen auch versuchen«, sagte Luc, der sich darüber ärgerte, dass Rolf mit seiner Bemerkung angedeutet hatte, sie seien nichts als begriffsstutzige Landeier, die sich bei jedem Dirham über den Tisch ziehen ließen. Das brauchte er Luc nicht erst zu erklären.

»Ist doch unglaublich, Marrakesch, findet ihr nicht?«, fragte Minka, warf ihre Haare zurück und strahlte sie beide an. »Seid ihr gestern Abend angekommen?«

»Nein, heute Morgen«, sagte Aegina.

»Seht doch!« Minka winkte mit der Hand über die Brüstung der Terrasse. »Der Djemaa el-Fna! Das ist doch eine wirklich unglaubliche Kulisse, nicht wahr? Wie in einem Märchen.«

»Seid ihr die ganze Nacht durchgefahren?«, fragte Rolf.

»Ja. Einer von uns ist gefahren, während der andere geschlafen hat«, antwortete Luc.

Rolf sagte: »Wir haben die Nacht in Tétouan verbracht.

Haben die Strecke heute in nur vier Stunden geschafft. Und jetzt haben wir ein ganz fantastisches Zimmer im Mamounia. Winston Churchills Zimmer. Der ist andauernd hierhergekommen.«

»Ich bin so froh, dass wir euch begegnet sind«, sagte Minka, berührte Aegina kurz am Arm und sah dann Luc an. »Ich habe euch beide echt vermisst, nachdem wir Tanger verlassen haben.«

Sie aßen Couscous und Tajine und marokkanisches Brot aus ungebleichtem Mehl und tranken zwei Flaschen kalten marokkanischen Weißwein dazu. Als die Sonne hinter der minarettgekrönten Silhouette der Stadt untergangen war, zog Rolf eine kleine, aus Holz und Messing gefertigte Pfeife aus seinem Beutel und zündete sie an. Eine Wolke süßlichen Rauchs erhob sich über dem Tisch und wurde dann von einer leichten Brise davongeweht.

»Du denkst, das geht klar, wenn man hier Gras raucht?«, fragte Luc.

»Klar geht das klar, Mann«, sagte Rolf. Er reichte Luc die Pfeife, der einen Zug nahm und sie dann Aegina hinhielt. Sie zog ganz leicht daran und gab sie an Minka weiter.

»Marokkanischer Stoff?«, fragte Luc.

»Selbstverständlich. Kif vom Rif. Ich kaufe immer bei meinem Händler in Tétouan ein, wenn wir da vorbeikommen. Es ist ganz frisch, nur die Blüten. Keine Stiele.«

Sie waren alle vom Fahren müde und verfielen bald in eine schläfrige, kichernde Benommenheit.

»Wir gehen dann mal«, sagte Luc, als Aeginas Kopf auf seine Schulter fiel.

»Kommt doch bitte morgen Abend ins Mamounia und esst mit uns«, sagte Minka.

Als sie zu ihrem Hotelzimmer zurückkehrten, gingen sie so ungezwungen miteinander um, als wären sie tatsächlich Stiefgeschwister, obwohl sie sich bisher nur den Renault geteilt hatten.

Sie wechselten sich damit ab, in das Badezimmer am Ende des Ganges zu gehen. Bei ihrer Rückkehr roch Aegina nach Zahnpasta. Sie legte sich in T-Shirt und Unterhose auf die eine Seite des Bettes. Das Licht im Raum war sehr schwach und Luc schaltete es ganz aus. Er zog sich bis auf seine Unterhose aus und legte sich auf die andere Seite des Bettes. Durch die Spalten in den Fensterläden drang das trübe Licht der nächtlichen Straße.

»Luc?«

»Ja?«

»Danke, dass du mitgekommen bist.«

»Oh, tja, na ja …« Er versuchte verzweifelt, eine passende Antwort zu finden, etwas, das weder zu beiläufig noch zu enthusiastisch klang. In Wahrheit war diese Reise jetzt schon das Aufregendste, was er in seinem ganzen Leben jemals getan hatte. »Es ist toll.«

Ganz vorsichtig legte er seine Hand auf ihre Schulter. Jetzt war es an ihr. Im nächsten Moment hörte er ihr gleichmäßiges Atmen. Sie war eingeschlafen.

Er brauchte wesentlich länger dazu.

5

»**HEMDEN?«, FRAGTE DER** Concierge am nächsten Morgen, nachdem er von ihnen hatte wissen wollen, wonach sie im Souk suchten.

»Ja.« Aegina öffnete ihre Tasche und zog das schwarze Hemd heraus. Sie hielt es hoch. »Ich möchte solche Hemden kaufen wie dieses hier. Wissen Sie vielleicht, wo wir so etwas bekommen könnten?«

Er ließ den Kopf nach hinten kippen und stieß einen schrillen, zittrigen Laut aus, eine Art Kichern, als lachte er über einen Insiderwitz. »Wie viele Hemden wollen Sie denn kaufen?«

»Hundert, vielleicht. Das hängt vom Preis ab«, sagte Aegina.

»Einhundert Hemden?«

»Ja.«

Der Hotelier bedeutete ihnen mit der Hand, sich an den Tisch neben den Springbrunnen im Hof zu setzen. »In zwanzig Minuten bringt Sie jemand zu den Hemden. Setzen Sie sich, ich serviere Ihnen einen Tee.«

»Wir sind durch den Souk gelaufen und haben die meisten Hemden gesehen, die es dort zu kaufen gibt«, sagte Aegina.

Der Hotelier wedelte mit einem Finger und schnalzte mit

der Zunge am Gaumen. »Nicht im Souk. Sie werden schon sehen.«

Fünfzehn Minuten später kam er mit einem ungefähr zwölf Jahre alten Jungen zurück. Kein skrofulöser Gassenbengel, sondern ein gesunder, sauberer, ordentlich gekleideter Junge, dessen blaue kurze Hose und weißes Hemd so aussahen wie eine Schuluniform. »Das ist Yusef. Er ist mein Sohn. Er wird Sie zu den Hemden bringen.«

»Tausend Dank«, sagte Aegina.

Yusef nickte ihnen zu, schüchtern, aber gleichzeitig zutiefst von der Wichtigkeit seiner Mission erfüllt. Sie folgten ihm nach draußen.

Der Junge führte sie durch zahllose Straßen, die alle gleich aussahen, in die entgegengesetzte Richtung vom Djemaa el-Fna. Er ging ihnen mit gleichmäßigen Schritten voraus und sah ab und zu über seine Schulter nach, ob sie ihm auch noch folgten. Als Luc und Aegina versuchten, ihn einzuholen und neben ihm herzulaufen, beschleunigte er seine Schritte. Sie kamen in einen Stadtteil, der offensichtlich nicht zum Souk gehörte und auch nicht im Geringsten malerisch war. Die Grundstücke waren mit Müll übersät. Überall standen Karren herum, Ölfässer, vom Einsturz bedrohte Baracken, die man aus irgendwelchen Holz- und Wellblechresten zusammengezimmert hatte, Schreinerwerkstätten, die in einer Flut aus Sägemehl untergingen, Möbelpolsterer, in deren Höfen der Wind die Baumwollfetzen vor sich herscheuchte, Schuppen, die als Schmiede dienten und in denen sich rostendes Grobblech stapelte.

»Luc«, sagte Aegina und zog an seinem Ärmel. »Wir sind im *polígono.*« Das spanische Wort für das Industriegebiet am Rand großer Städte. Als Kind war Aegina oft mit ihrem Vater zu dem *polígono* in Manacor gefahren. Gerald hatte die defekten Teile von irgendwelchen Gerätschaften dorthin gebracht, um sie schweißen zu lassen, oder hatte Papiertüten voller Nägel oder verzinkter Schrauben gekauft.

»Kann schon sein«, sagte Luc. Er selbst war bisher nicht gerade ein enthusiastischer *polígono*-Besucher gewesen.

Yusef, der so unbeirrbar seiner Nase folgte, als wäre er ein Hund, der zur Fütterung nach Hause lief, führte sie durch einen wahren Irrgarten aus winzigen Gassen. Sie kamen an lang gestreckten Schuppen vorbei, in denen sich Stoffballen stapelten und Stangen angebracht waren, an denen tropfendes, mit pflanzlichem Farbstoff gefärbtes Garn in allen Farben des Regenbogens hing. Luc und Aegina, die von den vielen Eindrücken so abgelenkt waren, dass sie fast über ihre eigenen Füße fielen, trotteten Yusef hinterher.

Nach einer Weile verlangsamte der Junge seinen Schritt und trat in den Eingang eines nicht näher gekennzeichneten Geschäfts. Sie folgten ihm in einen Raum, in dem sich früher einmal ein kleines Reisebüro befunden haben musste. An den Wänden hingen überall verblichene TWA-Poster. Auf einem war die Liberty Bell – die amerikanische Freiheitsglocke – zu sehen, darüber stand in großen Buchstaben »Philadelphia« und darunter »Fly TWA«. Auf einem anderen Poster explodierten trickfilmartige Riesenkakteen und Golfschläger aus einem Cowboystiefel und darunter stand: »ARIZONA – FLY TWA.« Auf dem einzigen Schreibtisch des Zimmers standen kleine Modellflugzeuge der Jets von Air France und der Douglas-DC-3-Maschinen der Royal Air Maroc.

Yusef sprach kurz mit der Frau, die hinter dem Schreibtisch saß. Sie trug ein Kopftuch und ein langes, sittsam bis obenhin zugeknöpftes graues Gewand. Sie schaute kurz zu Luc und

Aegina hinüber, stand dann auf und ging durch eine Hintertür hinaus.

Ein Mann kam in den Raum, gefolgt von der Frau mit dem Kopftuch. Luc fand, dass er so aussah wie Ernest Hemingways jüngerer Bruder: Er war groß und stämmig, hatte einen grau melierten Bart und seine fast gänzlich weißen Haare waren zu einem Bürstenhaarschnitt gestutzt. Sein intelligentes Gesicht strahlte eine große Gelassenheit aus. Er und Yusef schüttelten sich förmlich die Hand und dann teilte der Junge ihm irgendetwas mit. Der Mann reichte auch Luc die Hand und legte sie anschließend auf seine Brust. Aegina berührte er nicht, nickte ihr aber höflich zu.

»*Je m'appelle Rachid*«, sagte er.

Luc und Aegina nannten ihm ihre Namen.

Rachid und Yusef sprachen einige Minuten lang auf Arabisch miteinander. Rachid warf währenddessen immer wieder kurze, aber höfliche Blicke zu Luc und Aegina hinüber. Er befragte Yusef mit großem Interesse und der Junge antwortete mit Beteuerungen und, wie es schien, einer Vielzahl sachkundiger Informationen. Ab und zu nickte Rachid zustimmend.

»Was um alles in der Welt sagen die da zueinander?«, fragte Aegina leise.

Rachid wandte sich ihnen zu und sagte: »Wonach suchen Sie genau?«

Aegina holte ihr Hemd hervor. Rachid nahm es und prüfte es eingehend, den Stoff, die Säume, die Stickereien am Halsausschnitt. Er gab ihr das Hemd zurück, ohne durch seinen Gesichtsausdruck irgendetwas preiszugeben. »Sie wollen nur schwarze?«, fragte er.

»Ich würde mir auch gerne weiße Hemden ansehen.«

»Kommen Sie.«

Sie folgten ihm durch die Hintertür, gingen durch einen dunklen, heißen Lagerraum, in dem zahlreiche fest verschnürte Pakete und Pappkartons standen, und traten dann durch eine zweite Tür.

Dahinter lag ein lang gestreckter Schuppen mit einem niedrigen Wellblechdach, der durch mehrere Fenster und weiße Neonröhren hell erleuchtet wurde, die von der mit Kabelleitungen übersäten Decke hingen. Etwa zwanzig Personen, Kinder, Erwachsene und vertrocknete Greise – bei denen es sich problemlos um vier Generationen einer einzigen Großfamilie hätte handeln können – saßen an Tischen und auf dem teppichbelegten Boden. Die meisten von ihnen nähten. Vier Männer standen an langen, glänzenden Tischen und schnitten einige Stoffbahnen mit wuchtigen Scheren in Stücke. Es war heiß. An beiden Enden des Raumes und an strategisch günstigen Stellen verteilt standen Ventilatoren und sorgten für kühle Luft.

»Das ist meine Manufaktur«, sagte Rachid. Er führte sie zu einem Stapel weißer Hemden, die auf einem Tisch lagen, und hob eines von ihnen hoch. Es war so ähnlich wie die Hemden, die sie im Souk gesehen hatten. Auch hier waren die Zierleisten in langen Streifen aufgenäht, aber der Stoff war feiner und die Arbeit sauberer ausgeführt.

»Das ist sehr schön«, sagte Aegina. »Aber ich suche nach Hemden, bei denen die Stickereien um den Ausschnitt herum ausgeführt sind« – sie hielt wieder ihr schwarzes Hemd hoch – »und zwar so wie hier.«

»Natürlich«, sagte Rachid. Er führte sie ans andere Ende des Schuppens, wo vier Frauen mittleren Alters auf der Erde saßen. Sie alle trugen Bifokalbrillen so groß wie Tauchermasken. Ihre umfangreichen Gewänder gingen nahtlos in den

Kissenstapel über, auf dem sie saßen, sodass sie so aussahen wie formlose, auf Stoffberge gestellte Sitzsäcke mit Brillengesichtern. Ein riesiger Ventilator stand hinter der Gruppe und blies den herankommenden Besuchern eine leichte Brise voll feuchter Luft, ranzigem Körpergeruch und billigem Parfüm entgegen. Die Frauen lächelten Luc und Aegina schüchtern an. Sie lächelten zurück. Rachid hob ein malvenfarbenes Kleidungsstück hoch und zeigte es Aegina. Es war ein langes Hemd, dessen Ärmel und Saum mit feinen Stickereien aus dunkelviolettem Garn verziert war. Die Handarbeit war aufwendig und delikat, in einem dichten, komplizierten und ineinander verzahnten Muster.

»Das ist wunderschön«, sagte Aegina.

Rachid hob die Augenbrauen und sagte nur: »Ja.«

»Könnten Sie so etwas auch entlang des Hemdausschnitts machen«, wieder hielt sie ihr schwarzes Hemd hoch, »so wie hier?«

»Ja«, sagte Rachid. Dann fügte er freundlich hinzu: »Aber es wird besser sein als das hier. Bitte, lassen Sie Ihr Hemd hier bei mir, und kommen Sie morgen wieder.«

6

DER KLEINE RENAULT tuckerte kreuz und quer über den Parkplatz, auf der Suche nach einem freien Platz zwischen all den eleganten, monochromen Peugeot-, Citroën- und Mercedes-Limousinen, die unter den silbrigen Palmen neben dem Hotel Mamounia im Mondlicht glitzerten.

»Ich kann den Jaguar nirgends sehen«, sagte Luc. »Vielleicht haben sie vergessen, dass wir verabredet sind.«

»Nur drei Stunden später?«

Sie hatten Rolf und Minka zufällig im Souk getroffen, und Minka hatte die Abendesseneinladung in ihr Hotel noch einmal ausdrücklich wiederholt.

»Das sind so ein paar richtige Weltraumkadetten, diese beiden. So wie die angezogen sind, könnten die sofort in jedem Claude-Lelouch-Film mitspielen.«

Sie parkten das Auto und gingen zu dem in sanftes Flutlicht getauchten Eingang des Hotels. Die hohe, ockerfarbene Fassade, die über ihnen aufragte, erinnerte mit ihren schießschartenähnlichen, gezackten Brüstungen an ein kriegerisches Fort. Das Eingangstor im maurischen Stil war von Palmen umsäumt und groß genug für einen Palast. Die Eleganz des Gebäudes und seine Entfernung zu dem geschäftigen Souk und der heruntergekommenen, bezaubernden Altstadt führten dazu, dass das Hotel nicht ganz real wirkte – so als hätte Disney versucht, die Alhambra nachzubauen.

Vor dem Eingang blieb Aegina stehen und drehte sich zu Luc. »Sehe ich einigermaßen okay aus?«

Sie hatte ihre dunklen Haare gewaschen, mit den Fingern Olivenöl hineinmassiert und sie in der Mitte gescheitelt. Die schwarzen Wellen flossen ihr über die Schultern und fielen weit den Rücken hinab. Ihre riesigen Augen glänzten, ihre Zähne blitzten. Sie trug keinen BH, und in dem schräg vom Hotel herüberfallenden Licht zeichneten sich die Umrisse ihrer kleinen Brüste ab, die sich gegen den Stoff ihres Kleides drückten.

»Aegina, du siehst atemberaubend aus.«

»Danke.« Sie bedachte ihn mit einem prüfenden Blick, betrachtete sein weißes Hemd aus indischer Baumwolle und seine Levi's. »Du aber auch.«

»Schade, dass Dennis und Sophie uns jetzt nicht sehen können.«

Aegina zwickte ihn durch das Hemd in die Taille.

Heute Nacht werden wir miteinander schlafen, dachte er.

Sie gingen ins Hotel.

Rolf und Minka saßen an einem Tisch in der Bar. Sie drehten ihre Gläser in den Händen, rauchten und starrten schweigend in entfernte Ecken des Raumes. Minka sah sie zuerst. Sie lächelte und winkte. Rolf wandte den Kopf, folgte Luc und Aegina mit den Augen und machte dann eine Bemerkung zu Minka. Sie schien ihn nicht zu hören. Als die beiden Besucher an den Tisch traten, stand sie auf, lehnte sich vor und umarmte und küsste sie.

»Ich bin so froh, dass ihr uns zum Abendessen Gesellschaft leistet!«, sagte Minka.

»Und, habt ihr die Hemden jetzt gefunden?«, fragte Rolf, während sie sich setzten.

»Möglicherweise«, sagte Aegina. »Wir haben einen Mann getroffen, der so eine Art Hemdenfabrik besitzt, und der stellt ein Muster her, das er uns dann morgen zeigen will.«

»Und wie sieht es mit dem Preis aus?«, fragte Rolf.

»Er wollte erst über den Preis reden, wenn wir das Muster gesehen haben.«

»Ja, ja, dann schlägt er zu. Wenn es dir gefällt, hat er dich an der Gurgel.« Rolf schnappte plötzlich mit der Hand in die Luft, als würde er ein flüchtendes Huhn am Hals packen.

»Und dann, wenn es dir gefällt, was passiert dann?«, fragte Minka.

»Na ja, wenn wir uns auf einen Preis einigen können, dann sehen wir mal, was er uns dafür anbieten kann und wie lange es dauern wird.«

Rolf und Minka erzählten ihnen, was Rolf für seine Münchner Boutique eingekauft hatte. Sie erzählten von den ledernen Berbertaschen, Berberpantoffeln, Teppichen, Wasserpfeifen, Hemden und Westen, wie viel sie dafür bezahlt hatten und auf welchem Wege sie die Einkäufe zurück nach Deutschland transportieren würden.

Um neun erschien ein livrierter Kellner und teilte ihnen mit, dass ihr Tisch im Speisesaal nun für sie bereit sei. Sie standen auf und folgten ihm.

Der Speisesaal war mit lauter attraktiven, elegant gebräunten Europäern gefüllt, die sich allesamt mit einer Vielzahl von marokkanischen Accessoires behängt hatten. Gelangweilt schauten sie den Neuankömmlingen entgegen.

Eine wahre Schwadron von Kellnern rückte die Stühle für sie zurecht und half ihnen beim Platznehmen.

»Wir haben euer Auto da draußen gar nicht gesehen«, sagte Luc.

Als wäre er froh, dass sie gefragt hatten, sagte Rolf bereitwillig: »Ja, wir haben ein Auto gemietet. Irgend so eine Scheißkarre von Peugeot. Ich lasse den Jaguar immer in einer hiesigen Werkstatt warten, wenn ich nach Marrakesch komme. Schließlich ist es eine verdammt lange Fahrt von Deutschland nach Marokko. Ich kenne hier einen guten Automechaniker, dem gebe ich das Auto für ein paar Tage, und er möbelt es so richtig auf.«

»Da habt ihr bestimmt ziemlich viel Benzin verbraucht, von Deutschland hierher«, sagte Luc.

»Ja, massenweise«, sagte Rolf. »Tausende von Francs, Pesetas, Dirham. Deshalb muss sich unser Besuch auch so richtig lohnen.« Er erzählte von den vielen Reisen, die er durch Marokko unternommen hatte, zum Rif und zum Atlasgebirge und nach Al Hoceima an der Mittelmeerküste und wie alle diese Orte immer mehr vom Hippie-Tourismus kaputt gemacht wurden. »Und, kommst du nach dem Essen mit zu den Roulettetischen?«, fragte er Luc.

»Oh!«, sagte Minka mit einem angeekelten Kehllaut. »Er liebt das Glücksspiel«, fügte sie hinzu. »Du wirst dein ganzes Geld verlieren!«

»Das glaube ich kaum«, sagte Luc.

»Ich habe immer Glück«, sagte Rolf. »Das kommt daher, dass ich ein Sylter Mann bin. Ein Mann von der Insel Sylt.«

»Oh nein. Bitte nicht!«, sagte Minka.

»*Ja, ich bin ein Sylter Mann!*«

Minka sagte: »Fang bloß nicht damit an!«

»Du magst mein wunderschönes Lied nicht?«, fragte Rolf.

»Was für ein Lied?«, fragte Aegina.

»Oh nein! Jetzt wird er es singen«, sagte Minka voller echter oder gespielter Verzweiflung.

»*Ich bin ein Sylter Mann*«, antwortete Rolf. »Der erfolgreichste Schlager, den die Insel Sylt jemals hervorgebracht hat. Sagt bloß, ihr kennt den nicht?!«

Minka versuchte, Aegina den Mund zuzuhalten. Aegina lachte und zog ihren Kopf weg. »Ich glaube nicht«, sagte sie.

»Er hat beim Grand Prix d'Eurovision vor ein paar Jahren den zweiten Platz belegt. Und auf Sylt war er ein ganzes Jahr lang der Nummer-eins-Hit.«

Minka sah Luc und Aegina an und verdrehte die Augen.

Rolf lehnte sich auf der blutrot gepolsterten Bank zurück. Seine Augen starrten in die Ferne, und er begann, mit tiefer, melodischer, von keinerlei Scham gedämpfter Stimme zu singen: »*Ich bin ein Sylter Mann, ich bin ein Sylter Mann, mein Zuhause liegt am Meer …*«

Minka ließ ihre Kinnlade herunterfallen und ihren Kopf an Aeginas Schulter sinken, als hätte man sie erschlagen. Aegina lachte und sah Rolf beim Singen zu.

»*Mein Vater und sein Vater, und ihre Väter vor ihnen …*« Rolfs Augen schlossen sich. »*Waren Seeleute.*«

Luc war schwindelig. Sie hatten zu viel Wein getrunken und dann auch noch im Garten des Mamounia Gras geraucht. Er lag im Dunkeln im Bett und wartete darauf, dass Aegina aus dem Bad zurückkehrte.

Letzte Nacht war sie neben ihm eingeschlafen. Wie weit würden sie beide denn diesen schrecklich respektvollen Umgang, dieses Wir-sind-fast-Stiefgeschwister-Verhalten noch treiben? Fühlte sie sich in seiner Gegenwart so entspannt, weil sie auf diese Dennis-Sophie-Masche reingefallen war? Oder war sie tatsächlich in diesen Dennis, diesen Banjospieler verliebt? Empfand sie Lucs Gesellschaft als unverfänglich, weil sie so etwas wie einen Bruder in ihm sah? Fühlte sie sich denn gar nicht zu ihm hingezogen? Früher hatte sie das getan – oder vielleicht ja auch nicht, vielleicht war es damals in jenem Sommer viel mehr um das gegangen, was gerade mit ihr selbst los gewesen war, und das Ganze hatte mit ihm gar nichts zu tun gehabt. Bei jeder anderen Frau hätte er schon längst den ersten Schritt getan, aber hier hatte er instinktiv das Gefühl, als wäre es besser, die Sache nicht zu übereilen. Schließlich ging es um Aegina – endlich – und nicht um irgendeine flüchtige Affäre. Er beschloss, das, was passieren würde, passieren zu lassen, und mochte es noch so langsam geschehen.

Konnte man mit Banjospielen überhaupt Geld verdienen?

Er musste eingeschlafen sein. Sie stieg gerade ins Bett. Er spürte ein T-Shirt neben sich, spürte ihre Wärme, wie sie zu ihm hinüberflutete, unter dem großen Laken, das sie beide bedeckte. Aegina benutzte kein Parfüm, aber sie hatte ihren ganz eigenen Geruch – er hätte unmöglich sagen können, was es war oder wonach es roch, außer dass es eben ihr Geruch war, und dass der einzige Sinn seines Lebens jetzt darin zu bestehen schien, ihn einzuatmen. Er schloss die Augen, legte den Kopf zur Seite und atmete ein, wie er noch nie zuvor in seinem Leben eingeatmet hatte. In der moschusartigen Wärme, die von ihr ausströmte, war etwas Feuchtes …

Als sie aufwachte, drang das Tageslicht durch die Fensterläden. Jetzt wusste sie, dass sie miteinander schlafen würden. Sie wollte es, und sie wusste, dass er es auch wollte. Am ersten Abend war sie eingeschlafen und letzte Nacht war er eingeschlafen. Und er verhielt sich so rührend respektvoll. Aber er würde aufwachen, und dann würde sie den ersten Schritt tun.

Sie konnte spüren, dass sie feucht war. Sie schlüpfte aus dem Bett und glitt geräuschlos zur Tür.

Im Bad kontrollierte sie noch einmal die Lage. Ihre Periode rückte näher, war aber noch nicht unmittelbar fällig. Keine Anzeichen. Sie pinkelte. Nachdem sie die Spülung betätigt hatte, spritzte sie sich ein wenig Wasser aus dem kleinen Handwachbecken zwischen die Beine, säuberte sich und tupfte sich dann mit Toilettenpapier ab. Dann wusch sie ihr Gesicht und spülte den Mund aus.

Als sie zurück in ihr Zimmer kam, hatte sich Luc schon angezogen und stand am Fenster. Er hatte die Läden geöffnet und schaute auf die Straße hinaus.

Er drehte sich zu ihr um. »Hi«, sagte er. »Wie geht's dir?«

»Gut. Mir geht's gut«, sagte Aegina.

»Ich geh mal nach unten und trinke einen Kaffee, dann kannst du dich ganz in Ruhe fertig machen. Wie klingt das?«

»Das klingt wunderbar, vielen Dank.«

7

RACHID FÜHRTE SIE in einen kleinen Raum, der in der hinteren Ecke des lang gestreckten Näherei-Schuppens lag. Der Raum erweckte ganz den Anschein, als würde man ihn so gut wie nie benutzen. Es war alles sehr formell gehalten, mit Sitzkissen, die auf dem Teppichboden verteilt lagen. An der Wand hing eine einzelne, verblichene, gerahmte Fotografie. Darauf war ein riesiger Platz zu sehen, der fast gänzlich von einer Menge bärtiger Männer in weißen Gewändern ausgefüllt wurde, die um die eigene Achse wirbelten.

»Bitte, setzen Sie sich«, sagte Rachid und wies auf die Kissen.

Als Luc und Aegina sich gesetzt hatten, betrat ein Mädchen mit einem Messingtablett den Raum. Auf dem Tablett standen eine silberne Teekanne und drei kleine Gläser. Das Mädchen stellte das Tablett auf den Boden und verließ den Raum wieder. Nun setzte sich auch Rachid. »Darf ich Ihnen ein Glas Tee anbieten?«

»Ja, gern«, sagte Luc. Er drehte sich zu Aegina und lächelte sie an.

Rachid schenkte den Tee ein, wobei er die Kanne theatralisch einen halben Meter in die Höhe hob und wieder senkte, sodass sich der dünne Strahl der dampfenden grünen Flüssigkeit in einer perfekten Flugbahn in die drei kleinen bereitgestellten Gläser ergoss. Er stellte ein Glas vor Luc, dann eines vor Aegina und nahm schließlich sein eigenes in die Hand. »Bitte«, sagte er. Er wartete, bis sie einen Schluck von dem heißen, sehr süßen Pfefferminztee getrunken hatten, bevor er selbst trank.

»Bitte, warten Sie einen Moment«, sagte er, erhob sich und verließ den Raum.

»Du solltest das besser austrinken«, sagte Luc zu Aegina. »Das gehört sich so.« Er mochte den marokkanischen Pfefferminztee gern, der hier überall gereicht wurde, aber Aegina fand ihn viel zu süß und daher ungenießbar.

»Aber dann wird er mir doch nur noch mehr einschenken«, sagte sie.

Rachid kehrte zurück. Er hatte zwei Hemden dabei, ein schwarzes und ein weißes, die an Kleiderbügeln aus Draht hingen. Er breitete sie auf den Kissen vor Luc und Aegina aus und setzte sich dann wieder.

»Bitte, schauen Sie«, sagte Rachid.

Aegina befühlte das schwarze Hemd vorsichtig mit ihren Händen. Kragen, Saum und Ärmelkanten waren fein säuberlich mit einem minutiösen Languettenstich verziert worden, statt nur mit einer aufgenähten Zierleiste oder Applikation. Sie schaute sich die Stickereien um den Halsausschnitt und die kleinen Knöpfe vorne an der Brustleiste genau an und hielt das Hemd dann in die Höhe. Der Baumwollstoff war überaus fein gewebt. Er wirkte leicht und seidig, fast an der Grenze zur Durchsichtigkeit, und erzeugte an den Stellen, an denen er Falten warf, einen samtartigen Schimmer. Die dichten, schwarz auf schwarz ausgeführten Stickereien, die sich vom Stoff des Hemdes abhoben, erinnerten an einen Spitzenbesatz, wie man ihn manchmal auf einem sehr viel durchsichtigeren Stoff findet.

»Es ist wunderschön«, sagte Aegina leise. Sie sah Luc mit großen braunen Augen an. »Wirklich wunderschön. Das ist genau das, was ich suche.«

»Und gefällt Ihnen auch das weiße?«, fragte Rachid.

Aegina reichte das schwarze Hemd an Luc weiter und griff sich das weiße. Der weiße Stoff war ebenso fein und leicht wie der schwarze. Zwar hoben sich die Stickarbeiten nicht so deutlich sichtbar ab, doch sie waren dafür wesentlich aufwendiger. Das verlieh dem Hemd den Anschein, als sei es aus feinstem, zartestem Brokat gefertigt.

»Das ist exquisit«, sagte sie auf Englisch. Und dann fügte sie, damit Rachid sie besser verstehen konnte, auf Französisch hinzu: »Diese Hemden sind sehr edel. Wunderschön.«

Er nickte. »Und ist es auch wirklich das, wonach Sie suchen?«, fragte er.

»Oh ja. Aber viel schöner, als ich es mir vorgestellt hatte.«

»Gut.« Rachid lächelte und nickte. »Was haben Sie mit den Hemden vor? Sie sind nicht für Sie allein zum Tragen gedacht?«

»Nein. Ich möchte sie verkaufen«, sagte Aegina.

»Das habe ich mir gedacht«, sagte Rachid. Er hob sein Glas und nahm einen Schluck. Dabei schlürfte er geräuschvoll, um die Flüssigkeit zwischen Glas und Mund abzukühlen. Er setzte das Glas wieder ab und leckte sich die Lippen. »Wo wollen Sie sie verkaufen?«

»In Spanien. Vielleicht auch in London«, sagte Aegina. »Ich kenne mehrere Leute mit kleinen Läden, die Hemden und auch andere Männer- und Frauenbekleidung verkaufen. Ich will sehen, ob sie mir diese Hemden abkaufen oder sie in meinem Auftrag verkaufen. Aber ich bin mir nicht ganz sicher, ob das klappt.«

»Und jetzt würden Sie gerne einhundert Hemden kaufen?«, fragte Rachid.

»Das hängt ganz vom Preis ab. Aber diese Hemden – Ihre Hemden – sind wunderschön. Sie sind eindeutig das Beste, was ich bisher gesehen habe. Ja, ich würde gerne hundert kaufen, wenn wir uns auf einen Preis einigen können.«

»Und wenn Sie all diese Hemden, wenn Sie einhundert Hemden verkauft haben«, fragte Rachid, »was werden Sie dann tun?«

»Wenn ich sie für einen guten Preis verkaufen kann – genug, damit sich die Reise hierher nach Marrakesch auch lohnt –, dann würde ich gerne zurückkommen und Ihnen noch mehr abkaufen. Vielleicht sehr viel mehr.«

Rachid nickte ernst. Er hob sein Glas, nahm einen weiteren geräuschvollen Schluck und leckte sich wieder die Lippen. Er schaute auf das Foto, das an der gegenüberliegenden Wand hing. Dann sah er Aegina an.

»Ich werde Ihnen einhundert Hemden für«, und hier hob er die Hand und streckte einen Finger nach dem anderen in die Luft, »vier Dirham pro Hemd verkaufen. Für einhundert Hemden vierhundert Dirham.« Er sah sie beide an.

Aegina schaute kurz zu Luc hinüber. Ihr Gesicht gab nicht das Geringste preis, aber er konnte sehen, dass sich in ihren Augen so etwas wie ein Feuerwerk entfacht hatte. Sie sah erst die Hemden und dann wieder Rachid an. »Vier Dirham pro Hemd?«, fragte sie.

»Ja«, sagte Rachid. »Das ist ein sehr guter Preis. Ich glaube, das wissen Sie. Dieser Preis gilt für dieses eine Mal. Ich würde Ihnen gern dabei helfen, Ihr Geschäft in London zu begründen, in dem Sie dann meine Hemden verkaufen. Sie werden sie dort für sehr viel mehr Geld verkaufen können, denke ich.«

»Ja, ich glaube schon«, sagte Aegina vorsichtig.

»Wenn Sie dann zurück nach Marrakesch kommen, um mehr Hemden zu kaufen«, und hier wackelte er leicht mit dem Kopf, einmal zur linken, einmal zur rechten Seite, »dann werde ich einen etwas höheren Preis von Ihnen verlangen. Fünf oder sechs Dirham pro Hemd. Das sehen wir dann noch. Aber für jetzt, für dieses eine Mal, können Sie einhundert Hemden für diesen Preis mit nach London nehmen und schauen, ob Sie damit Geschäfte machen können.«

Rachid hob wieder sein Glas und schlürfte geräuschvoll.

Sie gingen so rasch durch die hässlichen Straßen des marokkanischen *polígono*, als hätten sie gerade einen Ladendiebstahl begangen.

»Ich kann es nicht fassen!«, sagte Aegina. Sie zog Luc am Arm, hüpfte voraus, rannte zurück und zog ihn weiter. »Das sind etwa zehn Schilling pro Hemd! Und die sind auch noch viel schöner als das Hemd, das ich in London gekauft habe. Ich bin mir sicher, dass ich sie verkauft bekomme. Und dabei sogar was verdienen kann. Und dann fahre ich wieder hierher und kaufe noch viel viel mehr davon. Das ist fantastisch! Warum ist Rachid so nett? Wir mussten nicht mal mit ihm verhandeln!«

»Vielleicht hättest du das tun sollen.«

»Ich glaube, diesen Schritt hat er sofort übersprungen. Erinnerst du dich noch an die Preise im Souk? Das hier ist ein echter Großhandelspreis. Bei vier Dirham pro Hemd kann er unmöglich viel daran verdienen.«

»Na, ich bin mir sicher, dass er kein Verlustgeschäft macht. Er ist eben ganz offensichtlich an dem, was du vorhast, interessiert. Er sieht dich als Investition.«

»Ja, das tut er wohl. Aber warum?«

»Weil ihm das einen ganz neuen Markt erschließen könnte. Wer weiß, wie es mit dieser Sache weitergeht? Er sieht dich an und er sieht, was du planst. Er ist ein guter Geschäftsmann. Er glaubt an dich.«

Aegina sprang in die Luft und jauchzte. Sie wirbelte herum, schlang Luc die Arme um den Hals, zog ihn zu sich heran, hob ihr Gesicht und küsste ihn. Im nächsten Moment wandte sie sich abrupt ab, griff nach seinem Arm und zog ihn weiter.

»Lass uns das irgendwo mit einem ganz wunderbaren Mittagessen feiern.«

»Die Leute aus dem kleinen Renault.«

Rolfs monotones Organ drang aus den herabgleitenden Fenstern eines großen, schnittigen, silbernen Peugeot. Das Auto fuhr immer langsamer und hielt dann mitten auf der Kreuzung, der sie gerade zu Fuß entgegengingen.

»Hi!« Minka winkte ihnen durch das Fenster der Beifahrerseite zu. Dann sprang sie aus dem Auto, ohne die Lieferwagen, Fahrräder und Fußgänger zu beachten, von denen es auf der Kreuzung wimmelte. »Kommt und esst mit uns!«, rief Minka. »Wir wollen am Meer zu Mittag essen! In einem ganz wunderschönen Ort! Ihr müsst unbedingt mitkommen!«

Luc und Aegina sahen einander durch ihre Sonnenbrillen an. Aegina grinste. »Ein wunderschöner Ort? Aber klar doch!«

Minka packte sie beide am Arm und zog sie zu dem wartenden Peugeot.

8

ROLF RASTE MIT durchgedrücktem Gaspedal über die diesige beigefarbene Ebene. Luc saß auf dem Beifahrersitz und versuchte, Minkas lange Beine zu ignorieren, die sie immer wieder gegen die Rückenlehne seines Sitzes drückte, während sie auf ihrem Sitz hin und her geschüttelt wurde und mit Aegina lachte.

»Ich dachte, Marrakesch wäre ziemlich weit weg vom Meer«, sagte er.

»Ja, in einem kleinen Renault!«, sagte Rolf. »Nein, Mann, in einer Stunde sind wir dort.«

Die Tachonadel bewegte sich zitternd im Bereich von 180 Stundenkilometern.

»Aber wir sind rechtzeitig zum Abendessen wieder in Marrakesch, oder?«, fragte Luc. Während sich die zurückgelegten Kilometer immer weiter anhäuften, begann er sich allmählich so zu fühlen wie ein Entführungsopfer.

»Ja, aber ihr müsst unbedingt den Strand von Essaouira sehen«, sagte Minka. »Der ist echt unglaublich. Der hört gar nicht mehr auf, geht immer weiter und weiter.«

»Nicht wie diese winzigen Strände auf Mallorca«, sagte Rolf. »Ich kann nicht fassen, dass ihr diese Insel immer noch gut findet. Die ist doch im Arsch, ey.«

»Kommt ganz darauf an, wo man hinfährt«, sagte Luc.

»Ein Typ auf einer Yacht, so ein richtiger Segler, der über den Atlantik geschippert ist, der hat mir mal erzählt, die Azoren wären richtig cool, Mann«, sagte Rolf. »Da fährt niemand hin, außer den Portugiesen. Und es ist auch nicht leicht, da hinzukommen, viel schwerer als nach Mallorca. Da muss man schon die halbe Strecke nach Amerika fliegen. Viel zu weit für diese ganzen Pauschalurlauber. Das Mittelmeer, das kannst du doch echt vergessen mittlerweile, das ist total im Arsch.«

»Die Küste von Jugoslawien ist noch vollkommen unverdorben«, sagte Minka.

»Jugoslawien, Jugoslawien«, sagte Rolf. »Da fährt doch jetzt jeder hin. Oder sie fahren in die Türkei – das neue Griechenland. Wenn man so was hört, dann ist es schon längst zu spät. Diese ganzen Ferienorte, die sind doch alle im Arsch, Mann.«

Aegina hatte den Kopf zurück in den Sitz gelehnt, in die Nähe des weit geöffneten Fensters und ließ sich den Fahrtwind über das Gesicht wehen. Sie drehte sich um und sagte über den Wind hinweg zu dem blonden, teutonischen Kopf, der über dem Sitz vor ihr aufragte: »Heutzutage sind die Hälfte aller Touristen auf Mallorca aus Deutschland.«

»Ja, das weiß ich. Scheiß auf alle Touristen, Mann, auch die deutschen«, sagte Rolf. »Die sind jetzt echt überall. Ich hoffe, die kommen nicht auch auf die Azoren. Wahrscheinlich sind sie gerade alle in Jugoslawien. Ihr werdet Mallorca auch bald leid sein, Mann. Es gibt echt bessere Gegenden.«

»Meine Mutter war *mallorquina*«, sagte Aegina. »Meine Familie war schon auf dieser Insel, bevor die Römer dorthin gekommen sind. Lange bevor Deutschland und die Deutschen überhaupt existiert haben.«

»Ja, aber du bist ein englisches Mädchen. Das kann ich doch hören. Du bist keine Spanierin und auch keine Mallorquinerin. Ich bin gut im Unterscheiden von Akzenten. Und das ist auch besser für dich, so wie es ist, dann bist du nicht so 'n stinkarmes Bauernweib.«

Ganz plötzlich brach ein Schwall reinsten, umgangssprachlichen Mallorquinisch aus Aegina heraus, von dem Luc immerhin das ein oder andere Wort verstand. Während sie vor sich hin schimpfte, verwandelte sie sich wie durch Zauberhand in eine waschechte Bauersfrau vom Mittelmeer, die trotzig ihren Kopf zur Seite warf und Rolf ihr Kinn entgegenstreckte.

»Ja, er ist ein Schwein, dieser Sylter Mann«, sagte Minka todernst.

Sie erreichten die Küste anderthalb Stunden später, als es schon früher Nachmittag war. Rolf bog nach links ab und fuhr an dem Befestigungswall von Essaouiras steinalter Medina vorbei, die ihnen einladend zuzuwinken schien. Zur Rechten tauchten Strand und Ozean auf, eine riesige, konturenlose Fläche aus schimmernder Hitze, glatt wie eine Landebahn, die sich kilometerweit in den Süden erstreckte und in einem Dunstschleier verschwand. Auf der Straßenseite, die dem Meer gegenüberlag, standen gedrungene, blockhausartige Hotels und Apartmentanlagen. Nachdem Rolf weitere fünf Minuten an der Küste entlanggefahren war, wurde er langsamer und bog an einem niedrigen, staubüberzogenen Gebüsch auf eine Sandpiste ab, die zu einem flachen Betongebäude am Strand führte. Unmittelbar daneben befand sich eine von einem Strohdach abgeschirmte Terrasse mit Blick auf Strand und Meer. Quer über die weiß getünchte Mauer des Gebäudes stand in riesiger, grob gemalter blauer Schrift: BONGO BAR.

»Bongo Bar«, sagte Rolf mit tiefer Genugtuung. »Das beste Fischrestaurant im ganzen verdammten Marokko, Mann. Frisch aus dem Atlantik.«

Er parkte neben dem Gebäude auf dem nur vage abgegrenzten Sandparkplatz, auf dem bereits einige kleinere Autos standen. Sie stiegen aus. Das grelle, blendende Licht, das Strand und Meer ihnen entgegenwarfen, zwang sie, die Augen zusammenzukneifen.

Rolf blieb vor dem Eingang der Bar stehen und versperrte ihnen den Weg. Dann drehte er sich zum Meer. »Nur ein Sylter – oder ein Phönizier – kann euch erklären, warum Essaouira schon seit prähistorischen Zeiten existiert. Diese Stadt war bereits uralt, bevor das römische Imperium überhaupt entstanden ist. Und woran liegt das, was glaubt ihr?«

»Ich gebe auf«, sagte Luc, der großen Durst hatte.

»Sie waren gut geschützt, Mann«, sagte Rolf. Er gestikulierte mit den Händen zu der Landenge im Norden der Stadt. Sie lief in einer steinernen Kaimauer aus, die sich weit in den Atlantik hinaus erstreckte. »Hier weht ein stetiger Nordwind. Der sorgt da draußen für riesige Wellen.« Er drehte sich zu ihnen um, starrte sie an und hielt einen Finger in die Luft. »Außer dann, wenn der Wind aus dem Süden kommt.« Er strich mit dem Finger unheilverkündend am Horizont entlang, als vollführe er einen Zaubertrick. Sie folgten dem Finger gehorsam mit ihren Blicken, bis er auf eine kleine braune Insel etwa anderthalb Kilometer vor der Küste wies. »Und dort liegt die Insel Mogador, die den Hafen vor den Wellen aus dem Süden schützt. Und deswegen haben wir hier den besten Ankerplatz und die älteste afrikanische Stadt an der Atlantikküste.«

»Fantastisch«, sagte Luc. »Lasst uns einen trinken gehen.«

Er nahm Aeginas Arm und ging mit ihr an Rolf vorbei in die Bongo Bar.

Als sie am Tisch saßen, fuhr Rolf mit seinem belehrenden Vortrag fort. »Und dann sind die Phönizier hierhergekommen, Mann. Die besten Kaufleute der Welt. Vor dreitausend Jahren verlassen sie mit ihren Schiffen das Mittelmeer und treffen draußen auf den Nordwind, der ihnen entgegenbläst. Also segeln sie in den Süden, nach Essaouira. Hier machen sie erst mal halt. Und dann segeln sie weiter nach Süden, weil ihnen der Nordwind den Rückweg versperrt. Sie segeln immer weiter und weiter und weiter, bis sie eines Tages hinter sich schauen und feststellen, dass die Sonne plötzlich nicht mehr zu ihrer Linken aufgeht und nach rechts hinüberwandert, so wie sie es ihr Leben lang gewohnt waren, sondern jetzt zu ihrer Rechten aufgeht, nördlich von ihrer Position, und nach links hinüberwandert. Und sie haben keinen blassen Schimmer mehr, wo zum Teufel sie gelandet sind, Mann, also segeln sie einfach weiter und behalten dabei immer das Land in Sicht, damit ihnen ihre Welt nicht verloren geht. Und dann kommt die Sonne plötzlich wieder von links und wandert nach rechts, und sie sind wieder zurück in Karthago. Und sie glauben, sie hätten die ganze Welt umsegelt. Aber in Wirklichkeit haben sie nur ganz Afrika umrundet.«

»Damals gab es also schon den Suezkanal?«, fragte Luc.

»Eh, Scheiße, Mann, die Phönizier hatten so was wie den scheiß Suezkanal gar nicht nötig.«

Ein Marokkaner näherte sich ihrem Tisch. Rolf stand auf. »Mustafa! *Mon vieux!*«, sagte er, als löste diese Begegnung ganze Äonen von wunderbaren Erinnerungen in ihm aus. Der Mann war klein, mittleren Alters und wie ein Kellner gekleidet, in ein weißes Hemd und eine schwarze Hose. Er ließ die

Umarmung über sich ergehen und tat mit lauwarmer Höflichkeit so, als wären sie gut miteinander bekannt.

»*Poisson! Merluza, atún, calamares fritos! Le meilleur!*«, sagte Rolf.

Mustafa hob das Kinn und schnalzte mit der Zunge am Gaumen. »*Poisson* ist aus. *Brochette d'agneau. Bifteck. Couscous.*«

»Kein Fisch?«, fragte Rolf.

Mustafa machte wieder dasselbe Geräusch mit der Zunge und ließ seinen Blick in den hinteren Bereich der Bar schweifen, wo ein marokkanischer Mann gerade mit weinerlicher Stimme eine marokkanische Frau beschimpfte. »*Brochette d'agneau, bifteck, couscous*«, wiederholte er und sah Rolf an.

»Macht nichts«, sagte Rolf zu den anderen. »Hier gibt's das beste Essen in ganz Essaouira.« Er schaute hinüber zu einem Tisch, an dem eine Gruppe sonnenverbrannter holländischer Touristen saß und sich in ihrer seltsamen Sprache lebhaft miteinander unterhielt. Das Holländische hörte sich in Lucs Ohren immer so an, als spräche jemand fließend Englisch, aber mit einem so schrecklichen Sprachfehler, dass es für alle anderen außer den engsten, damit vertrauten Familienmitglieder unmöglich war, auch nur ein einziges Wort zu verstehen. »Gut, ja?«, sagte Rolf.

»Ja, ja«, sagte der holländische Tisch. »*Goed, goed.*«

Als sie sich um fünf von den fettigen Ruinen ihres Tisches erhoben, sagte Rolf: »Also wir übernachten hier, okay? Es ist jetzt viel zu spät, um noch zurückzufahren.«

»Auf gar keinen Fall«, sagte Aegina. »Wir müssen zurück nach Marrakesch.«

»Oh, Mann, das ist zu weit, eh. Ich will nicht fahren. Ich brauche eine Siesta.«

»Nein, Rolf!«, sagte Minka. »Ich möchte nicht hier in Essaouira übernachten! Alles, was ich brauche, ist in unserem Hotelzimmer im Mamounia. Wir müssen zurückfahren.«

»Rolf«, sagte Luc. »Du hast gesagt, wir gehen Mittagessen. Das war toll. Schicker Strand. Aber wir sind geschäftlich hier in Marokko. Wir müssen zurück. Ich übernehme auch gern das Steuer.«

»Ich fahre, Mann.«

Sie gingen zu dem riesigen Peugeot und stiegen ein. Rolf fuhr wieder nach Norden, in Richtung der Stadt. Plötzlich wurde er langsamer und bog in den Vorplatz des Hotels Mogador ein. Es war ein hässlicher Neubau, dessen Monotonie auch die Kielbögen, die man als Verzierung um die Türen im Erdgeschoss gebaut hatte, nicht durchbrechen konnten.

»Ich muss mal scheißen, Mann«, sagte Rolf.

Er hielt unvermittelt an, stellte das Auto schräg zum Eingang des Hotels und stieg aus. Drei in die Sonne blinzelnde, eifrig lächelnde Hoteldiener, deren Alter sich unmöglich bestimmen ließ, kamen aus dem kühlen Schatten der Eingangshalle gehuscht.

»*Caca*«, sagte Rolf, verscheuchte sie und betrat das Hotel.

Zwanzig Minuten später kehrte Minka zum Auto zurück.

»Es tut mir leid. Er hat sich ein Zimmer genommen und kommt nicht wieder raus. Er sagt, er fühlt sich nicht gut. Es tut mir echt furchtbar leid! Ich will auch nicht hierbleiben.«

Die Lobby war in einem weißen Ali-Baba-Ambiente gehalten, mit Dolchen und pseudoantiken Berbergewehren an den Wänden. Luc fragte den Concierge, wann der nächste Bus nach Marrakesch fuhr.

»*Six heures du matin.*«

»*C'est tout? Il n'y en a plus ce soir?*«

»*Ah, non.*« Lächeln, Tonfall und Körpersprache drückten wohltrainierte Anteilnahme aus, die jedoch an den Tatsachen nichts zu ändern vermochte. »Es gibt pro Tag nur zwei Busse nach Marrakesch. Sechs und fünfzehn Uhr.«

Aegina stand auf und taumelte mit bleischweren Schritten ins Bad. Luc erwachte davon, dass sie sich übergab, mit kurzen bellenden Lauten, die wie ein mächtiger Schluckauf klangen. Sie hatten sich beide unwohl gefühlt, als sie zu Bett gegangen waren, und hatten sich daher auf eine tröstende Umarmung beschränkt.

Luc ging ins Bad, kniete sich neben sie und legte seine Hände leicht auf ihre Schultern und ihre Hüften. Ihre langen Haare fielen ihr übers Gesicht und in die Toilettenschüssel. Er strich sie zurück, als sie von weiteren Krämpfen geschüttelt wurde und den Rücken krümmte, wie eine Katze, die einen Fellball loswerden will.

Im nächsten Moment stand er plötzlich auf, torkelte zum Waschbecken hinüber und erbrach die Überreste des Lamm-Couscousgerichts, das er in der Bongo Bar zu Mittag gegessen hatte. Aegina hatte, wie ihm jetzt wieder einfiel, nur einen Salat gegessen.

Als Luc fertig war, ließ er den Wasserhahn laufen. Aegina lag zusammengerollt auf den Fliesen. Ihr T-Shirt war durchnässt, ihr Gesicht war leichenblass und glänzte vor Schweiß, und sie hatte die Augen geschlossen.

»Ich bring dich zurück ins Bett«, sagte Luc und versuchte, ihr aufzuhelfen.

»Nein«, hauchte sie. Dann stand sie hastig auf, zog die Unterhose herunter, setzte sich auf die Toilette und lehnte sich nach vorn auf die Knie. Ein Schwall Flüssigkeit schoss in die Toilettenschüssel.

»Mein armer Schatz«, sagte Luc. Er kniete sich neben sie. Sie ließ ihre Stirn auf ihren über den Knien gekreuzten Armen ruhen. Luc legte ihr den Arm um die Schultern.

»Du auch?«, fragte sie heiser.

»Ja. Aber ich habe Lamm gegessen.«

»Aber du hast auch Salat gegessen. Es war der Salat.«

»Kannst du aufstehen?«

»Nein.«

Luc hatte plötzlich das Gefühl, als würden seine Eingeweide aus ihm herausfallen, und sein After zog sich mit einem scharfen Brennen zusammen. Er hastete in der Hocke zur Badewanne hinüber, setzte sich mit den Oberschenkeln auf den Rand, ließ den Hintern über die Kante ragen und entleerte sich explosionsartig. Als er das Gefühl hatte, sich wieder bewegen zu können, streckte er die Hand nach dem Wasserhahn aus und ließ kaltes Wasser laufen. Er warf sich ein paar Handvoll davon zwischen die Gesäßbacken und spritzte das Wasser dann in die Wanne, um sie zu reinigen.

»Möchtest du zurück ins Bett?«, fragte er Aegina, die immer noch kraftlos über ihren Knien hing.

»Nein«, sagte sie. Sie griff sich etwas Toilettenpapier, betätigte die Spülung und legte sich dann wieder auf die Erde.

Luc breitete ein Handtuch neben ihr aus. »Leg dich da drauf.«

Er versuchte, sie auf das Handtuch zu schieben. »Ich kann nicht«, sagte sie. Also nahm er eines der kleineren Handtücher, hielt es im Waschbecken unter kaltes Wasser und wrang es aus. Dann setzte er sich neben Aegina und wischte ihr den klammen Schweiß vom Körper. Schließlich holte er ein großes Handtuch, deckte sie damit zu und strich mit der Hand über den Stoff auf und ab.

»Aegina«, sagte Luc.

»Ahnnh …«

»Ich liebe dich so sehr.«

»Oh, na klar«, sagte sie mit schwacher Stimme, die von irgendwo unter ihr kam, »besonders so wie jetzt.«

»So wie jetzt am allermeisten.«

Ihre Hand kroch über die nassen Fliesen, fand Lucs Fuß und drückte ihn. Ihre Finger waren kalt. Luc umschloss sie mit seiner Hand.

9

ER ÖFFNETE DIE Augen. Auf der anderen Seite der Fensterläden war die Sonne aufgegangen. Irgendwann in der Nacht hatten sie es zurück ins Bett geschafft und waren dort geblieben.

Er sah Aegina an. Ihre dunklen Haare bedeckten ihr Gesicht, ihr olivenfarbiger Teint war aschfahl. Sie schien in tiefer Bewusstlosigkeit zu liegen. Er ließ sich wieder zurück auf das Kissen fallen und hörte zu, wie Aegina langsam und tief atmete.

Er konnte nicht schlafen. Er stand auf, ging ins Bad, schloss die Tür und duschte. Als er zurück ins Zimmer kam, schlief sie immer noch. Er zog sich Jeans, T-Shirt und Turnschuhe an, ging zur Tür, drehte sich noch einmal nach Aegina um und verließ dann den Raum.

Minka ging nah am Wasser entlang, dort, wo der Sand hart war. Ihre Djellaba wallte im Wind. Als sie ihn sah, winkte sie und lief auf ihn zu.

Sie umarmte ihn so fest, als wäre sie gerade einem alten Freund begegnet. »Wo ist Aegina? Sag bloß, sie ist auch krank?«, fragte sie.

»Ja. Wir beide. Und du?«

»Ich nicht, Gott sei Dank, aber Rolf, igitt, aus beiden

Enden, die ganze Nacht. Ekelhaft. Ich konnte kaum noch atmen. Musste da raus. Geht es dir wieder gut?«

»Na ja, es geht mir jedenfalls besser.«

»Und Aegina?«

»Die schläft noch.«

»Es tut mir so schrecklich leid! Rolf ist ein Schwein. So wie der uns alle gezwungen hat, hier zu übernachten. Aber ihm ging's tatsächlich sehr schlecht.« Minka drehte sich zu dem klaren, makellosen Meer. »Es ist wunderschön, nicht wahr? Der alleräußerste Rand von Afrika.«

Das Meer glitzerte hell in der Sonne. Ein endloses, massives blaues Band, das sich vom Norden bis in den Süden erstreckte.

»Das Meer schon, ja«, sagte Luc. »Aber der Strand ist viel zu groß.«

»Oh, ich finde es toll. Aber es ist total erstaunlich, dass gerade überhaupt niemand am Strand ist. Vielleicht sind sie ja alle krank geworden.« Sie lachte und bog sich spielerisch rückwärts. »Sollen wir schwimmen gehen?«

»Geh du ruhig. Ich habe kein Handtuch dabei oder so was.«

»Das ist doch egal!«

»Ich habe gerade erst geduscht.«

»Ach, komm schon, es ist perfekt. Du wirst ganz schnell von allein trocken. Schau dir das Meer an. Komm schon!« Sie zog ihn zum Meer.

»Nein, geh du nur. Ich bleib einfach hier sitzen.«

»Och! Kein Abenteuer!«

Sie zog sich die Djellaba aus und warf sie ihm über den Kopf. Darunter war sie nackt. Natürlich. Sie rannte ins Wasser. Er sah ihr dabei zu, wie sie durch die Wellen schwamm, wie sie unter- und wieder auftauchte wie ein Seehund. Dann kam sie wieder aus dem Wasser gerannt, lief zu ihm hinüber, umarmte ihn ungestüm und rief: »Bitte, mir ist kalt!« Sie umklammerte ihn so lange, bis er komplett durchnässt war.

»Jetzt musst du auch mit reinkommen!« Sie zog sein Hemd hoch und über seinen Kopf. Dann zerrte sie an seinen Jeans.

»Okay, okay! Ich mach's schon selbst«, sagte Luc. Aber sie hörte nicht auf, sie zog an seiner Jeans, bis er, ohne es verhindern zu können, einen beinahe ausgewachsenen Ständer bekam. Dann zog sie ihn auf die Füße und rannte ins Meer.

Im Wasser schwamm sie mit mühelosen Kraulbewegungen von ihm fort, mitten in die Sonne hinein. Er folgte ihr langsam. Sie drehte sich auf den Rücken und ließ sich treiben. Sie stieg in den Wellen auf und ab, wogte sanft im leichten Seegang wie ein langes, geschmeidiges Farnblatt, während das Wasser über ihre erdbeerfarbenen Brustwarzen flutete und die Sonne sich in den kupfernen Locken ihres Schamhaars verfing.

Luc verließ als Erster das Wasser. Er lief den Strand hinauf bis zu der Stelle, wo der Sand trocken war. Dort setzte er sich und umschlang seine Knie mit den Armen.

Minka stieg langsam aus den Wellen. Sie warf den Kopf zurück und schleuderte ihre Haare durch die Luft, sodass die hell glänzenden Wassertropfen im Licht zerstoben. Sie lächelte ihn beim Näherkommen an. »Du bist so schlank, das sieht gut aus. Rolf ist wie ein Bär.« Sie streckte sich neben ihm im Sand aus, rekelte sich, warf die Arme über den Kopf und atmete tief durch. »Mein Gott, was für eine Wohltat, nach diesem Hotelzimmer.«

Das Wasser perlte an ihrem Körper herab. Unter dem gelben Sand, der an ihren Zehen und Schenkeln haftete, schimmerte ihre Haut in einem feinen, perlmutternen Glanz. Ihre zusammengezogenen Brustwarzen richteten sich auf. Ein breiter, zarter Strich aus dunklen, nassen Locken bündelte sich unter ihrem flachen Bauch und hob und senkte sich bei jedem ihrer Atemzüge.

Sie öffnete ein Auge und blinzelte zu ihm hoch. »Leg dich doch hin und genieß die Sonne. Fühlt sich toll an.«

Er streckte sich aus, ließ jedoch das Knie neben ihr angewinkelt. Er schloss die Augen.

»Fühlt sich gut an, nicht wahr?«, fragte Minka.

»Ja«, sagte Luc und spürte, wie sich seine Haut unter dem verdunstenden Salzwasser zusammenzog.

Minka hob den Kopf, bohrte ihre Schulter in seinen Leib, streckte die Beine seitwärts aus und legte ihren Kopf – schwer und warm unter den feuchten Haaren – auf seinen Bauch. Sie drehte sich zu ihm, bis ihre Wange auf der warmen Haut seines Bauches lag, und sah ihm ins Gesicht.

Dann drehte sie sich wieder auf die andere Seite, ließ die andere Wange auf seinem Bauch ruhen und umfasste mit ihrer kühlen Hand seinen Schwanz, der wie ein ungeduldig an der Leine zerrender Dachshund aus seinem Unterleib ragte.

»Nein, lass das«, sagte er. Aber er bewegte sich nicht.

Minka hob den Kopf und senkte ihn dann auf seinen Schoß. Heiße und kalte Ringe umfassten ihn gleichzeitig.

»Bitte hör auf«, sagte Luc. Er schaute zu den kleinen Wölkchen hinauf, die hoch über ihnen vorüberzogen. Sie hatten sich über dem Ozean gebildet und glitten nun ins Innere Afrikas. Wie unbedeutend sie beide waren, er und Minka, winzige, wehleidige, achtlose Tiere, weit, weit unten. Er hob die Hand, um sie wegzuschieben, aber seine Hand fand stattdessen ihre Taille und wanderte über ihre Hüfte hinweg bis zu ihren Pobacken. »Hör auf«, sagte er leise. »Hör auf …«

Sie hielt inne. »Du willst, dass ich aufhöre?«

»Ich liebe Aegina«, sagte er zu den Wolken.

»Natürlich tust du das«, sagte Minka. »Sie ist bezaubernd. Ich liebe sie auch.« Sie richtete sich auf, sah sich kurz um, kniete sich dann mit gespreizten Beinen über Luc und ließ sich auf ihn herabsinken.

10

DIE KUH TROTTETE gemächlich über die rechte Spur, als der Renault um die Ecke geschossen kam.

»Verdammt!« Luc riss das Steuer herum und lenkte das Auto auf die linke Spur, weg von der Kuh.

Die Kuh sah das Auto kommen, hielt inne, spürte die drohende Gefahr, warf den Kopf zur Seite und setzte zum Galopp an, in die Richtung, die sie bereits eingeschlagen hatte, zur linken Spur hinüber.

»Scheiße!« Lucs Arme verschränkten sich, während er versuchte, auf die rechte Spur auszuweichen, die jetzt leer war. Aber die Kuh, die sah, dass das Auto erneut die Richtung geändert hatte, machte mit schliddernden Hufen eine abrupte Kehrtwende und flüchtete an den Ort zurück, wo sie sich eben noch sicher gefühlt hatte. Der Renault spießte sich mit dem linken Scheinwerfer und vorderen Kotflügel auf dem langen rechten Horn des Tieres auf. Das Auto erbebte und blieb stehen.

»Verfickte Scheiße!«, schrie Luc – weil das alles zusammenfasste, was er bis zu diesem Moment gefühlt hatte, und auch, weil er gespürt hatte, wie sich das Lenkrad unter seinen Händen verkantet hatte, in einer Weise, die ihm unmissverständlich klargemacht hatte, dass sie von hier aus nicht mehr weiterfahren würden. Er sah zu Aegina hinüber, aber sie kletterte bereits aus dem Auto. »Oh mein Gott, oh mein Gott! Das arme Tier!«, rief sie.

»Berühr es nicht!«, schrie Luc sie an, stieg rasch aus dem Auto aus und lief zu ihr, um sie aufzuhalten. »Es könnte dich verletzen.«

»Nein, das wird sie nicht. Das arme Ding!«

»Das ist doch ein Er – er hat ein Horn.«

»Aber sieh doch!« Sie zeigte ungestüm mit dem Finger.

Er sah das Euter, wie es schwer unter dem Tier hin- und herschwang. Die Kuh stand zitternd in der Mitte der Straße, mit gesenktem Kopf, und berührte mit ihrem Maul fast den Boden. Das rechte Horn war säuberlich am Ansatz abgetrennt worden, direkt über der Stirn. Kein einziger Blutstropfen. Das Tier war allem Anschein nach nur benommen.

Luc sah zu dem Renault hinüber. Der vordere Kotflügel war vollkommen verbeult und nach unten auf das linke Vorderrad gedrückt worden. Auf der Straße glitzerten die Scherben des gelben Scheinwerferglases.

Vom Straßenrand erklang ein kurzer Ausruf – eine einzelne, wortlose Silbe, die weder Empörung noch Vorwurf ausdrückte. Nur Trauer. Ein Mann kam auf sie zu. Er trug einen Strohhut und sah aus wie eine Vogelscheuche. Neben der Straße, nicht weit von ihm entfernt, standen noch weitere Kühe. Er hielt seinen Blick beim Näherkommen fest auf das verunglückte Tier gerichtet.

»*Excusez-moi, monsieur* …«, sagte Luc. »Ich konnte nichts tun. Die Kuh stand mitten auf der Straße. Ich habe versucht, ihr auszuweichen …«

Der Kuhhirt gab ein paar gequälte, wortlos gemurmelte Laute von sich – »*Ehhhh … ohhhh …*« –, die immer trauriger und trauriger klangen. Nicht das geringste Anzeichen von Vorwurf, weder dem Auto noch dessen Insassen gegenüber. Nur Trauer. »*Ohh-ohh … ehhh-eh-eh …*«

Die Kuh trottete davon, zurück zur rechten Straßenseite, dorthin, wo sie hergekommen war, zu ihrer Herde, die reglos dastand und ausdruckslos auf die Unfallstelle starrte.

Der Kuhhirt sah zu dem Renault hinüber. Er ging zu dem Auto und zog an etwas – das Horn der Kuh, das aus dem zerknautschten Scheinwerfergehäuse ragte. Er zog es heraus – nun nichts weiter als ein unbestimmtes, keratinhaltiges Artefakt, ein Mittelding zwischen Stoßzahn und Geweih – und blickte traurig darauf herab.

»Es tut mir leid«, setzte Luc erneut an. Der Mann, der kaum größer war als ein Kind, dessen schrumpeliges, wettergegerbtes Gesicht jedoch verriet, dass seine Jugend schon eine Weile hinter ihm lag, sah zu Luc hoch, schaute dann wieder auf das Horn herab, drehte sich um und ging langsam der Kuh hinterher.

»Bist du okay?«, fragte Luc Aegina.

»Ja«, sagte sie. »Aber das arme Ding …«

»Tja, das arme Ding hat schon wieder angefangen zu fressen. Sieh nur.« Die Kreatur mit dem einsamen Horn hatte sich neben einen kleinen staubigen Busch am Straßenrand gestellt und knabberte mit gekräuselten Lippen an den kleinen mickrigen Blättern. Luc drehte sich zurück zum Auto. »Der Kuh geht es gut. Wir dagegen sind total im Arsch.«

Er ging zum Auto und versuchte vorsichtig, den zerknautschten Kotflügel vom Vorderreifen wegzuziehen, aber ohne Erfolg. Dann setzte er sich auf den Fahrersitz und versuchte, das Lenkrad zu drehen. »Das Lenkrad lässt sich nicht bewegen.«

»Sollen wir versuchen, das Auto von der Straße zu schieben?«, fragte Aegina.

Luc drehte versuchsweise am Zündschlüssel, der Motor sprang sofort an. Weil die Vorderräder blockiert waren, konnte das Auto nur im Kreis fahren, ließ sich aber immerhin von der Straße bewegen. Von irgendwoher unter der Vorderachse kam ein lautes Schleifgeräusch. Luc fuhr weiter, bis das Auto auf dem Seitenstreifen stand, und schaltete den Motor aus. »Das war's dann.«

»Denkst du nicht, wir könnten es reparieren lassen?«

»Na ja, selbst wenn wir das könnten, würde es wahrscheinlich mehr kosten, als das Auto wert ist. Und es würde ewig dauern. Wir müssen es hier stehen lassen.«

»Okay«, sagte Aegina. Sie öffnete die hintere Tür, zog den großen Koffer mit den Hemden und die beiden kleinen Umhängetaschen mit ihrem und Lucs Gepäck heraus. »Denkst du, wir sollten vielleicht per Anhalter weiterfahren?«

»Ich denke, wir sollten auf jeden Fall schauen, dass wir von hier wegkommen, egal wie, und so bald wie möglich. Es könnte sich irgendjemand wegen der Kuh aufregen.«

»Aber es war doch nicht deine Schuld.«

»Wir sollten den ersten Bus anhalten, der vorbeikommt, egal in welcher Richtung er fährt. Wenn er nach Norden fährt, dann fährt er nach Tanger oder Rabat oder Casablanca oder irgendwo anders hin, wo wir zumindest in einen Bus nach Tanger umsteigen können. Und wenn er nach Süden fährt, dann fahren wir zurück nach Marrakesch und nehmen von dort aus den nächsten Bus oder Zug nach Tanger. Okay?«

»Aber das wird teuer werden.«

»Ich habe genug Geld.«

Nach ihrer Rückkehr von Essaouira hatten sie sofort die Hemden abgeholt, ihre Sachen zusammengepackt und noch am selben Tag Marrakesch verlassen. Sie hatten im Auto auf dem Parkplatz einer Tankstelle übernachtet, vollkommen erschöpft und ohne jegliche Annäherungsversuche.

Aegina schaute über die staubige Ebene. Die Kühe hatten sich zusammen mit ihrem Hirten schon ein ganzes Stück weit entfernt. »Die arme Kuh.«

»He, scheiß auf die Kuh. Und diesen scheiß marokkanischen Cowboy, der sie einfach auf die Straße hat wandern lassen. Das Vieh hat sich nicht mal verletzt. Und wahrscheinlich wächst ihm sogar noch ein neues Horn. Wir hingegen stecken hier mit hundert Hemden am Arsch der Welt fest, und gleich kommt womöglich noch eine Horde wütender Beduinen aus der Wüste gestürmt, um sich an uns zu rächen.«

»Luc, das mit deinem Auto tut mir leid, aber wenigstens ist uns nichts passiert, und es war auch wirklich nicht deine Schuld. Ich weiß, das war echt übles Pech. Aber du bist schon die ganze Zeit schlecht gelaunt, seit wir Essaouira verlassen haben, und das jetzt, das hilft auch nicht grade, da bin ich mir ziemlich sicher.«

»Können wir bitte aufhören, über diese Typen zu reden?«

»Aber wir reden doch gar nicht über sie«, sagte sie. »Jedenfalls ich nicht.«

Sie hatten sich in Marrakesch in einer ziemlich gespannten Atmosphäre von Rolf und Minka verabschiedet. Aegina war der Meinung gewesen, die beiden seien nicht wirklich ein Paar, sondern auf irgendeine andere mysteriöse Weise aneinander gebunden.

Sie setzte sich auf den großen Koffer, nahm ihre Sonnenbrille ab, wischte sie an ihrer Baumwollbluse sauber und setzte sie wieder auf. Dann schaute sie aufmerksam die Straße auf und ab.

Im Norden und Süden verschwamm die ferne Fahrspur mit dem flüssigen Horizont. Autos tauchten auf – schemenhafte Klumpen aus kochenden Atomen, die sich bald zu immer klareren Konturen verdichteten und stetig größer wurden. Luc fühlte sich an Omar Sharifs unvergesslichen ersten Auftritt in *Lawrence von Arabien* erinnert. Aber die Autos brausten ihnen wie tief fliegende Düsenjets entgegen, während die darin eingeschlossenen Marokkaner das Paar mit dem riesigen Koffer am Straßenrand nur mit großen Augen anglotzten, als wären es Marsmenschen, bevor sie in einer Dopplereffekt-Wellenfront vorüberströmten und Luc und Aegina in einem Sog aus Wind und Staub und alles erfüllender Stille zurückließen.

Ja, er war schlecht gelaunt. Er wollte raus aus Marokko, zurück nach Spanien, wo er sich ein wenig ausgeglichener fühlen würde und die Dinge zwischen ihnen vielleicht wieder so sein konnten wie vor Essaouira. Er war dem spanischen Festland entgegengerast und hatte sich mit jedem Kilometer, den sie hinter sich ließen, besser gefühlt. Bis sie in die Kuh hineingefahren waren.

Aus der Fata Morgana im Süden kristallisierte sich ein weiterer zerschmolzener Fleck heraus und kam auf der Straße immer näher. Der Fleck wurde zusehends klarer und größer und wandelte sich schließlich zu einer flachen, schnittigen, schwarz glänzenden Silhouette.

»Scheiße«, sagte Luc fast unhörbar. »Das ist ja nicht zu fassen.«

Aegina stand auf. Sie schaute erst auf das sich nähernde Auto und dann auf Luc. »Ich will nicht mit denen fahren.«

»Ich auch nicht, das kannst du mir glauben, aber sie fahren in die richtige Richtung. Und ich glaube wirklich, wir sollten machen, dass wir hier wegkommen.«

Das Auto kam näher, wurde langsamer, fuhr an den Straßenrand und hielt an.

»Scheiße, Mann, was ist denn mit dem kleinen Renault passiert?«, fragte Rolf über Minka hinweg durch deren geöffnetes Fenster. Sie stiegen beide aus und sahen erst das Auto und dann Luc und Aegina an. »Seid ihr okay?«, fragte Minka.

»Wir haben eine Kuh angefahren«, sagte Aegina. Sie zeigte auf die kleine, gemütlich vor sich hin watschelnde Herde, die nun schon recht weit entfernt war. »Eine von denen da hinten.«

Rolf und Minka schauten von den Kühen auf das zerknautschte Auto. »Ja, Mann, da seid ihr ja echt geliefert. Ich würde mal sagen, der kleine Renault hat's hinter sich. Der ist am Ende seiner Reise.«

Er drehte sich zu ihnen um. »Tja, dann nehmen wir euch wohl mit. Ihr wollt immer noch nach Algeciras, ja?«

»Danke, aber ihr habt keinen Platz«, sagte Aegina.

Rolf hatte den Peugeot wieder abgegeben. Auf dem Dachgepäckträger des frisch gewarteten und gewaschenen Jaguars Mark X lagen zwei Koffer, und der Innenraum schien mit zahllosen Bündeln gefüllt zu sein. Das Auto lag sehr tief auf der Straße.

»Nein, Mann. Wir legen den großen Koffer einfach mit oben auf den Dachgepäckträger. Ihr passt schon rein, mit allen euren Hemden.«

Rolf fuhr wesentlich langsamer, als er das mit dem Peugeot auf dem Weg von und nach Essaouira getan hatte. Vorsichtig und defensiv bahnte er sich einen Weg durch die kleinen Orte, durch die sie kamen. Der Jaguar schien das Gewicht seiner neuen Passagiere zu spüren.

Luc tat so, als wäre er auf dem Rücksitz eingeschlafen, während neben ihm Aegina mit Minka plauderte. Dann schlief er tatsächlich ein.

In Tanger fuhr Rolf den Jaguar auf die Fähre, den Anleitungen der Schiffsbesatzung folgend. Sie verließen das Auto und stiegen die Treppen zu den Passagierdecks hoch.

»Wir treffen euch in der Bar, okay?«, sagte Minka.

Aegina gab keine Antwort. Sie schob sich durch die Tür, die hinaus auf das Deck führte.

Luc folgte ihr. Sie ging ihm rasch voraus, als wäre sie allein auf ihr Ziel konzentriert und könnte es nicht erwarten, endlich draußen zu sein. Als wüsste sie nicht, dass er ihr folgte. Am äußersten Ende des Decks blieb sie stehen, legte ihre Hände auf die Reling, als machte sie sich auf den Aufprall einer riesigen Welle gefasst, und schaute über den Hafen hinweg auf die Stadt.

»Ist alles okay bei dir?«, fragte Luc und lehnte sich neben sie an die Reling.

Sie atmete tief ein und aus und antwortete nicht.

Nach einer Weile sagte er: »Was ist los?«

Sie drehte sich um und richtete ihre auf einmal vollkommen undurchsichtig gewordene Sonnenbrille auf Luc. »Wann hast du sie gefickt? Während ich bewusstlos in unserem Zimmer lag?«

»Was?«

»Wann hast du sie gefickt?«

»Wovon redest du?«

»Es ist nicht zu übersehen.«

»Was ist nicht zu übersehen?« Jetzt konnte sogar er es nicht mehr übersehen.

»Sie hat dich die ganze Zeit kein einziges Mal angeschaut, während wir im Auto saßen. Ihr habt euch beide total ignoriert – ich bin doch nicht blind! Ich weiß Bescheid!«

Er öffnete mehrmals den Mund, wie ein gestrandeter Fisch. Aegina wandte sich ab und lief fort.

Luc ging ihr hinterher. »Aegina –«

Sie drehte sich um und schrie ihn an. »Bleib mir vom Leib!«

Die Leute auf dem Deck drehten sich nach ihnen um. Aegina wirbelte auf dem Absatz herum und rannte das Deck entlang. Luc blieb einen Moment stehen und ging ihr dann langsam hinterher. Aber er konnte sie nicht mehr finden.

Rolf und Minka trafen als Erste beim Auto ein. Luc, der das ganze Schiff nach Aegina durchsucht hatte, kam mit mehreren anderen, zu ihren Autos zurückkehrenden Passagieren die Treppe hinunter und entdeckte plötzlich die seltsame Gruppe, die neben dem Jaguar stand. Aegina stand trotzig und verbissen ein paar Schritte vom Auto entfernt. Drei Besatzungsmitglieder hatten sich um sie geschart und versperrten ihr den Weg. Einer von ihnen stand mit gespreizten Beinen über dem großen Koffer mit den Hemden, der vom Dachgepäckträger des Jaguars entfernt worden war. Als Luc näher kam, hörte er, wie eines der Besatzungsmitglieder sagte: »Ist das Ihr Koffer?«

»Es ist schon okay«, sagte Rolf. Er strahlte eine für ihn ganz uncharakteristische Alarmbereitschaft aus und sah die drei Besatzungsmitglieder aufmerksam an. »Sie gehört zu uns. Das ist mein Auto.«

Luc sagte in fließendem Spanisch zu den drei Besatzungsmitgliedern: »Was ist das Problem?«

»*El problema es que los pasajeros* –«

Aegina unterbrach ihn und sagte auf Englisch zu Luc: »Ich wollte hier unten nur meinen Koffer holen. Ich werde allein aussteigen.« Sie wiederholte den Satz für die Männer der Schiffsbesatzung, in schnellem, wütendem Spanisch.

Einer der Männer starrte Luc mit strengem Blick an und sagte: »Passagiere, die mit einem Auto auf die Fähre gekommen sind, müssen die Fähre auch mit dem Auto verlassen, zusammen mit ihrem gesamten Gepäck. Sie kann nicht einfach zu Fuß von der Fähre laufen.«

»*Bueno*«, sagte Rolf zu dem Mann. Er wandte sich an Luc und Aegina. »Wir steigen jetzt alle in das verdammte Auto ein. Und hören jetzt sofort damit auf, irgendwelche Scheiße zu bauen und diese Leute zu verärgern.« Er schloss das Auto auf, griff sich den Koffer und warf ihn auf den Dachgepäckträger. »Steigt jetzt sofort in das scheiß Auto ein«, sagte er leise. Dann zog er das Gummiband über den Koffer und befestigte ihn zusammen mit den anderen Koffern.

»Aegina –«, sagte Luc.

Ohne ein Wort öffnete sie eine der hinteren Türen und stieg ein.

»*¿Todo bien?*«, fragte der Mann, der für die anderen Besatzungsmitglieder als Wortführer fungiert hatte.

»*Todo* ist total *bien*, Mann, okay, okay«, sagte Rolf.

Der Mann ging davon.

Als sie alle ins Auto eingestiegen waren und Rolf den Motor angelassen hatte, sagte Aegina: »Sobald wir an Land sind, steige ich aus.«

Rolf – ein nicht wiederzuerkennender, wie elektrisierter Rolf – drehte sich um und sah sie an. »Du steigst erst aus diesem Auto aus, wenn wir den Hafen verlassen haben und in

Algeciras sind. Dann schmeiß ich dich und deinen scheiß Koffer raus, keine Angst. Dann schmeiß ich euch alle raus aus meinem Auto –«

»He –« , setzte Luc an.

»Eh, scheiß auf dich, Mann.« Rolf stach mit seinem Zeigefinger erst in Lucs und dann in Aeginas Richtung. »Ihr haltet jetzt die Klappe. Bleibt da sitzen und haltet die Klappe.«

Zum ersten Mal seit Stunden schaute Luc zu Minka hinüber. Sie sah nach vorn. Ihr Gesicht war grau.

Rolf drehte sich wieder nach vorn und legte den Gang ein. Der Jaguar folgte den anderen Autos vom Schiff und reihte sich in die Schlange ein, die in ruckartigen Schüben der Passkontrolle und Zollabfertigung entgegenrollte.

Zwanzig Minuten später standen sie stumm um den Jaguar herum, während der Zollbeamte die Türverkleidung entfernte und die ersten, in Plastik verpackten Kif-Pakete daraus hervorzog.

»Oh, scheiße, Mann«, sagte Rolf zu dem Zollbeamten. »Ich habe das Auto in Marrakesch warten lassen. Scheiße, ich glaub's einfach nicht. Sehen Sie nur, was mir mein *mecánico* angetan hat. Ich hatte ja keine Ahnung, ich habe nichts davon gewusst.«

Minka krümmte sich vollkommen unvermittelt zusammen und erbrach sich auf den staubigen Asphalt. Sie fiel auf ihre Hände und Knie und wurde von Krämpfen geschüttelt. Lange, zähflüssige Fäden hingen von ihren Lippen herab; sie versuchte sie wegzuwischen und schmierte sich stattdessen das Erbrochene ins Gesicht. Sie begann zu weinen.

Luc blickte zu Aegina hinüber, aber sie weigerte sich ihn anzusehen. Er sah Rolf an, der mit einer Mischung aus Wut und Ekel auf Minka starrte.

Die Zollbeamten waren ein paar Schritte zurückgetreten, als hätten sie Angst, vollgespritzt zu werden, und schauten zu.

Luc ging zu Minka und kniete sich neben sie. Er riss einen Zipfel seines blauen Baumwollhemds ab und wischte ihr damit über den Mund. Er konnte einfach nicht anders: Er legte ihr die Hand auf die Schulter.

11

GERALD DACHTE AUCH nicht eine einzige Sekunde darüber nach, ob er fahren sollte oder nicht. Er legte das Telegramm weg. Das Einzige, was er sich fragte, war, was er mitnehmen sollte.

Er kramte eine uralte blaue Segeltasche hervor, rollte Kleider zum Wechseln und Unterwäsche zusammen und legte die Sachen unten in die Tasche. Darüber packte er seinen Blazer, ein gutes Hemd und einen Schlips.

Was noch? Er schob die Besitzurkunde und Objektbeschreibung von C'an Cabrer in seinen alten Leinenrucksack. Seinen Reisepass mit dem Aufenthaltsgenehmigungs-Stempel der spanischen Behörden. Aeginas Geburtsurkunde. Ein paar Fotografien.

Aus einem plötzlichen Impuls heraus holte er noch zwei Flaschen Olivenöl aus der Vorratskammer.

Gerald trug die Segeltasche und den Rucksack zu seinem Auto hinunter, einem klapprigen Simca-Aronde-Commerciale-Kombi von 1955.

Er fuhr in die Stadt und hielt vor der Banco Santander. In der Bank hob er – zu dem größten Erstaunen von Barbara, der Kassiererin – zwanzigtausend Pesetas in bar ab, fast die gesamte Summe, die sich auf seinem Konto befand. Barbara sah ihn erschrocken an. Seine graublonden, windzerzausten Haare standen ihm wirr um den Kopf, seine blauen Augen tanzten hektisch in seinem tief gebräunten Gesicht umher, und er sah andauernd auf die Uhr. Er schien auf der Flucht zu sein.

»*¿Qué pasa, Señor Rutledge?*«

»*Todo está bien*«, sagte Gerald, lächelte angespannt und stopfte mit seinen schwieligen Händen die Geldbündel in seinen Rucksack. »*Bien, bien.*«

»*¿Seguro?*«

»*Seguro. Gracias, Barbara.*«

Er fuhr quer über die Insel nach Palma. Um 18:45 Uhr winkte ein Matrose den Simca an Bord der Fähre nach Alicante. Um acht verließ die Fähre den Hafen. Sie würde um sechs Uhr früh am nächsten Morgen in Alicante ankommen. Irgendwann im Laufe des morgigen Tages würde er in Algeciras sein.

Gerald schaute auf das riesige, von innen beleuchtete Buntglasfenster der Kathedrale La Seu, die über der Stadt thronte. Das Fenster erinnerte in seiner Form an eine *ensaïmada*. Es wurde immer kleiner und gelber und archaischer, während das Schiff die Mole umrundete und mit rhythmischem Schlingern und Beben hinaus in die Dämmerung des purpurglühenden Meeres dampfte.

Er war wieder auf See. Das war in den letzten zweiundzwanzig Jahren nicht besonders oft vorgekommen. Aber nun war er hier. Er erlaubte sich einen Blick auf das Wasser hinunter, das an dem Stahlrumpf des Schiffes vorüberschäumte. Einen Moment lang wurde er zu einem Teil der Wellen, ließ sich mit ihnen treiben, zu den Orten, zu denen er früher einmal hatte segeln wollen: in einem südöstlichen Wirbel um das Schiff herum, hinaus auf das Ionische Meer, um die stürmischen Kaps von Kythira und Malea, mitten hinein in die Ägäis –

Ein plötzlicher Ruck durchfuhr ihn. Er schaute vom Wasser hoch, auf die anderen Leute, die an Deck waren und an der Reling standen. Zweifellos hatte man Lulu ebenfalls informiert. Vielleicht befand sie sich ja sogar auf ebendieser Fähre.

Er schlief unruhig. Die ganze Nacht über spürte er, dass er auf See war. Er träumte eine ganze Kaskade von aufwühlenden Träumen, die ihm entglitten und von ihm wegströmten wie das Kielwasser eines Schiffes. Einmal verließ er mitten in der Nacht seine Kabine, ging an Deck und sah und hörte zu, wie das Meer am Schiffsrumpf entlangrauschte. Er sah die Lichter von Fischerbooten, von denen das Schiff in allen Himmelsrichtungen umgeben war.

Später kam er noch einmal an Deck, als backbord die Sterne unter den Schatten aus Azur und tieferem Blau verblassten und sich das spanische Festland als gezackte, radiumglühende Linie vor dem schwarzen Horizont abzuheben begann. Es war ihm ein Bedürfnis, diese Küste noch einmal vom Meer aus zu sehen. Er war früher schon zweimal hier vorbeigekommen: Einmal im Frühjahr 1942 auf dem Weg nach Malta, an Bord der HMS *Furious*, nach einem Tankstopp auf Gibraltar, inmitten eines heftigen Leveche-Sturms, der das Schiff fürchterlich zum Rollen gebracht hatte, und dann noch einmal nach dem Krieg, 1947, wesentlich langsamer, an Bord der winzigen, nur mit Segelkraft betriebenen *Nereide*. In jenen Tagen waren die besten Orientierungspunkte, die man als Navigationsoffizier identifizieren und einen nach dem anderen auf der Seekarte abhaken konnte, die runden, steinernen Wachtürme an der Küste gewesen, die oft kaum höher als sechs Meter waren. Viele von ihnen waren noch während der maurischen Besetzung Spaniens gebaut worden, andere waren erst lange nach der Reconquista im sechzehnten und siebzehnten Jahrhundert entstanden, als man versuchte, das Land gegen die Mauren zu verteidigen. Als sich der Himmel immer mehr aufhellte, erkannte Gerald die dunkle, klobige Silhouette des Monte Benacantil, der über Alicante thronte, und etwas näher vorn am Berghang das Castillo de Santa Bárbara, das sich im Morgenlicht rosa färbte. Aber unten am Fuße des Berges hatte sich alles verändert. Alicante war zu einer Stadt geworden. Über die schmale Küstenebene zogen sich dicht gedrängte Wohnblockreihen wie ein aufgeforsteter Wald. Gerald konnte den Wachturm, von dem er wusste, dass er in der Nähe des Hafens an der Küste stand, kaum ausmachen, weil er fast gänzlich vor dem Hintergrund der sich auftürmenden Schiffscontainer unterging.

Für die fast siebenhundert Kilometer nach Algeciras brauchte er elf Stunden. Er fuhr die gesamte Strecke auf der *Autovía del Mediterráneo*, das Meer immer im Blick. In Elche hielt er an, kaufte sich Brot, Käse und Wasser zum Mittagessen und aß und trank im Weiterfahren. Das Meer war spiegelglatt, und der leichte Sommerwind entlang der Küste fühlte sich genauso an wie in seiner Erinnerung – viel zu sanft, sehr frustrierend bei aufgezogenen Segeln –, aber am Ufer war alles anders geworden. Fuengirola, das er als winzigen Fischerort in Erinnerung hatte, ähnelte nun eher den Fotografien, die er von amerikanischen Städten kannte. Die Küste westlich von Málaga bis über Marbella hinaus – in Geralds Erinnerung ein staubiger Küstenabschnitt mit Hügeln in der gelbraunen Farbe einer Löwenmähne – war zu einer nahtlosen Aneinanderreihung von dicht zusammengedrängten Villen und Golfplätzen geworden.

Doch meistens hatte er Aegina vor Augen, jenseits der insektenbeschmierten Windschutzscheibe, wie sie in einem Gefängnis der Guardia Civil saß.

Diese ganze Idee, nach Marokko zu fahren, um Hemden zu kaufen, hatte von vorneherein sehr abwegig, um nicht zu sagen riskant geklungen – vor seinem inneren Auge waren kamelreitende Banditen und Vergewaltiger vorübergezogen –, aber er hatte verstehen können, welchen Reiz und welche Verlockung die Urquelle der maurischen Zivilisation ausübte. Und seine Angst um Aegina war zumindest teilweise dadurch gemindert worden, dass sie Luc bei sich haben würde. Doch sie würde mit der ganzen Sache ihren eigenen Aussagen nach nicht viel Geld verdienen können. Ein kleiner Tropfen auf den heißen Stein, wenn man bedachte, was sie in den nächsten Jahren für ihr Kunststudium brauchen würde. Er hatte in der Zwischenzeit seinen ganz eigenen Plan verfolgt, um ihr dieses Studium zu ermöglichen – gerade eben hatte er eine weitere kleine Parzelle seines Landes an ein spanisches Ehepaar vom Festland verkauft. Das Grundstück lag unten an der Straße, nicht weit von seiner Auffahrt entfernt. Aber natürlich war es bewundernswert und bewies auch ihre Unternehmungslust, dass sie versuchte, auf eigene Faust etwas Geld zu verdienen. Das hatte ihn letztendlich von dem Plan überzeugt.

Er erreichte Algeciras nach Einbruch der Dunkelheit. Die Stadt schien in etwa so groß zu sein wie Palma, aber längst nicht so hübsch. Sehr viel Industrie. Er hatte keine Ahnung, wo Aegina festgehalten wurde. Also fuhr er immer weiter, hatte sich jedoch fast sofort verirrt und konnte keine Stelle entdecken, wo er hätte anhalten können. In zahlreichen Straßen, durch die er kam, konnte er im Hintergrund den sich auftürmenden Felsen von Gibraltar sehen, jenes vertraute, absonderliche Wunder der Natur, das, wie Gerald wusste, unmittelbar südlich der Stadt lag, auf der anderen Seite der Bucht von Algeciras. Er fuhr immer weiter auf diesen Felsen zu, bis er – wie ein Schwanenjunges, das unbeirrbar seinen Weg zum Wasser findet – im Fischerhafen landete. Dort fand er eine Straße mit lauter heruntergekommenen Pensionen, die genau seiner Vorstellung einer geeigneten Übernachtungsgelegenheit entsprachen. Die Preise würden einigermaßen günstig sein, und niemand, der nicht den Verstand verloren hatte, würde sich um seinen auf der Straße geparkten Simca scheren.

Die vorherige Nacht und der lange darauf folgende Tag hatten ihn ermüdet, und er konnte in dieser Nacht wesentlich besser schlafen. Aber auch dieses Mal war er sehr früh wach, mit dem festen Vorsatz, Aegina zu finden und ihr zu helfen, auf welche Weise auch immer.

12

AEGINA SASS AUF ihrer Pritsche, hatte sich mit dem Rücken in die Ecke ihrer Zelle gedrückt und las. Diese Position bot ihr zwar keinerlei Privatsphäre, denn sie war durch das in die Tür eingelassene Gitter leicht zu sehen, aber sie mochte das Gefühl, zwei Wände im Rücken zu haben. Sie las bereits ihren zweiten James-Bond-Roman, *Liebesgrüße aus Moskau.*

Niemand teilte ihr irgendetwas mit. Sie hatte versucht, die Wärter zu fragen, welches Verbrechen ihr vorgeworfen wurde und was mit ihr passieren würde – und wann –, aber sie hatten alle nur mit den Schultern gezuckt.

Zweimal am Tag brachte man sie für eine halbe Stunde in einen von Betonmauern umgebenen Innenhof. Dort begegnete sie anderen Frauen, älteren, verhärmten, kettenrauchenden Frauen. »Warum bist du denn hier drin?«, wurde sie gefragt. Sie erzählte ihnen, dass sie es nicht wisse. Sie habe in einem Auto gesessen, das von der Fähre gekommen sei –

»*Ay*«, sagten die anderen und schüttelten den Kopf. »*Las drogas.*«

»Nein«, sagte Aegina. »Ich hatte nur Hemden dabei.«

»Hemden!«, gackerte eine der Frauen, und sie lachten alle.

Sie hatte den Ausdruck in Rolfs und Minkas Gesichtern gesehen, als die Zollbeamten begannen, das Auto zu durchsuchen. Dann hatten die Polizisten sie alle in ein Büro geführt und sofort voneinander getrennt.

Eine der Frauen bot ihr eine Zigarette an. Aegina lehnte dankend ab. Sie sei Nichtraucherin, sagte sie. Sie fragte die Frauen, warum sie hier waren. »*Aie*, das ist ja eine!«, riefen sie und lachten wieder.

Sie war allein in ihrer Zelle, obwohl zwei Betten darin standen. Hinter einer Trennwand, die sie vor den Blicken durch das Türgitter abschirmte, stand eine Toilette ohne Sitz. Sie konnte die anderen Frauen in ihren Zellen am anderen Ende des Flurs hören. Sie redeten und lachten. Manchmal sprachen sie lange und leise miteinander, so leise, dass sie die einzelnen Wörter nicht verstehen konnte.

Am zweiten Morgen fragte sie den schlaksigen jungen Polizisten, der gerade den Boden putzte, ob sie irgendetwas zum Lesen bekommen könne, auf Spanisch oder Englisch. Er ging fort und kam mit zwei spanischen Romanen zurück, auf deren Cover Frauen mit zerrissenen Blusen abgebildet waren, die vor etwas auf der Flucht waren – auf dem einen Cover wurde die Frau von einem Mann auf einem Pferd verfolgt und auf dem anderen von einer Dampflokomotive. Außerdem brachte er noch drei englische Bücher mit: *Auch Sie sind Sanpaku*, ein Buch, das die Vorzüge der makrobiotischen Ernährung mit Naturreis anpries, und zwei James-Bond-Romane. Aegina hatte gehört, wie die Mädchen auf ihrer Schule über James Bond geredet hatten, aber die Bücher waren nicht im Geringsten so, wie sie sich das vorgestellt hatte. Es gab kaum Sexszenen. Meistens wurde gereist oder gemordet oder es gab irgendwelche Beschreibungen von Armbanduhren, Autos, Zugfahrten, den Bahamas oder Istanbul. Aber mithilfe der Bücher gelang es ihr zumindest für eine Weile, ihrer Zelle zu entfliehen.

Aber sie konnte es nie besonders lange verhindern, dass ihre Gedanken zu Luc zurückkehrten. Sie hatte ihm geglaubt, als sie krank war, sich übergab und der Durchfall aus ihr herausexplodierte, als sie hilflos auf der Erde lag, im schlimmsten nur vorstellbaren Zustand, und er ihr gesagt hatte: »Ich liebe dich so sehr … so wie jetzt am allermeisten.« Sie hatte ihm geglaubt. Und in diesem Augenblick hatte sie ihn auch geliebt.

Und dann erinnerte sie sich daran, wie er sich neben Minka gekniet hatte, als sie vor dem Zollgebäude gekotzt hatte, und wie er ihr das Gesicht abgewischt hatte, mit einem Stück Stoff, das er von seinem eigenen Hemd abgerissen hatte. Die Art, wie er sich Aegina gegenüber verhalten hatte – diese liebevolle Fürsorge für jemanden, dem es nicht gut ging –, war nichts Besonders gewesen. Ein Hund, der irgendwelchen Gerüchen hinterherschnüffelt, hätte sich genauso verhalten.

13

NACHDEM LULU IHR Telefongespräch mit Luc beendet hatte, war es ihr nicht gelungen, aus der Guardia Civil in Algeciras noch weitere Informationen herauszuholen. Niemand wusste irgendetwas, außer, dass es, natürlich, *muy grave* war, eine sehr sehr ernste Angelegenheit. Sie ließen es so klingen, als handelte es sich um Mord.

Sie hatte Luc geglaubt, als er gesagt hatte, er und Aegina seien nicht so dumm gewesen zu versuchen, Drogen zu schmuggeln, aber dumm genug, um sich von einem Auto mitnehmen zu lassen, dessen Türverkleidungen voller Haschisch gewesen waren. Es war beileibe keine gute Zeit, um mit Drogen erwischt zu werden. In den spanischen Zeitungen wimmelte es von reißerischen Geschichten, in denen man die sehr öffentlichkeitswirksamen Bemühungen beschrieb, die die Guardia Civil oder die Zollbeamten zur Verhaftung von Hippies unternahmen, die anscheinend nirgendwo hinreisen konnten, ohne kiloweise Marihuana mitzuschleppen. Welcher Schmuggler würde sich nicht gern mit ein paar ahnungslosen Kindern tarnen, um sich so den Anschein einer glücklichen Urlauberfamilie zu verleihen? Diese törichten Narren.

Lulu wusste instinktiv – weil es ihr so auch ohnehin lieber war –, dass sie nicht das Geringste erreichen würde, wenn sie versuchte, mit den Behörden in Algeciras zu verhandeln oder einen dortigen oder mallorquinischen Anwalt einzuschalten. Sie musste sich an jemanden ganz oben wenden, jemanden, der über ungeheuer viel Einfluss verfügte und der, mit nur wenigen Worten oder ein paar wohlplatzierten Pesetas, die Sache zu einem zügigen Abschluss bringen konnte.

Und genau so eine Person kannte sie. Sie wählte eine Telefonnummer.

»Hallo, Barty. Wie geht es dir?«

»Es geht mir gut, Lulu«, antwortete die tiefe, zigarren- und Single-Malt-getränkte Stimme am anderen Ende, die äußerst erfreut klang, von ihr zu hören. »Wie außerordentlich bezaubernd, dass du dich einmal meldest. Wie geht es dir?« Er sprach fließend Englisch – sein madrilenischer Akzent war so gut wie nicht zu hören.

»Ich fürchte, ich rufe dich wegen einer recht unerfreulichen Sache an, Barty. Ich habe ein Problem.«

»Es tut mir leid, das zu hören, *querida.*« In Bartolomé Llobets Stimme schwang echtes Mitgefühl. »Was kann ich für dich tun?«

Lulu beschrieb ihm die Situation. Luc und ein Mädchen waren verhaftet worden, als sie in Algeciras von der Fähre kamen, weil sie in einem Auto saßen, das mit Drogen vollgestopft gewesen war …

»Was für Drogen, *querida*?«

»Du weißt schon. Gras. Haschisch. Kif. Das Zeug, mit dem im Augenblick alle erwischt werden.«

»Sonst nichts? Kein Heroin?«

»Du lieber Gott, nein, ich habe auf jeden Fall nichts dergleichen gehört. Und es war auch gar nicht ihr Zeug, die Schmuggler haben sie lediglich in ihrem Auto mitgenommen.«

»Natürlich. Und wann ist das passiert, Lulu?«

»Gestern Nachmittag. Luc hat mich gerade eben erst angerufen.«

Llobet sagte: »Algeciras …« Lulu konnte tatsächlich hören, wie er sich die Einzelheiten notierte. Was für ein Schatz er doch war. »Und die Fähre kam aus Tanger oder Ceuta?«

»Aus Tanger, Barty.«

»*Bueno*. Ich werde tun, was ich kann, *querida*. Die Sache sollte nicht allzu schlimm sein, wenn tatsächlich keine anderen Drogen im Spiel sind. Es hängt natürlich alles von den Umständen ab, davon, wer diese anderen Leute waren und was nicht sonst noch alles.«

»Barty, du klingst, als hättest du Erfahrung mit solchen Dingen.«

»*Claro*. Ich habe selbst Kinder.«

»Aber sie sind noch nie in Schwierigkeiten geraten, jedenfalls nicht in solche wie diese hier, oder? Ich habe jedenfalls nie dergleichen gehört.«

Ein schneller Luftstoß durch einen Wald aus Nasenlochhaaren in die Sprechmuschel des Telefons hinein – Llobet hatte amüsiert ausgeatmet. »Ganz genau. *Bueno*, ich werde dich heute Nachmittag wieder anrufen.«

»Du bist ein wahrhaft entzückender Mann, Barty.«

»*Sí*. Oder ich war es zumindest mal, nicht wahr?«

»Natürlich. Und du bist es immer noch.«

Er legte auf.

Das sollte die Sache regeln, dachte Lulu.

»Aber natürlich musst du hinfahren Lulu, keine Frage«, sagte Milly. »Tom und ich werden uns schon um alles hier kümmern.«

Sie saßen beim Frühstück auf der Terrasse, die an das Wohnzimmer angrenzte. Milly war eine Frau von gewaltigen Ausmaßen – einen Meter achtzig groß und gebaut wie ein Briefkasten. Sie trug äußerst zweckmäßige englische Ferienkleidung: eine Aertex-Bluse, einen Baumwollrock und riesige Leinenschuhe. Tom, der in der Nähe saß und eine alte Zeitung las, sah aus wie ein Pfadfinderführer. Es bestand kein Zweifel, dass die beiden in der Lage waren, sich einige Tage lang um die *Klippen* zu kümmern. Indien war von solchen Leuten schließlich hundert Jahre lang regiert worden. Und jetzt kam man dort auch ganz großartig ohne das britische Empire zurecht. Tom hatte kürzlich mit dem Geld aus Millys Erbschaft eine Maschine gebaut, die Tausende von Plastikschälchen zur Verpackung von Obst und Gemüse ausspuckte. Mittlerweile verkaufte seine Firma unzählige dieser Obstschalen und die dazugehörigen Maschinen und hatte in ganz England den Transport und Verkauf von Supermarktprodukten revolutioniert. Tom war auf dem besten Wege, steinreich zu werden. Aber die beiden fanden trotz allem noch die Zeit, um nach Mallorca zu kommen. Und es gab niemanden sonst, dem Lulu die Leitung der *Klippen* anvertraut hätte.

»Wir sorgen dafür, dass das Herdfeuer nicht ausgeht und die Tiere nicht verhungern – sozusagen«, scherzte Tom.

»Ihr seid wunderbar«, sagte Lulu. »Ich werde aber jetzt noch nicht fahren. Es bringt gar nichts, wenn ich komme, bevor Barty nicht alle seine Hebel in Bewegung gesetzt hat. Dann erst fahre ich hin und bringe ihn heim.«

14

»**WIR HABEN EINE** Untersuchung in die Wege geleitet«, sagte Teniente Coronel Ruiz zu dem Engländer und ließ es so klingen, als wären die allerhöchsten Stellen von Interpol involviert. »Ich kann Ihnen nicht sagen, was mit Ihrer Tochter geschehen wird, Señor«, er blickte wieder auf das Formular herab, das vor ihm lag … was für schreckliche Namen diese Engländer hatten, »Señor Ruteleje. Sie wird fürs Erste in unserem Gewahrsam verbleiben, bis zu dem Zeitpunkt, an dem die Untersuchung abgeschlossen ist. Dann wird sie vor Gericht gestellt oder freigelassen oder vielleicht auch mit einer Geldstrafe belegt. Das hängt ganz davon ab, welches Vergehen ihr zu Last gelegt wird.«

»Ich verstehe, Teniente Coronel«, sagte Rutledge. »Also hat man sie noch keiner konkreten Vergehen angeklagt?«

Da hatte es dieser Engländer zu seinem größten Erstaunen doch tatsächlich geschafft, Ruiz' Rang aus den Abzeichen auf seinen Epauletten zu schließen. »Nein. Wie ich schon sagte, das hängt vom Ausgang der Untersuchung ab. Was ich Ihnen jedoch jetzt bereits mitteilen kann«, sagte Ruiz und schaute Rutledge unheilvoll über seinen Schreibtisch hinweg an, »dass sie und ihr Freund, der Amerikaner Franklin, vor einer Woche von Algeciras aus mit derselben Fähre nach Tanger gereist sind wie der Besitzer des Autos, der Deutsche Zenf. Wussten Sie das?«

»Nein«, sagte Rutledge und sah jetzt noch alarmierter aus als vorher.

Ruiz zuckte mit den Schultern. »Das mag zwar nur ein Zufall sein, aber es könnte auch einen Vorsatz anzeigen, ein planvolles Vorgehen.« Eigentlich wäre das alles gewesen, das zu sagen er verpflichtet war – und normalerweise hätte er es auch genossen, jemandem so etwas mitzuteilen –, aber aus irgendeinem Grund merkte er, wie er nachsichtiger wurde. »Es scheint jedoch so, als gäbe es keine vorherige Verbindung zwischen Ihrer Tochter und Franklin und diesem Zenf und seiner Begleiterin, dieser montenegrinischen Frau.« Er warf erneut einen Blick auf die Dokumente, noch so ein unmöglicher Name: »Kovačević. Die waren bereits seit einiger Zeit zusammen unterwegs. Zumindest oberflächlich betrachtet erscheint ihre Behauptung, dass man sie mitgenommen hat, als sie mit ihrem eigenen Auto einen Unfall hatten – wir lassen diesen Unfall gerade von der marokkanischen Polizei überprüfen und bestätigen –, nicht vollkommen abwegig. Es hängt also davon ab, ob es sich nur um einen beiläufigen Kontakt oder vielmehr um eine Mitschuld handelt. Es wird wahrscheinlich auf die Frage hinauslaufen, ob belastende Beweise auftauchen oder nicht, und nicht etwa darauf, dass sie selbst beweisen müssen, nicht beteiligt gewesen zu sein.«

»Ich verstehe. Kann ich meine Tochter sehen?«

Dieser Rutledge trug sogar eine Krawatte. Kein Mann von Geld, stellte Ruiz fest, als er den Stoff und Schnitt seines Blazers betrachtete. Es schien sich dabei um die Art von Kleidungsstück zu handeln, die man für ein paar Hundert Pesetas auf dem samstäglichen Markt kaufen konnte. »Selbstverständlich. Cabo Primero!« Ruiz wies seinen Korporal an, den Engländer zu den Zellen zu führen, damit er seine Tochter besuchen konnte.

»Vielen Dank«, sagte Rutledge.

Sehr höflich, sehr respektvoll. Ganz anders als dieser arrogante und mit Drohungen um sich werfende Llobet, der eben schon wieder wegen des Amerikaners Franklin angerufen hatte. Dieses Mal hatte er mit dem Namen und Einfluss eines Senators der Junta de Andalucía gedroht, falls Ruiz nicht bald mit einem detaillierten Bericht über die Fortschritte aufwartete, die in dem Fall gemacht worden waren. Llobet schien weder etwas davon zu wissen, dass das Rutledge-Mädchen an der Sache beteiligt war, noch schien ihm dieser Zenf bekannt zu sein oder die andere Frau oder überhaupt irgendeiner der wesentlichen Fakten der Festnahme. Er wollte einfach nur ein Resultat zugunsten von Franklin herausschlagen. Ruiz war, wie jeder anständige Beamte in seiner Position, ein Meister darin, die Tatsachen zu verschleiern, und hatte Llobet versichert, dass er jede noch so entfernte Möglichkeit ausschöpfte, um den Fall des Amerikaners zu einem zufriedenstellenden Ergebnis zu bringen.

Am dritten Nachmittag kam Rutledge in sein Büro, nickte Ruiz zu und sagte: »*Bona tarda.*« Er schien unwillkürlich ins Katalanische verfallen zu sein, statt zur Begrüßung sein übliches *buenas tardes* zu sagen.

»*Bona tarda*, Señor Ruteleje«, antwortete Ruiz. »Wir haben den Bericht der marokkanischen Polizei erhalten. Sie haben ein Fahrzeug gefunden, einen Renault mit französischem Kennzeichen, schwer beschädigt und nicht mehr fahrtüchtig. Das bestätigt die Aussage, die sowohl Ihre Tochter als auch der Amerikaner Franklin gemacht haben – und letztendlich auch die des Deutschen und der montenegrinischen Frau. Dies könnte durchaus als Bekräftigung der Unschuld Ihrer Tochter und deren Freund gesehen werden.«

»Wunderbar«, sagte Rutledge. »Kann ich meine Tochter sehen?«

»Selbstverständlich. Cabo Primero!«

Der Korporal, der normalerweise im Nebenraum an seinem Schreibtisch saß, antwortete nicht. Ruiz reckte den Hals, um durch die Tür nach ihm zu schauen. Er stand auf. »Ich werde Sie persönlich nach oben geleiten, Señor Ruteleje.«

Sie stiegen die Treppen zum zweiten Stock hinauf und gingen über einen mit Linoleum belegten Flur zu den Arrestzellen. Ruiz wies den *cabo* am Schalter an, den weiblichen Häftling Ruteleje in das Besucherzimmer zu bringen. Er leistete dem Engländer einen Moment beim Warten Gesellschaft.

»Hatten Sie bisher viel Ärger mit ihr?«, fragte Ruiz.

»Mit meiner Tochter? Nein, nie. Nichts, was sich mit dem hier vergleichen ließe. Sie ist eine Künstlerin. Eine leidenschaftliche Malerin.«

Der *cabo* kam mit dem Häftling zurück. Ruiz hatte zeitweilig dem Verhör von Zenf beigewohnt, aber den anderen in den Fall verwickelten Personen war er bisher nicht begegnet. Er war sehr überrascht festzustellen, dass dieser rotblonde Engländer eine Tochter hatte, die durch und durch spanisch aussah. So dunkel wie sie war, hätte sie genauso gut hier aus dem Ort sein können. Als sie Rutledge sah, sagte sie: »Hallo, Papa.«

»Das ist Ihre Tochter?«, fragte Ruiz.

»Ja«, sagte Rutledge. »Aegina«, er sprach immer noch Spanisch, »das hier ist der Teniente Coronel Ruiz. Er war so freundlich, mich hierher zu geleiten, damit ich dich besuchen kann.«

Sie brauchte nur einige wenige schlichte Worte des Dankes zu sagen, und schon hatte Ruiz ihren Akzent identifiziert – und damit auch den des Engländers, der ihm nun schon einige Male aufgefallen war, aber den er nur sehr schwer hatte lokalisieren können. Dieses nasale Verflachen der Vokale, das war ganz eindeutig: Katalanisch von den Balearischen Inseln.

»*Pues, bona tarda*«, sagte Ruiz zu Vater und Tochter.

»*Bona tarda*«, sagte das Mädchen freundlich und wechselte ebenfalls ins Katalanische.

Als Gerald eine Stunde später wieder nach unten kam, sagte Ruiz zu ihm: »Man könnte schwören, dass Ihre Tochter zu hundert Prozent spanisch ist.« Er hielt Aeginas britischen Reisepass hoch und sah sich die Fotografie und die Passdaten an. »Sie wurde auf Mallorca geboren. Und sie ist wahrhaftig Ihre Tochter?«

»Oh ja«, sagte Gerald. Er stellte seinen Rucksack auf den Boden und zog den Umschlag mit den Dokumenten daraus hervor, die er von zu Hause mitgenommen hatte. Er wusste aus langjähriger Erfahrung, dass südländische, im mittleren Dienst tätige Beamte zu einem pathologischen Wissensdrang und einer geradezu religiösen Begeisterung für jegliche Art von urkundlicher Dokumentation neigten. Wenn man diesem Hang unter den richtigen Umständen entgegenkam, konnte das dazu führen, dass sie die jeweilige Person in ihrem Einflussbereich mit ganz anderen Augen sahen, nämlich als konkretes menschliches Wesen. Er reichte Ruiz Aeginas Geburtsurkunde, der sie entgegennahm und genauestens prüfte. *Aegina María Rutledge y Puig*; Madre: *Paloma Teresa Puig y Froix*; Padre: *Gerald Desmond Anthony Rutledge*; Fecha: 13 mayo 1952; Lugar: *Cala Marsopa, Mallorca, España.*

Gerald breitete eine Reihe von Fotografien auf dem

Schreibtisch aus, und Ruiz schaute sie sich mit unverhohlener Neugier an. Schwarz-Weiß-Fotografien mit gezackten Rändern, von denen die meisten ein kleines Mädchen mit seiner Mutter zeigte, einer attraktiven Frau, in der Ruiz die Tochter wiedererkannte, die er eben kennengelernt hatte. Ein paar Fotos zeigten alle drei zur Familie gehörigen Personen: den zu dieser Zeit noch um einiges jüngeren Engländer, spindeldürr, in einem Restaurant mit der Frau und dem Mädchen, das damals etwa fünf oder sechs Jahre alt gewesen sein mochte. Ihre überbelichteten Gesichter und die Tischplatte glänzten im Blitzlicht der Kamera, im Hintergrund konnte man eine dunkle Bodega sehen. Ein weiteres Bild zeigte sie, wie sie auf den Klippen über dem Meer saßen, während neben ihnen eine Flasche und etwas Brot standen. Sie sahen glücklich aus.

»Meine Familie«, sagte Gerald.

»Sehr hübsch«, sagte Ruiz. »Die Mutter ist *mallorquina*?«

»Ja. Sie war. Sie ist gestorben.«

Ruiz' Gesicht umwölkte sich. Er sah Gerald an. »Das tut mir leid für Sie.«

»Vielen Dank.«

»Und Sie wohnen immer noch auf Mallorca?«

»Ja«, sagte Gerald. Er griff in seinen Rucksack, zog eine unetikettierte Literflasche Olivenöl daraus hervor und stellte sie auf Ruiz' Schreibtisch. »Ich habe einen kleinen Hof. Dort stelle ich Olivenöl her. Mit Ihrer Erlaubnis würde ich Ihnen gerne diese Flasche überreichen.«

»Das ist nicht nötig, Señor Ruteleje.«

»Das weiß ich, aber ich würde mich freuen, wenn Sie sie annehmen würden. Sie sind sehr verständnisvoll gewesen. Und außerdem ist es sehr gutes Öl. Sie werden es mögen.«

15

»**DU SIEHST VERWAHRLOST** aus, Gerald«, sagte Lulu, während sie sich an einen Tisch in der Nähe setzte. »Die Jacke und der Schlips, das bringt gar nichts, weißt du. Du erreichst damit einzig und allein, dass du wie ein mittelloser Bettler aussiehst, der sich für ein paar Almosen anstellt. Wie lange bist du schon hier?«

»Eine Woche. Ich bin zwei Tage nach ihrer Verhaftung hier angekommen.«

Es war das einzige Café in der Nähe der Guardia Civil. Um neun Uhr morgens war es bereits so heiß, dass man die Markise geöffnet hatte, um den draußen aufgestellten Tischen Schatten zu spenden. Gerald war hier jeden Morgen vor Beginn der Besuchszeit hergekommen, hatte einen Kaffee getrunken und die ebenso miserable wie unwiderstehliche *Diario Pueblo* gelesen.

Er öffnete den Mund, um etwas zu sagen, aber Lulu hatte sich bereits dem Kellner zugewandt, der mit verzücktem Gesichtsausdruck neben ihr stand.

»*Un café, por favor.*«

»*Muy bien, ¿y algo –?*«

»*Nada más.*«

Der Kellner nickte eifrig mit dem Kopf und eilte davon.

Gerald war schockiert gewesen, sie im Innern der Wache zu sehen, als er an diesem Morgen dort eingetroffen war – heute war ein Besuch nicht möglich, weil man Aegina und Luc um elf Uhr entlassen würde –, und er war rasch und verlegen wieder verschwunden, als sie angefangen hatte, dem Teniente Coronel Ruiz eine Standpauke wegen der Verspätung bei der Entlassung ihres Sohnes zu halten.

Jetzt saß sie kaum anderthalb Meter von ihm entfernt und schaute mit heiterer Gelassenheit den gedrungenen spanischen Frauen zu, die aus der großen Markthalle kamen und so phlegmatisch wie Maultiere mit ihren schwer beladenen Körben über die Plaza trotteten, das Ergebnis einer jahrhundertelangen genetischen Evolution von Hausfrauen. Gerald konnte die Augen nicht von ihr losreißen. Abgesehen von einer einzigen, zufälligen Begegnung draußen vor dem Comestibles Calix vor ein paar Jahren war er ihr seit zwanzig Jahren nicht mehr so nahe gewesen. Ihre Haare, die er so sehr geliebt hatte und die schon begonnen hatten, grau zu werden, bevor er sie kennengelernt hatte, waren mittlerweile komplett weiß, abgesehen von ein paar Locken, die sich in ihrem zarten Genick kräuselten. Den Rest ihrer Haarpracht hatte sie mit einer Art Stachel oben auf dem Kopf zusammengesteckt. Sie war genauso alt wie er, fünfundvierzig, aber die Haut in ihrem Gesicht und unter ihrem Kinn war straff und glatt, und ihre Figur – zumindest das, was er unter der losen Leinenhose und Bluse davon erkennen konnte – schien jetzt noch drahtiger zu sein, als er sie in Erinnerung hatte. Jegliche Weichheit schien in Muskeln und Sehnen übergegangen zu sein. Er erinnerte sich noch sehr genau, wie sie ohne Hose und Bluse ausgesehen hatte.

Dann fiel ihm die kleine Narbe unter ihrem Kinn auf. Sie

war kaum noch zu sehen, ein dünner weißer gekrümmter Strich, den man nur entdeckte, wenn man wusste, wo man hinschauen musste.

»Hast du jemals die Filmrolle bekommen, die ich Milly gegeben habe, damit sie sie an dich weiterleitet?«, fragte Gerald. »Du solltest sie entwickeln lassen. Hast du das getan?«

Sie ignorierte ihn oder hörte ihn nicht, weil in diesem Moment der Kellner mit ihrem Kaffee zurückkehrte. Sie nahm einen Schluck.

»Ich habe sie weggelockt, weißt du –«

Sie unterbrach ihn. »Und was hast du hier in Algeciras gemacht, während ich mich für ihre Freilassung eingesetzt habe?«

»Entschuldigung … während du was getan hast?«

»Du weißt, dass sie heute Morgen freigelassen werden?«

»Ja, das weiß ich.«

»Und hast du auch nur die geringste Ahnung, warum?«

»Ja, ich glaube, die habe ich sehr wohl.«

»Nun, du wirkst nicht besonders überrascht. Oder dankbar.«

»Ich bin sehr dankbar, und zwar Coronel Ruiz, der sich äußerst zuvorkommend und teilnahmsvoll verhalten hat. Mehr, als es dir vielleicht bewusst ist. Er hat ihren Fall auf eigene Faust untersucht und herausgefunden, dass –«

»Gerald, du bist ein Ignorant. Glaubst du wirklich, dass dieser Uniformträger da drinnen die beiden freilässt, weil er ein netter Mensch sein will? Weil er seine ordentliche kleine polizeiliche Untersuchung abgeschlossen hat? Ich habe Freunde gebeten, Gerald, Freunde, die du unmöglich kennen und deren Existenz du nicht einmal erahnen kannst, die, weil sie mir ganz persönlich einen Gefallen tun wollten, auf allerhöchster Ebene interveniert haben, um die Freilassung meines Sohnes und – als kleine, zufällige Beigabe – auch die deiner Tochter zu bewirken. Und was hast du getan? Du hast hier eine Woche lang rumgesessen wie eine Fliege, die darauf wartet, dass endlich das Fenster geöffnet wird. War das dein Plan?«

Gerald dachte darüber nach, was Lulu da gerade gesagt hatte. Vielleicht hatte sie ja recht, und es war tatsächlich alles ihr zu verdanken. »Ich hatte keinen Plan, ehrlich gesagt. Außer eben für Aegina da zu sein und alles für sie zu tun, was in meiner Macht stand. Aber tja, vielen Dank für deine Vermittlung oder was immer du getan hast, um ihnen da rauszuhelfen. Gut gemacht. Danke.« Gerald hob seine Kaffeetasse und nahm einen Schluck. Dann schaute er auf seine Zeitung herab, aber stattdessen sah er nur die drohend aufragenden Klippen von Sizilien und verspürte ein scharfes, stechendes Schamgefühl.

»Ich habe sie weggelockt, verstehst du. Diese –«

Ein Mann kam auf sie zu. Er blieb zwischen ihren Tischen stehen und sah sie beide an.

Lulu stand abrupt auf. Sie starrte erst den Mann an und dann Gerald. »Das ist doch absurd«, sagte sie und ging rasch davon.

Gerald sah sich den Mann genauer an. Er trug einen dunkelgrauen Anzug. Er war älter geworden, grauer – er musste so etwa in seinem eigenen Alter sein –, aber Gerald erkannte ihn trotzdem. Der Mann mit dem Baby am Straßenrand … vor achtzehn, neunzehn Jahren.

Der Mann hielt ihm die Hand hin. »Bernie Franklin. Ich bin Lucs Vater. Sie müssen Gerald sein. Ich glaube nicht, dass wir uns jemals kennengelernt haben.«

»Nein.«

»Danke, dass Sie hier sind. Ich hatte keine Ahnung, mir wurde erst gestern Bescheid gegeben. Aber sie werden heute freigelassen, stimmt's?«

»Ja.«

»Kann ich mich zu Ihnen setzen?«, fragte Bernie.

»Natürlich.«

Er setzte sich. Der Kellner kam zu ihnen heraus und sie bestellten noch zwei Tassen Kaffee. Dann unterhielten sie sich über ihre Kinder.

Um zehn Uhr saßen Lulu, Gerald und Bernie auf den Stahlrohrstühlen im Büro des Teniente Coronel Ruiz. Gerald hatte gehofft, er bekäme vielleicht noch einmal die Gelegenheit, mit Lulu zu reden, aber Bernies Gegenwart hielt ihn davon ab. Niemand sagte ein Wort. Dann brachte einer der *cabos* Luc und Aegina in das Büro.

Lulu stand auf und ging zu Luc hinüber. »Geht es dir gut?«, fragte sie scharf.

»Ja, Mutter«, sagte er. »Tut mir leid, dass ich dir so viel Mühe gemacht habe.«

Bernie ging zu den beiden und fasste Luc am Arm. Aegina ging mit raschen Schritten durch das Büro und umarmte Gerald. Sie wandte den Blick nicht von ihrem Vater.

Teniente Coronel Ruiz sagte: »Ich bitte um Verzeihung, dass es eine Verzögerung bei der Entlassung gegeben hat.« Er sah erst Gerald und dann Lulu an. »Eigentlich war die Sache bei diesen beiden ziemlich klar. Wir waren davon überzeugt, dass sie mit dem Drogenschmuggel nichts zu tun hatten, aber ein Mitglied des Senats und dessen Freunde haben es sich nicht nehmen lassen, sich für diese Sache zu interessieren, und diese offiziellen Nachforschungen haben die Entlassung um einige Tage verzögert.« Ruiz zeigte auf das Gepäck, das neben seinem Schreibtisch auf dem Boden stand. »Sind das alle Sachen, die Ihnen beiden gehören?«

»Ja«, sagten Luc und Aegina gleichzeitig.

»Dann nehmen Sie bitte Ihr Gepäck an sich.«

Luc und Aegina traten vor. Sie nahmen sich jeder ihre eigene kleine Tasche und Aegina griff sich den großen Koffer mit den Hemden.

Luc kniete sich hin, öffnete seinen Rucksack und durchsuchte ihn. »Ich habe das Original noch, das schwarze Hemd«, sagte er.

»Behalt es«, sagte Aegina.

Gerald fiel ihr Ton auf, und dass sie es vermied, Luc anzusehen.

»Aegina, aber es gehört dir –«

»Behalte es«, sagte Lulu. »Du hast sie mit deinem Auto da rübergefahren. Genauer gesagt hast du sogar ziemlich viel für sie getan. Komm, wir müssen unseren Zug kriegen.«

»Wann fahrt ihr?«, fragte Bernie, aber Lulu verließ das Zimmer. Luc starrte Aegina an, aber sie weigerte sich immer noch ihn anzusehen. Sie nahm den Koffer, und Gerald beeilte sich, ihn ihr abzunehmen.

»Jetzt komm endlich, Luc!«, rief Lulu von draußen. »Das Taxi wartet schon!«

16

EINE WOCHE SPÄTER fuhr Luc mit seinem Motorrad die staubige, steinige Auffahrt nach C'an Cabrer hinauf. Er wusste, dass das immer lauter werdende Heulen des Motors seine Ankunft ankündigen würde, lange bevor er das Haus erreichte.

Oben angekommen lenkte er das Motorrad nach links und hielt neben dem Simca. Er schaltete den Motor aus. Die Zikaden, die das sich nähernde Auspuffgeknatter zeitweilig zum Schweigen gebracht hatte, füllten jetzt die unnatürliche Stille wieder mit dem allgegenwärtigen, ewigen Klang der Insel.

Gerald erschien über ihm auf der Terrasse.

»Guten Morgen, Gerald. Ist Aegina da?« Weigerte sie sich tatsächlich, herauszukommen und mit ihm zu reden?

»Hallo, Luc. Es tut mir leid, sie ist in London.«

»Oh.«

Gerald sah, wie der Junge auf die Erde starrte.

»Ich bin mir nicht sicher, wann sie zurückkommt. Ich glaube, das hängt davon ab, wie gut oder schlecht die Sache mit den Hemden läuft.«

Luc sah wieder zu ihm hoch. »Verstehe. Tja, also, wenn Sie mit ihr reden – Sie haben kein Telefon hier, oder?«

»Nein.«

»Nun, wenn Sie von ihr hören, würden Sie ihr bitte sagen, dass ... dass ich hier war?«

Zweiundzwanzig Jahre schmolzen in sich zusammen. Gerald sah sich selbst dort unten stehen. Sah einen am Boden zerstörten, aus ihrer Gegenwart verbannten Bittsteller, der so unendlich viel sagen wollte und gleichzeitig wusste, wie unmöglich das war. Ein Bittsteller, der vor einem nicht eingeweihten und möglicherweise sogar feindlich gesinnten Türhüter stand und diesem nicht einmal die allerkleinste Essenz dessen vermitteln konnte, was er sagen wollte. Er hatte geradezu schmerzliches Mitleid mit dem Jungen, doch es fiel ihm nichts ein, womit er ihn hätte trösten können. »Das werde ich«, sagte Gerald. »Das sage ich ihr auf jeden Fall.«

»Danke«, sagte Luc. Dann setzte er sich auf sein Motorrad und trat auf den Kickstarter. Der Lärm übertönte die Zikaden. Luc wirbelte das Motorrad mit einem kurzen Loslassen der Kupplung herum und ratterte davon, wieder den Hügel hinab.

Es brach aus Gerald heraus, wie der unfreiwillige Krampf eines Chorea-Kranken, ein Veitstanzbellen: »Gib nicht auf!«, schrie er.

Aber das Motorrad war schon weit die Auffahrt hinuntergefahren und Luc konnte ihn unmöglich gehört haben. Er blieb nicht stehen, wurde nicht langsamer, sah sich nicht um.

Gerald hatte sich selbst erschreckt. Er zitterte. Das Geräusch des Motorrads verklang in der Tiefe. Bald hörte er nur noch den Wind in den Kiefern neben dem Haus und das stetige, alles erfüllende Dröhnen der Zikaden.

1966
PERFIDIA

1

GERALD UND AEGINA standen kraftlos aneinandergelehnt in der Ankunftshalle und starrten die Passagiere an, die durch die Milchglastür kamen.

Geralds Gesicht war grau und abgezehrt, als hätte er seit Wochen nicht mehr geschlafen und sich auch keine Sekunde an der frischen Luft aufgehalten. Sein rechtes Augenlid zuckte krampfhaft. Das Rauchen und das gesamte, normalerweise vollkommen unbewusste Ritual, das es mit sich brachte, wenn er die Packung aus der Brusttasche seines Hemdes zog, sich eine Zigarette herausschüttelte, sie anzündete, zum Mund führte, die Hand mit der Zigarette sinken ließ, sie wieder hob und daran zog, Wolken von blaugrauem Rauch ausstieß und schließlich die Asche wegschnipste – all das war jetzt eine ganz bewusste, meditative Prozedur geworden, die ihm ausgedehnte, so weit wie möglich in die Länge gezogene Momente der Erleichterung verschaffte. Es bot ihm die Möglichkeit, irgendetwas zu tun, verschaffte ihm eine körperliche Bewegung, ein Freisetzen von Energie, unter dem sich das Zittern seines Körpers zumindest teilweise verbergen ließ. Und es war so herrlich normal.

Aegina trug eine riesige Sonnenbrille, ein viel zu weites weißes T-Shirt und enge Jeans. Ihre Füße steckten in Flipflops und waren schwarz vor Schmutz. Sie klammerte sich an den Arm ihres Vaters, als fürchtete sie, dass sich jeden Moment die Schwerkraft aufheben könnte und er dann der Einzige wäre, der verhindern konnte, dass sie ins Weltall hinausgeschleudert wurde.

»Da ist sie«, sagte Gerald.

Seine Schwester, Aeginas Tante Billie, trug einen Strohhut, ein geblümtes Kleid und Clarks-Sandalen. Ihr Gepäck bestand lediglich aus einer kleinen marineblauen Reisetasche aus Leinen. Sie sah die beiden sofort. Der schmale Strich ihrer Lippen, die sie zum Atmen geöffnet hatte, presste sich in grimmiger Entschlossenheit zusammen, während sie auf sie zuging.

Sie ließ ihre Tasche fallen, umarmte Vater und Tochter und hielt sie fest umklammert.

»Danke, dass du gekommen bist, Billie«, murmelte ihr Gerald ins Ohr.

Sie schüttelte leicht und abwehrend den Kopf. »Natürlich bin ich das.« Sie ließ die beiden los, sah Aegina an und umarmte sie noch einmal allein, so fest sie konnte. Über Aeginas Schulter hinweg traf sich ihr Blick mit dem ihres Bruders.

»Ich gehe mal das Auto holen«, sagte er. »Ich treffe euch draußen.« Er nickte in Richtung des Ausgangs.

»Alles klar«, sagte Billie. Während Gerald davonschlurfte, Rauchwolken vor sich hertreibend, legte sie ihren Arm um Aeginas Schultern und zog sie an sich. Langsam gingen sie durch das kleine Flughafengebäude. Billies Blick strich prüfend über die Köpfe der sich in der Halle drängenden Menschen, als wollte sie damit jeden weiteren Angriff abwehren.

Draußen an der Bordsteinkante stand ein schlaksiger Mann von Mitte dreißig mit dunklen langen Haaren, der die vorüberfahrenden Taxis anschrie. »*¡Oiga … Oiga!*« Er trug eine Jacke in leuchtendem Cordobablau, eine weiße Röhrenhose mit Nadelstreifenmuster und weiße Halbschuhe. Obwohl er in dieser Kleidung kaum zu übersehen war, ignorierten ihn die Taxifahrer, weil er sich auch nicht annähernd im Bereich der Taxi-Warteschlange befand, in die sich die anderen Passagiere eingereiht hatten.

Gerald fuhr vorsichtig um ihn herum und hielt den Simca an, damit die anderen einsteigen konnten.

Der schlaksige Mann streifte sie mit einem kurzen Blick und schaute dann noch einmal genauer hin.

»A-giiii-nah, nicht wahr?«, sagte er gedehnt.

Sie wandte ihm ihre riesige Sonnenbrille zu.

»Aber klar, du bist es.« Er ging auf sie zu, grinste sie alle drei an und sah dann wieder zu Aegina. »Du liebe Güte, du siehst ja schon richtig erwachsen aus. Wie alt bist du denn jetzt, sechzehn?«

»Vierzehn«, sagte sie missmutig.

»Ah, tja, das ist ja schon so gut wie erwachsen, würde ich sagen. Und Sie müssen Aeginas Eltern sein. Ich glaube, wir haben uns noch nicht kennengelernt. Dominick Cleland. Ich komme jeden Sommer in die *Klippen*. Aegina und ich sind alte Freunde, stimmt's? Ich habe schon ziemlich viele von deinen Fußriemen gekauft, was?« Er strahlte sie an. Die Art, wie er redete, führte – wenn auch eher unbeabsichtigt – dazu, dass sich die Luft zwischen ihnen plötzlich mit klebrigen, anzüglichen Zweideutigkeiten füllte.

Er merkte sofort, dass er etwas Falsches gesagt hatte. Ein höflicher, unnahbarer Schmerz – diese typisch englische Art des Schmerzes, den man mit einem angespannten Lächeln und abgewandten Blick überspielt – erfüllte die Gesichter der

Menschen, die ihm gegenüberstanden. Sie wirkten wie eine Familie, so wie sie sich aneinanderklammerten – auch wenn diese Art von Anhänglichkeit wiederum überhaupt nicht typisch englisch war. Und Aegina, wenn man sie jetzt so ansah, sie außerhalb der *Klippen* erlebte und vielleicht auch weil sie ein paar Jahre älter war, hätte genauso gut eine von den hiesigen Rotzgören sein können.

»Ich bin Aeginas Vater«, sagte Gerald. »Das ist meine Schwester –«

»Billie Rutledge«, sagte Billie. Nicht kalt, das nicht gerade, aber Dominick verspürte trotzdem ein Frösteln, als er die schlaffe Hand ergriff, die sie ihm widerstrebend entgegenhielt. Als Nächstes schüttelte er die Hand des Vaters, ein trockener, kurzer Druck. Dann sah Dominick den alten Simca an.

»Hören Sie, Sie sind nicht zufällig auf dem Weg nach Cala Marsopa, oder? Könnte ich möglicherweise bei Ihnen mitfahren? Lulu hat gesagt, es würde mich vielleicht jemand abholen, aber es ist niemand gekommen. Und es dauert ewig, hier ein Taxi zu bekommen.«

Billie und Aegina schwiegen. Sie sahen Gerald an.

»Wir sind –« , hob Gerald an.

»Ich habe nur diese eine Tasche. Und eine Schreibmaschine …« Dominick konnte spüren, wie sich ein Schatten über die Gruppe senkte. »Aber ich werde bestimmt ein Taxi finden –«

»Wir fahren bis Manacor«, sagte Gerald. »Wir könnten Sie dort am Taxistand absetzen.«

»Das ist doch auf dem Weg, oder? Das wäre fantastisch. Sind Sie sicher?«

»Natürlich«, sagte Gerald. Er öffnete die Heckklappe und hievte Dominicks riesigen, schweren Koffer ins Auto, der fast den gesamten Kofferraum des Simca ausfüllte. Dominick reichte ihm die Schreibmaschine, eine schlanke Olivetti Lettera. »Die können Sie irgendwohin tun, egal wo«, sagte er fröhlich. »Ist unzerbrechlich.«

Als sie die Türen öffneten, sagte Dominick: »Nein, ich bestehe darauf, ich kann problemlos hinten sitzen.«

»Nein, Sie sitzen vorn«, sagte Billie mit Nachdruck.

»Sind Sie sicher?«

Billie stieg mit Aegina zusammen hinten ein.

»Ich kann Ihnen gar nicht genug danken«, sagte Dominick überschwänglich, während sie sich vom Flughafen entfernten. »Die Taxis scheinen nicht mit den Touristen Schritt halten zu können. Ich hatte gehofft, rechtzeitig in den *Klippen* einzutreffen, um vor den Drinks noch ein Bad nehmen zu können, und jetzt wird mir das, glaube ich, auch tatsächlich gelingen.« Er drehte sich auf seinem Sitz um und grinste Billie an, die ihre Sonnenbrille aufgesetzt hatte. »Wir haben garantiert im selben Flugzeug gesessen. Sind Sie zum Urlaub hergekommen?«

»Ja«, sagte Billie. Sie sah ihn kurz an und öffnete dann das Seitenfenster, sodass ihr der Fahrtwind um die Ohren brauste und jedes weitere Gespräch im Keim erstickte. Sie sah hinaus auf die aus aufgetürmten Kalksteinen und Segeltuch gebauten Windmühlen.

Dominick reckte seinen Kopf noch weiter zur Seite, um Aegina anzusehen. Ihr Gesicht war vollkommen ausdruckslos. Er konnte hinter der Sonnenbrille ihre Augen nicht erkennen. Sie sah nach vorn, entweder in sein Gesicht oder an ihm vorbei. »Habt ihr jetzt Ferien, oder gibt's noch Unterricht in der Schule?«

»Wir haben Ferien«, sagte sie tonlos.

»Dann hast du ja jetzt den ganzen Sommer vor dir. Wie

herrlich! Die Zeit scheint endlos, wenn man jung ist, nicht wahr?«

»Ja«, sagte Aegina.

Sie brauchten eine Stunde nach Manacor. Dominick sah die Veränderungen, die jedes Jahr auffälliger wurden. Es war immer noch dieselbe Cézanne-Landschaft, wie er sie 1962 das erste Mal gesehen hatte, aber die Bebauung der Insel nahm mit jedem Jahr zu. Urbanización Los Eucaliptos, Urbanización Las Almendras: klobige, hässliche Wohnanlagen, in denen der Dienstleistungssektor der Küstenstädte wohnte, schossen überall um die Ortschaften im Inselinneren wie Pilze aus dem Boden. Mehr Autos. Überall diese Krautfresser, und keiner schien sich mehr daran erinnern zu wollen, dass sie all diese Menschen in die Öfen geschoben hatten. Und man sah kaum noch jemanden, der auf einem Esel ritt. Aber die Hitze und die dunklen, sonnenverbrannten Landarbeiter und dieses hell strahlende Un-Englische, das allem hier anhaftete, die geradezu urzeitlich wirkende Landschaft, jedenfalls dort, wo sie nicht von irgendwelchen Autovermietungen oder Immobilienfirmen zugebaut worden war – das alles war immer noch genau nach seinem Geschmack. Er fühlte sich, wie er sich immer fühlte, wenn er nach Mallorca kam: Er war in Shangri-La.

»Ich habe mir Sorgen wegen der vielen Neubauten gemacht«, sagte Dominick, sah Gerald an und drehte sich dann wieder zu Aegina und Billie. »Aber es ist hier immer noch unbeschreiblich schön, nicht wahr?«

Sie starrten beide schweigend nach vorn durch die mit toten Insekten übersäte Windschutzscheibe.

»Ja, das ist es«, sagte Gerald.

In Manacor ließen sie ihn neben dem Taxistand an der Bushaltestelle austeigen.

»Ich kann Ihnen gar nicht genug danken«, wiederholte Dominick, als Gerald ausstieg und die Heckklappe des Simca öffnete. Ein aufmerksamer Taxifahrer war bereits aus seinem Auto geklettert und hatte sich Dominicks Koffer gegriffen, kaum dass Gerald ihn auf der Erde abgesetzt hatte. »Sie müssen alle unbedingt zu den *Klippen* kommen, damit ich Sie auf einen Drink einladen kann, ja?«, sagte Dominick. Er bückte sich und winkte Aegina durch die Heckscheibe zu. »Kommt und besucht mich!«

Sie fuhren weiter zum Krankenhaus und parkten. Billie zog ein ernstes Gesicht, als sie bemerkte, wie vertraut das Krankenhauspersonal Gerald und Aegina anlächelte, während sie das Gebäude durchquerten.

Paloma lag im Bett. Es war nur noch wenig von ihr zu sehen, was wiedererkennbar gewesen wäre. Ihr Kopf verschwand unter dem Verband, den man darumgewickelt hatte. Über ihrem Mund war ein Beatmungsgerät befestigt, und das gleichmäßige Geräusch ihres künstlichen Atmens wurde nahezu gänzlich von der Maschine übertönt, die wie ein Blasebalg klang. Ihre Augen waren geschlossen. Die Lider waren so dunkel, als hätte jemand eine dicke Schicht Kajal aufgetragen.

Gerald trat ans Bett und sagte im Plauderton zu Paloma: »*Hola, cariño. Billie está aquí. Ella va a quedarse con nosotros un poco. Aegina está también.*«

»Hallo, Paloma«, sagte Billie fast fröhlich. Sie ergriff Palomas linke Hand, die auf der dünnen Decke neben ihrem Oberschenkel lag, bückte sich und küsste sie. Dann sah sie die im Bett liegende Patientin an. »Hallo«, sagte sie noch einmal, mit etwas weniger Überzeugungskraft.

Aegina setzte sich auf die andere Seite des Bettes und ergriff die rechte Hand ihrer Mutter. Gerald zog ein paar Gegenstände aus einer Strohtasche – Brot, kleine Plastiktüten mit Mandeln und Oliven, ein Stück Manchego-Käse, eine verkorkte Halbliterflasche Wein, ein zerfleddertes Taschenbuch, *Die Welt des Odysseus* von Moses I. Finley – und legte sie auf den Tisch, der zwischen dem gepolsterten Besuchersessel und Palomas Bett stand.

»Ich kann auch für eine Weile hierbleiben, wenn du möchtest«, sagte Billie.

»Nein, ich komm schon klar«, sagte Gerald. »Fahr ruhig heim und entspann dich ein bisschen. Du kannst später wiederkommen. Oder wann immer du willst. Es ist absolut wunderbar, dass du jetzt hier bist. Du und Aegina, ihr könnt jetzt kommen und gehen, wie ihr wollt und mich einfach hierlassen.«

»Na gut. Können wir dir noch irgendetwas mitbringen?«

»Nein, ich hab alles, was ich brauche, für eine Weile, danke.«

»Aegina«, sagte Billie. »Möchtest du noch eine Weile hierbleiben? Das macht mir nichts aus. Ich hab's nicht eilig. Wir können so lange bleiben, wie du willst.«

»Nein, das ist schon okay«, sagte Aegina. »Wir waren schon einmal hier, bevor wir zum Flughafen gefahren sind.« Sie stand auf.

Billie sah Gerald an, der es sich auf seinem Stuhl gemütlich machte. »Soll ich um sieben oder acht zurückkommen?«

»Ja, das ist gut. Wartet nicht mit dem Essen auf mich. Komm einfach irgendwann, nachdem ihr gegessen habt. Wann du willst.«

Als sie im Auto saßen, schwieg Aegina.

»Schatz«, sagte Billie. »Du musst mir sagen, was ich für

dich tun kann, für dich und deinen Papa. Sag mir, wenn ich etwas für dich einkaufen soll. Was auch immer ich für euch beide tun kann. Dafür bin ich jetzt hier. Okay?«

»Okay.« Aegina blickte aus dem Fenster. Ihr schlaffer Körper wurde durch jede Bewegung des Autos hin- und hergeworfen wie eine achtlos liegen gelassene Marionette. »Danke.«

Billie sah zu Aegina hinüber. Dieser scheußliche Mann hatte recht gehabt, sie war im vergangenen Jahr tatsächlich um einiges gewachsen. Sie hatte die kleine, aber sehr frauliche Gestalt ihrer Mutter geerbt. Sie saß da und starrte noch immer durch ihre riesige Sonnenbrille aus dem Fenster. Billie fiel nichts Tröstendes ein, das sie hätte sagen können – *Deine Mami ist zwar hirntot, Schatz, aber wenigstens hat sie keine Schmerzen* wäre nicht unbedingt hilfreich.

Östlich von Manacor war das Land weniger bebaut. Die Straße führte hier an Kalksteinmauern entlang, hinter denen sich die terrassenförmig angelegten Oliven- und Zitrushaine der kleinen Fincas ausbreiteten. Über ihnen stiegen die von kleinwüchsigen Kiefern und Sträuchern bedeckten Hügel auf.

»Es ist wunderschön hier, nicht wahr?«, sagte Billie. Sie bereute die Bemerkung sofort. Sie hatte viel zu banal und vergnügt geklungen. »Was ich damit sagen will, mein Schatz, ist, dass das Land, aus dem deine Mutter stammt, wunderschön ist, und dass es ein Teil von dir ist.«

Aeginas Sonnenbrille richtete sich auf Billie. »Danke«, sagte sie.

2

ARABELLA SQUIBB HATTE sich mit einem Fuß auf einen Felsvorsprung dicht über der Wasseroberfläche gehockt und hielt mit dem anderen Fuß den Monoski in die Luft.

Luc gab Gas und das Motorboot sprang vorwärts. Arabella wartete angespannt, während das Schleppseil aus der taubengrauen Gischt in die Höhe schnellte, als sei es lebendig.

Gestern hatte Arabella den gesamten Nachmittag geübt, sich vom Schleppseil erst in die Luft und dann in den Stand auf den rasch in Position gebrachten Monoski ziehen zu lassen, ohne dabei mit dem Gesicht voran ins Wasser zu klatschen. Das Aufsteigen auf den Ski, wenn sie direkt aus dem Wasser gezogen wurde, beherrschte sie mit Leichtigkeit, aber als sie gesehen hatte, wie Lucy Valence aus dem Stillstand wie eine Fliege mit einem Peitschenhieb vom Rand der Felsen gepflückt wurde, war Arabella sofort wild entschlossen gewesen, diese Methode auch zu beherrschen. Es hing alles davon ab, dass man genau im richtigen Moment diesen kleinen Sprung in die Luft machte. Gestern hatte sie es zweimal geschafft und hatte dann die ganze Nacht von diesem kleinen Satz in die Luft geträumt.

Sie drückte sich ab – das erste Mal heute – und landete auf dem Monoski. Im nächsten Moment torkelte sie mit der Hüfte nach vorn, fing sich dann jedoch wieder und glitt schwankend über das Wasser – nicht besonders stabil, aber immerhin aufrecht –, während sie eine Spur eng nebeneinanderliegender, wilder Schnörkel durch das Kielwasser des Bootes zog.

»Gut gemacht, Darling!«, rief Richard Squibb. Er hatte die Straße überquert, um seiner Frau dabei zuzusehen, wie sie diesen neuen Wasserski-Trick vorführte. Sie hatte ihm gesagt, er müsse einfach unbedingt kommen und ihn sich ansehen. Er trug einen zerknautschten Panamahut und eine winzige rote Badehose, die unter seinem sonnenverbrannten Schmerbauch verschwand. Einen Moment lang blieb er dort stehen, sah zu, paffte eine fette Romeo y Julieta Belicoso und hüllte sich in eine Wolke aus blauem Rauch, die in der windstillen Luft hängen blieb. Dann drehte er sich wieder um und lief über die Straße zurück zu den *Klippen*.

Während der Ski unter ihr ruckte und hüpfte wie ein durchgegangenes Pferd, drückte Arabella langsam den Rücken durch, bis sie die richtige Position gefunden hatte, in der sie einigermaßen im Gleichgewicht war. Sie kannte diese Stellung schon von den Fahrten, bei denen sie sich direkt aus dem Wasser auf den Ski hatte ziehen lassen. Aber der Nervenkitzel, aus dem völligen Stillstand plötzlich durch die Luft zu fliegen, direkt vom Felsen aus und von einem Moment auf den anderen, ohne kaum einen Spritzer zu verursachen, hinter dem Boot über die Wasseroberfläche zu sausen – das war eine ganz und gar neue Erfahrung.

Sie lehnte sich zurück, drückte ihre rechte Ferse nach unten und schoss mit berauschender Geschwindigkeit nach rechts hinüber, quer durch das Kielwasser des Schnellbootes in die glatte Wasserfläche auf der anderen Seite. Sie hörte einen Zuruf von vorn und sah hoch. Luc hatte sich auf seinem Sitz umgedreht und sah zu ihr zurück. Jetzt streckte er den Arm aus und hob einen Daumen in die Luft, während ihm die von der Sonne gebleichten Haare um den Kopf wirbelten.

Der süße Lukey. Ganz plötzlich war er süße sechzehn und wahrhaftig zum Anbeißen. Sein Vater, ein Amerikaner, der in Paris lebte und sich nie auf Mallorca blicken ließ, hatte ihm das Schnellboot samt Motor gekauft, damit er sich den Sommer über etwas Geld dazuverdienen konnte. Fünfhundert Pesetas pro Fahrt berechnete Lukey den Gästen der *Klippen*, was bedeutete, dass er jeden Tag mehrere Tausend verdiente. Die meisten Gäste ließen es sich anschreiben, aber Arabella gab ihm das Geld immer in bar. Heute hatte sie einen Finger in seine Badehose gesteckt und ihm die Geldscheine unter den Hosenbund geschoben.

Sie fuhr im Zickzack durch das Kielwasser, lehnte sich zurück, schoss seitwärts und beschleunigte sich auf eine schier unglaubliche Geschwindigkeit. Jedes Mal, wenn sie eine Wende machte und in die entgegengesetzte Richtung sauste, setzte Luc die Kodak Instamatic an, die sie ihm gegeben hatte, damit er Fotos von ihr machte. Dann hob er wieder den Daumen und grinste. Er gab ihr das Gefühl, dass sie ihre Sache ganz fantastisch machte. Und vielleicht tat sie das ja auch. Es gab ein paar flüchtige Momente, da hatte sie tatsächlich das Gefühl, anmutig zu sein. Außerdem hatte sie, wie sie sehr wohl wusste, einen durchaus ansehnlichen Körper. Sie fuhr für die Kamera Ski – und für Luc. Nur für dich, du knuspriger kleiner Schatz du. Er sah sie die ganze Zeit durch seine Sonnenbrille an und schaute lediglich ab und zu über die Schulter, um zu überprüfen, in welche Richtung sie fuhren. Während die salzige Gischt auf ihren warmen Schenkeln und ihrem Bauch trocknete und die Vibration des Skis in jedem

Muskel ihres Körpers spürbar wurde, fühlte sie sich unglaublich sexy. Trotz aller Stöße und Erschütterungen starrte sie unverwandt zu ihm zurück.

Ein leichter Fahrtwind blies ihr ins Gesicht, während sie über das Wasser flog. Ansonsten war das Meer heute so ruhig und glatt wie ein Spiegel. Es wurde einzig vom Kielwasser des Motorboots durchbrochen, das die Meeresoberfläche aufschnitt und hinter ihnen nach und nach verblasste wie eine an den Himmel gezeichnete Schrift. Das Meer war himmelblau, der Himmel azurfarben. Arabella fühlte sich, als könnte sie auf ihrem Wasserski bis nach Afrika fahren. Es war ganz so, als würde sie in einem dieser italienischen Filme mitspielen, wo die Protagonistin auf ihren Wasserskiern durch die Bucht von Neapel oder an der Küste vor Portofino entlanggleitet. Vorne der geheimnisumwitterte, muskelbepackte Bootsjunge – die blonde Variante –, der sie durch seine Sonnenbrille mustert, während er mit einem lässig um das Steuerrad geschwungenen Arm das Boot lenkt. Im Film würde das Ganze damit enden, dass er sie nach der Wasserskifahrt in eine verlassene Fischerhütte schleppen und dort wild und heftig durchvögeln würde – eine klassische Symbiose eben. Später würde ihr reicher Ehemann dem Jungen dann ein Trinkgeld geben und ihm dafür danken, dass er sich so gut um seine Frau gekümmert hatte. Richards Trinkgeld würde nur leider sehr dürftig ausfallen. Er war so furchtbar geizig, obwohl er im Geld schwamm. Armer Lukey.

Plötzlich stürzte sie. Als sie wieder an die Oberfläche kam, hatte Luc das Boot gewendet und glitt auf sie zu. Er drosselte den Motor, und das Boot wurde langsamer, sank tiefer ins Wasser und brummte dumpf im Näherkommen. Luc bückte sich über die Bordkante und fischte den Monoski aus dem

Wasser. Dann drehte er wieder am Lenkrad und ließ das Boot näher an Arabella herantreiben.

»Sie haben Ihr Oberteil verloren«, sagte Luc und suchte mit den Augen die Wasseroberfläche nach dem fehlenden, winzigen Kleidungsstück ab.

Arabella drehte sich einen Moment lang auf der Stelle im Kreis und sah sich um. »Ist egal«, sagte sie.

Luc spähte weiter aufmerksam ins Wasser, das das Boot umgab. Bei diesen kleinen Oberteilen, wie Arabelle eines getragen hatte, musste man höllisch aufpassen. Wenn sie nur aus Stoff waren und kein schwammartiges Füllmaterial hatten, trieben sie manchmal gar nicht an der Oberfläche, sondern sanken langsam nach unten und wickelten sich womöglich um die Schiffsschraube.

»Das ist süß von dir, Darling, dass du dir deswegen Gedanken machst, aber ich habe einen ganzen Koffer voll von diesen Dingern. Kann ich ins Boot kommen?«

»Sie wollen nicht auf dem Ski zurückfahren?« Er hielt ihr den Ski hin.

»Ich glaube, ich komme lieber aus dem Wasser, Darling, und lasse mich in der Sonne trocknen.«

Luc hängte die Sprossenleiter ins Wasser und Arabella kletterte daran hoch. Dabei unternahm sie nicht den geringsten Versuch, ihre Brüste zu bedecken. Sie bückte sich und wrang ihre dunklen Haare mit den Händen aus. Dann legte sie den Kopf in den Nacken, wölbte den Rücken, sodass ihre Brüste nach vorn gedrückt wurden, und warf ihre langen Haare zurück, wobei sie Lucs sonnenerhitzte Haut mit kühlen Wassertropfen benetzte. Ihr Haar hatte eine interessante, wenn auch nicht ganz natürliche schwarze Farbe und breitete sich wie ein Fächer über ihren Schultern aus. Luc reichte ihr ein blaues

Badetuch, das von den *Klippen* stammte, und schaute höflich in die entgegengesetzte Richtung, aber nicht so schnell, als dass er nicht noch einen flüchtigen, elektrisierenden Blick auf ihre dunklen Brustwarzen erhascht hätte. Sie ragten aus den beiden kleinen Dreiecken aus weißer Haut hervor, die sich von ihrem ansonsten tief gebräunten Körper abhoben. Er hatte sich genau solch ein Missgeschick ausgemalt, als er ihre dafür geradezu prädestinierte Badekleidung gesehen hatte. Das Oberteil schien mit Absicht so gestaltet zu sein, dass es sich beim geringsten Anlass vom Körper löste und die Aussicht auf Arabellas Brüste freigab, die sogar noch besser aussahen, als er sich das vorgestellt hatte. Sie waren ziemlich groß und hatten sich auch ohne ihre formende Stütze eine geradezu standbildhafte Festigkeit bewahrt. Damit hatte Luc nicht gerechnet, denn Arabella ging – so glaubte er zumindest – schon auf die vierzig zu.

Sie setzte sich neben ihn auf den mit türkis-weißem Kunstleder gepolsterten Sitz. Das Boot flog mit rasender Geschwindigkeit über die glatte Meeresoberfläche der Küste entgegen. Das mussten mindestens hundertfünfzig Kilometer pro Stunde sein, dachte sie.

»Wunderbar!«, schrie Arabella. »Schneller, Baby!«

Sie lehnte sich gegen Lucs Arm, als hätte sie ihn mit der Rückenlehne ihres Sitzes verwechselt und zog das Handtuch auseinander, um ihre nassen, mit einer Gänsehaut überzogenen Brüste den Strahlen der Sonne auszusetzen. Sie rückte sich zurecht und schmiegte sich noch ein wenig bequemer an ihn, sodass sich ihr Scheitel auf gleicher Höhe mit seiner Schulter befand. Er sah auf ihre Brüste herab und auf die Wölbung ihres Bauches mit den deutlich erkennbaren Schwangerschaftsstreifen knapp über dem winzigen Rest ihres Bikinis.

Im nächsten Moment sagte sie etwas, das er nicht verstehen konnte.

»Wie bitte?«

»Ich habe gesagt, dass du so wahnsinnig höflich bist, Darling.«

»Oh.« Luc versuchte sich zu erinnern, was er wohl gesagt haben könnte, das so wahnsinnig höflich gewesen war. »Vielen Dank.«

Sie rasten der Küste entgegen. Luc spürte jeden einzelnen Zentimeter von Arabellas an ihn geschmiegten Körper, der den Bewegungen des Bootes folgte wie ein totes Gewicht und dabei immer wieder gegen ihn rutschte. Ihre Oberschenkel berührten sich und wippten zusammen auf und ab. Arabellas Haut war immer noch kühl vom Wasser. Er hatte eine kaum zu verbergende Erektion und hoffte, dass ihr das aufgefallen war und sie sie berühren würde, aber soweit er sehen konnte, hielt sie die Augen geschlossen. Das Boot stürmte weiter durch das Wasser, nur gelegentlich von einer kleineren, verirrten Welle geschüttelt, und für einen Moment war alles im Gleichgewicht.

Luc erkannte die hochgewachsene Gestalt, die ihnen von den Felsen aus zuwinkte. »Dominick ist angekommen«, sagte er.

Arabella setzte sich auf und schaute nach vorn. »Der liebe Dominick. So ein alberner alter Hohlkopf. Ich kann mir nicht vorstellen, dass es Leute gibt, die seine fürchterlichen Romane lesen. Ich frage mich, wovon er überhaupt lebt.«

»Haben Sie seine Bücher gelesen?«, fragte Luc. Er hatte das eigentlich immer vorgehabt, hatte sich dann jedoch jedes Mal von den Bildern abschrecken lassen, die sich vorn auf dem Einband befanden. Sie sahen wie dramatisch überspitzte Zeichnungen von Schaufensterdekorationen aus – wie die

Damen- und Herrenmode, die man in den Fenstern der Galeries Lafayette bewundern konnte.

»Ich habe eines von ihnen gelesen, aber auch nur teilweise«, sagte Arabella, als fiele ihr das jetzt erst wieder ein. »Es war wirklich grottenschlecht. Aber man muss ihn einfach trotzdem lieben.« Sie winkte Dominick zu.

»Hal-lo, Dar-ling!«, rief Dominick. »Luc, wo hast du nur diese entzückende Sirene aufgegabelt?«

Luc drosselte den Motor, schaltete das Boot in den Leerlauf und ließ es dem Ufer entgegentreiben.

»Darling, Dominick, wie geht es dir, du törichter alter Schafskopf?«, rief Arabella. Sie legte eine Hand auf Lucs Oberschenkel, drückte ihn und machte dann einen Kopfsprung vom Boot ins Wasser. Sie schwamm zu der Stahlleiter, die Lulu in die Felsen eingelassen hatte, und kletterte anmutig aus dem Wasser zu Dominick hinauf, der ihr entgegengrinste.

»Du lieber Gott«, sagte er und starrte auf ihre Brüste. »Du hast Geschenke mitgebracht.«

Sie küssten sich auf die Wange. »Gib mir dein Handtuch, du lüsterner Mistkerl«, sagte Arabella.

Sie wickelte sich in das Handtuch ein und drehte sich zu Luc um. »Vielen Dank, Lukey, Darling.« Dann überquerte sie die Straße und lief zu den *Klippen*.

Dominick sah ihr einen Moment lang nach. Dann sagte er zu Luc: »Fang des Tages?«

Luc lächelte. »Ha-ha.«

»Hast du noch Zeit, um mit mir rauszufahren, oder machst du gerade Schluss für heute?«

»Nee, kein Problem, es kann direkt losgehen.«

»Fan-tas-tisch!«, rief Dominick. Er hechtete mit dem Kopf voran ins Meer.

3

ARABELLA VERHIELT SICH beim Abendessen nicht anders als sonst. Aber Luc hatte jetzt verstanden.

Nach dem Wasserskiausflug und der sensationellen Rückfahrt im Boot zurück zur Küste, bei der sie sich mehr oder minder nackt an ihn gelehnt hatte, war Luc davon überzeugt, dass es nun so weit war: Er würde echten Sex haben. Arabella würde ihm ein Zeichen geben, etwas arrangieren, und es würde endlich passieren. Sie hatte ihm schon immer das Gefühl gegeben, dass sie ihn mehr mochte als alle anderen, dass er der Einzige war, der sie wirklich verstand. Schon seit Jahren war ihr Blick immer zu Luc hinübergewandert, um ihn – und nur ihn – mit einem drolligen Gesichtsausdruck wissen zu lassen, was sie davon hielt, wenn jemand am Rand des Swimmingpools oder am Esstisch haltlos zu quasseln begann. Wenn jemand zum Beispiel dummes Zeug über Premierminister Harold Wilsons fürchterliche Zähne erzählte – »Warum um alles in der Welt geht dieser Mann nicht endlich mal zu einem Zahnarzt, verdammt noch mal? Muss er denn unbedingt so hartnäckig den vulgären Proleten raushängen lassen?« – oder über den Londoner Immobilienmarkt. Letzten Sommer hatte sie zu Luc gesagt, er würde sich langsam zu einer »richtigen Sexbombe« mausern. Von diesem Tag an bis heute, als so etwas wie eine Apotheose geschehen war, hatte er sich unzähligen Fantasien über Arabella Squibb hingegeben.

Sie neckte sich behaglich mit Richard über den Tisch hinweg, warf keine weiteren verschwörerischen Blicke mehr in Lucs Richtung und erhob sich um zehn mit den Worten, sie sei nun müde und würde auf den Nachtisch und den darauf folgenden Port verzichten.

»Ich geh ins Bett, ihr Lieben«, sagte sie, während sie ihren Stuhl zurückschob und aufstand.

»Tatsächlich?«, fragte Richard, blinzelte sie an und blies eine dichte, blaue, kubanische Rauchwolke in das blätterbehangene Spalier über ihren Köpfen.

»Wahrhaftig und tatsächlich. Tausend Dank, Lukey, Darling, für diesen wunderbaren Wasserskiausflug.« Sie streckte ihre Hand in seine Richtung aus und machte eine Geste, als wollte sie ihm über die Wange streichen, obwohl er mehr als zwei Meter entfernt saß.

»Jederzeit«, sagte Luc.

Und dann war sie weg.

Das war es! Ein Trick, eine Finte – das musste es sein! Dass sie so früh ins Bett ging, während Richard noch stundenlang wach bleiben und Backgammon spielen würde, entweder mit Cassian oder mit Dominick, der ja heute erst eingetroffen war. Luc sagte ebenfalls gute Nacht, unbeholfen und verlegen, und ging dann steifbeinig zu seinem kleinen Geräteschuppen an der rückwärtigen Mauer des Grundstücks.

Er zündete eine Kerze an, machte säuberlich sein Bett und setzte sich darauf. Er lauschte den Geräuschen, die von draußen kamen. Er konnte das Gespräch der Essensgäste hören, die immer noch um den Tisch versammelt waren, aber keine Schritte oder das Rascheln von Kleidern auf dem Pfad, der vom Pool zu seinem Schuppen führte. Nach ein paar Minuten schaltete er die kleine Niedrigwattlampe neben seinem Bett ein und versuchte zu lesen – er war gerade auf einem Françoise-Sagan-Trip und las eines ihrer kleinen französischen Taschenbücher nach dem anderen, im Augenblick war er mit *Les Merveilleux Nuages* etwa zur Hälfte durch –, aber er schaffte es nicht, auch nur einen einzigen Satz zu Ende zu lesen. Nach zwanzig Minuten löschte er das Licht, blies die Kerze aus und lief hinunter zur Bar. Richard und Dominick saßen an einem der Tische und spielten Backgammon. Einige der Gäste hatten sich mit ihren Drinks an die Bar gesetzt. Seine Mutter saß an einem anderen Tisch, zusammen mit Cassian, Tom und Milly.

Arabella war tatsächlich ins Bett gegangen.

Luc fuhr mit seiner Rieju in die Stadt und parkte auf der Straße vor dem Miravista. Die sanften Klänge von Jackson Rales elektrischer Gitarre glitten wie Nebelschwaden über die Mauer. Er lief durch den Toreingang und den kurzen Pfad entlang bis zur obersten Stufe der Treppe. Dort blieb er stehen. Von hier aus hatte man einen guten Ausblick auf die Tanzfläche, die sich unter den hochgewachsenen Kiefern erstreckte. Er überflog mit einem Blick die Tänzer und die an den Tischen sitzenden Gäste. Er kannte etwa die Hälfte von ihnen. Aegina war nicht da, es sei denn, sie befand sich gerade auf der Toilette.

Jackson Rale, ein schwarzer amerikanischer Gitarrist in einem unbestimmbaren Alter irgendwo zwischen dreißig und sechzig, spielte gerade *Bésame mucho*. Als er aufhörte und sich einen Schluck von seinem Drink gönnte, trat Luc zu ihm.

»Hey, Jackson.« Mit diesem Wort begrüßte der Amerikaner

ihn immer, und Luc hatte angefangen, dasselbe auch seinerseits zu Jackson zu sagen.

»Hey, Mann«, sagte Jackson Rale. »Was geht ab?«

»Oh, nicht besonders viel«, antwortete Luc. Er hatte schon verstanden, dass Jackson ihn nicht wirklich nach etwas Konkretem gefragt hatte und dass es ihm vollkommen egal war, ob und was gerade, wenn überhaupt etwas, abging. Es wäre Jackson auch egal gewesen, wenn draußen auf der Straße gerade ein Tanklaster lodernd in Flammen gestanden hätte. Jackson verströmte eine gigantische, wenn auch höfliche Gleichgültigkeit gegenüber allem, was ihn umgab, von seiner Gitarre und seinem Cuba Libre einmal abgesehen. Mateo Pujols, der Besitzer des Miravista, hatte ihn über die Vermittlung eines Musikagenten in Palma aufgetrieben und für den gesamten Juli und August gebucht. Jackson war ein Mann von ziemlich gewaltigen Ausmaßen. Er war zwar nicht fett, aber seine Gestalt erinnerte an einen dieser gepolsterten, ein wenig aus dem Teig gegangenen amerikanischen Footballspieler. Nun saß er dort auf der Terrasse des Miravista unter dem Dach der Kiefern, neben der Freiluft-Tanzfläche, und spielte kurze Musikeinlagen auf seiner elektrischen Gitarre. Seine Technik war nicht besonders aufsehenerregend. Er gab auch keine Rock'n'Roll- oder Jazz-Riffs zum Besten, sondern spielte sich stattdessen unbeirrbar durch ein uraltes Repertoire aus Nightclub-Liedern. Sie dienten ohnehin nur als harmloses Füllmaterial zwischen den langen und sehr viel lauteren Einlagen neuester Popmusik, wegen derer die Leute ins Miravista kamen, um dazu zu tanzen. Jacksons Finger hatten ungefähr die Größe von Fleischwürsten und sahen viel zu dick aus, um auf das schmale Griffbrett der Gitarre zu passen, doch sein Spiel war reibungslos und verlässlich, als spielte er im Schlaf. Luc mochte besonders ein Lied, das Jackson schon öfters gespielt hatte, eine Melodie, deren Titel er nicht wusste, aber die er vorher schon einmal gehört hatte, vielleicht in irgendeinem Film. Vor ein paar Wochen hatte er Jackson gefragt, wie das Lied hieß.

»*Perfidia*«, sagte Jackson.

»Ich mag es«, sagte Luc.

»Ja, es macht was her«, sagte Jackson in seiner gedehnten, lässigen Aussprache. »Funktioniert immer.«

»Per...«

»*Perfidia*«, wiederholte Jackson. »Ein altes mexikanisches Lied.«

»Ist das ein Frauenname?«, fragte Luc.

»Perfidia?« Jackson Rale fing an zu lachen, leise, rhythmisch, ein Ausdruck tiefster Genugtuung, während er dort auf seinem Barhocker neben seinem kleinen Verstärker unter den Bäumen saß und seine Gitarre stimmte. Es war eine dunkelrote Gretsch Chet Atkins Country Gentleman, deren Lackierung unter den Saiten schon ziemlich gelitten hatte. »Nein, aber es sollte einer sein«, sagte er. »Hehehe.« Er sah Luc mit einem unergründlichen und gleichzeitig allwissenden Gesichtsausdruck an. »Das ist ein Wort, mit dem das beschrieben wird, was manche Frauen mit einem Mann machen.« Jackson sah in die Ferne und hob seinen Cuba Libre an die Lippen.

Im Bruchteil einer Sekunde hatte Luc verstanden. »Oh. Ja klar.« Er war Jackson unendlich dankbar für sein Vertrauen, von Mann zu Mann. *Perfidia*: Mexikanisch für jemandem einen blasen? Und dann hatten sie auch noch ein Lied danach benannt? *Putain*, diese Mexikaner.

Das war genau das, was er sich von Arabella wünschte und was er sich ausgemalt hatte, bis ihm jedes einzelne Molekül seines Körpers schmerzte: eine *perfidia* draußen auf seinem Boot.

»Jackson, hast du Aegina gesehen? Sie ist ein bisschen jünger –«

»Ich weiß, wen du meinst. Deine kleine Freundin, die so spanisch aussieht –«

»Na ja, sie ist nicht wirklich meine Freundin, wir sind nur so befreundet.«

»Das solltest du dir lieber noch mal ganz genau überlegen«, sagte Jackson. »Aber ich hab sie nicht gesehen, Mann. Sie war nicht hier. Jedenfalls nicht heute Abend.«

»Okay, danke.« Luc durchsuchte noch einmal mit dem Blick die Menge und blieb unentschlossen stehen. Dann wandte er sich zum Gehen. »Bis dann, Jackson.«

»Ja«, sagte Jackson mit der gleichen Begeisterung wie ein Postbote, der die Unausweichlichkeit seines morgigen Besuchs kommentiert. Er setzte seinen Drink ab und legte die Hände wieder auf die Gitarre. Seine dicken Finger huschten sanft über die Saiten der Gretsch und aus seinem Verstärker plätscherte die Melodie von *Embraceable You.*

Luc ging zurück zur Straße und startete sein Motorrad.

4

JEDEN ABEND UM sieben kam Sor Preciosa in Palomas Zimmer. Die Nonne lächelte Gerald an, sprach jedoch kein Wort mit ihm, außer bei ihrem allerersten Besuch, als sie beim Eintreten »*¿Permiso?*« gesagt hatte. Gerald, der einen Moment lang darüber erschrocken gewesen war, eine Ordensschwester hereinkommen zu sehen, hatte jedoch schon im nächsten Moment dankbar genickt und »Ja« gesagt. Sor Preciosa setzte sich immer auf den Rand des Bettes, nahm Palomas Hand in die ihre und betete leise und andächtig: »*Dios, le ruego en el nombre de su hijo, Jesú Cristo …*« Sobald sie fertig war, nahm sie Palomas schlaffe Hand, legte sie ihr aufs Herz, nickte Gerald kurz zu und verließ den Raum.

Nachdem sie gegangen war, schaltete Gerald meistens den lärmenden Ventilator aus und öffnete die Fenster gegenüber von Palomas Bett. Jetzt, nach Sonnenuntergang, wehten die Fallwinde von den kiefernüberzogenen Hängen der Serra de Tramuntana über die fruchtbare zentrale Ebene der Insel, mit ihren kleinen mallorquinischen Bauernhöfen, und brachten Sporen von Zitrusbäumen, Rauch und Dung mit sich. Die kühle, erdige Brise erfüllte den Raum und verscheuchte ein wenig die allgegenwärtigen Krankenhausgerüche. Die ganz normalen Geräusche von der Straße draußen vor dem Krankenhaus drangen ins Zimmer – Autos, die sich mühsam ihren Weg durch die engen Straßen bahnten, die eigentlich für Esel gebaut worden waren, Gläser, die in Cafés auf Tische gestellt oder von ihnen weggeräumt wurden, Frauen, die über das stetige, manchmal ansteigende, manchmal wieder leiser werdende Brummen der Mopeds hinweg nach ihren in weiter Ferne befindlichen Kindern riefen – und dämpften das beharrliche metronomhafte Zischen des Beatmungsgeräts. Manchmal, wenn die Fenster geschlossen waren, schien dieses Zischen im Zimmer so laut zu werden, dass Gerald dachte, das Gerät müsse unvermittelt einen anderen Gang eingeschaltet haben, um die Luft mit größerem Aufwand in Paloma hineinzuzwingen, bis ihm klar wurde, dass seine Gedanken ihm einen Streich spielten. In solchen Momenten stand er rasch auf und ging nach draußen, um eine Zigarette zu rauchen.

Um acht, während Palomas intravenöse Monomahlzeit stetig aus den Infusionsbeuteln in ihren Arm tropfte, legte Gerald das Buch zur Seite, das er zu lesen versucht hatte. Er holte sein Abendessen hervor – ein Stück mehlbestäubtes Brot, Hartkäse, Oliven und Feigen –, zog den Korken aus der Weinflasche und begann zu essen. Seit zwei Tagen hatte er neben ihr gesessen und versucht zu lesen, aber es fiel ihm schwer, sich zu konzentrieren. Manchmal sprach er mit Paloma, weil ja vielleicht doch die Chance bestand, dass sie ihn hören konnte. Aber er war nicht gut darin, erfinderisch oder fröhlich mit ihrer gleichgültigen Gestalt zu plaudern, die ausgestreckt auf dem Rücken lag und vor sich hin zischte und schnaufte. Dazu brannte sich das fürchterliche Ausmaß ihrer Abwesenheit viel zu sehr in sein Bewusstsein, und er verfiel jedes Mal in ein grimmiges, nervöses Schweigen. Stattdessen widmete er sich mit Leib und Seele dem Essen, das er mitgebracht hatte. Ähnlich wie das Rauchen gab ihm das die Möglichkeit, etwas zu tun, etwas Ablenkendes, Körperliches, vollkommen Normales. Die kleinen, vertrauten Vorbereitungen und Bewegungen, sogar das Kauen und Hinunterschlucken – all das tröstete ihn. Er hatte einmal in einer BBC-Sendung gehört, dass Ameisen, wenn sie plötzlich schutzlos unter freiem Himmel stehen, weil ein Felsbrocken oder ein vermoderter, gestürzter Baumstumpf verschwunden ist, der über ihnen gelegen und ihnen Deckung gewährt hatte, sofort stehen bleiben und damit anfangen, ihre Gesichter zu waschen. Diese vertraute Routine beruhigt sie und wappnet sie gegen den Stress und die Angst, die jede unvermittelt auftretende Veränderung mit sich bringt. Gerald wusste nicht, ob das stimmte, aber er konnte es nur zu gut nachvollziehen. Durch das Rauchen und Essen und andere mechanische Aufgaben fühlte er sich besser.

Billie kam um neun. Sie war ganz aufgelöst.

»Sie ist einfach verschwunden und nicht wieder zurückgekommen. Gerald, denkst du wirklich, dass es eine gute Idee ist, dass sie ein Moped hat?«

Gerald sah zu Paloma hinüber. »Paloma dachte das. Sie hat es für sie gekauft. Sie dachte, es wäre gut, wenn Aegina unabhängiger wäre. Wenn sie jederzeit losfahren könnte, um ihre Freunde zu treffen.«

»Aber sie ist erst vierzehn. Ich meine, ist das überhaupt legal? Und einen Helm trägt sie auch nicht. Machst du dir denn keine Sorgen um sie?«

»Natürlich mache ich mir Sorgen. Ich mache mir Sorgen, wenn sie im Nebenraum in ihrem Bett liegt und schläft. Ich stehe immer noch mitten in der Nacht auf, um nachzusehen, ob sie auch noch atmet –«

»Ich meine, wegen des Mopeds.«

»Das weiß ich doch. Es ist legal, und hier trägt niemand einen Helm. Sie würde es auch dann nicht tun, wenn ich darauf bestehen würde. Aber so sind die Spanier, sie sind viel hartgesottener als wir. Paloma hat Aegina auch mutterseelenallein durch die Stadt laufen lassen, als sie noch ziemlich klein war, nur sieben oder acht. Sie dachte, das sei gut für sie. Ich sehe immer nur alle möglichen Schreckgespenster überall – stelle mir immer lebhaft das Schlimmste vor, ganz furchtbare Dinge, die passieren könnten. Aber ihre Mutter«, er sah auf die Gestalt im Bett herab, »glaubt immer, dass alles schon gut ausgehen wird.«

Billie setzte sich und starrte Paloma an. »Glaubst du, dass sie uns hören kann?«

»Die Ärzte sagen nein. Aber«, Gerald wandte den Kopf und schaute Paloma an, »ich bin mir nicht so sicher.«

Billie sah ihren Bruder an. »Erzähl mir noch mal, was passiert ist.«

Als er vor zwei Tagen zum Postamt gegangen war, um seine Schwester anzurufen, hatte sich Gerald nur sehr kurz gefasst. »Paloma ist im Krankenhaus, eine Gehirnblutung, es kann sein, dass sie nicht wieder aufwacht«, hatte er ihr gesagt. Jetzt sagte er: »Sie stand in der Küche und hat gebügelt. Ich war gerade dabei, eine Kanne Tee zu kochen. Plötzlich hatte sie ganz heftige Kopfschmerzen. Sie hat gesagt, sie müsse sich einen Moment hinsetzen. Sie stand da neben dem Bügelbrett und fing irgendwie an zu torkeln. Ich habe sie ins Schlafzimmer gebracht und dafür gesorgt, dass sie sich hinlegt. Sie hat die Augen zugemacht. Ich bin zurück in die Küche gegangen und habe den Tee fertig gekocht. Dann habe ich ihn auf einem Tablett ins Schlafzimmer gebracht. Sie schlief. Ich dachte, das sei gut so. Aber dann habe ich gemerkt, dass sie nicht richtig atmet. Ich habe versucht sie aufzuwecken und hab's nicht geschafft. Also habe ich sie zum Auto getragen und hierher gefahren. Aegina war irgendwo hingefahren und nicht zu Hause. Gott sei Dank.«

»Und was haben sie hier mit ihr gemacht, Gerald?« Billie schaute ängstlich zu dem Verband hinüber, der um Palomas Kopf gewickelt war.

Auch Gerald sah jetzt auf den Verband. »Sie haben ihr den Schädel aufgebohrt und nachgesehen, ob sie eine Gehirnblutung hat. Sie haben eine gefunden und halt das gemacht, was Ärzte dann so machen. Sie haben gesagt, es sei eine sehr große Blutung gewesen. Und dann haben sie gesagt, wir müssten abwarten. Aber einer der Ärzte hat zu mir gesagt, er halte es für sehr unwahrscheinlich, dass sie wieder aufwacht.« Er sah Billie an. »Er meinte, eigentlich sei sie schon von uns gegangen. Mehr oder weniger.«

»Gerald … Gerald, es tut mir so … ach, es klingt so absurd zu sagen, dass es mir leidtut. Weiß Aegina das alles?«

»Na ja, ich habe es ihr erzählt, das meiste davon, aber sie will das eigentlich alles gar nicht hören.«

»Nein, natürlich nicht«, sagte Billie. Sie sah Gerald an, der ihren Blick erwiderte. »Und was passiert jetzt?«

»Ich glaube, sie warten nur darauf, dass ich ihnen sage, wann sie die Geräte abschalten können.«

Billie stand auf, ging zum Fenster und sah auf die Straße hinaus, auf die Häuser, die Lichter, die Dunkelheit. Die Gedanken, die ihr durch den Kopf gingen, waren wie russische Puppen, eine jede öffnete sich und enthüllte eine weitere in ihrem Innern, nur dass die Puppen immer größer wurden.

»Mein Gott, Gerald.«

5

LUC RASTE AUF seiner jaulenden Rieju den Hügel hinauf, vom Meer fort, an den kleinen Villen und den mit Kiefern und Olivenbäumen bewachsenen Hängen entlang. Während er durch die engen Straßen des *polígono* fuhr und sich zwischen den hohen Steingebäuden hindurchfädelte, hallte das Echo des Motorrads von den Wänden wider. Es klang lauter als der Motor selbst. Hinter der Stadt führte die Straße um den Fuß des dunklen, mit Sträuchern, Kiefern und Feigenkakteen bewachsenen Hangs des Monte Turó herum und machte dann eine Biegung in Richtung Südosten, zurück zur Küste.

Die Einfahrt zum Haus der Duhamels war nicht gekennzeichnet. Sie führte zwischen einer Lücke in den Kiefern auf einem zerfurchten Feldweg den Berg hinauf. Luc erinnerte sich an die Positionen und Umrisse der meisten Löcher und Steine, die sich auf dem Weg befanden und die sein schwaches, zittriges Scheinwerferlicht entweder gar nicht erfasste oder so verzerrt wiedergab, dass ihre eigentliche Form nicht zu erkennen war. Im Haus gab es keine Elektrizität. Luc war tagsüber nur sehr selten dort gewesen und erlebte es daher fast immer als einen flackernden, leuchtenden Ort, der zunächst nur als entferntes Glühen durch die Bäume sichtbar wurde.

Émile Duhamel, François' Vater, hatte das Gebäude aus

naturbelassenem Kalkstein selbst entworfen und 1959 mithilfe einiger weniger Lohnarbeiter gebaut. Das Haus sei seine Antwort auf die Villa Arpel aus Jacques Tatis Film *Mein Onkel*, sagte er immer. Das Hausinnere bestand aus einem akribisch geplanten Labyrinth aus seltsam geformten Zimmern und gewundenen Fluren und wurde allein durch Petroleumlampen und Kerzen erhellt. Die Fenster bestanden aus unregelmäßigen Trapezformen oder ovalen Öffnungen, die unverglast und lediglich mit Läden ausgestattet waren, die abhängig von den Licht-, Luft- und Wetterverhältnissen geöffnet oder geschlossen werden konnten. In der Küche standen ein Gasofen und ein mit Petroleum betriebener Kühlschrank. Die Bäder waren mit offenen Duschen und Waschbecken ausgestattet, die ihr Wasser aus Falltanks bezogen. Um das Wasser aus der Zisterne in diese Tanks zu pumpen, musste man per Hand eine riesige Bilgepumpe betätigen. Heißes Wasser kam von dem schwarz gestrichenen Tank auf dem Dach. Die Toiletten lagen außerhalb des Hauses, in einem steinernen Unterstand über einer Kalkgrube und bestanden aus einer Reihe von durchlöcherten Holzplanken im Innern kleiner, geruhsamer Steinkabinen, die durch Wände vom Haus und voneinander abgeschirmt waren. In jeder Kabine lagen ein paar zerfledderte Taschenbücher als Lesestoff.

Émile war – natürlich – Architekt. Er lebte schon seit vielen Jahren mit François' Mutter Sza Sza zusammen, einer Malerin, obwohl er offiziell noch mit seiner Frau Béatrice verheiratet war. Seine beiden älteren Kinder aus der Ehe mit Béatrice kamen während des Sommers oft für ein oder zwei Wochen nach Mallorca. An den meisten Abenden diente das Haus als eine Art permanenter Gesellschaftssalon. Die Gäste konnten kommen und gehen, wie sie wollten, konnten dort essen, reden, lesen, Gitarre, Flöte, Bouzoukis oder Platten spielen, Letzteres auf einem batteriebetriebenen Plattenspieler. Sie konnten dort auch übernachten, falls sie dies wünschten, in einem der zahlreichen asketischen Zimmer, deren Einrichtung sich auf eine schlichte Pritsche, grob gewebte Laken, Kerzen, Streichhölzer und Bücher beschränkte: Die *Essais* von Montaigne, *Die Bekenntnisse* des heiligen Augustinus, der ein oder andere Band aus dem *Alexandria-Quartett* von Lawrence Durrell oder ein Roman von Harold Robbins.

Die Leute, die bei den Duhamels zu Besuch kamen, waren wie die Duhamels selbst: Sie entstammten einer Gemeinschaft von nicht spanischen Europäern mit einem ausgefallenen und manchmal auch prekären Lebenswandel. Es waren Leute, die schlicht renovierte Fincas besaßen und entweder ganzjährig auf der Insel lebten oder Jahr für Jahr die Sommermonate dort verbrachten. Oft kamen sie auch schon im Frühling, zur Zeit der Mandelblüte, und brachten ihre Kinder und manchmal für ein paar Wochen auch deren Freunde mit. Sie waren freiberuflich tätig, als Künstler oder Schriftsteller, oder gewaltfreie, gutmütige Kriminelle, oder es waren Leute, die sich auf mysteriöse Weise ganz ohne Job über Wasser hielten, vielleicht auch vornehm verarmt waren, und die von kleinen Jahresrenten lebten oder von den mühsam in die Länge gestreckten Einnahmen aus dem Verkauf eines Gemäldes, Möbelstücks, Apartments oder Hauses aus der Familienerbschaft. Manchmal schliefen sie auch miteinander, aber immer in einer Weise, die niemanden störte oder belastete. Sie erkannten einander als Gleichgesinnte an, ohne ein Wort sagen zu müssen, und alles, was sie taten, erschien ihnen und ihresgleichen vollkommen sinnvoll, auch wenn sie manchmal als Geächtete auf der Insel eintrafen, als Menschen, die von der Außenwelt nicht akzeptiert worden waren. Doch einmal auf Mallorca angekommen spendeten ihre verlässlichen, toleranten und vorurteilsfreien Freunde und Liebhaber ihnen Trost und nahmen sie mit offenen Armen auf.

Es war schon nach elf Uhr, aber durchaus nicht zu spät für Luc, um noch bei den Duhamels aufzutauchen. Die Gastgeber, *père et femme*, lagen im Wohnzimmer lässig auf den Kissen ausgestreckt und pafften ein Shillum. Sie befanden sich in der Gesellschaft von Schooner Trelawney, einem Mann Mitte sechzig, der immer eine Guayabera mit mehreren Taschen trug, in denen er seine Old-Holborn-Tabaksdose und Streichhölzer verstaute, und Natalie Veilleux, die es auszunutzen wusste, dass sie mit ihren siebzehn Jahren durch die Lücke zwischen den Generationen schlüpfte. Natalie lag mit dem Bauch auf dem Dhurrie-Teppich, hatte das Kinn in die Hände gestützt, wedelte mit den Beinen in der Luft, ließ dabei ihre nackten Oberschenkel hin- und herschlenkern und starrte Luc mit einem unergründlichen (und sehr bekifften) Gesichtsausdruck entgegen, als er den Raum betrat.

»Lucas!«, rief Schooner, der sehr wohl wusste, dass das nicht Lucs Name war. »Teddy ist gerade eben auf seinem Moped losgefahren, um nach dir zu suchen. Ihr müsst euch unterwegs verpasst haben.« Teddy war Schooners sechzehnjähriger Sohn, der seine Sommerferien zusammen mit seinem Vater auf Mallorca verbrachte.

»Oh«, sagte Luc. »Ist Aegina hier gewesen?«

»Sie und François sind auf seinem Zimmer«, sagte Émile.

»Danke.«

Luc lief durch die labyrinthischen Flure zu François' Schlafzimmer. Obwohl François die meiste Zeit des Jahres in Paris lebte, begegneten sie sich dort so gut wie nie. Aber auf Mallorca war François wahrscheinlich sein bester Freund.

Sie lagen nebeneinander auf einer Matratze auf dem Boden und lehnten mit den Köpfen an François' Bett. Aegina hatte die Augen geschlossen. Nina Simone sang gerade *Mississippi Goddam* auf dem kleinen blau-weißen batteriebetriebenen Plattenspieler. Trotz der offenen Fenster lag ein schwerer, süßlicher Haschischrauch in der Luft. Luc fragte sich, ob sie gevögelt hatten, aber sie waren beide vollständig bekleidet und das Bett wirkte unberührt, obwohl sie sich auch genauso gut auf dem Boden herumgewälzt haben könnten. Er war sich nicht ganz sicher, was Aegina und François so miteinander trieben, wenn sie allein waren. Wenn sie zu dritt waren, waren sie immer noch unbeschwert, kicherten und verhielten sich so, wie sie es schon seit jeher als Kinder getan hatten. Aber in diesem Sommer war Luc, wann immer er mit Aegina allein war – was nicht oft geschah, aber manchmal im Miravista, wenn alle anderen tanzten oder auf dem Klo waren, oder wenn sie beide sich am Strand oder auf seinem Boot trafen –, plötzlich stumm wie ein Fisch oder machte irgendwelche idiotischen Witze oder wand sich verlegen wegen irgendwelcher Pickel, die gerade in seinem Gesicht aufgetaucht waren. Aegina war zwar immer noch nur vierzehn, sah aber wesentlich älter aus, wenn sie einen Bikini trug. Und diesen Sommer hatte Aegina etwas an sich, das vollkommen anders war als sonst. Eine Wildheit und Unergründlichkeit lag hinter dem Wesen versteckt, das er eigentlich so gut kannte – als hätte er eben erst hinter einem Strand, der ihm schon sein Leben lang vertraut gewesen war, einen Dschungel entdeckt. Er hatte Aegina noch nicht geküsst, abgesehen von den üblichen Wangenküssen, aber mittlerweile dachte er die ganze Zeit daran. Und er wollte François auf keinen Fall fragen, ob er es getan hatte.

»*Salut, mec*«, sagte François.

»*Salut*«, sagte Luc. Er setzte sich zwischen Fenster und Bett auf den Boden.

François bot ihm einen fetten Joint an. »*T'en veux?*«

Luc nahm den Joint, steckte sich das durchnässte Ende zwischen die Lippen, atmete ein und nickte in Aeginas Richtung. »Ist sie schon lange hier?«

»Seit Stunden, Mann. Die ist total zugedröhnt.«

Aeginas Kopf wurde durch die Bettkante nach vorn gedrückt, ihr Hals war in einem unbequemen Winkel abgeknickt. Luc nahm einen Zug und reichte den Joint zurück, aber François winkte ab. Er war bereits dabei, sich einen neuen zu drehen.

»Ich denke darüber nach, mir ein Ohrloch stechen zu lassen«, sagte François. »Nur eins. Und dann mach ich mir da so eine goldene Kreole rein. Wie ein Pirat.«

»Damit wirst du aussehen wie ein *pédé*.«

»Nein, das machen auch Typen, die überhaupt nicht schwul sind. Das wird total cool aussehen.«

»*Putain*«, sagte Luc. »Ich mach so was nicht. Das tut doch verdammt weh.«

Er nahm noch einen tiefen Zug. Dann würde er sich eben auch total zudröhnen.

6

AM SONNTAG REGNETE es mit einigen Unterbrechungen immer wieder, was für einen Sommer auf der Insel ungewöhnlich war. Am Spätnachmittag kam die Sonne heraus, trocknete die dunklen Terrassenfliesen, Blumenbeete und die Bougainvilleen der *Klippen* und lockte auch die Gäste wieder aus ihren Zimmern, die sich wegen des Wetters dorthin zurückgezogen hatten. Sie hatten sich wohl oder übel anderen Freizeitbeschäftigungen hingeben müssen, die ihnen aber schnell langweilig geworden waren, wie etwa ein Buch zu lesen oder die Zeitungen nach noch unbekannten Artikeln zu durchforsten. Oder sie waren damit beschäftigt gewesen, sich gegen den obligatorischen Sex mit ihren Ehepartnern zu sträuben oder mit wem auch immer sie sonst angeblich eine Beziehung führten, oder hatten diesen dann schließlich doch über sich ergehen lassen.

Cassian und Dominick hatten den Nachmittag damit verbracht, an dem Ecktisch neben der Bar Backgammon zu spielen, rhythmisch begleitet von den vereinzelt vom Ziegeldach über ihnen herabfallenden Wassertropfen. Sie spielten weiter bis in die Abenddämmerung, als schließlich die Gäste nach und nach wieder in der Bar eintrafen, immer noch in ihre Badesachen gekleidet, die sie trotz des Wetters den ganzen Tag über getragen hatten.

Eine mollige Blondine namens Susie Breedham wuchtete sich auf den Barhocker neben ihnen. »Du liebe Güte, habt ihr zwei etwa den ganzen Tag gespielt?«

»Ja, das haben wir«, sagte Cassian.

»Darling, Susie«, sagte Dominick. »Und was hast du so getrieben, Schätzchen?«

»Ich hab's mir selbst besorgt, als mir die scheiß Langeweile zu viel wurde und ich es nicht mehr aushalten konnte. Ansonsten habe ich geschlafen und gelesen und getrunken. Aber nicht in dieser Reihenfolge.«

»Ich wäre dir nur zu gern zur Hand gegangen – du hättest bloß fragen brauchen.«

»Das ist süß von dir, Dominick. Ich wollte dich nicht behelligen.«

»Es wäre mir eine Freude gewesen.«

»Ich werde dir Bescheid geben, wenn ich nicht mehr allein klarkomme.«

»Mach das.«

Richard Squibb trat in seiner winzigen, unter der rosafarbenen Wampe verschwindenden Badehose an den Tisch der Backgammonspieler, stemmte die Hände in die Hüften und paffte an seiner Zigarre. »Wer hat gewonnen, wer verloren?«

»Musst du noch fragen?«, sagte Dominick. »Er hat mich um vierzig Pfund erleichtert.«

»Warum zum Teufel spielst du dann überhaupt noch mit ihm?«, fragte Richard.

Cassian schaute durch seine gelb getönten Brillengläser zu Richard hoch, während er auf einer Seite den Mundwinkel in einem schmallippigen Lächeln leicht nach oben zog. »Er spielt gern den Verlierer.« Er senkte den Blick und schaute Dominick über den Tisch hinweg an. »Das ist so ein Trick von ihm.«

»Ja, aber er verliert doch immer weiter«, sagte Richard. »Das verstehe ich nicht.«

»Richard, würdest du bitte diesen riesigen qualmenden Kolben aus meinem Ohr nehmen?«, beschwerte sich Susie.

»Pardon.« Richard ging auf die andere Seite der Bar. Er entdeckte Lulu, die von der Garage her über die Terrasse kam. »Lulu. Hast du gerade eine deiner ausgedehnten Fahrten über die Insel unternommen?«

»Das habe ich, Richard, in der Tat.«

Sie blieb stehen, um sich die Wange küssen zu lassen.

»War das in diesem Wetter nicht ein bisschen schwermütig?«

»Nicht im Geringsten. Ich finde es ganz wunderbar«, sagte Lulu. »Aber ich bin froh, dass es nicht mehr regnet. Jetzt können wir unsere Live-Musik genießen.«

»Ja, das bin ich auch«, sagte Richard. »Er ist schon sehr gut, dieser alte Jackson, nicht wahr?«

»Ja, das ist er.« Sie lächelte ihr engelhaft strahlendes Lächeln und rauschte davon. »Darlings!«, sagte sie als Antwort auf mehrere Zurufe ihrer Gäste und verschwand dann im Innern des Hauses.

Sie hatte Jackson Rales seltsam phlegmatische Scotch-und-Soda-Einlage vor ein paar Wochen im Miravista gehört. Mateo hatte nichts dagegen einzuwenden gehabt, dass Jackson an seinem von der Gewerkschaft vertraglich erzwungenen freien Abend woanders spielte, also war er während der letzten drei Sonntagabende in den *Klippen* aufgetreten. Er hatte sich gleich einem Buddha neben den Pool in den Schatten gesetzt, zusammen mit seinem Verstärker, zu dem sich ein Elektrokabel die Treppen hinaufschlängelte. Sowohl die ortsansässigen Briten und Europäer als auch die Gäste der *Klippen* waren ganz begeistert von ihm. Die Sonntagabende waren daraufhin für Lulu zu einer Goldgrube geworden. Hätte es weiter geregnet, hätte sie Jacksons Auftritt absagen müssen.

Lulu durchquerte ihr Schlafzimmer und ließ sich ein Bad ein. Sie war bis zur anderen Seite von Artà gefahren, wo sie sich auf einen kleinen Plausch mit Bartolomé Llobet im El Claustro getroffen hatte, dem »Kloster«, wie er seine kleine Finca gerne nannte. Er hatte sie für die Sommermonate, die er mit seiner Familie auf Mallorca verbrachte, als Zweitwohnsitz hergerichtet, als Zufluchtsort, an dem er sich weiterbilden und der Kontemplation anheimgeben konnte. Das Wohnhaus verfügte über eine kleine Küche, Bücher und Schreibmaterial, einen Kamin, ein sehr großes Bett und ein Telefon, auf dem Llobet Lulu mit zartem Flehen und Überredungsversuchen überschüttete, wann immer es ihm gelang, sie persönlich zu erreichen. Lulu kannte seinen Stundenplan ziemlich gut und wusste daher, an welchen Nachmittagen er sie wahrscheinlich anrufen würde. Sie hatte ihr Personal dementsprechend instruiert, wann sie für den spanischen Herrn zu Hause war und wann nicht, wobei sie ihn als ihren Rechtsanwalt bezeichnet hatte, der sie angeblich anrief, um ihr juristische Ratschläge zu erteilen. Doch je weiter der Sommer fortschritt, desto öfter rief er an und desto dringlicher schienen diese sogenannten Beratungsgespräche zu werden.

»*Querida*«, hauchte er dann mit seinem tiefen, sonoren Akzent in die Sprechmuschel, ein Klang, der sie an Steine denken ließ, die sich am Ufer unter dem Sog der sich zurückziehenden Wellen aneinanderreiben. Dann fügte er auf Englisch hinzu: »Ich bin hier.«

Lulu genoss Llobets Gesellschaft. Er war intelligent und amüsant, aber er war kein besonders einfühlsamer Liebhaber. Schließlich erteilte man in einer solchen Situation nur ungern

Anweisungen. Aber wenn sie es dann doch tat, konzentrierte sich Llobet so ausschließlich auf das von ihr Verlangte, dass sie dessen schnell überdrüssig wurde und schon bald gezwungen war, so etwas zu sagen wie: »Das ist wunderbar, Barty. Aber jetzt kannst du etwas anderes machen.« Und das tat er dann auch.

Niemand wusste von ihrer Freundschaft mit dem jüngsten Sohn des alten Nacionalista-Piraten Juan Llobet, Cala Marsopas berüchtigtstem Bürger. Bartolomé Llobet war eben einfach nur ein reicher Madrilene, Anwalt für Seerecht, der jeden Sommer seine große, mustergültige Familie übers Meer zurück ins patriarchalische Heim führte. Ein ortsansässiger Grande, der im August den Vorsitz bei den Eröffnungsfeierlichkeiten der Festa de Sant Llorenç führte und ansonsten noch als eines der Vorstandsmitglieder der Banco Llobet fungierte. Lulu und er hatten sich nie offiziell kennengelernt. Doch im letzten Frühling hatte sie am Flughafen von Palma ein großgewachsener Mann in Anzug und Krawatte mit zurückgegelten, sich allmählich silbern färbenden Haaren angesprochen und sie um Verzeihung für seine Zudringlichkeit gebeten, aber er kenne sie doch sicherlich von irgendwoher? »Natürlich«, hatte er dann gesagt und gelächelt, weil er sie wiedererkannte: »*La dama de la Villa Los Roques en Cala Marsopa.*« Er hatte sie gesehen, wie sie die Küstenstraße entlangfuhr oder durch die Stadt lief. Und er war entzückt, sie endlich kennenzulernen.

Er erging sich in den eifrigsten Bemühungen, ihr Lust zu bereiten, und empfand eine knabenhafte Freude dabei, sie zum Höhepunkt zu bringen. Doch diese gewährte sie ihm viel eher, als dass sie sie selbst erlangte. Es waren zarte, kurze Schauder, von denen sie sich sehr schnell wieder erholte. Seine eigenen Bedürfnisse waren simpel und immer gleich – so verlässlich wie die sanitären Anlagen eines guten Hotels.

Außerhalb von El Claustro begegneten sie sich kaum, und wenn, dann nahmen sie einander nicht zur Kenntnis. Niemand würde sie dort jemals aufspüren. Sie liebte dieses Gefühl vollständiger Ortsentfremdung. Der Kontakt, der zwischen ihnen bestand, war aus ihrem übrigen Leben vollständig herausgelöst und konnte von niemandem damit in Verbindung gebracht werden.

Doch heute hatte Lulu die körperliche Seite ihrer Beziehung für beendet erklärt.

»Lieber Barty, es ist viel besser so. Jetzt können wir echte Freunde sein und uns auch in aller Öffentlichkeit begegnen. Wir können uns viel öfter sehen. Der Sex wird doch unweigerlich irgendwann fad, und ich möchte nicht, dass uns das passiert. Es war einfach wunderbar bisher. Lass es uns dabei belassen.«

Sie unterhielten sich auf Englisch. Lulus Spanischkenntnisse, die jetzt zwar schon einige Jahrzehnte alt waren, hatten sich dennoch auf einem Niveau eingependelt, das gerade mal für die grundsätzlichsten, notwendigen Dinge und Anweisungen reichte – *el baño absolutamente necesario ser reparada por seis de la tarde* –, wohingegen Llobets Beherrschung des Englischen, auch aufgrund seiner jahrelangen Verhandlungen mit internationalen Schifffahrtsunternehmen, so allumfassend und fehlerlos war, dass es auch für die subtilsten Nuancen taugte.

Er sah sie vollkommen verblüfft an. »Aber *querida*, das verstehe ich nicht. Wir haben doch hier die perfekte, um nicht zu sagen, die ideale Situation – idealer könnte sie gar nicht sein. Absolute Diskretion. Die Erfüllung unseres gegenseitigen Begehrens, die charmanteste Intimität und Freundschaft, die man sich nur vorstellen kann. Es sei denn, ich habe dich gerade vollkommen missverstanden. Du möchtest mich doch nicht etwa heiraten? Du weißt, das ist vollkommen unmöglich –«

»Du liebe Güte, Barty, nein. Ich würde nicht im Traum daran denken, dich oder irgendjemanden sonst zu heiraten. Nein, nein, verstehst du, es ist so, ich habe dich einfach zu sehr schätzen gelernt. Ich möchte, dass wir echte Freunde sind.«

»Aber das sind wir doch«, protestierte er. »Wir haben die köstlichste, perfekteste Freundschaft –«

»Ja, aber sie existiert nur hier, im Verborgenen. Auf diese Weise können wir keine echten Freunde sein, und genau das möchte ich: dass wir echte Freunde werden. Ich würde dich und Maria unendlich gern einmal in die *Klippen* zum Abendessen einladen.«

»Maria? Und mich? Uns beide, zum Essen?«

»Ja. Warum nicht, Barty? Wenn sie deine Ehefrau ist, dann muss sie eine ganz wunderbare Person sein. Ich bin mir sicher, dass wir beide auch ganz fabelhafte Freunde werden könnten, meinst du nicht?«

Llobet starrte sie an. Er stand auf und ging zu der Tür, die in den kleinen Garten hinausführte. Darin stand ein Springbrunnen, der von kleinen Orangenbäumchen umgeben war. Dann drehte er sich um und sah sie mit einem tragischen Gesichtsausdruck an. »Lulu. Meine Liebste. Willst du mir damit sagen, dass wir nicht mehr miteinander schlafen werden?«

»Ja, Barty. Es war wunderschön. Aber wenden wir uns doch jetzt anderen Dingen zu, ja?« Sie lächelte ihn mit einem Blick voll echter Freundschaft an.

»Die würde ich wahnsinnig gern mal ins Bett kriegen«, sagte Dominick, während er Lulu mit den Augen folgte, nachdem sie sich mit dem üblichen »Darlings!« begrüßt hatten. »Was denkst du, wie stehen meine Chancen?«

»Gleich null«, sagte Cassian. Er schüttelte den rotledernen Becher und würfelte eine Elf.

»Wirklich? Warum nicht?«

Cassian zog mit seinen Steinen über das Brett.

»Aber wer besorgt es ihr denn dann?«, fragte sich Dominick laut. Lulu war mindestens ein Jahrzehnt älter als sie beide, aber in ihrem Fall bedeutete das Altern nur eine Bereicherung und Veredelung. »Sie muss es doch mit irgendjemandem treiben. Mit wem?«

»Du bist am Zug.«

»Interessierst du dich denn gar nicht für sie?«, fragte Dominick. »Du kennst sie doch schon ewig. Welches Spiel spielt sie?« Er war sich ziemlich sicher, dass Cassian nicht vom anderen Ufer war. Er war etwa in Dominicks Alter, Mitte dreißig, aber längst nicht so attraktiv, trug seine kurzen roten Haare zurückgekämmt und war wie ein Oberstudienrat auf Urlaubsreise gekleidet. Er schien überhaupt nicht mitzubekommen, was in London gerade auf der Carnaby Street und King's Road so alles abging. Angeblich hatte er in London eine Freundin, aber er hatte sie noch nie nach Mallorca mitgebracht.

»Nein, ich interessiere mich nicht für sie. Und sie spielt kein Spiel.«

»Willst du sie etwa nicht?«, drängte Dominick.

»Sei doch nicht widerlich. Sie ist eine enge Freundin meiner Eltern. Sie ist wie eine Tante für mich.«

Dominick starrte auf das Haus, wie ein Einbrecher, der das Terrain erkundet.

»Nun, ich habe beschlossen«, sotto voce, »also, genauer gesagt habe ich letzten Winter beschlossen, dass ich Lulu diesen

Sommer flachlegen werde. Ich werde das machen, das kannst du mir glauben. Ich werde es ihr so richtig besorgen, werde sie ordentlich durchvögeln –«

»Ach, halt den Mund und würfle, du Idiot. Du bist am Zug.«

7

SIE ASSEN *pulpo, calamares a la plancha, hamburguesas* und mehrere Teller *papas fritas* im Marítimo am Hafen. Florence und Aymar, Sylvie, François, Teddy, Serge und Alain, Natalie, Aegina und Luc. Die Gang. *Les mecs de l'été*. Sie saßen an einem Tisch am Rand der Terrasse, wo das Licht nicht so grell war. Francesca, Rafael Sollers Frau, weigerte sich, ihnen etwas anderes als Coca-Cola oder TriNa zu bringen, aber Aegina hatte Natalie Geld gegeben, damit sie davon einen Liter Planisi kaufte. Sie hatten den Wein in Teddy Trelawneys *bota* aus Ziegenleder gefüllt, reichten einander den Trinkbeutel nun unter dem Tisch weiter und gossen seinen Inhalt in ihre Wassergläser. Billie hatte Aegina tausend Pesetas gegeben und gesagt: »Gibt das Geld einfach aus, wie du willst, Schätzchen. Gönn dir irgendwas Schönes.« Aegina hatte das Geld dafür benutzt, mehr Alkohol zu trinken und länger von zu Hause wegzubleiben. Seit Billie hier war, war sie viel seltener ins Krankenhaus gegangen.

»*Mais c'est dé-gueul-asse*, dieser scheiß *pulpo*«, sagte François und drehte demonstrativ den Kopf zur Seite, als die von Luc bestellte Schüssel mit den kleinen safranbestäubten Tintenfischen herumgereicht wurde. Stattdessen stopfte er sich ein paar ketchupbeschmierte *papas* in den Mund.

»Woher willst du das denn wissen?«, fragte Aegina. »Du hast sie ja noch nicht einmal probiert.«

»Das muss ich erst gar nicht. *Ça pue.*«

»Ich finde sie köstlich«, sagte Aegina.

»Du wirst danach stinken«, sagte François.

»Das hoffe ich doch!«

Als sie mit dem Essen fertig waren, gingen sie zu dem dunklen Kai hinunter und kletterten die Steinstufen zur Oberkante der Mole hinauf, die den Fischerbooten und den wenigen fremden Holzsegelbooten, die nach Cala Marsopa kamen, Schutz vor den Wellen bot. Sie liefen im Gänsemarsch bis zum Ende der Mauer und setzten sich unter den Turm, der das einzige, einsam blinkende weiße Licht des Hafens beherbergte. Am Fuße des Turms schirmten sie die großen Steinquader ab, aus denen er gebaut war. Das Licht berührte sie nicht. Sie konnten lediglich seinen über sie hinweggleitenden pulsierenden Schimmer sehen.

Aegina saß zwischen Luc und François, hatte sich mit dem Rücken an die Mauer gelehnt und gab sich einem wohligen Weinrausch hin. Sie hatte die Beine geöffnet und schwang die Knie hin und her. Sie wollte, dass Luc oder François sie küssten. Dass sie ihr die Hände auf die Brüste legten. Dass sie es rücksichtslos mit ihr trieben und sie so übel wie möglich zurichteten. Keiner von beiden hatte sie auch nur ein einziges Mal berührt. Sie wusste, dass beide scharf auf sie waren und dass irgendetwas passieren würde, aber bis jetzt war es dazu noch nicht gekommen. François verhielt sich in ihrer Gegenwart entspannter. Und mit dieser französischen Frisur à la Jean-Pierre Léaud war er auch der Attraktivere von beiden. Luc war diesen Sommer so launenhaft. Und es schien mehrere Versionen gleichzeitig von ihm zu geben: Wenn er sich mit ihr unterhielt, über Essen, Boote, Leute, Pläne, dann schienen seine riesigen Augen zu einer anderen Person zu gehören, einer Person, die hinter ihm stand und sie über seine eigene Schulter hinweg ansah.

Natalie saß neben Luc, und Teddy saß auf der anderen Seite von Natalie. Sie reichten sich Teddys Beutel hin und her und tranken Wein. Keiner sagte ein Wort. Der hypnotische, alles vereinnahmende Klang der Wellen, die über die Felsen unter ihnen rollten, hatte sie, zusammen mit ihren eigenen Gedanken, zum Verstummen gebracht.

Natalie war nur ein Jahr älter als Teddy, Luc und François, aber sie gehörte eigentlich schon nach nebenan, zu den Erwachsenen. Im letzten Sommer hatte sie für zwei Wochen ihren Freund Marc aus Paris mitgebracht, und sie und Marc hatten zusammen in ihrem Zimmer in ihrem Elternhaus gewohnt, als seien sie ein verheiratetes Paar auf Besuch. Nach Marcs Abreise war sie mit einem deutschen Geschäftsmann ausgegangen, der einen Porsche fuhr und den sie im Miravista kennengelernt hatte. Diesen Sommer war Natalie allein, jedenfalls bisher. Marc würde nicht zu Besuch kommen. Die beiden waren kein Paar mehr.

Teddy bückte sich an ihr vorbei und tat so, als suchte er nach seinem Beutel. Dabei atmete er ihren unverfälschten Geruch von Seife und Schweiß ein und warf einen Blick in ihren Ausschnitt. Er nahm an, dass Natalie nur deshalb heute Abend ihre Zeit mit ihnen verbrachte, weil sie sich alle schon seit Jahren kannten, so wie sie es mit Brüdern und Schwestern tun würde, mit guten Kumpeln, während sie darauf wartete, dass ihr diesjähriger Lover in Erscheinung trat – einer von der reifen, stark behaarten, kettenrauchenden, autofahrenden und finanziell unabhängigen Sorte.

Aeginas hin- und herpendelnde Knie stießen abwechselnd gegen François und gegen Luc. Luc konnte es nicht länger ertragen. Er stand abrupt auf. »Ich geh jetzt. Kommt ihr später noch vorbei, um Jackson spielen zu hören?«

»Klar, ich komm«, sagte Teddy. »Wann fängt er an?«

»Um zehn.« Luc ging davon, immer die Mauer entlang.

»Warum gehst du denn?«, rief Aegina ihm hinterher und klang wie ein bockiges Kind.

»Ich hab was zu erledigen.«

Er hatte zwar nicht das Geringste zu erledigen, aber es hatte ihm nicht gefallen, wie er und François Aegina wortlos zwischen sich eingezwängt hatten, während sie ihn mit ihrem Knie anstieß und er darauf gewartet hatte, dass irgendetwas passieren würde, was nicht passieren konnte, solange sie alle zusammensaßen wie jetzt.

Und dann gab es da noch die andere Hälfte von ihm, die immer wieder Arabella Squibb vor Augen hatte, wie sie durch die Tür seines Geräteschuppens kam und dabei ein ganz klein wenig – was vielleicht an dem Regen lag, der noch vor ein paar Stunden gefallen war – so aussah wie Dorothy Lamour in … *dann kam der Orkan*.

Um kurz vor zehn richtete Jackson Rale neben dem Pool alles Nötige für seinen Auftritt her. Er tat dies fast unsichtbar, mit erstaunlich sparsamen Bewegungen für einen so großen Mann. Er trug einen Barhocker die Stufen hinauf und zog ein Verlängerungskabel von der Bar zu seinem Verstärker. Dann bat er das Mädchen hinter der Bar – Sally –, ihm einen Cuba Libre zu mixen. Er stellte das Getränk auf seinen Verstärker, setzte sich auf seinen Hocker und schloss die Gretsch an. Weiche, gedämpfte Klänge schwebten über die Terrasse, die

Bar und die draußen aufgestellten Esstische – wie Seifenblasen, die unmerklich in den Zierbüschen und hinter den Ohren der Zuhörer zerplatzten. Die Melodien waren so bekannt, dass ihr Klang eine genauso natürliche und unterbewusste Wirkung hatte wie das Rauschen der Wellen, die sich jenseits der Straße sanft an den Klippen brachen. *Mona Lisa, Smoke Gets in Your Eyes, I Cover the Waterfront, Cuando calienta el sol, Perfidia.*

Als das Abendessen beendet war, schlenderten die Essensgäste zur Bar hinüber. Sie setzten sich mit ihren Drinks an die Tische, die an den Rand der Terrasse gerückt worden waren. Jackson stimmte etwas beschwingtere Lieder an: *Come Fly with Me, I've Got You Under My Skin, I Get a Kick Out of You, My Funny Valentine.* Einige wenige Paare – diejenigen, die alt genug waren, um zu wissen, wie man jemanden über die Tanzfläche wirbelte oder sich wirbeln ließ – begannen zu tanzen. Dann drehte Jackson den Lautstärkeregler an der Gitarre auf und ließ ein paar manierliche Rhythm-&-Blues-Nummern vom Stapel: *I Got a Woman, Blue Suede Shoes, Maybellene.* Immer mehr Tänzer kamen auf die Terrasse, schüttelten und wanden sich und wedelten mit den Händen. Wenn Weiße so tanzten, fühlte sich Jackson immer an einen Abend vor Jahren in New Haven erinnert, als er mit einer anderen Band als Vorgruppe gespielt und Pat Boone dabei zugesehen hatte, wie er sich über die gesamte Länge von *Tutti Frutti* durchschüttelte. Das würde er niemals vergessen.

Dominick näherte sich dem Tisch, an dem Lulu zusammen mit Tom und Milly saß. »Lulu«, sagte er, stellte sich vor sie – grell pulsierend in seinem geblümten Hemd von Mr. Fish, seinen weißen, mit einem gigantischen Schlag ausgestellten Hüfthosen aus Sommerwolle und seinen fürchterlichen weißen Gucci-Slippers –, schnipste mit den Fingern und ließ die Hüften kreisen. »Darf ich bitten?«

»Aber gewiss doch, Dominick.« Lulu stand auf, lächelte ihm ins Gesicht und erweckte ganz den Anschein, als wäre sie auf den Flügeln seines Charmes vom Sitz ihres Stuhls in die Höhe geschwebt.

Dominick hob ihre Hand galant in die Höhe und führte sie auf die Tanzfläche, als wollte er sich mit ihr in eine Quadrille einreihen. Sobald er sie losließ, glitt Lulu mit Leichtigkeit in den Rhythmus der Musik. Dominick ging in die Hocke, machte wilde Flatterbewegungen mit seinen Armen und begann sie zu umkreisen, wie ein Paradiesvogel, der sein Weibchen umwirbt. Er rückte nah an sie heran und wand, schlenkerte und schraubte sich zu seiner vollen Höhe hinauf und dann wieder hinunter.

Lulu lachte. »Du bist sehr komisch, Dominick.«

Als Jackson seine Nummer beendet hatte, sagte sie: »Danke, Dominick. Du bist wirklich sehr unterhaltsam. Ich werde mich jetzt wieder setzen. Komm doch und setz dich zu uns.«

Sie ging zurück zu ihrem Tisch auf der Terrasse. Tom grinste Dominick kameradschaftlich an. »Kann ich dir einen Drink anbieten, Dominick?« Sein Lächeln war immer sehr breit, weiß und selbstbewusst. Tom musste sich nie Sorgen machen, ob sich vielleicht ein unansehnlicher Spinatfaden zwischen seinen Zähnen verfangen hatte, denn sie waren ihm bei einem Motorradunfall, den er gehabt hatte, als er neunzehn war, sämtlich ausgeschlagen worden. Die Zahnprothesen, die man ihm seitdem einsetzte, hatten mit den Jahren eine immer höhere Qualität erlangt.

»Danke«, sagte Dominick. »Sehr gern. Aber nein, erlaubt es mir doch bitte, euch allen etwas zu bringen. Was möchtest du trinken, Lulu?« Lulu brauchte selbstverständlich für ihre Drinks nichts zu bezahlen, aber ein Gast konnte ihr gelegentlich seine besondere Aufmerksamkeit erweisen, indem er sie auf ein von ihr gewünschtes Getränk einlud.

»Wie süß von dir, Darling. Ich hätte gern einen Sherry. Einen Fino, bitte.«

Luc stieg die Treppe neben dem Pool hinauf. Er stellte sich neben Jackson und sah ihm beim Spielen zu. Als er in das Gesichtsfeld des Gitarristen trat, trafen sich ihre Blicke und Jackson nahm ihn mit einem leichten Kopfnicken zur Kenntnis. Als Jackson ein Stück zu Ende gespielt hatte und einen Schluck von seinem Cuba Libre nahm, fragte Luc ihn: »Kannst du *Perfidia* spielen?«

»Das hab ich erst vorhin gespielt. Aber später kann ich es auf jeden Fall noch einmal spielen.«

»Danke, Jackson.«

»Kein Problem, Mann.«

Als Jackson begann, *Tuxedo Junction* zu spielen, drehte Luc sich um und sah, wie Aegina auf ihn zustürzte. Sie blieb nicht stehen, wie er es erwartet hatte, sondern stieß ihn rückwärts in den Pool. Jackson spielte unbeirrt weiter. Aegina hüpfte die Treppen wieder hinunter und rannte zwischen den Tänzern hindurch über die Terrasse. Luc stieg aus dem Pool und rannte ihr hinterher, während er eine nasse, tropfende Spur hinter sich herzog.

Vor dem Tor sah er die Küstenstraße hinauf und hinunter, die zur Linken mit den Lichtern des Hafens verschmolz und zur Rechten zu den Pensionen am Strand von Son Moll führte. Dann sah er sie am Rand der Klippen, direkt vor ihm. Ihre glänzenden schwarzen Haare, ihr Rücken und ihre Beine wurden durch die Lichter der Häuser am Strand erhellt, sodass sie sich von dem wogenden schwarzen Meer abhob. Er überquerte die Straße, wobei seine Turnschuhe laut schmatzende Geräusche von sich gaben.

»Aegina«, rief er. Die Wellen saugten mit lautem Rauschen an den Felsen unter ihnen, zogen sich zurück und rollten wieder heran. Sie wurden immer lauter, während Luc auf Aegina zuging.

»Aegina –«

Sein Ruf schien sie in die Luft zu schleudern.

Luc rannte zur Felskante über dem Wasser. »Verdammt noch mal, Aegina!«, rief er zu ihr hinunter, als er sah, wie ihr Kopf inmitten der wild schäumenden Brandung wieder auftauchte. »Was machst du denn da?«

Sie sah ihn nicht an. Ihr Kopf begann, sich hinaus aufs Meer zu bewegen.

»Aegina! Komm zurück!«

Aber sie kam nicht zurück. Ihr kleiner dunkler Kopf entfernte sich rasch in dem Gewirr des glitzernden schwarzen Wassers.

Luc zog sich hastig die Schuhe aus und sprang.

Das Wasser fühlte sich viel wärmer an, als er erwartet hatte. Er kam wieder an die Oberfläche und konnte sie einen Moment lang nirgends entdecken. Dann sah er ihren Kopf, dessen Silhouette sich von dem fluoreszierenden Leuchten der Stadt abhob. Er holte sie schnell ein.

»Aegina.«

Sie schwamm weiter aufs offene Meer hinaus. Nicht schnell. Luc hielt sich neben ihr und trat Wasser.

»Was soll das?«

Sie gab ihm keine Antwort.

»Warum hast du mich in den Pool gestoßen?«

»Weil ich es wollte.«

»Warum?«

Sie schwamm weiter.

»Keine Frage, es ist ein wunderbarer Abend für einen kleinen Schwimmausflug«, sagte Luc.

Ein paar Minuten später sagte er: »Weißt du, ich bin mir nicht so sicher, ob ich dich retten kann, wenn wir noch sehr viel weiter schwimmen.«

»Dann schwimm halt zurück.«

»Das werde ich auf keinen Fall tun …« Es fiel Luc schwer, im lockeren Plauderton weiterzusprechen. Er war zwar nicht außer Atem, aber Aeginas Verhalten hatte sein Herz zum Klopfen gebracht, zusammen mit der unbestreitbaren Aufmerksamkeit, die sie ihm schenkte. Das war zwar sehr erfreulich, aber er wusste nicht, was es zu bedeuten hatte. »Aegina … ich kann dich nicht aufhalten, wenn du immer weiterschwimmst … na ja, könnte ich natürlich doch … aber dann würden wir hier einfach nur rumkämpfen, ohne von der Stelle zu kommen … ich bin nicht stark genug, um dich zurück zum Ufer zu schleppen … wenn du dich wehrst … ich glaube, ich könnte dich von hier nicht mal zurückschleppen, wenn du dich nicht wehrst –«

»Verpiss dich.«

»Ja, aber … wenn ich jetzt zurückschwimme … und du ertrinkst … und ich sag dann später, tja, ich war zwar da draußen, aber … Aegina hat mir gesagt, ich soll sie allein lassen –«

»*Aie-aie-aie!*«, rief sie zu den Göttern empor.

Er war mindestens einen Meter von ihr entfernt, aber er konnte ihren warmen weingetränkten Atem über der Wasseroberfläche riechen.

Aegina schaute sich um. Sie sah Luc nicht an, sondern versuchte lediglich, sich zu orientieren. Sie schwamm im Kreis um ihn herum und machte sich dann langsam wieder auf den Weg in Richtung Ufer.

Als sie die Leiter erreicht hatten, die in die Klippen eingelassen war, hielten sie sich beide ein paar Minuten daran fest, um wieder zu Atem zu kommen.

»Du zuerst«, sagte Luc.

Aegina kletterte die Leiter hoch und verschwand über ihm. Luc folgte ihr. Als er oben ankam, hatte sie sich auf den Klippen auf die Seite gelegt. Er legte sich neben sie. Als er wieder zu Atem gekommen war, spürte er die Brise, die vom Meer herüberkam und durch seine nassen Kleider fuhr. Er begann zu frieren und setzte sich auf.

»Aegina.«

Sie war eingeschlafen und atmete in raschen Zügen durch den geöffneten Mund. Ihre schwarzen Haare klebten ihr im Gesicht.

»Aegina«, sagte Luc. Er zog sie hoch. »Wir gehen jetzt rein. Komm schon, wach auf.«

Sie brummte unwillig.

Luc kniete sich hin und lehnte sich vor, als wollte er beten, bis sein Kopf den Fels berührte. Dann zog er sie sich über die Schultern.

Er taumelte die Seitenstraße hoch bis zu dem Tor neben der Garage und dann den Pfad zu seinem Schuppen hinauf. Drinnen kniete er sich wieder hin und legte Aegina auf sein Bett. Die Lichter vom Pool und von der Terrasse drangen durch die kleinen, viereckigen, bullaugengroßen Öffnungen, die oben in die Mauer eingelassen waren. Er hatte fürchterlichen Durst. Also lief er zum Haus, wobei er sorgfältig darauf achtete, dass er immer im Schatten blieb. Im Kühlschrank in der Küche fand er eine noch verschlossene Literflasche mit Wasser. Er trank drei lange, eisige Züge und nahm die Flasche mit.

Als er zurückkam, lag Aegina in das Laken gewickelt auf dem Bett. Auf dem Zementboden lagen zwei kleine verknotete Stoffhäufchen.

»Aegina? Bist du wach? Möchtest du etwas Wasser trinken?«

»Ja.« Sie stützte sich auf einen Ellenbogen ab, und er reichte ihr die Flasche. Während sie trank, setzte er sich auf die Bettkante. Als sie fertig getrunken hatte, gab sie ihm die Flasche zurück. »Möchtest du meine Brüste sehen?«

»Nein, das ist schon okay, vielen Dank.«

»Sieh mal.« Aegina ließ das Laken fallen. Ihre Brüste hatten in etwa die Größe von Pflaumen, leuchteten dort, wo sie vor der Sonne geschützt gewesen waren, hellweiß und hatten in der Mitte jeweils einen kleinen dunklen Knubbel. »Sie sind gerade erst angekommen«, sagte sie.

»Aha.«

»Gefallen sie dir?«

»Ja, sie sind sehr schön.«

»Möchtest du sie berühren?«

»Nein, das ist schon okay.«

Sie griff sich seine freie Hand, zog sie sich an die Brust und hielt sie dort fest. Er spürte die kleinen harten Knöpfe.

»Sind sie nicht hübsch? Sie werden auch noch größer.«

»Sehr hübsch. Und sie sind ganz in Ordnung, so wie sie jetzt sind.«

»Nein, sie werden größer. Das weiß ich genau, weil ich nämlich so bin wie meine Mutter.«

Luc hatte die Geschichte mit Paloma von Francesca erfahren, die jeden Tag zu den *Klippen* kam, um dort zu putzen. Francesca wusste nur, dass Paloma im Krankenhaus in Manacor war und dass es sehr schlimm war. »Es tut mir so leid, ich hab das mit deiner Mutter gehört«, hatte er vor ein paar Tagen zu Aegina gesagt. Sie hatte nicht darüber reden wollen. Doch seitdem war sie die ganze Zeit entweder betrunken oder auf dem besten Wege dazu gewesen.

»Ich werde dich jetzt nach Hause fahren«, sagte Luc.

Aegina lehnte sich zurück und zog ihn mit sich. »Ich möchte, dass du es mit mir tust.«

»Was tust?«

»*Fóllame.*« Sie zerrte seine Hand an ihrem Bauch hinunter, bis er sie wegzog.

»Nein«, sagte er.

»Warum nicht? Bist du noch Jungfrau?«, fragte sie höhnisch.

Luc war das schon öfter gefragt worden, in Paris, von Jungen und auch von Mädchen. Er hatte jedes Mal eine andere Antwort gegeben. Aber es machte ihm nichts aus, Aegina die Wahrheit zu sagen. »Ja. Und was ist mit dir?«

»Natürlich bin ich das! Was denkst du denn? Ich bin vierzehn!«

»Ja, siehst du, genau das meine ich, du bist irgendwie noch ziemlich jung dafür –«

»Nein, bin ich nicht. Ich bin bereit. Es ist Zeit. Ich will meine Jungfräulichkeit loswerden. Und du bist noch älter, du solltest es doch auch wollen. Was ist los? Willst du mich denn nicht?«

»Aegina, das ist es doch gar nicht … du bist sehr schön. Und ich mag dich. Aber wir sollten vielleicht warten.«

»Worauf denn? Jetzt ist es doch perfekt. Komm schon.« Sie warf sich das Laken vom Leib, zog ein Knie an und starrte ihn zornig an. »Du willst mich nicht?«

Luc hielt ihrem Blick stand, aber er konnte nicht umhin, ihren kleinen, geschmeidigen, immer noch feuchten Körper und das ganz und gar nicht mehr kindliche dunkle Dreieck am Scheitelpunkt ihrer Schenkel wahrzunehmen.

»Vielleicht sollten wir die Sache irgendwie etwas anders angehen. Irgendwann, wenn du nicht betrunken bist.«

»Ich bin nicht betrunken. Und außerdem ist das doch egal.«

»Ich fahre dich jetzt nach Hause.«

Aegina zog sich das Laken wieder bis zum Kinn hoch und setzte sich im Bett auf. »Ich hab mein eigenes Moped.«

»Damit kannst du jetzt nicht fahren.«

»Wie willst du mich davon abhalten?«

»Das schaff ich schon, da mach dir mal keine Sorgen.«

»*¡Coño!*«, sagte Aegina und klang wie ein echtes Fischweib. Sie schaute auf die nassen Kleiderhäufchen herab, die auf der Erde lagen. »Das ziehe ich nicht an.«

»Du kannst das hier anziehen.« Luc legte eine seiner kurzen Hosen und ein T-Shirt aufs Bett und verließ den Schuppen.

»Aegina, lass das!«, zischte er.

Sie saß hinter ihm, während sie auf seinem Motorrad aus der Stadt herausfuhren, hatte einen Arm um seine Brust geschlungen und griff ihm mit der anderen Hand immer wieder in den Schritt. Einmal umschlossen ihre Finger mit festem Griff seine Erektion, und er wand sich heftig. »Hör auf damit! Wir werden noch einen Unfall bauen!«

»Fahr einfach«, sagte sie.

Er hörte auf sich zu wehren, und sie fuhren friedlich weiter, während sie ihn mit ihrer Hand umschloss und auf eine sanfte Erkundungsreise ging. Keiner von ihnen sagte ein Wort.

Sowohl Gerald als auch Billie standen auf der Terrasse. Das ausgedehnte, gequälte Heulen der den Hügel hinaufkletternden Rieju hatte sie bereits vorgewarnt.

»Fahr«, sagte Aegina zu Luc, während sie vom Sitz sprang.

Er wendete und rollte leise im Leerlauf den Hügel hinunter, Kopf und Körper noch ganz von der Berührung ihrer Finger erfüllt.

»Aegina, wo bist du gewesen?«, fragte Gerald. »Geht es dir gut? Wo ist dein Moped? Hattest du einen Unfall?«

»Nein, mir geht's gut, Papa. Ich wollte einfach nur nicht selbst nach Hause fahren«, antwortete Aegina. »Gute Nacht!« Sie rannte die wenigen Treppen zu ihrem Zimmer hoch, das sich im Erdgeschoss direkt neben der Zisterne befand.

Billie, die immer noch auf der Terrasse stand, sagte: »Hast du irgendeine Ahnung, wo sie gewesen sein könnte?«

»Sie waren wahrscheinlich draußen im Miravista und haben getanzt. Das war Luc – Lulus Sohn. Er ist ein sehr netter Junge.«

»Das waren nicht ihre eigenen Kleider, Gerald.«

»Waren sie nicht?«

»Gerald … das kann so nicht weitergehen.«

8

DOCH DAS LEBEN ging weiter. Gerald musste Öl verkaufen. Früh am Morgen machte er sich auf den Weg nach Artà, um fünfzig abgefüllte Literflaschen seines Olivenöls abzuholen und es an den Comestibles Calix, das Hotel Castillo, La Fonda und mehrere andere Restaurants in Cala Marsopa auszuliefern.

Im November war er der Cooperativa d'Artà beigetreten, was ihm nun das Recht verlieh, sein Öl mit dem Gütesiegel *Illes Balears Qualitat* zu vermarkten. Der letzte Herbst war sehr verregnet gewesen, und seine Bäume hatten daraufhin so viele Oliven getragen, dass er glaubte, die Ernte allein nicht bewältigen zu können. Die *cooperativa* schickte zwei Männer vorbei, die ihm beim Pflücken halfen und dann die prall gefüllten Wannen mit grünen und violetten Oliven für ihn zur Presse fuhren. Die Gebühr, die es ihn gekostet hatte, der *cooperativa* beizutreten und für die beiden Erntehelfer zu bezahlen, wurde durch den Umfang seiner diesjährigen Ernte mehr als wettgemacht, und auch durch die paar Pesetas, die er jetzt auf den Preis eines jeden Liters aufschlagen konnte, der die Bezeichnung *Qualitat* trug. Der alte Mann von der Olivenpresse – der Großvater der Oliven, wie er genannt wurde –, dessen knorriger, unter das herabtropfende frisch gepresste Öl gehaltener und dann an die Zunge geführter Zeigefinger die Qualitätskontrolle der *cooperativa* darstellte, hatte Gerald geraten, seine Ernte zwei Wochen früher als gewöhnlich einzufahren. Das daraus resultierende Öl war das beste gewesen, das er jemals hergestellt hatte. Es roch nach *frutas del bosque*. Gerald war zunächst sehr besorgt gewesen, weil er gedacht hatte, man habe seine Oliven mit sehr viel hochwertigeren Früchten vermischt, aber der Alte hatte ihm versichert, das habe einzig und allein daran gelegen, dass die Oliven früher geerntet worden seien und dass das Öl nur aus seinen eigenen Oliven bestünde und sehr edel sei. Die Olivenernte ergab mehr Flaschen, als er in C'an Cabrer unterbringen konnte, und so lagerte er die Hälfte davon – mehrere Hundert Literflaschen mit einer leicht trüben grünen Flüssigkeit – in der *cooperativa*. Wann immer er welche brauchte, fuhr er nach Artà und holte sie sich dort ab.

Als Erstes fuhr er die fünfzig Minuten zum Krankenhaus in Manacor. Paloma schien unverändert. Sie war immer noch an das Beatmungsgerät angeschlossen, doch ihre Gesichtsfarbe wirkte relativ normal, und die dunklen, wie Prellungen aussehenden Schatten unter ihren Augen, die nach ihrer Gehirnoperation aufgetaucht waren, verblassten allmählich. Gerald erzählte ihr auf Spanisch, dass er jetzt zur *cooperativa* führe, um noch ein paar Flaschen abzuholen, und dass er später am Nachmittag wiederkommen würde.

Vom Krankenhaus brauchte er eine halbe Stunde nach Artà. Er sagte *bon dia* zu dem alten Mann, der ihn mit offenem, größtenteils zahnlosem Mund anlächelte. Gerald packte das Heck seines Simca mit den säuberlich in Holzkisten verpackten Flaschen voll und fuhr zurück nach Cala Marsopa.

Mateo Pujols hatte für Jackson Rale ein kleines Apartment gemietet, auf einem der Hügel über dem Hafen. Es gehörte einem Freund von ihm, der es für seine Schwiegermutter gekauft hatte. Die Schwiegermutter war jedoch im Juni gestorben und Mateos Freund vermietete das Apartment nun als möblierte Ferienwohnung.

Die Lage kam Jackson Rale sehr entgegen. Das Apartment befand sich in einer kleinen Seitenstraße, in der Nähe einer Fernsehreparaturwerkstatt, eines Schusters, eines Lebensmittelgeschäfts und einer Lieferfirma für sanitäre Anlagen. Wenn von einem dieser Betriebe einmal ein Geräusch ausging, was sehr selten geschah, dann war es sehr kurz und dauerte nicht Stunden, so wie die betrunkenen Gesänge der Touristen in den Straßen und Bars des Stadtteils, wo sich die Hotels und Pensionen befanden.

Jackson schlief morgens lange. In der Küche bewahrte er die wichtigsten Nahrungsmittel auf, die er so brauchte und die er in dem Lebensmittelgeschäft um die Ecke kaufte: Brot, Kaffee, Milch und Zucker für sein Frühstück, Käse, Eiscreme, Wasserflaschen, Bier und J&B Rare Whisky. Zum Mittagessen ging er jeden Tag in dasselbe Café auf der Plaza, in dem es nicht so viele Touristen gab. Er brachte sein Skizzenbuch und seine Bleistifte mit und zeichnete die Leute und die Gebäude auf der Plaza. Sobald er zeichnete, herrschte in seinem Kopf eine angenehme Leere. Er hatte keinen Gedanken – er dachte ohnehin nicht gern. Es war wie ein Urlaub, wenn er zeichnete. Das wurde ihm immer danach bewusst, wenn er wieder zu denken anfing: Er war im Urlaub gewesen.

Um drei kehrte er in sein Zimmer zurück. Meistens kam am Nachmittag dann die neue Frau, die er gerade hatte. Er ließ die Tür unverschlossen.

Bald darauf kam sie auch schon in sein Zimmer. Er hatte die Vorhänge zugezogen, so wie sie es mochte, und sich schon mal aufs Bett gelegt, nackt, mit dem Bauch nach oben, wie ein Hund, der sich sonnt.

»Genau wie ich dich haben will«, sagte sie. Sie riss sich in Windeseile die Kleider vom Leib und krabbelte wie eine Katze an seinen Beinen hinauf.

Diese hier, die genoss es, ihren Kopf hin und her zu werfen und mit ihren langen weißen Haaren seine schwarzen Beine, seinen Unterleib und seinen Oberkörper zu peitschen. Und während sie das tat, starrte sie durch ihre weißen Haare auf seine schwarze Haut und ließ ihre gespreizten Finger über seinen ganzen Körper gleiten, als würde sie da gerade irgendein Kunstwerk erschaffen. Sie kroch an seinen Beinen hinauf, ließ ihre Haare auf ihn herabklatschen und dann hockte sie sich hin und senkte sich auf seinen Schwanz herab. Sie war schon älter, vielleicht fast so alt wie er selbst, aber klein und mager wie eine Katze. Dann blieb sie für gewöhnlich auf ihm sitzen und verlor für eine Weile ihren Verstand. Und wenn sie damit fertig war, wälzte sie sich von ihm herunter und ließ ihn sie besteigen – sie sagte ihm, was sie wollte, und das war ihm durchaus recht –, und er rammte sich in sie hinein wie eine Dieselramme des Ingenieurkorps der US-Armee. Dabei schob er sie das Bett hinauf, bis sie sich mit ihren Händen flach an der Wand über ihrem Kopf abstützte und sich ihm entgegenschob. Er wusste immer, wann sie kurz davorstand, weil dann ihre Stimme ganz erstickt klang und sie unglaublich laut zu stöhnen begann, wie jemand, der in ganz fürchterliche Schwierigkeiten geraten ist. Jackson musste ihr dann immer die Hand auf den Mund legen, damit der Krach nicht zu laut wurde, während sie ihn mit irrem Blick anstarrte, in seine

Handfläche schrie und wie ein Rennpferd durch die Nase schnaubte, bis ihm der Rotz an der Hand hinunterlief. Das tat er so lange, wie sie es wollte. Er hämmerte sich ununterbrochen in sie hinein, während sie sich ihren verrückten Tobsuchtsanfällen hingab. Sie wollte nicht, dass er in ihr abspritzte, aber das war kein Problem für ihn, denn wenn sie genug hatte, schob sie ihn weg, setzte sich auf ihn, griff sich seinen Schwanz und bearbeitete ihn mit beiden Händen wie eine Indianerin, die mit einem Holzblock Mais zu Brei zerstampft, während ihr der Schweiß hinunterlief, so lange, bis es aus ihm rausschoss. Dann sah sie zu, wie ein kleines Kind, das dabei sein darf, wenn ein Küken aus dem Ei schlüpft.

Sie schaute ihn an, vollkommen atemlos, und sagte: »Du hast keine Ahnung, was du mit mir machst, Jackson«, und er sagte: »Ich glaube, ich habe 'ne ziemlich gute Ahnung.« Dann fragte sie: »Wie war das für dich?« Und er sagte: »Vielleicht kannst du dir das nächste Mal etwas mehr Mühe geben«, und dann lachte sie ihr wunderbares Lachen.

Sie war eine ziemlich schöne Frau, keine Frage. Und sie beide zusammen – das war wie eine Schwarz-Weiß-Fotografie.

Danach blieb sie nie länger. Sie stand auf, zog sich an und war genauso schnell verschwunden, wie sie gekommen war.

Wegen seiner Lage kamen kaum Touristen in den Comestibles Calix. Das Lebensmittelgeschäft führte Produkte, die dem Geschmack anspruchsvollerer Gaumen entsprachen – denen der saisonalen ausländischen Bewohner und ortsansässigen Spanier der arbeitenden Bevölkerung. Seine Produkte waren für Leute gedacht, die sich ihr Essen selbst zu Hause zubereiteten und etwas Besseres wollten als den üblichen spanischen und portugiesischen Dreck, den man überall in Büchsen kaufen konnte. Im Comestibles Calix gab es Glastiegel mit Foie gras aus dem Périgord, Gebäck von Lefèvre-Utile in Nantes, Cheddarkäse aus Somerset, faulig riechende *hapansilakka* aus Finnland, Olivenöl aus Italien und Griechenland und Flaschen mit dem heimischen grünen Öl, Körbe mit Zitronen, Bottiche voller Oliven und Mandeln. Calix hatte von Anfang an zu den Abnehmern von Geralds Erzeugnissen gezählt.

Er parkte den Simca ein paar Häuser weiter. Vorsichtig legte er zwölf Flaschen in seinen Strohkorb und betrat das Geschäft durch den vor dem Eingang baumelnden Perlenvorhang.

»*Hola*«, sagte er zu José und Caterina Calix, die hinter dem Verkaufstresen standen.

»*Hola Jerol*«, sagte Caterina. Auf ihrem Gesicht spiegelte sich eine Mischung aus verschiedensten, hin- und herschwankenden Emotionen wider: zutiefst empfundenes Mitgefühl, Trauer, tapfere Fröhlichkeit und Unbehagen. José, ein Katalane mit roten Haaren, die allmählich grau zu werden begannen, schob gerade eine Keule Serranoschinken durch eine elektrische Schneidemaschine. Er nickte Gerald mit der gleichen ernsten Kameradschaft zu wie ein Soldat, der im Schützengraben seine letzte Zigarette teilt.

»*¿Cómo está Paloma?*«, fragte Caterina.

Gerald zuckte mit den Schultern und wandte den Kopf ab. »*Vamos a ver*«, war alles, was er sich im Augenblick abringen konnte. Er stellte seine Flaschen auf den Tresen. Caterina holte ein paar Geldscheine aus der Kasse, zählte sie sorgfältig ab, fügte einige Pesetamünzen hinzu, reichte Gerald das Geld und sah ihn an. Ihr Versuch, ostentativ gelassen zu bleiben, mündete in einen Ausbruch ehrlicher Trauer.

»*Dios mío, Jerol.*«

Caterina kam um den Tresen herum und umarmte ihn. Doch sie fing sich schnell wieder und kehrte hinter den Tresen zurück.

»*Sí. Gracias, Caterina. José.*«

Als er durch den Perlenvorhang, der seine Sicht zum Teil verdeckte, auf die Straße trat und sich in Richtung seines Simca wandte, stieß er mit Lulu zusammen.

Sie wankte, und er stützte sie mit der Hand am Oberarm.

»Lulu«, sagte er. Und starrte sie an.

Sie war von einem Schweißfilm überzogen und einige Haarsträhnen flogen ihr wild ums Gesicht, während der Rest ihrer Haare in einem unordentlichen Zopf zusammengebunden war. Sie sah aus, als wäre sie den ganzen Weg von den *Klippen* hierher gerannt. Dabei starrte sie ihm ins Gesicht, als hätte das Zusammentreffen mit ihm sie bei irgendetwas überrascht oder unterbrochen, als sei sie zeitweilig ihrer Orientierung beraubt worden.

Sein Blick flog zu der Narbe an ihrem Kinn. Sie schien zu glühen, zu pulsieren –

Lulu fing sich wieder, wand sich in seinem Griff und riss ihren Arm los. »Was machst du denn hier?«, blaffte sie ihn an.

Gerald machte eine Geste mit seiner Hand. »Calix. Ich –«

Abrupt ließ sie ihn stehen und ging den Hügel hinunter, in Richtung des Hafens und des Stadtzentrums. Gerald sah ihr nach, bis sie um eine Ecke verschwand.

Er ging wie betäubt zu seinem Auto. Er stieg ein und starrte durch die Windschutzscheibe die Straße hinunter, zu der Stelle, an der sie verschwunden war.

Er war nur wenige Zentimeter von ihr entfernt gewesen. Er hatte die Hitze gespürt, die von ihrem Körper ausgegangen war wie von einem alten Heizstrahler. Er hatte die Wärme und den Schweiß an ihrem Arm gespürt. In einer Synapse von Geralds Gehirn wurde eine plötzliche Vision ausgelöst. Er sah die Straße nicht mehr, die sich vor ihm ausbreitete. Er sah Lulu, nackt, heiß, nass, wie sie in der schmalen Pritsche der *Nereide* auf ihm saß und sich ekstatisch wand, während die wilden Strähnen ihrer Haare ihr im schweißüberströmten Gesicht, am Hals und an der Brust klebten. Die brütende Hitze in der Kabine, der Hunger, den sie füreinander empfanden, auf dem Höhepunkt, beide immer noch überwältigt von dem Erstaunen darüber, was sie gefunden hatten.

Ganz allmählich klarte Geralds Blick auf. Er sah die Straße, die Menschen, die Mopeds. Dann ließ er den Motor des Simca an.

9

BILLIE STAND IN der Küche und kochte eine *soupe catalane.* Bei einem ihrer ersten Besuche auf C'an Cabrer hatte sie ein brandneues Exemplar von Elizabeth Davids *Die mediterrane Küche* mitgebracht. Viele der Rezepte hatte sie schon mithilfe ihres eigenen, viel gelesenen und mit zahlreichen Flecken übersäten Exemplars zu Hause in Sevenoaks ausprobiert, mit dem, was sie in Kent an notwendigen Zutaten wie Wildbret, Obst und Gemüse hatte auftreiben können. Aber sie genoss es immer wieder, das Buch auch in der Umgebung zu benutzen, für die es eigentlich gedacht war: auf der von den zartblauen Wogen des Mittelmeers umspülten Insel Mallorca. Hier konnte sie ausschließlich einheimische Zutaten für ihre *soupe catalane* benutzen, mit Ausnahme von Sellerie, den sie in Cala Marsopa nicht hatte finden können und den sie daher durch klein gehackte grüne Paprika ersetzte. Paloma war eine tüchtige, wenn auch recht einfallslose Köchin und brachte immer sehr viel Fleisch auf den Tisch (sie liebte Wildschwein), aber auch Fisch und Gemüse. An die etwas leichtere Kost, wie Salat, Suppen oder Tintenfisch, wagte sie sich jedoch nur selten. Billie genoss es bei ihren Besuchen immer, die Zutaten dafür zusammenzusuchen, und auch für eine Reihe von simplen, ansprechenden Hors d'œuvres, und diese dann mit Aegina zusammen zuzubereiten. Doch während ihres jetzigen Besuchs hatte Aegina nur sehr wenig gegessen und ihr auch in der Küche kein einziges Mal Gesellschaft geleistet.

»Ist sie denn immer noch nicht aufgestanden?«, fragte Gerald, als er mit mehreren Flaschen Olivenöl beladen in die Küche kam.

»Nein, das ist sie nicht«, sagte Billie. Sie hackte nachdenklich ein paar Zwiebeln klein. Dann hielt sie inne, tupfte sich ihre tränenden Augen mit einem Stück Brot ab und drehte sich zu Gerald um, der gerade aus der Vorratskammer trat. »Gerald, setz dich hin. Ich muss ein ernstes Wort mit dir reden.«

»Ja, natürlich«, sagte Gerald voller Erleichterung. Schließlich war sie seine ältere Schwester. Das, was sie sagte, hatte für gewöhnlich dasselbe Gewicht wie die Verkündigung eines Orakels.

Er setzte sich, goss sich ein Glas Rotwein aus der bereits geöffneten Flasche ein, die auf dem Tisch stand, und biss ein Stück Brot ab.

Billie sah ihm direkt in die Augen.

Aegina schien seit Jahren zu schlafen, als sei sie in einem Märchen, eingehüllt in den Staub und die Spinnweben eines zauberischen Schlummers, der sie mit dicken, flaumigen und behütenden Armen umfasste.

Auf dem Tisch in ihrem Zimmer lagen lauter Knäuel des Goldgarns, das sie für ihre römischen Fußriemen benutzte. Die Riemen bestanden aus einem geflochtenen, etwa zweieinhalb Zentimeter breiten Goldstreifen. Man befestigte ihn am Knöchel, zog ihn über den Spann und legte ihn dann in einer Schleife um die zweite Zehe. Die Riemen wurden ohne Schuhe getragen und waren während der letzten zwei Jahre unter den weiblichen Gästen der *Klippen* der letzte Schrei gewesen, unter anderem deshalb, weil sie sich perfekt dafür eigneten, lautlos über die Terrasse zu huschen oder über die Tanzfläche zu gleiten. Sie wurden an der Bar verkauft und hatten Aeginas Taschengeld erheblich aufgebessert. Ihre Riemen hatten, wie sie Gerald erzählte, die *Klippen* sogar dazu inspiriert, einen römischen Toga-Abend zu veranstalten. Doch seit ihre Mutter krank war, hatte sie keine Riemen mehr geflochten.

Gerald setzte sich neben sie auf die Bettkante. Er streckte die Hand zu den dunklen Haaren aus, die ihr über das Gesicht gefallen waren, und strich sie sanft beiseite. Mein wunderschönes kleines Mädchen. Er vermisste all die Kinder, die sie früher einmal gewesen war – das achtzehn Monate alte Baby, die Dreijährige, die Fünfjährige, wie klein sie damals gewesen war, wie sie mit ihrem ganzen Gewicht an seiner Schulter gelegen hatte, während sie schlief –, und er konnte diesen schmerzlichen Verlust nur deshalb ertragen, weil sie im Verlauf der Zeit zu etwas heranwuchs, was noch viel kostbarer und außergewöhnlicher war und zu einem noch viel unverzichtbareren Teil von ihm wurde. Ihr Gesicht, wie es jetzt war, entspannt im Schlaf, mit geöffnetem Mund, sah immer noch aus wie das Gesicht eines sehr kleinen Kindes, als hätte er sie noch am Abend zuvor mit der *Geschichte von Schweinchen Schwapp* in den Schlaf gelesen. Und jetzt würde er sie in eine grausame Welt wach rütteln und sie für immer aus dem glücklichsten Teil ihrer Kindheit reißen.

Sie öffnete die Augen und sah Gerald an. »Ist etwas mit Mama? Was ist passiert?«

»Nichts«, sagte Gerald. »Nichts ist passiert. Aber ich muss mit dir über Mama reden.«

Aegina lag noch bewegungslos da, aber sie starrte ihren

Vater an und war hellwach. »Ich weiß, was du jetzt sagen wirst, Papa.«

Der Ton seiner nächsten Worte klang unwahrhaftig, verstellt: »Meine liebe, liebe Aegina –«

»Sie ist schon längst tot, und wir müssen jetzt die Geräte abschalten. Ich weiß.«

Er sah sie an, wie sie dort im Bett lag, und suchte nach einem Riss in ihrer absoluten Gefasstheit.

»Nun … Ich glaube, genau das wollen uns die Ärzte schon seit geraumer Zeit sagen.«

»Aber das haben sie uns doch schon gesagt, Papa. Dr. Jiménez hat gesagt, sie hätte keine *función cerebral* mehr und sie würde auch nicht wieder zurückkehren, und dass das Gerät für sie atmet und wir uns darauf vorbereiten müssen, sie gehen zu lassen. Das hat er gesagt. Wir müssen uns darauf vorbereiten, sie gehen zu lassen.«

»Ja«, sagte Gerald erstaunt. Er war derjenige, der unvorbereitet war. Aegina, das verstand er jetzt, hatte sich längst vorbereitet. Jeden Abend, jede Nacht. »Ich glaube, ich erinnere mich an dieses Gespräch.«

»Und, denkst du nicht, wir sollten das jetzt tun, Papa? Das Gerät abschalten und sie gehen lassen? Ich möchte sie so nicht mehr sehen. Sie ist nicht mehr da.«

Aegina streckte die Hand aus und ergriff Geralds schwielige Hand.

»Du hast so viel von deiner Mutter«, sagte er.

Am Nachmittag fuhren sie zu dritt nach Manacor.

Unterwegs sah Gerald alles so, als sähe er es zum ersten Mal. Die Olivenhaine, die alten Kalksteinmauern. Er dachte über Aegina nach. Er wollte Paloma erzählen, wie unglaublich ihre Tochter war. Und wie wunderschön Mallorca aussah. Er wollte ihr erzählen, wie dankbar er war. Er war sich nicht sicher, ob sie das wusste. Man ging für gewöhnlich nicht durch die Gegend und erzählte andauernd, wie furchtbar dankbar man war.

Was sie für ihn getan hatte.

Er schaute Aegina immer wieder im Rückspiegel an – er musste dafür seinen Kopf ein wenig zur Seite neigen und versuchte, das nicht zu offensichtlich zu tun. Sie sah aus dem Fenster. Ihr Gesichtsausdruck war hinter der Sonnenbrille nicht zu erkennen. Sie schien wesentlich gefasster zu sein, als er selbst sich fühlte.

»Alles in Ordnung?«, fragte Billie leise.

Er bemerkte, dass sie ihn ansah. »Ja«, sagte er.

Dr. Jiménez war nicht im Krankenhaus. Der diensthabende Arzt war sein jüngerer Kollege, Dr. Muñoz.

»Oje«, sagte Gerald und dachte laut nach. »Wir hätten vor unserer Entscheidung mit Dr. Jiménez sprechen sollen.«

Aber Dr. Muñoz war ebenso gut in der Lage, ihnen zu helfen. Sie könnten in Palomas Zimmer warten, sagte er ihnen. Die Krankenschwester würde den für die Krankenhausseelsorge verantwortlichen Priester holen.

Aegina setzte sich neben ihre Mutter auf das Bett und ergriff ihre rechte Hand. Gerald setzte sich auf die andere Seite des Bettes. Er sah seine Tochter an, aber sie wirkte nach wie vor ruhig und entschlossen. Er nahm Palomas linke Hand. Sie war sehr warm. Billie setzte sich neben Aegina auf das Bett.

»*Hola, querida*«, sagte Gerald zu Paloma, als würde er sich ganz normal mit ihr unterhalten, so wie er es immer tat, wenn er sie hier besuchte. So als könnte sie ihn hören. »Wir lieben dich.«

Der Priester betrat den Raum, gefolgt von Dr. Muñoz und einer Krankenschwester.

»*Buenos días*«, sagte der Priester. Er hatte sehr blasse Haut, von der sich der dichte schwarze Schatten seiner Bartstoppeln so grell abhob, als wäre er ihm mit Holzkohle ins Gesicht gemalt worden. Die Schultern seiner schwarzen Soutane waren von winzigen Schuppenflocken übersät. Gerald konnte Knoblauch und *sobrasada* in seinem Atem riechen. Man hatte ihn ganz offensichtlich gerade bei seinem Mittagessen unterbrochen.

»Möchten Sie vielleicht noch etwas sagen?«, fragte der Priester.

»Sie meinen, ob *wir* etwas sagen wollen?« Gerald sah Aegina an. Sie schüttelte den Kopf. »Nein«, sagte er.

Der Priester bekreuzigte sich und fing dann leise an zu beten. »*Da, quaesumus Dominus, ut in hora mortis nostrae Sacramentis refecti et culpis omnibus expiati, in sinum misericordiae tuae laeti suscipi mereamur …*«

Als er fertig war, küsste er die scharlachrote Stola, die ihm um den Hals hing, trat dann vor, nahm sich die Stola vom Hals und legte sie einen Moment lang an Palomas Wange, nah an ihren intubierten Mund.

»Kann ich noch irgendetwas für Sie tun?«

»Nein, vielen Dank, Pater«, sagte Gerald.

Der Priester neigte gütig den Kopf, murmelte noch ein paar lateinische Wörter und verließ dann das Zimmer. Zurück zu seinem Mittagessen.

»Sind Sie bereit?«, fragte Dr. Muñoz.

»*Sí*«, sagte Gerald.

Dr. Muñoz nickte der Krankenschwester zu, bekreuzigte sich und schaltete dann das Beatmungsgerät aus. Eine plötzliche Stille erfüllte den Raum, wie die Stille eines Kühlschranks, die einem erst auffällt, wenn man den Stecker aus der Wand gezogen hat. Dr. Muñoz entfernte mit raschen, geschickten

Handgriffen den Beatmungsschlauch und das Atemgerät aus Palomas Gesicht, während die Krankenschwester ihr den Mund mit einem weißen Tuch abwischte. Als Letztes zog Dr. Muñoz die Infusionsnadel aus Palomas Hand und verließ dann zusammen mit der Krankenschwester den Raum.

Sie starrten Paloma an. Gerald schaute auf ihren Brustkorb, schaute, ob er sich heben würde. Er tat es nicht. Aegina lehnte sich vor und küsste ihre Mutter auf die Wange. Das Einzige, was im Raum zu hören war, waren die nervösen, unruhigen Atemzüge von Billie, Gerald und Aegina.

»Sie sieht wunderschön aus«, sagte Billie. »Und friedlich.«

Während sie noch redete, glitten Palomas Lippen auseinander, als wäre sie im Begriff, etwas zu sagen. Ihr Mund öffnete sich –

»Mama!«, schrie Aegina.

Palomas Unterkiefer fiel herab, und ihr Mund nahm die Position ein, die ihm bereits seit mehr als einer Woche bekannt war, weil er sie um das Beatmungsgerät eingenommen hatte. Ihre Lippen färbten sich blau. Die Farbe wich aus ihren Wangen, und ihre Haut wurde fahl. Dann grau, talgig, weiß.

Aegina stand auf und schrie. Dann schrie sie noch ein Mal. Sie rannte aus dem Zimmer.

Auch Billie stand auf. »Ich gehe ihr nach.« Aber sie konnte ihre Augen nicht von dem raschen Wandel losreißen, den Palomas Körper durchlief. »Mein Gott, wie schnell das geht.« Sie berührte Geralds Schulter. »Soll ich dich allein lassen?«

»Ja, ich komme gleich nach«, sagte Gerald und schaute mit dem schwachen Versuch eines Lächelns zu Billie hoch.

Aber er blieb nicht lange. Er sah auf einen Leichnam herab. Davon hatte er schon mehr als genug gesehen.

Gerald stand auf und verließ das Zimmer.

10

»**ICH BIN NICHT** gerade der beste Vater, weißt du«, sagte Gerald düster.

»Aber natürlich bist du das, Gerald«, sagte Billie.

Sie saßen am Küchentisch. Es war drei Uhr nachmittags. Aegina war noch nicht wieder aufgetaucht, seit sie letzte Nacht spät nach Hause gekommen war, wenn auch diesmal wenigstens auf ihrem eigenen Moped.

»Du bist der beste Vater, der mir jemals begegnet ist. Und auf jeden Fall viel besser als unser eigener Vater.«

»Er war schon okay.«

»Er hat sich nicht für uns interessiert, Gerald. Du warst noch zu klein, um das zu erkennen. Er war zwar freundlich und nett, aber überhaupt nicht an uns interessiert. Es tut mir leid, aber es war wirklich traurig, mitansehen zu müssen, wie komplett er dich ignoriert hat. Du warst ein kleiner Junge, du brauchtest dringend einen Vater. Er hat dir so gut wie nie vorgelesen oder überhaupt irgendetwas mit dir gemacht. Er war immer nur dann von dir begeistert, wenn er dich nach den Ferien wieder zurück in die Schule verfrachten konnte.«

»Ich fand, dass er gut zu mir war. Auf seine Art eben. Er war anständig und freundlich –«

»Tut mir leid, aber das kann ein Bibliotheksangestellter auch sein – anständig und freundlich.«

»Man hatte ihm eben nie beigebracht, seine Gefühle zu zeigen.«

»Das hat man dir genauso wenig beigebracht. Aber sieh dir nur an, wie du mit Aegina umgehst. Ihr seid so wunderbar liebevoll miteinander. Ihr küsst euch immer und umarmt euch. Und ihr lacht auch zusammen. Wer soll dir das denn beigebracht haben? Dorothy auf gar keinen Fall!« Dorothy war die zweite Frau ihres Vaters gewesen.

»So gehen wir eben miteinander um. Das ist doch nur natürlich. Ein solches Verhalten ist den Menschen schließlich angeboren.«

»Ganz genau. Du bist ein geborener Vater. Ein wunderbarer Vater.«

Billie ging zum Herd und setzte Teewasser auf. Als sie damit fertig war, drehte sie sich zu ihm um. Sie verschränkte die Arme und blieb mit einem unerbittlichen Gesichtsausdruck vor dem Herd stehen. »Allerdings wäre da noch die Frage, ob du darüber nachgedacht hast, was jetzt werden soll. Wirst du nach England zurückkehren?«

Gerald war überrascht. »Nein«, sagte er nach einer Weile. »Was sollte ich denn da tun?«

»Ich weiß auch nicht. Du könntest noch ein Buch schreiben. Dein Buch hat den Leuten gefallen. Oder du könntest unterrichten.«

»Ich bin mir sicher, dass das nicht so reibungslos geht. Du sagst das so einfach, aber ich glaube, man muss schon die ganze Zeit vor Ort gewesen sein und dort unterrichtet haben. Ich wüsste ja gar nicht, wie ich das anfangen sollte. Und außerdem hätte ich für den Anfang auch keinen Penny Geld.«

»Du könntest dieses Haus hier verkaufen.«

Gerald sah sie verwundert an. »Na, ich würde kaum etwas dafür bekommen. Es ist nicht gerade eine Luxusvilla. Aber das Grundstück verschafft mir ein Einkommen. Ich weiß wirklich nicht, was ich in England soll.«

»Aegina ist Engländerin, Gerald.«

»Ja. Aber sie ist auch Spanierin.«

»Richtig. Aber was wird aus ihr werden?«

»Nun –«

»Ich sag's mal ganz unverblümt: Willst du, dass sie, wenn sie groß ist, einen Job als Putzfrau in einem der hiesigen Hotels annimmt?«

»Sie geht aber doch zur Schule.«

»Ist es eine gute Schule?«

»Sie ist in Ordnung. Aegina gefällt es dort.«

Billie wandte sich ab und beschäftigte sich damit, den Tee zuzubereiten.

»Ich weiß, was du meinst«, sagte Gerald schließlich. »Was schlägst du vor?«

Billie gab ihm keine Antwort. Sie goss das Wasser in die Teekanne, trug sie zusammen mit zwei großen Tassen, einem Milchkännchen und der Zuckerdose zum Tisch und setzte sich. Sie goss erst die Milch in die Tassen und danach den Tee. Dann schob sie ihrem Bruder eine der Tassen zu. »Du darfst ihr Leben nicht verschwenden, Gerald.«

Gerald nahm die Tasse in die Hand und betrachtete sie schweigend.

Billie fuhr behutsam fort: »Wenn du selbst nicht umziehen willst, dann sollte sie mit mir zusammen nach England gehen. Es gibt in Kent ein paar ziemlich gute Schulen – in der Nähe von Sevenoaks und auch in der Stadt selbst. Und sie sind auch nicht alle teuer. Sie ist zu intelligent, um hierzubleiben, Gerald. Es gibt hier nichts –«

»Ich weiß, ich weiß. Ich hab ja versucht, darüber nachzudenken, was jetzt das Beste für sie wäre.«

»Es ist gar nicht mal die Schulausbildung. Ich bin sicher, dass die auch hier absolut ausreichend wäre – obwohl, na ja, ich weiß es nicht. Aber die Frage ist doch, von welcher Warte aus Aegina die Welt sehen wird. Wie ihre eigene Vorstellung von dieser Welt aussehen wird. Und diese Sicht kann sie von Mallorca aus haben oder eben von England aus.«

»Ja, das stimmt wohl.« Gerald rührte ein paar Löffel Zucker in seinen Tee. »Aber es könnte schwierig werden.«

»Ich weiß nicht«, sagte Billie. »Na ja, die Trennung wird sicher nicht leicht für euch beide.«

»Und dann ist da noch das Geld.«

»Ja, okay, vielleicht wird es schwierig. Aber was ist denn die Alternative?«

Gerald nahm einen Schluck von seinem Tee und versuchte, sich das Ganze vorzustellen.

»Wir werden schon klarkommen, Gerald. Du und ich und Aegina.«

»Aber glaubst du denn nicht, dass es für dich auch keine ganz leichte Umstellung sein wird?«

»Nein«, sagte Billie. Sie sah von ihrer Tasse auf. »Ich fände es schön.«

Es war noch nicht ganz dunkel, als Luc auf der lärmenden Rieju die lange Auffahrt nach C'an Cabrer hinaufjagte. Wie üblich hatten sie ihn längst kommen hören. Gerald stand auf der Terrasse, als Luc unten an der Treppe hielt. Er schaltete den Motor aus.

»Hallo, Gerald.«

»Guten Abend, Luc. Ich fürchte, Aegina ist nicht hier. Sie ist irgendwo in der Stadt einen Hamburger essen gegangen. Mit Josefina. Ich weiß nicht, ob du sie kennst?«

»Ah, ja, die kenne ich.« Aber er kannte sie nicht besonders gut. Josefina war eine von Aeginas hiesigen Freunden. Eine Schulfreundin. Eine *mallorquina.* Luc hatte sie zwar kennengelernt, aber Aeginas Schulfreunde von der Insel verkehrten normalerweise nicht mit der Gang aus »Saison-Einheimischen«, wie er, François, Teddy Trelawney und die anderen sich nannten. Touristen waren sie jedenfalls keine – das wussten sie genau. Josefina sprach kein Englisch oder Französisch, damit fing es schon mal an. Sie kam auch nie in die *Klippen.* Sie wohnte auf einem ganz anderen Mallorca. Obwohl er sein Leben lang immer wieder einige Monate hier verbracht hatte und auch viele Menschen kannte, die nie woanders als auf Mallorca gelebt hatten, gehörte Luc doch letztendlich nicht zu ihnen. Aegina hingegen tat das sehr wohl, ihrer Mutter wegen. Das war ein Teil von ihr, den er nicht kannte.

»Dann weißt du ja, wo du sie finden kannst«, sagte Gerald hilfsbereit.

»Ja, vielleicht. Vielen Dank. Und es tut mir schrecklich leid wegen Paloma.«

»Vielen Dank, Luc.«

Luc drehte das Motorrad um und war im Begriff, auf den Kickstarter zu treten, als Gerald noch etwas sagte.

»Und wie geht es dir so, Luc?«

»Oh, danke, bei mir ist alles okay.«

»Du verbringst den größten Teil des Jahres in Paris, stimmt's? Und gehst dort zur Schule?«

»Ja.«

»Und gefällt es dir, dort zur Schule zu gehen?«

»Ja, ich glaub schon.«

»Du würdest lieber dort zur Schule gehen als hier auf der Insel?«

»Oh …«, sagte er, als wäre er nie auf diese Idee gekommen. »Ja, klar. Keine Frage.«

»Na, dann wünsche ich dir noch einen schönen Abend«, sagte Gerald.

»Danke. Ihnen auch.«

Luc trat auf den Kickstarter und das Motorrad heulte auf. Mit einem kurzen, höflichen Nicken zu Gerald hinauf, der ihn anstarrte, als sei er ein seltsames neues Kleidungsstück, neigte Luc das Motorrad nach rechts und ließ es den Hügel hinunterrollen.

Er nahm die lange, holprige Straße zur Stadt. Vor Jahren hatten er und François einmal einen Stolperdraht aus Kaugummi über die Straße gezogen, den sie sich mühsam zu zweit zusammengekaut hatten. Der erste, der die Straße entlanggekommen und in das lang gezogene, rosafarbene, in der Mitte durchhängende Gebilde hineingefahren war, war ein Beamter der Guardia Civil auf einer Vespa gewesen. Er hatte sie wütend angeschrien und war ihnen in der Abenddämmerung bis in die Felder hinterhergejagt, hatte sie jedoch dort nicht finden können, obwohl sie laut und hysterisch vor sich hin gekichert hatten.

Er fuhr langsam über die Plaza, an den Straßencafés und grell beleuchteten *hamburgueserías*, *loncherías* und *churrerías* vorbei, wo zumeist nur die Einheimischen aßen und sich kaum jemals ein Tourist hinverirrte. Er lenkte das Motorrad in eine kleine Seitenstraße hinein, die den Hügel hinauf vom Meer wegführte und wo es zahllose winzige, letztendlich nur aus einem Loch in der Wand bestehende Bodegas gab, die einen kleinen Tisch und ein paar Stühle auf die Straße stellten und Schüsseln mit *sopa mallorquina* servierten. Dies war der wahrhaft einheimische Teil der Stadt, geheimnisvoll und unergründlich. Im Vergleich dazu war das Cala Marsopa, das er kannte, nur ein unbedeutender Abklatsch. *La Majorque profonde*, wie es sein Vater einmal ausgedrückt hatte, und das Luc auch nach all diesen Jahren nicht wirklich kannte. Er mochte sich hier noch so zu Hause fühlen, er würde immer ein Außenseiter bleiben, genauso wie er es auch in Paris war, wo er mit einigen Unterbrechungen gelebt hatte, seit er fünf oder sechs oder sieben Jahre alt war. Er konnte sich nie so genau daran erinnern, wann er eigentlich begonnen hatte, mehr Zeit in Paris als auf Mallorca zu verbringen.

In dieser Gegend konnte Aegina direkt vor seinen Augen sitzen, und er würde sie dennoch niemals finden.

Er fuhr zum Hafen hinunter, überflog mit einem Blick die Gäste im Marítimo und raste dann über den Kai, wobei er sich einen Weg durch die dort entlangspazierenden, gedrungenen alten Fischer mitsamt ihren Frauen fädeln musste, bis er das Ende der Mole unter dem blinkenden Leuchtturm erreicht hatte. Doch dort war niemand. Zumindest niemand aus seiner Gang. Er sah zur Stadt zurück. Hell leuchtend lag sie vor ihm. Aber mit jedem Jahr, das verstrich, wurde sie ihm immer fremder. Sie wuchs immer weiter und weiter, und die Straßen füllten sich abends mit immer mehr Menschen. Menschen, die er noch nie gesehen hatte.

»Hey, Jackson.«

Jackson nickte ihm zu. »Hey.«

Luc überflog die Tanzfläche und die Tische im Miravista.

»Jackson, hast du vielleicht jemanden gesehen, äh –«

»Deine kleine Freundin, die dich in den Pool gestoßen hat?«

»Tja, genau.«

»Nee. Die war nicht hier.«

»Okay, danke.«

Jemand winkte ihm von einem der Tische zu. Eine Gruppe von den *Klippen*. Seine Mutter war auch dabei.

»Lukey, Darling!«, rief Arabella, als er an den Tisch trat. Arabella und Richard, Milly und Tom, Susie Breedham, Dominick und seine Mutter. Es geschah zwar nicht selten, dass seine Mutter mit Freunden in der Stadt ausging, aber es war auch nicht unbedingt üblich. Dieser Ausflug ins Miravista war sicherlich auf die Anwesenheit von Milly und Tom zurückzuführen.

»Hier, Luc«, sagte Susie. Sie rückte zur Seite und machte zwischen sich und Dominick einen Platz frei. Luc zog sich einen Stuhl heran.

Jackson spielte eine gedämpfte, aber fröhliche Instrumentalversion von *It Happened in Monterey*, und nach einer Weile fing Tom an mitzusingen.

»Wie unglaublich romantisch du doch bist, Tom«, sagte Arabella.

»In dem Lied geht es um einen Schürzenjäger«, sagte Milly.

Dominick stand auf und streckte Lulu seine Hand entgegen. »Na, komm schon, du entzückendes Wesen du, wollen wir noch einmal so richtig das Tanzbein schwingen?«

Lulu lachte übertrieben. Luc kannte dieses Lachen. Seine Mutter hatte ein wenig getrunken. Sie war zwar durchaus nicht betrunken – Luc hatte sie noch nie betrunken gesehen –, aber sie hatte ihren Spaß. »Dominick, du bist so ein Narr«, sagte sie. Aber sie stand auf. Dominick führte sie auf die Tanzfläche und begann, sich wie eine Kobra zu ducken und zu winden. Dabei wedelte er mit den Armen und fixierte sie mit einem wilden Grinsen, als wäre er ein teuflischer Marionettenspieler im Drogenrausch.

Seine Mutter schien sich immer nur dann zu entspannen – wirklich zu entspannen –, wenn sie sich in der Gesellschaft von Tom und Milly befand. Milly war wie eine ältere Schwester für sie. Sie war immer schon da gewesen, Lucs ganzes Leben lang. Sie hielt sich zwar meistens in England auf, aber seine Mutter vermisste sie sehr, wenn sie nicht da war, erwartete sehnsüchtig ihre Besuche und schrieb ihr jede Woche. Milly kam mehrere Male im Jahr nach Mallorca und manchmal blieben sie und Tom auch über Weihnachten. Kurz bevor einer ihrer Besuche anstand, ließ Tom immer per Schiff einige Kisten mit Lebensmitteln von Fortnum's liefern. Luc wusste, ohne dass ihm das jemals gesagt worden wäre, dass seine Mutter ihnen niemals etwas berechnete. Er wusste, dass die beiden ihr dabei geholfen hatten, die *Klippen* zu kaufen. Lulu verhielt sich immer so, als gehörte das Haus ihnen. Deshalb war Luc auch lange Zeit davon überzeugt gewesen, dass sie zu seiner Familie gehörten.

Heute Abend war seine Mutter so gut gelaunt, dass sie sich sogar dazu herabließ, sich von diesem öligen Dominick den Hof machen zu lassen. Luc hatte bisher immer geglaubt, seine Mutter wüsste nicht einmal, dass Dominick überhaupt existierte, obwohl er schon seit Jahren in die *Klippen* kam. Heute Abend schien sie ihn jedoch recht amüsant zu finden, und ihre gute Laune spornte ihn nur noch mehr an. Da lief doch garantiert nichts, dachte Luc. Das war ganz unmöglich. Nicht mit Dominick. Der war schließlich nichts als ein Hanswurst. Nicht im Geringsten der Typ seiner Mutter, obwohl auch nicht immer leicht zu erkennen war, wer überhaupt ihr Typ war. Sie mochte Schriftsteller, so viel wusste Luc immerhin, aber eigentlich nur intelligente, gebildete Männer, Denker, Menschen mit einem trockenen Humor – wie Lucs Vater – und keine Autoren von schlechten Krimis, die pastellfarbene Hemden, grelle Hosen und weiße Slipper trugen und derart unverhohlen darauf aus waren, das nächste Opfer abzuschleppen. So verzweifelt konnte sie unmöglich sein.

Luc stand auf. »Na, dann bis später –«

»Lukey, würdest du ein Engel sein und mich mit zurück zu den *Klippen* nehmen?«, flehte Susie ihn plötzlich an. »Ich fühle mich gerade nicht so gut.«

»Ich habe aber nur das Motorrad dabei, Susie –«

»Das ist kein Problem, Darling.« Susie erhob sich ein wenig schwankend. »Es macht dir doch nichts aus, oder? Es ist ja nicht weit.«

»Nein, überhaupt nicht, wenn das mit dem Motorrad wirklich kein Problem für Sie ist.«

»Nein, nein, das wird schon gehen. Du bist ein Schatz.« Susie warf ein paar Handküsse in die Runde und nahm Luc dann beim Arm. »Und, wo haben wir uns denn hingestellt, Herzchen?«

»Ist Ihnen schlecht?«, fragte er Susie, als sie draußen waren.

»Nein, Darling, nur ein bisschen duselig. Du bist wirklich ein Engel.«

»Halten Sie sich einfach an mir fest«, wies er sie an, während sie auf sein Motorrad kletterten.

Es war nur eine kurze, wenn auch holprige Strecke über die unbefestigte Küstenstraße, die an den Klippen entlangführte. Susies Arme hatten sich eng um seine Körpermitte geschlungen. Die eine Hand grub sich in seinen Bauch, die andere in seine Brust. Er fühlte das warme, reglose Gewicht ihres Körpers, der so schwer an seinem Rücken lehnte, als wäre sie eingeschlafen. Er musste daran denken, wie er vor einer Woche Aegina nach Hause gefahren hatte und wie sie ihn berührt hatte.

Als er neben der Garage der *Klippen* hielt, schien Susie tatsächlich eingeschlafen zu sein.

»Wir sind da, Susie.«

»Ach, sind wir das, Darling?« Sie bewegte sich nicht und hielt ihn immer noch fest umklammert.

»Ja, und um ehrlich zu sein, muss ich ganz dringend los.«

Sie löste sich ganz langsam von seinem Körper und fiel dann plötzlich vom Motorrad auf die Straße. Luc bockte das Motorrad auf und half ihr hoch.

»Alles in Ordnung?«

»Ja, alles wunderbar, Herzchen.« Sie lehnte sich schwankend an ihn. »Kannst du bitte ein Engel sein und mich nach oben in mein Zimmer bringen, Lukey, Darling?«

Sie bewohnte eines der vier Zimmer im zweiten Stock, die man über eine Außentreppe an der rückwärtigen Seite der Villa erreichte. Der Weg nach oben ging nur sehr langsam vonstatten, weil Susie auf jeder Treppenstufe anhielt. »Mir geht's ganz wunderbar, Darling. Wie schrecklich süß, dass du darauf bestanden hast, mich zu begleiten.« Susie klammerte sich an ihm fest, bis sie ihr Zimmer erreicht hatten. Luc setzte sie aufs Bett, woraufhin sie prompt zur Seite fiel. Er schaltete die Nachttischlampe ein. »Oh, mach das wieder aus, Herzchen.« Kaum hatte er ihrer Bitte Folge geleistet, packte sie seinen Arm und zog ihn aufs Bett herunter. »Komm und leg dich ein bisschen zu mir, Herzchen.« Höflich legte er sich neben sie.

Aber unmittelbar darauf stand er wieder auf. »Ich muss dringend jemanden suchen gehen, Susie.«

»Oh, bleib doch noch, Lukey. Komm und schmus ein wenig mit mir.«

»Tschüss!« Und schon war er zur Tür hinaus und rannte die Treppen hinunter.

Aegina saß in dem dunklen kleinen Geräteschuppen auf Lucs Bett, hatte die Beine ausgestreckt und sich mit dem Rücken an das Kissen gelehnt. Sie hielt Teddys Weinschlauch in der Hand und trank schon seit einer geraumen Weile den Wein, der sich darin befand, während sie auf Luc wartete. Sie wollte nicht nach Hause. Sie wollte auch eigentlich den Wein nicht mehr trinken, aber sie nahm immer wieder einen Schluck aus dem Trinkbeutel, weil Luc immer noch nicht kam. Mit der Zeit war sie immer tiefer und tiefer ins Bett hinuntergerutscht. Sie würde einfach hierbleiben. Irgendwann würde er dann schon kommen.

Sie hörte, wie einige Personen nach ihrem abendlichen Ausflug zurückkehrten, wie sie lachten und einander »Gute Nacht« wünschten, aber ihre Stimmen waren schon bald verklungen. Einige Minuten später hörte sie Schritte draußen auf dem Pfad. Die Tür öffnete sich langsam. Eine Frauensilhouette.

»Lukey, Darling, du schläfst doch nicht etwa schon?«

Aegina setzte sich auf. Sie war plötzlich ganz angespannt. »Er ist nicht da«, sagte sie.

»Oh«, sagte die Frau an der Tür. »Na, ich wollte einfach nur etwas wegen der Wasserskifahrt morgen mit ihm besprechen. Ich werde nicht länger stören.«

Aegina stand auf, ließ den *bota* fallen und huschte zur Tür, wie eine Katze, die man in einer Besenkammer aufgestöbert hat. Die Frau trat einen Schritt zurück, als Aegina sich an ihr vorbeischlängelte.

Sie erkannten sich im Licht des Swimmingpools, das in die immergrünen Zweige und Palmwedel hinaufleuchtete. »Du bist doch Aegina, nicht wahr? Ist schon okay, Darling. Ich bin's, Arabella. Weißt du noch, ich habe letztes Jahr einen ganzen Arm voll von deinen wunderbaren kleinen Fußdingerchen gekauft, um sie an Freunde in London zu verschenken. Ich hatte gehofft, ich könnte dir dieses Jahr noch ein paar mehr abkaufen. Machst du gar keine mehr, Schätzchen?«

»Ich hatte keine Zeit dazu«, sagte Aegina und wandte sich zum Gehen. Sie erinnerte sich noch an Arabella. Sie war eine von diesen Furcht einflößenden Amazonen, die Aegina insgeheim immer bewundert hatte. Genau so wollte sie sein, wenn sie erwachsen war.

»Bleib doch hier, Schätzchen. Ich wollte nur wegen des Wasserskiausflugs fragen. Ich bin sicher, Luc wird jeden Moment hier sein. Er war zusammen mit uns im Miravista.«

Aber Aegina lief fort und ließ Arabella stehen. Auf dem Weg hielt sie sich immer im Schatten des Hauses.

Eine große Gestalt, die gerade von der Bar kam, türmte sich plötzlich vor ihr auf und versperrte ihr den Ausweg.

»A-giiii-nah –«

Sie blieb stehen.

Dominick hatte eine Flasche in der Hand. Sein Hemd war halb geöffnet und seine Brust glänzte vor Schweiß. Einige Strähnen seiner langen Haare klebten ihm an der Stirn, andere standen ihm wirr vom Kopf. »Wie zauberhaft, dir hier zu begegnen. Und wie überraschend. Wie geht es dir?«

»Gut«, sagte sie und versuchte, sich an ihm vorbeizudrängen.

»Was ist los? Ist alles in Ordnung?«

»Es ist nichts.« Sie stand da – ein kleines verschlossenes Wesen mit wild durch die Gegend huschenden Augen. Was für ein fantastisches, keckes kleines Ding sie doch war, mit dieser unglaublich winzigen kurzen Hose und diesem putzigen kleinen T-Shirt, das sie trug. Sie erinnerte ihn an eine dieser knabenhaften französischen Schauspielerinnen, wenn auch in einer etwas zusammengeschrumpften Version – nur etwa drei Fünftel so groß.

Sie schwankte ein wenig. Keine Frage, sie war betrunken.

»Warte doch einen Moment. Nicht so eilig. Sieh mal!« Er hielt die halb volle Flasche hoch. »Schampus. Ein richtig guter Tropfen. Da kannst du doch nicht Nein sagen. Komm und trink ein Glas mit mir.«

Er griff sie leicht am Oberarm. Sie zog ihren Arm nicht sofort zurück – ein vielversprechendes Zeichen. »Na, wie wär's. Noch ein kleiner Drink?« Nach kurzem Zögern ließ sie es zu, dass er sie hinter sich herzog. Er führte sie die Stufen hinauf.

Auf seinem Zimmer gab es keine Gläser. Sie tranken aus der Flasche. Jeder nahm abwechselnd einen sehr langen Schluck. Nachdem sie sich einmal von ihm hatte küssen lassen, ging alles ganz schnell. Er zog ihr das T-Shirt und die kurze Hose aus, und sie legte sich ohne ein Wort willfährig aufs Bett. »Mein Gott, wie schön du bist«, säuselte Dominick, der tatsächlich vollkommen gebannt war.

Während er über sie herfiel, packte er sein gesamtes Repertoire aus. Er nahm sie auseinander wie ein Tierpräparator. Er drehte sie um, hob sie hoch, drehte sie wieder zurück – sie war leicht wie eine Feder. Sie schien auch rasch das Bewusstsein zu verlieren, abgesehen von ein paar zweckdienlichen Atemzügen und gelegentlichen gedämpften Schreien. Als er endlich fertig war, ließ Dominick sich erschöpft ins Bett sinken. Er würde sie bald aufrütteln müssen, um sie aus dem Zimmer zu schmeißen, dachte er noch.

Als er am nächsten Morgen aufwachte, war sie verschwunden. Er spielte die gesamte Szene noch einmal im Kopf durch. Ein Körper wie aus einem Märchen, wie eine dieser kleinen Tänzerinnen in einem Feen-Ballett. Einer der fantastischsten Ficks seines ganzen Lebens. Und keinerlei lästige Verstrickungen – das bezaubernde Wesen war davongeschlüpft wie ein scheues Reh.

Sein Blick fiel auf das Laken und auf die getrockneten braunen Flecken, die sich darauf befanden. Er setzte sich ruckartig auf und starrte auf seine Hände. Dann riss er die Bettdecke herunter und schaute zwischen seinen Beinen nach. Verdammte Scheiße, was für eine Katastrophe! Er stand auf und lief über die Fliesen zu dem kleinen Waschbecken, das sich in der hinteren Ecke seines Zimmers befand. Dort drehte er den Wasserhahn auf und schaute in den kleinen Spiegel, der in einem Majolikarahmen über dem Becken an der Wand hing.

Es war da etwas in seinem Gesicht, wie es ihn inmitten seiner wild zu Berge stehenden Haare anstarrte, das ihn an den irren, auf frischer Tat ertappten Blick des Saturn in Goyas Gemälde *Saturn verschlingt seinen Sohn* erinnerte. Er hatte das Bild vor Jahren einmal im Prado gesehen und seither nie wieder vergessen. Der Eindruck wurde auch dadurch nicht geschmälert, dass dieser besondere Saturn, der ihm gerade aus dem Spiegel entgegenstarrte, seinen Sprössling ganz offensichtlich mit einem großzügigen Schuss Worcestershiresauce vertilgt und sich dann auch noch den roten Saft mitsamt der Gewürze mit triefender Hand ins Gesicht geschmiert hatte.

Dominick ließ den Hahn laufen und spritzte sich reichlich Wasser ins Gesicht.

Plötzlich war ihm die ganze Sauerei egal. Schließlich war es verdammt fantastisch gewesen. Ob sie wohl zurückkehren würde, um es sich noch einmal besorgen zu lassen? Dann würde er ihr das ein oder andere beibringen.

11

ES WAR EINE recht trübselige Fahrt zum Flughafen. Um das unerträgliche Schweigen zu brechen, riskierte Gerald eine, wie er hoffte, konstruktive Bemerkung zum Thema Briefeschreiben. Billie müsse unbedingt ein paar Blätter Papier von Basildon Bond kaufen, sagte er. Es mache einen sehr großen Unterschied beim Schreiben und Nachdenken, wenn man dafür gutes Papier zur Verfügung habe. »Das machen wir. Wir kaufen Papier von Basildon Bond«, sagte Billie.

Aegina sagte nichts.

Er ließ sie in der Nähe der Eingangstür zur Abflughalle aussteigen und rumpelte mit dem Simca davon, um zu parken.

Als sie alle in der Halle saßen, bestellte Gerald einen *café con leche* für Billie, eine Trina für Aegina und einen *café* für sich selbst. Sie nippten bedrückt an ihren Getränken. Gerald rauchte mit wilden, heftigen Zügen und hüllte sich in eine dichte blaue Wolke ein. Es fiel ihm nichts Tröstendes ein, was er hätte sagen können. Es sind doch nur ein paar Monate. Jedenfalls für die Menschen seiner Generation, die an Kriegszeiten gewöhnt waren – Zeiten, in denen jede Abwesenheit sehr viel länger dauerte und die Rückkehr ungewiss war. Wenn man das erlebt hatte, empfand man eine solch kurze Trennung als nahezu unbedeutend. Genauer betrachtet machte jedoch auch Aegina einen gefassten Eindruck. Kein Weinen, kein Klagen. Gott sei Dank. So konnten sie alle einfach nur dasitzen, ihre Getränke schlürfen und darauf warten, dass der Flug aufgerufen wurde, während sie in einer einträchtigen Betrachtung der seltsam zeitlosen Don-Quixote-Landschaft aus bröckelnden Steinmauern, gelbbraunen Feldern und segelbetriebenen Windmühlen versunken waren, die den Flughafen von Palma nach wie vor umgab.

Billie ging auf die Toilette.

Gerald starrte seine Tochter durch den dichten Rauch hindurch an. Sie war *zu* gefasst, das wurde ihm plötzlich klar. Er hatte die Schleusentore nicht öffnen wollen, hinter denen womöglich eine Flut von Gefühlen lauerte, aber jetzt legte er seinen Arm um ihre Schultern. »Aegina. Ist alles in Ordnung?«

»Ja.«

»Es sind nur ein paar Monate und dann kommst du zu Weihnachten wieder her. Und dann werden wir –« Aber natürlich. Es würde ein Weihnachten ohne ihre Mutter sein. Was war er doch nur für ein Idiot.

»Ja, ich werde schon klarkommen. Mach dir keine Sorgen, Papa. Mir geht es gut.«

Sie war unglaublich. Diese Kraft, die hatte sie definitiv von ihrer Mutter.

»Na, und woran denkst du dann gerade?«, fragte er.

»Ich denke daran, dass meine Kindheit vorbei ist. Sie ist gerade eben zu Ende gegangen.«

»Nein, nein, auf gar keinen Fall. Du bist doch erst vierzehn – ich meine, du bist noch ein kleines Mädchen, Aegina. Keine Angst, du wirst nicht nach England verfrachtet, damit du plötzlich erwachsen wirst, verstehst du. Du gehst dort einfach nur zur Schule. Du wirst neue Freunde finden. Im Ernst, du bist immer noch ein ganz junges Mädchen, du hast noch unendlich viel Zeit –«

»Ich bin mir sicher, dass alles ganz wunderbar werden wird. Aber meine Kindheit ist vorbei.«

Das war doch dieser verflixt gute Gitarrenspieler, dieser Neger. Dominick hatte ihn plötzlich erkannt, wie er da im Flughafencafé saß und mit erstaunlicher Anmut an einer *ensaïmada* knabberte.

»Und Sie reisen also auch ab, Jackson?«, fragte Dominick.

Jackson starrte ihm ins Gesicht. »Ja.«

»Zurück nach Amerika?«

»Nein, ich fahre nach Gibraltar. Da gibt's so 'n Job, wo ich mit einer Band den Winter über auf einem Kreuzfahrtschiff spiele. Es geht in die Karibik.«

»Fantastisch. Da haben Sie ja so richtig Glück gehabt. Ich wünschte, ich könnte mit Ihnen tauschen.« Tatsächlich beneidenswert, wenn man bedachte, was für eine schicke Bresche Jackson durch eine Schiffsladung von bereitwilligen Witwen schlagen würde, die sich auf der Suche nach ein bisschen Spaß auf eine Kreuzfahrt begeben hatten. »Und, sehen wir Sie nächsten Sommer wieder?«

»Keine Ahnung. Hängt davon ab, was sich so ergibt.«

»Alles klar. Na dann viel Spaß auf Ihrem Schiff voller Musikliebhaber.«

Dominick ging zu seinem Flugsteig, zusammen mit einigen anderen Leuten, die ebenfalls nach London flogen. Plötzlich sah er zwei vertraute Gesichter: den Vater, die Frau, die nicht seine Frau war – und da war auch das Mädchen.

»Hallo«, sagte Dominick fröhlich. »Und ihr fahrt also auch nach Hause? Wir sind bestimmt im selben Flugzeug.« Aegina, mit ihrer winzigen Bluse, dem Röckchen und den billigen Plastiksandalen sah wie ein Kind aus. Schrecklich süß.

»Na, Aegina, es war wirklich nett, dich diesen Sommer zu sehen.« Er grinste sie an. »Wir müssen uns nächstes Jahr unbedingt wieder treffen.«

Aegina ging rasch auf ihn zu und trat ihn mitten zwischen die Beine.

Dominick war völlig überrascht, aber er konnte nichts sagen, weil ihr Tritt mit verheerender Genauigkeit sein Ziel getroffen hatte. Er ächzte, krümmte sich zusammen und ließ die Zeitung fallen, die er sich im Flughafenkiosk gekauft hatte.

Aegina trat ihn noch einmal, aber wegen seiner zusammengekrümmten Haltung traf sie nur sein Schienbein. Dann streckte sie die Arme aus und warf sich mit solcher Gewalt gegen seine Brust, dass er der Länge nach auf den harten Marmorfußboden des Flughafens fiel.

»Aegina!«, rief Billie.

Gerald ging zu seiner Tochter und schloss sie in die Arme. Sie fühlte sich wie eine zitternde, wild pochende Sprungfeder an. Er zog sie fort, hielt sie fest an seine Brust gedrückt und sah auf den Mann auf der Erde herab, der wie ein gestürztes Pferd mit den Beinen ausschlug und verzweifelt versuchte davonzukriechen.

1956
DIE WELLEN

MUTTER UND TOCHTER kamen als Erste zum Strand.

»*¡Mira las olas, mamá!*«, rief das vierjährige Mädchen.

»*Sí, son grandes. ¿Qué dijo tu padre?*«

»*Que tenemos que ser cuidadosas.*«

»*Bueno. Claro*«, sagte Paloma.

Sie liefen über den Sand zu ihrem Stammplatz hinüber. »*¿Dónde están?*«, rief das kleine Mädchen.

»*Ya vienen.*«

Irgendwo im Norden hatte es einen Sturm gegeben, hatte ihr Vater erzählt. Ihr Vater wusste alles über das Meer. Deshalb würde es heute am Strand sehr große und starke Wellen geben. Und er hatte recht gehabt: Sie rollten in dröhnenden Trichtern heran, türmten sich übereinander auf und brachen sich in rascher Abfolge, sobald sie in die Nähe des Strandes kamen; wie Pakete, die viel zu schnell hintereinander ausgeliefert wurden. Kaum hatten sie ihre Handtücher auf dem Sand ausgebreitet, da zog das kleine Mädchen seine Mutter schon zum Wasser. Die schaumgekrönten Wellen prasselten und donnerten um sie herum. Das Mädchen watete tiefer hinein, ließ die Hand ihrer Mutter los und wurde plötzlich von einer heranrauschenden Welle erfasst. Sie schrie auf und fiel hin, aber ihre Mutter rührte sich nicht. Die Welle zog sich ins

Meer zurück, und das Mädchen blieb lachend im nassen Sand liegen.

»*¡Mira, mamá! ¡Ahí están!*«, rief sie. Sie stand auf und winkte der Frau zu, die mit dem kleinen Jungen auf sie zukam. »*¡Por aquí!*«

Die andere Frau und der Junge, der schon fast sechs Jahre alt war, gesellten sich im flachen Uferwasser zu ihnen. Die beiden Frauen blieben nebeneinander stehen, während die Kinder in ihrer Nähe spielten.

»*Bueno*«, sagte Preciosa. »*Voy a sentarme. Luc, te quedas cerca de la playa, y cuidas de Aegina. ¿Entiendes?*«

Die beiden Frauen setzten sich auf ihre Handtücher an den Strand, nicht weit vom Wasser entfernt.

»*Aie*, ein Irrenhaus«, sagte Preciosa.

»Was war denn jetzt wieder los?«

»*¡Oye!* Der Teufel ist los, und zwar die ganze Zeit. Geh mit Luc an den Strand, sagt sie, und gleichzeitig sagt sie, räum das Frühstück ab, mach die Zimmer sauber, wasch die Wäsche.«

»Sie geht nie selbst mit Luc an den Strand?«

»Die? Nie im Leben. Sie geht nie an den Strand. Sie verbringt überhaupt keine Zeit mit dem armen kleinen Würmchen.«

»Und der Vater? Wann kommt der?«

»Ich glaube, er wird diesen Sommer gar nicht kommen. Er bleibt in Paris. Er kann sie nicht ertragen, und ich kann es ihm nicht verdenken – *¡Cuidado!*«, schrie Preciosa die Kinder an.

Die Wellen rollten dicht auf dicht heran, beharrlich, ohne jegliche Atempause. Vor den Augen der beiden Frauen traf eine zurückweichende Woge mit einer Sturzwelle zusammen, die größer als alle vorherigen war. Eine Wasserflut türmte sich über den Kindern auf, riss ihnen die Füße weg und zog sie mit sich in die nächste Wand hinein. Die Wasserwand brach sich und begrub die beiden Kinder in einem chaotischen Strudel aus hoch aufschäumender Gischt unter sich.

Die beiden Frauen standen auf und gingen ins Wasser. Sie griffen sich jeder ein paar der im Wasser glitzernden, nicht voneinander zu unterscheidenden braun gebrannten Füße, Arme und Beine und schleppten die prustenden Kinder ins flache Wasser zurück.

»*¡Cuidado con las olas!*«, sagte Preciosa. »Passt auf die Wellen auf oder sie nehmen euch bis nach Menorca mit, bevor wir es schaffen, euch holen zu kommen.«

»Geht nicht weiter raus, bleibt genau hier«, sagte Paloma.

Die Frauen gingen zurück zu ihren Handtüchern. Als sie sich wieder gesetzt hatten, sagte Preciosa: »Ich habe vor ein paar Tagen schon wieder Gerald hier unten gesehen.«

Paloma starrte sie an. »Ist er ins Haus gegangen?«

»Nein. Er ist nur die Straße entlanggelaufen, die an Los Roques vorbeiführt.«

Paloma schüttelte den Kopf. »Diese Hexe hat ihn immer noch am Haken.«

»Aber er liebt doch bestimmt dich, oder?«, sagte Preciosa. »Und nicht sie. Nicht diese Hexe?«

»Es ist wie eine Krankheit«, sagte Paloma.

Sie sah zu Aegina und Luc hinüber.

Die Kinder lauerten auf diejenige Welle, die unter allen heranrollenden die teuflischste sein würde.

»*¡Ésta!*«, schrie Luc.

»*¡No, la próxima!*«, rief Aegina und kreischte wie ein Vogel.

Wieder wurden sie von einer Welle verschlungen. Das Wasser drückte sie mit ungeahnter Kraft unter die Oberfläche. Sie wurden miteinander verknotet, gemeinsam umhergewirbelt, bis keines der beiden Kinder mehr wusste, ob es seine eigenen Arme, Beine und Hände waren, die ihm Schläge ins Gesicht und auf den Körper verpassten, oder die des anderen. Sie waren zu einem einzigen, durchs Wasser taumelnden Wesen geworden.

Und dann war das Wasser verschwunden, und sie blieben einen Moment lang zusammen ausgestreckt auf dem Sand liegen, in einem Augenblick unnatürlicher Ruhe. Sie kreischten und lachten. Kreischten und lachten. Bis sich die nächste Welle brach.

1951
DER WEG NACH ITHAKA

1

NACH DREI JAHREN auf der Insel hatte Gerald es aufgegeben, am Strand vor der Villa Los Roques entlangzulaufen. Während des ersten Jahres war er immer wieder zum Haus gegangen und hatte an die Tür geklopft, aber es war ihm nie geöffnet worden. Dann war er von einem Luftgewehr angeschossen worden, als er gerade auf der Küstenstraße am Haus vorbeilief. Die .177-Kaliber-Kugel hatte seinen Oberschenkel gestreift, einen kurzen brennenden Schmerz verursacht und einen kleinen Bluterguss hinterlassen. Er hatte sie aufgehoben, nachdem er bemerkt hatte, wie sie neben ihm auf die Straße gefallen war – als Andenken an den Wandel, den Lulus Gefühle ihm gegenüber vollzogen hatten. Seitdem benutzte er immer Ses Rotges' Garten, der an die hohe Mauer am hinteren Ende des Nachbargrundstücks angrenzte. Manchmal hörte er Stimmen auf der anderen Seite der Mauer. Millys Stimme erkannte er immer sofort, aber die von Lulu hörte er nie. Auch andere Stimmen, verschiedene Männer und Frauen, manchmal die eines Jungen, Millys Sohn Cassian, vermutete er. Ein wenig weiter unten führte ein Feldweg zu der unbefestigten Straße am Meer hinunter. Der Weg befand sich außer Sichtweite des Hauses, und man gelangte direkt zum Strand von Son Moll. Von dort aus konnte er die Hauptstraße entlang bis zu seiner eigenen, lang gezogenen, zerfurchten Auffahrt gehen.

Heute sah er wieder den Mann und den kleinen Jungen. Er war ihnen auf dieser Straße schon einmal begegnet. Er konnte sich nicht sicher sein, aber er glaubte, dass das Lulus Ehemann und ihr Sohn waren. Sie aßen manchmal im Marítimo, abends, zu einer Zeit, in der Gerald nie in die Stadt ging. Rafael hatte es ihm erzählt. Lulu, ihr amerikanischer Ehemann, das Baby und ihre Freunde aus dem Haus.

Sie kamen ihm vom Strand aus entgegen. Der Amerikaner trug den kleinen Jungen auf dem Arm und drückte ihn im Gehen an seine Brust. Als sie näher kamen, nickte der Mann Gerald höflich zu, so wie sich Menschen begrüßen, die einander nur von seltenen Begegnungen kennen. Es lag nichts Wissendes oder Vielsagendes in diesem Blick. Er weiß nicht, wer ich bin, begriff Gerald. Mit seinem Strohhut, dem fadenscheinigen Hemd und der ausgefransten Hose würde ihn niemand für einen Urlauber halten. Ein Seemann vielleicht. Oder ein Landarbeiter.

Das Kind lag an der Schulter seines Vaters und schlief tief und fest. Gerald starrte ihm ins Gesicht und suchte nach einer Ähnlichkeit mit Lulu, doch es war einfach nur das Gesicht eines sehr kleinen schlafenden Jungen. Gerald konnte nie sagen, wie alt Kinder waren, aber dieses hier sah eindeutig so aus, als wäre er noch keine zwei Jahre alt. Das würde so etwa hinkommen. Nur das unschuldige schlafende Gesicht eines Jungen, der sich der Welt noch nicht im Geringsten bewusst war.

Gerald nickte zurück, als sie aneinander vorbeigingen, und setzte seinen Weg fort.

2

»BERNARD! ALTER JUNGE!«, sagte Tom, als Bernie mit der Schultertasche aus Stroh durch das Tor kam. Tom schien gerade erst aufgewacht zu sein. Er trug Millys zerschlissenen gelben Morgenrock, an dem noch die letzten Spuren eines Büschelmusters zu erkennen waren, und hatte es sich mit ausgebreiteten Armen und Beinen in einem Liegestuhl gemütlich gemacht. Er blinzelte ins Sonnenlicht, starrte in die Umgebung – die geflieste Terrasse, die offen stehenden Türen zum Haus, das blaue Meer hinter der weißen Mauer – und erweckte dabei den Eindruck, als hätte man ihm eben erst eine Kapuze vom Kopf gezogen.

Bernie war wie gewöhnlich als Erster aufgewacht und von der Villa Los Roques auf der Küstenstraße in die Stadt zur *panadería* gelaufen.

»Guten Morgen, Tom«, sagte er.

Bernie ging an ihm vorbei ins Haus. Lulu und Milly hatten sich beide bereits angezogen, saßen am Küchentisch und hatten die Teekanne zwischen sich gestellt. Milly war etwa fünfzehn Jahre älter als Lulu und trug ihre übliche zweckdienliche Sommerkleidung: eine kurzärmlige Aertex-Bluse, einen weiten Rock, der bis zu ihren Knien reichte, und Leinenschuhe. Das Ganze sah wie eine Schulmädchenuniform aus, die man für eine einen Meter achtzig große Frau geschneidert hatte. Lulu, die im Vergleich zu Milly tatsächlich wie ein Schulmädchen wirkte, zumindest, was ihre Größe anbelangte, trug eine geblümte kurze Hose und eine ärmellose Baumwollbluse, die ihre geschmeidigen Arme und Beine zur Geltung brachten – einen Teil von ihr, den Bernie besonders verehrte. Sie sagten gerade etwas über irgendwelche Gäste, verstummten jedoch sofort, als er die Küche betrat. Lulu stand auf. »Gerade eben habe ich dir deinen Kaffee aufgesetzt«, sagte sie und ging zum Herd.

»Danke«, sagte Bernie. Er bekam schon wieder dieses Gefühl, das ihn schon seit mehreren Tagen beschlich – das Gefühl, dass bei Lulu und Milly irgendeine Verschwörung im Gange war. Er stellte die Strohtasche auf den Tisch und nahm ihren Inhalt heraus: mehrere runde Brotlaibe und ein gewölbtes, in Papier eingewickeltes Päckchen, dessen beide Enden zu einem Zipfel zusammengedreht waren.

»Oh, herrlich«, sagte Milly, streckte die Hand nach dem Päckchen aus, öffnete es und zog ein weiches, rundes, spiralförmiges Gebäckstück aus Blätterteig daraus hervor. »Ich muss meine *ensaïmada* unbedingt sofort essen, während sie noch heiß ist. Tausend Dank, Bernard. Du bist ein Schatz.«

»Ja, das bist du«, sagte Lulu, als könne sie dies erst nach reiflicher Überlegung bestätigen.

»Gern geschehen«, sagte Bernie.

Niemand nannte ihn hier Bernie – der Name, den er eigentlich bevorzugte. Auch nach zwei Jahren Ehe weigerte sich Lulu beharrlich, ihn so zu nennen. »Ich kann das einfach nicht, Darling«, hatte sie schon ganz zu Anfang gesagt. »Ich kriege es einfach nicht über die Lippen. Du könntest genauso gut Siegfried heißen. Das könnte ich mir ebenso wenig abringen.« Zuerst hatte er das bezaubernd gefunden. Doch auch der Name Bernard schien ihr zu widerstreben. Sie nannte ihn immer nur dann bei diesem Namen, wenn sie mit Dritten über ihn sprach. *Ber*-nard – oder so wie sie es aussprach: *Böh*-nad. Also nannten auch Milly und Tom und Lulus übrige Freunde ihn so. Bernie war die amerikanische Betonung gewohnt, die auf der zweiten Silbe lag und auch immer das auffällige amerikanische »r« enthielt – Ber-*nard.* So hatten ihn die Leute sein Leben lang genannt, in der Schule, auf der Universität, in der Armee, bis er sich schließlich irgendwann als Bernie vorgestellt hatte. Selbst in Paris, wo er jetzt wohnte, war ihm die französische Aussprache seines Namens – *Bärnarrrhh* – vertrauter und in jedem Fall charmanter als *Böh*nad. Guten Morgen, Böhnad. Ah, da bist du ja, Böhnad. Es kam ihm immer so vor, als würden sie über jemand vollkommen anderen reden.

»Schläft Luc noch?«, fragte Bernie.

»Ja, Darling«, antwortete Lulu. Sie goss den Kaffee aus der Mokkakanne in eine Tasse und reichte sie ihm.

»War Schooner draußen auf der Terrasse?«, fragte Milly.

»Nein.«

»Gut«, sagte Milly. »Er braucht dringend seinen Schlaf. Geh doch und setz dich zu Tom. Lulu und ich bringen euch dann das Frühstück.«

Bernie ging gehorsam nach draußen auf die Terrasse. Er setzte sich in den Schatten und wünschte, er hätte eine Zeitung.

»Der arme alte Schooner, was?«, sagte Tom und blinzelte ihn an.

»Er schien sich sehr zu freuen, endlich hier angekommen zu sein.«

»Das sollte man meinen. Nach seiner epischen Wanderschaft durch sämtliche Gegenden des Mittelmeers. Und dann noch diese andere Geschichte. Armer Kerl«, sagte Tom mitleidig.

Schooner Trelawney hatte England vor vier Tagen verlassen, just in dem Augenblick, als sich ein dunkler Schatten auf sein Leben gelegt hatte. Er wollte Tom und Milly auf Mallorca treffen und in der Gesellschaft treuer Freunde seine Wunden lecken. Er wusste selbstverständlich, dass sie seit Jahren zu derselben Villa am Meer namens *Die Klippen* fuhren – sie hatten ihn in der Vergangenheit schon oft dorthin eingeladen. Also war er mit dem Zug direkt nach Monaco gefahren. Doch dort sah es nicht im Geringsten so aus wie auf den Urlaubsfotos, die Tom und Milly ihm gezeigt hatten. Er hatte die beiden nirgends finden können. Einer der Leute, die er gefragt hatte, meinte, es sei vielleicht das Eden Roc Hotel gemeint, also war er dorthin gefahren, obwohl es beim besten Willen nicht mehr zu Monaco zählte. Die Häuser, die an diesem Abschnitt der französischen Küste standen, ähnelten den Fotos schon eher, aber auch hier war keine Spur von Tom und Milly zu finden und auch keine Villa, die diesen Namen getragen hätte. Nachdem er einige Tage in einer elenden Pension in Nizza verbracht hatte, ließ er sich nach einem regen Austausch von Telegrammen mit Freunden in England davon überzeugen, dass er nach Barcelona fahren müsse, um dort eine Fähre nach Mallorca zu besteigen (er hatte noch nie von diesem Ort gehört) – und eben nicht nach Monaco. Nach seiner Ankunft auf Mallorca hatte er eine fürchterliche, zutiefst beängstigende Busfahrt über sich ergehen lassen müssen, die ihn quer über die Insel geführt hatte und während derer sein Herz ihm immer tiefer in die Hose gerutscht war, weil seine Überzeugung, hier näher bei Afrika als bei seinen Freunden zu sein, mit jedem Kilometer gewachsen war. Am Ende der Busfahrt war er in einem winzigen Dorf am Meer angekommen, das unmöglich der Ort sein konnte, von dem man ihm seit Jahren vorgeschwärmt hatte. Bis er dann schließlich, schon lange nach Einbruch der Dunkelheit, zu einem Haus an einem Feldweg gewiesen wurde, das direkt an dem vor sich hin gurgelnden Meer lag. Er war ins Haus hineingestolpert und hatte dort endlich, wie durch ein Wunder, Tom und Milly und alle anderen vorgefunden. Danach war Schooner haltlos weinend in sich zusammengebrochen und hatte es gerade eben noch geschafft, bei einer Schüssel Suppe und einem Glas Whisky einige wenige Bruchstücke der üblen Geschichte zu erzählen, die ihm in England widerfahren war, bevor Milly und Lulu ihn ins Bett verfrachtet hatten.

»Tja, man darf seinen Schwanz eben am Arbeitsplatz nicht von der Leine lassen«, sagte Milly leise, während sie auf der Terrasse ihr Frühstück verzehrten.

»Ich weiß, ich weiß. Aber es ist trotzdem wirklich blödes Pech. Und was wird nun aus dem armen Teddy? Was geschieht jetzt mit ihm? Er ist doch nur ein kleiner Junge. Es wird schwer für ihn werden, falls Vivian sich entschließt, weitere Schritte einzuleiten. Glaubst du, dass sie das tun wird?«

»Es ist kein Pech – das Ganze ist äußerst unanständig und auch verdammt unverantwortlich, wenn du mich fragst«, sagte Milly. »Aber ja, da ist immer noch Teddy. Deshalb glaube ich auch nicht, dass Vivian ihn bei der Polizei verpfeifen wird.«

»Hoffen wir's mal«, sagte Tom. »Aber solange sie damit drohen kann, hat sie alle Karten in der Hand, nicht wahr? Sie hat das Sagen. Sie kann ihn einfach so vor die Tür setzen, wenn ihr danach ist.«

»Was ist denn eigentlich genau passiert?«, fragte Bernie. Er war während des größten Teils des vergangenen Abends auf seinem Zimmer gewesen, hatte vor seiner Schreibmaschine gesessen und einen Artikel geschrieben. Deshalb hatte er die Sache auch nur in groben Zügen mitbekommen – es war um einen Seitensprung oder etwas in der Art gegangen. Aber jetzt kam er nicht mehr mit. »Er hatte doch eine Affäre, oder etwa nicht?«

»Nun, das trifft die Sache nicht ganz«, sagte Milly. »Vivian, Schooners Frau, hat ihn zu Hause in seinem Arbeitszimmer mit einem der Schüler erwischt, denen er Nachhilfeunterricht gibt. In flagranti, sozusagen. Der Junge war natürlich noch längst nicht erwachsen. Das war für Vivian ein gefundenes Fressen. Sie hat ihn rausgeworfen und gedroht, zur Polizei zu gehen. Und jetzt wird sie versuchen, ihn von ihrem gemeinsamen Sohn Teddy fernzuhalten. Man könnte ihn in England sogar aus zwei Gründen vor Gericht stellen: Erstens wegen Analverkehr und zweitens, weil er es mit einem Kind gemacht hat. Er ist also vollkommen erledigt.« Milly schenkte allen noch etwas Tee ein.

»Der arme Kerl«, sagte Tom. Er drehte den Kopf zu Bernie und sah ihn mitleidheischend an.

»Das klingt übel«, stimmte Bernie ihm zu. Doch weil er das Ganze nicht wie die anderen durch einen Schleier von Liebe und Mitgefühl betrachtete, war das Einzige, was bei ihm von der ganzen Sache hängen blieb, dass es sich bei Schooner um einen flüchtigen Pädophilen handelte, dem die Freunde seiner Frau in einem Haus Zuflucht gewährten, in dem sich auch sein kleiner schlafender Sohn befand.

Er sah Lulu an. Sie war still. Ihre Gedanken schienen ganz woanders zu sein. Jetzt schaute sie zu ihm und lächelte. »Ich hole dir noch etwas Kaffee, Darling«, sagte sie, stand auf und verschwand im Haus.

Cassian gesellte sich zu ihnen auf die Terrasse. Es war nicht zu übersehen, dass er Millys Sohn war: Seine Haarmähne war ebenso rot wie die ihre, und er trug ein Aertex-Hemd, eine kurze Hose und Sandalen – die Ferienkleidung eines Schuljungen. Er war fünfzehn, sah aber wesentlich jünger aus. Während er sich setzte und sofort eine dicke Schicht Orangenmarmelade auf eine Scheibe Toast schmierte, goss Milly ihm eine Tasse Tee ein.

»Du hast gestern Abend die ganze Aufregung verpasst«, sagte Tom. »Schooner ist hier.«

»Ich weiß. Mami hat es mir erzählt«, sagte Cassian. Sein breites, sommersprossiges Gesicht ließ keinerlei Gefühlsregung erkennen.

»Hast du das?«, fragte Tom und sah dabei seine Frau an.

»Ja«, antwortete Milly.

»Was genau hast du ihm erzählt?«, fragte Tom.

»Dass er einem kleinen Jungen seinen Schwanz in den Hintern gesteckt hat und aus dem Haus geworfen wurde«, sagte Cassian.

»Wirklich?«, sagte Tom. »Das hast du ihm erzählt?«

»Das habe ich selbstverständlich nicht getan, Darling.«

»Ich weiß Bescheid, Papa«, sagte Cassian mit einem vernichtenden Ton in der Stimme. »Alle wissen Bescheid.«

»Nun, es ist eine unglückliche Situation«, sagte Tom.

»Ich bin mir sicher, dass er es überleben wird«, sagte Cassian und hob die Teetasse an seinen Mund.

»Mein lieber Junge«, sagte Tom in einem sanft tadelnden Tonfall. »Das hast du sehr herzlos gesagt. Ich glaube, du verstehst nicht ganz, was hier auf dem Spiel steht. Man darf nicht vergessen, dass es hier auch um das Schicksal eines kleinen Jungen geht, um Schooners Sohn Teddy.«

»Da war aber auch noch ein anderer kleiner Junge, oder nicht?«, sagte Cassian.

Milly mischte sich ein. »Was hast du denn heute so vor, mein Schatz?«

»Ich werde wohl schwimmen gehen, wie immer, denke ich«, sagte Cassian ohne große Begeisterung. Er biss ein Stück Toast ab und sogar bei geschlossenem Mund konnte man erstaunlich laut hören, wie seine Zähne die Kruste zermalmten.

»Ich geh mal nach Luc schauen«, sagte Bernie, stand auf und verließ den Tisch.

Lucs Bett stand in einem winzigen Raum neben dem Schlafzimmer seiner Eltern. Das einzige Fenster bot einen Blick auf das Meer. Bernie hatte Papierflugzeuge gebastelt, sie mit Pastellfarben, die er im Haus gefunden hatte, bemalt und dann an die weißen Wände geklebt. Obwohl Luc erst fünfzehn Monate alt war, schlief er in einem kleinen normalen Bett ohne Gitter. Doch bisher war er immer ganz brav im Bett liegen geblieben und noch kein einziges Mal herausgefallen. Er war wach und lag auf dem Rücken, und als Bernie zur Tür hereinkam, richtete er seinen Blick und seine gesamte Aufmerksamkeit auf seinen Vater, so als hätte er nur auf ihn gewartet. Ein bezauberndes Lächeln breitete sich auf Lucs Gesicht aus. »Papa!«

»Guten Morgen, mein kleiner Schatz«, sagte Bernie. Er pflückte Luc aus dem Bett, umarmte und küsste ihn und hielt ihn dann ein wenig von sich weg, damit sie einander ins Gesicht schauen konnten. »Wie geht es dir?«

»Papa, Strand?«, fragte Luc.

»Papa muss heute in die Stadt fahren, um einen Brief abzuschicken«, antwortete Bernie. »Aber spätestens heute Nachmittag bin ich wieder zurück, und dann können wir an den Strand gehen.«

»Strand!«, rief Luc.

Cassian stand vor der Tür, die in Lucs Zimmer führte. »Bernard, ich habe gehört, dass Sie heute Morgen nach Palma fahren.«

»Ja.«

»Kann ich mitfahren?«

»Ja, aber ich werde nicht lange bleiben.«

»Lange genug für eine Tasse Kaffee?«

»Aber klar. Ich bleibe meistens sowieso noch auf einen Kaffee dort.«

»Fahren Sie bald los?«

»Ich wollte fahren, sobald ich mich umgezogen habe.«

»Ich warte am Auto auf Sie«, sagte Cassian.

Bernie lief die breite Treppe des Correos-Gebäudes auf der Carrer de la Constitució hoch und betrat die riesige, kühle, marmorgeflieste Halle. Dort gab er seinen säuberlich getippten Artikel für das Pariser Büro der *Herald Tribune* in die Post. Nachdem er noch vor ein paar Tagen in Brüssel den Krönungsfeierlichkeiten König Baudouins beigewohnt hatte, war er direkt von dort nach Palma geflogen, statt erst noch nach Paris zu fahren und seinen Bericht dort zu verfassen. Die meisten anderen Journalisten befassten sich mit der Abdankung König Leopolds III. und der Thronübernahme seines Sohnes, aber Bernies Artikel war eher ein nachdenklicher Essay über die Frage, welchen Wert eine Monarchie im Nachkriegseuropa überhaupt noch hatte und ob es sich nicht vielleicht doch eher um ein altertümliches, überholtes Phänomen handelte. Es war daher kein besonders dringender Artikel gewesen, und weil er seine Ferien mit Lulu und Luc so bald wie möglich fortsetzen wollte, hatte er ihn in der Villa Los Roques geschrieben, obwohl ihm die dort herrschende Urlaubsatmosphäre eigentlich nicht die nötige Ruhe bot.

Cassian war ihm ins Gebäude gefolgt, um einen Telefonanruf zu tätigen, und wartete nun draußen auf ihn. Er hatte eine sehr modische Sonnenbrille aufgesetzt, die einen verwegenen Kontrast zu seinem Hemd, seiner kurzen Hose und seinen Sandalen bildete, die er zu allem Überfluss auch noch mit Socken trug.

Bernie fuhr den kleinen Seat zur Bar Formentor, wo sie, wie er Cassian auf sein Nachfragen hin erklärt hatte, einen Kaffee trinken würden. Bernie mochte die Bar wegen des Blicks, den man auf die baumbeschattete Plaza hatte, und auch, weil dort noch eine Atmosphäre herrschte, die einer vollkommen anderen Welt zu entstammen schien. Außerdem konnte es auch durchaus geschehen, dass man einer Berühmtheit begegnete. Errol Flynn zum Beispiel kam täglich in die Bar Formentor, um dort einen Kaffee und auch manchmal ein paar härtere Sachen zu trinken, wann immer seine Yacht *Zaca* im Hafen vor Anker lag (was sie im Augenblick jedoch nicht tat). Angeblich war er es gewesen, der der Bar zu Bekanntheit verholfen hatte. Doch vor ihm war Ende der vierziger Jahre bereits Porfirio Rubirosa hierhergekommen, mit seiner dritten Frau Doris Duke, um den Partys beizuwohnen, die Juan Llobet hier regelmäßig geschmissen hatte. Es gab zahlreiche Fotos von Rubirosa, wie er im Formentor saß und fröhlich ein Bier nach dem anderen trank. Und auch andere britische, französische und amerikanische Reisende – Menschen, deren Yachten hier vor Anker lagen oder die hier Bücher schrieben oder

Filme drehten – waren in die Bar Formentor gekommen. Dabei schienen sie von einem ähnlichen Ortungssinn geleitet worden zu sein wie ein Schwarm Vögel, der unbeirrbar dem nordamerikanischen Zugweg bis in den Central Park folgt. Aus irgendeinem Grund wussten sie instinktiv, wo sie hinmussten.

Bernie war 1949 zum ersten Mal nach Mallorca und in die Bar Formentor gekommen, in Gesellschaft des französischen Regisseurs Julien Duvivier und der beiden Schauspieler George Sanders und Herbert Marshall. Sie hatten damals Duviviers Film *Der schwarze Jack* gedreht. Darin ging es um einen amerikanischen Schmuggler, der auf seiner geräumigen Motoryacht aus edlem Mahagoni zwischen den Häfen des Mittelmeers hin und her kreuzt und dabei von einem Debakel ins nächste gerät. Weil das *Life Magazine* davon überzeugt gewesen war, dass hier gerade das nächste *Casablanca* entstand, hatten sie Bernie von der *Herald Tribune* ausgeliehen und nach Palma geschickt. Er erhielt den Auftrag, einen Artikel über den Film zu schreiben, der gleichzeitig mit der Filmpremiere im folgenden Jahr erscheinen sollte. Bernie und ein Fotograf des *Life Magazine* waren dem Regisseur und seinen Stars zu den verschiedenen Drehorten auf der Insel gefolgt. Einer dieser Drehorte war das Meer vor der Küste von Cala Marsopa gewesen. Dort hatten sie eine amüsante Gruppe von Engländern kennengelernt, die sich zu einer kleinen häuslichen Gesellschaft in einer Villa über den Klippen in der Nähe des Hafens zusammengefunden hatte. Nach Beendigung seines Auftrags kehrte Bernie nach Cala Marsopa zurück. Lulu war eine der schönsten Frauen, denen er jemals begegnet war. Darüber hinaus hatten sie und ihre Freunde Tom und Milly Ollorenshaw diesen bissigen, scharfen britischen Humor, der ihm sehr entgegenkam. Bernie hatte sie auch seinerseits zum Lachen gebracht, auf seine ganz eigene amerikanische Art, die ihnen zu gefallen schien. Er lud Lulu ein, ihn in Paris zu besuchen. Sie war erst ein einziges Mal in der Stadt gewesen, und das auch nur auf der Durchreise. Ihr Besuch hätte romantischer nicht sein können: Sie liebte das französische Essen und sein Apartment in der Rue Jacob. Sie gingen spazieren und tranken und aßen, wo und wann ihnen gerade der Sinn danach stand. Lulu fand es wunderbar, dass Bernie so viel durch die Weltgeschichte reiste, dass er Politiker und Filmleute kennenlernte, aber am meisten liebte sie die Tatsache, dass er in Paris wohnte. »Ein Schriftsteller, der in Paris lebt – das ist ja schon so romantisch, dass es geradezu absurd ist«, sagte Lulu zu ihm. Es war ganz so, als hätte er ihr ein Lebenselixier eingeflößt. Sie heirateten in der amerikanischen Botschaft. Am Anfang begleitete sie ihn noch bei seinen Aufträgen, genoss die Zugfahrten nach Rom, Prag oder Bukarest, aber sie wurde schnell des vielen Reisens müde, denn Bernie war gezwungen, jede Woche für seine Artikel quer durch Europa zu fahren. Sie mochte es nicht, wenn er nicht da war. Sie fühle sich nicht sicher, wenn er nicht zu Hause war, sagte sie. Bernie erwiderte, sie könne überhaupt nirgends sicherer sein als in Paris, sie sei dort besser aufgehoben als irgendwo sonst auf der Welt. Sie fühle sich eben allein nicht sicher, antwortete sie ihm. Bernie wusste nicht, was er darauf entgegnen sollte. So sah sein Leben nun mal aus: Er reiste für seine Artikel durch die Gegend und betrieb Recherchen für seine Bücher – sie hatte doch behauptet, dass ihr genau das so an ihm gefallen würde.

Er hatte *Der schwarze Jack* nicht gesehen oder überhaupt jemals davon gehört, dass der Film in die Kinos gekommen war. Das *Life Magazine* hatte seinen Artikel nie veröffentlicht.

»Bereit zum Losfahren?«, fragte er Cassian. Er hatte seinen *café con leche* ausgetrunken und einen drei Tage alten *Daily Express* aus London gelesen – die einzige englische Zeitung, die er in dem Kiosk neben der Bar hatte finden können. Cassian, den man beim besten Willen nicht als lebhaften Gesprächspartner bezeichnen konnte, hatte eine halbe Stunde dafür gebraucht, seine Coca-Cola-Flasche auszutrinken, wobei seine Schlucke immer kleiner und kleiner geworden waren. Währenddessen hatte er seinen Blick mit steigender Besorgnis über die Plaza wandern lassen – eine Besorgnis, die auch seine Sonnenbrille und seine gewohnte Unergründlichkeit nicht verschleiern konnten.

»Würde es Ihnen etwas ausmachen, noch ein paar Minuten hier sitzen zu bleiben?«, fragte Cassian ausdruckslos. »Ich warte auf einen Freund. Er ist spät dran. Er müsste jeden Moment hier sein.«

»Aber sicher«, sagte Bernie. Er verbarg seine Neugier hinter der raschen Bewegung seines Handgelenks, mit der er die Zeitung wieder auseinanderfaltete. Immerhin bot sich ihm so die Gelegenheit, all jene Artikel noch gründlicher zu lesen, die er bisher nur überflogen hatte: Ein Mann aus Südwestlondon hatte einen Haufen von leeren Milchflaschen zusammengetragen, die eigentlich Eigentum der Molkerei von Putney waren, und half nun der Polizei bei ihren Nachforschungen nach dem Dieb; die Übertragung des BBC-Fernsehens aus dem Alexandra Palace musste wegen eines unerklärlichen Stromausfalls während der Samstagabend-Sendung der Fußballtoto-Ergebnisse für dreizehn Minuten unterbrochen werden –

Cassian stand abrupt auf, schob hastig seinen Stuhl zurück und begrüßte einen hochgewachsenen Mann, der sich ihrem Tisch näherte. Der Mann bedeutete Cassian mit einer kurzen, nah am Körper und in Hüfthöhe ausgeführten Geste, sich wieder zu setzen, und ließ sich dann ebenfalls an ihrem Tisch nieder. Er war etwa Mitte dreißig und dunkelhäutig – er sah eher arabisch oder türkisch als spanisch aus, dachte Bernie – und war wie ein Kellner gekleidet: in ein weißes, offenes Hemd, eine schwarze Hose und Halbschuhe. Bernies Gegenwart schien ihm ein ungutes Gefühl zu geben und sein Blick flackerte fragend zwischen ihm und Cassian hin und her.

»Es ist schon okay, er ist ein Freund meiner Eltern.«

»Du hättest mir Bescheid geben sollen«, sagte der Mann. Sein Akzent war osteuropäisch oder vielleicht auch levantinisch, dachte Bernie. »Als ich ihn gesehen habe, wäre ich beinahe nicht gekommen. Der Rest ist okay? Du wirst deinen Freund treffen?«

»Oh ja, das ist alles geregelt«, sagte Cassian weltmännisch.

Der Mann hatte eine Strohtasche bei sich, wie sie die Leute für gewöhnlich für Einkäufe auf dem Markt benutzen. Er zog ein kleines, in braunes Papier eingeschlagenes und fest zusammengeschnürtes Paket daraus hervor und reichte es Cassian unter dem Tisch. Er schaute erst auf Bernie und dann unsicher zu Cassian hinüber, wobei er seinen Blick über das Hemd und die kurze Hose des Jungen gleiten ließ. »Okay«, sagte er. Dann stand er auf und ging über die Plaza davon.

»Dein Freund ist mir äußerst sympathisch«, sagte Bernie.

»Nun, um ehrlich zu sein, ist er eher so etwas wie eine flüchtige Bekanntschaft. Ich habe ihn erst ein paar Mal getroffen. Er ist ein Freund von einem Freund.«

»Und, können wir jetzt gehen?« Bernie steckte ein paar Pesetascheine unter die Untertasse.

»Ja«, sagte Cassian. Er stand auf, wobei er sich das braune Paket an die Brust gedrückt hielt.

Als sie im Auto saßen, fragte Cassian: »Können wir unterwegs noch kurz beim Club Náutico vorbeischauen?«

»Na klar«, sagte Bernie. »Triffst du da einen Freund?«

»Ja, genauer gesagt einen Freund aus London.«

»Und, was ist in dem Päckchen? Drogen?«

»Du liebe Güte, nein. Nur Geld.«

Bernie lenkte den Wagen in die Einfahrt des Real Club Náutico und parkte in der Nähe des Hauptanlegestegs.

»Es dauert nur eine Minute«, sagte Cassian und öffnete die Autotür. Er lief einen der Stege entlang, an dem eine Reihe von ausländischen Motoryachten vor Anker lagen. An ihren Hecks flatterten blau-rote britische Flaggen, französische Trikoloren oder holländische, schwedische und norwegische Fahnen in der leichten Brise.

Bernie musste lächeln. Für die Rolle des Mike Alexander, des ruchlosen Schmugglers und der Hauptfigur in *Der schwarze Jack*, hatte man George Sanders mit einer aufwendigen Garderobe ausstaffiert. Sie bestand aus einer weißen Kapitänsmütze mit schwarzem Schirm und einem Abzeichen in der Form eines Ankers, wie sie traditionell von Schauspielern getragen wurden, sobald diese ein wie auch immer geartetes Schiff betraten, sowie aus einem gestreiften französischen Fischerhemd mit rotem Halstuch, einer ausladenden weißen Hose, die von einem breiten Gürtel gehalten wurde, an dem ein Fahrtenmesser hing. Dazu Segeltuchschuhe. Zusammen mit der von Natur aus zwielichtigen Ausstrahlung von George Sanders' Gesichtszügen wies dieses Kostüm so unmissverständlich auf die Machenschaften der Filmfigur hin, als hätte er eine Reklametafel mit dem Wort »Schmuggler« vor sich hergetragen. Cassian hingegen musste auf jedermann den Eindruck machen, genau das zu sein, was er auch tatsächlich war:

ein Schuljunge in kurzen Hosen, der deshalb so schwankend und ein wenig schief über den Landungssteg lief, weil seine Beine immer noch im Wachstum begriffen waren. Dort, wo der Steg in einer T-Kreuzung endete, bog er ab und Bernie verlor ihn aus den Augen.

Acht Minuten später kehrte er mit leeren Händen wieder zurück.

»Und was war das für Geld, wenn ich fragen darf?«, sagte Bernie, während sie aus Palma hinausfuhren.

»Tschechoslowakische Korunas – die alten, von vor 1939«, antwortete Cassian.

»Und wer will die haben?«

»Ich habe keine Ahnung. Einige Leute haben sie vor dem Krieg ausgeführt und jetzt möchten sie sie wieder zurückhaben, um sie gegen ihre neue Währung einzutauschen. Im Augenblick kann man sie noch zum Nennwert gegen die neuen Korunas umtauschen, glaube ich. Ansonsten kann man damit nichts anfangen.«

»Also wirst du während deiner Ferien zum Währungsschmuggler?«

»Nicht immer. Ich helfe nur ein paar Freunden. Ich meine, das tun doch alle, oder etwa nicht? Meine Mutter und mein Vater, die machen das jedes Mal, wenn sie England verlassen. Mit nur fünfzig Pfund kann man unmöglich einen ordentlichen Urlaub bestreiten. Und mehr als fünfzig Pfund darf man aus England nicht ausführen, wissen Sie?«

»Ja, ich weiß. Und, wie macht ihr das dann? Stopft ihr euch das Geld unter den Hosenbund, wenn ihr die Fähre über den Ärmelkanal besteigt?«

»Du liebe Güte, nein. Yachten, hauptsächlich. Jedenfalls benutzt jeder, den ich kenne, eine Yacht dazu. Das machen meine Eltern auch. Wie glauben Sie denn, hätten sie es sonst geschafft, genug Geld nach Spanien einzuführen, damit Lulu das Haus kaufen kann?«

»Was?«

»Das Geld für die Villa. Für so viel Geld kann man schließlich keinen Bankwechsel ausstellen.«

Einige Minuten später sagte Bernie: »Nein, natürlich nicht.«

Cassian hatte aus dem Fenster geschaut. Jetzt wandte er Bernie den Kopf zu. »Verzeihung?«, fragte er.

3

ANFANG DES JAHRES hatte Gerald einen Brief von einem der Lektoren bei John Murray Ltd. bekommen – demselben Verlagshaus, das die Werke von Byron, Darwin, Livingstone, Conan Doyle, Jane Austen und Herman Melville verlegte und darüber hinaus auch solide, niveauvolle Reiseliteratur herausgab. Der Brief war an Griffiths von *Yachting Monthly* geschickt worden, von wo aus er an Gerald weitergeleitet wurde:

22. Februar 1951

Sehr geehrter Herr Rutledge,
seit einigen Jahren lese ich nun schon mit dem größten Vergnügen die Artikel, die Sie für Yachting Monthly, Cornhill *und* The Listener *über die Route verfasst haben, die Odysseus auf seinem Heimweg vom Trojanischen Krieg genommen hat. Dabei ist mir der Gedanke gekommen – der nun auch bei meinen Kollegen im Verlagshaus Anklang gefunden hat –, dass diese Artikel sehr vorteilhaft in einem kleinen, aber exquisiten Band zusammengefasst werden könnten.*
Ich bin selbst ein begeisterter Segler von Binnen- und

Küstengewässern und daher mit der zeitgenössischen Literatur, die sich mit dem Segeln befasst, nur zu gut vertraut. Das meiste davon ist entsetzlich. So wird der Leser zum Beispiel mit schwülstigen Ausführungen zur Prozedur des Ankerwerfens gequält, reichlich gespickt mit detaillierten Abmessungen der Ankerkette und einer ausschweifenden Beschreibung des schlammigen Untergrunds. Ihre Artikel bilden dagegen eine leuchtende Ausnahme. Wir sind davon überzeugt, dass sich die Mischung aus zurückhaltender Gelehrsamkeit und Reisebericht, die Sie bieten – zusammen mit Ihren seglerischen Erkenntnissen zu den geographischen Hintergründen der Odyssee *–, zu einer einzigartigen Erzählung zusammenfassen ließe. Ein solches Buch würde einen großen Leserkreis ansprechen und eben nicht nur jene, die sich für die klassische Antike oder nautische Themen interessieren. Und das, ohne sich in sturer akademischer Wissenschaft zu verlieren. Wir sind uns sicher, dass Ihre seemännischen Schlussfolgerungen und Ihre navigatorischen Berechnungen zur Route der* Odyssee *das Zeug zu einem kleinen Klassiker der Reiseliteratur haben. Doch möglicherweise ist Ihnen dieser Gedanke längst selbst gekommen – vielleicht haben Sie ja bereits Pläne mit einem anderen Verlag gemacht? Falls dem jedoch nicht so sein sollte, sind wir gewillt, Ihnen einen Vorschuss von 750 Pfund auf Ihre Tantiemen auszubezahlen. Dabei hegen wir die feste Überzeugung, dass sich dieser Vorschuss schon nach kürzester Zeit rechnet und das Buch uns allen einen bescheidenen Gewinn einbringen wird. Falls dieser Vorschlag für Sie von Interesse ist, lassen Sie mich dies doch bitte in einem Antwortschreiben wissen, das, wenn möglich, auch eine detaillierte Liste Ihrer bisherigen Artikel*

zur Odyssee *enthält – vielleicht gibt es ja auch den einen oder anderen Artikel, der noch nicht veröffentlicht wurde – sowie eine Erklärung, inwieweit diese Artikel die gesamte Strecke von Troja nach Ithaka umfassen.*
Ich würde mich sehr freuen, baldmöglichst von Ihnen zu hören.
Übrigens, wo wohnen Sie? Sollten Sie in oder in der Nähe von London wohnen, würde ich Sie liebend gern zu einem Drink in den Royal Thames Yacht Club *einladen, bei dem wir die Angelegenheit dann persönlich diskutieren könnten.*

Mit freundlichen Grüßen
Eric Pocock

Wann immer es ihm eine Pause im Kriegsgeschehen ermöglichte, hatte Gerald auf seiner Pritsche gelegen – erst in den vom Bilgewasser feuchten Eingeweiden des Flugzeugträgers HMS *Furious* und später dann auf dem Zerstörer HMS *Avon Vale* – und hatte Heinrich Schliemanns Reisebericht zu seiner Entdeckung Trojas gelesen. Am 14. August 1868, nachdem er zu Pferde eine mit Trümmern übersäte Ebene im Nordwesten des Osmanischen Reiches durchquert hatte, entdeckte Schliemann an einem Ort namens Hissarlik die Spuren einer kreisförmigen Mauer. Der Ort stimme zur Gänze mit Homers Beschreibungen überein, schrieb Schliemann. Sobald man den Fuß auf die trojanische Ebene setze, erfülle der Anblick des herrlichen Hügels von Hissarlik den Betrachter mit dem größten Erstaunen. Später am selben Tag erklomm Schliemann das Dach eines Hauses am nördlichen Rand der Ebene:

Als ich mit der Iliade in der Hand auf dem Dach eines Hauses stand und hinausschaute, war mir, als sähe ich unter mir die Flotte, das Lager und die Versammlungen der Griechen, Troja und die Feste Pergamus auf dem Plateau von Hissarlik, die Märsche und Gegenmärsche und die Kämpfe der Truppen in der Ebene zwischen der Stadt und dem Lager. Zwei Stunden ließ ich so die Hauptbegebenheiten der Iliade *an mir vorübergehen, bis die Dunkelheit und heftiger Hunger mich zwangen hinabzusteigen … ohne auch nur Ausgrabungen zu versuchen, hatte ich die volle Überzeugung gewonnen, dass hier das alte Troja gestanden.*

Und tatsächlich hatte Schliemann bei seinen späteren Ausgrabungen eine Stadt aus dem Altertum entdeckt, die durch einen Krieg zerstört worden war.

Als Gerald bei Kriegsende in Alexandria aus dem Kriegsdienst entlassen wurde, reiste er sofort nach Istanbul. Von dort machte er sich nach Hissarlik auf, um den Hügel von Troja zu besichtigen, zunächst mit einer Fähre, dann mit einem offenen Omnibus und schließlich zu Fuß. Anschließend fuhr er auf den verschiedensten Schiffen, egal, wie groß oder klein sie waren, an den umliegenden Küstenabschnitten entlang, immer mit der *Ilias* in der Hand. Was er an diesen Küsten sah, schlussfolgerte er, war genau das, was auch Odysseus gesehen hatte (wobei ihm die Frage, ob es sich dabei um eine reale Person gehandelt hatte, müßig erschien). Hier lag Troja und südwestlich davon lag die Insel Ithaka, deren Koordinaten genauestens bekannt waren. Und irgendwo dazwischen hatten sich die geheimnisvollen Vorkommnisse jener zehn Jahre währenden Heimreise ereignet. Gerald beschloss, die Rückkehr auf seiner eigenen kleinen Yacht anzutreten und dabei dieselbe Route von Troja nach Ithaka zu nehmen, die sich aus Homers verdeckten Wegbeschreibungen erschließen ließ. Und genau das hatte er dann auch getan. Er hatte sich in Sussex die wendige *Nereide* gekauft und war mit ihr zwischen 1946 und 1947 den gesamten Weg von England in die Ägäis gereist. 1948 hatte er sich dann von dort aus wieder zurück in westlicher Richtung aufgemacht und war um den italienischen Stiefel herum in das Tyrrhenische Meer gesegelt, um Korsika und Sardinien zu erkunden – Inseln, die möglicherweise die Vorbilder für die Heimat der Lästrygonen und die Höhle des Zyklopen Polyphem gewesen waren. Dass die Straße von Messina auf jeden Fall der Schauplatz für die Geschehnisse um Skylla und Charybdis sein musste, hatte er immer schon gewusst, deshalb war er sich auch sicher gewesen, die entsprechende Höhle irgendwo an der Westküste von Sizilien zu finden. Doch es war ihm genauso ergangen wie Odysseus. Es wurde ihm zum Verhängnis, dass er dabei zu weit nach Westen abkam und sich auf einer Insel in den Fängen einer Nymphe verstrickte.

Mit dem, was er bis jetzt veröffentlicht hatte, war ein Großteil der in der *Odyssee* dargelegten Route bereits abgedeckt. Zusätzlich dazu hatte er auch zahlreiche Fotografien gemacht, inklusive einiger Bilder, auf denen die *Nereide* genau dort vor Anker lag, wo seinen Vermutungen nach auch Homer seinen Held hatte ankern lassen. Nur zu den östlichsten Schauplätzen der *Odyssee*, denjenigen, die am Anfang der Reise standen, wie Troja selbst und Ismaros, war er nicht selbst gesegelt. Er hatte das Projekt nach seiner gescheiterten Hochzeitsreise mit Lulu abgebrochen. Doch diese Orte waren ohnehin bekannt und eindeutig zugeordnet, und außerdem war er auch früher schon mit irgendwelchen fremden Booten dort unterwegs gewesen.

Er schrieb Pocock einen Antwortbrief. Anbei schickte er ihm sämtliche Artikel, die er bisher verfasst hatte, einschließlich einiger, die noch nicht veröffentlicht worden waren, sowie die Fotos, die er gemacht hatte, und die von ihm gezeichneten Kartenskizzen. Im Gegenzug bekam er einen Vertrag zugesandt, mit dem Auftrag, diesen zu unterschreiben. Und nur wenige Wochen später stand Gerald in der staubigen Schalterhalle des Correos in Cala Marsopa und öffnete einen braunen Umschlag, der einen Scheck über 750 Pfund enthielt. Eine lebensverändernde Summe. Mehr Geld, als er jemals zuvor zu Gesicht bekommen hatte oder vielleicht auch in Zukunft jemals besitzen würde. Was sollte er damit anfangen?

Er hätte sich wieder ein Boot kaufen und endlich zurück in die Ägäis segeln können. Das war schließlich immer sein Ziel gewesen. Seine Faszination für das antike Griechenland hatte ihn nicht mehr losgelassen, seit er ein Schuljunge in kurzen Hosen gewesen war. Er war, auf welchen Schiffen auch immer, zu den meisten Orten gesegelt, die er für mögliche Schauplätze der *Odyssee* gehalten hatte, aber er hatte immer geglaubt, er hätte noch ein Leben lang Zeit, die Gewässer Griechenlands und der Türkei zu erkunden oder – wie er den Ort im klassischen Sinn definierte – Asia Minor, den mutmaßlichen Geburtsort Homers. Mallorca war, wie sich herausgestellt hatte, eine katastrophale Unterbrechung eines großartigen Plans gewesen. So etwas wie ein ganz übler Autounfall.

An dem Morgen, nachdem er Pococks Brief erhalten hatte, machte er seinen gewohnten Spaziergang durch den Olivenhain auf der Hügelkuppe hinter C'an Cabrer und schaute über Cala Marsopa hinweg auf das Meer hinaus.

Ich könnte ein Boot kaufen, dachte er.

Dann drehte er sich um und betrachtete die Olivenbäume.

4

SIE SASSEN UNTER der schattigen Laube auf der Terrasse, von der aus man über die Klippen hinaus aufs Meer schauen konnte, und waren gerade im Begriff, ein spätes Mittagessen zu sich zu nehmen, als Bernie und Cassian aus Palma zurückkehrten.

Schooner Trelawney – ausgeruht und endlich im sicheren Hafen unter Freunden – war schon wieder in Hochform. Während des Essens erzählte er von den Schwierigkeiten, die sich ihm in Monaco bei der Suche nach seinen Freunden in den Weg gestellt hatten.

»Nun, ihr hattet gesagt, es sei ein kleiner Ort und ihr würdet alle und jeden kennen. Deshalb war ich ja auch so beeindruckt, als ich aus dem Bahnhofsgebäude trat und sich vor meinen Augen dieses große, glitzernde Fabergé-Fürstentum ausbreitete.« Schooner sah zu Tom hinüber. »Ich muss schon sagen, mein Lieber, ich hatte sofort den allerhöchsten Respekt vor dir. Ich dachte, meine Güte, Tom hat es aber im Leben ziemlich weit gebracht. Und falls ihr also tatsächlich alle und jeden kanntet, war es nur logisch, sich zuallererst im Palast nach euch zu erkundigen.«

Tom und Milly bogen sich auf ihren Stühlen und johlten begeistert. Cassian kicherte, aber eher über den Anblick, den seine vor Lachen fast ohnmächtigen Eltern boten, als über Schooners Geschichte.

»Ihr könnt euch meine Enttäuschung vorstellen – insbesondere nach einer solch langen Reise –, als sich herausstellte, dass im Palast niemand jemals von euch gehört hatte. Aber schließlich hatte ich mich ja auch nur an die Palastwächter gewandt, und was wussten die schon? Sie waren komplett desinteressiert. Taub für jede Logik und jeglichen Appell an ihre Hilfsbereitschaft. Sie wollten mich nicht einmal hereinlassen, damit ich den Fürsten oder sonst jemand hätte fragen können, von dem man füglich erwarten durfte, dass er über euch Bescheid wusste. Die Ollorenshaws! Ich begann, dies an den Wächtern vorbei zu den Fenstern hinaufzurufen – ihr hätte euch ja genauso gut gerade im Innern des Palastes aufhalten können, bei irgendeinem Fest.« Schooner war in seinem Element. Er sah sich mit hochgezogenen Augenbrauen am Tisch um.

Lulu warf einen Seitenblick auf Bernie. Luc saß in seinem Stühlchen zwischen ihnen, unbeeindruckt vom hysterischen Gelächter der Erwachsenen, die ihn umgaben, und Bernie schien vollauf damit beschäftigt, seinem Sohn dabei zuzusehen, wie er sich löffelweise sein Mittagessen aus Reis und klein gedrückten Sardinen einverleibte.

Nachdem sie Luc für seinen Mittagsschlaf ins Bett gebracht hatte, machte sich Lulu auf die Suche nach Bernie. Sie fand ihn hinter dem Haus, wo er sich auf einen Stuhl unter die Kiefern gesetzt hatte. Lulu setzte sich neben ihn.

»Du warst ja während des Mittagessens in einer richtigen Grabesstimmung. Du fühlst dich sicherlich von Schooner abgestoßen, aber du könntest dich immerhin bemühen, in Gesellschaft meiner Freunde nicht eine so rüpelhafte Missbilligung an den Tag zu legen.«

»Das war keine Missbilligung. Ich fand es einfach nicht amüsant.«

»Nein, natürlich nicht. Dein Sinn für Humor geht schließlich über Dick und Doof nicht hinaus. Und was ist wirklich los mit dir?«

»Wann wolltest du mir erzählen, dass du dieses Haus mit Toms Geld kaufen willst?«

»Genauer gesagt ist es Millys Geld.«

»Ah, Millys Geld. Dann hat man mich falsch informiert. Das wenige, das ich weiß, habe ich von Cassian erfahren, der mir die finanzielle Transaktion nur im groben Detail beschreiben konnte. Ein sehr intelligenter Junge. Also. Wann wolltest du mir Bescheid geben?«

»Nicht eher als absolut nötig«, sagte sie. Sie zog eine Packung Zigaretten und das goldene Ronson-Feuerzeug, das Bernie ihr geschenkt hatte, aus der Hosentasche und beschäftigte sich eingehend damit, sich eine Zigarette anzuzünden und den Rauch in die über ihnen hängenden Zweige der Kiefern zu blasen.

»Ich hätte dir helfen können«, sagte Bernie. »Wenn du mich gefragt hättest. Aber du verbringst doch die Sommermonate ohnehin immer hier, warum willst du dieses Haus dann überhaupt kaufen?« In den fast drei Jahren, die er Lulu nun kannte, hatte sie, auch nachdem sie ihn geheiratet hatte, die Sommerzeit immer in Cala Marsopa zusammen mit Tom und Milly verbracht, die seit Kriegsende die Villa Los Roques jeden Sommer gemietet hatten. Ursprünglich war Lulu mit ihnen zusammen aus England hergekommen, um für sie zu kochen. Später war sie dann zu einem unverzichtbaren Bestandteil ihrer Gruppe von Freunden geworden, die sich im Sommer in wechselnden Konstellationen hier aufhielten. Nachdem sie Bernie geheiratet und in sein Apartment in Paris gezogen war, verließ sie immer Anfang Juni zusammen mit Luc die Stadt und kehrte erst Anfang September wieder zurück. Bernie kam die beiden auf Mallorca besuchen, so oft er konnte.

»Weil ich eine Art Hotel oder Pension daraus machen will. Die Leute werden während der Ferien hierherkommen, hier wohnen und essen und mich dafür bezahlen. Es war Millys Idee. Die beiden wollen andere Sachen ausprobieren, mehr reisen, aber sie möchten immer noch die Möglichkeit haben, an diesen Ort zurückzukehren.«

»Oh«, sagte Bernie. Die Erkenntnis, welche Folgen das mit sich brachte, breitete sich erst nach und nach in seinem Gehirn aus – wie wenn man ein bewegliches Objekt mit den Augen verfolgt und dadurch plötzlich einen umfassenderen Blick für eine ganz neue, vollkommen unerwartete Aussicht erlangt. »Das wird sehr viel Arbeit erfordern.«

»Ja, das wird es. Es bedeutet eine große Veränderung. Ich werde hierbleiben. Ich komme nicht mehr nach Paris zurück.«

»Aber du weißt doch, dass ich hier nicht wohnen kann«, sagte Bernie. »Ich muss in Paris bleiben. Dort ist meine Arbeit.«

»Natürlich weiß ich das. Du liebst Frankreich und die Franzosen. Aber ich, es tut mir leid, ich hasse es dort.«

»Ich dachte, du hättest dich ein wenig besser eingewöhnt. Du hast während der letzten Monate einen viel glücklicheren Eindruck gemacht.«

»Das liegt daran, dass ich das hier schon seit Monaten plane«, sagte Lulu.

»Gib mir eine deiner Zigaretten«, sagte Bernie. Nachdem

er sie sich angezündet hatte, fragte er: »Und du willst, dass Luc hier aufwächst? Hier zur Schule geht?«

»Natürlich nicht. Ich möchte genauso wenig wie du, dass er zu einem spanischen Bauerntölpel wird, wenn er groß ist.«

»Was schlägst du also vor?«

»Nun, es versteht sich von selbst, dass er erst einmal hier bei mir bleiben muss, bis die Frage seiner schulischen Ausbildung relevant wird. Damit meine ich alles, was über bloßes Rechnen und Lesen und all das hinausgeht. Also in etwa, wenn er acht oder neun oder zehn ist, in einem Alter, in dem die Kinder anfangen, ernstlich etwas zu lernen. Dann sollte er in Paris zur Schule gehen und während der Schulzeit bei dir wohnen. Und in den Ferien kommt er dann wieder hierher.«

Bernie wusste nicht, was er sagen sollte. Oder vielmehr unterdrückte und schluckte er alle wohldurchdachten Einwände hinunter, jeden heftigen Widerspruch, alle wütenden Vorwürfe, juristischen Drohungen und gerechtfertigten, flehentlichen Bitten, die in seinem Kopf hochkochten und sich durch seinen Mund Bahn brechen wollten.

Er begriff, dass er Lulu nicht im Geringsten kannte. Je länger er mit ihr zusammen war, desto geheimnisvoller wurde sie für ihn. Während des vergangenen Jahres war ihm klar geworden, dass die Person, in die er sich verliebt hatte, fast gänzlich seiner eigenen Fantasie entstammte. Und es wurde ihm ebenfalls klar, dass sie keine Ahnung hatte, wer er war. Sie waren vollkommen Fremde füreinander, und sie waren einander auch immer fremder und unbegreiflicher geworden. Seit Lucs Geburt hatte sich das Rätsel, das einer für den anderen darstellte, zu einem gähnenden Abgrund ausgeweitet, der unüberbrückbar zwischen ihnen klaffte. Er mochte zwar jetzt wie betäubt sein, aber überrascht war er nicht.

Er rauchte. In Frankreich waren Dienstleistungen im Schul- und Gesundheitswesen im Überfluss vorhanden, waren von überragender Qualität, verwöhnten die Betroffenen auf alle nur erdenkliche Weise und standen allen Müttern und Kindern garantiert zur Verfügung. Aber nicht nur deshalb war ihm Paris immer als ein unübertrefflicher und idealer Garten erschienen, in den man ein Kind unbesorgt hineinpflanzen und es darin aufwachsen lassen konnte. Ein paar Tage nach Lucs Geburt hatte Bernie mit ihm zusammen den Jardin du Luxembourg besucht. Daraufhin waren sie regelmäßig in den Park gegangen, der nur wenige Schritte von Bernies Apartment entfernt lag, und hatten sich dort von ihren Augen und Ohren leiten lassen. Sie hatten zusammen Dinge entdeckt, von denen Bernie nicht einmal geahnt hatte, dass es sie dort überhaupt gab: die kleinen Modellschiffchen, die vor dem Palais über das achteckige Becken segelten, das *théâtre des marionettes* oder die sanft vor sich hin galoppierenden Pferde des Karussells. Sie sahen den Schachspielern zu und den noch viel verbisseneren Boulespielern und schauten ohne Scheu den abgeklärten, gespenstischen Gestalten aus Stein oder Bronze ins Gesicht, die für immer mitten in einem Gedankengang erstarrt waren und nun die Jahreszeiten und Jahrhunderte gleichmütig über sich hinweggleiten ließen.

Und dann gab es da noch das restliche Paris, das er mit Luc hatte erleben wollen: die *bouquinistes* an der Seine, die über Kohle gerösteten *châtaignes*, den Schnickschnack, den man auf den *puces* erwerben konnte, der überquellende, wundervolle Reichtum des Menschengeschlechts, das hier an einem vorüberdefilierte. Er wollte mit ihm auskundschaften, wer diese Menschen waren und wo sie herkamen, diese Künstler und Musiker, Filmemacher, Schriftsteller, Wissenschaftler, die weißrussischen Emigranten, die Roma-Zigeuner, die Walter Benjamins und Ben Franklins, all diese unbeirrbaren Wandervögel dieser Erde, deren Weg sie unweigerlich früher oder später auch nach Paris führte. Kein schäumender Pöbel, keine einengende urbane Schluchtenlandschaft, sondern eine Welt, die in einem menschlichen, verkraftbaren Rahmen an ihnen vorüberzog wie eine tuckernde Mobylette. Die gesamte menschliche Geschichte, berührbar, unzerstörbar, bezaubernd, angenehm stinkend, unerschöpflich, aber nicht erschöpfend – all dies hatte er Luc zeigen wollen. Seinem Sohn.

In seinem Kopf sah er, wie sich das Leben, das er sich in so reichen Details für seinen Sohn in Paris ausgemalt hatte, mit einem leisen *pfff* in Luft auflöste.

»Glaubst du denn, dass er hier glücklich sein wird?«

»Natürlich wird er hier glücklich sein«, sagte Lulu. »Das Wetter ist angenehm. Es ist ruhig und friedlich hier. Und er hat sich bereits an Preciosa gewöhnt. Sie wird sich um ihn kümmern. Außerdem gibt es an diesem Ort auch noch andere Kinder, nicht nur Spanier.«

»Und du glaubst nicht, dass er mich vermissen wird?«

»Natürlich wird er dich vermissen. Auch wenn Kinder ihre Mütter mehr brauchen als ihre Väter. Aber du bist ohnehin die Hälfte der Zeit verreist. Du kannst so oft herkommen, wie du willst, in einem Hotel wohnen und ihn auf vernünftig geregelte Weise sehen.«

»Du möchtest, dass ich vernünftig bin?«

»Ja. Warum auch nicht? Das ist doch das Beste für Luc, oder nicht? Wir müssen seinen Bedürfnissen Vorrang einräumen. Außerdem werde ich mich auch dir gegenüber vernünftig verhalten. Ich möchte kein Geld von dir. Du musst zwar Luc unterstützen, aber ich habe mein eigenes Geld und werde verdienen, was ich brauche. Um mich brauchst du dir keine Gedanken machen.«

»Das sehe ich. Du hast an alles gedacht.«

»Oh, glaub mir, Bernard«, wie grausam das klang zu hören, wie sie dieses eine Mal seinen Namen benutzte, »das habe ich.«

5

»**SEÑOR GERALD!**«, rief Lestrado Puig und erhob sich von seinem Stuhl, als Gerald das Büro des Rechtsanwalts betrat. Es lag in derselben Straße wie der *mercado* von Cala Marsopa. »Welch freudige Überraschung. Setzen Sie sich doch, bitte.«

Sie setzten sich zu beiden Seiten des Schreibtischs. Puig hatte bereits ganz zu Anfang ihrer Bekanntschaft den Versuch aufgegeben, Geralds Nachnamen auszusprechen, dieses unaussprechliche Wort »Rutledge« mit seinem Dickicht aus verwirrenden Konsonanten. Da sie sich jedoch gut verstanden, war das auch nicht unbedingt notwendig gewesen – auch wenn er den Namen mittlerweile mit Leichtigkeit buchstabieren konnte. Puig vertrat die Eigentümer von C'an Cabrer, dem kleinen Bauernhaus in den Hügeln über Cala Marsopa, in dem Gerald während der letzten drei Jahre gewohnt hatte. Einmal im Monat lief Gerald hinunter in die Stadt und zahlte seine Miete an Señor Lestrado Puig, der sie dann an die Besitzer in Palma weiterleitete.

»Mir ist ein wenig Geld in den Schoß gefallen«, sagte Gerald. Er erklärte in seinem mittlerweile einigermaßen brauchbaren Spanisch so gut er konnte, was es mit den Seereisen auf sich hatte, die er früher unternommen hatte, erzählte von den Artikeln, die er geschrieben hatte, und von dem Brief des Verlegers aus London.

»Aber das sind ja wunderbare Neuigkeiten«, sagte Puig. »Sie sollten die Summe investieren.«

»Das habe ich auch gedacht.«

»Haben Sie schon eine Idee?«

»Ja.«

6

WÄHREND SEINER ERSTEN Nacht als Besitzer von C'an Cabrer schlief Gerald auf der dünnen Matratze in dem kleinen Zimmer, wo er auch während der letzten drei Jahre geschlafen hatte. Mitten in der Nacht wachte er auf und lief durch die übrigen, nach wie vor leer stehenden Räume des Hauses. Er fragte sich, wie lange er wohl hier wohnen würde. Vielleicht würde er ja irgendwann doch wieder ein Boot kaufen und nach Griechenland segeln. Vielleicht würde sich ja das Buch gut verkaufen. Aber erst einmal würde er hierbleiben, hier wohnen, für den Augenblick … irgendwie.

Die Nachtluft, die durch das offene Fenster des größeren Zimmers drang, war warm und roch nach Zitrusfrüchten und Bäumen und nach all der übrigen Vegetation, die das Haus umgab. Er stellte sich einen Moment lang ans Fenster, kletterte dann auf die Abdeckung der Zisterne, die sich an der Seite des Hauses befand, und schaute den Hügel hinunter zum Meer. Der Mond war erst spät aufgegangen. Seine Sichel hing im Südosten über dem Mittelmeer und spiegelte sich in einem verzerrten Kaleidoskopbild auf dem Wasser – direkt über der Ägäis. Jetzt, da es ihm möglich gewesen wäre, verspürte er plötzlich keinen Drang mehr davonzusegeln. War sie verschwunden, diese lange gehegte Sehnsucht? Oder würde sie zurückkehren? In den drei langen Jahren, die er nun an Land verbracht und während derer er sich hier gestrandet gefühlt hatte, war er die ganze Zeit von dem Wunsch erfüllt gewesen, wieder auf einem Schiff zu sein und in den südöstlichen Teil des Mittelmeers zu segeln. Doch als er ernstlich darüber nachgedacht hatte, sich wieder ein Boot zu kaufen und die Insel zu verlassen …

Er ging zum Rand der abgedeckten Zisterne. Er brauchte nur ein Geländer hier hinzubauen und schon hatte er eine Terrasse mit Meerblick. Dann musste er nur noch die Wand unter dem Fenster herausbrechen, um eine Terrassentür daraus zu machen. Er könnte sich hierhersetzen und auf das Meer hinausschauen, auf den Feldweg zwischen Son Moll und dem Hafen und auf die Villas, die entlang der Straße das felsige Ufer säumten.

Er fand zwei Briefe in dem staubbedeckten Briefkasten, der am Fuße seines Hügels stand. Einer war von seiner Schwester Billie aus Sevenoaks. »Dann bist du ja jetzt ein Hausbesitzer! Gratuliere, gut gemacht! Endgültig zur Landratte geworden? Ich muss unbedingt rechtzeitig zur Vendemmia vorbeischauen! Wir werden schrecklich viel Spaß haben!«

Der andere Brief war von Eric Pocock vom John-Murray-Verlag. Gerald bekam plötzlich schreckliche Angst. Was, wenn sie ihre Meinung geändert hatten und das Geld zurückwollten? Na, also jetzt war es verdammt nochmal zu spät dafür!

Lieber Gerald,
mit dem Buch läuft alles wunderbar, es wird wie geplant im Frühherbst erscheinen. Ich werde Ihnen im September die Druckfahnen zusenden.

Der einzige strittige Punkt unter all den Schlauköpfen hier im Verlag ist der Titel. Einige Leute – zu denen ich auch mich selbst zählen muss – finden, dass Die Route des Odysseus *etwas zu nüchtern klingt. Natürlich ist dieser Titel recht zutreffend, aber er wirkt auch sehr eng gefasst und überhaupt nicht spannend. Das Buch ist eine mitreißende Reiseerzählung, und der richtige Titel könnte es für die Kritiker der Sonntagszeitungen in ein sehr vorteilhaftes Licht rücken – von den Lesern ganz zu schweigen. Ich bin sicher, dass Sie mir zustimmen werden, dass das Wort* Odysseus *sich nicht besonders gut für den Genitiv eignet:* Odysseus' Reise, Odysseus' Seefahrt *usw., wie der ein oder andere es hier vorgeschlagen hat.* Odysseus *ist schon für sich allein ein ganz schön sperriges Wort.* Odyssee *wäre da schon besser und sieht auch gedruckt besser aus, aber auch hier wird der Eindruck vermittelt, als handele es sich um ein eher wissenschaftliches Buch und nicht um eines, das Spaß macht. Andere Vorschläge lauten: Homers Reise, Homers ungünstige Winde etc., etc. Und das ist noch das Beste aus einer eher erbärmlichen Ausbeute, wenn auch noch längst nicht das Richtige dabei ist. Könnten Sie vielleicht noch ein wenig in sich gehen und etwas vorschlagen, das sich nicht ganz so wortwörtlich liest, das nach ein bisschen mehr klingt, das – ich wage es kaum zu sagen – poetischer klingt, mehr nach Homer? Wir werden derweil ein Gleiches tun. Ansonsten sieht alles sehr gut für eine erfolgreiche Buchpremiere im Herbst aus, die uns hoffentlich auch ein gutes Weihnachtsgeschäft bescheren wird.*

Mit freundlichen Grüßen
Eric Pocock

Aber »Route« war doch der Sinn der Sache gewesen, dachte Gerald ein wenig gereizt. *Wohin Odysseus segelte* – nein, das war noch viel schlimmer. Es fiel ihm nichts ein. Zur Hölle mit diesen Schlauköpfen. Sollten sie sich doch selbst etwas einfallen lassen.

Er war gerade im Zitronenhain, als er das Geräusch hörte, das Lupe, die Eselin, immer machte: das übliche lautstarke Blöken auf einer einzigen Tonhöhe, dem man auch beim besten Willen keinerlei menschliche Züge zusprechen konnte und dessen Bedeutung sich einzig und allein auf die empörte Beschwerde eines Esels beschränkte. Lupe schrie oft, weshalb Gerald sich immer freute, wenn Gonzalo, der unten am Fuße des Hügels auf der gegenüberliegenden Straßenseite wohnte und sich bisher im Auftrag der Besitzer um den Hof gekümmert hatte, die Eselin wieder fortführte. Gonzalo hatte Lupe immer die Strohkiepen den Hügel hinuntertragen lassen, in denen sich die geernteten Oliven, Mandeln und Zitronen befanden. Gerald war überrascht, Lupe zu hören, denn er hatte Gonzalo gesagt, dass er nicht mehr gebraucht werde. Er würde nun alle anfallenden Arbeiten in C'an Cabrer selbst erledigen und versuchen, von den Erzeugnissen zu leben. Er würde die Früchte ernten und zum Markt bringen – und irgendwie würde er sich zu diesem Zweck selbst zum Lasttier machen müssen. Gonzalo hatte über den Verkauf des Grundstücks schon Bescheid gewusst. Vielleicht hatte es ihm ja Puig erzählt oder die Besitzer selbst. Doch seine Bestürzung, als Gerald ihm gesagt hatte, dass er nun alle Arbeiten allein machen und seine Dienste nicht mehr brauchen würde, war nicht zu übersehen gewesen.

Dann hörte er eine Mädchenstimme. Er lief durch die Bäume zum Haus hinunter und fand dort Gonzalos Tochter vor, das dritte Mitglied der Gonzalo-Familie, das für die Arbeit eingespannt wurde. Sie stand neben der Eselin, die in der Zwischenzeit still geworden war und die Wand anstarrte.

Als das Mädchen Gerald sah, lächelte sie. Es ließ sich unmöglich sagen, wie alt sie war. Gonzalo selbst sah nicht älter als fünfunddreißig aus. Das Aussehen seiner Tochter und ihre frauliche Figur hatten Gerald zunächst sehr stark an den italienischen Filmstar Anna Magnani erinnert. Kurz nach Ende des Krieges hatte er in einer Bar im griechischen Argostoli einen Film mit ihr gesehen, der von einem immer wieder stockenden Projektor an die Wand geworfen wurde. Die Schauspielerin hatte während des Filmgeschehens ziemlich oft geschrien und alle Griechen in der Bar – es waren ausschließlich Männer gewesen – hatten bei jedem ihrer Ausbrüche zurückgeschrien: »Anna Magnani! Anna Magnani!« Deshalb wusste Gerald auch, wie sie hieß, und hatte sich ihren Namen gemerkt. Doch Gonzalos Tochter hatte nicht den gleichen durchdringenden Blick wie die Italienerin oder ihr vulkanisches Temperament und auch nicht den Anschein einer angeborenen Intelligenz – sie schien eher eine gehirnamputierte Version der Schauspielerin zu sein. Aber wegen der Blicke, die sie ihm unter ihren schweren Lidern zuwarf, und der Art, wie sie ihn immer mit aufgesperrtem Mund anlächelte, konnte er sich nicht des Gefühls erwehren, dass er ihr nicht ganz gleichgültig war. Gonzalo sprach für gewöhnlich in einem sehr bestimmten, wenn nicht gar rauen Ton mit ihr, und Gerald hatte schon zweimal gesehen, wie er seiner Tochter einen Schlag auf den Arm, den Rücken oder den Hinterkopf versetzt hatte. Als Gerald das zum ersten Mal aufgefallen war, waren Gonzalo und seine Tochter recht weit entfernt gewesen, und die Bäume hatten ihm die Sicht versperrt, weshalb er eine

Minute gebraucht hatte, um sicher zu sein, dass er tatsächlich richtig gesehen hatte. Das zweite Mal waren sie in seiner Nähe, und er hatte sofort in seinem holprigen Spanisch gerufen: »Bitte berühren Sie das Mädchen nicht in dieser Weise, das ist nicht korrekt.«

»*¿Qué?*«, antwortete Gonzalo und Gerald wiederholte, was er gesagt hatte. Gonzalo zuckte mit den Schultern und ging vor sich hin brummend davon. Gerald war froh, dass er den Mann und seine Tochter entlassen konnte, als C'an Cabrer in seinen Besitz überging. Deshalb war er überrascht und unangenehm berührt, dass die Tochter jetzt hier aufgetaucht war. Er sah sich um, konnte Gonzalo jedoch nirgends entdecken.

»*Hola*«, sagte das Mädchen und wiegte sich leicht in ihrem dünnen Baumwollkleid hin und her, im Takt zu dem peitschenden Schweif der Eselin.

»*Hola*«, antwortete Gerald.

»Also, hier ist Ihr Tier.«

»Verzeihung, wie bitte?«

»Lupe. Sie gehört Ihnen.«

»Nein, sie gehört Ihrem Vater. Sie gehört Gonzalo.«

»Nein, sie gehört zu C'an Cabrer. Und jetzt gehört sie Ihnen.«

»Nein, ich bin mir sicher, dass das nicht stimmen kann. Ich will sie nicht haben. Bitte nehmen Sie sie wieder mit zurück zu Ihrem Vater.«

»Aber er hat mir gesagt, ich soll sie zu Ihnen bringen. Sie gehört Ihnen, wirklich. Und sie hat Hunger. Sie müssen sie füttern.«

»Ich habe keine Ahnung, was sie frisst. Ich kann sie nicht behalten.«

»Sie frisst alles. Es ist ganz egal, was.«

»Nein, bitte, nehmen Sie sie wieder mit zu Ihrem Vater. Ich werde später mit ihm reden.«

»Nein«, sagte das Mädchen.

»Ja«, beharrte Gerald.

»Nein.« Sie lachte und sah plötzlich ganz lebhaft aus.

»Bitte nehmen Sie sie zurück zu Ihrem Haus.«

»Nein. Und außerdem brauchen Sie sie. Für die Arbeit hier. Ich kann auch hier arbeiten, wenn Sie möchten. Ich kann jeden Tag kommen und Ihnen helfen.«

»Nein, danke. Ich werde die Arbeit allein erledigen.«

»Ahaaaa.« Sie lächelte und wiegte sich auf den Zehenspitzen.

»Auf Wiedersehen«, sagte Gerald. Er drehte sich um und kletterte den Hügel hinauf, bis er außer Sichtweite war.

Wieder war das Schreien des Esels zu hören. Als er zurück zum Haus kam, war das Mädchen verschwunden. Lupe stand da und knabberte an einem Busch.

Am Nachmittag ging Gerald in die Stadt, um mit Lestrado Puig zu reden. Puig bestätigte, dass Gerald nun auch der Besitzer aller Gerätschaften war, die zum Grundstück gehörten, inklusive des Esels. Gerald fragte, wo er den Esel verkaufen könne. Puig sagte, er werde sich erkundigen und ihm Bescheid geben.

Auch in dieser Nacht wachte er wieder auf, blieb unter der Bettdecke liegen und starrte zum offenen Fenster hinüber. Kein Lufthauch regte sich in den Zweigen der Bäume – seiner Bäume, wie er sie ja jetzt nennen konnte. Es war keine gute Nacht, um draußen auf dem Meer zu sein.

Namen und Zeilen aus der *Odyssee* gingen ihm durch den Kopf. Die Lästrygonen … *und der Zyklop*, den zornigen *Poseidon – fürchte nicht … Wünsch dir eine lange Fahrt …*

Das war nicht aus der *Odyssee*. Das stammte aus Kavafis' *Ithaka*.

Gerald war schon im Begriff, von seiner Matratze aufzustehen, um seine Bücher zu durchsuchen, aber dann blieb er auf einem Ellbogen aufgestützt liegen … Er hatte das Gedicht nicht dabei. Er legte sich wieder hin. Er könnte an Pocock schreiben und ihm sagen, er solle es nachschlagen. Er konnte sich nicht mehr an alles erinnern:

Brichst du auf gen Ithaka,
wünsch dir eine lange Fahrt,
voller Abenteuer und Erkenntnisse.
Die Lästrygonen und Zyklopen …
Wünsch dir eine lange Fahrt …

Wie ging es noch weiter?

Immer halte Ithaka im Sinn.
Dort anzukommen ist dir vorbestimmt.
Doch beeile nur nicht deine Reise.
Besser ist, sie dauere viele Jahre;
Und alt geworden lege auf der Insel an,
reich an dem, was du auf deiner Fahrt gewannst,
und hoffe nicht, dass Ithaka dir Reichtum gäbe.
Ithaka gab dir eine schöne Reise.
Du wärest ohne es nicht auf die Fahrt gegangen …

Ein Zitat aus dem Gedicht vielleicht? *Ithaka im Sinn*? Von Gerald Rutledge. War das die Art von Titel, den sie sich wünschten, Pocock und seine Schlauköpfe bei John Murray? Ist das poetisch und homerisch genug für euch? *Die lange Reise nach Ithaka.* Von Gerald Rutledge. Auch wenn aus dem Wort »Reise« nicht unbedingt hervorging, dass sie zumeist auf See stattgefunden hatte. Hätte Kavafis nicht besser von »Seereise« sprechen sollen?

Er lag auf seiner Matratze und schaute auf das undurchsichtige blaue Viereck der Nacht, das von den kahlen Wänden umrahmt wurde. Um dieses Viereck herum schienen sich die Wände und die Decke des dunklen Zimmers zu bewegen, schienen sich auf ihn herabzusenken und wieder fortzugleiten, pulsierten unstet im trüben Licht und spielten seinen Augen einen Streich nach dem anderen.

Ithaka, die wunderbare Reise. Von Gerald Rutledge. Aber so konnte man sie ja wohl kaum nennen, diese Reise, oder? Zumeist war sie miserabel gewesen, ein sturmgepeitschtes, unaufhörliches Elend, voller Irrwege und Monster. Und ein paar sehr üblen Exemplaren des weiblichen Geschlechts.

7

EIN MOTORENGERÄUSCH WAR von der weit entfernten Straße zu hören. Wegen der ununterbrochenen Zikadengesänge war Gerald ein solches Geräusch bisher noch nie aufgefallen. Aber jetzt war es unüberhörbar, zumal es auch immer lauter wurde und nach einer Weile in ein mühsames Heulen überging. Schließlich begriff er, dass es den Hügel hinaufkam. Besuch.

Er ging um das Haus herum und sah dort eine junge Frau stehen, die gerade eine Vespa aufbockte.

»*Buenos días*«, sagte sie. Sie trug eine leuchtend weiße Bluse, einen blauen Rock und elegante Schuhe. Ihre schwarzen Haare waren am Hinterkopf zu einem strengen Zopf geflochten.

»*Buenos días*«, antwortete Gerald.

»Wie geht es Ihnen? Ich bin die Tochter von Lestrado Puig«, sagte sie.

»Oh. Ich bin Gerald Rutledge. Sehr erfreut, Sie kennenzulernen.«

»Ja, ich weiß, wer Sie sind. Wir haben den Esel verkauft. Jemand wird kommen und ihn abholen. Hier ist ein Scheck über die Verkaufssumme.« Sie reichte ihm einen Umschlag.

»Vielen Dank.«

»*De nada*. Und jetzt bringe ich Sie zu den Calix, die Ihnen alles abkaufen werden, die gesamten Erzeugnisse Ihres Hofs.«

»Verzeihung, wie bitte?«

»Comestibles Calix. Hier in Cala Marsopa. Die werden alles kaufen, was auf C'an Cabrer erzeugt wird: Oliven, Mandeln, Zitronen, Caroben. Und sie bezahlen einen guten Preis. Gonzalo hat seine Ernte bisher auch dort verkauft.«

Sie drehte sich zur Vespa um und trat mit einer kräftigen, geübten Bewegung ihres kleinen schwarzen Schuhs den Kickstarter herunter. Der Motor sprang sofort an. Sie schob das Moped von seinem Ständer herunter, setzte sich auf den vorderen Teil des Sattels und ließ ein Bein ausgestreckt unter dem sich eng spannenden Rock auf der Erde stehen. Sie sah Gerald an. »Steigen Sie auf.«

»Ich fahre mit Ihnen?«

»Ja.«

»Wo fahren wir hin?«

»Die Calix kennenlernen.«

Gerald zögerte. Sie war so klein und schmal. Er war fest davon überzeugt, dass sie umkippen würden, sobald er sich hinter sie setzte.

»Es ist schon okay«, sagte sie. »Ich nehme meinen Vater überallhin mit. Und der wiegt viel mehr als Sie.«

Gerald näherte sich dem Moped. Er schwang ein Bein über den Sitz und ließ sich ganz langsam darauf herabsinken. Sie wies mit der Hand auf den Griff, der unmittelbar hinter ihrem eng in den Rock eingezwängten Gesäß zwischen Geralds Beinen aufragte. »Halten Sie sich daran fest. Und nehmen Sie Ihren Hut ab.« Gerald zog sich den Strohhut vom Kopf. Sie drehte sich halb auf ihrem Sitz um und half ihm dabei, sich den Hut unter den Arm zu klemmen.

Das Moped glitt vorwärts, wendete und stürzte sich dann den Hügel hinunter. Sie holperten über den zerfurchten Feldweg. Gerald blieb steif und aufrecht sitzen. Er wagte es nicht, den Kopf auch nur einen einzigen Zentimeter zur Seite zu neigen, aus Angst, das könnte sie aus der Balance bringen. An der Straße hielt sie kurz an und schaute schnell nach rechts und links. Gerald konnte ihr Parfüm riechen und die Wärme spüren, die von ihrem Nacken auf sein Gesicht abstrahlte. Dann machte das Moped einen Sprung vorwärts, und sie flogen die Straße hinunter. Die Geschwindigkeit kam ihm gewaltig vor, aber jetzt hatte er nicht mehr das Gefühl von Gefahr. Er sah ihren Händen zu, wie sie gekonnt Gas und Kupplung betätigten. Es kam ihm so vor, als wäre er ihr geradezu unerhört nahe. Sie schien ihm direkt auf dem Schoß zu sitzen, als hätten sie im Sitzen eine Löffelchenposition eingenommen. Er versuchte zu vermeiden, mit seinen Beinen ihre Schenkel zu berühren. Der hintere Teil ihres Rocks flatterte ihm über die Arme und ein paar Haarsträhnen, die sich aus ihrer Frisur gelöst hatten, peitschten ihm ins Gesicht.

Sie raste quer durch den Ort. Gerald versuchte, sich schon im Voraus darauf einzustellen, wenn sie irgendwo abbog, um so besser die Balance halten zu können, während sie sich mit ihrem Moped in die Kurve neigte. Aber er konnte es nicht verhindern, dass sich bei jeder Kurve eines seiner Beine, sei es nun das rechte oder das linke, an ihren Schenkeln rieb.

In einer Seitenstraße wurde sie plötzlich langsamer und hielt dann an. »Sie können jetzt absteigen«, sagte sie.

Gerald ließ den Griff los, schwang sein Bein über den Sattel und stellte sich neben das Moped. Ein paar Sekunden lang schien sein Körper weiterzuzittern, als säße er immer noch auf dem vibrierenden Motor. Sie schaltete das Moped aus und bockte es mit einem raschen Handgriff wieder auf seinen Ständer auf.

»Folgen Sie mir, bitte«, sagte sie.

Sie gingen durch einen Perlenvorhang in den dunklen kühlen Innenraum des Geschäfts, der mit Regalen voller Nahrungsmittel und Körben mit frischem Obst und Gemüse gefüllt war.

»*¡Hola, Paloma!*«, sagte die korpulente Frau hinter dem Tresen. Sie trug eine Schürze und lächelte die beiden Neuankömmlinge an.

Nachdem sie das Gespräch im Comestibles Calix beendet hatten, bot sie ihm an, ihn zurück den Hügel hinauf nach C'an Cabrer zu bringen. Gerald dankte ihr und sagte, er habe noch etwas in der Stadt zu erledigen und würde zu Fuß nach Hause laufen. Sie schüttelte ihm die Hand – mit sehr festem Griff –, startete die Vespa und schoss wie ein Kolibri davon.

Eine ungewöhnliche Frau, dachte er, diese Tochter von Lestrado Puig.

8

NACH IHRER SIESTA gingen Bernie und Luc langsam den Feldweg neben den Klippen entlang, bis sie zu dem kleinen Strand namens Son Moll kamen. Lulu war nicht gern am Strand, deshalb kam sie auch nie mit ihnen oder ging mit Luc allein, selbst dann nicht, wenn Bernie arbeiten musste. Er breitete eine Decke auf dem Sand aus. Sie rannten in den plätschernden Wellen hin und her und bauten Sandburgen am Ufer.

»Papa! Piraten!«

»Ja, Luc, *mon brave*! Lass uns schauen, ob die Piraten heute hierhergekommen sind.«

Bernie nahm Luc auf den Arm, duckte sich und watete auf den Knien in die Höhle, die sich in der riesigen Felsformation am westlichen Ende des Strandes auftat. Der Felsen ragte aus dem flachen Wasser wie ein Wal, der aus den Tiefen steigt. Bernie musste Luc ganz eng an sich drücken, um durch die Spalte schlüpfen zu können, denn sie bot über der Wasserlinie gerade eben genug Platz für ihre beiden Köpfe. An dieser Stelle trafen zwei mächtige Felsen wie die beiden Hälften eines fast geschlossenen Baggergreifers aufeinander und erinnerten in ihrer Form an das Maul eines gigantischen Wals. Im Innern befand sich eine Grotte. Bernie hatte Luc erzählt, dass sich hier früher Piraten versteckt hatten und auch jederzeit wieder auftauchen konnten. Es war kühl und durch die nicht gänzlich geschlossenen Kiefer des Steinwals drangen nur wenige Sonnenlichtsplitter. Das Geräusch des gurgelnden Wassers hallte von den Höhlenwänden wider.

»Arrrgghh, Kameraden!«, rief Bernie. »Ahoi, blinder Pew!«

»Blinn Puuh!«, schrie Luc.

»Billy Bones! Schwarzer Hund! Long John Silver! Zeigt euch, ihr Ganoven!«

»Funfzehnmann!«

»Ah-ha-harrgh! *Fünfzehn Mann auf des toten Mannes Kiste, Yo-ho-ho und 'ne Buddel voll Rum!*«, sangen sie zusammen.

Nach einer Weile sagte Bernie: »Also gut, junger Hawkins, ich kann heute hier keine Piraten entdecken, Kumpel. Wir sollten wohl besser gehen.«

»Ohkins!«

Er drückte sich Luc wieder an Brust und Gesicht und watete durch das Wasser, das im Licht der durch die Felsen dringenden Sonne blassblau leuchtete. Er spürte die glatte nasse Haut seines Sohnes unter seinen Händen und wie das Leben durch dieses kleine, perfekteste aller Bündel pulsierte. Er spürte das Vertrauen, das sein Sohn ihm entgegenbrachte, egal wie gefährlich die Höhle aussah und was ihnen in ihrem Innern auflauern mochte. Bernie würde schon dafür sorgen, dass ihm nichts passierte.

Auf dem Weg zurück zur Villa schlief Luc in seinen Armen ein.

Bernie sah, wie ihm auf dem Küstenweg ein Mann entgegenkam, der ihm hier schon öfters begegnet war, auf dem Weg vom Strand zum Dorf oder umgekehrt. Kein Spanier, das war offensichtlich. Der Mann war rotblond und sah nordeuropäisch aus. Aber er schien auch kein Tourist zu sein. Er war so dünn, dass er schon fast ausgezehrt wirkte, braun gebrannt, in abgerissener Kleidung, mit einem altersschwachen Strohhut auf dem Kopf. Er sah aus wie ein Hilfsarbeiter.

Bernie nickte ihm zu, und als sie aneinander vorbeigingen, nickte der Mann zurück.

AUGUST 1948
DIE FAHRT DER STERBLICHEN

RAFAEL SOLLER STAND am Kai, als die *Nereide* näher kam. Die Yacht fuhr so langsam, dass man sie mit Leichtigkeit zu Fuß hätte überholen können. Rafael hatte die Hemdsärmel hochgekrempelt und hielt die starken, schwarz behaarten Arme ausgestreckt, immer begierig zu helfen, Boote abzustoßen, aufzufangen, festzuknoten.

»*Bon dia*, Gerald.«

»*Bon dia*, Rafael.«

Das Boot trieb längsseits, und die Fender aus Hanf, die am Schiffsrumpf herabhingen, drückten sich leicht gegen die Kaimauer. Gerald sprang mit den Bug- und Heckleinen in der Hand auf den Kai.

»Gib mir eine«, sagte Rafael. Gerald reichte ihm die Bugleine. Rafael wickelte sie um einen Poller und machte dann noch zur Sicherheit einen doppelten Knoten. Gerald befestigte die Heckleine an einem Eisenring, der in den Zement eingelassen war. Sie schüttelten sich die Hand.

»Also, Gerald –« Rafael wusste plötzlich nicht mehr, was er sagen sollte. Er sah den Engländer verlegen an. »Wie geht es dir?«

»Es geht mir gut«, antwortete Gerald. Er sah Rafael an. »Hast du meine Frau gesehen?«

»Ja.« Rafael ließ seine Augen über das Boot gleiten. Er vermied es, Gerald anzusehen. »Sie ist vor einer Woche zurückgekehrt. Ich habe sie gesehen, aber ich habe nicht mit ihr gesprochen.«

»Ist sie immer noch hier?«

Rafael schaute hoch und wies mit dem Kinn in die Richtung des Hauses, das oben auf den Klippen jenseits des Hafens stand. »Vielleicht ist sie im Haus. Ich weiß es nicht.«

Auch Gerald schaute einen Moment über den Hafen hinweg. Er kniff die Augen zusammen, wie um besser sehen zu können. Dann sah er wieder Rafael an. »Rafael, es gab da einen Unfall. Ich werde nach Palma segeln, um einige Arbeiten an dem Boot vornehmen zu lassen. Kann ich ein paar Sachen hier bei dir lassen, in der Bar? Ein paar Taschen und Bücher? Damit sie auf dem Boot nicht stören, während der Reparaturarbeiten. Ich nehme sie wieder an mich, wenn ich zurückkomme.«

»Aber ja, natürlich. Wann fährst du?«

»Heute. Sehr bald.«

Rafael war überrascht. »Du fährst schon heute wieder los?«

»Ja.«

»Dann gib mir eine Tasche, ich helfe dir tragen«, sagte Rafael.

»Nein, danke. Ich muss erst noch packen. Ich bringe sie später zur Bar. Vielen Dank.«

Gerald lief am Hafen vorbei und dann über den sandigen Feldweg, der am Ufer über den Klippen entlangführte. An weißen Villen mit Ziegeldächern vorbei, deren Fensterläden entweder zum Schutz vor der Mittagshitze geschlossen waren oder weil ihre Besitzer schon wieder abgereist waren.

Er öffnete das Eisentor in der Mauer, die das große Haus mit den salbeigrünen Fensterläden von der Straße trennte. Das Haus war um einen Innenhof herum gebaut, in dem ein Springbrunnen stand. Man konnte ihn durch ein weiteres kleines Tor im Hintergrund sehen. Er drückte auf die Klingel neben der grünen Haustür.

Nach einer Minute öffnete ein Junge die Tür. »Oh, Sie sind es«, sagte er. Trotz der widerspenstigen, karottenfarbigen Haarmähne und dem glatten, sommersprossigen Gesicht eines Zwölfjährigen, schaute er Gerald so abschätzig an, als sei er schon längst mit der gesamten Palette des menschlichen Versagens vertraut. Eine hochgewachsene, grobknochige Frau Ende dreißig stellte sich neben den Jungen. Sie starrte Gerald zornig ins Gesicht.

»Cassian, lass uns allein«, sagte sie in einem Ton, der keinen Widerspruch duldete.

Der Junge verschwand mit einem letzten verächtlichen Blick.

»Oh, Gerald!«, sagte Milly Ollorenshaw. Sie stellte sich vor die Türschwelle und schloss die Tür halb hinter sich.

»Hallo, Milly. Ist sie da?«

»Sie hat gesehen, wie du auf dem Boot angekommen bist, und ist weggefahren. Sie will dich nicht sehen.«

»Wie geht es ihr?«

»Wie ich dir schon am Telefon gesagt habe – sie lebt noch. Gott sei Dank!«

»Ich muss mit ihr reden, Milly –«

»Es gibt nicht das Geringste, was du ihr sagen könntest. Wie konntest du sie nur so im Stich lassen? Nach allem, was passiert ist? Und was glaubst du denn, was Tom und ich gedacht haben, als du uns aus Sardinien angerufen und gefragt hast, ob wir etwas von Lulu gehört haben? Wir waren außer uns vor Sorge! Ich weiß wirklich nicht, was ich dir dazu sagen soll, Gerald. Das war ganz und gar unsäglich, was du da getan hast.«

Er hatte noch einmal angerufen, von Cagliari. Sowohl Tom als auch Milly hatten ihm gesagt, Lulu sei wieder zurück auf Mallorca und wolle nicht mit ihm reden. »Milly, ich verstehe ja, Lulu konnte unmöglich wissen, wohin ich verschwunden war und was ich getan habe, und deshalb weißt du es auch nicht. Ich habe es für sie getan. Ich musste diese Typen weglocken. Und das habe ich auch geschafft. Es hat ein bisschen gedauert, ich weiß. Aber als ich wieder zurückkam, war sie nicht mehr da.«

»Glaubst du denn, sie wäre dort sitzen geblieben, hätte auf dich gewartet und hätte dabei noch fröhlich einen Pullover für dich gestrickt?«, brüllte Milly ihn an. Sie war furchtbar wütend. »Sie war splitterfasernackt, Gerald! Sie war gezwungen, einen vollkommen fremden Menschen um Kleider anzubetteln! Wir mussten ihr Geld schicken! Ich habe keine Ahnung, was du getan hast, und was noch viel wichtiger ist, Lulu weiß es auch nicht. Das Einzige, was sie weiß, ist, dass du verschwunden bist und sie dort zurückgelassen hast!«

»Ich weiß. Ich bin zurückgekommen, sobald ich konnte. Ich kann alles erklären –«

»Gerald!« Milly atmete tief ein und sah ihn dann traurig und voller Kummer an, in dem auch ein wenig Mitgefühl mitschwang. »Was auch immer du zu sagen hast, es ändert nichts daran, was Lulu widerfahren ist. Es ändert nichts daran, dass du sie verlassen hast. Verstehst du das? Keine Erklärung der Welt wird das ändern.«

Gerald stand da, schweigend und bleich.

Millys Ton wurde noch etwas sanfter, als sie sagte: »Wenn jemand erst einmal das Vertrauen verloren hat, ist nichts mehr zu machen, Gerald. Es ist weg. Zerbrochen. Du kannst es mit Erklärungen nicht wieder zusammenflicken. Du kannst jemanden auch nicht so lange anbetteln, bis er wieder Vertrauen fasst. Was auch immer deine Gründe waren … die sind jetzt nicht mehr wichtig, verstehst du das denn nicht? Es ändert nichts. Es tut mir leid, Gerald. Erinnerst du dich noch daran, was ich dir erzählt habe? Lulu brauchte jemanden, dem sie vertrauen konnte. Das war alles, was sie brauchte. Aber genau das brauchte sie eben unbedingt.«

Gerald schaute auf Millys riesige Füße in den dreckigen Leinenschuhen hinunter und dann wieder hoch in ihr Gesicht. »Wann kommt sie wieder zurück?«

»Sie ist mit Tom im Auto weggefahren. Sie will dich nicht sehen. Du solltest gehen.«

Er zog etwas aus seiner Hosentasche und hielt es ihr hin. »Würdest du ihr das bitte geben?«

Es war eine Filmrolle.

»Was soll sie damit?«

»Bitte sag ihr, dass sie den Film entwickeln lassen soll.«

»Warum?«

»Das wird ihr zeigen, was ich getan habe. Ich weiß, dass das nichts daran ändert, was mit ihr passiert ist, aber es wird ihr zeigen, warum ich weggegangen bin – ich habe sie weggelockt, verstehst du, hätte ich das nicht getan, dann wäre wer weiß was passiert – und … nun, es wird ihr zeigen, was ich getan habe.«

Unschlüssig streckte Milly die Hand aus und nahm die Filmrolle.

»Sorg dafür, dass sie den Film entwickeln lässt. Bitte.«

»Ich werde ihn ihr geben, aber mehr kann ich nicht tun«,

sagte Milly. »Und jetzt muss ich dich bitten zu gehen, Gerald. Es tut mir leid. Wir sind alle sehr aufgebracht und durcheinander, wie du dir vielleicht vorstellen kannst.«

Milly wandte sich traurig ab – sie war von Natur aus großzügig und es nicht gewohnt, sich abweisend zu verhalten – und schloss die Tür.

Gerald schritt durch das Tor und ging rasch zum Hafen zurück.

Er lud vier prall gefüllte Segeltaschen und eine kleine Tasche mit Lulus Kleidern aus dem Boot und trug sie zur Bar Marítimo, über ein Feld aus schwarzen Fischernetzen, die vor den Höhlen der Fischer zum Trocknen ausgebreitet lagen. Die Taschen waren sehr schwer, wegen all der Bücher, die sie enthielten. Rafael half ihm, sie an die Steinmauer in dem kleinen Hinterzimmer zu stapeln, neben die Korbflaschen mit Wein und die Bierkästen. Er ging noch einmal zum Boot und kehrte mit einem hölzernen Werkzeugkasten, seiner Schreibmaschine und einer schwalbenschwanzverzinkten Kiste mit seinem Sextanten zurück.

»Wirst du die Werkzeuge in Palma denn nicht brauchen?«, fragte Rafael.

»Ich werde den Großteil der Arbeit von den Zimmerleuten der Schiffswerft machen lassen. Ich gehe davon aus, dass die ihre eigenen Werkzeuge haben.«

»Natürlich.«

Rafael stand am Kai, während Gerald das fleckige braune Hauptsegel hochzog, das mit hölzernen Ringen am Mast befestigt war. Das Segel flatterte träge im leichten Wind.

»Ich nehme jetzt die Leine, danke, Rafael.«

Rafael knüpfte die Leine auf, die er vor Kurzem noch festgeknotet hatte, wickelte sie vom Poller los, rollte sie rasch zusammen und warf sie Gerald zu, der sie auf das Deck fallen ließ. Die Yacht trieb langsam vom Kai fort. Die beiden Männer waren sich immer noch nahe genug, um leise miteinander reden zu können.

»Und, wann kommst du dann zurück? So in einer Woche etwa?«, fragte Rafael.

»Ja, es hängt ganz davon ab, wie viel gemacht werden muss. Aber wir sehen uns bald. Vielen Dank für deine Hilfe, Rafael.«

»Nicht der Rede wert. Geh mit Gott, Gerald.«

Die Yacht vollführte eine langsame Wende, und jetzt konnte Rafael auf der anderen Seite des Rumpfs eine blau gefärbte Kerbe sehen, ein paar schmutzige Schlieren und eine eingedrückte Stelle, dort, wo zwei Planken auf halber Höhe zwischen Deck und Wasser zersplittert waren.

»Jetzt sehe ich es!«, rief Rafael und lief den Kai hinunter, um dem Boot zu folgen. Er wies auf die zerbrochenen Planken. »Die Reparaturen, die gemacht werden müssen. Was ist passiert?«

Gerald lehnte sich über Bord und sah zu dem Schaden hinunter, als fiele er ihm jetzt zum ersten Mal auf. Er zuckte mit den Schultern. »Ein Unfall. Ein Fischerboot.«

Die *Nereide* wurde immer schneller, schlängelte sich durch die vertäuten Fischerboote und umrundete dann das Ende der Mole. Sie glitt an den Häusern über den Klippen vorüber. Gerald stand an Deck, am Heck des Schiffes, und schaute zu dem Haus mit den grünen Fensterläden empor.

Drei Tage später kam Gerald durch die Tür des Marítimo.

»Gerald!«, sagte Rafael. Er schaute zum Hafen hinaus, er

hatte das Boot nicht hereinkommen sehen. »So bald schon? Bist du gerade von Palma gekommen?«

»Ja, ich bin mit dem Bus gefahren.« Gerald machte einen niedergeschlagenen Eindruck. Er setzte sich an einen der kleinen Tische.

»Mit dem Bus?«, fragte Rafael und goss Gerald einen Kognak ein. »Und die Yacht? Arbeiten sie noch dran, in Palma?«

»Ich habe die Yacht verloren«, sagte Gerald.

»Was?«

»Sie ist gesunken.«

»Sie ist gesunken? Die *Nereide*?«

»Ja.«

Rafael starrte Gerald an. »Dein Boot – ist weg?«

»Ja.« Gerald hob das Glas an den Mund und trank den brennenden Alkohol.

Rafael war es sehr unbehaglich zumute. Er war oft an Bord der *Nereide* gewesen. Er hatte mit Gerald dort in der kleinen Kabine Wein und Kognak getrunken, hatte seine Seekarten bewundert, seinen Sextanten betrachtet und sich Geralds Erzählungen von der Schifffahrtskunst der alten Griechen angehört. So einen Seemann wie diesen Engländer hatte Rafael noch nie zuvor kennengelernt. Er wusste mehr über das Meer und über die Schifffahrt als die ältesten Freunde seines Vaters, die nur die Gewässer um Mallorca kannten. Gerald war Engländer – eine Nation, die berühmt für ihre Seefahrer war. Er war mit dem Boot von England gekommen, was an sich schon eine erstaunliche Leistung war, und dann war er mit der winzigen *Nereide* ohne Motor quer durch das gesamte Mittelmeer gesegelt, mit einer Hand an der Pinne und einem Buch in der anderen. Das Letzte, von dem Rafael sich vorstellen konnte, dass Gerald es jemals verlieren würde, war seine Yacht gewesen, selbst in einem Sturm – aber es hatte in den letzten Tagen keinen Sturm gegeben.

»Wo ist das passiert?«

»Vor Cabrera. In tiefen Gewässern.«

Rafael goss sich einen Kognak ein. Er wusste, dass der Verlust des Bootes eine Katastrophe für seinen Freund war. Vergleichbar mit dem Tod einer geliebten Person. Er zögerte, Gerald nach Einzelheiten auszufragen.

»Aber wie, Gerald?«, fragte er schließlich.

Gerald blinzelte mit den Augen und schaute auf den Hafen hinaus. »Der Schaden war schlimmer, als ich gedacht hatte. Sie ist hart auf eine Welle aufgeschlagen und dann hat sich unterhalb der Wasserlinie eine der Planken gelöst. Ich hatte gerade noch Zeit, das Beiboot ins Wasser zu lassen und einzusteigen, bevor sie gesunken ist. Ich habe es zwar bis zum Ufer geschafft, aber dann ist das Beiboot ziemlich übel auf einen Felsen aufgelaufen und auch noch gesunken.«

»Mein Gott«, sagte Rafael. Er starrte Gerald verstohlen an, so wie man einen Mann anstarrt, dessen Frau gerade ertrunken ist. Was würde er tun, ohne sein Boot, ohne seine Bücher … »Was für ein unglaubliches Glück, dass du deine Bücher und die anderen Sachen hier abgeladen hast.«

»Ja«, sagte Gerald.

»Was wirst du jetzt tun? Wo wirst du hingehen? Du kannst für ein paar Tage im Hinterzimmer wohnen, aber dann …?«

»Danke, Rafael.« Gerald trank sein Glas aus und stand auf. »Ich werde schon was finden.«

Als Gerald bereits in der Tür stand, fragte Rafael: »Und wo gehst du jetzt hin?«

»Ich gehe spazieren.« Gerald lächelte Rafael an, als wolle er seine Sorgen beschwichtigen.

Gerald hatte nicht vor, Rafaels freundliches Angebot anzunehmen, so tief wollte er nicht sinken. Zwischen den Kisten und Korbflaschen im Hinterzimmer des Marítimo zu schlafen – das war nicht der Plan.

In eine seiner Segeltaschen hatte er eine Unterlegplane aus Kautschuk gepackt, die Teil seiner Marineausrüstung für Landmanöver gewesen war. Die benutzte er zusammen mit ein paar anderen unverzichtbaren Ausrüstungsgegenständen, um sich ein Lager unter den niedrigen Kiefern über dem Strand bei Cala Espasa zu bauen, nördlich von Cala Marsopa. Bei Bedarf machte er sich ein kleines Feuer aus dem Holz der Kiefern und Korkeichen, die zwar fürchterlich knackten, aber immerhin genug Hitze abgaben, um darüber die Konservendosen mit eingemachten Bohnen aufzuwärmen. Nachts wickelte er sich in die Unterlegplane ein und konnte so einigermaßen gut schlafen. Es war ganz so, als würde er wieder ein Manöver durchführen. Als wäre er noch im Krieg.

Sobald er morgens aufwachte, setzte er sich unter die Kiefern und las seine kleine Cambridge-Ausgabe von Marc Aurel (ein Autor, der ihm jedes Mal, wenn er ihn las, sofort guttat) und Auszüge aus Hesiod. Er war nicht gerade ein großer Abenteurer gewesen, dieser Hesiod. Die einzige Seereise, zu der er sich in seinem Leben jemals hatte hinreißen lassen, war die Überquerung der Straße von Euripos gewesen, als er von der Stadt Aulis zur Insel Euböa gesegelt war. Eine Strecke von gerade mal sechzig Metern. Und doch bewunderte Gerald die seemännischen Instinkte des Dichters, sobald es darum ging, die beste Zeit zum Reisen zu finden oder zu erkennen, wann es besser gewesen wäre, im Hafen zu bleiben:

Wenn zum Ende bereits der erschlaffende Sommer sich

neiget, Ist die geeignete Zeit zur Fahrt für die Sterblichen; nimmer Wirst du zertrümmern das Schiff, nicht raubet das Meer dir die Mannschaft …

Was, so fragte er sich, hätte Hesiod wohl von diesem Sommer gehalten?

AUGUST 1948
EINE WOCHE ZUVOR
ZYKLOPEN

GERALD HATTE SICH nicht vorstellen können, dass ein so … überirdisch anmutendes Liebesspiel überhaupt möglich war. Édith, die französische Witwe während des Krieges in Alexandria, war dankbar, liebevoll und lehrreich gewesen. Und die fast einen Meter neunzig große Felicity in Oxford, verschwitzt, eifrig und robust wie ein Pferd, hatte ihn mit ihren riesigen Schenkeln, die beim Herumfummeln vor dem Gasofen bleich unter ihrem Tweedrock hervorlugten, an einen Wochenendritt auf einer Kirmes erinnert.

Im Vergleich dazu wirkte Lulu wie die Verkörperung einer wilden kinetischen Energie. Sie schien von einem unbändigen, unbezähmbaren Hunger erfüllt, wenn sie mit ihm schlief. Sie zeigte ihm alles: erst das, was er wollte, und dann das, was sie wollte. Ihre gemeinsamen Liebesspiele wurden zu einer Obsession. Sehnlichst erwartet, ritualisiert, bewusst herbeigeführt. Ein Faszinosum. Ein Ertrinken in Sinneseindrücken, wie er es noch nie erlebt hatte.

Ihr Anblick war hypnotisierend. Sie saß mit animalischer Hingabe in der vom Mondlicht beschienenen Kabine auf ihm, keuchte wie eine Marathonläuferin, hatte ihre schlanken muskulösen Arme in die Luft gestreckt, krallte sich in die Balken über ihrem Kopf, drückte sich davon ab, während ihr der

Schweiß am Gesicht und Hals herunterlief, ihre Haare durchtränkte, in Rinnsalen zwischen ihren kleinen Brüsten und über ihren Oberkörper lief und sich zwischen ihren Schenkeln sammelte, dort, wo ihr Unterleib mit saugenden Geräuschen mit seinem verschmolz. Ihre Hüften sprangen mit der gleichen beharrlichen Bewegung vor und zurück wie die Bolzen eines Motorkolbens. Gerald sah sie an – in den schrägen Lichtstreifen, die der Mond durch die Bullaugen sandte, hatte ihr Anblick fast etwas Dämonisches – und war fassungslos, dass etwas Derartiges in seiner Nähe überhaupt stattfand, geschweige denn, unmittelbar auf ihm. Es geschah fast jede Nacht. Irgendwann wurden sie gemeinsam wach, ließen die letzten Spuren des Schlafs von sich abgleiten und warfen sich gleich darauf in eine fiebrige Umklammerung.

Im nächsten Moment lösten sich alle Gedanken in nichts auf, als ihn ein unglaubliches Gefühl am Ansatz der Wirbelsäule packte. Er versteifte sich und durchbrach ihren Rhythmus, Lulu rutschte rasch von ihm herunter, ließ sich zurückgleiten, senkte ihr Gesicht und ihre Hände auf ihn herab, als bete sie und empfing seine erschaudernden Zuckungen, als wäre sie eine Hebamme, die ein Kind zur Welt bringt. Sie summte einen lang gezogenen Ton, und er konnte spüren, wie die Schwingungen ihrer Stimmbänder in ihn übergingen. Dann hörte er, wie sie Atem holte und sagte: »Du schmeckst nach Meer.«

Ein undefinierbares Gefühl durchflutete ihn, und er begann zu weinen. Es dauerte nur ein paar Sekunden, war nicht mehr als ein unwillkürliches Zucken seines Brustkorbs, und er kniff rasch die Augen zusammen, um die Tränen zurückzudrängen. Das passierte ihm oft, wenn sie fertig waren. Glücklicherweise schien Lulu es nie zu bemerken, denn er hätte ihr den plötzlichen Verlust seiner Fassung nicht erklären können. Außer vielleicht damit, dass sie ihn sehr glücklich machte.

Sie kletterte aus der schmalen Koje und richtete sich auf, wenn auch nicht ganz, denn obwohl sie nur einen Meter sechzig groß war, stieß sie an die niedrige Kabinendecke. Sie rieb sich die schlüpfrige Flüssigkeit über ihr Gesicht und ihren Leib, als wäre es eine Körperlotion. »Komm schon!« Sie lief die Stufen zur Luke hinauf und im nächsten Moment hörte Gerald ein Klatschen. Er folgte ihr. Es erfüllte ihn immer mit Bewunderung, aber auch einer Spur Besorgnis, mit welcher Bereitwilligkeit sie sich in tiefster Dunkelheit vom Boot in die Wellen warf. Bevor er Lulu kennengelernt hatte, wäre er nie auf die Idee gekommen, so etwas zu tun.

Oben an Deck sah er sie, wie sie sich gleich einem Delfin im Wasser tummelte. Er sah sich um, weil ihm ihre Nacktheit Sorgen machte, aber die kleine Bucht vier Meilen südlich von Trapani war menschenleer. Sie waren in der Dämmerung wie ein Geisterschiff in die Bucht geschwebt, hatten eine einfache Mahlzeit zu sich genommen und waren dann rasch eingeschlafen. Die langsame Überfahrt von ihrem letzten Ankerplatz vor der kleinen Insel Favignana, bei sehr schwachem Wind und sengender Hitze, hatte sie beide erschöpft.

»Komm schon, Darling!«, rief Lulu aus dem Meer. »Komm ins Wasser! Es ist unglaublich warm, wie eine Badewanne!«

Das war nicht verwunderlich. Nach der Hitze eines sizilianischen Sommertages blieb das Meer für gewöhnlich bis spät in die Nacht sehr warm. Gerald blickte sich noch einmal um. Auf dem hell vom Mondlicht beschienenen, felsigen Küstenabschnitt schien es keinerlei Behausung zu geben. »Ich komm ja schon, mein Schatz.«

Er befestigte das kleine, aus einer Strickleiter bestehende

Fallreep am Heck und hängte es dann an den Schiffsrumpf. Er war immer sehr vorsichtig, was die Leiter anging, und das hatte sich in der Vergangenheit auch als nützlich erwiesen. Dann machte er – ebenfalls splitternackt – einen Kopfsprung ins Wasser.

Er schwamm zu Lulu hinüber, aber sie war verschwunden. Er konnte nichts erkennen, in der quecksilbrigen Flüssigkeit, die ihn umgab. Er strich sich im salzigen Wasser mit den Händen über den Körper und beseitigte die letzten Spuren ihrer gemeinsamen Ekstase. Instinktiv berührte er seine Genitalien und war leicht überrascht, als er feststellte, dass noch alles beim Alten war. Lulus Kopf durchbrach etwa zehn Meter entfernt von ihm die Oberfläche, so geräuschlos wie ein Wasservogel, und glitt dem Ufer entgegen.

»Lulu, Schatz, komm zurück«, rief Gerald. »Es ist mitten in der Nacht.«

»Nein! Wir gehen an den Strand – komm schon!«

Gerald war es nicht ganz wohl dabei, sich ohne jegliche Kleidung so weit vom Boot zu entfernen – und das auch noch mitten in der Nacht –, aber sie waren hier ja tatsächlich vollkommen allein. Bevor sie zu Bett gegangen waren, hatte er das petroleumbetriebene Ankerlicht in die Takelage der *Nereide* gehängt – das einzige Zeichen einer menschlichen Anwesenheit weit und breit. Die Küste wirkte im blassen Mondlicht, als hätte sie sich seit Homers Zeiten nicht verändert. Sie schien ebenso uralt und von den Gezeiten zermahlen wie unzählige andere Gestade des Mittelmeers, mit ihren zerklüfteten Kalksteinfelsen und dem verkümmerten, struppigen, von Ziegen angeknabberten Bewuchs auf den felsigen Höhen. Doch natürlich hatte es hier zu Homers Zeiten, vor etwa achtundzwanzig Jahrhunderten, vollkommen anders ausgesehen. Damals war die Küste von dichten Wäldern bewachsen gewesen, das Land hatte ein wesentlich jüngeres Erscheinungsbild geboten, war kaum bewohnt gewesen und hatte der jahrhundertelangen Geschichte geharrt, die sich dort noch abspielen sollte. Gerald war vor sechs Jahren auf der HMS *Furious* durch diese Gewässer gefahren, während des alles auslöschenden Tumultes des Krieges – Geschichte und Krieg waren eigentlich immer dasselbe –, aber jetzt machten Land und Meer einen stillen, friedlichen Eindruck.

Er schwamm seiner Frau mit kräftigen Zügen hinterher.

Sie waren eine Woche zuvor von Cala Marsopa aus losgesegelt und hatten in einem leichten Wind den einsamsten Teil des westlichen Mittelmeers durchkreuzt. Für Geralds frischgebackene Frau war das eine schonende und vergnügliche Einführung in das Seglerleben gewesen. Jetzt, im August, war die Segelsaison schon zur Hälfte vorbei. Es hatte eine Zeit gegeben, da hatte er gehofft, um diese Zeit schon seine Nachforschungen in Sizilien abgeschlossen zu haben und sich im Ionischen Meer zu befinden, um dort die Inseln – und insbesondere Ithaka – zu erkunden, aber da hatte er nicht damit gerechnet, dass er zwei Monate auf Mallorca verbringen würde. Eigentlich hatte er Spanien und die Balearen schon vor langer Zeit als mögliche Schauplätze für die *Odyssee* verworfen. Es gab keinerlei Anzeichen im Werk Homers, dass Odysseus auf seiner Fahrt so weit in den Westen gekommen wäre, an Bord der großen, schwarzen, langsamen Schiffe, in denen der Held mit seinen Gefährten gereist war. Es sei denn, man würde das »schwimmende Eiland« Aiolia in Betracht ziehen, dessen »Mauern aus Erz und glattes Felsengestade« eine sechs Tage und sechs Nächte währende Ruderfahrt – westlich? südlich? –

vom Land der Lästrygonen entfernt war. Homer selbst war kein Seefahrer gewesen – zu diesem Schluss war T. E. Lawrence während seiner vier Jahre währenden Übersetzungsarbeit gekommen –, aber der Dichter hatte den Seefahrern gut zugehört. Er hatte ihre Geschichten vor seinem inneren Auge zu einer Meereslandschaft zusammengefügt, mit den jeweiligen Positionen der darin enthaltenen Länder und Völker. Gerald war von der Straße von Bonifacio zwei Tage lang südwestlich zu den spanischen Inseln gesegelt, um selbst einen Eindruck zu gewinnen und um dann das westliche Mittelmeer guten Gewissens als geographischen Hintergrund der *Odyssee* ausschließen zu können.

Tom und Milly Ollorenshaw hatten seine britische Flagge im Hafen entdeckt und ihn in die Villa zum Essen eingeladen, wo er auch ihre Köchin Lulu kennenlernte, die gleichzeitig ihr Gast und ihre Freundin war. Sie hatten ihn gefragt, wo er in seinem kleinen Boot hinwollte, und er hatte ihnen von seinem Vorhaben erzählt, die geographischen Hintergründe der *Odyssee* zu entschlüsseln und zu erkunden. Was für eine raffinierte Idee, sagten sie alle.

»Aber das erkenne ich doch wieder«, sagte Lulu mit echtem Erstaunen, als sie mit eingezogenem Kopf die Treppen unter der Luke hinunterstieg, zum ersten Mal die winzige Kajüte der *Nereide* betrat und deren Einrichtung sah: die mit Teak gesäumten Nut-und-Feder-Bretter aus Kiefernholz, den kleinen Herd aus Guss-Zinnbronze mit dem Kessel aus Aluminium, die Bücherregale, die mit Kissen ausgelegten Schlafkojen, die Petroleumlampen, die Holzbalken, die Bullaugen. »Das ist das Häuschen von Frau Tiggy-Wiggel! Hier will ich wohnen!« Sie wandte ihm ihren Kopf zu und kam ihm, während sie dort unter der Luke standen, so nah, dass er ihren

Atem in seinem Gesicht spüren konnte, als sie mit vollem Ernst sagte: »Jetzt müssen Sie mich mitnehmen!«

»Kein Problem«, sagte Gerald einfach.

Aber von diesem Augenblick an malte er sich aus, wie das wäre.

Er nahm sie alle auf eine Segelfahrt mit. Gerald fand es erstaunlich, wie ungeschickt sich Tom und Milly verhielten. Sie schienen nicht in der Lage zu sein, eine Stelle zu finden, wo sie sich hinsetzen konnten, wann immer das Boot sanft krängte oder rollte, waren andauernd im Weg, sei es an der Pinne oder den Segeln oder dem herumschwingenden Baum, hielten sich an den ungeeignetsten Gegenständen fest und fielen fast über Bord. »Nun, das war ja recht aufregend!«, sagte Milly, als sie danach vorsichtig auf die Kaimauer kletterte. »Aber ich bin wirklich sehr froh, dass es vorbei ist!«

Lulu hingegen bat ihn, sie wieder mit hinauszunehmen. An Bord war sie wie eine Katze, klein, schnell und mit einem erstaunlichen Gleichgewichtsgefühl gesegnet. Sie begriff sofort, wie sie die Schoten fieren musste, wenn Gerald gegen den Wind kreuzte. Wenn sie unterwegs waren, setzte sie sich mit Vorliebe auf den Bugspriet und ließ die schaumige Bugwelle unter sich hinweggleiten. Manchmal fand Gerald sie auch unter Deck, wie sie auf einer der Kojen saß und sich in der Kajüte umsah. Sie legte sich versuchsweise hin und sah zu ihm hoch. »Ich liebe dieses kleine Boot.«

Sie bat ihn, ihr zu zeigen, wie der Primuskocher funktionierte, und lernte schnell, wie sie ihn erst mit Alkohol vorheizen, dann mit der Pumpe den Tank betätigen und schließlich das unter Druck stehende Petroleum anzünden musste, während es im Brenner verdampfte. Sie kochte ihnen einen Tee. »Wie aufregend«, sagte sie.

»Aber warum haben Sie denn keinen Motor?«, fragte sie ihn ein anderes Mal. Gerald erklärte ihr, dass in einem Boot, das so klein war wie die *Nereide*, kaum Platz für Kraftstofftanks sei. Man könne den Motor deshalb nie besonders lange laufen lassen, nur für ein paar Stunden, was auf einer längeren Seereise kaum von Nutzen wäre. Motoren waren immer dann nützlich, wenn man mit einer Yacht in den Hafen einfuhr oder ihn verließ, aber auch hier galt, dass sich ein so kleines Boot fast genauso gut manövrieren ließ wie eine Jolle und er es auch mit dem kleinsten Luftzug steuern konnte. Ohne Motor hatte er mehr Platz, und es gab keinen Krach, keine Gefahr eines Motorschadens und keine stinkenden, öligen Abgase.

»Also können Sie einfach losfahren«, sagte sie verwundert. »Sie können einfach die Leinen losmachen und sich vom Ufer abstoßen. Und dann können Sie an jeden Ort fahren, der irgendwo am Wasser liegt, richtig?«

»Ja, so in etwa sieht es aus.«

»Sie könnten von hier – von Cala Marsopa – bis in die Karibik segeln, oder nicht?«

»Ja.«

»Wovon würden Sie sich denn dann ernähren? Und wo bekämen Sie Ihr Trinkwasser her?«

»Nun, man geht eben hier und da an Land. So wie hier in Cala Marsopa. Die Welt ist keine Wüste.«

»Und Sie segeln von hier aus nach Griechenland weiter?«

»Ja.«

An einem Nachmittag segelten sie bis zur äußersten östlichen Spitze von Mallorca, nach Cala Gat, einer kleinen Bucht mit einem winzigen, von einem Leuchtturm überragten Strand, der kleiner als ein Tennisplatz war. Gerald warf den

Anker und Lulu bereitete ihnen das Mittagessen zu: Brot, Sardinen, Käse, Wein, Oliven und Pfirsiche. Dann zog sie ihre Kleider aus und sprang über Bord. »Kommen Sie doch auch ins Wasser!«, rief sie. Gerald zog seine Badehose an, hängte das Fallreep nach draußen und gesellte sich zu ihr ins Wasser. Sie schwammen eine Weile und kletterten dann mithilfe der Strickleiter wieder an Bord. Lulu kletterte zuerst, und Geralds Blick folgte unwillkürlich den Bewegungen ihrer schmalen Gesäßbacken, die über ihm hin- und herschwangen. Schließlich zwang er sich wegzusehen. Er war von ihrer Unbefangenheit und ihrem Vertrauen erstaunt und gerührt. »Kommen Sie, legen Sie sich neben mich«, sagte sie, während sie sich auf dem Deck in der Sonne ausstreckte.

Während er sich neben sie legte, erhaschte er einen Blick auf das perlende Meerwasser, das auf ihrem Bauch verdunstete, und auch auf noch so einiges mehr.

Plötzlich setzte sie sich auf, sah ihn an und schob sich die Haare aus dem Gesicht. »Guter Gott, Gerald, was für ein herrliches Leben Sie führen. Das ist einfach wunderbar.«

»Es ist nicht jedermanns Sache.«

»Pech für die. Aber gut für Sie. Sonst würde ja jeder so leben.«

Sie grinste.

»Was?«, fragte er.

Sie küsste ihn. Dann nahm sie ihn bei der Hand, zog ihn unter Deck und schlief mit ihm. Sogar jenes erste Mal ging es weit über alles hinaus, was Gerald sich jemals hatte vorstellen können.

Später sagte sie: »Können wir hier nicht die Nacht verbringen? Müssen wir unbedingt zurück zum Hafen fahren?«

»Tom und Milly werden sich deinetwegen Sorgen machen.«

Sie lachte ihn leise aus. »Nein, das werden sie nicht, Darling.«

Sie kochte ihnen Abendessen: Corned Beef und Spargel aus Geralds Konservendosenvorrat, Brot, Wein, Käse und den Rest der Pfirsiche. Gerald sah ihr zu. Er war überrascht, mit welcher Leichtigkeit sie hantierte und welchen Spaß sie dabei zu haben schien.

Während sie aßen, bat sie ihn, ihr zu zeigen, wo er hinsegeln wollte.

Er räumte den winzigen Salontisch frei, stellte die Teller in der daneben gelegenen Koje ab und breitete unter dem Licht der Petroleumlampe seine zerknitterte, in einem kleinen Maßstab gehaltene Seekarte des Mittelmeers aus. »Schau, hier ist Troja«, sagte er. »Was, das richtige, echte Troja?«, fragte sie. »Ja, genau hier, unterhalb von Istanbul. Ein Deutscher hat es entdeckt, vor etwa siebzig Jahren. Und hier ist Ithaka, die Heimat des Odysseus. Dazwischen liegen ungefähr sechshundert Seemeilen. Eigentlich ist es nur eine leichte zweiwöchige Segelstrecke, je nach Wetterbedingungen, aber Odysseus hat dafür zehn Jahre gebraucht und zahlreiche unbeabsichtigte Umwege gemacht. Und ist dabei in eine Menge von sehr berühmt gewordenen Kalamitäten geraten. Und diese Insel hier, das ist Djerba, das zu Tunesien gehört. Ich glaube, das ist das Land der Lotophagen, der Lotosesser –«

»Lass uns auch Lotosesser sein, ja?«, Sie zog ihn in ihre Arme.

Am nächsten Nachmittag, als sie nach Cala Marsopa zurücksegelten, fragte Lulu Gerald, ob er nicht vor der Villa Los Roques vor Anker gehen könne. Sie wollte vom Boot aus zu den Klippen schwimmen und an ihnen hinauf zum Haus hochklettern. Das Meer war fast vollkommen ruhig, und es gab kaum Seegang. »Natürlich«, sagte Gerald.

»Komm schon«, sagte Lulu und sprang über Bord. Gerald ließ den Anker hinunter.

Doch bevor er ihr folgte, hängte er noch die Strickleiter an den Schiffsrumpf.

Als er die Klippen erreichte, kletterte Lulu bereits an ihnen hoch.

»Pass auf«, sagte er.

Lulu drehte sich um und sah zu ihm herab, wie er unten am Fuße des Felsens im Wasser schwamm. Sie lächelte. »Darling, ich mache das hier jeden Tag.« Aber vielleicht drehte sie sich nicht jeden Tag um und sah hinunter, denn plötzlich rutschte sie ab. Ihr Arm schoss vorwärts, in dem Versuch, sich an einem der Griffe festzuhalten, aber sie griff ins Leere. Gerald sah, wie sie fiel. Sie beschrieb einen Bogen nach vorn, und er konnte deutlich erkennen, wie sie mit dem Kinn auf einen Vorsprung aus scharfkantigem Kalkstein aufschlug. Ihr Kopf schnellte zurück, und sie wurde von der Felswand weggeschleudert. Im nächsten Moment fiel sie rückwärts neben ihm ins Wasser.

Als er sie hochzog, lag sie mit dem Gesicht nach unten. Er drehte sie um, schob ihr einen Arm unter den Kopf und hob ihr Gesicht aus dem Wasser. Ihre Augen waren geschlossen, aber es schien, als atmete sie mühelos. Aus einer klaffenden Wunde an ihrem Kinn strömte Blut, vermischte sich mit dem Wasser und umfloss ihr Gesicht wie rote Tinte. Ansonsten sah sie sehr friedlich aus, als schliefe sie nur und könnte jeden Moment die Augen öffnen. Gerald trat Wasser, um sie beide an der Oberfläche zu halten, und benutzte seine freie Hand, um ihr die Haare aus dem Gesicht zu streichen. Er konnte sehen, dass es schon von einigen vorzeitigen grauen Strähnen durchzogen war. Es war das Schönste, was er jemals zu Gesicht bekommen hatte.

Aber sie war bewusstlos. Er sah am Felsen hoch. Er würde es auf keinen Fall schaffen, dort mit ihr hinaufzuklettern. Er umfing sie mit einem Arm, achtete darauf, dass ihr Kopf auf seiner Brust lag, und kraulte mit dem anderen rückwärts zum Boot zurück.

Als Lulu aufwachte, sah sie Geralds Gesicht über sich.

»Was ist passiert?«

»Du bist gestürzt. Und du hast dir das Kinn aufgeschlagen – nein, fass es nicht an –« Er hinderte sie daran, ihr Gesicht zu berühren, und wickelte seine Finger um ihre Hand. »Ich habe die Wunde verbunden. Es ist jetzt okay, aber es könnte sein, dass es genäht werden muss. Dein Kopf wurde ziemlich heftig zurückgeschleudert. Wie fühlst du dich?«

»Ein wenig Kopfschmerzen. Ich kann mein Kinn spüren, jetzt wo du's sagst.« Sie sah ihm über die Schulter und ließ den Blick durch die Kajüte des kleinen Bootes gleiten. Dann schaute sie wieder in Geralds Gesicht. »Wie um alles in der Welt hast du es geschafft, mich an Bord zu bringen?«

»Ich habe dich einfach auf meine Schulter gelegt. Und ich hatte ja die Strickleiter rausgehängt. Es war nicht schwer. Aber mit dir die Klippen hochzuklettern, das hätte ich nicht geschafft. Wir fahren mit dem Beiboot an Land, sobald du dich dazu in der Lage fühlst.«

Sie starrte ihn an, und ihre Augen wurden ganz groß und still. »Du hast mich gerettet.«

»Ja. Na ja, ich hatte nicht gerade vor, einfach zu verschwinden und dich zurückzulassen.« Er grinste sie an.

Lulu hob den Arm und legte ihre kühle Hand an Geralds Wange. Sie strich mit dem Daumen über seine Lippen, sah ihre Hand an, ihren Daumen, sein Gesicht. »Gerald«, sagte sie. »Nimm mich mit.«

»Wohin?«

»Wohin auch immer du gehst. Nach Griechenland.«

Wieder malte er sich aus, wie das sein würde. »Ich bin mir nicht sicher, wie lange ich unterwegs sein werde. Ich meine, ich werde nicht so bald hierher zurückkehren.«

»Heirate mich. Dann haben wir keine Eile mehr.«

Er starrte sie an. Alle Gedanken fielen von ihm ab, außer dem einen Satz: *Warum nicht?*

»Ich werde dich glücklich machen, Gerald. Ich werde dich so glücklich machen, wie ich mich jetzt fühle.«

Er wusste, dass er einen Moment lang nachdenken sollte, aber was gab es da nachzudenken? Was, wenn all die Jahre, die vor ihm lagen, so sein würden wie die letzten beiden Tage?

»Gerald«, sagte sie so leise, als wollte sie ihm einen Kolibri zeigen, der in der Nähe schwebte, und hätte Angst, ihn zu verscheuchen. »Ich liebe dich.«

»Ich liebe dich auch.«

»Dann ist doch alles ganz einfach. Nimm mich mit.«

»Okay«, sagte er.

Sie zog sein Gesicht zu sich herab. »Pass auf deine Wunde –«, sagte er, als sie ihn küsste.

Tom und Milly fanden die Idee großartig. Warum nicht?, sagten sie. Milly kreischte begeistert und umarmte sie beide. Tom führte – in loco parentis – ein freundliches Gespräch mit Gerald. Er berichtete Lulu und Milly, dass Gerald zwar wenig, um nicht zu sagen gar kein Geld habe, dass er jedoch ein intelligenter, hochgebildeter Mann und seine Idee zur *Odyssee* äußerst klug und originell sei. »Aber schließlich ist das alles ja auch egal«, sagte Tom. »Lulu, du würdest doch sowieso nie irgend so einen Trottel heiraten, der in einer Bank arbeitet. Ich bin sicher, dass schon alles gut gehen wird.«

Während Lulus Kinn in der Arztpraxis genäht wurde, erzählte Milly Gerald, dass Lulu, auch wenn sie es selbst nicht erwähnen würde, oder zumindest jedenfalls nicht gleich, eine ziemlich scheußliche Kindheit gehabt habe: Ihre Eltern hätten sich nicht um sie gekümmert und sie sogar einmal unterwegs irgendwo vergessen, als sie gerade durch Belgien reisten, und dann seien sie gestorben, und Lulu sei von einem gleichgültigen Verwandten zum nächsten geschoben worden. Dann hätte man sie in ein Internat in Schottland verfrachtet – nun, es sei eben alles sehr unerfreulich für sie gewesen, bis Milly und Tom sie entdeckt, als Mündel eines ihrer Freunde in London, und sie aufgenommen hätten, zunächst als Köchin … Aber wie auch immer, alles was sie brauche, sei absolutes Vertrauen und Sicherheit. Falls er ihr dies geben könne, würden sie keinerlei Probleme haben.

»Nun fahrt schon, ihr beiden«, sagten Tom und Milly. »Segelt los in eurer kleinen Arche und kommt bitte nächsten Sommer zurück und besucht uns.«

Es ging alles sehr schnell. Lulu und Milly schneiderten ein schlichtes, sommerliches weißes Hochzeitskleid. Gerald besaß einen Anzug, seine Schulkrawatte und eine einigermaßen vorzeigbare Flanellhose, die er immer sorgfältig zusammengefaltet im Boot verstaut hatte. Tom traf alle notwendigen Vorkehrungen und fuhr sie nach Palma, wo Gerald und Lulu im britischen Konsulat den Bund der Ehe schlossen. Abends spendierte Tom ihnen ein Hochzeitsessen mit Spanferkel im La Fonda in Cala Marsopa.

Als Hochzeitsgeschenk überreichte Gerald Lulu eine von mehreren Ausgaben der *Odyssee*, die er immer an Bord der Yacht hatte. »Das ist eine recht interessante Übersetzung.« Er öffnete das Buch. »Siehst du, hier steht, sie sei von T. E.

Shaw – das ist das Pseudonym von T. E. Lawrence, also Lawrence von Arabien. Er wusste, wie man eine gute Geschichte erzählt. Und er sagt in der Einleitung ein paar sehr interessante Dinge über Homer. Ich habe sonst nichts, was ich dir geben könnte. Aber ich kann dir eine Odyssee versprechen.«

»Oh, Darling, das ist alles, was ich mir wünsche.« Lulu umarmte und küsste ihn leidenschaftlich. »Wir werden eine Odyssee erleben, du und ich!«

Und dann segelten sie davon.

Sie war eine sehr geübte Schwimmerin. Er schaffte es nicht sie einzuholen und musste ihr den gesamten Weg bis zum Ufer hinterherschwimmen. Sie konnten unter sich im flachen Wasser die Steine sehen, die sich von dem hellen Sand abhoben. Lulu lief aus dem Wasser und legte sich flach in den Sand, das Gesicht nach oben gewandt, Arme und Beine ausgestreckt.

»Komm und leg dich neben mich«, sagte sie. »Hier gibt es niemanden, der dich sehen könnte.«

Gerald war noch nicht an dem Punkt angelangt, wo er vollkommen unbekümmert seine Nacktheit zur Schau stellen konnte. Er hatte zwar gelernt, es zu genießen, wenn er nackt mit Lulu im Meer schwamm, aber nur, wenn niemand da war, der sie sehen könnte. Sie scherte sich nicht im Geringsten um solche Bedenken, und er musste sie immer wieder warnen, wenn sie einfach über Bord springen wollte, während die *Nereide* irgendwo vor Anker lag, wo auch andere Boote ankerten oder jederzeit eins auftauchen konnte.

Er setzte sich neben sie. Irgendwo über ihnen hörte er ein Glöckchen – Schafe oder Ziegen.

»Und, ist das jetzt deine Höhle dort oben?«, fragte sie.

»Das schwarze Loch, das wir gesehen haben, als wir in die Bucht gekommen sind? Ja, ich glaube schon. Wir werden sehen.«

»Also hier hat der Zyklop gehaust?«

»Vielleicht – falls es ihn wirklich gegeben hat.«

»Erzähl es mir noch mal«, bat sie. »Es hatte doch irgendwas mit Nebel zu tun, richtig?«

Geralds Herz füllte sich immer mit unendlicher Rührung, wenn sie ihm Fragen über seine Nachforschungen zur *Odyssee* stellte. Sie wollte verstehen, was genau er vorhatte. Niemand sonst hatte das jemals getan. »Das stimmt.« Er erzählte ihr, wie Odysseus und seine Männer vom Land der Lotosesser fortgesegelt und am nächsten Morgen an einer Insel gelandet seien, die in Nebel gehüllt war. Dort hätten sie eine Quelle gefunden, die in den Hafen mündete. Es gebe nicht oft Nebel im Mittelmeer, besonders im Süden nicht, aber manchmal könne es geschehen, dass er an der Westküste Siziliens ganz plötzlich auftaucht. Die Insel, wo Odysseus den Nebel vorgefunden hatte, sei, davon war Gerald überzeugt, Favignana gewesen – »wo wir gestern waren, du wirst dich noch an die Quelle erinnern« –, und von dort aus sei er dann noch eine kleine Strecke weitergesegelt, genau wie sie selbst auf der *Nereide*, bis nach Sizilien, wo Odysseus – und jetzt auch sie beide, Gerald und Lulu – eine Höhle gefunden habe.

»Woher willst du wissen, dass es tatsächlich passiert ist?«, fragte Lulu.

»Tja, das weiß niemand mit Bestimmtheit. Aber es ist wahrscheinlich so wie mit jeder Art von Glauben. Du könntest dasselbe auch über die Bibel sagen. Du glaubst daran oder auch nicht. Der Grund spielt dabei keine Rolle, und auch nicht, dass es keine stichhaltigen Beweise gibt –«

»Sieh mal«, sagte Lulu und stützte sich auf ihren Ellbogen auf. »Da ist noch ein Boot in die Bucht gekommen.«

Gerald wandte den Kopf und schaute aufs Wasser hinaus. Die Positionslichter leuchteten nur schwach, aber er konnte erkennen, wie sich vom mondbeschienenen Wasser ein etwa zwölf Meter langes, verwahrlostes und tief im Wasser liegendes Fischerboot abhob. Es hatte eben erst die Landzunge im Norden umrundet und fuhr nun schwerfällig in die halbkreisförmige Bucht hinein.

»Guardia Costiera«, sagte Gerald leise, als spräche er mit sich selbst.

»Was hast du gesagt, Darling?«

»Die italienische Küstenwache.«

»Es sieht aus wie ein heruntergekommenes Fischerboot.«

»Das war es wahrscheinlich auch irgendwann einmal. In der Not frisst der Teufel Fliegen. Aber man kann sogar in diesem schwachen Licht ihr Abzeichen erkennen. Diese kleine Flagge da am Heck.«

Das Boot bewegte sich immer noch vorwärts, als das laute Rasseln einer durch die Ankerklüse gleitenden Kette über das Wasser schallte.

»Und die besten Seeleute sind sie auch nicht.« Gerald hätte nicht einmal im Traum daran gedacht, die Ankerkette herabzulassen, während das Boot sich noch vorwärtsbewegte, denn dann konnte es leicht passieren, dass sie den Schiffsrumpf zerkratzte. Eine wahrhaft schlampige Misswirtschaft war das. Und es war auch ein Anzeichen für generelle Schludrigkeit, für eine ganz bestimmte, allgemeine Lebenseinstellung. »Ich glaube, wir sollten zurück zum Boot schwimmen.«

»Oh, lass uns doch hierbleiben, Darling. Sie werden uns hier nicht sehen.«

»Sie werden das Boot sehen und das Ankerlicht. Solche Leute sind manchmal ganz übereifrige kleine Wichtigtuer. Sie langweilen sich wahrscheinlich gerade fürchterlich und unsere Yacht hat eine ausländische Flagge gehisst. Sie werden mit ziemlicher Sicherheit an Bord kommen und unsere Papiere sehen wollen.«

»Aber doch sicher nicht heute Nacht?«

»Doch, das ist gut möglich. Und falls wir nicht auf dem Schiff sind, könnten sie einfach an Bord gehen. Komm schon.«

Gerald stand gebückt auf, um nicht gesehen zu werden, denn in dem blassen Licht konnte man sie möglicherweise von dem Küstenwachenboot aus auf dem Strand erkennen. Er lief rasch ins Wasser. »Lulu, mein Schatz, bitte komm jetzt. Wir müssen zum Boot zurück.«

Sie waren noch nicht weit vom Strand entfernt, als Gerald sah, wie sich das Beiboot von dem Guardia-Schiff löste und in Richtung der *Nereide* bewegte. Darin saßen einige Gestalten, die ungeschickt mit ein paar kurzen Rudern hantierten, die sie wie Paddel benutzten. Stimmen drangen über das Wasser. Bei dem Beiboot handelte es sich um ein Schlauchboot, das sich ganz offensichtlich nicht besonders gut dazu eignete, Kurs zu halten. Es bewegte sich nur im Zickzack vorwärts oder drehte sich im Kreis, weil die Ruderer ihre Bemühungen immer wieder gegenseitig zunichtemachten. Trotzdem näherte es sich ganz allmählich dem Boot. Ohne Kleider würde es unangenehm werden. Ihre Nacktheit würde sehr deutlich zu erkennen sein. »So schnell du kannst, mein Schatz«, sagte er.

Die Stimmen in dem Schlauchboot verstummten plötzlich und wurden dann sehr viel lebhafter als vorher. Gerald begriff, dass man sie entdeckt hatte. Der Zickzackkurs des Bootes änderte sich, wurde schneller und ruckartiger und Gerald erkannte, dass man sie abfangen würde, bevor sie die *Nereide* erreichen konnten.

»*Buonasera*«, rief Gerald so fröhlich wie ein ganz normaler, ahnungsloser englischer Urlauber.

»*Buonasera*«, erschallte die absichtlich sehr ausdruckslos gehaltene Antwort.

Die Männer in dem Boot – es waren drei, wie Gerald jetzt erkennen konnte – fuhren fort, sich zu unterhalten, wenn auch jetzt in gedämpftem Tonfall. Er konnte kein Wort verstehen. Er sprach zwar ein bisschen Italienisch – genug, um sich, wenn er in Italien war, Nahrungsmittel, Wasser und andere Vorräte zu besorgen –, aber diese Männer sprachen Neapolitanisch, einen Dialekt, den er manchmal in südtyrrhenischen Häfen gehört hatte. Als die Männer der Küstenwache bis auf wenige Meter an sie herangekommen waren, hörten sie auf zu rudern und ließen das Boot treiben. Ihre Augen lagen im Schatten, aber Gerald konnte erkennen, dass sie zu ihnen hinüberschauten. Das Schlauchboot schien ein ehemaliges Rettungsboot der Marine zu sein, ein rechteckiges Gebilde ohne erkennbaren Bug oder Heck. Die Luftkammern hingen unter dem Gewicht der drei Insassen durch, was darauf hindeutete, dass es irgendwo ein Loch in der Gummischicht oder in einem der Ventile gab.

»*Inglese?*«

»*Sì*«, sagte Gerald. Er und Lulu schwammen weiter in Richtung der *Nereide*.

Die drei Paddler in dem Boot unterhielten sich wieder und diesmal schien es eine richtige Diskussion zu sein. Gerald konnte sie nun besser sehen. Es handelte sich keineswegs um übereifrige kleine Männer. Es waren vielmehr groß gewachsene Jugendliche in dreckigen, schlecht sitzenden Uniformen.

Keine Seeleute und auch keine Söhne von Fischern, sondern Großstadtkerle, die keine Ahnung von Booten und dem Wasser hatten und allenfalls eine hastige Grundausbildung durchlaufen hatten. Vielleicht kannte sich ja auch einer von ihnen ein bisschen mit Motoren aus. Gerald hatte solche Männer in jedem italienischen Hafen gesehen, den er seit Kriegsende angelaufen hatte. Sie waren arbeitslos, saßen entweder einzeln oder in Gruppen in der Gegend herum und starrten ihn und sein kleines Boot verständnislos an, während er kam und ging und seine Sachen erledigte. In solchen Häfen hatte er dem Mann, der dort gerade als inoffizieller Wächter diente, immer eine kleine Summe zugesteckt. Und der schaffte es dann auch jedes Mal auf geheimnisvolle Weise, solche jungen Kerle daran zu hindern, die vor Anker liegenden Boote zu plündern und alles mitzunehmen, was an Deck oder auch unter Deck nicht niet- und nagelfest war. Diese drei Männer hier hatten Glück gehabt. Man hatte ihnen Arbeit, Uniformen und Befehlsgewalt gegeben und sie in einem leckgeschlagenen Kahn auf die Welt losgelassen, mit dem vagen Auftrag, dafür zu sorgen, dass das Schifffahrtsrecht –

Das mit voller Absicht gestoßene Ruder traf Lulu an der Schulter. »Au!«, rief sie mit unverhohlenem Unmut. Einer der jungen Männer in dem Schlauchboot kicherte und die anderen gaben ihre Kommentare ab, als kritisierten sie einen Wurf beim Bocciaspiel. Dann nahmen alle drei Männer ihre Ruder und zogen Lulu damit zum Boot, als wäre sie eine Schildkröte. Gerald schrie und schob eines der Ruder weg. Ein anderes Ruder traf ihn mit solcher Gewalt am Hinterkopf, dass er irgendwo in der Mitte seines Gehirns ein Knirschen hörte. Dann versetzte ihm ein weiteres Ruder einen Hieb ins Gesicht, dass ihm Hören und Sehen verging.

Er sank unter Wasser. Einen Moment lang wusste er nicht, wo oben und unten war, aber er begriff mit nüchterner Sachlichkeit, was da gerade vor sich ging.

Er tauchte auf, sah zunächst nur eine leere Wasserfläche und die Küste und drehte sich dann um. Die sich windende, um sich schlagende, heisere Ächzlaute ausstoßende Lulu, deren Nacktheit im Mondlicht nicht zu übersehen war, wurde gerade von den drei Männern an Bord des Schlauchboots gezogen, als sei sie ein großer, zappelnder Fisch. Die Männer lachten. Einer von ihnen bellte aufgeregt, wie jemand, der einen Hund ködern will. Sie waren etwa zehn Meter von ihm entfernt. Nachdem sie es geschafft hatten, sie ins Schlauchboot zu werfen, setzten sie sich auf sie und paddelten zurück in Richtung des Guardia-Costiera-Schiffes. Gerald hörte, wie Lulu sich wehrte, sah, wie die Männer kämpften, hörte das Geräusch von Schlägen und die wütenden Schreie von Lulu.

Er schwamm so schnell er konnte hinter dem Schlauchboot her. Es bewegte sich ruckweise und wurde von Erschütterungen hin- und hergeworfen, aber die Männer paddelten hastig ihrem Schiff entgegen. Dann hörte er ein Klatschen – Lulu hatte es geschafft, über Bord zu springen. Er konnte sie sehen, wie sie mit kräftigen Zügen von dem Schlauchboot wegschwamm. Eine Minute später konnte er erkennen, wie sie aus dem Wasser stieg, kurz bevor das Schlauchboot den Strand erreichte. Ihre weiße Gestalt kletterte in der Dunkelheit an der steilen Felswand hinauf, während die drei Männer im flachen Wasser aus dem Schlauchboot sprangen und ihr hinterherkletterten.

Jetzt wandte sich auch Gerald dem Strand zu – je eher er ihn erreichte, desto besser, denn an Land würde er sich schneller bewegen können als im Wasser. Er kam in einiger Entfernung von dem Schlauchboot an, taumelte im flachen Wasser, stieß mit dem Fuß gegen einen Felsen und stürzte. Keuchend richtete er sich wieder auf. Er konnte sie irgendwo über sich hören.

Sie waren in der Höhle.

Gerald kletterte an der Felswand hoch. Er hatte in dem Gestrüpp über dem Strand einen Pfad entdeckt und rannte ihn jetzt entlang, bis er eine Stelle erreichte, wo sich der Pfad unter einer hervorstehenden Felsböschung weitete und unten in dem Kalkstein der Felswand ein dunkles Loch klaffte. Die Höhle. Der Pfad führte direkt hinein. Im Innern konnte er die Geräusche der Männer hören. Und Lulu. Sie stöhnte oder ächzte und gab kurze, heisere, grauenhafte Schreie von sich.

Gerald spurtete auf das schwarze Loch in der Felswand zu. Er sah und hörte nichts sonst, wusste nur, dass er Lulu helfen musste, und war plötzlich von einer mörderischen Kraft erfüllt –

Er sah die Schafe nicht und rannte kopfüber in die zusammengedrängte Herde hinein. Er stürzte über die zotteligen Tierrücken hinweg auf die Erde, mitten zwischen ihre Hufe. Als er sich wieder aufraffte, ergriffen die Schafe die Flucht, sprangen über ihn hinweg und rannten panisch in die Höhle. Gerald rannte ihnen hinterher.

»*Ma che cazzo?*« Die jungen Kerle aus der Stadt sahen sich plötzlich bei ihrem Tun unterbrochen und fluchten angstvoll, als die dunklen Tiergestalten wie eine Horde Geister auf sie zugestürzt kamen. »*Cazzo! Merda!*« Die Schafe stießen mit den Italienern zusammen, sprangen verwirrt umher und blökten verängstigt. *Bäää! Bää! Bäääääääää!* Gerald rannte in eine aufrecht stehende Gestalt hinein und schwang seine Faust nach vorn, dorthin, wo er den Kopf vermutete. Seine Hand traf auf irgendeinen Knochen, und er hörte einen schmerzerfüllten Aufschrei. Er sah eine weitere Gestalt, größer als er selbst, und stürzte sich auf sie, mit ausgestreckten Händen, rammte sich gegen einen Mann, der entsetzt brüllte, als er unter die schlagenden Hufe der blökenden Schafe stürzte, mitten in eine sich windende, umherspringende Masse aus dunklen Schatten hinein, die nun die Höhle ausfüllte.

»Lulu!«, schrie Gerald. »Lulu! Lauf weg!«

Und dann sah er sie, oder glaubte zumindest, sie zu sehen, eine schmale Gestalt, die sich unter die flüchtenden, wollenen Wesen mischte, die in hektischen Bündeln dem Licht entgegensprangen, blökend, schreiend, bis sie den Pfad vor der Höhle erreicht hatten – und hatte sie im nächsten Moment aus den Augen verloren.

Die Italiener begannen sich aufzurappeln, brüllten wütend und kamen von den Höhlenwänden her auf ihn zu. Gerald drehte sich um und rannte aus der Höhle – weg von den panisch flüchtenden Schafen, um die Männer hinter sich herzulocken – und lief den Pfad entlang, denselben Weg, den er gekommen war.

Es war dunkler geworden. Eine Wolke hatte sich vor den Mond geschoben. Er hätte beinahe nach Lulu gerufen, um zu sehen, ob sie vielleicht doch in diese Richtung und nicht zur anderen Seite der Höhle hinausgelaufen war, konnte sich jedoch gerade noch davon abhalten. Hinter sich hörte er ein Rufen. Die Italiener kamen aus dem Höhleneingang. Falls er Lulu hier entdeckte, würden sie sie beide fangen. Gerald drehte sich um und kletterte hastig den felsigen Abhang zum Strand hinunter. Würden sie merken, dass er allein war? Er stieß dringliche Rufe aus, als wollte er Lulu zur Eile antreiben: »Komm schon, Darling!«

So wie Odysseus aus der Höhle des Zyklopen entfloh, indem er sich unter dem Bauch eines Widders festhielt und seine Schafe zum Ufer trieb, so floh auch Gerald im Dunkeln am Ufer entlang. Er hörte, wie die Italiener ihn auf dem Pfad verfolgten und einander zuriefen. Er konnte sie nicht sehen, aber er hörte deutlich drei verschiedene, wütend rufende Stimmen und auch, dass sie sehr schnell liefen. Lulu war also nicht bei ihnen.

Er rannte durch die Wellen, klatschte dabei so laut wie möglich durchs Wasser und versuchte so zu klingen, als wären vier Füße unterwegs. »Komm schon, Darling!«, rief er wieder. »Schwimm, Darling! Schwimm zur Yacht!« Dann sprang er in die Wellen und schwamm so schnell er konnte, mahnte die imaginäre Lulu zur Eile, sprach für sie beide.

Er hörte, wie sie am Strand das Schlauchboot ins Wasser schoben und durch das flache Wasser stapften. Sie würden nicht sehen können, dass Lulu nicht bei ihm war. »Komm schon, Darling! Wir sind fast da!«

Gerald schwamm panisch weiter und spritzte und plätscherte dabei so viel wie möglich. Als er das Boot erreicht hatte, kletterte er die Strickleiter hoch. »Geh unter Deck, Darling! Ich bringe uns hier raus!«, rief er. Keine Zeit, das Ankerlicht herunterzuholen – gut, sie würden sehen, wie er davonsegelte, und ihn hoffentlich verfolgen. Er setzte Großsegel und Gaffelsegel – auch das würden sie sehen können, die Umrisse der Segel, die sich vom Himmel abhoben. Es war keine Zeit, den Anker zu lichten. Er rannte zum Vorderdeck und ließ die Kette geräuschvoll nach unten sinken, damit sie hören konnten, was im Gange war. Als sich der Kettenkasten geleert hatte, löste er den Knoten, mit dem das letzte Glied der Ankerkette unten am Ankerring befestigt war, und ließ die Kette über

Bord gleiten. Dann zog er das Stagsegel hoch und drehte es in den leichten Nachtwind, der vom Land zu ihm herüberwehte, bis der Bug der Yacht abfiel und der lange Bugspriet in Richtung des Meeres zeigte. Er rannte zurück zum Cockpit und holte die Segel dicht, während das Boot immer mehr an Fahrt gewann. Seit er an Bord geklettert war, waren nicht mehr als vier Minuten vergangen.

Er schaute nach achtern. Dort konnte er noch so gerade eben den dunklen Umriss des Schlauchbootes auf dem dunklen, matt glänzenden Wasser erkennen. Es kroch dem Küstenwachenschiff entgegen. Die *Nereide* glitt rasch vorwärts, mit knarrenden Leinen und Spieren, und das Wasser strömte gurgelnd am Schiffsrumpf entlang. Er würde einige Seemeilen vom Ufer entfernt sein, wenn sie ihn einholten – Zeit genug für Lulu, weit weg von der Höhle zu flüchten und sich irgendwo zu verstecken.

Hatte sie es überhaupt geschafft zu flüchten? Er spielte im Kopf immer und immer wieder durch, was er gesehen und gehört hatte: die schmale Gestalt, die zusammen mit den Schafen aus der Höhle gerannt war. Die drei Männer waren – da war er sich ganz sicher – brüllend hinter ihm her aus der Höhle gekommen. Sie hätten ihm unmöglich so schnell folgen können, wenn sie eine sich wehrende Lulu mitgeschleppt hätten – und außerdem hätte er Lulu ja dann auch gehört. Aber auch mit einer bewusstlosen Lulu wären sie auf keinen Fall so schnell vorwärtsgekommen. Oder lag sie etwa blutend auf dem Höhlenboden? Die vertrauten Geräusche des dahinsegelnden Boots gaben ihm zeitweilig ein Gefühl der Sicherheit, und er versuchte, alle Furcht aus seinen Gedanken zu verbannen und einen klaren Kopf zu bekommen. Er hatte sie gesehen. Sie hatte es geschafft zu fliehen, dessen war er sich jetzt sicher. Sie war mit den Schafen zusammen aus dem anderen Ende der Höhle gelaufen. Sie war davongekommen. Das war alles, was zählte.

Gerald begann zu schluchzen, ein trockenes, reflexartiges Heben und Senken der Brust, das aber sofort aufhörte, als er sich umsah und den Umriss des Guardia-Bootes sah. Es entfernte sich vom Ufer.

Segelte er zu schnell? Er wollte die Italiener nicht abhängen, bevor er es nicht geschafft hatte, sie von hier wegzulocken. Schließlich waren sie keine Seemänner, sondern Schlägertypen aus der Stadt, die in einem schwerfälligen, abgerissenen Kahn unterwegs waren. Er schaute hoch und sah das Ankerlicht, das in den Wanten hin und her baumelte, sah die sich vor dem Nachthimmel abzeichnenden Segel. Das würden sie sehen. Sie würden ihm folgen …

Aber er würde sie natürlich nicht abhängen können. Sie würden ihn einholen und höchstwahrscheinlich umbringen, es sei denn, er würde es schaffen, sich vorher irgendwie in Sicherheit zu bringen. Aber der Wind kam vom Land her, wehte vom sich abkühlenden Ufer auf das wärmere Meer hinaus, und er würde auch bis zur Morgendämmerung und darüber hinaus in dieser Richtung weiter wehen. Bis nach Trapani würde er es nicht schaffen, das lag windwärts. Er würde sie hinaus aufs Meer locken müssen. Wie weit würden sie ihm folgen, diese plumpen, einfältigen Stadtjungen, bevor sie Angst bekamen und sich wieder zum Ufer umdrehten?

Konnte er sie weit genug weglocken?

Eine Stunde später – oder waren es zwei? – schimmerte allmählich die Morgenröte durch den feuchten Dunstschleier, der in der Luft lag. Gerald stellte fest, dass er sie abgehängt hatte. Waren sie umgekehrt? Er drehte bei. Dann warf er das Bleilot ins Wasser und traf in einer Tiefe von sechs Faden auf festen Grund.

Ein paar Minuten später, die ihm wie eine Ewigkeit vorkamen, löste sich der Dunstschleier in den Sonnenstrahlen auf, und er sah querschiffs die blasse Silhouette des Guardia-Bootes, das weniger als anderthalb Kilometer entfernt war. Sie hatten ihn ebenfalls gesehen. Die Silhouette wurde schmaler, als sie das Boot in seine Richtung steuerten. Gerald ließ den Wind wieder in die Segel, und die *Nereide* bewegte sich vorwärts. Sie steuerte sich selbst, während Gerald immer und immer wieder das Lot auswarf. In seinem Kopf nahmen die Konturen des Meerbodens Gestalt an. Zwar sank der Untergrund nach den gelegentlichen Untiefen jedes Mal wieder ab, aber ganz allmählich wurde er auch immer flacher, je weiter Gerald vorankam: sechs Faden … viereinhalb … fünf … drei … sieben … drei. Ganz plötzlich konnte er den Grund sehen: hellere, braune Flecken, die sich vom dunklen Blau abhoben. Er sah nach Norden und stellte fest, dass das Küstenwachenboot aufgeholt hatte. Der Wind, der die ganze Nacht leicht, aber stetig geweht hatte, flaute ab, sodass Geralds Boot langsamer wurde, während die anderen über einen Motor verfügten, der unbeirrt immer weiter tuckerte.

Drei Faden … vier … drei … drei – ein paar Meter voraus sah er eine sehr helle Stelle, wo die Sonnenstrahlen auf einen von Algen überwachsenen Felsen unter der Wasseroberfläche trafen.

Die Entfernung zwischen den beiden Booten schmolz zusehends. Gerald konnte einen Mann am Bug stehen sehen, der konzentriert zu ihm herüberstarrte. Dreihundert Meter … zweihundert … Ein zweiter Mann gesellte sich zu dem Mann am Bug – ein Mann stand am Steuer, also waren alle drei an Bord.

Er hörte sie rufen. Es war zwar unmöglich, die Wörter zu verstehen, aber die darin enthaltene Drohung war unmissverständlich. Das Boot kam mit Höchstgeschwindigkeit auf ihn zu. Es waren zwar auch nur fünf Knoten, aber die *Nereide* hatte sich in der Zwischenzeit auf gerade mal zwei Knoten verlangsamt. Bei dieser Geschwindigkeit konnte Gerald kaum manövrieren. Jetzt schlug das Guardia-Boot einen Bogen, entfernte sich etwas von ihm und lenkte dann wieder in seine Richtung ein, doch nun kam es in einem rechten Winkel auf ihn zu. Sie planten, ihn mittschiffs zu rammen – ihn zu versenken. Die Bauweise des Schiffes und seine Wasserverdrängung ließen keinen Zweifel daran aufkommen, wie ein solcher Zusammenstoß enden würde. Gerald holte die Segel dichter und stellte das Boot mehr windwärts. Dadurch bot er ihnen zwar eine noch größere Zielscheibe, aber gleichzeitig gewann er mindestens einen Knoten zusätzlicher Geschwindigkeit und somit auch ein wenig mehr Manövrierfähigkeit – für die einzige Aktion, die ihn retten konnte.

Als das Schiff der Guardia Costiera noch etwa zehn Meter entfernt war und genau auf die Mitte des zierlichen Schiffsrumpfs der *Nereide* zielte, drückte Gerald die Pinne nach unten. Das leichte, kleine und flinke Boot drehte sich mit einem Schlag und bot dem langsam angreifenden Schiff plötzlich nur noch das schmale Heck. Sie würden zwar immer noch kollidieren, aber jetzt würde es eher ein Streifstoß werden. So hoffte er zumindest. Die sich kräuselnde Bugwelle, die vor dem Guardia-Schiff herlief, schob die *Nereide* zur Seite, kurz bevor die beiden Schiffskörper aufeinandertrafen …

Der heftige seitliche Aufprall fuhr Gerald durch den ganzen Körper. Er hörte, wie unter ihm die dünnen Spanten im Rumpf der *Nereide* zersplitterten.

»*Pezzo di merda suchiacazzi!*«, hörte er jemanden direkt über sich brüllen. Weitere Rufe. Einer der Männer – sie waren ihm nahe genug, dass er sie hätte berühren können – starrte Gerald ins Gesicht und schleuderte eine Kette nach ihm. Gerald trat rasch zurück, und die Kette wickelte sich um die Wanten der *Nereide*, wodurch die gesamte Takelage erschüttert wurde. Während das Guardia-Boot an der *Nereide* vorbeiglitt, wurde dem Italiener die Kette aus der Hand gerissen. Der andere Mann, der an Deck stand, zeigte auf Gerald, stach mit dem Finger immer wieder in seine Richtung und starrte ihn an wie ein Irrer. Er schrie ihm eine unverständliche Beleidigung entgegen. Das Boot drehte ab und beschrieb einen langen, trägen, siegessicheren Bogen, der es wieder auf einen Kurs zurück zur *Nereide* bringen würde –

Die beiden Männer an Deck wurden auf die Knie geschleudert und stürzten der Länge nach hin, als ihr Schiff plötzlich wie ein störrisches Pferd bockte. Es stieg hoch, schwankte zur Seite und kam dann mit einem Beben, das den gesamten Schiffsrumpf durchlief, zum Halten. Im nächsten Moment wurde es von seiner eigenen Heckwelle überschwemmt und kurz hochgehoben, setzte dann wieder leicht wankend auf und blieb bewegungslos auf der Oberfläche des klaren, unberührten Meeres liegen, von dem es umgeben war …

Im Juli 1941, vor sieben Jahren, war Gerald an Bord der HMS *Furious* gewesen, als diese sich im Rahmen der »Operation Substance« – einem Versorgungskonvoi, der von Gibraltar nach Malta unterwegs war – der Straße von Sizilien näherte. Es waren Berichte über U-Boot-Sichtungen im Golf von

Tunis eingegangen. Der Konvoi hatte für dreißig Stunden in der Nähe der Skerki-Bank beigedreht, wo die seichten Riffe die Annäherung von U-Booten verhindern sollten.

Die Schiffe wälzten sich in der Hitze des Tages im leichten Seegang, mit laufenden Motoren und stetig brummenden Generatoren. Ihre Stahlpanzerungen wurden so heiß wie Herdplatten und verbrannten den Männern Hände und Füße. Am Nachmittag erhielt die Besatzung die Erlaubnis, schwimmen zu gehen. Man ließ sie in den Beibooten ins Wasser hinab und brachte sie in sichere Entfernung von den Schiffen mit ihren sich im Leerlauf drehenden Schiffsschrauben. Das Wasser des Mittelmeers war warm, klar und blau. Während sie schwammen, konnten sie unter sich die Riffe der Skerki-Bank sehen.

»Hey!«, rief einer der Schwimmer. Sie sahen zu ihm hinüber. Er stand aufrecht im Wasser und posierte wie ein Model auf dem Laufsteg, mit in die Hüfte gestemmter Hand und vorgeschobenem Bein. Es war kein Land in Sicht. Überall um sie her verschwamm der Horizont mit Himmel und Meer. Der Matrose jedoch stand lediglich bis zu den Waden im Wasser. Er schaute theatralisch auf seine Füße hinab. »Und, habt ihr irgendwelche scheiß U-Boote gesehen, ihr Knallköpfe?«

Sie schwammen zu ihm hinüber und drängten sich auf dem dicht unter der Oberfläche liegenden Riff zusammen, rangelten sich um die Stehplätze, stießen einander ins Wasser, winkten und riefen zum Schiff hinüber. Einer von ihnen fragte: »Glaubt ihr, die Navigationsoffiziere haben auch nur die geringste Ahnung, wie verdammt flach das hier ist?«

Gerald war sich ziemlich sicher, dass sie das nicht hatten. Er hatte die Seekarten gesehen. Darauf waren keinerlei Wassertiefen eingetragen gewesen, die eine derartige Gefahr angezeigt hätten, auch wenn die Umrisse der Skerki-Bank teilweise mit einer gepunkteten Linie eingetragen waren. Offensichtlich waren keine vollständigen Informationen zu deren Ausmaß verfügbar gewesen. Man hatte großes Glück gehabt, dass die Schiffe nicht auf Grund gelaufen und leckgeschlagen waren.

Andere Schwimmer fanden noch weitere Untiefen, die dicht genug unter der Oberfläche waren, um darauf stehen zu können. Inmitten des in allen Richtungen offenen und – abgesehen von den Schiffen des Konvois – vollkommen leeren Meeres hatte dieser Anblick etwas Irreales, Traumhaftes.

Kurz vor Mitternacht wurde Entwarnung gegeben, und der Konvoi dampfte weiter in Richtung der Straße von Malta.

Gerald hatte sich an jenem Tag den Ort so gut er konnte auf der Seekarte vermerkt, die er während des gesamten Krieges in seiner Ausrüstung mit sich trug, zusammen mit einer Ausgabe der *Odyssee*. Später las er in einem Bericht der Admiralität zu den Verhältnissen im Tyrrhenischen Meer: »… an einigen Stellen wurde auf der Skerki-Bank eine Wassertiefe von weniger als anderthalb Meter gemessen … die Ursache für den im Oktober 1806 erfolgten vollständigen Verlust der HMS *Athenienne* mit 64 Kanonen … die Skerki-Bank liegt am Scheideweg des dreitausend Jahre währenden Seehandels im Mittelmeer, der die westlichen mit den östlichen Häfen verbindet … und auch andere zahllose Schiffe sind im Verlauf der Geschichte auf diesem Riff zugrunde gegangen …«

Gerald trimmte die Segel der *Nereide*, behielt aber genauestens im Auge, welche Farbe das Wasser vor und unter dem Boot hatte. Dann glitt er langsam und vorsichtig auf das Guardia-Schiff zu. Nicht zu nah. Sie könnten Schusswaffen dabeihaben. Die Männer rannten wie eine ängstliche Hundemeute an der Reling entlang, liefen auf dem Deck des Schiffes hin und her und starrten in das Wasser hinunter, das ihr Schiff umgab. Zwei von ihnen brüllten den dritten an, den Steuermann, der für den Kurs des Schiffes verantwortlich gewesen war. Alle drei verschwanden im Ruderhaus. Im nächsten Moment heulte der Motor mit einem ungesunden Geräusch auf, und dichter blauschwarzer Rauch stieg aus dem Schornstein neben dem Ruderhaus. Gerald konnte sehen, wie sich am Heck Schaum bildete. Das Schiff erbebte und schlingerte – würden sie es schaffen loszukommen? –, aber es steckte auf dem Riff fest. Als der Motorenlärm nachließ, ging ein weiteres Beben durch das Schiff – der Boden wurde auf den Felsen zu Pulver zermalmt – und es rutschte langsam rückwärts. Das Heck sank immer tiefer, bis der hintere Teil des Decks vom Wasser überschwemmt war und sich der Bug in einem unnatürlichen Winkel in die Höhe hob. Die drei Männer an Bord schrien panisch und rannten zu dem nur noch halb aufgepumpten Schlauchboot, das auf dem Vorderdeck lag. Einer von ihnen pumpte mit einer Fußpumpe hektisch Luft in die zusammengesunkenen Kammern.

Während Gerald in einer Entfernung von dreißig Metern langsam um das Guardia-Schiff herumsegelte, warfen die Männer ihr Schlauchboot über die Reling und sprangen hinein. Sie paddelten auf die *Nereide* zu. Sie kamen immer näher und starrten Gerald dabei wutentbrannt an.

Er lief in die Kajüte hinunter. Als er einen Moment später wieder an Deck auftauchte, war das Schlauchboot nur noch etwa fünfzehn Meter entfernt. Er wartete. Als sie bis auf sieben Meter herangekommen waren, hob er die große Webley-Very-Pistole aus Holz und Messing an und schoss. Mit einem lauten Zischen bohrte sich die Leuchtrakete in das Schlauchboot. Der darin enthaltene Treibsatz, der eigentlich dazu gedacht war, die Rakete bis auf eine Höhe von hundert Metern in die Luft zu schießen, glühte im Innern des Schlauchbootes weiter und gleichzeitig entzündete sich der Schwefel und brannte ein riesiges Loch in die Luftkammern. Die Italiener sprangen schreiend ins Wasser. Mindestens zwei von ihnen hatten von dem Treibsatz oder dem Schwefel Verbrennungen davongetragen. Sie ließen die kümmerlichen Überreste des Schlauchbootes hinter sich und schwammen zurück zum gestrandeten Mutterschiff.

Gerald segelte weiter im Kreis um das Guardia-Boot herum, während dessen dreiköpfige Besatzung sich über das untergetauchte Heck zurück an Bord hievte. Allmählich drang immer mehr Wasser in das Schiff, Spanten und Aufbau zersplitterten und gaben unter dem Druck der Zerstörung nach. Das Boot begann, vom Riff zu rutschen. Die Männer kletterten zum Vorderdeck, das jetzt den höchsten Punkt über dem Wasser bildete. Sie schrien zu Gerald hinüber, forderten, flehten (davon ging er jedenfalls aus, er verstand kein Wort) ihn um Hilfe. Langsam segelte er näher heran und schob sich die Messingpistole gut sichtbar in den Gürtel. Dabei behielt er das Wasser ganz genau im Auge – er wollte nicht ebenfalls auflaufen, nur um dann von den Italienern geentert zu werden.

Als er bis auf etwa zwölf Meter herangekommen war, machte er mit seiner Agfa Solinette mehrere Aufnahmen.

Dann drehte er ab. Er ging in seine Kabine, um die Kamera zu verstauen. Wieder zurück an Deck steuerte er in östlicher Richtung und fierte die Segel, bis die *Nereide* Fahrt aufnahm. Schon nach kürzester Zeit konnte er die Schreie der Männer nicht mehr hören. Nach einer halben Stunde war achteraus nur noch die leicht gekräuselte Oberfläche des Meeres zu sehen.

»Lulu! Lulu?!«

Es war kurz nach Mittag. Im Tageslicht konnte er erkennen, dass der Boden der Höhle mit Müll, alten Dosen, den Überresten mehrerer Lagerfeuer und Schafskötteln übersät war. Sonst war sie leer.

»Lulu? Lulu!«, rief er.

Er rannte über den Pfad und in südlicher und nördlicher Richtung am Strand entlang und rief die ganze Zeit panisch ihren Namen. Er kletterte die Felswand über der Höhle hinauf und suchte auf der Felskante und in dem Gestrüpp nach Verstecken.

»Luluuuuu …!«

Dann trotte er am Strand unter der Höhle entlang und durchsuchte die Felsen zu beiden Seiten der kleinen Bucht. Je mehr Zeit verging, desto panischer und unentschlossener wurde er.

Sie lebte, das stand außer Frage. Aber sie war verschwunden. Wohin? So nackt, wie sie war. Irgendeine Behausung entlang der Küste … Trapani?

Allmählich machte sich eine weitere Sorge in seinem Kopf breit. Es war zwar mitten in der Nacht gewesen, aber der Mond hatte ziemlich hell geschienen. Er wusste, dass jemand, der die *Nereide* zur selben Zeit wie das Küstenwachenschiff in der Bucht vor Anker hatte liegen sehen, sich sehr wohl an diesen Umstand erinnern könnte. Oder er könnte sich daran erinnern, wenn er ihn jetzt wieder hier vor Anker liegen sah. Er konnte unmöglich an Land gehen, Fragen stellen und sich an die Polizei wenden. Falls die Männer gerettet worden waren, könnten sie jeden Moment hier auftauchen. Die italienischen Seeverkehrsbehörden könnten die Häfen im Mittelmeer auffordern, nach einem kleinen Schiff mit einem weißen Rumpf und dem Union Jack Ausschau zu halten. Und irgendwann könnte das auch mit dem Tod oder dem Verschwinden dreier Männer der italienischen Küstenwache in Verbindung gebracht werden.

Er musste sofort hier weg.

Lulu war verschwunden. Nackt. Verletzt oder auch unverletzt. Irgendwie, das wusste er, würde sie es zu Tom und Milly nach Mallorca schaffen.

Er segelte vor Einbruch der Dunkelheit aus der Bucht und steuerte in nordwestlicher Richtung auf Mallorca zu. In Sardinien würde er haltmachen und sich ein Telefon suchen.

2005
ALTE FOTOS

1

»**ICH FÜRCHTE, SIE** kommen zu spät«, sagte die Frau, die vor der Trauerhalle stand.

Die Leute, die das Crematorio de Cala Marsopa gerade verließen, erkannten diejenigen, die eben erst dort ankamen. Pompas Fúnebres González, das einzige Bestattungsunternehmen der Stadt, hatte die Davenport- und Rutledge-Trauerfeiern der Einfachheit halber direkt hintereinander angesetzt.

»Wer sind Sie?«, fragte die Frau. Ihr faltiger, gummiartiger Kehllappen zitterte, während sie ihren Kopf nach vorn neigte, um besser hören zu können.

»Aegina Rutledge«, sagte Aegina.

»Oh ja! Das war also Ihr Vater? Warten Sie – ich bin mir nicht sicher, dass ich das richtig verstehe. Sind Sie und Lukey Halbgeschwister?«

»Nein, wir haben vollkommen unterschiedliche Eltern.«

»Aber Ihre Eltern waren doch irgendwann miteinander verheiratet, oder etwa nicht? Ich meine – nein, warten Sie –, jetzt erinnere ich mich an Sie. Sie sind doch Lukeys kleine Freundin, das süße kleine Mädchen, das immer so spanisch aussah. Du lieber Gott, das ist ja eine Ewigkeit her! Ich habe unglaublich viele von diesen Fußriemen gekauft, die Sie damals gebastelt haben – das waren Sie doch, oder? Ich habe sie an alle

Leute verschenkt, die ich kannte. Sie werden sich wahrscheinlich nicht mehr an mich erinnern. Arabella Squibb. Machen Sie diese Riemen noch?«

»Nein«, sagte Aegina.

»Na, wie auch immer, Sie haben jedenfalls die Trauerfeier verpasst – aber es war furchtbar nett von Ihnen, dass Sie gekommen sind.«

»Entschuldigen Sie mich«, sagte ein Mann um die sechzig, der Aegina einen kurzen Blick zuwarf. »Das Auto steht dort drüben, Mami.« Er führte die ältere Dame fort.

»A-giiii-nah!« Ein ausgemergelter Mann, der früher einmal recht groß gewesen sein musste, kam die Treppen der Trauerhalle hinunter. Er war etwa Mitte siebzig, sah jedoch zwanzig Jahre älter aus. Er trug einen Blazer und eine schwarze Jeans, hatte strähnige, schüttere weiße Haare und litt offensichtlich unter schmerzenden Knien und Hüften. Er ging steifbeinig auf sie zu. »Ich weiß, ich weiß, *Das Bildnis des Dorian Gray*. Aber ich hab auch einiges dafür getan, das kann ich dir sagen. Vielleicht erinnerst du dich nicht an mich –«

»Ich erinnere mich noch sehr genau an dich, Dominick.«

Er grinste. »Und ich erinnere mich an dich.« Er kam ihr plötzlich so nah, dass sie seinen verseuchten Atem riechen konnte, der zwischen seinem champignonbraunen Krankenkassengebiss hindurchströmte. »Du ...«, sagte er und zog seinen Satz in die Länge, »siehst –«

»Mach, dass du fortkommst, bevor ich dich die Treppe hinunterwerfe«, sagte Aegina.

Dominick starrte sie verdutzt an. Hinter seiner Schulter tauchte ein anderer Mann auf.

»Dominick, hör auf, anständige Leute zu belästigen«, sagte der Mann. »Mein herzliches Beileid, Aegina.«

Es war schon ein paar Jahre her, aber Aegina erkannte den rotbraunen Hautfarbton wieder, der unter den sich abschälenden Schuppen und Altersflecken durchschien. »Vielen Dank, Cassian«, sagte sie.

Luc trat aus der Trauerhalle und sah unten Fergus und Charlie zusammenstehen, die Bekannte begrüßten. Charlie musste jetzt um die dreißig sein, vermutete er. Er hatte die spanischen Haare seiner Mutter und den hohen Wuchs seines Vaters geerbt. Fergus sah aufgedunsen aus, wie Luc befriedigt feststellte. Kahl wurde er auch. Seine kleinen, schweinsartigen Gesichtszüge, die fast in dem riesigen Pudding seiner Visage untergingen, waren zu einer heuchlerischen Maske der Anteilnahme verzogen, unter der er aber die Faszination nicht verstecken konnte, die die aus dem Krematorium strömende Menge auf ihn auszuüben schien. Er fragte Charlie über diesen und jenen aus, und Charlie nickte oder nannte ihm die entsprechenden Namen.

Luc wandte den Blick ab. Stattdessen zwang ihn ein unwillkürlicher Ortungssinn, zu Dominick hinüberzusehen, der sich mit öliger Zudringlichkeit zu Aegina hinüberbeugte und vor sich hin brabbelte, während Cassian ihn am Ellbogen griff und fortzog.

Aegina bemerkte ihn, als er auf sie zukam, und ihr Gesichtsausdruck wurde weicher.

»Wie geht es dir?«, fragte er.

Sie machte eine Geste, die halb Schulterzucken, halb Kopfschütteln war. »Okay.« Sie sah ihn genauer an. »Wie geht es dir?«

»Auch okay … ich weiß nicht recht. Es ist seltsam. Sie fehlt mir, um ehrlich zu sein.«

»Natürlich tut sie das.«

Luc zwang sich, von ihr weg und auf die kleine Menschenmenge zu schauen. Er bemerkte, dass immer mehr einheimische Spanier eintrafen, um an der Rutledge-Trauerfeier teilzunehmen. »Ich kenne nicht mal die Hälfte deiner Leute. Gerald gehörte wohl eher zur örtlichen Gemeinschaft hier, nicht wahr?«

»Ja«, sagte Aegina.

Er sah sie wieder an, sah ihr ins Gesicht, als wäre es eine Karte, die ihm anzeigte, welchen Weg er von hier aus nehmen sollte, denn er wusste nicht, wann er sie wiedersehen würde.

Die Menge, die für Gerald gekommen war, wuchs immer mehr an. Aegina begrüßte die Leute. Darunter befand sich auch der erweiterte Familienkreis ihrer Puig-Verwandtschaft. Das war der Teil von ihr, der hier auf der Insel heimisch war – ein Teil, den er zwar von fern gesehen, aber niemals wirklich gekannt hatte. Penny und François und die jetzt gänzlich erwachsene Bianca. Luc wurde klar, dass er sich wieder zu der Gruppe seiner Mutter gesellen musste.

Dann fiel es ihm wieder ein. »Ich habe etwas für dich.«

»Ach ja?« Sie wurde von anderen Leuten abgelenkt.

»Es ist von deinem Vater.«

Aegina sah erst ihn und dann eine kleine, stämmige Frau an, die sie leidenschaftlich umarmte.

»Ich rufe dich an«, sagte Luc und wandte sich zum Gehen.

Aegina nickte ihm über die Schulter der Frau hinweg zu.

Luc hörte, wie draußen vor dem Fenster das altbekannte wiehernde Gelächter von der Bar zu ihm herüberwehte. Ein Klang, der im Haus seiner Mutter sein Leben lang – obwohl, eigentlich hatte er sich ja fast immer nur im Sommer hier aufgehalten – das typische Hintergrundgeräusch gebildet hatte. Er lag vollständig bekleidet auf dem Bett, in dem Zimmer am hinteren Ende der Baracken. Die Hälfte der Zimmer war von Leuten bewohnt, die für das Begräbnis hierher geflogen waren.

Oh, bitte nein. Er konnte hören, wie jemand langsam die gefliesten Treppenstufen hinauf- und den Flur entlangkam … und dann das unerbittliche Klopfen an der Tür. Verpiss dich!

Der Kopf einer Frau lugte hinter der Tür hervor, als spielte sie ein putziges Kuckuck-Hier-bin-ich-Spiel. »Luc, ist bei dir alles in Ordnung, Schätzchen?« Sarah Bavister, seine unfreiwillige Schiffsgefährtin auf jener unglückseligen Lunch-Kreuzfahrt auf der *Dolphin*, vor so unendlich vielen Jahren. »Kann ich reinkommen?«

»Klar.«

Sarahs Kropftauben-Brust war mit den Jahren immer weiter aufgequollen, bis ihre Gestalt schließlich die Form eines Henkelkruges angenommen hatte, der auf einem sehr kurzstieligen Sockel ruht. Sie setzte sich neben ihn.

»Wie geht es dir, Schätzchen?« Sie war betrunken.

»Mir geht's gut, danke. Müde. Und wie geht es dir?«

»Warum wohnst du denn nicht im Haus, Herzchen? Im Zimmer deiner Mutter? Oder im Arbeitszimmer? Da ist doch nie jemand, im Arbeitszimmer. Würdest du dich da nicht viel wohler fühlen? Wir könnten dich öfter sehen, statt diese Weltreise bis zum hintersten Ende der Baracken machen zu müssen – oder hattest du das sowieso schon vor, mein Schatz?«

»Nein, eigentlich nicht. Ich hab mich halt an dieses Zimmer hier gewöhnt.«

»Bist du sicher?«

»Ja. Das ist sozusagen mein Zimmer hier.«

»Das versteh ich, Darling.«

Sarah sah ihn an und durchwatete einen jahrzehntelangen Sumpf aus klebrig-süßen Erinnerungen. »Darling, Darling Lukey.« Sie nahm seine Hand, drückte sie sich an den Busen und knetete so fest an seinem Handgelenk herum, dass es schmerzte. »Aber du kommst doch und isst mit uns zu Abend, nicht wahr? Ich habe keine Ahnung, was es zu essen gibt, aber es riecht auf jeden Fall gut. Und du musst doch was essen, Mäuschen.«

»Ich weiß. Klar. Ich komme gleich runter. Geht es sonst allen gut?«

»Oh ja. Du kennst sie doch. Aber es ist für uns alle der traurigste Tag, den man sich nur vorstellen kann. Und wir möchten alle unbedingt, dass du bei uns bist, Darling.«

»Das ist sehr lieb von euch, Sarah. Ich komme gleich runter.«

»Gut.«

Sie lehnte sich so weit vor, dass sie ihm fast das Handgelenk verstauchte, und drückte sich mit ihrer Brust so schwer auf ihn herab, dass er in der widerlichen Mischung aus Alkohol, Körpergeruch und Chanel No. 5 zu ersticken glaubte. Dann gab sie ihm einen sehr nassen Kuss auf die Wange. »Du kommst ganz bald, ja?«

»Ja. Ich komme gleich runter. Danke, Sarah.«

Sie stand auf und ging zur Tür, von wo aus sie noch einmal zu ihm zurückschaute. »Wir lieben dich alle so sehr, Darling, Lukey, Herzchen. Wir werden dich nicht allein lassen.«

»Ich liebe euch auch. Danke dir.«

Er würde niemals ins Haus ziehen. Das Zimmer seiner Mutter stand jetzt leer, aber irgendjemand würde schon darin wohnen wollen. Wenn erst einmal der Sommer kam, würden die Leute sich auf der Buchungsseite um *Lulus Zimmer* reißen.

Dieser am äußersten Ende der Baracken gelegene Raum war geographisch gesehen dem einzigen Ort am nächsten, an dem er sich in den *Klippen* jemals zu Hause gefühlt hatte: dem vor langer Zeit abgerissenen Geräteschuppen, der an der rückwärtigen Mauer des Grundstücks gestanden hatte. Das einzige Zimmer, das jemals ganz ihm allein gehört hatte, das die Gäste nicht buchen konnten und das auch niemand sonst haben wollte. Das Zuhause seiner Jugend, der Hafen seiner hormonaufgewühlten Fantasien, die feuchtkalte Zuflucht Tausender einsamer Wichsereien.

Und auch der Ort, wo er – ewig bereut – eines Nachts mehr mit Aegina hätte tun können, als nur den reifen, noblen Erwachsenen zu spielen und sie heimzufahren.

Seine Mutter war die einzige Konstante an diesem Ort gewesen und jetzt gab es sie nicht mehr. Seltsam, das Haus, die *Klippen* ohne sie zu erleben. Die Menschen liefen umher, als wären sie auf der Suche nach ihr. Etwas Wesentliches fehlte.

War das Trauer? Diese seltsame Nicht-Lulu-Atmosphäre?

Er hatte keine Zweifel daran, dass sie ihn geliebt hatte, auf ihre ganz eigene, effiziente, möglichst straff durchorganisierte Weise, und natürlich hatte er sie auch geliebt – stumm, unausgesprochen und nachtragend. Er konnte sich nicht erinnern, dass seine Mutter jemals »Ich liebe dich, Darling« zu ihm gesagt hätte. Genauso wenig, wie er selbst etwas in dieser Richtung zu ihr gesagt hatte. So waren sie nicht miteinander umgegangen. Sie hatten einander einfach als selbstverständlich angesehen: etwas Wesentliches – wenn auch Ärgerliches und Enttäuschendes –, das aber immer da war. Jemand, der ihn geliebt hatte, egal wie schlecht sie darin gewesen sein mochte, das zu zeigen. Jetzt gab es niemanden mehr – außer Sarah und den anderen, die unten an der Bar saßen, seine

Ersatzfamilie, die durchs Haus schlurfte und über seine Mutter sprach, als hätte sie ihnen gehört.

Keiner von ihnen wäre aufs Meer hinausgefahren und hätte ihn gefunden, wie er hilflos im Wasser trieb.

2

ES WAR WARM, auch wenn es noch immer nur Frühling war. Dennoch war das Marítimo fast voll. Es saßen hauptsächlich ältere Leute hier – also Leute in Lucs Alter und darüber hinaus. Die üblichen britischen, deutschen und anderen nordeuropäischen Rentner. Es war angenehm, hier auf der Terrasse zu sitzen, in der Sonne. Im ausgebauten Yachthafen lagen die Fischerboote und überwinternden Yachten vor Anker. Es herrschte eine ungewohnte Stille im Ort. Zwar war die Stadt voller Menschen, aber es war nicht der übliche Jahrmarkt aus nacktem Fleisch, dem man hier im Sommer begegnete. Alle Unterhaltungen, die auf der Terrasse geführt wurden, waren gedämpft und höflich.

Luc stand auf, als Aegina an seinen Tisch trat. Sie trug eine Jeans, ein T-Shirt unter einem kurzen Baumwollblazer und Espadrilles.

»Du siehst sehr gut aus«, sagte er. »Um nicht zu sagen fantastisch.« Er wusste bis auf den Tag genau, wie alt sie war – dreiundfünfzig –, aber sie hatte Glück gehabt oder sehr viel Disziplin aufgebracht. Beides wahrscheinlich. Sie war schlanker als das letzte Mal, als er sie gesehen hatte … vor zehn Jahren? Ihre Haare waren immer noch dunkel – keine einzige graue Strähne? Sie färbte es zweifellos, aber sehr geschickt.

Ihre südländische Haut wies keine Falten auf, abgesehen von ein paar freundlichen Runzeln um die Augenwinkel herum. Sie sah immer noch genauso aus, wie er sie sich immer vorstellte. Es gab keinen schmerzlichen Schock der Veränderung, keine gedankliche Neueinstellung. Luc wusste, dass er selbst so gut aussah, wie ihm das eben möglich war, wie jeder andere Mann Mitte fünfzig: die Haut unterm Kinn begann deutlich sichtbar zu erschlaffen, ein Rettungsring umfing seine Hüften, egal, was er dagegen zu tun versuchte, und er hatte das immer dünner werdende Haar seines Vaters geerbt – auch wenn sein Vater gestorben war, bevor es richtig schlimm werden konnte.

»Danke.« Sie sah ihn prüfend an. »Wie geht es dir?«

»Okay. Fühlt sich alles ein bisschen komisch an. Und dir?«

»Ja, genau, komisch. Ich kann es noch immer nicht ganz fassen. Ich nehme an, es wird ein bisschen Zeit brauchen. Ich bin –« Sie hatte sagen wollen: *Ich bin froh, dass ich Charlie habe.* Stattdessen sagte sie: »Fällt es dir jetzt schwer, mit all den Leuten in den *Klippen* klarzukommen? Oder ist es gut, dass sie da sind? Schließlich kennst du sie alle.«

»Ich habe keine Ahnung, wie es wäre, ohne sie hier zu leben. Sie waren immer schon da. Aber in ein paar Tagen werden sie alle abreisen. Dann werde ich es vielleicht herausfinden.«

»Ich bin sicher, dass sie dich alle sehr lieben.«

»Das behaupten sie zumindest alle.«

»Aber es stimmt, Luc. Warum auch nicht. Du bist ein Teil von jemandem, den sie geliebt haben. Und dich lieben sie auch, ganz bestimmt tun sie das.«

Eine Kellnerin trat an ihren Tisch. Sie war Mitte zwanzig und hatte so viele Piercings, dass sie wie ein Igel aussah. Sie fragte sie auf Englisch, was sie bestellen wollten, mit den für einen holländischen Akzent typischen Zischlauten.

»Woher wussten Sie, dass wir Englisch sprechen?«, wollte Luc von ihr wissen.

»Bei ihr«, die Kellnerin wies mit ihrer metallbespickten Unterlippe zu Aegina hinüber, »kann man es nicht sehen, aber bei Ihnen ist es ganz offensichtlich.«

Sie bestellten Salat und *agua con gas*. Luc beobachtete, wie die Kellnerin die Terrasse verließ, und warf dann einen Blick in die Bar im Innern. »Es gibt hier niemanden mehr, den ich kenne.«

»Wirst du die *Klippen* behalten?«, fragte Aegina.

»Ja. Jedenfalls fürs Erste. Sally kümmert sich drum. Die laufenden Kosten sind auf jeden Fall gedeckt. Beziehungsweise, eigentlich läuft es sogar ganz gut. Es gibt jetzt ziemlich viele Leute, die über die Website buchen. Und du? Wirst du verkaufen?«

»C'an Cabrer? Oh nein. Es ist mein Zuhause, mehr als irgendein anderer Ort. Und für Charlie gilt das Gleiche. Er liebt es dort, und er kommt auch immer noch sehr gern her. Also nein, wir werden es behalten. Im Augenblick kann man ja in Spanien ohnehin keine Immobilien verkaufen.«

»Das stimmt.«

»Luc, Charlie und ich haben uns zusammen *Ryan* angesehen«, sagte sie. »Wir fanden es absolut genial.«

»Danke.«

»War er denn tatsächlich ein Spion, dein Vater?«

»Da bin ich mir nicht ganz sicher. Möglich wär's. Er erwähnte immer so verschiedene Machenschaften, die er als Aufträge des Außenministeriums umschrieb. Aber genau weiß ich es nicht. Das meiste war schlichtweg erfunden.«

»Es hat mich jedenfalls sehr bewegt. Ich habe natürlich ganz viel von dir darin gesehen und auch von deinem Vater.«

Lucs größter Erfolg hatte sich erst während der letzten zwei Jahre eingestellt, in Gestalt einer kleinen französischen Serie, die sowohl in Großbritannien als auch in vielen anderen europäischen Ländern gesendet worden war. Die Serie handelte von einem amerikanischen Journalisten namens Ryan, der während des Kalten Krieges in Paris lebte. Unter dem Deckmantel einer journalistischen Tätigkeit für eine nicht genannte amerikanische Zeitung war Ryan während der Jahrzehnte, die auf den Zweiten Weltkrieg folgten, als relativ untergeordneter Agent der CIA tätig. Die Beliebtheit der Serie und auch das Lob der Kritiker beruhten auf der gelungenen Mischung aus Ryans Nacht-und-Nebel-Aktionen und den eher alltäglichen Dramen, die ein alleinstehender Vater erlebt, der versucht, in Paris ein Kind großzuziehen. Die Serie habe etwas von der Zartheit von François Truffaut, hatten einige Kritiker angemerkt, die sich vor allem aus dem Verhältnis zwischen Ryan und seinem heranwachsenden, manchmal recht aufsässigen Sohn ergebe. Lucs französischer Agent verhandelte gerade mit HBO, AMC und anderen amerikanischen Fernsehgesellschaften wegen einer möglichen amerikanischen Version der Serie. Bei einem Verhandlungserfolg könne er so reich werden wie ein Drogenbaron, hatte sein Agent gesagt, und zusätzlich noch als ausführender Produzent genannt werden, aber Luc befürchtete, die Amerikaner könnten die Serie ruinieren. Es handelte sich um ein nicht gerade unerfreuliches Dilemma.

»Weißt du, ich habe nie besonders viel über meinen Vater nachgedacht – ich habe ihn nicht wirklich wahrgenommen, als er noch da war. Aber später habe ich sehr viel an ihn gedacht. Wenn ich jetzt so zurückschaue, kommt er mir wie eine sehr undurchsichtige Figur vor.«

»Du vermisst ihn bestimmt sehr.«

»Ich würde ihn gerne wiedersehen. Mich mit ihm unterhalten. Herausfinden, wer er wirklich war.«

»Und, hast du jemanden in Paris, eine Beziehung?«

»Nur Sophie.«

»Wer?«

»Sophie – meine erfundene Freundin, vor vielen Jahren, als wir nach Marokko gefahren sind. Du hattest auch jemanden –«

»Dennis! Ja! Aber jetzt mal im Ernst, hast du jemanden? Ich hoffe es doch.«

»Das hoffst du also, hmm?« Die Wahrscheinlichkeit, dass er jemanden finden würde, der ihm nicht das Gefühl gab, noch einsamer zu sein, als er es ohnehin war, schien in immer weitere Ferne zu rücken. Das Bauvorhaben, das sein Leben früher einmal gewesen war, hatte sich nun in einen Schrumpfprozess verwandelt. Er konnte es sich nicht mehr vorstellen, jemand Neues zu finden, sich einer fremden Person zu öffnen, sich geschätzt und verstanden zu fühlen, ohne seine seltsamen unlogischen Gedankengänge und seinen immer obskurer und redundanter werdenden geistigen Bezugsrahmen erklären zu müssen. »Nein, nicht wirklich. Aber ich habe Freunde. Du weißt schon. So eine Art Leben. Und du? Bist du in einer Beziehung?«

»Es gibt da jemanden, sozusagen.«

»Aha.« Warum fühlte sich das noch trauriger an als der Tod seiner Mutter? »Das ist nett.«

»Das war es zumindest mal.«

»Das ist keine besonders klare Aussage.«

»Nein. Man verändert sich halt. Oder die Dinge ändern sich.«

»Wer war es? Oder ist es?«

»War. Niemand. Jemand, von dem ich mir eingebildet

habe, dass ich ihn verstehe, aber es in Wirklichkeit eben nicht tat.«

»Das kann ich nur zu gut nachvollziehen.«

Die Kellnerin brachte die von ihnen bestellten Salate.

»*Gracias*«, sagte Luc automatisch.

»Klar, kein Problem«, sagte die Kellnerin.

»Du wolltest mir etwas geben?«, fragte Aegina.

»Ja.« Er schob den kleinen braunen Umschlag, der vor ihm lag, über den Tisch. »Ich habe im Schrank meiner Mutter einen alten Schuhkarton gefunden. Da waren die Heiratsurkunde von der Ehe zwischen ihr und deinem Vater drin und auch die entsprechende Scheidungsurkunde. Und auch eine nicht entwickelte Rolle eines Schwarz-Weiß-Films, das alte 120er-Format. Der Typ im Fotogeschäft in der Stadt kann solche Filme noch immer entwickeln.«

Aegina zog eine Handvoll von Fotografien aus dem Umschlag. Die Abzüge glänzten und waren noch ganz neu. »Oh mein Gott«, sagte sie leise.

Luc rückte seinen Stuhl zu ihr hinüber, damit sie sich die Bilder zusammen anschauen konnten. »Die hat ganz offensichtlich dein Vater gemacht. Ich nehme an, das von ihm hat dann sie gemacht.«

»Mein Gott, Luc. Schau nur, wie wunderschön deine Mutter war – schau dir ihre Haare an, sie sind fast schwarz.«

»Ist das sein Boot?«

»Ja«, sagte sie.

»Aber das ist nicht Mallorca, oder? Sieht eher aus wie Italien oder so was.«

Aegina sah ihn an. »Das ist ihre Hochzeitsreise.«

»Danach sieht es aus.«

Ihr Vater hatte die alte Agfa Solinette immer auf dem Boot

dabeigehabt. Er hatte sorgfältig alle Ankerplätze und Häfen fotografiert, hatte die Ausblicke fotografiert, die man von oben auf den Felsen auf die schmalen unten liegenden Buchten hatte, die Aussicht vom Meer, wenn er sich einem Hafen näherte, und unzählige Küstenabschnitte, über das gesamte Mittelmeer verteilt. Die gekonnt komponierten und belichteten Fotografien, immer in kontrastreichem Schwarz-Weiß, von denen manche über sechzig Jahre in die Vergangenheit zurückreichten, hatten als Illustrationen zu seinen Artikeln und zu seinem Buch gedient. In vielen dieser alten Fotos war – friedlich vor dem Hintergrund eines alten griechischen oder italienischen Fischerdorfs vor Anker liegend – ein kleines, hübsches Segelboot mit weißem Rumpf zu sehen, seine geliebte *Nereide*. Mit ihr waren – so viel wusste Aegina – ihr Vater und Lulu an dem Tag nach ihrer Hochzeit im Juli 1948 von Mallorca aus zu einer Segelreise aufgebrochen. Kurze Zeit später hatten sie sich getrennt und die *Nereide* war gesunken. Mehr hatte sie nie erfahren können. Wann immer sie ihren Vater gefragt hatte, warum er von jenem Sommer keine Fotografien mehr besaß, hatte er ihr erzählt, sie seien alle in jenem September zusammen mit dem Boot untergangen. Und doch hatte er es geschafft, sowohl die Kamera als auch die ihm wichtigen Bücher zu retten und auch alles andere von Wert, das sich an Bord der Yacht befunden hatte.

»Kann ich davon Abzüge haben?«, fragte sie.

»Die sind für dich«, antwortete Luc. »Ich habe extra einen zweiten Satz für dich bestellt.«

Sie schaute sich die Bilder langsam eines nach dem anderen an. »Es ist so seltsam – sie sich zusammen vorzustellen.«

»Und das auch noch auf einem winzigen Boot. Sie hat Boote gehasst.«

Aegina sah ihn an. »Was ist damals passiert? Er wollte es mir nie erzählen.«

»Sie wollte es mir auch nicht erzählen«, sagte Luc. »Sie haben sich zerstritten – so hat sie es mir gegenüber formuliert: ›Wir haben uns zerstritten.‹ Und mehr wollte sie dazu nicht sagen.«

Aegina reichte ihm drei Fotos. »Und was ist das?«

»Ich habe mich gefragt, ob du vielleicht darüber Bescheid weißt. Ob er jemals darüber gesprochen hat. Es sieht wie ein Schiffbruch aus.«

Drei Fotografien von wild winkenden Männer, die ganz offensichtlich in Seenot geraten waren und am Bug eines auf Grund gelaufenen und allem Anschein nach sinkenden Fischerbootes standen.

»Nein«, sagte sie. »Ein solches Vorkommnis hat er nie erwähnt.«

»Ich nehme an, die beiden haben diese Leute gerettet, wer auch immer sie waren.« Er gab ihr die drei Fotos zurück.

Sie zog nun ihrerseits ein Foto aus ihrer Handtasche und gab es ihm.

»Mein Gott!«, sagte Luc.

Er starrte auf das verblichene Farbfoto, auf dem er selbst zusammen mit Aegina zu sehen war – so unendlich jung –, wie sie beide sich an die Reling eines Schiffes lehnten und verlegen in die Kamera lächelten.

»Dieses Bild kenne ich gar nicht«, sagte er. »Wo ist das?«

»Das muss auf der Fähre gewesen sein. Wahrscheinlich hat Minka es gemacht. Ich kann mich aber nicht daran erinnern, dass sie es mir gegeben hat. Ich habe es erst vor ein paar Tagen gefunden.«

»Ich nehme mal an, das war auf dem Weg nach Marokko«,

sagte er und brachte es nicht über sich sie anzusehen. »Auf dem Rückweg kann es ja wohl kaum gewesen sein.« Die Bemerkung klang flapsig, und er bereute sie sofort.

Sie nahm das Bild wieder an sich und sah Luc ins Gesicht. »Wusstest du, dass deine Mutter Charlie gevögelt hat?«

Luc starrte sie an und versuchte, in ihrem Gesicht zu lesen. Ihre Miene gab nichts preis. »Wann?«

»An ihrem siebzigsten Geburtstag. Da war er fünfzehn. Heutzutage würde man das vielleicht als Vergewaltigung bezeichnen. Aber auf jeden Fall als Kindesmissbrauch.«

»Nein, das wusste ich nicht. Es tut mir unendlich leid, das zu hören.«

»Bist du denn nicht überrascht?«

»Nein.« Nicht im Geringsten. »Ich will nicht so absurd sein, mich für sie zu entschuldigen. Aber ... es tut mir sehr leid, das zu erfahren.« Dann sagte er, ohne es verhindern zu können: »Vielen Dank, dass du es mir erzählt hast.«

»Es tut mir leid. Ich wollte es eigentlich gar nicht.« Aegina stach mit der Gabel in ihren Salat. Dann legte sie sie wieder hin und sah Luc über den Tisch hinweg an. »Weißt du, wie ich es herausgefunden habe?«

»Nein.« Luc wäre am liebsten aufgestanden, über das Eisengeländer gesprungen und hätte sich kopfüber auf die Betonfläche unten auf dem Kai gestürzt. Aber er blieb reglos sitzen und gab seiner Stimme einen freundlich interessierten Ton. »Erzähl mal.«

»Charlie hat es mir nie gesagt – er wollte mir nicht erzählen, wer es war, nur was passiert ist –, aber ich habe eins und eins zusammengezählt. Sie hat ihm das marokkanische Hemd geschenkt – das Original, das ich in London gekauft hatte. Ich habe es nach der Party in seinem Zimmer gesehen – er hat es noch jahrelang behalten. Er hat geglaubt, er wäre in sie verliebt. Und danach wollte sie ihn natürlich nicht noch einmal sehen, jedenfalls nicht so wie in dieser Nacht.«

Luc erinnerte sich daran, dass Charlie das Hemd an dem Abend der Geburtstagsfeier getragen hatte.

»Ach, verdammt«, sagte Aegina. »Es tut mir wirklich leid, Luc.« Sie ergriff über den Tisch hinweg seine Hand, die in seinem Schoß lag, zog sie hoch und umschlang sie mit ihren Fingern. »Ich weiß nicht, warum ich es dir erzählt habe – außer, dass ich es eben schon seit Jahren tun wollte ... ich bin mir nicht sicher, warum. Und es liegt auch an den *Klippen* ... ich hatte dort auch keine so ganz leichte Zeit. Es tut mir leid.«

Sie ließ seine Hand los, steckte die Fotos in den Umschlag und verstaute den Umschlag in ihrer Handtasche. Dann zog sie einen Zwanzig-Euro-Schein aus dem Portemonnaie und legte ihn auf den Tisch.

»Ich übernehme das«, sagte Luc.

»Nein, das ist schon okay, lass mich. Danke für die Fotos. Es tut mir so leid ...« Aegina stand abrupt auf. »Es tut mir leid«, sagte sie noch einmal. »Mach's gut.«

»Ja, du auch.«

Sie ging. Luc wandte den Kopf und sah ihr nach, bis sich seine Augen mit Tränen füllten und er nichts anderes mehr sehen konnte als ein verschwommenes Kaleidoskop aus Farben und Licht.

Er sah wieder zu den Booten hinüber, die unten im Wasser lagen, und blinzelte mehrere Male, bis er den Hafen wieder klar und deutlich erkennen konnte. Er schaute die lang gestreckte Mole hinunter, die in dem kleinen Leuchtturm endete, der des Nachts sein blinkendes Licht über das Wasser schickte.

Er schaute aufs Meer hinaus, dessen Glitzern heute so hart und unerbittlich war.

Ein Stuhl wurde über den Kachelboden gerückt. Aegina setzte sich. Sie rutschte mit dem Stuhl um den ganzen Tisch herum, bis sie direkt neben ihm saß. Sie legte ihm beide Hände auf den Arm, und er drehte den Kopf und sah sie an. Er sah, dass sie Tränen in den Augen hatte.

»Komm zum Abendessen, oben ins Haus.«

»Nein, danke. Du hast doch Charlie und Fergus da. Zeit für die Familie.«

»Sie reisen morgen beide nach London zurück. Ich bleibe noch eine Weile hier. Komm doch morgen.«

Er blinzelte noch einmal. Er spürte, wie sich ihr Griff um seinen Arm verstärkte. »Komm und besuch mich, Luc.« Sie sah ihn mit einem Blick an, wie er ihn schon vor langer Zeit einmal gesehen hatte … damals, in der Nacht im Geräteschuppen.

»Um wie viel Uhr?«

»Sieben.«

Aegina lehnte sich vor und küsste ihn auf die Wange. Dann richtete sie sich auf und fuhr ihm mit dem Daumen sanft über die Wange, dort, wo sie noch nass von Tränen war. Ihr Blick wanderte über sein gesamtes Gesicht und kehrte schließlich zu seinen Augen zurück. »Und du kommst ganz bestimmt?«

»Ja, ich komme.«

»Um sieben.«

»Ja.«

»Gut«, sagte sie.

Sie stand auf und ging wieder über die Terrasse. Er sah zu, wie sie in ihren gemieteten Renault Clio einstieg, und folgte dem Auto mit dem Blick, bis er es auf der Calle Llobet aus den Augen verlor.

Er sah wieder zurück auf den Hafen, dieses Mal in Richtung der Klippen und des Feldwegs, der am Ufer entlangführte.

Plötzlich fühlte er sich ganz seltsam. Als hätte ihn etwas aus dem Gleichgewicht gebracht. Schwach … schwindlig? Würde er etwa einen Schlaganfall haben … ausgerechnet jetzt?

Einen Moment später begriff er, was es war.

Sein Herz war voller Freude.

2005
WIEDER VEREINT

GERALD KAM KEUCHEND und prustend an die Oberfläche. Es wollte ihm einfach nicht gelingen, wieder zu Atem zu kommen. Das Wasser fühlte sich eisig an, was ihm das Atmen noch mehr erschwerte. Er trat instinktiv mit den Beinen – und sofort durchfuhr ihn ein scharfer, stechender Schmerz. Seine Knie brannten wie Feuer, aber das kalte Wasser betäubte sie allmählich. Er schlug wild mit den Händen um sich und versuchte zu paddeln – und traf auf fremde Haut.

Er verdrehte mühsam den Kopf und sah Lulu, die unmittelbar in seiner Nähe mit dem Gesicht nach unten im Wasser trieb. Er zog an ihr und schaffte es mit einer gewaltigen Anstrengung, ihr Gesicht nach oben zu drehen, wurde dabei jedoch selbst wieder unter Wasser gedrückt. Er trat aus und schrie vor Schmerz, auch wenn sein Schrei sich nur in ein paar kümmerlichen Bläschen äußerte. Seine Brust verkrampfte sich bei dem Versuch einzuatmen, aber er wusste, dass er dabei nur Wasser in sich hineinsaugen würde. Er trat wieder mit den Beinen aus und schaffte es wie durch ein Wunder zurück an die Oberfläche. Dort konnte er nur noch ein paar winzige Blasen in das Wasser hineinatmen, das sein Gesicht umgab. Eine Hand ertastete Lulu, die andere machte ein paar kraftlose Paddelbewegungen. Wieder wurde er nach unten gedrückt. Wieder kam er zurück an die Oberfläche …

Er schleppte sich mit ihr zur Felswand. Dort angekommen hatte er keine Kraft mehr, sich noch weiter fortzubewegen. Er hielt sich mit einer Hand am Kalksteinfelsen fest, mit der anderen barg er Lulus Kopf an seiner Brust und hielt ihr Gesicht über Wasser. Er schaute hoch und sah nur Felsen, die sich über ihm in den Himmel erhoben. »Hilfe … *Ayuda*«, stieß er mehrere Male hervor.

Gerald sah wieder zu Lulu hinab. Sie atmete. Mehrere Strähnen ihrer schlohweißen Haare hatten sich ihr ins sonnengebräunte Gesicht geklebt – sie bot einen beunruhigenden Anblick, als wäre sie schon halb ertrunken. Er hätte ihr das Haar aus dem Gesicht gestrichen, wenn er nur eine dritte Hand zur Verfügung gehabt hätte. Dann wurde ihr Kopf von einer kleinen Welle überspült. Mit großer Anstrengung hob Gerald sie hoch und hielt sie sich noch enger an den Leib gepresst. Ihr Gesicht tauchte wieder aus dem Wasser auf, und diesmal waren ihre Haare vom Ansatz her in perfekter Gleichmäßigkeit nach hinten gestrichen – so als hätte sie selbst den Kopf zurückgelegt und wieder aus dem Wasser gezogen, um ihre Frisur zu ordnen. Jetzt machte sie einen ordentlichen, gepflegten Eindruck und sah so aus, als schliefe sie nur leicht, als würde sie jeden Moment ihre Augen öffnen und aus seiner Armbeuge, in der ihr Kopf geborgen lag, zu ihm aufschauen.

Jetzt, endlich, konnte er es ihr sagen.

Als er seinen Mund öffnete und für seine Rede Luft holen wollte, wurden sie von einer weiteren, größeren Welle überspült, die sich am Felsen brach und sie mit sich vom Ufer fortzog. Lulu entglitt Geralds Griff. Sie trieb von ihm weg.

»Warte …«, gurgelte er ins Wasser. Seine Hand krallte sich in ihre Kleidung. Er zog an ihr. Aber er war unter Wasser. Sie hatte seine Geschichte noch nicht gehört. Er wollte ihr sagen:

Ich bin wieder zurückgekommen, weißt du. Zusammen mit den Schafen, in die Höhle. Du bist genau wie Odysseus aus der Höhle geflohen … aus genau derselben Höhle … Und dann habe ich sie weggelockt – du hast dir nie die Bilder angeschaut, die ich Milly gegeben habe, oder? Dann hättest du gesehen, was ich für dich getan habe. Ich habe sie von dir weggelockt und dann habe ich dafür gesorgt, dass sie dir nichts mehr tun konnten.

Hatte sie ihn gehört? Wo war sie?

Plötzlich begriff er, dass sie von den Klippen gestürzt war. Sie hatte sich ihr Kinn aufgeschlagen. Er umfasste sie mit seinem Arm, hob ihren Kopf aus dem Wasser und sah ihr ins Gesicht. Sie schlief nur. Ihre Haare waren von ein paar grauen Strähnen durchzogen. Nicht mehr lange, und es würde weiß sein. Es war das Schönste, was er jemals zu Gesicht bekommen hatte. Jetzt konnte ihr nichts mehr passieren. Er hatte sie gerettet.

Gerald barg ihren Kopf an seiner Brust und schwamm mit kräftigen Zügen der *Nereide* entgegen.

DANKSAGUNG

OHNE MEINEN BRUDER David, ohne seine Liebe, bedingungslose Unterstützung und seinen Glauben an mich und meine Arbeit, wäre es mir niemals gelungen, dieses Buch zu schreiben. Ich mag mir gar nicht vorstellen, was oder wo ich ohne ihn wäre. Bestenfalls säße ich in einem Abzugsgraben unter der Autobahn und würde wütend die vorüberrauschenden Autos anschreien, weil sie meine herrlichen Tagträume stören. Auch für die Liebe und Unterstützung, die ich von Liz Sharp, Cynthia Hartshorn und Matthew deGarmo erhielt, bin ich unendlich dankbar. Sie alle waren mir Häfen, die ich in jedem Sturm anlaufen konnte.

Es gibt viele Menschen, die beim Lektorat dieses Buches großzügig ihre Hilfe gewährt haben. Steve Heller von der Antioch University in Los Angeles war mein erster, letzter und optimistischster Mentor. Ebenfalls in Antioch gebührt Dank: Dan Bell, Gayle Brandeis, Jenny Factor, Seth Fischer, Christine Hale, Tara Ison, Jim Krusoe, Alistair McCartney, Bernadette Murphy, Susan Taylor Chekak, Howie Davidson und Audrey Mandelbaum. Auch danken möchte ich meinen Freunden in Antioch, Mary Guterson, Vanessa Franking, Wendy Dutwin, Wendy Fontaine, Eric Howald, Ashley Perez, Rachael Warecki, Marcia Meier, Arturo Sande, Elizabeth Earley, Susan

Nunn, Christina Lynch, Christine Buckley, Lee Stoops und Andromeda Romano-Lax, die alle in der ein oder anderen Form zu einem Teil dieses Buches geworden sind.

Joan Juliet Buck, Tony Cohan, Damien Enright, David Nichols, Peter Selgin und Liz Sharp haben dieses Buch alle in den verschiedensten Entwicklungsstadien gelesen und mir ihre konstruktive Hilfe und Zuversicht geschenkt. Kim Dana Kupperman hat einen ersten Entwurf redigiert und mir auch noch einen Job besorgt.

Ich bin Michael White vom MFA-Programm der Fairfield University in Connecticut dankbar, ebenso wie Mark Spencer und Diane Payne vom MFA-Programm der University of Arkansas in Monticello.

Auch meinen Studenten bin ich dankbar, und zwar allen, die jemals bei mir studiert haben. Es kommt mir immer so vor, als würden sie es mir erlauben, in der Zeit, die eigentlich ihnen gehört, an meinen eigenen Projekten zu feilen.

In Los Angeles – und überall sonst – möchte ich Annie Nichols danken, für so viele Dinge während so vieler Jahre.

Es gab viele Menschen in vielen Orten, die äußerst freundlich zu mir waren und mir direkt oder indirekt dabei geholfen haben, dieses Buch zu schreiben: Jon Billman, Dick Bloom, Selma Bornstein, Olivia Brown, Susan Burks, Jo-Ann Chorney, Peter Collier und Jeanne Davis, Bridget Conway, Tom Corwin und Marlene Saritzky, Larry Cronin und Marla Reckart, Ruth Ann Duncan-Thomas, Leonora Epstein, Meg Files, Roberta Franzheim, Josephine Franzheim, Rick Gilmore und Donald Craig von Rick's A/C & Radiator in Waco, Texas, Doug Grant und Kathryn van Dyke, Kate Griffin (ganz besonders!), Amy Hagemeier, Sheyene Heller, Kelly Horan, Martha Kennedy von AJ's in Tucson, Arizona, Stephanie Pearmain,

Richard Podolsky, Flo und Georgie Neve, Karena Rice, Bennett Scheuer, Aurelie Sheehan, Sue Slutes, Isabelle Stone, Jut Wynn, Elaine Lembo und Herb McCormick.

Ich bin Jennifer Haigh unendlich dankbar, deren Romane mich inspiriert haben, während ich an diesem Buch arbeitete. Ebenso Richard Russo, den ich oft dabei beobachtet habe, wie er in den verschiedensten Cafés in Camden, Maine, saß und etwas in sein Notizbuch kritzelte. Er ließ es so aussehen, als wäre das Schreiben eine ganz alltägliche und machbare Angelegenheit.

Kate Griffin und Georgie Neve habe ich es zu verdanken, einen ganz außerordentlichen Agenten gefunden zu haben, Patrick Walsh, der – während er sich eigentlich auf einer Urlaubsreise in Afrika aufhielt – Hunderte von Vorschlägen in das umfangreiche Manuskript eintrug, es dabei ungemein verbessert und dann auch noch prompt an einen Verlag verkauft hat. Mein Dank gilt auch Clare Conville, Carrie Plitt, Alexandra McNicholl, Jake Smith-Bosanquet, Henna Silvennoinen, David Llewelyn, Dorcas Rogers und allen bei Conville & Walsh sowie, ebenfalls in London, Gillian Stern, John und Sarah Standing und David und Anita Burdett.

Ich kann meinen Verlegern für den gewährten Vertrauensvorschuss gar nicht genug danken: Sarah McGrath von Riverhead Books in New York und Susan Watt von Heron Books in London. Ebenso wenig hätte ich auf ihren weisen Rat beim Erstellen des endgültigen Manuskripts verzichten können. Bei Riverhead möchte ich außerdem Sarah Stein danken sowie Jon Watt von Heron in London. Es gibt kaum etwas, das mir so viel Respekt einflößt wie ein gutes Lektorat, und niemand außer diesen Leuten selbst kann erahnen, wie dankbar ich ihnen für ihre Arbeit an meinem Buch bin. In New York waren die dafür verantwortlichen Verlagsmitarbeiter Anna Jardine, Martha Schwartz und Linda Rosenberg, in London war es Lizzie Dipple.

Die Sommer mit Lulu beruht voll und ganz auf fiktiven Ereignissen, und seine Charaktere haben keine realen Vorbilder, seien sie nun tot oder lebendig. Aber während ich das Buch schrieb, habe ich mich mit tiefer Zuneigung an Nora, Luis und Claudine Cumberlege erinnert. Und auch an eine ganze Reihe von Männern und Frauen, die ich nur flüchtig kannte, während ich als junger Mensch auf Mallorca war – Menschen, denen der Junge wahrscheinlich gar nicht aufgefallen ist, der sie beobachtet und Jahre später in seiner Fantasie ganz neu erschaffen hat.